Le Livre de Poche Jeunesse

Alive

HAZEL CARTER-CRACE

Alive

TOME 1

Il était de ces êtres à qui la douleur allait bien.
Elle était de ceux qui voyaient au-delà.

Prologue

Ayden

Oublier. C'est le seul objectif que j'avais en arrivant ici deux ans plus tôt. Et même si je suis loin de l'avoir atteint, je ne regrette pas ma décision. Je me souviens encore de ces premières secondes à New York comme de celles où j'ai tiré un trait sur mes vingt-trois années d'existence. Ce jour-là, il pleuvait à torrents. Et pour la première fois depuis longtemps, sous les trombes d'eau glacée qui percutaient mon corps, j'ai eu l'impression de respirer pour de vrai.

À la minute où je me suis fondu dans cette foule dense et pressée, j'ai savouré une solitude inédite. L'anonymat le plus complet. L'absence des fantômes qui me hantaient. La sensation étrange d'échapper à toutes les merdes qui m'ont conduit si loin de chez moi.

J'ai débarqué à New York sans rien d'autre que ma guitare et quelques fringues dans un sac à dos. Le minimum vital. Pas de plans, pas de projet. De toute manière, chaque fois que j'ai essayé d'anticiper un truc dans ma vie, ça a toujours foiré bien avant que j'aie le temps d'y croire.

On s'habitue vite à vivre sans se poser de questions. Sans se préoccuper de qui que ce soit. Je fonctionne comme ça depuis tellement de temps que je sais même plus comment faire autrement. Ça ne m'a jamais vraiment réussi si j'en crois le bordel que j'ai laissé derrière moi… C'est aussi pour ça que j'avais besoin de croire que je pourrais oublier mes cauchemars. Dans cette ville gigantesque, je n'ai aucun compte à rendre. Et c'est tout ce que je veux.

Je suis venu ici pour qu'on me foute la paix, pas pour créer des liens qui finiront d'une façon ou d'une autre par laisser des cicatrices. Ça fait longtemps que je ne laisse personne s'approcher trop près de moi. À force de prendre des coups, j'ai compris la leçon.

Depuis que je vis à New York, je me lève bien trop tard pour profiter d'une journée normale. Cela dit, je ne vois pas l'intérêt de se lever à l'aube. Je préfère passer mon temps en studio. Pas dans n'importe lequel : celui de Live Nation. Si elle le savait, ma mère en deviendrait dingue. Je vois d'ici ses yeux remplis de rêves de gloire et de fortune. Les journalistes, les fans… À gerber.

Il paraît que la musique soigne les âmes. Je crois que la mienne est trop sombre pour être récupérable. J'ai beau poser des mots sur des feuilles blanches pour essayer de me guérir, ça ne fonctionne jamais.

Encore endormi, je rejette les draps sur une blonde sexy dont je ne me rappelle pas le nom. On a fait beaucoup de bruit cette nuit. Zack va encore péter un plomb. Je sors du lit avec la ferme intention de m'enfermer au studio le plus vite possible. Il faut que je me vide la tête. Comme chaque matin, la rage qui gronde en moi me permet de tenir les cauchemars à distance, mais ça ne durera pas longtemps. La blonde trouvera la sortie comme une grande.

Un peu plus d'une heure plus tard, je respire enfin derrière mon micro. Les paupières closes, concentré sur ma voix, je tente de panser des blessures qui se rouvrent sans cesse. Quand le silence revient, je prends conscience que je ne suis plus seul : l'homme qui me permet de me vider la tête ici autant que j'en ai besoin est en train de m'écouter.

— Qu'est-ce que tu veux, Chuck ?

Je ne suis pas certain qu'il mérite mon mépris, mais je préfère le tenir à distance. Ce mec ne m'a jamais inspiré confiance.

— Bonjour, Ayden. Je voulais te prévenir qu'on accueille une nouvelle stagiaire lundi. Essaie de ne pas la faire fuir, celle-ci.

Un nouveau défi. Intéressant…

— C'est pas moi qui les ai virées.

— C'est pas moi qui me suis amusé avec elles.

— Elles connaissaient tes règles, non ?

Le même schéma se reproduit systématiquement. Quelques sourires, deux ou trois regards appuyés, un peu d'alcool. Quelques nuits de répit pendant lesquelles je n'ai pas eu à affronter mon putain d'enfer.

— S'il te plaît, pas cette fois, me supplie-t-il presque. C'est la nièce de quelqu'un à qui je dois beaucoup, je ne peux pas me permettre que les choses tournent mal.

— Elle finira exactement comme les autres. Tu le sais aussi bien que moi.

Blasé, Chuck soupire. Il ne supporte pas mes conneries, mais je ne sais pas pourquoi, il ne me les fait jamais payer. Et dans des moments comme ça, c'est carrément jouissif.

— Contente-toi d'enregistrer, ça suffira.

Pour couper court à la discussion, il tourne les talons et sort de la pièce. J'étouffe un rire en rangeant ma guitare. Comme si j'allais me priver de le faire chier une fois de plus. Ses mises en garde attisent ma curiosité et me poussent à faire un détour par le bureau de son assistante.

— Salut, Erin. Tu peux me filer le CV de la nouvelle stagiaire ?

— Pour quoi faire, Ayden ? Tu ne t'es pas assez amusé ?

— Pas encore. J'y peux rien si elles ne sont pas à la hauteur.

— Parce que c'est une raison de leur pourrir l'existence ? Je ne te donnerai rien du tout.

Oh que si.

— S'il te plaît, Erin. Si je la croise sans la connaître, je risque encore de provoquer des embrouilles inutiles. Tu ne crois pas qu'on devrait éviter ça ?

Quand elle lève les yeux au ciel, je sais que j'ai gagné la partie. Erin me déteste, et c'est réciproque, mais j'ai un avantage sur elle. Chuck me veut, ce qui ne lui laisse pas beaucoup d'options.

— Tu m'exaspères, Ayden.

Son agacement m'arrache un rictus vainqueur. C'était presque trop facile. J'attrape d'un geste souple le document qu'elle me tend.

— Je sais.

J'éclate d'un rire sonore qui s'arrête subitement au moment où je pose les yeux sur la photo de la future stagiaire. Je la connais. On s'est déjà croisés, elle sait déjà quel genre de mec je suis. J'ai vraiment un karma de merde.

Masquant ma surprise, je reprends la lecture du CV de Mélanie Garnier. Apparemment, je ne suis pas le seul à avoir un mauvais karma. J'en voudrais à la terre entière si on m'avait imposé un nom de shampooing.

Si j'en crois ce que je lis, mon futur challenge est une Française fraîchement diplômée en anglais. Les images d'une fille sexy, douce et sûre d'elle traversent mon esprit. Intéressant.

J'étais déjà prêt à jouer, mais ma curiosité vient de monter d'un cran. Quoi qu'en pense Chuck, je ne me priverai pas d'une expérience supplémentaire.

Un

Effervescence

Mel

La nuit précédant mon départ, assise en tailleur sur mon lit, je réfléchis à chaque pas qui m'a conduite là où je suis à cet instant précis.

Éclairée par la lumière ténue des réverbères, j'observe attentivement la pièce qui a connu le moindre de mes états d'âme d'enfant, d'adolescente puis de jeune adulte. Les deux valises posées au sol, et si je les défaisais ? Et si mon avion se crashait ? Et si Chris avait un accident sur la route de l'aéroport ? Et si Théo me trompait pendant mon voyage ?

Brusquement, je ne sais plus pourquoi j'ai tant souhaité partir à New York. Pourtant, cette ville me fascine. Depuis le jour où, petite fille, j'avais demandé à ma mère pourquoi mon oncle Chris ne venait plus nous voir.

— Il vit très loin maintenant, m'avait-elle répondu.

Pour satisfaire ma curiosité enfantine, elle m'avait entraînée dans le salon pour me montrer des images de New York sur une encyclopédie de collection dont elle n'était pas peu fière. Je me rappelle très bien ce jour-là. Impressionnée par les gigantesques gratte-ciel, j'avais affirmé avec force :

— Je veux aller dans le ciel moi aussi, maman.

Ma mère avait souri, sans vraiment me prendre au sérieux. Plus tard, quand elle est tombée malade, l'espoir de visiter cette ville incroyable m'a aidée à tenir le coup.

New York était devenu mon remède. Pour elle, pour moi. Si je la voyais pleurer, je lui parlais de Central Park et des balades qu'on y ferait. Je ne la consolais pas, mais l'espoir infime qui se lisait sur son visage me faisait du bien. Quand il fallait vivre à la fois ma vie de collégienne et jouer un rôle qui n'était pas le mien auprès de Jules et Sarah, mon frère et ma sœur, l'idée de flâner dans les rues immenses de Manhattan me donnait souvent un courage bienvenu.

Aujourd'hui, ma mère va bien. Elle est sortie depuis longtemps de l'enfer dans lequel l'homme qui me sert de géniteur l'a plongée en nous abandonnant pour une autre femme.

Je le hais. Pour l'espoir qu'il a emporté avec lui. Pour toutes les larmes que j'ai versées par sa faute, pour l'état presque léthargique dans lequel je trouvais ma mère tous les soirs en rentrant de l'école. Pour toutes les fois où j'ai dû la supplier d'avaler ne serait-ce qu'une fourchette de son plat.

Quand les autres traînaient sur Internet ou passaient des heures au téléphone, je préparais des repas, des bains, des goûters. Je m'occupais des devoirs. J'étendais des machines. Notre voisine, qui nous avait pris en pitié, nous faisait parfois des courses. De temps en temps, elle rendait visite à ma mère et essayait de lui faire la conversation tout en rangeant l'immense foutoir auquel elle était confrontée dès l'entrée de notre maison.

Cet homme m'a cependant apris une leçon que je n'oublierai jamais : on ne peut dépendre de personne. Et jusqu'à ce jour, je n'ai fait qu'une seule exception à cette règle.

Amis d'enfance, Théo et moi avons toujours été inséparables. Quand mon père est parti, il ne m'a laissée ni seule ni démunie. Le plus souvent, il inventait des prétextes idiots pour que sa mère lui prépare des goûters énormes et puis nous les donnait, à Jules, Sarah et moi. Il était toujours là pour nous. Son épaule était le refuge de mes larmes.

Grâce à lui, ma vie était un peu plus facile. Inquiète du sort de ma famille, je restais dans mon coin à l'école. Je n'avais pas vraiment d'amis. Mais même de loin, Théo veillait toujours sur moi. Il n'hésitait jamais à se servir de son physique imposant pour éloigner ceux qui se moquaient régulièrement de ma solitude.

On s'est encore plus rapprochés au lycée, lors d'une soirée à laquelle il m'avait invitée « pour me sortir un peu de ma chambre ». Il faut dire que j'y passais beaucoup de temps. Ce soir-là, à ma grande surprise, il m'a embrassée, et j'ai trouvé ça agréable. Ses lèvres étaient très douces, tendres. Il me serrait dans ses bras avec précaution, comme s'il avait peur de me casser. Après, on a recommencé. Souvent. Puis très souvent.

Ma mère a fini par reprendre le dessus ; Jules et Sarah ont grandi. De longs mois plus tard, j'ai pu profiter d'une vie un peu plus calme pour envisager enfin de penser un peu à moi.

Et me voilà, mes valises prêtes, les neurones en surchauffe. Cette nuit, je ne fermerai pas l'œil. Trop de questions se bousculent dans ma tête. Pour une fois, la musique qui se diffuse dans mes écouteurs ne m'apaise pas. Au contraire, elle m'entraîne encore plus loin dans le flot incontrôlable de mes pensées. La lumière diffuse des lampadaires se reflète sur une des nombreuses photos que j'accroche compulsivement sur les murs de ma chambre. Mon regard se pose sur le cliché que je préfère de Théo et moi : sa tête nichée dans mon cou, ses bras forts par-dessus mes épaules, il sourit avec cet air rêveur qui lui va si bien. Derrière nous, l'océan scintille sous le soleil. C'était le lendemain des résultats du bac. Il faisait très chaud, l'air était irrespirable. C'était une merveilleuse journée. Demain tout ça sera si loin…

Je ne peux plus reculer maintenant. La moitié de mes économies est passée dans le billet d'avion, mon oncle Chris m'a préparé une chambre dans son appartement situé dans le quartier de Greenwich, et je suis attendue dans trois jours à Live Nation, une société d'événementiel de renommée mondiale, pour un stage d'un an. C'est le genre d'occasion qui ne se refuse pas pour quelqu'un qui rêve des États-Unis depuis l'enfance et qui passe les trois quarts de son temps des écouteurs greffés aux oreilles.

Je vais enfin voir l'envers du décor.

À cette seule pensée, mon cœur fait des bonds d'excitation dans ma poitrine. J'espère que mes missions ne se résumeront pas à prendre des appels et faire des photocopies, même si je pourrais presque m'en contenter tellement ce voyage me ravit.

Mon petit frère, Jules, ne cesse de m'encourager. Du haut de ses treize ans, il est bien plus mature que la plupart des adolescents de son âge, au point que parfois, c'est lui qui me réconforte. Son arme, c'est l'humour. Grâce à lui, même dans nos moments les plus sombres, le sourire de Sarah, ma petite sœur de dix ans, ne s'efface jamais vraiment. En mon absence, il fera exactement ce qu'il a toujours fait : garder notre famille soudée.

Ma mère culpabilise beaucoup de n'avoir pas été capable, pendant de longs mois, de gérer sa « tribu », comme elle nous appelle souvent. Pourtant, personne ne lui en veut d'avoir sombré. J'ai beau lui dire que cela nous a permis de grandir, de nous rapprocher les uns des autres, elle refuse de m'entendre.

Ces années plutôt violentes m'ont servi d'exemple. Aujourd'hui, je n'imagine pas une seule seconde une vie dans laquelle je ne tenterais pas de réaliser mes rêves. Rien n'aurait pu m'empêcher de partir, pas même le désistement à la dernière minute de Théo, qui devait m'accompagner jusqu'à il y a encore un mois. Accepté dans une école de commerce parisienne, il a préféré renoncer à nos projets pour assurer sa place. Sur le moment, sa décision m'a blessée. Mais New York était mon rêve, pas le sien. Lui voulait juste être près de moi.

Même si ce changement de plan a été plus que perturbant, je le comprends. Théo a grandi avec très peu de moyens. Sa volonté de s'en sortir et de nous construire un avenir solide a primé sur le reste, et je n'ai jamais remis en cause la force de ses sentiments pour moi.

Dans quelques heures, je vais quitter ma famille, mes amis. Celui que j'aime. Vont-ils m'oublier, au fil des semaines ? Je ne crois pas. La réalité qui m'attend sera-t-elle à la hauteur de mes espoirs ? Je n'en sais rien.

Perdue dans mes réflexions nocturnes, mordue par l'anxiété, je finis par me lever gauchement pour atteindre la fenêtre de ma chambre. Depuis toute petite, chaque fois que je pose mes coudes sur le rebord en bois peint, j'ai l'impression d'être une princesse attendant d'être délivrée de son donjon de pierre. Le fait de n'être qu'à quelques mètres du sol n'y change rien.

L'obscurité du ciel, la musique et la douceur de l'air m'enveloppent finalement d'espoir et de l'apaisement dont j'ai tant besoin. J'aime cette sensation. Je sais que j'ai pris la bonne décision. J'ai fait le bon choix. Pour le meilleur. Pour vivre une histoire unique. Et je n'ai qu'une hâte, c'est de la vivre enfin.

Deux

And here I am

Mel

Cette fois, ça y est. Mes pieds ont touché le sol américain. Je ne réalise pas vraiment ce qui se passe, mais une énergie nouvelle réveille chacune de mes cellules engourdies par le voyage.

Je suis à New York. Je suis à New York. Je suis à New York !!!

Mon excitation est telle que je ne ressens même plus la fatigue. Pourtant, je n'ai quasiment pas fermé l'œil depuis vingt-quatre heures.

L'espace de quelques minutes, j'ai l'impression d'être le personnage principal d'une comédie romantique qui débarquerait dans une grande ville, sur le point de vivre une incroyable aventure. La différence entre cette fille et moi, c'est qu'elle n'a pas des cernes de trois kilomètres sous les yeux. Ni les cheveux en vrac. Elle n'a pas non plus vingt heures de voyage derrière elle, ni le corps engourdi par toutes les positions désagréables qu'impliquent un si long vol.

Légèrement fébrile, un peu perdue, je me noie dans le flot de passagers qui descencent eux aussi de l'avion. La plupart d'entre eux avancent d'un pas bien plus assuré que le mien.

La traversée du long couloir qui conduit au terminal des arrivées internationales me ramène avec une pointe de nostalgie à ce qui ce matin encore constituait ma routine : les petits déjeuners bruyants à se disputer le pot de pâte à tartiner avec Jules et Sarah, les trajets quotidiens vers la fac en compagnie de Léa, mon job éreintant de serveuse auquel je ne me suis accrochée que pour m'offrir mon voyage, et le nombre interminable d'heures passées à fantasmer sur New York, État de New York, États-Unis… Et m'y voilà. Pour de vrai.

Le troupeau d'hommes en costume me conduit jusqu'au poste de douanes, où on nous fait remplir le traditionnel questionnaire destiné aux étrangers venus conquérir un rêve sur le sol américain : la gloire, le pouvoir, l'argent, ou simplement quelques souvenirs de ce pays à la démesure renommée.

À la question « Êtes-vous un terroriste ? », je m'imagine une seconde cocher la case « oui ». Une vision de moi menotée et encadrée par trois hommes en costume noir m'arrache une grimace qui n'a pas l'air de faire rire les douaniers. Mais alors, pas du tout : l'œil aux aguets, les sourcils froncés, les coins de la bouche tordus, ils nous fixent sans ciller. On dirait des félins à l'affût. Par réflexe, ma tête se replie dans mon cou, et je pince les lèvres avec nervosité. Inutile de me faire remarquer.

Trois portiques de sécurité et deux sessions de fouille plus tard, je réponds au moins dix fois d'affilée aux mêmes questions étranges. Comme si j'allais expliquer que je suis venue passer illégalement des stupéfiants sur le sol américain ! Durant l'interrogatoire, digne des plus grands épisodes d'*Esprits Criminels*, je répète plusieurs fois les raisons de ma venue d'une voix la plus douce possible. Ma tentative de dérider l'un des hommes qui m'entourent se solde par un échec cuisant. Leur entraînement spécifique en dix leçons « Comment ne pas avoir l'air d'un être humain » fonctionne à merveille.

À mon grand soulagement, les douaniers finissent par décider que je ne les intéresse pas. Après une dernière vérification d'identité, on me laisse traverser une double porte automatique en plexiglas, qui donne sur un autre couloir pavé de gris. Cette fois, c'est sûr, je ne risque plus de croupir au fin fond d'une cellule secrète du FBI. Ce genre de formalités me rend toujours nerveuse, et je ne me remets à respirer vraiment qu'au moment où je traverse ce qui me semble être la porte de sortie d'une prison de haute-sécurité.

Agressée par la lumière crue de l'immense hall des arrivées internationales, je plisse les yeux. Dans le brouhaha ambiant, la fatigue commence à se faire sentir.

Mon corps est lourd, et l'excitation qui s'est emparée de moi à l'atterrissage retombe brusquement. Confontée à ma solitude et à l'immensité du hall de JFK, je laisse la panique m'envahir. Désarçonnée par cet endroit gigantesque, je consulte mon portable, espérant en vain un signe de mes proches.

Un soupir de profonde inquiétude s'échappe de ma gorge. M'exortant à un peu plus de courage, je me force à relever la tête pour essayer de trouver un point de repère. Sur ma droite, au dessus de moi, plusieurs écrans géants annoncent les atterrissages à venir. Un peu plus loin, des panneaux indiquent les différentes portes de débarquement. Je devrais m'en sortir.

Instinctivement, je me dirige vers le fond du hall, où une foule immobile et clairsemée semble patienter. Je me fraie un passage sans trop de difficulté pour trouver le tapis roulant censé me rendre mes bagages, quand une main sur mon épaule déclenche ma frayeur. Je me retourne vivement.

— Mel, te voilà !

Chris m'ouvre grand les bras. Enfin un visage familier ! Je n'ai pas vu mon oncle depuis le divorce de mes parents sept ans plus tôt, mais il n'a absolument pas changé : grand, brun, les cheveux coupés courts, il darde sur moi avec une tendresse infinie son légendaire regard vert.

Toutes mes angoisses s'envolent quand je me jette dans ses bras pour le serrer avec force contre moi. Son étreinte m'apaise immédiatement. Étourdie par l'émotion et la fatigue, j'essuie discrètement quelques larmes de soulagement. Chris m'attrape par les épaules et soutient mon regard avec tendresse.

— Comment ça va, ma petite cerise ? Tu ne t'es pas défilée finalement ? Prête à dévorer New York ?

Chris et ses surnoms gênants… J'avais oublié ce détail.

— Et comment ! je rétorque pourtant gaiement. Merci d'être venu aussi tard. Avec mon sens aigu de l'orientation, il m'aurait fallu deux jours pour arriver devant ta porte.

Chris s'esclaffe. La complicité que je lis dans son regard me réchauffe le cœur. Il connaît parfaitement mes défauts. Lors de sa dernière venue en France, alors que ma mère était dans un état pitoyable, j'étais censée l'accueillir à la gare. C'est lui qui avait fini par me retrouver, deux heures après être descendu du train, à quelques rues de là. Me maudissant d'être incapable de me repérer, je m'étais accroupie sur un trottoir, en larmes. Il m'avait simplement prise dans ses bras, et nous étions rentrés à la maison. C'est comme ça qu'il fonctionne. Il est là pour nous, sans rien dire.

— C'est vrai, j'aurais pu te laisser faire du repérage. Mais ta mère m'a demandé de te surveiller de très près. J'exécute seulement les ordres, se moque-t-il gentiment.

Une jeune femme blonde, que je n'avais pas remarquée jusque-là, se tient derrière nous. Elle me sourit d'un air aimable. Surprenant mon regard, Chris se retourne en tendant la main vers elle pour l'attirer à ses côtés avec douceur.

— Mélanie, je te présente Tara, m'explique-t-il dans un anglais parfait.

— Ravie de faire ta connaissance !

Mon anglais n'est pas aussi fluide que celui de mon oncle. Un sourire timide aux lèvres, je m'approche de la blonde qui me fait face. Avec simplicité, elle me prend dans ses bras pour me saluer. Surprise, je l'étreins à mon tour, le nez dans ses cheveux. Elle sent le savon pour bébé. Il va falloir que je me fasse à ces accolades. Pour le moment, je n'aime pas trop le concept. J'ai besoin qu'on respecte mon espace vital, raison pour laquelle je n'autorise que très peu de gens à me toucher.

Mal à l'aise, je m'écarte d'elle pour l'observer. Ses yeux pétillent d'une joie communicative, son sourire est accueillant. D'apparence simple mais très soignée, elle semble avoir à peine quelques années de plus que moi. Très légèrement maquillée, elle porte un jean slim noir et un chemisier blanc évasé. Ses cheveux blonds et raides retombent élégamment dans son dos. Elle dégage une vraie gentillesse.

Dans ma famille, personne ne l'a jamais rencontrée. Depuis que Chris vit aux États-Unis, il n'est revenu qu'une seule fois en France. À cette époque, il ne la connaissait pas encore.

— Je suis tellement contente de te rencontrer enfin, me dit Tara. Tu verras, New York est une ville fascinante. Je suis certaine que tu vas t'y plaire.

Tara parle vite, avec un fort accent américain. La comprendre me demande beaucoup plus de concentration que ce que je n'aurais pensé. Au cours de ma licence, on m'a enseigné l'anglais avec l'accent de la Reine Mère, ce qui n'est pas d'un grand secours au pays de l'oncle Sam. Il va me falloir un temps d'adaptation.

— Ça ne fait aucun doute.

— On y va ? nous interrompt Chris. Je ne sais pas pour vous, mais je n'ai pas l'intention de passer la nuit ici.

Trois

New life

Mel

Dehors, la douceur de l'air nocturne me surprend. Les paupières closes, j'inspire violemment ma première bouffée d'air new-yorkais, et cette idée me rend complètement dingue. Quand je rouvre les yeux, une file interminable de voyageurs patientent devant une colonie de taxis jaunes qui s'étend à perte de vue. Je n'ose même pas imaginer ce que ça donne en plein jour.

Sur le chemin vers sa voiture, Chris m'apprend que Tara et lui vivent dans un appartement récemment rénové. Ils ne se sont plus quittés depuis un séminaire sur le tourisme organisé à San Francisco, trois ans plus tôt. Très amoureuse, Tara a laissé tomber son poste et sa vie là-bas pour le rejoindre, et ils se sont associés pour faire fonctionner l'agence de voyage de Chris. Pendant qu'il me raconte leur histoire, Tara le regarde comme s'il était la huitième merveille du monde. Je ne saurai dire pourquoi, mais leur bonheur me fait du bien.

Un peu plus tard, Chris déverrouille enfin les portières d'une Ford Explorer noire. Je ne peux m'empêcher de pousser un soupir de soulagement à la vue des confortables sièges en cuir. J'ai eu l'idée absurde de porter des escarpins tout le long du voyage, et mes pieds endoloris réclament à grand cris la paire de Converse à laquelle ils sont habitués.

Confortablement installée, je m'autorise enfin à me détendre avant d'extirper mon téléphone de mon sac.

> Bien arrivée. C'est magnifique ici.
Tu me manques. Je t'aime.

Je n'ai ni la force ni l'envie de faire mieux.

> Génial, ma puce. Appelle-moi demain.

C'est long sans toi. Je t'aime aussi.

Pourtant heureuse d'avoir des nouvelles de Théo, je souris un peu tristement. J'espère qu'il va bien.

À la sortie de l'aéroport, un enchevêtrement complexe de routes très larges s'étend devant nous, mais pas encore de buildings à l'horizon. Je dévore des yeux tous les détails possibles : la taille démesurée de voitures inconnues, les panneaux publicitaires, l'intensité des éclairages au loin… Comme une enfant qui apprend à lire, j'essaie de traduire et de comprendre chaque panneau que nous croisons.

— Repose-toi un peu si tu veux, m'enjoint Tara entre deux baillements. Il y a une bonne heure de trajet jusqu'à Greenwich.

Chris allume la radio. Du rock, évidemment. C'est lui qui m'a transmis sa passion pour la musique. De Jimi Hendrix à Bruce Springteen en passant par Metallica et U2, je connais tout. Grâce à Chris, j'ai une culture musicale en béton.

Une demi-heure plus tard, juste avant de rentrer dans Queens Midtown Tunnel, j'aperçois enfin Manhattan. De plus en plus impatiente, je laisse mes pensées vagabonder au rythme de la musique et des paysages qui défilent. Ce que je ressens est à la fois magique et inquiétant, terrifiant même. Les conseils de ma mère à l'aéroport traversent mon esprit.

« Profites-en. Quoi qu'il arrive, tire le meilleur de chaque chose. Rencontre du monde, apprends. Fais avec ce qu'on te donne. »

Le regard inquiet mais plein de fierté qu'elle m'a lancé avant de me dire au revoir ne m'a pas quittée de tout le vol.

Théo, lui, m'a simplement demandé d'en profiter, de revenir en France aussi amoureuse que je l'étais en partant et de ne pas oublier de l'appeler. Mais comment je le pourrais ? Avant mon départ, nous avons passé la semaine collés l'un à l'autre. J'avais besoin de passer ces derniers jours avec lui. De graver en moi son visage. Je déteste cette sensation que le futur me file entre les doigts. Dans un mois, Théo déménage à Paris, dans un endroit qui m'est inconnu. Quand je rentrerai en France, si tout se passe bien, il vivra à Paris depuis déjà un moment.

Et j'ai peur. Qu'il m'oublie, que nos vies changent. Pour lui, notre séparation n'est qu'un moyen de renforcer les sentiments que nous éprouvons l'un pour l'autre. Pour l'instant, j'ai du mal à voir les choses sous cet angle.

Nous avons passé notre dernière soirée dans un petit restaurant très intime. Au dessert, une bague m'attendait, posée sur mon assiette de tarte tatin. Sous le coup de la surprise, j'ai presque renversé mon verre. Au moment où j'ai ouvert l'écrin, le cœur battant, Théo a quand même précisé :

— C'est juste une bague de promesse. Quand tu reviendras de New York, je serai toujours avec toi. Je t'attendrai.

Les larmes aux yeux, j'ai pris sa main dans la mienne. Sur le moment, le romantisme et l'amour de ce cadeau ont un peu apaisé mes angoisses.

Machinalement, je fais tourner l'objet en question entre mes doigts en me remémorant cette semaine. La douceur et l'émotion de notre dernière nuit. Je ne pourrais jamais oublier ces instants, ni ce que Théo représente dans ma vie. Sa simplicité, son humour, son altruisme extrême m'ont toujours aidée à surmonter mon manque de confiance en moi. Il est mon refuge, mon pilier et mon point de repère à la fois.

J'aurais tellement aimé qu'il partage avec moi les images qui défilent sous mes yeux. Son absence se fait soudain violemment ressentir. Affronter l'inconnu avec lui aurait été vraiment plus simple pour moi. Mais je dois me rendre à l'évidence : je suis seule, il n'y a personne d'autre que Chris pour me rassurer, et je n'ai pas d'autre choix que de m'y faire.

L'ascenseur émotionnel de ces dernières vingt-quatre heures est plutôt difficile à gérer. J'ai peur, j'ai hâte, je suis excitée, triste et terrifiée. J'ai perdu l'habitude d'être seule, sans personne pour m'éviter les erreurs de jugement. J'espère juste me montrer à la hauteur de mes propres attentes.

— Et voilà… New York ! m'interpelle Chris en guettant ma réaction dans le rétroviseur.

Sous mes yeux émerveillés, les gratte-ciel new-yorkais découpent le ciel nocturne. Je me sens comme une gosse le matin de Noël. Cette ville est mon cadeau géant. Un peu plus loin, alors que je ne peux plus décrocher ce stupide sourire niais de mon visage, Chris fait bifurquer la voiture sur la Ve Avenue, et l'Empire State Building se dresse fièrement devant moi. J'en ai tellement rêvé que je n'arrive même pas à réaliser ce qui se passe.

L'atmosphère ici est indescriptible. Complètement différente de tout ce que j'ai connu jusqu'à présent. L'énergie à peine croyable qui se dégage de cette ville me coupe presque le souffle. Il est trois heures du matin, mais la luminosité est si intense qu'on se croirait en plein jour. Je me sens minuscule à côté de ces immeubles immenses, et paradoxalement, je ne me suis jamais sentie aussi puissante.

Dans ma tête, un torrent d'émotions se bousculent, et malgré l'heure avancée et le manque de sommeil, il me semble que j'ai conquis le monde. *Empire State of Mind* d'Alicia Keys résonne dans ma tête, et je ne peux m'empêcher d'en fredonner les paroles. Cette chanson m'a toujours donné des frissons, même après plusieurs centaines d'écoutes, et aujourd'hui, c'est encore pire. Mon air ébahi déclenche un fou-rire chez Chris et Tara.

— Tu devrais fermer la bouche. Si tu fais cette tête-là à chaque coin de rue, tu ne passeras jamais pour une vraie New-yorkaise.

Je lance un instant vers mon oncle un regard enchanté, avant d'absorber à nouveau le moindre détail qui s'offre à moi. Je ne veux pas rater une miette de ces premières minutes.

Un peu plus tard, alors que le sentiment d'extase qui m'habite ne m'a toujours pas quittée, Chris se gare devant un petit immeuble sur Grove Street. Tara se retourne pour me donner une information que je devine déjà.

— Voilà, on y est.

Pour calmer la tempête dans ma poitrine, je replace nerveusement mes cheveux derrière mes épaules, avant d'ouvrir la portière du véhicule et de lever les yeux vers ma désormais nouvelle maison.

L'air est toujours aussi doux. Des bruits de klaxon me parviennent au loin, mais la rue semble plutôt calme. La plupart des fenêtres donnant sur l'extérieur ne sont pas éclairées. Immédiatement, je tombe amoureuse de l'immeuble en briques rouge devant lequel Chris s'est garé, typique des vieux bâtiments new-yorkais. Quelques marches bordées de rampes en fer forgé travaillé mènent à une porte d'entrée en bois clair, surmontée d'un joli porche en pierre. Je m'attends presque à ce que Carrie Bradshaw apparaisse en coup de vent et descende le petit escalier dans sa jupe blanche.

Une de mes valises à la main, Chris déverrouille l'entrée du bâtiment, Tara sur ses talons. L'ascenseur s'ouvre pour nous mener au troisième étage, où se trouve l'appartement. Le palier, recouvert de parquet, m'apporte immédiatement une sensation de sérénité. Devant nous, deux portes en bois très clair se font face. À pas feutrés, Chris se dirige vers celle de gauche, qu'il déverrouille. D'un mouvement souple du bras, il désigne à mon attention l'intérieur de l'appartement. Sous son regard attentif, j'y entre à la suite de Tara, plus consciente que jamais de la nouvelle vie qui m'attend.

Quatre

New House

Mel

Alors que Chris dépose mes valises dans l'entrée, Tara retire ses chaussures d'un geste et me sourit avant de disparaître. Je me déchausse à mon tour, légèrement mal à l'aise. Je déteste m'incruster chez les gens, qu'ils soient ou non de ma famille.

— Bienvenue chez toi, Mélanie ! Je te sers un verre ?

Je me laisse guider par la voix de Tara pour la rejoindre dans une grande cuisine aux meubles clairs, séparée du salon par un îlot central.

— Oui, merci. En fait, je meurs de soif. Et je suis affamée.

Le plateau repas de l'avion ne me tentant absolument pas, je n'ai rien avalé depuis plus de dix heures. Je ne veux pas paraître impolie dès mon arrivée, mais maintenant que ma pression artérielle a retrouvé un niveau à peu près normal, j'ai l'impression que je vais faire un malaise si je n'ingurgite pas un peu de nourriture dans la seconde.

— Comme toujours, s'exclame Chris. Tu n'as pas changé sur ce point, apparemment. Je vais me coucher, les filles. Je suis crevé.

— Tu es un être faible, s'esclaffe Tara en interrompant la préparation d'un énorme sandwich – je ne viendrai jamais à bout de ce truc.

— Toujours, en ce qui te concerne, rétorque Chris, une lueur espiègle au fond des yeux.

Je profite de leur badinage pour observer mon nouveau chez moi. Le salon qui me fait face est très accueillant, décoré avec goût dans des tons beige clair et gris-bleu. Des plafonds hauts accentuent la sensation d'espace. Le parquet en bois, dans les mêmes tons que celui du palier, ajoute une touche d'authenticité et de chaleur. Deux immenses fenêtres donnent sur la rue. En plein jour, la luminosité doit être incroyable. Sur le mur du fond, une grande bibliothèque accueille une multitude de livres. Au centre de la pièce, un canapé moelleux en tissu gris-bleu me donne immédiatement envie de m'y vautrer. Je m'imagine assise avec un café, un bon livre entre les mains, sur l'un des deux fauteuils assortis. Cet appartement est parfait pour les dimanches pluvieux.

Je me rappelle soudain qu'il ne me reste que deux jours avant de commencer mon stage. Je chasse immédiatement cette idée de mes pensées avant de me remettre à stresser. En massant ma nuque raide, j'exhale un soupir de lassitude, satisfaite que ce long voyage touche à sa fin. Dans la cuisine, Tara s'affaire toujours. Je m'assieds près d'elle, sur un des tabourets disposés autour de l'ilôt.

— Cet appartement est génial.

— Merci, Mélanie, me dit Tara en me servant un jus d'orange frais.

Mon compliment semble lui faire plaisir.

— C'est toi qui as fait la déco ?

— Comment tu as deviné ?

— Je ne sais pas. Une intuition.

— Ça ne s'est pas fait en un jour, m'explique-t-elle avec bonne humeur, mais je suis plutôt contente du résultat. Chris et moi nous sommes souvent disputés à ce sujet… Il a la manie de se mêler de ce qui ne le regarde pas !

Ponctuant sa remarque d'un clin d'œil complice, elle éclate d'un rire léger.

— Tu peux m'appeler Mel, si tu veux. Je n'ai pas l'habitude qu'on m'appelle Mélanie – en fait, j'ai horreur de ça.

Le jus d'orange apaise ma soif et me donne un regain d'énergie. Au fil de la conversation, j'apprends que Tara vient de fêter ses vingt-six ans et qu'elle adore cuisiner – ce qui tombe bien puisque j'ai horreur de ça aussi. Elle passe le peu de temps qui lui reste en dehors de son travail avec Chris à peindre et à faire du shopping. Elle me questionne beaucoup sur ma famille, qu'elle semble avoir hâte de rencontrer. J'observe son regard se charger de tristesse quand elle me parle de la sienne, restée à San Francisco, et qu'elle m'explique à quel point l'éloignement d'avec les siens lui a semblé douloureux.

Je me sens vite très proche de Tara. Je lui confie mon désarroi de me retrouver ici sans Théo et mes inquiétudes au sujet de ma mère. Sa sensibilité me pousse à me raconter très facilement, et je me sens totalement acceptée dans cette maison.

Sans interrompre notre discussion, elle pose devant moi un énorme sandwich au poulet avant de s'asseoir à mes côtés. J'avais lu un truc sur les quantités démesurées de nourriture qu'avalent les Américains, mais je n'étais pas sûre que ce soit si vrai. Maintenant, j'en ai la preuve.

J'arrive à bout de mon assiette avec peine, et quand la compagne de Chris me propose un dessert, je refuse sans la moindre hésitation. J'ai plutôt intérêt à faire attention à mes fesses. Hors de question que mes efforts pour maintenir mon poids soient réduits à néant en quelques jours à peine.

Après un tel en-cas, le manque de sommeil se fait très vite sentir. Quand elle s'en aperçoit, Tara se lève et me prend par le bras.

— Viens, je vais te montrer ta chambre, tu dois être épuisée.

Effectivement, entre toutes mes émotions et le décalage horaire, je peine à mettre un pied devant l'autre. Mon hôtesse m'entraîne dans un étroit couloir et ouvre une porte à sa gauche, qui donne sur une petite chambre bien agencée. Comme dans le salon, il y a du parquet au sol et une grande fenêtre. L'un des murs est peint d'un bleu turquoise très pâle, une des couleurs que je préfère au monde.

— Demain matin, tu peux dormir autant que tu le souhaites, ajoute-t-elle. Chris et moi serons partis travailler, mais nous t'avons fait faire un double des clés. Si tu as besoin de quelque chose, il y a une épicerie au coin de la rue.

— Merci pour tout, Tara. Merci. À vous deux.

Mon expression ravie parle pour moi. Cette nouvelle chambre ne possède pas tous les souvenirs que j'ai dans celle de mon enfance, mais je m'y sens vraiment bien. Théo l'aurait adorée. Étonnamment, c'est très calme, mais je suppose que beaucoup d'appartements à New York sont équipés de double vitrage. Un lit simple, un petit bureau et une coiffeuse ancienne agrémentent la pièce. Des bougies parfumées sont disposées un peu partout. Derrière une porte coulissante sur le mur du fond, je découvre une salle de bains et un petit dressing qui suffira largement à ranger le peu d'affaires que j'ai emportées avec moi.

Une vague de reconnaissance envers Chris m'envahit brusquement. Je lui dois mon stage chez Live Nation, et rien ne l'obligeait à accepter une nièce encombrante au milieu de sa toute récente vie de couple. Pourtant, dès qu'il a su que mes projets avec Théo étaient compromis, il n'a pas hésité une seconde à me proposer de m'héberger.

— C'est tout à fait normal, me répond Tara. Chris et moi sommes de la famille. Ça nous fait plaisir de t'aider. Tu ne sais pas ce que te réserve ton avenir ici, c'est important que tu sois bien installée. Maintenant, je vais te laisser dormir. Si je continue comme ça, demain, mes clients vont fuir, sourit-elle en désignant ses cernes d'un doigt. Et j'ai besoin qu'ils m'achètent des voyages.

Tara me prend spontanément dans ses bras, avant de sortir de la pièce et refermer la porte sur ma solitude. Pour en profiter pleinement, j'ouvre la fenêtre de ma chambre et respire cet air inconnu saturé d'énergie. Les paupières closes, j'essaie de m'imprégner des bruits de la ville, animée comme en plein jour. Cette agitation diffuse finit par me rattraper et efface provisoirement toute trace de la fatigue qui me terrassait quelques instants plus tôt. Revigorée, je décide de prendre le temps de m'installer. Je défais mes bagages en un temps record, branche mon ordinateur portable et range les quelques livres que j'ai emportés. Avec un léger pincement au cœur, je dispose mes photos préférées au dessus du bureau : une de ma mère, Jules et Sarah lors de l'anniversaire de cette dernière, une autre de Théo et moi, et un selfie de Léa, ma meillleure amie, pris pendant la soirée organisée pour mon départ.

Ce jour-là, ma surprise a été totale. Léa avait loué notre bar favori, qui nous servait jusque-là de quartier général, et invité toutes mes connaissances du lycée et de la fac. On a dansé toute la nuit, et moi qui ne bois pratiquement jamais, j'ai pris une cuite énorme. Le lendemain, j'ai été malade comme un chien, et Théo a dû me veiller jusqu'à ce que je me sente mieux.

Son visage inquiet penché sur moi traverse un instant ma mémoire. Malgré mon état d'ébriété avancé, je me souviens de m'être délectée, entre deux spasmes, de son sourire attendri. Son regard attentif sur moi, la chaleur de ses bras, le goût de ses lèvres… Perdue dans mes souvenirs, je me secoue un peu. Me remémorer la moindre sensation éprouvée avec Théo n'est vraiment pas une bonne idée.

M'efforçant de pas sombrer dans une nostalgie vaine, j'attrape mes affaires de toilette dans le dressing pour profiter de ma nouvelle salle de bains ; une douche bien chaude devrait me détendre un peu. La cabine, spacieuse et bien éclairée, se trouve sur ma gauche. En face de celle-ci, un grand miroir ovale est accroché au-dessus d'un meuble au style ancien, agrémenté d'une vasque ronde. En pénétrant sous l'eau chaude après m'être démaquillée et brossé les dents, je soupire de bien être.

De longues minutes plus tard, détendue et débarassée des stigmates du voyage, j'enfile un débardeur et un pantalon de coton. Une fois mes longs cheveux bruns secs, j'envoie un message à ma mère pour lui donner mes premières impressions. Comme tous les soirs, je branche mes écouteurs avant de m'allonger, musique aux oreilles. La sensation inhabituelle provoquée par le lit sous moi m'incommode un peu. Bercée par *Baby's Romance*, de Chris Garneau, je tombe pourtant dans un sommeil sans rêves en quelques minutes à peine.

Cinq

Unknown

Mel

Quand j'ouvre les yeux, l'appartement est plongé dans le silence. D'abord perturbée par cet environnement inconnu, je laisse les souvenirs de la veille m'envahir. Je n'ai pas rêvé. Je suis toujours à New York. Surexcitée, je fixe le plafond, un sourire figé aux lèvres. Parfois, des éclats de rire incontrôlables s'échappent de ma gorge, rendant mon émotion plus réelle. En état de grâce, j'approfondis les sensations qui accompagnent mon premier réveil américain, analysant chaque bruit, respirant chaque odeur nouvelle.

En fond sonore, l'agitation de la ville décuple ma volonté de partir à l'aventure. Obsédée par l'idée d'un bon café bien chaud, je repense au Starbucks censé se trouver juste au coin de la rue dont Tara a fait mention hier soir. Il y a de grandes chances que je devienne rapidement leur meilleure cliente.

J'ai dormi tard : il est 10 heures, heure locale. En consultant mon téléphone, je trouve deux messages de ma mère : le premier pour me souhaiter bonne nuit et l'autre pour me dire qu'elle pense à moi. Ma petite maman… Son visage si expressif me manque déjà. Une fois de plus, j'ai l'impression d'être exilée dans une bulle rien qu'à moi loin des miens. C'est un peu angoissant, et très excitant à la fois.

Comme tous les matins, et particulièrement celui-là, j'ai besoin de musique. Profitant de ma solitude, j'enclenche mon lecteur sur mon téléphone avant de me brosser paresseusement les dents et de me maquiller. J'enfile ma tenue préférée pour flâner : un slim, un débardeur ample et ma paire de Converse basses. J'attrape mon sac, y fourre mon téléphone et vérifie une dernière fois mon apparence dans le miroir. New York, me voilà !

Ma théorie de la veille se vérifie : en plein jour, le salon de mon nouveau chez-moi est baigné d'une intense lumière. Je parcours d'un regard gourmand l'espace qui m'entoure, et note dans un coin de ma tête de penser à Tara si j'ai besoin de conseils déco un jour. Je ne peux pas résister au plaisir coupable de me jeter enfin sur le canapé en tissu gris. Comme je m'y attendais, il est moelleux à souhait. Dommage que je n'aie pas le temps de m'y attarder.

Sur la table de la cuisine, je trouve un mot de Chris et un jeu de clés.

Ma petite cerise,
Fais comme chez toi. On revient vers 15 heures.
Appelle-nous si besoin.
Chris

Je récupère les clés sur le comptoir et quitte l'appartement d'un pas léger. Sur le palier, je tombe nez à nez avec le voisin de l'appartement d'en face. Je tente mon premier « *Hi* » accompagné de mon sourire le plus avenant possible. Blond, la quarantaine, les cheveux courts, il arbore un air particulièrement renfrogné et gromelle une réponse inintelligible sans même poser les yeux sur moi. Il n'est peut-être pas du matin.

Il me suffit de remonter Grove Street sur quelques centaines de mètres pour trouver le Starbucks, beaucoup plus petit que dans mon imagination. J'y entre discrètement, un peu perturbée par les regards des rares clients qui s'y trouvent. C'est assez paranoïaque, mais j'ai la sensation que l'étiquette « Je ne suis pas d'ici » est collée sur mon front. Avec maladresse, je commande un Caramel Macchiato avant de m'installer à une table libre. La première gorgée de cette boisson presque divine me donne un coup de fouet bienvenu.

Qu'est-ce que je vais faire maintenant ? Cette ville offre tellement de possibilités que j'en ai le tournis. J'enclenche distraitement Google Maps sur mon téléphone, hésitant entre du repérage et un peu de tourisme. Finalement, j'opte pour une combinaison des deux : mon futur lieu de stage se trouve au cœur de Times Square, un des premiers endroits où j'ai envie de me rendre depuis que je connais l'existence de cette ville.

De la musique plein les oreilles, je laisse l'air doux et les rayons de soleil de septembre pénétrer doucement ma peau encore hâlée. À chaque pas, l'atmosphère si particulière de New York me pénètre un peu plus. Au fur et à mesure de mon avancée, les rues se noircissent de monde. Quand j'arrive sur Times Square, j'ai l'impression de rêver. On dirait une fête foraine géante, le genre de celles qui n'existent pas dans la vraie vie. Je me sens minuscule, enivrée, effrayée. Non sans mal, je finis par repérer les bureaux de Live Nation entre l'Amsterdam Theatre et un Mc Donalds à la taille démesurée. En comparaison, les portes vitrées surmontées du logo de Live Nation et gardées par deux agents de sécurité ressemblent à un trou de souris. Rien n'est visible de l'extérieur, à part un carrelage impeccable et un comptoir d'acceuil vide. Les bureaux se trouvent sûrement dans les étages.

Après ce petit round d'observation, je poursuis mon chemin sur la 42e Ouest, le nez dans les nuages. Mon portable à la main, un sourire béat aux lèvres, je mitraille les gratte-ciel de mon appareil, puis m'empresse d'envoyer mes photos à Léa, Théo et ma mère. Quelques centaines de mètres plus tard, oppressée par la foule grouillante et malgré la barrière de mes écouteurs, je décide qu'il me faut un peu de calme. Naïvement, je tape dans ma barre de recherche « endroit calme Times Square ». Le résultat me fait lever les yeux au ciel : apparemment, les seuls endroits un peu paisibles aux alentours sont des hôtels. Si je veux me reposer, je n'ai pas d'autre choix que de rentrer à l'appartement.

Sur le chemin du retour, je m'arrête faire de rapides achats dans l'épicerie dont m'a parlé Tara hier soir. Je n'ai pas besoin de grand-chose, seulement d'un gel douche et de quoi préparer des thés glacés – une autre de mes drogues. En plus, l'occasion de faire du repérage est trop belle. Plus tôt je me débrouillerai seule, mieux ce sera.

Ma première virée n'était pas très longue, mais j'en suis ravie. En passant la porte de l'appartement, harrassée, je me rends directement dans ma chambre pour m'allonger. Quelques minutes plus tard, je m'endors comme une masse.

La voix précautionneuse de Chris m'extirpe avec douceur de mon coma profond. Quand j'entrouvre les paupières avec difficulté, il se tient contre l'embrasure de la porte de ma chambre et darde sur moi un regard attendri quoiqu'un peu moqueur.

— C'est une heure pour faire la sieste, marmotte ?

À demi éveillée, je me redresse lourdement et m'appuie sur mes bras, les sourcils froncés. J'ai horreur qu'on me réveille. Chris, qui ne connaît pas cette partie de ma personnalité, ne se laisse pas démonter.

— On va faire un tour à Central Park. Tu viens ?

Son expression enjouée me pousse à acquiescer. Tara et lui ont sans doute planifié cette sortie pour moi, il faut que je fasse un effort. Engourdie de sommeil, je me fais violence pour m'asseoir au bord du lit.

— Bien sûr. Laisse-moi juste le temps d'appeler ma mère. Il faut que je sache comment elle va.

— Dis-lui que tu dors comme un bébé. Avec ça, tu es tranquille pour les trois prochains mois, ironise Chris avant de sortir.

L'auteure de mes jours décroche à la première sonnerie, comme si elle attendait mon appel. L'émotion et l'inquiétude percent dans sa voix. Le récit de mes premières heures si loin d'elle semble la rassurer. Elle me donne des nouvelles de la famille, avant de me soutirer la promesse de la rappeler très vite.

Se déplacer dans New York avec Chris et Tara est bien plus facile. Chris me montre comment me procurer des tickets de bus, dont j'aurai certainement besoin dans les jours qui viennent. Il me bombarde d'explications sur tout ce qui nous entoure, et même en flânant, nous atteignons Central Park en moins d'un quart d'heure. Un peu après Sheep Meadow, nous nous asseyons dans l'herbe. Tara s'allonge entre les jambes de Chris, qui la serre tendrement dans ses bras. Attendrie, je me détourne légèrement d'eux pour leur laisser un peu d'intimité.

En cette fin de journée, la vue est incroyable. Quelques nuages d'une blancheur de neige jouent paresseusement avec les buildings qui pointent au-dessus des immenses arbres verts du parc. Un vent léger annonce doucement la fin de l'été. Attirée par des éclats de rire, j'observe de loin un groupe d'enfants jouer au ballon. La majorité des adultes, comme nous, se détendent dans l'herbe.

Le contraste avec la fourmilière qui se trouve non loin de nous est incroyable. C'est officiel, je suis amoureuse de cet endroit. Pour la première fois depuis l'atterrissage, la sérénité m'envahit. Mes muscles se détendent, et mes pensées d'habitude si envahissantes me laissent tranquille. J'observe un moment un petit garçon blond jouer à la bagarre avec son père.

— Chris ! Tara !

Interrompue dans mes réflexions, j'observe avec curiosité un couple de promeneurs s'approcher de nous avec énergie. Chris et Tara se lèvent d'un même mouvement. Un peu en retrait, j'observe les nouveaux venus. La femme est aussi blonde que l'homme est brun. La simplicité qu'ils dégagent me décoince un peu, et je me lève à mon tour pour les saluer.

— Mélanie, je te présente Lucy et Drew, m'annonce Tara. Ce sont des amis de Chris. Ils se connaissent depuis l'université.

J'esquisse un petit geste de la main. Drew tape sur l'épaule de mon oncle en prenant un air tragique.

— Dix ans que je le supporte. Je me demande encore comment j'ai survécu.

J'étouffe un rire en pinçant les lèvres et reporte mon attention sur Lucy.

— Alors, Mélanie, c'est ton premier jour à New York ? me questionne-t-elle.

— Oui. C'est… impressionnant.

Incapable de trouver mes mots, je me torture pour ajouter quelque chose de plus intelligent.

— Ne t'inquiète pas, dit-elle dans un sourire compréhensif. Ça m'est arrivé, à moi aussi. Passés les premiers moments, on n'imagine plus vivre ailleurs.

C'est loin d'être mon cas pour l'instant, mais je ne m'autorise pas à la détromper. À côté de nous, Chris et Drew se chamaillent comme des enfants à propos de leurs derniers exploits sportifs.

— Déterminer qui a la plus grosse est d'une importance capitale, je le conçois, s'esclaffe Lucy d'une voix forte. Mais Drew et moi avions prévu d'aller faire un tour au B54, ce soir. Ça vous dirait de vous joindre à nous ?

La proposition semble enchanter Tara. Elle joint les mains sous son menton en suppliant Chris du regard. Ce dernier lève les yeux au ciel et esquisse un sourcil amusé avant de s'adresser à moi dans notre langue maternelle.

— Tu as envie d'y aller ?

— Il faudrait déjà que je sache de quoi on parle, je rétorque avec curiosité.

— C'est un bar dans Times Square.

— Un bar ?

— Oui, mais pas n'importe lequel, précise Chris. D'abord, ils font des cocktails délicieux. Et comme son nom l'indique, il est au cinquante-quatrième étage. La vue sur New York est imprenable.

Obligée de me concentrer pour ne pas sauter de joie, je me contiens tant bien que mal, mais mon sourire éclatant parle pour moi.

Respire, Mel. C'est juste un rooftop.

— D'accord.

La réaction de Tara ne se fait pas attendre. Avant que je puisse l'anticiper, elle saute vivement dans mes bras, me déséquilibrant, et nous tombons toutes les deux sur la pelouse. Malgré le choc, un fou-rire mémorable nous prend. C'est officiel, j'adore cette fille.

Six

High hopes

Mel

Mon téléphone sonne juste au moment où nous passons la porte de l'appartement. Trop heureuse de pouvoir enfin parler à Théo, je décroche en retirant mes chaussures, avant de prendre la direction de ma chambre.

— Salut, ma puce, ça va ? Comment ça se passe ?

Sa voix, douce et chaude, me donne la sensation de retrouver ma maison.

— Je vais bien. Tout est différent ici, mais je vais bien.

Je me lance joyeusement dans le récit exulté de mon interminable vol à côté d'une voisine grippée qui n'a cessé de tousser, l'excitation que j'ai ressentie en débarquant, l'incroyable sensation de déambuler dans Times

Square. Théo rit, soupire d'envie et s'extasie avec moi. Il possède la qualité rare de savoir vraiment écouter. Ce n'est pas le genre de personne à faire semblant de s'intéresser aux autres par politesse.

— Ça a l'air vraiment génial.

— Ça l'est. La seule chose qui manque ici, c'est toi.

— Je suis désolé, me répond Théo d'un air contrit.

— Je suppose que je m'y ferai… Comment ça va chez nous ?

— Bien. On est allé au Temple après le match.

— Tu t'es bien amusé ?

— Oui. David était dans un sale état, il a fallu que je le ramène chez lui. Sarah était furieuse, s'esclaffe-t-il.

Sarah est la petite amie très possessive de David, un ami d'enfance de Théo. Contrairement à elle, le fait que la personne que j'aime prenne du bon temps de son côté ne me dérange absolument pas. Je n'ai jamais été le genre de fille qui se transforme en furie dès que son mec passe dix minutes hors de sa vue. Et vu la distance actuelle entre Théo et moi, heureusement.

— Rien de très nouveau.

— J'ai croisé Léa aussi. Avec une nouvelle proie, raille-t-il. Mais je suppose que tu es déjà au courant ?

Les frasques de ma meilleure amie ne m'étonnent plus depuis longtemps. Par contre, le fait qu'elle n'ait pas pris la peine de m'envoyer un texto à propos de sa conquête de la soirée me vexe un peu. D'habitude, elle ne se fait jamais prier pour me raconter ses nuits torrides. J'éclate d'un rire un peu forcé.

— Non, elle ne m'a rien dit.

— Elle avait l'air déchaîné.

Le ton réprobateur de Théo lorsqu'il parle des aventures quasi hebdomadaires de Léa ne me plaît pas du tout. Elle est comme elle est, sa vie ne regarde qu'elle. C'est la seule véritable amie que je possède en ce monde, et Théo ou pas Théo, personne ne touche à Léa.

— Ne la juge pas, s'il te plaît, je rétorque d'un ton sec.

Pour éviter de m'emporter, je pose les yeux sur la bague magnifique qui orne mon anulaire droit. Ma voix se radoucit immédiatement.

— Tu me manques, tu sais. J'aimerais que tu sois là.

— Toi aussi, tu me manques, Mel. Mais rien de tout ça n'est définitif. Amuse-toi, d'accord ?

La vague d'émotions qui me traverse ferme un instant mes paupières.

— Je sais. Je vais en profiter. J'en profite déjà.

— Prends soin de toi. Et rappelle-moi vite.

— Évidemment. Toi aussi, fais attention à toi.

Notre discussion achevée, j'envoie un rapide texto à Léa pour me rappeler gentiment à son bon souvenir. Un peu secouée par la réalité qui me rattrape, je m'étends sur le lit en soupirant. Je voudrais pouvoir serrer mes bras autour de la taille svelte de Théo, lever les yeux sur son regard rieur, passer ma main dans ses cheveux bruns impeccablement coiffés et l'entendre râler.

À force de fixer la photo de nous accrochée au mur en face de moi, les larmes me montent aux yeux, et je mords violemment l'intérieur de mes joues pour ne pas céder à l'émotion qui me gagne. Dépitée, je m'exhorte à la patience et me précipite sous la douche.

Quand je sors de ma chambre une demi-heure plus tard, une délicieuse odeur de poulet grillé flotte dans le salon. Chris est appuyé contre l'îlot de la cuisine, un verre de vin blanc à la main. Tara termine de préparer une appétissante salade composée. Ils se taquinent mutuellement sur leurs petites habitudes. Leur évidente complicité me réchauffe le cœur.

Pendant le repas, Chris me demande des nouvelles de Jules et Sarah. Je me lance avec joie dans le récit de notre vie quotidienne : la passion de mon frère pour le foot, la timidité de ma sœur, leurs petites déceptions et leurs grandes réussites.

La nouvelle de mon départ a beaucoup affecté Sarah. Très complices, ma sœur et moi ne passons jamais une journée l'une sans l'autre. Elle est celle que j'ai eu le plus de difficultés à convaincre que tout se passerait bien à la maison sans moi. Pour atténuer un peu sa tristesse, je lui ai offert avant de partir le cadeau dont elle rêvait depuis déjà longtemps : une machine à coudre. Il y avait tant de joie dans son regard. Au moment de se dire au-revoir, elle m'a glissé à l'oreille que quand elle serait triste, elle me ferait des vêtements. Rien que pour moi. Comme ça, à mon retour, j'aurais plein de cadeaux.

À la fin du repas, je me lève pour aider Tara à nettoyer et ranger la vaisselle, ce que nous faisons dans une ambiance décontractée et légère.

De retour dans ma chambre, je passe beaucoup trop de temps à hésiter sur ma tenue pour finalement décider qu'un slim noir, un chemisier blanc et une paire de Vans feront l'affaire. Quand nous partons, il est un peu plus de 22 heures. Les cheveux encore un peu humides, je m'installe à l'arrière de la voiture de Chris, qui refuse que nous attendions le bus en plein milieu de la nuit. Tout le long du trajet, nous reprenons en chœur de vieux tubes. Mon oncle chante faux, et Tara et moi passons la moitié du temps à rire du spectacle qu'il nous offre plutôt qu'à l'accompagner.

Drew et Lucy nous attendent en bas du bâtiment de verre en haut duquel se trouve le B54. Quand nous entrons dans l'ascenseur, mes yeux s'agrandissent de surprise à la vue du nombre incalculable de boutons sur le tableau. J'appuie cérémonieusement sur celui du cinquante-quatrième étage, sans penser une seule seconde que l'ascension puisse être aussi longue. Quasiment deux minutes d'escalade à une vitesse qui me semble folle. De quoi donner des haut-le-cœur.

Alors que mon taux d'adrénaline augmente de seconde en seconde, les portes finissent par s'ouvrir sur un grand espace étroit. Le bar se dessine sur toute la longueur du mur à ma droite, faiblement éclairé par des néons de couleur. Derrière celui-ci, plusieurs personnes s'activent pour préparer les commandes. Le mur à ma gauche est constitué de parois de verre dans lesquelles se découpent plusieurs portes, en verre elles aussi, qui donnent certainement accès à la fameuse terrasse.

Entre les deux, de grandes tables en métal noir harmonieusement disposées accueillent les clients. Ma famille et moi tentons de nous frayer un passage dans cet espace plein à craquer. Par-dessus *Heatens* de Twenty One

Pilots, Drew charge Lucy de nous trouver une table. Elle finit par en dénicher une assez grande pour nous tous, juste à côté d'une des portes. D'un geste affectueux, Tara m'invite à m'attabler à côté d'elle. J'ai l'impression d'être plus avec des amis qu'avec ma famille, et j'aime ça. Je me sens libre, adulte. Ça me fait du bien. Chris et Drew réapparaissent, nos boissons dans les mains. Surprise, j'observe Chris poser un Mojito devant moi.

— Je t'interdis de raconter ça à ta mère, m'avertit-il gaiement.

— Parce que tu penses que je t'ai attendu pour boire ?

Tara s'esclaffe et lève son cocktail.

— À Mel et à sa nouvelle vie !

Tout le monde l'imite joyeusement. Mal à l'aise, je lève mon verre à mon tour et savoure enfin ma première soirée new-yorkaise. Autour de nous, les rires fusent. À notre table, la conversation bat son plein. Lucy étonne tout le monde avec des anecdotes sur une de ses collègues de bureau, reine des gaffes et empotée de service. Je n'aimerais pas être la collègue en question en ce moment.

Au milieu des rires, mon portable vibre sur la table. Avec un geste d'excuse, je sors précipitamment par la première porte qui se présente à moi et me retrouve sur la terrasse.

— Mel, c'est Léa. Alors, comment c'est New York ? Et comment tu sais pour la soirée de samedi ? C'est quoi, ce bruit ? Tu fais quoi ?

Comme souvent, elle a activé le mode rafale.

— Relax, Léa. Respire un peu ! Alors dans l'ordre : New York, c'est New York. C'est juste… indescriptible. Pour samedi, c'est Théo qui t'a vue en pleine action au Temple. Et ce bruit, c'est une soirée dans un bar. Je viens de sortir sur la terrasse. Au cinquante-quatrième étage. Tu te rends compte ?

— Pas vraiment, me refroidit mon amie. À peine arrivée, tu fais déjà des soirées ? Tu ne perds pas de temps.

— C'est pas une vraie soirée. C'est Chris qui m'a emmenée ici. Avec des amis à lui. Et c'est juste un bar.

— Et les New-Yorkais, ils sont comment ? J'espère que tu ne passes pas ton temps au téléphone avec Théo. Tu as rencontré du monde ?

— Léa, ne commence pas.

— Toi, ne commence pas, rétorque-t-elle sans la moindre hésitation. Tu sais ce que j'en pense.

Léa n'a jamais approuvé ma relation avec Théo. Elle trouve que je m'enferme avec lui, et qu'on ne se ressemble pas. À l'entendre, il faudrait que je fasse comme elle : profiter de rencontres dues au hasard sans leur donner suite. Je change délibérément de sujet.

— Et au fait, ce type ? Celui de samedi soir ?

— Comme d'habitude. Il était sexy, sympa, j'ai passé la nuit chez lui, et ai mis les voiles avant qu'il se réveille. Simple, efficace. Tu me connais.

J'éclate de rire en imaginant la tête de la victime d'un soir de Léa. Mon amie n'a pas toujours été aussi expéditive, mais j'aime cette partie totalement assumée de sa vie. Quand je l'ai connue, elle osait à peine regarder un garçon dans les yeux.

Un moment plus tard, elle est au courant du moindre de mes états d'âme depuis que j'ai atterri. Elle me connaît par cœur, ce qui me facilite bien la tâche. Quand nous raccrochons, je fais quelques pas vers le bord de l'immense dalle en béton pour profiter un peu plus de la vue qui s'offre à moi.

J'en ai le souffle coupé. Les voitures en bas sont minuscules. Seuls les phares de celles-ci forment un ballet étrange et hypnotique. Il fait clair comme en plein jour, et j'éprouve la sensation d'observer une fourmilière grouillante. En face de moi, plusieurs immenses bâtiments se dressent, tous éclairés par les luminaires à l'intérieur. Des gens travaillent encore, certains devant un écran, d'autres en réunion. Je me retrouve dans un autre monde, un monde qui ne connaît pas de limites ni le silence. Le contraste avec la vue que j'ai depuis la fenêtre de ma chambre d'enfant est fascinant.

Réprimant un léger frisson, je me tourne vers la terrasse. L'endroit est désert. Les orteils engourdis par le froid, je pense un instant à retrouver ma famille, mais je ne m'y résous pas. Incapable de détacher mon regard de cette ville fascinante, je m'attarde encore un peu. J'envoie quelques photos à Théo, qui me répond par un selfie de lui ébahi. Les sourcils levés, la bouche ouverte, il semble réellement prendre la mesure du décor qui m'entoure. J'éclate de rire et lui renvoie un smiley.

M'imprégnant des lumières du panorama, de l'énergie de la ville, de sa force, je perds la notion du temps. Chris et Tara doivent me trouver bien impolie de rester si longtemps dehors. Quand je m'en rends compte, je fais demi-tour à contrecœur et me dirige vers la porte pour retourner m'asseoir dans le bar.

Sur mon chemin, une ombre qui bouge à peine attire mon regard, et je sursaute légèrement quand je réalise que je ne suis pas la seule à m'être réfugiée à l'extérieur.

Sept

Watch me

Mel

Un garçon dont je ne distingue pas le visage est appuyé contre la baie vitrée. La surprise passée, je l'observe discrètement. Il paraît bien plus grand que moi. La tête penchée vers l'avant, le regard rivé au sol, il ne semble pas avoir conscience de ma présence. Sous sa capuche, je distingue à peine une masse de cheveux bruns désordonnés et le fil de ses écouteurs, qui tranche avec la couleur sombre de son sweat. L'une de ses mains disparaît dans la poche de son jean, l'autre tient une cigarette. Son attitude contraste violemment avec l'ambiance à l'intérieur du bar. Pourquoi est-il seul dehors ? Si j'en juge par son attitude, il n'a pas l'air de beaucoup s'amuser.

Quand j'entre dans son champ de vision, il lève brusquement les yeux sur moi. Un peu honteuse, je détourne le regard de son visage assombri de colère, pas assez vite toutefois pour ne pas entrevoir le sourire en coin qui se dessine sur ses lèvres pleines au fur et à mesure que j'avance vers la porte. Pourquoi fait-il ça ? Est-il en train de se moquer de moi ? Pense-t-il que je suis en train de mater ? Mal à l'aise, j'accélère le pas, m'ordonnant mentalement de ne pas me prendre la tête pour si peu.

Soulagée de ne plus être l'objet de l'attention d'un inconnu bizarre, je retrouve Chris, Tara, Drew et Lucy dans une discussion très animée sur la nouvelle copine d'un de leurs amis communs. Le fou rire de Tara est si violent que des larmes coulent sur son visage. Entre deux hoquets, Lucy poursuit comme elle peut la fin d'une anecdote à laquelle je ne comprends pas grand-chose, n'ayant pas pris part au début de leur conversation.

— Et là… devant ses amis, elle enlève son tee-shirt pour lui montrer son nouveau tatouage ! Sans soutien-gorge !

Amusée, je me rassois discrètement. Je soupçonne tout ce petit monde d'avoir bu quelques verres supplémentaires en mon absence.

— Tout va bien ? me questionne Tara en reprenant son souffle. Rien d'important ?

Quatre paires d'yeux se tournent vers moi.

— Non, c'était Léa, une amie. Elle voulait des nouvelles.

— Pas trop difficile, le dépaysement ? me demande gentiment Lucy.

— Ça va. C'est plus facile que prévu, en fait.

— C’est courageux de ta part. Je n’aurais jamais pu faire un truc pareil, même à ton âge. Tu dois trouver la vie ici bien différente.

— En effet, je souris. Mais je n’ai pas encore vu grand-chose. J’ai hâte de commencer mon stage.

— J’adorerais visiter la France. Même si vous n’êtes pas aussi avancés que nous, je rêve de voir la tour Eiffel en vrai.

J’étouffe un rire alors que Chris fronce les sourcils.

— Qu’est-ce que tu entends par « pas aussi avancés » ?

Lucy pince les lèvres d’un air gêné.

— C’est vrai que vous ne vous lavez qu’une fois pas semaine ?

Je manque de m’étouffer avec mon Mojito. J’étais prête à tout, sauf à ce genre de préjugés moyennageux. Incroyable. Réprimant un fou-rire, j’échange un regard avec mon oncle, aussi médusé que moi.

— Non. On ne se lave pas du tout, ironise Chris. C’est d’ailleurs pour ça que je n’y suis pas retrourné. Tout est trop… sale, dans ce pays.

Un rire agacé s’échappe de ma gorge, alors que le regard perplexe de Lucy passe de Chris à moi. Mortifiée, elle finit par déceler le cynisme évident de mon oncle.

— Désolée, je ne voulais pas vous blesser. C’est ce qui se raconte parfois ici. Les Français ont la réputation d’être obsédés et sales.

Même dans la ville la plus cosmopolite au monde, certains clichés semblent avoir la vie dure. Gênée, Lucy s’excuse encore. Ni Chris ni moi ne lui tenons rigueur de sa maladresse, mais au fond de moi, je suis vraiment vexée. Pour la première fois, j'ai l'impression d'être l'étrangère, celle qui ne fait rien comme les autres. C'est perturbant.

Autour de nous, le bar ne désemplit pas. De nombreux clients, parfois éméchés, consomment debout et bougent au rythme de la musique qui se déverse dans la salle. Mes quatre chaperons se lancent dans un débat plus qu'ennuyeux sur le coût de la vie qui ne cesse d'augmenter. Lassée de me concentrer pour suivre leur discussion, je consacre un long moment à observer les gens qui m'entourent. Il y a de plus en plus de monde, et la température du lieu augmente proportionnellement au fil des minutes.

— Je reviens, je lance en me levant. J'ai besoin de me rafraîchir.

En nage, je me dirige vers le fond de la pièce, à la recherche de toilettes. Je les repère assez facilement et me fraie un passage à travers le bar. Alors que j'atteins mon but, des rires aigus sur ma gauche attirent mon attention.

Assises à une table en compagnie d'une dizaine d'autres personnes, deux filles de mon âge se sont lancées dans un concours de shots. L'une d'elle a renversé un verre sur son tee-shirt blanc. Le rire qui la secoue accentue les mouvements de sa poitrine plus que généreuse. Je remarque juste à coté d'elles le garçon de la terrasse. Affalé contre sa chaise, il me détaille des pieds à la tête d'un air désinvolte. Sa façon de me dévisager sans aucun scrupule me dérange, mais je ne détourne pas le regard, hypnotisée par ses yeux clairs dont la couleur est indéfinissable dans l'obscurité.

Réprimant un frisson désagréable, je finis par me détourner pour reprendre la direction des toilettes, devant lesquelles je patiente une bonne dizaine de minutes. Je ne me sens pas dans mon assiette. Je ne sais pas ce qui m'a pris de fixer ce type comme ça. Ça ne me ressemble pas. Quand mon tour arrive enfin, je passe de l'eau sur mon visage pour me rafraîchir et profite du miroir pour me recoiffer rapidement.

L'impression d'étouffer que j'éprouvais depuis de longues minutes me quitte enfin, et ma température corporelle redescend d'un coup. D'un pas pressé, je quitte l'endroit bondé en jetant au passage un œil sur ma droite : la fille au tee-shirt mouillé a disparu de la table, et le brun n'est plus là non plus.

Un étrange soulagement s'empare de moi. Malheureusement, il est de courte durée : en m'approchant du bar pour commander mon verre, je me retrouve encore face à ce garçon étrange, assis dos au comptoir, sur un tabouret. Miss Tee-shirt mouillé se tient entre ses jambes, les bras autour de son cou, la tête contre sa poitrine. Elle se balance au rythme de la musique. Ses cheveux blonds ondulent et brillent sous les spots. Ses mains à lui sont accrochées l'une à l'autre dans le dos de la fille. Les ignorant, j'interpelle une des serveuses pour commander ma boisson.

Mon verre de thé glacé en main, je marche avec précaution vers ma table pour rejoindre Chris et les autres. En passant devant le couple, ma curiosité prend le dessus. Incapable de me retenir, je jette un coup d'œil vers eux. La fille au tee-shirt blanc a maintenant les mains posées sur le torse du type. Ils s'embrassent sans aucune retenue. Jusque-là, rien d'étrange. Pourtant, malgré ses occupations, le brun continue de me fixer. Interdite, je garde les yeux braqués sur lui, persuadée qu'il s'agit d'un effet d'optique. Mais non, c'est bien moi qu'il regarde alors que ses lèvres dévorent une bouche qui n'est pas la mienne. Non pas que ça me plairait, mais est-ce qu'il s'ennuie à ce point pour m'observer comme ça ? Dans son regard, je décèle une étincelle de… sarcasme ? d'amusement ? Je n'arrive pas à le déterminer.

Peut-être qu'il aime ce genre de jeux. Depuis qu'on s'est croisés, il semble m'avoir prise pour cible. Son attitude étrange et déplacée me questionne, mais j'ignore superbement le rouge qui me monte aux joues. Qu'est-ce que tout ça peut bien me faire ?

Quand je rejoins enfin ma table, Lucy et Tara l'ont abandonnée pour danser à quelques mètres de là.

— Ça va ? Tu as l'air fatiguée, s'inquiète Drew.

— Non, je vais bien. J'avais juste un peu chaud.

Et je viens d'assister à la scène la plus étrange du monde.

Mais ça, je le garde pour moi. Je me vois mal raconter un épisode aussi bizarre à Chris. Ce dernier me désigne du menton Lucy et Tara.

— Regarde, les filles s'éclatent, sourit-il. Tu ne veux pas les rejoindre ?

Non. Je n'en suis pas encore au stade où me donner en spectacle ne m'inquiète plus. Pour ça, j'aurai besoin d'un Mojito de plus, voire de deux, mais une migraine avant mon premier jour de stage ne me tente pas vraiment. J'observe les filles avec un mélange d'envie et de curiosité, mais n'esquisse pas un geste pour me lever.

— Non, ça va. Je préfère regarder.

Chris me connaît bien. Il m'a déjà vue faire tomber les barrières. Il ne me lâchera pas comme ça.

— Allez, Mel. C'est ton baptême du feu, tu devrais en profiter, insiste-t-il en se levant.

Comprenant immédiatement ses intentions, je me replie sur moi-même en m'écartant de lui du mieux que je peux. Malgré ma résistance et mes cris de protestation, il me tire par la main jusqu'à obtenir gain de cause. Résignée, je me lève à contrecœur et le laisse m'entraîner sur la piste en se déhanchant d'une façon qui, dans d'autres circonstances, m'aurait beaucoup amusée.

— Regardez qui je vous amène, les filles !

Tara et Lucy m'accueillent avec de grands gestes exagérés et m'attrapent chacune par un bras, au cas où j'aurais décidé de désobéir à mon oncle. Une fois certain que je n'échapperai pas aux deux filles, Chris finit par me lâcher. Désabusée, je le fusille du regard jusqu'à ce qu'il retourne s'asseoir.

Incapable de me défaire de mon air contrarié, je reste immobile malgré les tentatives de Tara pour me dérider. Pourtant, à force d'observer les gens qui m'entourent, mes pieds se mettent à bouger en rythme. Mon sourire revient, mon corps se relâche, et je finis par oublier que je danse entourée d'inconnus. Libérée du regard des autres, je bouge comme si j'étais dans mon salon. Concentrée sur la musique, j'essaie de synchroniser mes mouvements avec ceux de Lucy et Tara. Quand *Crazy in Love* de Beyonce résonne dans la pièce, nous nous déchaînons comme des adolescentes. Et ça fait beaucoup de bien.

La musique a toujours eu ce pouvoir sur moi. Quel que soit mon état de fatigue, elle me le fait oublier. Même quand je crois être épuisée, elle me donne une énergie incroyable. Une bonne heure plus tard, en nage et assoiffée, je retourne à notre table, le sourire aux lèvres.

— Alors ? Tu n'es pas d'attaque ? se moque ouvertement Chris.

Je lève les yeux au ciel avant de m'affaler sur ma chaise et d'avaler mon verre d'une traite sous le regard fatigué de Drew.

— Je n'ai rien contre votre petite séance de sport au milieu de la nuit, les filles, s'exclame-t-il en s'étirant, mais j'ai un dossier à boucler avant demain soir. J'aimerais dormir un peu, si c'était possible.

Drew est avocat, ou quelque chose dans le genre. D'après ce que j'ai compris, son temps libre se compte en minutes.

— Ça me va, répond Chris en se levant. J'ai la tête qui commence à tourner, de toute façon. Un verre de plus et je ne suis pas sûr de ramener tout le monde vivant.

Maintenant que je m'amuse enfin, je préfèrerais rester, mais je n'ai pas vraiment voix au chapitre. Dépitée, je retourne chercher Lucy et Tara. Comme moi, elles protestent, tergiversent, râlent, mais finissent par me suivre. Malgré moi, je cherche le garçon brun du regard, mais il semble avoir disparu dans l'atmosphère. Et c'est tant mieux.

Sur le chemin du retour, la tête posée contre la vitre arrière de la voiture, je redescends doucement de mon nuage, un sourire épanoui aux lèvres. Je n'ai pas l'habitude de me lâcher comme ça, mais c'était vraiment bon. En me calant plus confortablement dans mon siège, je pousse un soupir d'aise et parcours les notifications de mon téléphone. Trois messages de Théo m'attendent. Comme souvent, en les lisant, mon cœur se transforme en guimauve. J'y réponds avec tendresse avant de ranger mon téléphone dans mon sac. La tête posée contre la vitre arrière de la voiture, j'observe sans les voir les paysages qui défilent sous mes yeux. Une sorte de nostalgie m'étreint, mais cette soirée presque parfaite me rassure aussi sur les événements qui m'attendent.

New York, je suis prête.

Huit

Before the storm

Mel

Le lendemain, j'émerge de ma nuit bien après l'heure du déjeuner. Pourtant, une délicieuse odeur de pancakes flotte dans l'appartement. Déterminée à profiter de mes dernières heures de liberté, j'attrape mon téléphone, branche mes écouteurs et retourne sous la couette en soupirant de quiétude. Pas de Sarah pour me tirer du lit, pas de machine à faire, pas de crampons à nettoyer pour Jules. Il y a bien longtemps que je ne me suis pas retrouvée livrée à moi-même, bien longtemps que je n'ai pas pris le temps de m'occuper uniquement de moi. Je pourrais très vite prendre goût à cette sensation inhabituelle de liberté. Le visage de mon père émerge un instant de ma mémoire. À cause de lui, je n'ai pas eu la vie facile.

Entre éveil et sommeil, je me repasse mentalement le film de ma vie new-yorkaise. Jusqu'ici, tout va bien. Le plus dur à gérer est encore devant moi. Comme chaque fois qu'une étape nouvelle se présente, un nœud se forme dans mon ventre et une angoisse sourde transperce ma poitrine. Mais plutôt mourir que de renoncer à une telle opportunité. On parle de Live Nation, pas du supermarché du coin. Live Nation représente des milliers d'artistes, organise des centaines de concerts dans le monde.

Bien sûr, il y a peu de chances pour que je prenne un jour un café avec une célébrité – je suis même convaincue que je n'en croiserais jamais. Mais bosser dans une telle boîte reste un vrai conte de fées pour moi. Chris m'a prévenue que mon responsable est un type exigeant ; je n'ai donc pas intérêt à merder. Quoi qu'il arrive, je ferai ce qu'il faut. La musique, c'est toute ma vie.

Quand la faim devient trop forte, je me traîne hors du lit en bâillant. Dans un silence presque inquiétant, j'enfile un sweat pour prendre mon petit déjeuner. Je me souviens vaguement de Tara défiant Chris à propos d'une course à pied aujourd'hui. Ma grimace de dégoût l'a vite dissuadée de me convaincre de les accompagner.

Dans la cuisine, une assiette de pancakes m'attire irrésistiblement. À côté de cette nourriture diabolique, un pot de sirop d'érable me fait de l'œil. Apparemment, ma bonne fée Chris est passé par là. Deux pancakes et une tonne de sirop plus tard, je profite du calme qui règne pour me préparer à mon premier jour de stage. Un masque, une épilation et une énorme douche plus tard, je me sens revivre.

Fin prête à affronter le monde, je décide de faire une balade dans le quartier, que je trouve magnifique et typiquement new-yorkais. Au détour d'une rue, je découvre une petite épicerie ouverte sans interruption et une boutique de vêtements superbes. Je me promets d'y dépenser la moitié de mes économies à la première occasion.

La journée défile à la vitesse de la lumière. Entre cette promenade, une longue conversation avec Théo et une série de textos échangés avec ma mère, je n'ai pas vu le temps passer. Au dîner, Chris propose de me déposer en voiture à mon stage, pour m'éviter le stress des transports en commun. J'accepte avec reconnaissance ; pour mon premier jour, ce sera un souci de moins. Avant de me mettre au lit, je prépare ma tenue pour le lendemain. Une centaine de vérifications plus tard, incapable de trouver le sommeil, je me retourne longtemps dans mon lit.

Quand les trois réveils que j'ai programmés sonnent tous en même temps, j'ouvre deux yeux trop secs de s'être peu reposés et enfile mes vêtements aussi alerte qu'un zombie. Un peu avant 9 heures, Chris me dépose devant les portes en verre de Live Nation en me souhaitant bonne chance. Il se peut que j'en aie vraiment besoin. Le cœur battant, je tends pour la première fois aux agents de sécurité ma pièce d'identité. L'expression figée sur leur visage me rappelle un peu les douaniers de l'aéroport.

Ils m'autorisent à franchir la grande porte en verre sans difficulté, et je pénètre dans un immense hall d'accueil. Au sol, de faux pavés me donnent la sensation fugace de marcher dans une rue piétonne. De grands canapés en cuir noir sont disposés dans toute la pièce. Le comptoir en laque blanche, surplombé par un plafond lumineux, cache à moitié une hôtesse blond platine qui m'interpelle avec un sourire artificiel.

— Mademoiselle Garnier ?

Sans conviction, je hoche la tête de bas en haut. Mon taux de stress atteint son paroxysme, et je ne suis plus très sûre d'être encore capable de me servir de mes cordes vocales.

— Le bureau de Chuck est au douzième étage, au fond à gauche après l'ascenseur. Il vous attend.

Pour une raison obscure, la manière dont elle appuie sur ce dernier mot ne me dit rien qui vaille. En la remerciant aussi poliment que possible, je m'attarde quelques secondes sur sa tenue. Elle porte un tee-shirt blanc très large, ses cheveux sont coupés très courts et maintenus par une casquette des Chicago Bulls à l'envers. Sous les spots encastrés dans le mur au-dessus d'elle, un éclat de lumière fait briller le piercing de son nez.

Ou bien cette fille est dingue, ou c'est moi qui manque de repères. J'ai choisi avec soin un slim noir, mon chemisier préféré, un blazer noir lui aussi et une paire d'escarpins à talons. Classique, pro, discret. Du moins selon mes critères. Et apparemment, je n'ai pas les mêmes que la blonde peroxydée qui me fait face.

Une fois dans l'ascenseur, j'en profite pour vérifier une dernière fois l'état de mon maquillage. Durant l'ascension des étages, je me répète comme un mantra : « Tout va bien, tout va bien, tout va bien. »

Mais comme d'habitude, cette technique pour me calmer ne fonctionne pas. Elle ne fonctionne jamais.

Les portes s'ouvrent sur un hall d'étage qui respire la modernité. Impressionnée par le calme qui règne, je laisse mes pas me guider hors de l'ascenseur avant de respirer profondément.

C'est le moment de se jeter à l'eau. Les mains moites, j'emprunte le long couloir sur ma gauche en rasant les murs en suivant à la lettre les indications de l'hôtesse d'accueil. Cet environnement inconnu me donne la sensation que je n'ai rien à faire ici. Comme une gamine sur le point de faire une bêtise, j'essaie de me faire toute petite. Ma tentative de discrétion tombe pourtant vite à l'eau : au moment où je passe devant une salle de réunion suréquipée de technologie, une voix forte et grave me parvient du fond du couloir.

— Miss Garnier ?

Tétanisée, je mets plusieurs secondes à réaliser que c'est à moi qu'on s'adresse. Quelqu'un répète :

— Miss Garnier ? Mélanie Garnier ?

Est-ce que ce type est devin ? Comment sait-il déjà que je suis dans le couloir ? Accélérant le pas, je m'exclame d'une voix que j'espère claire :

— C'est moi, j'arrive !

J'aurais dû trouver une réponse encore plus stupide. Je cours presque jusqu'à un grand bureau à l'intérieur duquel tout est blanc, à l'exception de l'ordinateur portable qui trône sur le bureau. Essoufflée, je me précipite dans cette pièce aux allures de laboratoire en empêchant tant bien que mal mes pieds de s'emmêler.

L'homme debout en face de moi n'a même pas la trentaine. Comme s'il voulait m'évaluer, il me détaille des pieds à la tête et me salue sur un ton guindé qui n'a rien à voir avec la décontraction de sa tenue vestimentaire. Vêtu d'un simple tee-shirt noir et d'un jean de la même couleur, il porte une paire de bottes tout aussi sombres. En observant les nombreux tatouages dessinés sur ses bras, je ne suis plus tout à fait sûre de m'adresser à mon patron.

— Bonnnnjouw, Miss Garnier.

Qui que soit ce type, il fait au moins l'effort de s'adresser à moi dans ma langue maternelle. Il fronce des sourcils très bruns. La tension dans ses traits contraste avec ses prunelles chaudes. Trop intimidée pour soutenir son regard, je fixe sans le voir le rebord de son bureau. Sa façon de me scruter est proprement dérangeante. Malgré mon malaise, je souris aussi poliment que possible.

— Bonjour !

Respire, Mel. Respire.

— Chuck Laurence, ajoute l'homme aux multiples tatouages en me tendant une main ferme. Je t'ai vue arriver avec les caméras, là, m'explique-t-il en montrant du doigt un écran posé sur son bureau. Tu peux m'appeler Chuck.

Donc, ce type aux allures de bad boy est véritablement mon patron. Sans tomber dans le cliché, je m'attendais au moins à une chemise, ou quelque chose qui me rassure sur ma propre tenue vestimentaire. Mais certainement pas à *ça*. J'en déduis que l'hôtesse d'accueil à casquette n'était pas dingue.

Chuck Lawrence parle vite et n'articule que très peu. Ses gestes sont secs et précis. Sur la défensive, je déglutis avec difficulté avant de serrer la main qu'il me tend. Je n'ai pas le temps d'ouvrir la bouche que déjà il reprend :

— Mélanie, je n'ai pas le temps de m'occuper de toi aujourd'hui. Erin ici présente t'expliquera ce qu'on attend de toi cette année.

Il désigne une autre pièce sur sa droite que je n'avais pas repérée, tout aussi blanche. La dénommée Erin, une brune aux cheveux coupés au carré, a rajouté plein d'accessoires de couleur sur son bureau. Elle se redresse sur son fauteuil et esquisse un signe de la main d'un air compatissant. Alleluia, elle porte un blazer ! Je décide de la ranger immédiatement dans la catégorie des copines potentielles.

Interrompu par une sonnerie stridente, mon patron farfouille dans ses poches pour en extirper son téléphone d'un geste vif.

— Bienvenue chez Live Nation, Mélanie, me lance-t-il avant de disparaître.

Désarçonnée par son comportement autoritaire et froid, je me tourne lentement vers Erin. À son expression amusée, je devine que l'effet que vient de me faire Chuck Lawrence est aussi visible qu'un néon dans une nuit sans étoiles.

— Ne t'inquiète pas, il n'a rien contre toi, affirme-t-elle d'une voix rassurante. Il est tout le temps comme ça. C'est un agent de génie, mais il a un vrai problème avec les gens. Tu t'y feras !

— Oh, euh, d'accord. Effectivement, il est… Est-ce que j'ai fait quelque chose de travers ?

Ma nouvelle collègue pivote sur sa chaise en éclatant de rire.

— Tu sais, avec lui, on fait tous des trucs de travers. Inutile de te torturer pour rien.

Erin s'avance vers moi pour me planter deux bises appuyées sur les joues. L'air extasié, elle m'explique :

— C'est le truc que je préfère chez les Français. Dès que j'en vois un, je ne peux pas résister !

Un rire surpris s'échappe de ma gorge. Cette fille est marrante. Son énergie me rappelle celle de ma petite sœur.

— Viens, je vais te montrer ton bureau, reprend-elle d'une voix assurée.

Je m'apprête à ressortir dans le couloir, mais elle m'entraîne dans la pièce où elle se tenait quand je suis entrée. Masqué par le mur, un bureau vide m'attend, juste en face du sien. De la musique soul s'échappe doucement d'une enceinte portable posée sur une console.

— Tu peux poser tes affaires. Fais comme chez toi ! m'enjoint-elle en tapotant le bureau d'une main.

Ses gestes presque théâtraux m'arrachent un sourire timide. Grande et élancée, la peau mate, Erin a tout de la fille qui déborde de confiance et dévore chaque instant qui s'offre à elle. Exactement ce dont j'ai besoin là tout de suite pour me sentir mieux. Alors que je m'exécute, elle continue sur sa lancée.

— Tu veux un café ? J'espère que tu aimes ça, parce qu'ici, tu en auras besoin. Autant prendre tout de suite les bonnes habitudes.

Une autre accro à la caféine ? On dirait que je suis bien tombée. Le visage d'Erin s'éclaire quand elle rit de sa propre plaisanterie. D'un mouvement fluide, elle se retourne pour allumer une machine à expresso qui trône sur une étagère basse. Ne sachant trop quoi faire, je jette un œil curieux à l'ensemble de la pièce. Malgré la blancheur immaculée, l'endroit est chaleureux. Erin y est sûrement pour quelque chose. Elle reprend son monologue en se penchant sur son bureau pour attraper une tasse.

— Maintenant qu'on est d'accord au sujet du café, voilà en quoi va consister ton travail. Notre mission principale, c'est de faire en sorte que les artistes de Chuck aient tout ce dont ils ont besoin, au moment précis où ils en ont besoin. Dit comme ça, ça ressemble à de la servitude, mais dans les faits, c'est très gratifiant. Ça peut aller de la bouteille de Dom Pérignon d'une année où tu n'étais même pas née qui manque dans une loge, à des conseils vestimentaires en passant par de la gestion d'interview. Ce job demande d'être joignable en permanence et de ne pas compter ses heures. Ce soir, par exemple, Chuck donne une soirée chez lui. Elle aura lieu après un showcase. Tu seras là. En période de crise, il me demande aussi de gérer l'organisation des concerts. J'aurai besoin de toi pour m'aider. L'avantage, c'est que tu vois tout de l'intérieur. La vraie vie *backstage*. Il n'y a qu'une seule règle : ces gens-là ne sont pas tes amis. Quoi qu'il arrive, pas de liens. Tu dois rester pro. Chuck est intransigeant sur ce point. Prête ?

Neuf

Live Nation

Mel

Étourdie par la masse d'informations dont Erin me mitraille, j'essaie de rassembler les pièces du puzzle aussi vite que je peux. Les yeux exorbités, je referme la bouche avec précipitation avant qu'elle ne se moque de mon attitude à la Tex Avery. Rencontrer des artistes ? Concert ? Ce soir ? Une soirée *ce soir* ? Les coins de ma bouche remontent tout seuls sur mes joues. Surtout, ne pas bombarder Erin de questions.

— Bien sûr que je le suis !

La description qu'elle vient de faire de mon poste attise mon intérêt. Des fourmis dans les jambes, je m'empêche de sauter sur place.

— Ne t'enflamme pas. Ça reste un job, rigole Erin en me tendant mon café d'un geste large. Cette semaine, tu vas me suivre et apprendre. Si tu te débrouilles bien, je te confierai quelques missions. Mais d'abord, une petite visite s'impose. Bois ton café, on a du boulot. Bienvenue dans le cercle très convoité de Live Nation.

J'avale ma boisson d'une traite. À ma décharge, je suis bien loin de ma dose quotidienne. Les explications d'Erin font grimper en flèche mon taux d'adrénaline : aussi excitée qu'impatiente, je repousse tant bien que mal la boule d'angoisse qui m'étreint en imaginant ce qui m'attend. Je n'aurais jamais cru avoir un jour la possibilité de découvrir l'envers du décor. Préparer des concerts m'aurait largement suffi pour mettre à l'épreuve mes capacités d'adaptation.

— Tu m'as parlé d'une soirée ce soir. Comment je dois m'habiller ? Qu'est-ce qu'on est censées y faire ?

J'ai un tas d'autres questions, mais je préfère les garder pour l'instant. Erin lève les yeux au ciel.

— Rassure-moi : tu as déjà fait des soirées entre amis ?

— Heu… oui. Mais je ne vois pas vraiment le rapport.

— C'est simple : c'est exactement la même chose. À la différence que toi et moi, on n'est pas là pour s'amuser, ajoute-t-elle en nous désignant tour à tour du doigt. On n'est les amies de personne. Notre rôle, c'est de faire en sorte que tout se passe bien. Que Chuck ait l'esprit tranquille. Tu comprends ?

Brusquement interrompue par la sonnerie de son portable, Erin lève les yeux au ciel quand elle déchiffre le nom de son interlocuteur sur l'écran.

— Oui, Chuck ?… Oui, c'est fait… D'accord, je m'en occupe. Tout sera prêt, ne t'inquiète pas.

Quand elle raccroche, un soupir exténué s'échappe de sa gorge.

— La soirée de ce soir se déroulera dans la maison de Chuck, m'explique-t-elle. Tu verras, un vrai palace. Ah, tant que j'y pense : il est strictement interdit de divulguer la moindre information à propos de ce qui se passe chez lui. S'il apprend que tu joues les paparazzis dans son dos, c'est la porte immédiatement.

La sévérité soudaine dans la voix d'Erin me surprend. Sous un sourire angélique, Erin cache beaucoup plus d'autorité que ce que je pensais. Je suppose que pour faire ce métier, il en faut une bonne dose.

— La fille avant toi publiait sur Instagram des photos de soirées confidentielles. Quand Chuck s'en est aperçu, il m'en a tenue pour responsable. J'ai passé un sale quart d'heure. Je ne tiens pas à ce que ce genre de choses se reproduise. Je te demande une discrétion absolue, quoi qu'il se passe. C'est bien clair ?

— Très. Je serai muette comme une tombe, tu as ma parole.

Joignant le geste à la parole, je mime avec deux doigts une fermeture Éclair sur ma bouche. Les épaules d'Erin se relâchent immédiatement, et l'air austère qu'elle arborait quelques secondes auparavant disparaît de son joli visage. À nouveau souriante, elle m'enlève des mains ma tasse désormais vide pour la poser à côté de la sienne.

— Allez viens, m'ordonne-t-elle en se dirigeant d'un pas vif vers la porte. Allons faire le tour du propriétaire.

J'ai beaucoup de mal à me repérer dans le dédale de couloirs à travers lequel Erin m'entraîne. À chaque étage, elle se lance dans un exposé sur les différents services que nous visitons. La plupart des employés que nous croisons m'accueillent avec gentillesse et me souhaitent chaleureusement la bienvenue. D'autres, très concentrés ou carrément désintéressés, lèvent à peine les yeux sur moi. Live Nation semble être une grosse machine bien huilée. De la logistique en passant par la gestion de la billetterie, des ressources humaines à la création musicale, rien ne manque pour mettre les artistes en lumière. C'est impressionnant. Après une épuisante série de rencontres, Erin me lance sur le ton de la confidence :

— L'agence a aussi ses propres studios d'enregistrement. Tu veux visiter ?

— Tu veux dire… de vrais studios ?

C'est ça, Mel. Plus naïves, les questions.

Je me reprends de justesse :

— Je veux dire… Oui, évidemment que je veux les visiter !

Un sourire ravi accompagne ma réponse. Erin me ramène devant l'ascenseur principal et nous achemine au dernier étage.

— Juste au-dessous, au quatorzième, ce sont les bureaux du CEO, précise-t-elle. On ne le voit qu'une fois par mois quand il fait le point avec Chuck. C'est lui qui a décidé d'installer les studios au dernier étage. Pour la vue sur Times Square.

Le calme qui règne à l'étage des studios m'impressionne. En comparaison des autres services qu'Erin m'a montré, c'est une mer de silence. Quelques pas discrets plus loin, nous nous arrêtons devant une double-porte noire qui ne laisse filtrer aucun bruit.

— Sois discrète. Quelqu'un enregistre peut-être, chuchote mon chaperon.

Je hoche la tête sagement, sans émettre un son. L'univers de bois et de velours dans lequel je me retrouve plongée me rappelle les auditions de piano auxquelles je participais quand j'étais enfant, dans la petite école de musique de mon quartier. Ces jours-là plus que les autres, une tension délicieuse serrait doucement mon ventre. Mes copines et moi, on se prenait pour de grandes musiciennes. Bien sûr, seuls nos parents faisaient le déplacement, mais ça n'y changeait rien. Quand mon père est parti, tout s'est arrêté, ma mère n'ayant plus les moyens de me payer les cours, mais la passion dévorante que je voue à la musique ne m'a jamais quittée pour autant.

Plongée dans mes souvenirs, je ne me rends pas tout de suite compte que nous ne sommes pas seules. Dos à la porte, un homme plutôt jeune, penché sur l'immense table de mixage devant lui, se retourne en entendant la porte se refermer. Reconnaissant Erin, il accompagne son sourire d'un léger signe de tête.

Durant de longues minutes, il effectue plusieurs tests sur une mélodie un peu rock qui me plaît tout de suite. Dominée par des accords de guitare, mélancolique, profonde. Tout ce que j'aime. Immédiatement, la puissance des basses qui résonnent dans ma cage thoracique me fait oublier l'endroit où je me trouve. Emportée par une émotion bien plus puissante que moi, je ferme les yeux par intermittence. Le dos appuyé contre la porte du studio, je laisse ma tête basculer en arrière. Sous mes paupières closes, un milliard de sensations toutes plus fortes les unes que les autres m'assaillent sans que je puisse les arrêter. Je suis à New York, dans un studio d'enregistrement, sur le point de changer radicalement de vie. Est-ce qu'il existe un truc meilleur dans ce monde ?

Prenant conscience que je ne peux pas me laisser aller à ce point sur mon lieu de travail, je me redresse légèrement pour observer Erin du coin de l'œil. Concentrée sur les gestes de l'ingénieur du son, le poing sous le menton, elle semble complètement absorbée. Quand le silence revient, ce dernier le brise aussitôt.

— C'est quand tu veux, mec.

L'intro du morceau repart, cette fois sans interruption, et une voix masculine emplit l'espace par-dessus la mélodie. Cette voix… Rauque. Puissante. Parfaite. En quelques secondes, je perds toute notion de la réalité. Clouée au sol par l'intensité de la tessiture grave qui vrille le studio, je ne tente même pas de résister aux lourds frissons qui courent le long de mon corps.

Captivée, je me concentre sur le texte. L'histoire de cette personne perdue, qui ne sait plus à quoi se raccrocher, me ramène à cette période si violente de ma vie où tout me semblait dur, sombre et insurmontable. Ces moments où je n'avais personne d'autre que moi-même pour me tenir debout. Je revois ma mère, maigre et fatiguée. Le linge s'accumuler. Jules et Sarah en larmes. Ma solitude. Toute cette douleur est loin maintenant, mais il suffit parfois de peu pour la raviver.

Prenant soudain conscience des larmes qui s'échappent de mes yeux, j'essuie discrètement mes joues en priant pour qu'Erin n'ait rien remarqué. Je ne tiens pas à passer pour une fille trop sensible dès mon premier jour. Heureusement pour moi, la tornade qui vient de me traverser semble être passée inaperçue.

Je pourrais écouter cette voix tous les jours de toute ma vie. Je n'ai aucune idée de la personne qui se trouve derrière cette vitre, mais son talent ne fait aucun doute. Quand le silence revient, Erin rouvre les yeux à contrecœur.

— C'était vraiment le bon moment pour venir.

Après ce torrent émotionnel inattendu, je n'ai ni le courage ni la force de répondre. Je hoche la tête sans un mot juste avant que la voix de l'ingénieur du son brise le silence.

— On garde celle-là. C'était nickel.

C'était bien plus que ça. Il n'y a pas de mots pour ce que je viens de vivre. Attirée par le bruit de la porte de la cabine d'enregistrement qui s'ouvre, j'observe avec curiosité le responsable de ces violentes émotions. Dans la pénombre, je distingue à peine une masse de cheveux bruns et un tee-shirt blanc. Sous les éclairages de la table de mixage, il tourne à peine la tête dans notre direction. Un regard bleu me transperce, et mon ventre se tord.

Et merde.

Dix

Watch and learn

Mel

Cette voix incroyable, c'est lui ? Ce type qui embrassait une fille en me fixant sans la moindre décence ? Durant de longues secondes, j'essaie d'établir un lien plus qu'improbable entre ce garçon désinvolte et la pureté de ce que je viens d'entendre. Comment quelqu'un d'aussi jeune peut-il provoquer tout ça avec une telle puissance ?

Un sourire en coin suffisant prend forme sur ses lèvres. Agacée par son attitude, je me contiens pour ne pas afficher mon trouble. Cette fois, hors de question que je baisse les yeux. Après quelques secondes de lutte, il se retourne brusquement vers l'ingénieur du son.

— Viens, on les laisse travailler, me chuchote Erin au même moment.

Soulagée, je la suis dans le couloir, sans pouvoir résister à l'envie de jeter un dernier coup d'œil derrière moi. Un nombre incalculable de questions se bousculent dans ma tête. Qui est ce mec ? Est-ce qu'il m'a reconnue ? Cette douleur dans sa chanson… est-ce qu'elle était réelle ? Je ne l'ai pas rêvée, mais son attitude insupportable non plus. Est-ce qu'il est simplement bon acteur ?

— Alors ? me questionne Erin avec l'air de celle qui connaît déjà la réponse.

— C'était… je ne sais pas. Incroyable.

Dans le couloir silencieux, mes mots résonnent un peu trop fort. Erin me sourit avec la bienveillance de celle qui n'en est pas à sa première expérience auditive de ce genre.

— On a eu de la chance. C'est rare de croiser Ayden ici en plein jour. En général, il enregistre plutôt le soir. Pour une première en studio, tu peux t'estimer heureuse. Il a un vrai don pour ça.

— C'est Ayden comment ? J'aimerais bien le réécouter. Sa voix m'a vraiment fait un truc.

Ma respiration s'accélère légèrement au seul souvenir du grain rauque et sombre que je viens de découvrir.

— Ayden Harrington. Mais tu ne trouveras rien de lui nulle part.

— Avec la voix qu'il a ? Comment ça se fait ?

L'incompréhension se lit sur mon visage. Ce mec enregistre dans un des plus grands studios de New York, et ses chansons sont introuvables ? Ça n'a pas de sens.

— Chuck l'a repéré il y a deux ans dans un petit bar de Manhattan. Depuis, il essaie désespérément de le convaincre de signer avec nous, me confie Erin à voix basse devant l'ascenseur. Ayden ne veut pas en entendre parler. Chuck enrage, mais il le laisse faire tout ce qu'il veut. Au cas où ça le ferait changer d'avis un jour.

— À ton avis, ça arrivera ?

J'espère que oui.

— Je ne crois pas. Chuck devrait laisser tomber. Ayden est bien trop détruit pour faire partie du système.

— Qu'est-ce que tu veux dire ?

— C'est compliqué à expliquer. Il est là sans être là. Dans les soirées où je le croise, il est toujours bien entouré, mais… c'est comme s'il n'en avait rien à faire. Il est comme absent, dans son monde.

Les explications d'Erin me ramènent sur la terrasse du B54, deux jours plus tôt. Le regard acerbe d'Ayden, ses provocations, cette sensation étrange qu'il n'était pas à sa place. Je comprends exactement ce qu'elle veut dire.

— De ce que je sais, il a très peu d'amis, poursuit-elle. Avec les filles, c'est une autre histoire. Je ne l'ai jamais croisé avec la même. J'en connais beaucoup qui pleurent sur leur oreiller à cause de lui. Il les utilise comme tu te servirais d'un mouchoir. Je préfère te prévenir parce que ce soir, il fera partie des invités de Chuck. Il ne rate jamais une occasion de lui rappeler qu'il fait partie de ce monde, qu'il le veuille ou non. Ne te laisse pas prendre au piège.

Le pincement de lèvres entendu d'Erin en dit long sur les capacités d'Ayden à réduire en miettes les résistances les plus solides. Ses explications éclairent mes souvenirs de lui sous un autre angle. Ce n'était pas moi qu'il cherchait des yeux ; il essayait simplement de tromper son ennui.

— Aucune chance, je rétorque en rougissant. J'ai un copain en France. Je ne lui ferai jamais ça.

Je déteste le sourire plein de sous-entendus d'Erin. Comme si je n'étais pas capable de résister à ce mec. D'accord, sa voix provoque des choses en moi que j'ignorais, mais jusqu'à preuve du contraire, je sais me contrôler.

— Il est vraiment magnifique, poursuit Erin. Mais crois-moi, il ne vaut pas la peine que tu prennes le risque de perdre ton stage.

Pour ne pas susciter de doutes dans l'esprit de ma collègue, je garde pour moi les questions qui me taraudent au sujet d'Ayden. Ses quelques révélations me donnent assez de raisons de m'en tenir éloignée.

À la fin de la matinée, nous n'avons pas revu Chuck. J'apprends comment utiliser les différentes listes de contacts présentes dans mon ordinateur. Erin me charge de me présenter à ses interlocuteurs quotidiens, et je m'exécute de bonne grâce jusqu'à l'heure du déjeuner.

Autour d'une salade, dans un petit restaurant bondé, je fais un peu plus connaissance avec elle. Elle m'explique fièrement qu'elle vit en banlieue de New York avec son mari, militaire de carrière, et est intarissable sur les exploits de sa petite fille de trois ans. Elle travaille chez Live Nation depuis plus de dix ans. À ses débuts, elle était assise à la place de la fille blonde à casquette, jusqu'à ce qu'on lui confie la responsabilité des relations clients. L'imaginer dans l'accoutrement de l'actuelle hôtesse m'arrache un sourire. Quand je lui fais part des pensées qui le provoquent, Erin m'explique un peu mieux le fonctionnement de l'entreprise.

— Ici, personne ne respecte les codes. Ce qui compte, c'est ce que tu apportes. Ce que tu fais avec les artistes. C'est pour eux qu'on bosse. Pour la musique. Ce que tu portes n'es pas le reflet de ce que tu es.

Admirative de sa passion évidente pour son travail, je l'écoute me raconter des anecdotes toutes plus amusantes les unes que les autres sur Live Nation.

— Chuck est un inadapté social, plaisante-t-elle, mais il fait un boulot incroyable avec les musiciens. Il connaît très bien son métier, tu t'en apercevras vite. Ayden est la seule épine dans son pied.

Après le déjeuner, toute la tension que je ressentais a enfin disparu. L'après-midi est tout aussi instructive que la matinée. L'un des artistes récemment signés par Chuck est en pleine période de promotion, une occasion parfaite pour moi d'apprendre à planifier des interviews. Plus je passe de coups de téléphone, plus ma timidité s'envole. À la fin de la journée, j'en redemande même à Erin, qui me fixe avec des yeux ronds mais satisfaits.

— Au lieu de jouer les bonnes élèves, va plutôt te préparer. Tu as toute l'année pour passer des heures au téléphone. Sois chez Chuck pour 21 heures. Je t'enverrai l'adresse en partant. Prends un taxi, on te le remboursera.

Toute mon assurance s'envole d'un coup. Cette soirée m'inquiète. Je ne connais rien de ce milieu et j'ai une peur bleue de me rendre ridicule. De ne pas oser ouvrir la bouche. D'être obligée de prendre la parole en public. Mais il y a au moins une question que je peux régler tout de suite.

— Qu'est-ce que je dois porter ?

Malgré notre discussion à propos de la liberté vestimentaire de ce midi, j'ai peur de me rater. Je ne veux pas me sentir décalée par rapport aux autres. Cette journée est bien assez difficile à gérer, même si c'est plus facile que ce à quoi je m'attendais.

— Inutile de te torturer pour ça, me rassure Erin en éclatant de rire. Ce qui te fait plaisir, du moment que ça te ressemble. Tu ne passes pas un examen.

— Je sais, je rétorque, mal à l'aise.

Erin ne me juge pas, bien au contraire, mais je déteste paraître si peu sûre de moi. Après l'avoir remerciée pour son accueil, je récupère mes affaires et m'empresse de quitter le bâtiment. Immergée au cœur de la jungle de Times Square, je profite avec délices de ce bain de foule forcé. Euphorique, je branche mes écouteurs pour me couper du monde. Un sourire niais incrusté sur les lèvres, je parcours les quelques centaines de mètres qui me séparent de Washington Square Station.

Confortablement assise dans le bus, j'attrape mon téléphone pour envoyer un message à Théo.

> Ma journée s'est bien passée.
Ma collègue a l'air géniale,
même si mon boss est bizarre.
Tu me manques trop ! Et toi ?
Toujours dans les cartons ?

> Salut mon cœur. Oui, toujours.
Je fais une pause pour te répondre.
Je pense à toi. Je t'aime comme le soleil,
n'oublie pas.

Envahie par une vague de nostalgie, je me souviens de la première fois où j'ai entendu cette déclaration un peu bizarre. Un jour où je me posais des questions sur le devenir de notre couple, Théo m'avait expliqué qu'il ne trouvait pas de mots plus fiables pour me rassurer. « Le soleil ne s'en va jamais. La lune non plus, mais je ne l'aime pas. Donc, je t'aime comme le soleil. »

Heureusement, quand je regagne l'appartement, ma mélancolie passagère s'est dissipée. Je retrouve Tara sur le canapé, une tasse de thé fumant dans les mains. En m'entendant entrer dans le salon, elle se lève immédiatement pour me serrer dans ses bras.

— Alors ? Cette première journée ? me questionne-t-elle, presque aussi excitée que moi.

Toujours sous le coup de mes émotions, je fais un rapport complet de mes aventures à Tara. Son oreille attentive me fait beaucoup de bien dans ces circonstances. Après tout, Chris et elle sont pour le moment mon seul véritable repère.

— J'ai une soirée prévue chez Chuck ce soir. Il organise un truc en l'honneur d'une fille dont l'album sort aujourd'hui. Je suis un peu stressée.

— Je pense que je le serais aussi. Mais je suis sûre que tout se passera bien. Tu veux que je te prête une robe ?

Cette fille est géniale. Sans même me connaître, j'ai l'impression qu'elle devine toutes mes inquiétudes.

— Ce serait génial. Je ne sais vraiment pas comment m'habiller.

Attendrie par mon air désespéré, Tara se lève et se dirige vers sa chambre. Je la suis jusque dans son dressing et l'observe choisir plusieurs robes susceptibles d'être à ma taille. Mon choix se porte rapidement sur l'une d'entre elles, bleue à bretelles. Cintrée juste comme j'aime, elle m'arrive au-dessus du genou et met en valeur mon décolleté sans trop en faire. Tara sort une paire d'escarpins ouverts assortis en se moquant de mon air ravi.

— Pourquoi tu fais cette tête ? C'est juste une robe de rien du tout.

— Elle est géniale. J'adore cette couleur. Merci, Tara !

Je saute quasiment au cou de ma bonne fée d'un soir. Cette robe m'évite une prise de tête inutile et me permettra peut-être de me sentir un peu moins ridicule face à tous ces inconnus. La question vestimentaire réglée, je grignote quelques biscuits avant de filer sous la douche. Le temps m'est compté : même en prenant un taxi, la maison de Chuck est à plus d'une demi-heure de trajet. Il me reste moins d'une heure.

En ressortant de ma chambre, je croise Chris dans le salon. Quand il pose les yeux sur moi, un sifflement appuyé s'échappe de ses lèvres.

— Où tu vas comme ça, mon petit koala ?

— Bonjour toi-même, je rétorque gentiment. Ta journée s'est bien passée ?

— Bonjour. Désolé. Je n'ai pas l'habitude de te voir aussi… apprêtée. Où tu vas comme ça ? insiste-t-il en souriant d'un air inquiet.

Chris a toujours été du genre protecteur. Cette angoisse soudaine ne m'étonne qu'à moitié.

— Chez Chuck. Il organise une soirée. Je me serai bien glissée sous la couette, mais mes plans ont dû changer.

— Chez Chuck ? Envoie-moi un message en arrivant, s'affole-t-il. Et avant de repartir. S'il t'arrive quelque chose…

— Oui, papa, je soupire en grimaçant. Et ne t'inquiète pas comme ça. Il ne m'arrivera rien.

— Tu es à New York, Mel. Pas dans un coin perdu de la France. Crois-moi, les nuits dans cette ville n'ont rien à voir avec celles que tu connais. Sois prudente, s'il te plaît.

Mon oncle se rapproche de moi. Il cherche seulement à me protéger, et même si j'ai envie de l'en empêcher, je préfère le rassurer.

— Je ne serai pas seule. Je vais juste chez Chuck pour aider ma collègue Erin. Et je prendrai un taxi. À l'aller et au retour.

La mention du taxi semble enfin le détendre. Avec un sourire fier, il s'écarte de moi pour me tenir à bout de bras.

— Tu es très jolie comme ça. Ne fais pas tourner trop de têtes, d'accord ?

Avant que je quitte l'appartement, Tara prend une photo de Chris et moi. Lorsqu'elle me la montre, je constate que pour une fois, mon maquillage est plutôt réussi. Mon chignon tient la route, et je m'autorise à penser que cette soirée se passera peut-être mieux que ce que je l'imagine.

Dans le taxi, pour passer le temps, je discute par messages avec Léa. Un peu perplexe, elle me raconte que son en-cas de samedi soir insiste pour qu'ils se revoient. Je lui conseille d'accepter sa proposition, même si je doute qu'elle m'écoute. Elle ne le fait jamais, de toute manière. Grâce à elle, le trajet passe à la vitesse de l'éclair, et je n'ai pas le temps de me poser de questions inutiles.

Une demi-heure plus tard, le chauffeur me dépose devant une magnifique maison de pierres blanches à colonnes, en plein cœur de l'Upper East Side. La tension qui m'avait provisoirement quittée regagne immédiatement ma poitrine. Le luxe qui se dégage de cette façade aux fenêtres en fer forgé me met mal à l'aise. Repoussant ce mauvais pressentiment, je grimpe les marches du perron avant de sonner à la lourde porte blanche.

Onze

First night

Mel

Une Erin surexcitée en pleine conversation téléphonique m'ouvre brusquement. D'un geste vif, elle me fait signe d'entrer. Intimidée, je marche sur ses traces à travers l'immense vestibule au sol de marbre.

— On avait dit 20 heures ! s'agace-t-elle auprès de son interlocuteur.

En entrant dans le salon de Chuck, je me fige de surprise. Je n'ai jamais eu l'occasion de mettre les pieds dans une pièce aussi luxueuse. Les tons clairs et la hauteur immense du plafond accentuent l'impression de faste du lieu, dont le mobilier coûte certainement une fortune. Au fond à gauche, dans une immense cuisine ouverte, des employés s'activent.

Je tombe immédiatement amoureuse des deux escaliers du fond, de part et d'autre de la pièce, qui donnent chacun sur un côté de l'étage. Entre ces derniers, de grandes vitres ouvragées agrandissent encore l'espace. À l'extérieur, d'immenses arbres se dressent dans un parc entretenu à la perfection. Un piano à queue noir, installé au centre de la pièce, attire mon attention. Est-ce que Chuck en joue ? Quelques personnes affublées de cartes de presse sont assises sur d'immenses canapés beiges. Près des escaliers, sous les fenêtres, un grand buffet a été dressé pour l'occasion.

Interrompant ma contemplation émerveillée, Erin fait soudain claquer deux doigts devant mes yeux. Elle a l'air excédée.

— Dépêche-toi, on a du boulot. Le traiteur a plus d'une heure de retard.

Impressionnée, je la suis jusque dans la cuisine et l'observe s'emparer d'une pile d'assiettes blanches.

— Tu ne plaisantais pas quand tu disais que c'était immense.

— Non. Chuck ne fait jamais les choses à moitié, et il a les moyens d'être génial. Tiens, prend cette vaisselle et dispose-la sur le buffet. Fais attention, c'est fragile.

Ses gestes secs et précis m'impressionnent, mais j'essaie de ne rien laisser paraître en m'emparant du plateau de coupes en cristal qu'elle me tend avec impatience.

— Installer des verres fait partie du job ?

— Dans ce genre de soirées, tout fait partie de ton job, rétorque-t-elle, agacée. Et n'oublie pas ce que je t'ai dit : discrétion et professionnalisme. Ni toi ni moi n'avons d'amis ici.

— Bien sûr. Aucun problème, je n'ai pas oublié.

Avec précaution, je traverse le salon, mon plateau dans les mains, et j'essaie de m'appliquer pour disposer les verres. Je n'ai pas l'impression qu'on me confie une mission de la plus haute importance, mais je ne veux pas être une source de stress supplémentaire, encore moins le boulet qu'il faut surveiller comme le lait sur le feu. La tension d'Erin est palpable, et je me demande si c'est uniquement le retard du traiteur qui la met dans cet état. À quelques mètres de moi, l'un des serveurs dispose des bouteilles et les ingrédients pour les cocktails sur le buffet.

— Première soirée ? m'interpelle-t-il gaiement.

Son sourire communicatif creuse de petites fossettes sur sa bouille de nounours.

— Ça se voit tant que ça ?

— Je ne t'ai jamais croisée, et tu n'as pas l'air habituée à préparer des tables, se moque-t-il ouvertement en désignant mes verres du menton.

Qu'est-ce qu'ils ont, mes verres ?

Sous mon regard déconcerté, il retourne toutes les coupes que je viens de poser.

— Tu dois les mettre à l'endroit. Comme ça, m'indique-t-il en joignant le geste à la parole. C'est bien plus classe, non ? Je m'appelle Daniel, termine-t-il en s'avançant vers moi. Mais je préfère qu'on m'appelle Dan.

— Enchantée. Moi, c'est Mélanie. Mais je préfère qu'on m'appelle Mel.

— Ravi de faire ta connaissance, Mel, dit-il dans un sourire. Si tu as besoin de quoi que ce soit ce soir, n'hésite pas à demander. Je ferai ce que je peux pour te sortir de l'embarras.

Je ne m'offusque pas du ton moqueur de mon nouvel allié. Si j'en crois mon intuition, il essaie vraiment de m'aider. Et à l'inverse de moi, il semble bien connaître son boulot.

— Merci pour les verres. Je ne savais pas que c'était toute une histoire. Sans toi, je pense que la nouvelle stagiaire de Chuck n'aurait pas fait long feu !

— La nouvelle stagiaire ? Bonne chance alors… La barre est haute.

Son air impressionné m'interpelle. Tous les gens que j'ai croisés évoquent Chuck avec la même expression de respect mêlé de crainte. Je n'ai pas vraiment hâte de le revoir après notre rencontre pour le moins éphémère ce matin.

Mais je ne me fais pas d'illusions : c'est mon patron ; il sera là ce soir. Soudain, des éclats de voix en provenance de l'entrée détournent notre attention. Trois femmes entrent dans le salon, les bras chargés de plateaux.

— Ah, enfin ! Le traiteur, soupire Dan, soulagé. N'oublie pas : si tu as un problème, je peux t'aider. Bonne soirée, Mel !

Je l'observe un moment s'éloigner vers la cuisine, puis vérifie une dernière fois l'alignement de mes verres : mission accomplie. Satisfaite, je pars à la recherche d'Erin. Je la trouve en train de discuter playlist avec un homme entouré de trois ordinateurs portables, dans un recoin du salon. Le soulagement envahit ses traits quand je l'informe de l'arrivée du traiteur, et je me sens tout de suite mieux. Son stress ne m'aidait vraiment pas à me sentir à ma place. Enfin rassurée, elle m'attrape par la main et m'entraîne à travers le salon.

— Viens. La soirée va commencer. C'est l'heure de ton briefing.

Elle me conduit jusqu'à une immense salle de bains sombre, sous l'escalier de droite, dont elle ferme la porte à clé. Comme un général qui mène ses troupes à la bataille, elle se plante en face de moi, droite comme un i. Durant son discours survolté, des mèches de cheveux de son carré long s'envolent dans tous les sens.

— Cette soirée est dédiée à la présentation de l'album de Tia Johnson, qui vient de terminer son showcase. Il y aura donc un certain nombre d'artistes, des musiciens qui ont collaboré à son album, des journalistes, des producteurs, des mécènes, environ une cinquantaine de personnes. Je connais tous ces gens depuis longtemps. Il faut qu'on te présente puisque dorénavant, ils auront aussi affaire à toi. Tu souris, tu es polie et, surtout, pas de familiarité.

Un cours de bonnes manières, vraiment ?

Erin poursuit sa tirade sans se laisser distraire par mon air amusé :

— Tes missions maintenant. Discute avec les gens qui s'ennuient, ne danse surtout pas et vérifie que le champagne coule à flots. Ah, j'allais oublier : surveille de près les journalistes. Les photos sont strictement interdites. Normalement, ils ont l'habitude, mais on ne sait jamais. Ça ira ?

Comme chaque fois qu'Erin fait des monologues, ma tête se met à tourner. Moi qui déteste engager la conversation avec de parfaits inconnus, je pense que je vais être servie. Même si je n'en mène pas large à l'idée de rencontrer tous ces gens qui évoluent dans un milieu à des années-lumière de mes habitudes, je hoche la tête avec conviction.

— Bien, mon capitaine.

— Allez, on y va. C'est l'heure.

Alors que je ne m'apprête à sortir de la pièce derrière elle, Erin se retourne brusquement.

— Au fait, rappelle-toi : méfie-toi de Ayden.

Sa voix résonne comme un avertissement et provoque dans mon ventre une sensation fugace d'angoisse mêlée d'excitation.

— Ah. Oui.

Déstabilisée, j'essaie au mieux de masquer mon trouble. Je ne veux pas qu'Erin doute de mon professionnalisme. Pourtant, à l'idée de rencontrer quelqu'un capable de m'emmener aussi loin en quelques secondes, mes pensées partent dans tous les sens. J'ai du mal à l'avouer, mais je suis déjà complètement fan.

Dans le salon de Chuck, l'atmosphère est radicalement différente. Maintenant qu'il fait nuit, la pièce, à peine éclairée par quelques spots discrets, est plongée dans la pénombre. Le volume de la musique ne permet plus de tenir de longues conversations, et je me retiens de me tortiller. C'est le moment de montrer que je suis capable de me comporter en adulte, comme toutes les personnes présentes qui semblent pour l'instant s'ennuyer à mourir.

Dan s'est changé. Il porte maintenant son uniforme de travail : chemise blanche, cravate noire. Ses longs cheveux blonds sont coiffés en arrière. Il ressemble à un jeune premier s'apprêtant à fouler un tapis rouge. Quand ses yeux clairs croisent les miens, il sourit, lève la main et croise deux doigts, comme pour me souhaiter bonne chance.

Au même moment, Chuck entre dans le salon, accompagné d'une fille brune et de trois autres personnes. Opressée par l'arrivée soudaine de mon patron, je ne réponds pas aux encouragements de Dan et reporte mon attention sur Chuck. Un air particulièrement fier sur son visage anguleux, il tient par l'épaule la brune que je devine être Tia Johnson.

— Il est ravi, souffle Erin dans mon oreille. Le showcase a dû être une réussite. Tant mieux, on va passer une bonne soirée. Allez, souris !

Les remarques régulières d'Erin sur ma présentation me donnent la sensation d'être au beau milieu d'un concours de miss, mais j'obéis religieusement et étire mes lèvres en une grimace figée. Plus Chuck se rapproche de nous, et plus mon cœur bat fort. Tia Johnson se tient maintenant derrière lui. Elle rayonne d'une joie pure qui me ramène à ma propre banalité. Heureusement, contrairement à elle, je n'ai pas pour projet de faire partie des étoiles montantes de la musique. Son regard radieux se pose sur Erin puis sur moi, et même si elle ne me connaît pas, elle m'adresse un sourire dont la sincérité apaise un peu mes craintes. Chuck, lui, ne semble même pas remarquer ma présence.

— Tout est prêt, Erin ? Ils vont arriver.

Ma collègue pince les lèvres et esquisse un hochement de tête bref.

— Tout est sous contrôle. Il reste la playlist à vérifier.

— Je te suis.

Sans m'adresser le moindre mot, Chuck et elle rejoignent le coin opposé de la pièce. Qu'est-ce que je suis censée faire ? Mal à l'aise, j'observe Tia en face de moi. Je n'ai pas le choix. Il faut que je me jette à l'eau.

— Le showcase s'est bien passé ?

La tension transpire dans ma voix mal assurée. Nerveuse, je replace une mèche de cheveux rebelle derrière mon oreille et triture mes mains derrière mon dos. Tia rejette sa cascade brune derrière ses épaules.

— Oh, très bien. Les retours sont très bons. On va pouvoir faire la fête ! ajoute-t-elle joyeusement. Je boirai bien un verre, si ça te va.

— Bien sûr. Allons-y.

J'avance jusqu'au buffet en balayant la pièce du regard pour repérer Erin. Elle ne m'a pas laissé de consigne à propos de ma consommation d'alcool. J'aurais vraiment préféré qu'elle ne m'abandonne pas à mon sort, même si je me débrouille pour le moment. J'apporte un Mojito à Tia, et me contente pour ma part d'un jus de fruits frais.

Naturellement enjouée, Tia a la conversation facile. Ni prétentieuse ni égocentrique, elle porte un intérêt sincère à mes projets et mon pays d'origine. En retour, elle me raconte quelques anecdotes drôles sur la promotion de son album. Sa simplicité désarmante me rassure un peu pour la suite de la soirée. Un peu plus tard, Erin nous retrouve en pleine discussion à propos de chaussures.

— Je vois qu'on ne s'ennuie pas ici, remarque-t-elle en me lançant un regard appuyé.

— Non, s'esclaffe Tia. J'étais en train de donner à Mélanie l'adresse de ma boutique de chaussures préférées.

Elle porte une paire de somptueux talons aiguilles rouges, légèrement compensés sur le devant et ouverts jusqu'au talon. Elle coûte sans doute trois mois de mon salaire de stage, mais je retiens quand même le nom du magasin. Ça peut toujours servir.

— Désolée de vous interrompre, rétorque Erin avec un petit air satisfait, mais je dois présenter du monde à Mélanie. Tu viens ?

En la suivant, j'observe avec nervosité le salon de Chuck, maintenant plein à craquer d'inconnus. Sans discontinuer, j'enchaîne les sourires, les poignées de mains et les remerciements aux petites phrases de bienvenue. Certains émettent discrètement des doutes sur mes capacités d'adaptation, mais Erin prend ma défense avec sa détermination coutumière.

— Mélanie s'adapte très bien. Elle fera un excellent travail, j'en suis certaine.

Au moment où je commence à saturer de tous ces nouveaux visages, la voix forte de Chuck interrompt toutes les conversations.

— Mesdames et messieurs, votre attention, s'il vous plaît. Je vous demande de remercier chaleureusement Mlle Tia Johnson, pour son magnifique album et pour le merveilleux concert qu'elle vient de nous offrir !

Sous les applaudissements de l'assistance, Tia s'avance vers lui, radieuse, et le serre dans ses bras. Leur étreinte achevée, ce dernier lui fait signe de s'installer au piano. Un silence immédiat s'abat dans la pièce, seulement perturbé par quelques chuchotements d'admiration. Tia s'exécute de bonne grâce et se lance dans une reprise de One Republic. Sa voix puissante et son charisme hypnotisent les invités, charmés par cet instant de douceur. Par moments, ses paupières se ferment. Concentrée sur le morceau, elle semble ne chanter que pour elle-même. Son talent est indéniable, et je ne suis pas la seule à le penser si j'en crois les applaudissements interminables qui s'ensuivent.

Après cet intermède, les conversations reprennent avec entrain. Dépitée par avance de devoir encore me présenter un bon nombre de fois, je garde pour moi le soupir de fatigue que m'inspire cette tâche. Je m'avance à la rencontre de trois femmes en robe longue quand des mouvements du côté de l'entrée attirent mon attention. Mon regard dévie de sa trajectoire, et le sol se dérobe sous mes pieds.

Un jean sombre. Un tee-shirt blanc. Une masse de cheveux bruns. Inconscient des regards braqués sur lui, Ayden entre dans la pièce en compagnie d'un inconnu.

Douze

Contact

Mel

Comme si on m'avait brûlée, je me décale légèrement sur ma gauche, derrière un homme trapu. De ma cachette, je me demande d'où provient ma réaction si puérile, mais à ce stade, je ne suis pas certaine de vouloir croiser le regard d'Ayden. Pourtant, malgré moi, je ne peux pas m'empêcher de le fixer.

Indifférent à tout ce qui l'entoure, il dégage une impression de liberté absolue. Rien ni personne ne semble avoir d'emprise sur lui. Comme l'autre jour au B54, ses cheveux bruns partent dans tous les sens. Des mèches retombent sur son front, et quand il sourit, deux petites fossettes se creusent de chaque côté de son visage. Erin a raison, il est vraiment canon. Arrachée à ma contemplation par un coup de coude inopiné, je réalise qu'un sourire idiot relève les coins de ma bouche.

Mel, arrête ça tout de suite.

Excédée par mon manque de self-control, je me retourne vers Erin, en grande conversation avec une invitée en robe courte. Heureusement, elle ne semble pas avoir remarqué mon attitude pour le moins étrange. Je me force à quitter mon poste d'observation pour aller prendre des nouvelles de Dan, toujours coincé derrière son bar, qui prépare des verres de cocktails les uns après les autres. Concentré sur sa tâche, il ne s'interrompt pas quand je m'approche de lui, mais m'offre un sourire avenant.

— Tout va bien ? Tu veux que je t'aide à contrer une invasion de producteurs enragés ?

Un rire léger me secoue. L'humour de Dan est agréable, autant que l'attention sincère qu'il semble me porter. Depuis tout à l'heure, je serre des mains, je souris, je réponds aux questions polies d'illustres inconnus, et je n'ai pas eu une seule fois la sensation qu'on me regardait vraiment. Et même si je ne suis que la stagiaire, c'est loin d'être agréable.

— Oui, ça va, je soupire en haussant les épaules. Finalement, ce n'était pas si compliqué. Je n'ai pas encore renversé de coupe de champagne sur un costume à trois mille dollars. Je suppose que je peux m'estimer heureuse.

— Ça ferait du bien à certains, crois-moi ! Au fait, rajoute-t-il l'air de rien, je t'ai vue observer Ayden Harrington, tout à l'heure. Tu le connais ?

Mortifiée, je me fustige de mon manque de discrétion et tente de minimiser mon accès de voyeurisme.

— En fait, pas du tout. Je l'ai entendu chanter au studio ce matin, et c'était… bien. Je le trouve juste bizarre. Pas toi ?

— Il est même plus que ça, rétorque Dan sur un ton méprisant. Avec son regard d'ange, il détruit un tas de gens, et le pire, c'est qu'il n'en a rien à foutre. Il prend ce dont il a besoin sans se préoccuper des conséquences. Il a peut-être du talent, mais ça n'excuse pas tout.

La voix de Dan se voile d'une colère sourde. Le portrait au vitriol qu'il vient de faire d'Ayden me gène profondément.

— Comment tu sais tout ça ? Tu le connais ?

— Non. Mais Live Nation est un petit monde. Je pourrais écrire un bouquin avec tout ce que j'ai vu et entendu dans ce genre de soirée. On en reparlera dans quelques mois, ajoute Dan d'un air entendu.

J'esquisse une moue dubitative. Cette discussion est un peu trop médisante à mon goût. Perplexe, je tente de faire un lien impossible entre l'image d'Ayden, seul sur la terrasse du B54, et les bribes d'informations que j'ai récoltées sur lui aujourd'hui. Semblant ressentir mon malaise, Dan désigne le parc derrière nous d'un signe de tête.

— J'ai besoin d'une pause. Tu veux faire un tour dehors ?

— Tu me laisses une minute ? Il faut que je boive, et je dois vérifier qu'Erin n'a pas besoin de moi.

— Aucun problème, sourit Dan avec douceur. Je te sers un truc en attendant ?

— Je veux bien du thé glacé, si tu as ça quelque part. Merci.

Dan esquisse une grimace entre l'approbation et l'amusement.

— Quoi ? Tu as un problème avec ça ? je rétorque en posant les mains sur mes hanches.

— Non. C'est juste que… ce genre de commande est plutôt rare. Ça m'étonne, c'est tout.

Mon verre en main, je balaie la pièce du regard pour demander à Erin l'autorisation de me détendre un peu. Autour de moi, les invités se lâchent progressivement, certainement aidés par le champagne qui coule dans leurs veines. Le volume sonore a encore augmenté. Deux filles dansent mollement près du piano. La plupart des journalistes sont assis sur les canapés ou discutent debout contre les murs. L'absence d'Ayden m'interpelle un court instant, avant que je me souvienne que je n'ai pas la moindre raison de me préoccuper de son sort.

Erin se tient adossée au mur près de l'entrée, une main sur la hanche. En m'approchant de plus près, je m'aperçois qu'elle fixe Chuck, dans l'angle opposé de la pièce, en grande discussion avec une Tia rayonnante. Ses sourcils bruns se froncent imperceptiblement quand cette dernière éclate d'un rire sonore, inconsciente des regards qui se posent sur elle. En m'entendant approcher, elle tourne vers moi son visage fin et esquisse un sourire pincé.

— Tu as un problème, Mélanie ?

— Rassure-toi, tout va bien. Je me demandais juste si je pouvais aller faire un tour dans le parc. J'aimerais prendre un peu l'air.

— Bien sûr. Prends quelques minutes, tu l'as bien mérité. Mais ne tarde pas trop, il faudra bientôt tout ranger.

— D'accord. Merci, Erin.

Soulagée de pouvoir enfin respirer un peu, j'effectue un crochet par la cuisine pour récupérer mon portable. Déjà minuit… Je trouve deux appels manqués de Théo et un message de Léa. Avant de rejoindre Dan, je pianote rapidement des réponses un peu trop hâtives à mon goût.

L'air frais à l'extérieur atténue un peu la tension dans mes muscles. Je me suis imposé un contrôle absolu tout le long de la soirée, et l'épuisement commence à me guetter. Mes pieds souffrent le martyre, mais je ne peux pas me permettre de lâcher prise maintenant. Adossé contre un arbre proche de l'entrée de la terrasse, une cigarette à la main, Dan m'attend.

— Je suis mort, m'annonce-t-il sans préambule. Heureusement qu'on a bientôt fini.

— Tu travailles tous les soirs ?

— Cinq par semaine. Parfois, je fais des extras le midi, mais c'est plutôt rare. J'ai beaucoup de mal à me lever tôt, s'amuse-t-il.

— Je crois que je peux comprendre, je pouffe. Je ne suis pas vraiment une lève-tôt.

— C'est vrai ? Je passe mes nuits à regarder des séries. Quand je commence, je n'arrive plus à m'arrêter. *Breaking Bad* est mon nouveau bourreau.

— J'ai vu toutes les saisons. J'adore Bryan Cranston. Enfin, son personnage. Je regarde beaucoup de films, aussi.

— Un de ces quatre, on ira au cinéma, si ça te dit, propose Dan.

— Ce serait génial. J'adorerais savoir à quoi ressemble un cinéma new-yorkais.

— C'est… grand. Comme tout ce qui est new-yorkais. Tiens. Laisse-moi ton numéro si tu veux, ajoute-t-il en me tendant son téléphone.

J'obtempère en tapant sur son clavier avant de m'appeler pour récupérer le sien. Un frisson désagréable parcourt mes épaules quand je m'approche de lui pour lui rendre son bien.

— On rentre ? J'ai froid.

— De toute façon, la pause est finie, m'informe le blond en écrasant son mégot. C'est l'heure de retourner nager parmi les requins.

— Essaie de ne pas te faire mordre, je souris.

— T'en fais pas. J'ai développé de bonnes techniques d'esquive.

Dan éclate d'un rire léger et retourne à son poste avec nonchalence. Une main devant la bouche, je réprime un bâillement. Littéralement épuisée, je tente d'alléger la douleur dans mes pieds en marchant sur la pointe des orteils et de ne pas avoir l'air d'un pingouin sur une banquise.

Au même instant, un homme qu'Erin m'a présenté tout à l'heure comme un journaliste entre dans mon champ de vision. Son portable en main, il s'apprête à prendre une photo. Toute fatigue envolée, je marche vivement sur lui et le bouscule en posant la main sur son téléphone :

— Vous n'avez pas le droit !

Dans le silence qui suit, je réalise que j'ai hurlé. Ce que je déteste le plus au monde est en train d'arriver : tout le monde me regarde. Mortifiée, je lève les yeux sur le quarantenaire, qui n'a pas changé de position. Il me fixe avec des yeux ronds. Une seconde plus tard, un début de fou rire s'empare de lui. Qu'est-ce qui lui prend ? Qu'est-ce qu'il y a de si drôle ? Une voix aiguë chargée de colère me perce tout à coup les tympans.

— Qu'est-ce qui ne va pas chez toi ? Pour qui tu te prends ? En quoi c'est ton problème, qu'on prenne des photos ?

Mon regard passe du journaliste toujours mort de rire à la furie brune qui s'adresse à moi, assise sur un corps masculin lui-même affalé sur le canapé. Jean brut, baskets blanches.

Évidemment.

De là où je me trouve, le visage d'Ayden est caché par le buste de la fille qui m'affronte du regard, mais je n'ai aucun doute sur son identité. Pourquoi ce genre de choses m'arrive toujours ? Pourquoi cette espèce d'hystérique me hurle-t-elle dessus ?

À moitié dissimulé par le corps de la brune, Ayden pose les mains de part et d'autre de sa taille, et je me surprends à les imaginer sur la mienne. Révoltée par cette image inattendue, je la repousse avec colère. Je voudrais trouver les mots pour rembarrer cette fille, mais j'ai beau me torturer, je ne trouve rien d'assez percutant. Sous mes yeux, Ayden resserre son étreinte et pose le menton sur son épaule bronzée. Son regard bleu chargé d'un immense mépris percute le mien, me paralysant au passage.

— Laisse tomber, bébé. La nouvelle stagiaire essaie juste de gagner des points.

Son sourire provocateur me révolte. Une rage froide s'empare de moi, et ma respiration s'accélère.

— Je fais mon travail. Vous pouvez penser ce que vous voulez, vous n'êtes pas au dessus des autres. Les règles sont les mêmes pour tout le monde.

« Bébé » lève les yeux au ciel dans un geste qui me donne immédiatement envie de lui faire avaler sa fausse paire de Louboutin.

— Ton boulot, c'est d'être là quand on te sonne. Tu n'as aucun putain de droit sur qui que ce soit. Barre-toi, la stagiaire.

Treize

Shoot out

Mel

La brune se penche en riant dans son cou. Ayden me fixe d'un air victorieux, semblant se délecter de l'effet de ses paroles sur moi. Paralysée par la colère, j'encaisse en silence. Ses mots résonnent dans mon ventre comme s'il venait de me mettre un uppercut. Je crois que c'est la première fois de toute ma vie que je me sens aussi humiliée. Pour qui se prennent ces gens ?

Mon salut provient de Chuck en personne. Le regard noir, d'un pas furieux, il s'interpose entre le couple et moi. Le journaliste, qui m'observait d'un œil goguenard jusqu'à maintenant, déguerpit discrètement quand mon patron fait son entrée en scène, sur un ton qui ne laisse aucune place au doute quant à sa colère.

— Ayden, je t'ai déjà demandé de ne plus ramener ce genre de personnes ici. Tu sais que ça n'apporte rien. Ni à toi ni à moi.

Ayden passe une main lasse dans ses cheveux. Son sourire cynique ne l'a toujours pas quitté.

— C'est bon, Chuck. Chloe voulait juste une photo. C'est pas si grave.

La provocation dans sa voix indique clairement qu'il ne craint pas la colère de mon patron, contrairement à la brune à côté de lui, qui baisse les yeux et se tait enfin. Son air contrit me fait du bien. En présence de Chuck, elle fait moins la maligne.

— Je bosse, là, Ayden. Je ne suis pas là pour m'amuser. Mélanie non plus. Je n'ai pas de temps à perdre avec ton comportement puéril. Ta copine et toi, vous sortez de ma maison, et vous allez faire vos conneries ailleurs. Et vous aussi ! rajoute-t-il, un doigt pointé sur le journaliste, planqué derrière un groupe de personnes. Que je ne vous revoie jamais ici, ni dans aucun événement Live Nation !

La carrière de ce mec est grillée.

Ayden est furieux. Les poings serrés, il se lève d'un bond et crache méchamment au visage de Chuck :

— Rien à foutre de tes soirées. De toute façon, je ne te donnerai jamais ce que tu veux. Tu me vires de chez toi pour une photo, Chuck ? Pour une stagiaire ?

— Ayden. Tu es le bienvenu ici, tout autant qu'au studio, se radoucit Chuck. Mais je n'ai pas de place pour tes conneries. Si mes artistes marchent, c'est parce qu'ils sont protégés par des gens comme Erin et Mélanie.

Tu n'as pas le droit de leur manquer de respect. Ni de déroger à mes règles.

La tension entre eux est extrême.

— Bien sûr. Les bons petits soldats de Chuck, toujours prêts pour toi… C'est bidon, tout ça. Et ta stagiaire, là, rajoute-t-il en me fusillant du regard, elle vaut pas mieux que les autres. Chloe, on va s'amuser ailleurs.

Comment ça « pas mieux que les autres » ? Je m'évertue à mettre toute la rage que Ayden provoque en moi dans le regard que je lui retourne. Sans y prêter la moindre attention, il se dirige vers la sortie, la main de sa copine dans la sienne. J'ai la nausée rien qu'à les regarder. Comme moi, Chuck suit le couple du regard en soupirant lourdement. La colère déforme toujours son visage, mais j'y décèle aussi beaucoup de peine. Mal à l'aise, je m'approche de lui avec l'intention de m'excuser d'avoir provoqué un scandale.

— Chuck, je suis…

— C'est bon, Mélanie. Je ne veux pas en parler, m'interrompt-il en tournant les talons.

Désemparée par sa froideur, j'observe quelques secondes son dos légèrement voûté avant de me retourner pour cacher les larmes de rage qui menacent de couler. Merde, je n'ai rien fait d'autre que suivre les consignes ! Est-ce que j'aurais mieux fait d'aller chercher Erin au lieu d'intervenir ? Le temps qu'elle prenne les choses en main, le journaliste aurait eu ce qu'il voulait depuis longtemps.

Je n'arrive pas à déterminer si Chuck m'en veut ou s'il est juste contrarié par la réaction d'Ayden. Même s'il a du talent, ça ne lui donne pas le droit de traiter Chuck comme ça. Son regard sur moi, si arrogant, me revient en mémoire. Ce bleu intense, profond. Après l'avoir entendu ce matin, j'avais une image de lui totalement déformée par mes émotions. Ma naïveté me fait froid dans le dos. Quelle idiote !

Ma première soirée de travail est définitivement gâchée. Je me sens seule, isolée. Je n'ai plus qu'une envie : me réfugier sous ma couette pour appeler Théo. Ma vie d'avant me manque. En France, tout le monde a besoin de moi. Ici, ma présence n'est indispensable pour personne.

— Je t'avais prévenue, Mel. Ce mec est un véritable enfoiré. Ça va ?

L'esprit tout à ma famille, je n'ai pas entendu Dan arriver. La compassion dans son regard me réconforte un peu. Sans hésitation, il pose une main chaude sur le haut de mon bras.

— Je crois que je viens de faire bien pire que renverser une coupe de champagne.

Un rire nerveux secoue mon corps. Trois jours seulement après mon arrivée, je viens de me mettre à dos mon boss et l'artiste le plus talentueux que j'ai jamais rencontré. Le moral dans les chaussettes, je laisse Dan m'entraîner vers les fauteuils disposés contre un mur.

— Assieds-toi. Je te ramène du thé glacé.

En son absence, je me rends compte que la salle s'est vidée. Il ne reste plus qu'une poignée de convives. Chuck et Erin ont disparu et, pour l'instant, ça m'arrange bien. Quelques minutes plus tard, Dan revient avec ma boisson, ce qui lui vaut un sourire de gratitude sincère.

— Qu'est ce qui s'est passé ? Je t'ai entendue crier, mais je n'ai pas compris pourquoi.

Le cœur au bord des lèvres, je lui raconte l'histoire de la photo, la réaction du pseudo journaliste et l'hystérie de la sangsue collée à Ayden. Quand je répète à Dan ses mots pleins de haine, mon ventre se tord de colère à nouveau.

— Ça ne m'étonne pas vraiment, réagit mon nouvel ami avec aigreur. Chaque fois qu'il est là, il a une fille différente à son bras. Chuck n'aime pas ça, mais quand il s'agit d'Ayden, il ne dit jamais rien. C'est étonnant qu'il ait pris ta défense.

— Pourtant, il ne veut pas me parler.

— Mel, il était en colère. Laisse-lui un peu de temps. Je suis certain qu'il a dû apprécier ton intervention. Chuck tient sa réputation de son intransigeance, et tu viens de lui éviter la couverture d'un magazine people comme une vraie kamikaze.

La lueur espiègle dans le regard de Dan ne m'aide absolument pas à comprendre de quoi il parle.

— Les pages d'un magazine people ? Mais pourquoi ?

— Cette fille, Chloe. Elle vient de terminer une émission de télé-réalité qui a plutôt bien marché. Comme tous les autres, elle sait que sa notoriété est éphémère. C'est plutôt bon pour sa carrière de se montrer chez Chuck.

Ce qui semble logique pour Dan ne l'est pas tout à fait pour moi. J'ai beau essayer, je n'y comprends toujours rien.

— Ce n'est pas logique. Personne ne connaît Ayden, si j'ai bien suivi. Quel intérêt pour elle d'être vue avec lui ?

Dan lève les yeux au ciel. Son air amusé me donne l'impression de débarquer de la lune.

— Les canapés beiges de Chuck sont connus dans tout New York, m'explique-t-il d'une voix volontairement traînante. Certains seraient prêts à vendre leur mère pour être vus chez lui. Chuck le sait pertinemment, c'est pour ça qu'il interdit les photos. Quant à Ayden, il n'est pas encore connu du grand public, et il ne le sera peut-être jamais, mais il a une certaine réputation dans le milieu.

— Une certaine réputation ? Qu'est-ce que ça veut dire ?

Après la façon dont Ayden et Chloe m'ont traitée, je ne devrais pas m'intéresser autant à leur vie. Je me sens idiote de poser toutes ces questions sur eux, mais ma curiosité prend le dessus.

— Tout le monde sait qu'Ayden est un génie de la musique, m'explique Dan. Une fois, je l'ai entendu chanter un morceau en soirée. En quelques secondes, plus personne ne bougeait. Chuck ne le laisse pas aller et venir à sa guise par hasard ; ce mec peut devenir une légende. Chloe n'a pas besoin d'une photo avec Ayden. Elle voulait une preuve qu'elle était avec une future superstar. C'est ça, le truc.

En pleine réflexion, je fixe mon verre vide, promenant distraitement un doigt sur son rebord. Les révélations de Dan ne m'étonnent pas outre mesure. Les places sous les projecteurs sont chères et les élus rares. Mon aversion pour Chloe, qui n'a pas hésité à griller un journaliste une seule seconde, n'en est que plus grande. Quelle sale garce ! Par contre, l'obstination féroce d'Ayden pour l'anonymat m'intrigue toujours autant.

— Est-ce que tu sais pourquoi Ayden refuse de signer avec Chuck ? S'il acceptait, il pourrait profiter des gens autant qu'il veut. Tu ne crois pas ?

— C'est certain, sourit franchement Dan.

Quatorze

Landmarks

Mel

Pensive, je fais machinalement tourner entre mes doigts une mèche de cheveux échappée de mon chignon. L'image d'Ayden entouré d'une meute de filles m'arrache une grimace de dégoût. Après ce qui s'est passé ce soir, plus rien ne me donne envie de le connaître, pas même le son de sa voix. Dan tente de me réconforter :

— Arrête de réfléchir, Mel. Tu n'as rien fait de mal. Et non, je ne sais pas pourquoi Ayden refuse de signer chez Live. Je ne sais même pas si Chuck lui-même en a la moindre idée.

Dan a sûrement raison, mais je ne me risquerai pas à poser la question à mon patron. Pourquoi je me préoccupe d'Ayden et de ses états d'âme d'ailleurs ? Agacée par mes lamentations, je me redresse en inpirant profondément, déterminée à tirer un trait sur ce qui vient de se passer.

— À quelle heure se termine ton service ?

— Dans une heure environ. Je n'ai pas d'heure précise. Je m'en vais quand tout est plié.

Au moment où je m'étire pour éviter de sombrer dans une léthargie précoce, Erin se matérialise devant nous, les yeux cernés d'une fatigue intense.

— Il faut qu'on commence à ranger. Tu viens ?

Je ne sais par quel miracle j'arrive à m'extirper du fauteuil moelleux sur lequel je me trouve. Une heure plus tard, quand nous en avons enfin terminé, elle me donne rendez-vous à 11 heures le lendemain au bureau. Soulagée de la grasse matinée qui s'annonce, je l'assure de ma présence et lui souhaite une bonne nuit.

Dans l'entrée de la maison désormais vide, j'attrape mon téléphone pour appeler un taxi. Au même moment, je tombe sur Dan, en civil, qui semble lui aussi sur le point de rentrer.

— Tu veux que je te ramène ? me demande-t-il gentiment.

— Ça va aller. Je vais appeler un taxi, je précise en agitant la main qui tient mon téléphone.

— Tu ne vas rien faire du tout. Grâce à toi, j'ai passé une soirée beaucoup moins ennuyeuse que prévu. Je te dois bien ça…

— Je ne savais même pas installer des verres correctement, j'insiste en me pointant du doigt. Si quelqu'un te doit un truc, je pense que c'est moi.

— Oh non, tu peux me croire. Ça fait du bien de croiser de nouvelles têtes, et quand elles sont aussi jolies que la tienne, c'est encore mieux. En tout bien tout honneur, bien sûr. Je ne veux pas faire de concurrence à ton mec !

— Oh… Pas de risques pour ça. Il n'a aucune raison d'avoir peur.

Si les choses n'étaient pas claires pour Dan, dorénavant, c'est chose faite. C'est la deuxième fois aujourd'hui que j'ai l'impression de me justifier sur ma relation avec Théo, et à chaque fois, un malaise diffus s'empare de moi. Pourquoi je me sens obligée de faire ça ?

— Très heureux pour toi. Allez, donne-moi ton adresse, Mel. Je te promets que je ne suis pas un psychopathe, ajoute-t-il en souriant plus franchement.

Désarmée par sa bienveillance, j'accepte finalement sa proposition. Si j'attends ce taxi dix minutes de trop, je risque de m'endormir sur place. Je ne suis pas sûre que Chuck apprécie.

Dans la voiture de mon nouvel ami, c'est le calme absolu. Concentré sur la route, Dan garde un silence appréciable. La tête appuyée sur la vitre de la portière passager, je lutte contre la fatigue en admirant encore et toujours les lumières de New York.

Quand mon chauffeur me dépose saine et sauve en bas de l'appartement, nous décidons de nous rappeler dans la semaine pour sortir un soir. J'ai hâte de le revoir dans un contexte différent.

En sortant de l'ascenseur, j'ouvre la porte de l'appartement silencieux aussi discrètement que possible. Dans ma chambre, ma robe et mes collants atterissent à mes pieds en un temps record. Soulagée d'en être enfin débarrassée, je règle mon réveil et charge mon téléphone avant de me précipiter sous la couette. Mes yeux se ferment immédiatement, mais je ne trouve le sommeil que de longues minutes plus tard, hantée par le regard méprisant d'Ayden.

Le lendemain, quand je me retrouve pour la deuxième fois au quatorzième étage de Live Nation, le stress me coupe à nouveau les jambes. L'esprit embrumé par ma nuit difficile, le ventre noué, j'appréhende plus que tout l'accueil que Chuck et Erin me réservent après le fiasco d'hier soir. Quand je passe la porte du bureau, à 11 heures tapantes, le soleil aveuglant m'oblige à plisser les yeux. Mon patron, occupé à signer des documents, pose sur moi un regard sombre qui ne me dit rien qui vaille.

— Bonjour, Chuck.

J'ai à peine murmuré. L'autorité naturelle de Chuck a un effet dévastateur sur mon état mental. De toute ma vie, je n'ai jamais été aussi impressionnée. J'ai beau me répéter que c'est un homme comme les autres, rien n'y fait.

— Bonjour. Assieds-toi, Mélanie.

Erin, à son bureau, ne m'adresse pas le moindre signe, pourtant je suis certaine qu'elle m'a entendue entrer. C'est mauvais, très mauvais.

Ma respiration s'accélère. Est-ce que je vais me faire virer ? Je deviens irrationnelle, mais l'importance que Chuck accorde à Ayden me met le doute. Pourtant, je n'ai rien fait de mal, si ? M'exhortant au calme, je m'installe sur la chaise désignée par mon très intimidant boss. Mes muscles se contractent, et je replace une mèche de cheveux derrière mes oreilles avec nervosité. Les lèvres pincées, j'attends mon jugement avec angoisse. Chuck pose ses mains à plat sur le bureau et plante ses yeux dans les miens.

— Comment s'est passée cette première journée ?

La question me prend de court. Qu'est-ce que je suis censée dire ? Si je minimise ce qui s'est passé avec Ayden, il va penser que je ne suis pas assez consciente de mes responsabilités. Si j'en fait trop, il croira que je suis trop sensible. Il me faut une autre option.

— Bien. La soirée a été… mouvementée, mais je me suis sentie plus à l'aise que ce que j'imaginais.

L'expression de Chuck ne m'aide pas à deviner ses véritables pensées. Il hausse un sourcil dubitatif.

Ça y est. Je suis virée. Tétanisée, j'essaie tant bien que mal de cacher mes mains qui tremblent sous mes cuisses.

— Mélanie, tu as fait du très bon travail hier soir. Grâce à toi, nous avons évité les gros titres d'un journal dont même un rat n'est pas digne.

Quoi ? Comment ça, très bon travail ?

Les mots de Chuck provoquent un court-circuit sous mon crâne. Sonnée, je ne réalise pas tout de suite qu'il arbore un très léger rictus. Je n'imaginais même pas qu'il avait cette capacité.

— Ça n'a pas dû être facile de t'interposer, reprend-il. Tu sais, c'est la première fois qu'une de mes stagiaires fait preuve d'une telle initiative en si peu de temps. Je te félicite.

J'ai horreur des compliments, mais celui-là me touche. Sous le coup de l'émotion, je reconnais à peine le filet de voix qui s'échappe de mes lèvres.

— Je n'ai fait qu'appliquer les consignes.

— Comme tu as pu le constater, Ayden n'est pas une personne facile à gérer. Si tu le recroises et qu'il a un comportement déplacé envers toi, je veux le savoir immédiatement.

— D'accord.

Le visage d'Ayden s'imprime furtivement dans mon esprit. Je passe sous silence ce qui se passe dans mon ventre à la seule idée de le recroiser.

— Tu sembles fiable, Mélanie, se radoucit encore mon patron. Je ne tolèrerai pas qu'on te manque de respect. Ayden se comporte de cette façon pour des raisons que je ne peux pas aborder avec toi, mais si tu rencontres le moindre problème avec lui, je te demande de m'en informer.

Soulagée de ne pas avoir perdu la confiance de Chuck, j'acquiesce avec ferveur, sans lui donner mon point de vue sur sa future superstar du rock. Après toute cette histoire, je ne prendrai pas le risque inutile de descendre dans son estime. De toute façon, Ayden n'est pas le genre de personne que j'ai envie de connaître, ni même dont j'ai envie de parler.

Le reste de la semaine passe comme dans un rêve. Au bout de quelques jours, je me sens aussi à l'aise avec Erin que si je travaillais avec elle depuis plusieurs mois. Elle m'apprend à naviguer dans son monde avec diplomatie et bonne humeur, et me traîne à sa suite dans tous les studios de télévision et de radio de la ville.

Prise dans un tourbillon, je croise chaque jour des artistes, des metteurs en scène, des machinistes, des musiciens, des chorégraphes, des danseurs, tous compréhensifs et accueillants envers la petite nouvelle que je suis. Tout le monde se met à ma portée, répondant à mes questions avec la plus grande gentillesse.

Je prends également le temps de visiter les endroits touristiques qui m'ont toujours fait rêver. L'Empire State Building et la statue de la Liberté n'ont enfin plus de secret pour moi. Je me laisse même tenter par une session nocturne au MOMA. Malgré le décalage horaire, j'envoie le plus de nouvelles possible en France. Si l'absence de Théo ne se faisait pas parfois douloureusement sentir, je serais parfaitement heureuse.

Le jeudi soir, j'inaugure ma première séance de cinéma new-yorkaise avec Dan. Le film est prenant, je passe une excellente soirée. Je ne remarque pas de différence notoire avec les cinémas français, si ce n'est la taille des boîtes de pop-corn. Comme la première fois que je l'ai rencontré, Dan est drôle, prévenant et agréable.

Après la séance, il m'emmène dans un petit bar cosy, bien loin des circuits touristiques, où il a l'habitude de se rendre. Il se révèle être un excellent guide dans New York, qu'il connaît comme sa poche. Nous ne reparlons pas de la soirée chez Chuck, et c'est tant mieux. Je ne veux plus penser à Ayden. Je ne vais pas laisser son comportement grossier gâcher mes débuts.

Le vendredi matin, Erin me rappelle que nous devrons être présentes à un concert le soir même, pour accompagner les White Strangers, un groupe de rock en pleine ascension. C'est un de leurs premiers gros événements, et Chuck a souhaité notre présence pour gérer la rencontre prévue avec les fans juste après. Je connais le groupe depuis déjà plusieurs mois, et l'idée d'assister à un de leurs sets me donne le sourire pour le reste de la journée.

En début de soirée, Erin et moi rejoignons en taxi le Radio City Music Hall, où aura lieu le concert. La dernière fois que j'ai vu cet endroit, c'était devant ma télé pour une rediffusion des Grammy Awards.

À peine dix minutes plus tard, j'absorbe chaque détail de cette salle de spectacle mythique. Un nombre incalculable de légendes de la musique se sont produites dans cet endroit, et en pénétrant à l'intérieur par l'entrée réservée aux professionnels, je me sens incroyablement chanceuse.

L'enchantement est cependant de courte durée. Comme à son habitude, Erin s'affole et m'entraîne dans un tourbillon de préparatifs et de vérifications. Elle court dans tous les sens, les cheveux en bataille, passant d'un musicien à l'autre pour vérifier que tout est prêt. Alertée par son air soudain préoccupé, je la rejoins rapidement.

— Je peux t'aider ?

— Le guitariste a oublié ses médiators, s'agace-t-elle en poursuivant ses recherches. Il habite de l'autre côté de Brooklyn. Il ne peut pas jouer sans, je n'en trouve nulle part et nous n'avons pas le temps de les récupérer.

Le débit de parole d'Erin atteint le stade d'une mitrailleuse en pleine action. Quand elle est dans cet état, inutile d'essayer de la calmer.

— Il n'y a pas plusieurs guitaristes ?

— Mélanie, souffle-t-elle, tu ne crois pas que j'ai déjà envisagé cette possibilité ?

— Je n'en sais rien. C'est la première idée qui m'est venue.

— Désolée, je suis un peu à cran. Jake est en pleine crise d'angoisse. Chuck va arriver. Il faut que tout soit parfait, et tout le serait si on n'avait pas un foutu problème de médiators.

Comme un flash, des images du studio me reviennent. Dans un coin de la pièce étaient rangés tout un tas d'accessoires de musique. J'espère avoir une bonne idée : à la manière dont Erin se ronge les ongles, je ne suis pas sûre qu'il lui en reste avant le début du concert.

— Je peux peut-être aller en récupérer au studio ? En taxi, je peux faire l'aller-retour en moins de trente minutes.

J'observe les traits d'Erin se détendre lentement. Ses lèvres s'étirent en un large sourire, et elle finit par me sauter au cou au moment où je m'y attends le moins.

Par chance, je réussis à héler un taxi en moins de trente secondes. Dix minutes plus tard, je me rue presque en courant dans le hall de Live Nation et passe en trombe devant l'hôtesse d'accueil, qui porte toujours sa casquette des Chicago Bulls. Sous son regard inquiet, je m'acharne sur le bouton d'appel de l'ascenseur. Il me reste exactement quarante-deux minutes avant le début du concert.

Au moment où j'ouvre énergiquement la porte du studio, soulagée d'avoir atteint mon but dans les temps, une voix sombre et éraillée me cloue au sol. Étourdie par sa puissance, je ne prends même pas la peine de lutter contre les violents frissons qui se propagent le long de ma colonne vertébrale. Derrière la vitre sans tain de la cabine d'enregistrement, inconscient de ma présence, Ayden est en train de chanter.

Quinze

Self control

Mel

Qu'est-ce que me fait cette voix ? Jamais je n'ai ressenti une telle chose.

Pendant de longues secondes, je reste imobile derrière la porte du studio entrouverte, au point d'en oublier la raison de ma présence ici. Ayden chante le même morceau que l'autre jour, mais cette fois, il s'accompagne uniquement d'une guitare. Cette version accentue encore son grain de voix intense.

Concentrée sur la beauté du morceau, je me laisse encore quelques instants de répit. Quand il s'interrompt pour reprendre le refrain, je reviens enfin à la réalité. Je me précipite le plus discrètement possible dans le coin de la pièce où les instruments sont rangés. D'un geste fluide, je ramasse tous les médiators sous mes yeux et les range dans mon sac.

Derrière la vitre sans tain, Ayden continue de chanter. À regret, je tourne les talons le plus lentement possible pour gagner un peu de temps. L'idée de ne plus entendre sa voix m'est tout à coup insupportable. Quand je l'écoute, ni le temps ni la réalité n'ont d'importance ; quelque chose en moi refuse simplement que ce moment prenne fin.

Quoi que je puisse penser d'Ayden, chaque fois que je me retrouve dans la même pièce que lui, mes émotions prennent le dessus. Je déteste perdre le contrôle, et pourtant, c'est ce qui se passe à chaque fois que je croise sa route. Même quand il ne le fait pas exprès, il me déstabilise. Je n'aime pas ça, et je ne devrais pas le laisser faire, mais sa voix m'hypnotise.

Le silence soudain dans le grand studio interrompt mes réflexions.

Non... pas ça.

Juste au moment où je me précipite sur la porte, la cabine d'enregistrement s'ouvre sur Ayden, un sourire narquois aux lèvres. Les bras croisés, une lueur moqueuse dans le regard, il me fixe sans ciller. Malgré l'humiliation, je m'attarde une demi-seconde sur son visage parfait. J'espère qu'il ne m'a pas vue entrer pour l'écouter.

— Qu'est-ce-que tu fais là, la stagiaire ?

Les mots qui s'échappent de ses lèvres pleines me font l'effet d'une gifle. Ce surnom me donne envie de hurler. Son sourire narquois devient franchement sarcastique, mais je m'ordonne comme je peux de ne pas le laisser jouer avec mes nerfs. Son attitude exécrable me perturbe, et je ne me fais toujours pas au contraste entre ce que je viens d'entendre et son comportement.

— Je travaille. Ça te paraît si étrange que ça ?

Je me détourne avec colère. Au moment où je pose un pied hors de la pièce, la voix d'Ayden s'élève à nouveau.

— Un vendredi soir ? Chuck doit adorer ça. Avec un peu de chance, il te donnera vite une augmentation. À moins que tu cherches des avantages en nature ?

Le feu de l'adrénaline monte dans mon corps jusqu'à la racine de mes cheveux. C'en est trop.

— Pour qui tu te prends ? Tu crois que parce que tu fais le rebelle avec Chuck tu m'impressionnes ? Tu crois que parce qu'il te court après tu peux tout te permettre ?

Hors de contrôle, je marche sur lui en criant de plus en plus fort.

— Qu'est-ce qui te fait penser que tu peux me juger ? Tu m'as vue trois fois dans ta vie. Tu ne sais pas qui je suis. Ta condescendance, tu peux te la garder !

Le regard bleu d'Ayden n'est plus qu'à une trentaine de centimètres de mon visage. Bouillante de rage, je ne me suis même pas rendu compte que j'avais presque réduit à néant l'espace entre nous. À bout de nerfs, je fais l'erreur de m'autoriser un contact visuel bien trop intense pour moi.

Merde.

Parfois, je voudrais me gifler. Qu'est-ce qui me prend de penser à ses yeux après la façon dont il s'est – encore – adressé à moi ? La chaleur de ses doigts sur mon poignet à demi levé m'arrache un violent sursaut. Mon espace vital agressé hurle au scandale, guidé par la colère qui m'anime. Ayden hausse un sourcil amusé.

— Calme-toi. Je ne voulais pas te vexer.

C'est ça, connard.

Nos yeux se croisent encore. L'espace d'une seconde, je crois déceler de l'étonnement dans son regard, vite remplacé par le sarcasme qui l'habite chaque fois qu'il se retrouve en face de moi. Sa main est chaude, empreinte de force contenue. Au fur et à mesure que la sensation de sa peau se diffuse sur mon poignet, l'adrénaline accélère les pulsations de mon cœur. Je dégage brutalement mon bras, manquant au passage de perdre l'équilibre.

— Ne me touche pas.

Après un instant de stupeur, Ayden éclate de rire, un rire surpris qui me laisse perplexe.

— Tu es la première à me dire ça depuis longtemps.

Les explications de Dan et d'Erin à son sujet me reviennent en mémoire. Je le revois me fixer, la blonde du B54 entre ses bras. Est-ce qu'il se souvient de moi ? Est-ce que c'est pour cette raison qu'il s'acharne ? J'en doute. À la vitesse où il semble enchaîner les conquêtes, c'est peu probable qu'il ait des souvenirs de cette soirée.

Je ne veux pas répondre à cette énième provocation de sa part. Il faut absolument que je me contrôle. Je ferme les yeux une seconde, me replongeant dans l'ambiance du studio avant qu'Ayden ne s'interrompe. Instantanément apaisée, j'ébauche même un sourire, qui semble le déstabiliser. Enfin.

— Bonne soirée, Ayden.

En quittant la pièce, une certaine fierté m'envahit. Je ne suis pas entrée dans son jeu. J'ai repris mes esprits avant qu'il ne soit trop tard. Dans l'ascenseur, je m'observe dans le miroir : mes joues sont encore rouges et mes cheveux partent dans tous les sens. Je m'aide de mes mains pour me recoiffer comme je peux. Heureusement, malgré cet accident de parcours, il me reste encore une vingtaine de minutes pour achever ma mission.

Dans le taxi, j'appelle Erin pour l'informer de ma récolte. Bien évidemment, je passe sous silence ma rencontre inattendue avec Ayden. Stressée par le temps qui file, je fixe la route, comme si j'avais le pouvoir de faire disparaître les embouteillages. J'espère que ma confrontation avec Ayden n'aura pas eu lieu pour rien.

Une fois à l'intérieur du Radio City, je cours comme une dératée jusqu'aux coulisses, où Erin et le groupe m'attendent impatiemment. La tension est palpable, les visages fermés. Dès qu'elle m'aperçoit, ma collègue se précipite sur moi.

Avec un sourire de victoire, je sors le petit sachet de mon sac pour le lui tendre.

— Mission accomplie.

Mais à quel prix ?

— À partir d'aujourd'hui, tu peux me demander n'importe quel service, s'écrie Erin en se précipitant contre moi.

Radieuse, elle me serre dans ses bras. Dans la salle, les fans hurlent. Au moins, aujourd'hui, j'ai été vraiment utile. Cette idée me fait du bien, surtout après m'être frottée à l'ouragan qu'est Ayden.

Pendant le concert, je m'autorise enfin à me détendre. Erin et moi installons des boissons et des collations pour les artistes dans les loges, avant qu'elle ne me donne quartier libre. Cachée derrière un coin de la scène, je profite donc de mon premier concert des White Strangers.

En bas, dans la fosse, le spectacle de la foule qui hurle son excitation est tout aussi fascinant que les musiciens sur scène.

La passion est une chose étrange. Faire ce qu'on aime pour être heureux, se sentir complet, est une aubaine. Quand on a de la chance et beaucoup de talent, arrivent le succès, le partage, les fans. Mais ce n'est pas sans conséquences. L'absence de vie privée, les journalistes, les interviews, les ragots… Est-ce que c'est pour ça qu'Ayden refuse de sortir un album ? L'idée qu'il traite ses fans comme moi tout à l'heure m'arrache un rire caustique. Il ne les garderait pas longtemps.

Reportant mon attention sur la scène, j'oublie Ayden et ses humeurs. À la fin du concert, le public réclame un rappel avec ferveur. Quand les quatre garçons en nage quittent définitivement la scène, je les raccompagne en coulisses pour les féliciter. Ils sont vraiment très bons sur scène, et je n'ai pas vu le temps passer. Jake, le guitariste, lève le bras vers moi. Dans sa main, il tient l'un des médiators que j'ai ramenés du studio.

— Il paraît que c'est toi qui m'as sauvé la vie ? Merci !

— De rien.

Je ne sais pas s'il m'a entendue : même si on s'éloigne de la scène, ma voix ne couvre pas les cris des fans qui espèrent un nouveau rappel. Quelques pas plus loin, nous retrouvons Chuck dans le couloir qui mène aux loges. Il complimente chaleureusement les quatre musiciens, à grand renfort de tapes dans le dos. Je ne savais pas qu'il assisterait au concert, mais son sourire en dit long sur son degré de satisfaction.

Par correction, je m'écarte légèrement du groupe pour les laisser entre eux, ce qui me donne l'occasion parfaite de m'imprégner de cet endroit mythique qu'est le Radio City Hall. Rêveuse, je m'approche du mur du couloir pour observer de plus près une série d'affiches représentant les légendes de la musique ayant fait leurs armes ici. J'essaie de me rappeler d'au moins une chanson de chacun d'entre eux.

Je fredonne à voix basse un air d'Aretha Franklin quand Chuck me fait signe de le rejoindre. Alors que je me rapproche, mon regard se pose sur un homme brun qui discute avec le batteur. Je connais ce tee-shirt. Je connais ces chaussures.

Qu'est-ce qu'il fait là ?

Ma surprise n'échappe pas à mon patron, dont les sourcils se froncent légèrement. Un sourire pincé aux lèvres, je me force à continuer d'avancer. La colère que j'avais réussi à oublier est en train de refaire surface, mais je ne peux rien laisser paraître. Quand j'arrive à sa hauteur, la main de Chuck se pose sur l'épaule d'Ayden.

— Mélanie, je crois que certaines choses n'ont pas été faites correctement l'autre jour. Permets-moi de te présenter Ayden Harrington.

Seize

Unexpected things

Mel

Sans tenir compte de mon air embarassé, Chuck poursuit les présentations.

— Ayden s'est excusé auprès de moi pour ce qui s'est passé l'autre soir. Je lui ai demandé d'en faire de même avec toi.

À quoi est-ce que Ayden joue ? Deux heures plus tôt, il m'insultait presque. Pourquoi agit-il comme si de rien n'était ? Et puis qu'est-ce qu'il fait là ? Où que j'aille, je le retrouve sur mon chemin. En ce qui le concerne, je crois que mon karma me joue des tours.

L'envie de balancer à mon patron son comportement odieux de cet après-midi me démange. Il faut que je me batte contre moi-même pour garder le self-control dont j'ai fait preuve tout à l'heure malgré ses provocations.

Immobile, je cherche délibérément des traces d'ironie sur son visage.

À ma grande surprise, Ayden se tourne vers moi, un sourire au coin des lèvres.

— Salut.

Quand son regard plonge dans le mien, un léger vertige s'empare de moi, bien vite remplacé par de la colère. Je garde un silence méfiant, qui ne semble pas le perturber.

— Désolé pour l'autre soir. J'aurais pas dû te parler comme ça. Tu faisais ton travail, rien de plus.

Sans me lâcher des yeux, il me tend une main pacifiste qui ne me dit rien qui vaille. J'ai la certitude qu'il ne pense pas un traître mot de ce qu'il dit. Mais est-ce que j'ai vraiment le choix ? Le regard insistant de Chuck me répond en partie. Je suis coincée.

— Entendu, je rétorque en avançant vers lui une main fébrile.

Ayden ne cille pas. Son contact m'électrise de la même façon qu'au studio, mais je m'efforce d'en faire abstraction. Je préférerais mourir plutôt qu'il se rende compte de l'effet qu'il a sur moi. Quand il retire sa main, l'extrémité de ses doigts glisse lentement sur ma paume, et je déteste l'idée d'en avoir conscience.

Chuck, qui ne se doute pas un instant de la bataille acharnée qui m'agite, pose ses mains sur nos épaules comme s'il réconciliait deux enfants désobéissants.

— Bien. Voilà une bonne chose de faite.

Satisfait de la tournure que prennent les évènements, il nous abandonne là pour se rendre dans la loge où se trouvait Erin tout à l'heure.

— Je ne sais pas ce que tu cherches, mais ne t'avise pas de m'approcher, je siffle entre mes dents assez fort pour qu'Ayden m'entende.

— Qu'est-ce qui te fait croire que j'ai envie de t'approcher ?

— Ne le fais pas, c'est tout. Toi et moi, on n'est pas du même monde. J'ai bien compris le message.

Sur le point de perdre mon calme, je me concentre à nouveau pour n'en rien laisser paraître. Le dégoût que ce mec m'inspire est certainement visible, mais ça m'est complètement égal. Contre toute attente, Ayden redevient sérieux.

— Tu ne sais pas de quoi tu parles.

— Peut-être. En tout cas, chez moi, on ne juge pas les gens sans les connaître.

Sans lui laisser le temps de répondre, je me dirige avec raideur vers l'entrée des artistes. Un peu trop consciente de son regard qui brûle mon dos, je m'éloigne de lui aussi vite que mes pas me le permettent. Son ego surdimensionné me rend folle, même si j'avoue que je m'attendais à un affrontement un peu plus musclé.

D'un pas décidé, je me fie aux hurlements hystériques des fans pour retrouver Erin. À l'entrée des coulisses, un cordon de sécurité a été installé. Les White Strangers se tiennent derrière, sous la protection de deux gardes du corps. Chacun à leur tour, les musiciens échangent quelques mots avec leurs admirateurs. Erin se charge de prendre des photos. Apparemment, elle maîtrise à la perfection le temps de passage de chacun. Tout sourire, elle fait preuve d'une patience à laquelle je ne m'attendais pas. Elle gère à la perfection les larmes, les cris d'hystérie et s'occupe même de certains fans qui semblent proches du malaise.

Malgré le chaos qui règne, elle me fait signe de la rejoindre presque immédiatement. Je me faufile comme je peux, mal à l'aise.

— Tu vas me remplacer, Mélanie. Il faut que je fasse le point avec Chuck.

Une panique intense s'empare de moi. Les foules en délire, je ne maîtrise pas du tout.

— Tu es sûre ? Je n'ai jamais fait ça. Je ne sais pas si…

— Tu t'en sortiras très bien. Il n'y a rien de compliqué là-dedans. Tu fais des photos, tu filmes un peu, et tu fais bien attention que chaque fan ait à peu près le même temps que le précédent. Essaie juste de ne pas te faire écraser, j'ai encore besoin de toi, m'encourage-t-elle. Je n'en ai pas pour longtemps.

Sans me laisser le temps d'argumenter, ma collègue disparaît, me poussant une fois de plus dans mes retranchements. Sans autre alternative, j'attrape au vol une adolescente aux cheveux courts qui saute d'impatience et la pousse vers Jared, le batteur du groupe, qui l'accueille gentiment et la serre dans ses bras. Après un court échange, Jared la pousse doucement vers Jake, le guitariste, au cou de qui elle saute comme si sa vie en dépendait. Je prends quelques photos d'elle avec chaque membre du groupe.

Deux minutes plus tard, son état d'extase est tel qu'elle ne se rend même pas compte qu'un des agents de sécurité l'accompagne doucement vers la sortie. Quand je lui rends son portable, elle m'étreint avec une affection qui me laisse perplexe. Le suivant est un garçon un peu plus âgé. À l'inverse de la jeune fille qui vient de sortir, il discute sobrement avec les musiciens.

Contre toute attente, je trouve cette mission plutôt amusante. Les fans sont gentils, et leurs réactions parfois étranges valent vraiment le détour. Très professionnels, les garçons du groupe semblent tous conscients de la valeur de ces rencontres. Ils s'appliquent à donner le maximum de joie aux gens qui se sont déplacés pour eux. Ils y prennent même du plaisir, et ça se voit.

Très affectée par la charge émotionnelle qui règne, je m'essuie discrètement les yeux. Depuis que j'ai atterri ici, je suis vraiment à fleur de peau. Un torrent d'émotions se bouscule dans ma tête, et s'échappe à la moindre occasion. Un peu plus tard, dans un autre registre, une femme un peu déjantée leur demande de signer un autographe sur son décolleté profond. Les quatre garçons et moi piquons une crise de fou rire.

Quand je sors enfin la tête de l'eau, seules quelques personnes attendent encore leur tour. Le calme est quasiment revenu dans ce corridor étroit. Je ne me rends compte du bruit qu'il y avait qu'au moment où l'espace retrouve un niveau sonore à peu près normal. Alors que je m'avance pour laisser passer un fan, une main légère se pose brusquement sur mon bras.

Je n'ai pas besoin de me retourner pour en connaître le propriétaire. Un instant, je ferme instinctivement les yeux, mais à la seconde où je me retourne, toute trace de trouble a disparu de mon visage. Les sourcils légèrement froncés, je reprends ma posture agressive.

— Quoi, Ayden ?

Surpris par mon hostilité, ce dernier esquisse un mouvement de recul avant de reprendre contenance. Son sourire en coin réapparaît bien trop vite à mon goût.

— Inutile d'être aussi agressive. Chuck m'envoie te dire qu'il veut te voir. Tout de suite.

— Il ne pouvait pas envoyer quelqu'un d'autre que toi ? Et depuis quand tu joues au gentil toutou ?

Consciente tout à coup que je parle de mon patron, je me mords les lèvres. Il faut absolument que j'apprenne à me maîtriser. Sans même prendre la peine de me répondre, Ayden me fusille du regard et disparaît dehors. Ce mec est dingue.

Je retrouve Chuck et Erin dans une loge un peu à l'écart des autres. En pleine conversation téléphonique, ma collègue est appuyée contre un plan de travail débordant de pots de fond de teint et autres produits de maquillage.

— Mélanie, m'interpelle Chuck en me voyant entrer. Ce soir, nous allons fêter cette réussite. Tu viens avec nous.

L'intonation monocorde de Chuck me donne plutôt l'impression qu'il me convie à un enterrement. Anticipant mes questions, il reprend ses explications.

— Ce concert était très bon. J'emmène le groupe s'amuser un peu ; ils l'ont bien mérité. Et comme c'est en partie grâce à toi, tu viens aussi. Erin m'a raconté pour les médiators. Ton implication me plaît beaucoup.

Je rosis.

— Ce n'était pas grand-chose.

Pour la deuxième fois en moins d'une semaine, j'ai droit à un sourire. Au moins, je ne me suis pas disputée avec Ayden pour rien.

Vu l'heure tardive, je déduis rapidement que Chuck a dans l'idée de nous emmener en discothèque. Quand j'entends Erin réserver une table pour huit, je fais un calcul rapide. Le groupe, Chuck, Erin, moi… ça ne fait que sept. Qui est le huitième ? Ayden ? Pitié, pas ça.

— Un problème, Mélanie ? me questionne Chuck.

Je me compose un visage neutre. Je ne veux pas qu'il sache à quel point toutes ces tensions avec Ayden m'affectent.

— Je ne peux pas sortir dans cette tenue, j'explique en désignant mon jean et ma paire de Converse.

Mon patron balaie d'un geste mes inquiétudes.

— Ne t'inquiète pas pour ça. Nous allons repasser au bureau. Au troisième étage, il y a des collections entières de vêtements. Erin ne t'a pas fait visiter ?

— Si, bien sûr. Mais je ne veux pas vous retarder. Je peux prendre un taxi jusqu'à chez mon oncle et vous rejoindre ensuite.

Je peux peut-être aussi prétendre qu'une bombe a explosé dans l'appartement de Chris et Tara, histoire d'éviter cette soirée ?

— Ne discute pas, Mélanie. Nous nous arrêterons en chemin. Nous sommes une équipe.

S'il continue de me parler sur ce ton, je ne suis pas près de me sentir à l'aise avec lui. Même quand il essaie de se montrer gentil, j'ai l'impression d'avoir fait une erreur. S'il garde ce sérieux toute la nuit, je me demande ce que va donner cette soirée.

— C'est noté, patron, je plaisante.

Évidemment, je n'obtiens aucune réaction. Pourquoi ça ne m'étonne pas ?

— C'est bon, la table est réservée ! claironne Erin en rangeant son portable.

Chuck à notre tête, nous rejoignons dans le couloir les White Strangers enfin libérés en grande discussion avec Ayden. Une fois dehors, mon patron se débrouille pour nous trouver rapidement deux taxis. Évidemment, je me retrouve avec Ayden. J'emploie toute mon énergie à l'ignorer jusqu'à ce qu'Erin et moi descendions devant les portes de Live Nation, étroitement surveillées par un agent de sécurité qui nous ouvre de l'intérieur.

Au troisième étage, une véritable caverne d'Ali Baba nous attend. D'immenses portants classés par taille et par type de vêtement ou d'accessoire sont rangés dans une pièce gigantesque. Il y a tout ce qu'on peut rêver de porter, pour n'importe quelle occasion. Même des paires de gants. Mon choix se porte assez vite sur une robe patineuse noire, que j'agrémente de bijoux en argent. J'enfile une paire de collants noirs, avant d'échanger ma paire de Converse contre des sneakers argentées. Pour terminer, j'emprunte un blouson en faux cuir noir qui m'a tapé dans l'œil en entrant.

Les choix d'Erin sont moins sobres que les miens. Elle sélectionne une longue robe blanche évasée à fines bretelles et y ajoute une paire de talons compensés. Dans cette tenue qui met en valeur sa peau caramel, elle est magnifique. J'accepte avec joie sa proposition de s'occuper de mes cheveux et la laisse réaliser un gros chignon à l'arrière de ma tête. Cette fille a tous les talents.

— Est-ce qu'il y a un domaine dans lequel tu n'es pas douée ?

— Je n'ai aucun mérite, s'esclaffe-t-elle. Ma fille veut la même coiffure qu'Elsa dans *La Reine des neiges*. Je passe mon temps à la coiffer.

Entendre Erin évoquer sa petite fille me ramène aussitôt à ma sœur. Sarah aurait adoré cet endroit. Un douloureux pincement se fait sentir dans ma poitrine. Je n'ai pas appelé ma famille de la semaine, et même Théo n'a eu droit qu'à quelques messages. Il faut absolument que je remédie à cette situation.

— Arrête de réfléchir, m'ordonne-t-elle d'un air réconfortant. C'est l'heure de s'amuser.

À la sortie du bâtiment, je traverse le trottoir pour rejoindre notre taxi quand mon regard accroche celui d'Ayden. Un sourire approbateur aux lèvres, il me fixe sans aucune retenue. Soudain très mal à l'aise, je m'oblige à baisser les yeux.

Dix-sept

Too much words

Mel

Durant le trajet, je continue d'ignorer superbement Ayden, assis juste à côté de moi. Je lutte contre la tension extrême qui s'installe dans le moindre de mes muscles. À chaque croisement, mon corps penche dans sa direction, et je me retiens de respirer pour éviter de le frôler.

Pourquoi est-ce que je me mets dans des états pareils ? C'est juste un mec insolent et désinvolte. Erin a beau tenter de me faire la conversation, je ne lui réponds que par monosyllabes. Chaque fois qu'Ayden est dans les parages, il semble que mon cerveau déconnecte. Plus de neurones. Elles sont parties en vacances.

Comme je le lui ai demandé un peu plus tôt, il ne m'adresse pas la parole jusqu'à ce que nous arrivions devant Les Bains. D'après Erin, c'est la boîte la plus courue de New York, et elle vaut vraiment le détour. Un cordon rouge en préserve l'entrée, gardée par deux armoires à glace telles que j'en ai rarement vues. Un malabar en costume fait la pluie et le beau temps parmi la foule de gens pressés de s'amuser.

Quand nous approchons, il salue Chuck avec politesse et nous laisse passer sans même vérifier nos identités. En pénétrant à l'intérieur, l'obscurité m'aveugle un moment, le temps que mes yeux s'adaptent à la pénombre. Un employé salue chaleureusement Chuck et Ayden, avant de nous conduire dans le carré VIP. On nous sert une bouteille de champagne sur une petite table ronde entourée de fauteuils moelleux. De là où je me trouve, j'ai une vue parfaite sur la piste de danse.

Ma coupe dans les mains, j'observe sans réel intérêt la foule qui bouge dans tous les sens. Depuis que j'ai pensé à ma sœur, une mélancolie tenace s'est emparée de moi, et je me demande ce que je fais là. Autour de moi, tout le monde discute du concert, sauf Ayden, qui arbore le même air absent que la première fois que je l'ai croisé au B54. J'ai l'impression que je ne suis pas la seule à avoir envie d'être ailleurs. Mais alors pourquoi est-il là depuis la fin du concert ? Rien ne l'obligeait à nous suivre, à ce que je sache. Il est le seul d'entre nous qui n'ait aucune obligation envers Chuck.

Quand elle me voit l'observer, Erin sourit discrètement. Son avertissement lors de mon premier jour de stage me revient en mémoire. Pour faire diversion, je me lève en m'excusant. À la recherche de toilettes, je me retrouve à l'opposé de notre table, derrière la piste de danse, sur une grande terrasse couverte. Elle est déserte.

La tonnelle en fer forgé qui la surplombe, décorée de fleurs grimpantes, me donne une sensation de sécurité que je n'avais pas connue depuis mon arrivée à New York. Dans la pénombre, je m'assois à l'une des tables et profite pour la première fois de la soirée d'une solitude bienfaisante. J'ai l'impression qu'ici, rien ni personne ne peut m'atteindre. Et j'en ai bien besoin.

Je ne me remets pas de mes prises de tête avec Ayden. À cause de son attitude, je me sens tout le temps sur le qui-vive, dans l'attente qu'il me blesse encore. Heureusement pour moi, j'ai un minimum de répondant, mais je me demande comment je vais tenir chez Live si je dois le croiser tous les jours comme ça. Si elle se reproduit, cette situation deviendra vite pesante.

En vérifiant mon téléphone, je m'aperçois que Théo a essayé de me joindre à deux reprises. Avec une pointe de culpabilité, je réalise que je m'habitue bien mieux que ce que je pensais à notre séparation. J'étais préparée depuis longtemps au fait de ne plus le voir tous les jours, et je consacre tellement d'énergie à m'adapter que j'ai tendance à le faire passer au second plan. Il faut vraiment que je fasse plus attention. Pleine de bons sentiments, je compose son numéro.

— Allô ? grogne une voix endormie.

Ce son familier m'apporte immédiatement un peu de réconfort, et mon corps se détend. Obligée de lever la voix pour couvrir le bruit de la musique qui m'entoure, je me bouche une oreille d'un doigt pour mieux l'entendre.

— Salut toi, ça va ? Je te réveille ?

— Il est 5 heures du matin, Mel…

— Je suis désolée. Tu veux que je te rappelle plus tard ?

— Mmmhh, marmonne-t-il à l'autre bout du monde. T'aime.

— Désolée. Rendors-toi. On se parle demain.

Fichu décalage horaire !

Ça ne fait que quelques jours que je suis là, et on a déjà du mal à communiquer. J'appréhende vraiment les prochaines semaines. J'espère qu'on fera mieux.

Le raclement d'une chaise sur le sol de pierre me tire de ma rêverie. Regrettant déjà la fin de ce moment de tranquilité, je tourne la tête en direction du bruit. Ayden s'avance tranquillement dans ma direction, confirmant cette sensation que quoi que je fasse, il est toujours dans les parages.

— Qu'est-ce que tu fais là, Ayden ?

— La même chose que toi. Mais si tu veux rentrer, te gêne surtout pas.

Un soupir exaspéré s'échappe de ma gorge, et je détourne le regard. Cette confrontation perpétuelle m'épuise.

— Mais qu'est-ce que je t'ai fait, à la fin ?

Le désespoir qui perce dans mon murmure me fait presque honte. Le visage inexpressif, Ayden passe une main dans ses cheveux. Son regard se perd dans le vide de longues secondes.

— En fait, rien. Je t'aime pas, c'est tout. J'aime pas ce que tu fais.

Pardon ?

— Ce que *je* fais ? En quoi c'est ton problème ?

— Ton attitude de première de la classe me donne la gerbe. Tu vendrais ta mère pour que Chuck te remarque.

Son discours me révulse. Comment peut-il penser une chose pareille ? Ce mec est complètement malade.

— Ça ne te vient pas à l'idée que je puisse avoir envie de faire mon travail correctement ? C'est trop compliqué à admettre pour les quelques neurones libres qu'il te reste entre deux pétasses ?

Ayden éclate d'un rire blasé et continue de m'enfoncer.

— Je connais des centaines de filles qui feraient n'importe quoi pour lui plaire. T'es pas toute seule sur le marché, tu sais. La concurrence est rude. Mais si tu veux un conseil, fais pas l'erreur d'essayer de finir dans son pieu. Il a horreur de ça.

Un violent accès de rage me pousse à me lever. Une fraction de seconde plus tard, je bondis sur lui pour le gifler.

— Arrête de m'insulter !

Mon cri déchire le silence. Comme au studio, Ayden me stoppe net en attrapant fermement mon poignet. Avec l'énergie du désespoir, je tente de me dégager, mais son autre main bloque ma hanche. Impossible de bouger. De mon bras libre, je tente de le repousser, mais il me maintient contre la table à laquelle j'étais assise quelques secondes auparavant, un sourire caustique aux lèvres.

— Qu'est-ce qui se passe, Mélanie ? Je ne respecte pas les règles ? me provoque-t-il.

Ses grands yeux bleus me fixent intensément. Le souffle court, j'essaie de me concentrer sur mes sensations pour ne pas perdre pied. Son corps est chaud contre le mien, une colère sourde transpire par tous les pores de sa peau. Son cœur bat violemment, bien plus qu'il ne devrait.

— Lâche-moi, Ayden.

— Non.

C'est sans appel. Je me force à détendre mes muscles, espérant qu'il me libère si je me calme. Cette fois, ça ne semble pas fonctionner.

— Ayden, lâche-moi. S'il te plaît.

Il continue de me fixer, les traits déformés par une hésitation douloureuse. Son souffle s'accélère. Sa main tient toujours mon poignet, mais son étreinte n'a plus rien d'oppressant. Je pourrais dégager mon bras sans difficulté, mais son visage torturé me retient. Je ne bouge pas non plus d'un millimètre quand il ferme les yeux et pose ses lèvres sur les miennes.

Dix-huit

Ayden

Je voulais juste m'amuser avec Mélanie. Et jusqu'à présent, ça fonctionnait bien. La faire rougir, lui faire péter un plomb, c'était vraiment drôle. Mais ça ? L'embrasser ? Comment j'en suis arrivé là ? C'est quoi mon putain de problème ?

Le soir du B54, j'étais pas censé être là. Zack m'avait promis une bonne soirée, et j'avais rien de mieux à faire pour passer le temps. Ses deux copines se sont collées à moi toute la soirée, sans rien attendre d'autre qu'une baise de fin de nuit qui n'était même pas bonne.

Comme d'habitude, j'ai surestimé ma capacité à supporter ces conneries. J'ai fini par me barrer sur cette terrasse. J'avais besoin de respirer. Quoi qu'il se passe, dedans, dehors, ça finit toujours comme ça : je m'enferme.

Dans ma chambre, dans ma bulle, avec ou sans ma guitare. Avec ou sans piano. Depuis gosse, en fait. Depuis que j'ai compris que c'était le seul moyen pour moi d'éviter les embrouilles continuelles des adultes. Quand mon connard de père s'est foutu en l'air, ça a été de pire en pire. Mais au moins, personne vient m'emmerder.

C'est là que j'ai aperçu Mel pour la première fois. Accoudée au rebord de la terrasse, en pleine conversation téléphonique, elle me tournait le dos. J'ai suivi du regard ses cheveux bruns, qui descendaient juste au dessus d'un truc bien plus intéressant.

Et puis elle a ri. Un rire pur, sincère. Elle parlait dans une langue à laquelle je comprenais rien, mais elle avait l'air heureuse. Je crois que c'est ça qui m'a empêché de regarder ailleurs. Je déteste les gens heureux.

Deux minutes après, elle est passée devant moi pour rentrer dans le bar. J'ai pas distingué grand-chose d'elle, à part deux grands yeux qui lui mangeaient le visage, mais ça m'a suffi pour vouloir l'approcher de plus près. Ça, et ce putain de regard perdu qu'elle m'a jeté au moment où elle s'est aperçue de ma présence. Elle était différente, après. Tendue. Stoïque. Une fois seul, ça m'a fait sourire.

Après ça, je l'ai croisée à deux reprises. La seconde fois, c'était volontaire. Quelque chose chez elle me donnait envie de la choquer, d'interférer dans son monde. Je me suis bien amusé quand j'ai embrassé… Deborah ? Delilah ? Il y avait tellement d'interrogations dans ses grands yeux bruns, elle avait l'air d'une petite fille effarouchée. La faire rougir a été ma victoire de la soirée.

Quand j'ai percuté que la nouvelle stagiaire de Chuck, c'était elle, je savais que j'allais la revoir. Je savais aussi qu'à la suite de cette soirée au bar, elle m'éviterait certainement comme la peste. Mais j'étais prêt à jouer. Comme avec toutes les autres.

Le jour où elle est entrée dans le studio avec Erin, je l'ai reconnue tout de suite. Concentrée, elle m'écoutait comme j'avais rarement vu quelqu'un le faire. Quand j'ai vu l'effet de ma musique sur elle, j'ai été un peu surpris. Elle faisait bien attention de se cacher d'Erin, mais de moi, elle n'a pas pu. Je ne m'attendais pas à la douleur que j'ai vue dans ses yeux bruns, encore moins aux larmes qu'elle a essuyées discrètement. À ce moment-là, j'ai eu l'impression qu'elle était différente. Qu'elle savait exactement pourquoi j'avais écrit ce texte.

Ce jour-là, j'ai donné tout ce que je pouvais dans l'enregistrement. L'espace d'un instant, j'ai eu envie de la prendre dans mes bras et de lui dire que je la comprenais. J'ai eu envie d'accrocher son regard perdu et de la ramener jusqu'à moi. C'est à ce moment là que j'ai compris que j'étais dans la merde.

À la fin du morceau, je me suis demandé ce que j'avais foutu. Ce qui s'était passé pour que j'en arrive à vouloir serrer une inconnue contre moi. La réalité m'a rattrapé, et la réalité, c'est que j'étais en train d'oublier mes bases. La compassion, le partage, ça n'existe que dans de foutus bouquins. La vraie vie, c'est la poursuite de rêves inutiles, la descente aux enfers qui s'ensuit, puis la mort. La vraie vie se résume à profiter égoïstement de chaque instant, sans rien attendre de personne.

Ça fait dix ans que je vis comme ça. Je dors, j'écris, je chante, je baise. Pas de complications. Je ne veux pas attendre pathétiquement le succès et finir, comme mon père, par y laisser ma vie. Je ne veux pas non plus espérer, comme ma mère, une vie dorée au point d'en oublier de vivre la mienne.

Chuck a beau essayer de me vendre du rêve depuis deux ans, ça ne changera rien. Je l'ai croisé un soir dans un petit bar de Manhattan. Assis à une table, il écoutait sans bouger les musiciens qui défilaient sur la petite scène au fond. J'avais bu, j'ai joué un morceau. Il ne m'a plus lâché. Il m'a trouvé un appart, des potes, une vie. Je l'aimais bien, jusqu'au jour où il m'a donné rendez-vous chez Live. Quand j'ai compris que depuis le début, son seul objectif était de me faire signer un contrat, j'ai pété les plombs. Et malgré ses excuses, il peut toujours crever pour que je change d'avis.

Je ne finirai pas comme mon géniteur. Je sais comment les choses se passent, j'ai été à bonne école. Mon père ne partait jamais de la maison sans un chargeur de portable pour ne pas risquer de rater un appel de son pseudo agent. Au lieu de passer du temps avec son fils, il jouait tous les soirs dans un petit bar miteux de L.A. en attendant la gloire. Plus les années passaient, et plus il rentrait tard, un peu plus bourré que la veille. Parfois, il ne rentrait pas du tout.

Un jour, ma mère l'a retrouvé pendu dans leur chambre. En guise d'au revoir, il avait griffonné un mot sur une feuille pliée en deux.

Pardon.

Il avait du talent, pourtant…

Je ne prendrai pas le même chemin. Chuck continue de croire le contraire, et j'en profite bien. J'enregistre, je m'amuse avec ses stagiaires. Je fais tout ce que je peux pour l'emmerder. Juste pour le plaisir de tester ses limites.

Mais les choses sont en train de changer. Depuis que Miss Parfaite est entrée dans l'équation, Chuck ne se gêne pas pour me remettre à ma place. Le jour où il m'a viré de sa soirée à cause d'elle, ça m'a rendu fou. D'accord, j'ai fait le con. Je connaissais les règles. Mais jusque-là, il se foutait bien que je les respecte.

Je sais même pas pourquoi j'ai eu besoin de la traiter comme ça. Je m'en suis voulu, mais après le studio, j'avais pas d'autre option. Il fallait que je la maintienne à distance. Il fallait qu'elle comprenne que celui qu'elle a entendu ce jour-là, c'était pas moi. Ce mec est mort depuis longtemps.

Elle me fait peur. Sa douceur, son calme, c'est qu'une illusion. Elle est bien plus dure, bien plus forte que ce qu'elle montre aux yeux du monde. Son corps qui se plaque résolument contre le mien en est la preuve parfaite. Ses lèvres me répondent immédiatement, et je la serre entre mes bras comme si ma vie en dépendait.

Une odeur de caramel envahit mes narines, m'emmenant loin de la réalité. Sa respiration saccadée, sa main libre qui se pose sur mon torse comme si je lui appartenais me rendent fou. Je manque d'oxygène, la chaleur qui s'empare de mon corps est insupportable.

Quand elle mordille légèrement ma lèvre inférieure, je libère son poignet pour poser ma main sur l'arrière de sa nuque. Dans un souffle, elle penche la tête en arrière, et je trace un chemin sur la peau douce de son cou. Je m'écarte légèrement d'elle pour ne pas dépasser mes propres limites, et la beauté de ses traits me vrille l'estomac. Je reprends doucement ses lèvres, et sa langue se fraie un passage entre les miennes, provoquant une vague de frissons dans tout mon corps. Instinctivement, je presse ses hanches plus fort contre moi.

C'est le moment que choisit son putain de téléphone pour vibrer sur la table derrière nous.

Dix-neuf

Illusion

Mel

Les vibrations stridentes de mon portable me ramènent sur terre avec la force d'un ouragan. Qu'est-ce que je suis en train de faire ? Tendue comme un arc, je repousse brutalement Ayden.

— Laisse-moi. Je ne veux pas de ça.

Mon corps ne semble pas d'accord, mais j'essaie d'en faire abstraction. Étourdie par ce qui vient de se passer, j'attrape l'objet qui sonne interminablement, le souffle court. Heureursement pour moi, il ne s'agit que de ma mère.

— Coucou, ma chérie !

— Salut, maman ! Déjà réveillée ?

— À peine. Je ne dors pas très bien, en ce moment. Et toi ?

— Non plus. Mon patron nous a traînés en boîte pour fêter un concert qui s'est bien passé.

— Tu es sûre que ça va, Mel ? Ta voix n'est pas comme d'habitude.

Une mère a toujours un sixième sens. Je ne devrais pas l'oublier.

— Tout va bien. Juste un peu fatiguée. Mais ce boulot est génial. Et vous ?

En face de moi, Ayden attend. Appuyé sur la table contre laquelle il me tenait prisonnière tout à l'heure, il affiche un air buté. Les bras croisés sur sa poitrine, il semble attendre que j'en finisse.

— Eh bien, tout se passe bien ici. Rien n'a changé. Tu peux dormir tranquille, ma chérie.

— Mais Jules ? Et Sarah ? Comment ça va ?

D'habitude, je ne suis pas si bavarde, mais j'espère secrètement qu'Ayden se lassera de m'attendre. Je ne veux pas de confrontation. Je ne veux pas m'expliquer sur ce qui vient de se passer. Je ne veux même pas m'en souvenir. Alors je passe en revue tout mon entourage, allant même jusqu'à m'inquiéter de la santé de l'orchidée préférée de ma mère. Heureusement, cette dernière semble avoir oublié que je ne suis pas dans mon assiette.

Le regard d'Ayden me perturbe. Perdue dans ses yeux qui me ramènent au moment où je me suis transformée en guimauve entre ses bras, j'ai du mal à me concentrer sur ma conversation. Quand je l'ai rencontré la première fois, quelque chose dans son comportement étrange m'a touchée, mais je ne me serai pas douté une seule seconde que ce serait à ce point.

— J'ai vu Théo hier, poursuit ma mère, inconsciente de la teneur de mes pensées. Tu lui manques énormément.

Une vague de culpabilité étreint douloureusement ma poitrine, et je baisse les yeux vers le sol.

— Je viens de l'avoir au téléphone. Il me manque aussi, tu sais.

Mortifiée par la tournure que prend la discussion, je me détourne légèrement pour échapper au regard d'Ayden. Je ne veux pas qu'il puisse déchiffrer mes émotions.

— Je me doute que ce n'est pas facile, ma puce. Mais c'est temporaire.

— Je sais.

— Chris me dit qu'il ne te voit pas beaucoup, s'inquiète-t-elle. Fais attention à toi, d'accord ?

— Oui. Toi aussi, maman. Prends soin de toi.

Il y a longtemps que ma mère est guérie, mais sa dépression est arrivée si vite que j'ai toujours peur qu'elle replonge. Je ne supporterai pas de la voir deux fois dans un tel état. Son rire léger apaise un peu mes angoisses.

— Je vais bien, ma puce. Et ça ne changera plus. Profite, ne pense pas à moi.

Je ne suis pas certaine qu'elle tiendrait le même disours si elle savait ce que je viens de faire. L'accalmie suscitée par sa voix aimante est de courte durée. Au moment où je raccroche, ma conscience s'affole à l'idée d'affronter Ayden, et les tremblements de mes mains reprennent de plus belle. Mais quand je me retourne, il a disparu.

Son attitude est étrange. Il y a quelques minutes encore, il semblait vraiment vouloir qu'on s'explique.

Maintenant, il me plante là, et je suis incapable de déterminer si j'en suis soulagée ou vexée. Je ne sais pas ce que je veux. Une chose est certaine, je ne voulais pas de ça. Comment ça a pu arriver ? Il me déteste. Chaque fois qu'il m'adresse la parole, c'est pour me démontrer à quel point il me méprise. Je n'y comprends rien. Au moment où je m'apprête à rentrer à l'intérieur, lasse de chercher des réponses, mon téléphone vibre dans ma poche. Théo. Merde. Pourquoi maintenant ?

Une panique intense s'empare de moi. Est-ce que je dois lui dire ou pas ? Je n'ai même pas pris le temps d'y réfléchir. Trop obnubilée par le comportement d'Ayden, je n'ai même pas pensé une seconde aux conséquences.

Théo est loin. Je n'avais pas le droit de lui faire ça. C'est la seule certitude que j'aie. Ce baiser ne voulait rien dire. Ni pour Ayden ni pour moi. Même si ce que j'ai ressenti dans ses bras me vrille encore le ventre, même si j'ai éprouvé la sensation fugace d'être exactement là où il fallait que je sois.

La respiration hâchée, je décroche enfin. Rongée par la culpabilité, j'éprouve le sentiment détestable que Théo sait excatement ce que je viens de faire.

— Allô ?

— Désolé pour tout à l'heure, mon cœur. Je viens juste de me lever.

Pitié, ne t'excuse pas.

— C'est rien. Tu avais l'air de bien dormir. C'est moi qui suis désolée. Tu vas bien ?

— Un peu en vrac. J'ai passé la soirée au Temple. J'ai bu un peu. Mais ne t'inquiète pas, je n'ai pas abusé.

Moi si.

J'en fais des tonnes pour masquer mon malaise, et apparemment, ça fonctionne. Je n'avais jamais menti à Théo jusqu'alors, même par omission, et ma honte augmente au fur et à mesure que je comprends qu'il ne se rend compte de rien. Après tout ce qu'il a fait pour moi, il mérite vraiment mieux.

— Encore ?

— Oui. J'essaie d'en profiter.

— C'était bien ? Tu as vu du monde ?

— Comme d'habitude. C'était sympa. Il ne manquait que toi, ajoute-t-il d'une voix douce. Mais peu importe. Dis-moi plutôt comment tu vas.

— Je passe la nuit en boîte. Une soirée organisée par mon patron, je soupire.

— Toi, en boîte ? s'esclaffe Théo, qui me connaît par cœur.

— Chuck voulait qu'on sorte. Je ne pouvais pas refuser. L'endroit est sympa. La terrasse est magnifique.

Qu'est-ce qui ne tourne pas rond chez moi ? Pourquoi fallait-il que je lui parle justement de la terrasse sur laquelle je viens d'embrasser quelqu'un d'autre ? Il ne doit jamais savoir. Jamais imaginer le feu insoupçonné qui embrasait mes veines dans les bras d'Ayden.

— Je passe une bonne soirée, j'élude en me raclant la gorge. La musique est géniale.

Mortifiée, je change brutalement de sujet en racontant à Théo mes impression sur le concert de ce soir. L'amour de la musique est une chose qu'on ne partage pas, mais ça ne l'empêche pas de m'écouter avec attention. Notre échange dure longtemps, et j'ai beaucoup de mal à raccrocher.

L'idée d'affronter ce que je viens de faire me tétanise. Alors, je fais exactement la même chose qu'avec ma mère un peu plus tôt : je passe tous les aspects de la vie de Théo en revue.

Il est en plein préparatifs pour son déménagement à Paris, qu'il attend avec impatience. Cette école représente le meilleur moyen pour lui de s'en sortir.

Bien moins pragmatique que lui, je ne sais toujours pas ce que je ferai après New York. Depuis le départ brutal de mon père, j'ai compris que les plans ne servent à rien. La vie bascule parfois en un battement de cils.

L'un de mes films préférés, *La Haine*, reflète à merveille mon état d'esprit actuel : « *L'important, c'est pas la chute. C'est l'atterrissage.* » Je ne sais pas encore comment je vais atterir après ce qui s'est passé ce soir, mais j'espère qu'il n'y aura pas trop de dégâts à déclarer. Quand Théo et moi avons épuisé les sujets de conversation, sa voix se fait plus douce.

— Tu me manques vraiment, Mel. Tout est différent depuis que tu es partie. Je me rends compte que je ne sais vraiment pas ce que je ferai sans toi.

Perdue dans des émotions contradictoires, j'essaie de chercher les mots les plus sincères possibles.

— Moi non plus, je ne sais pas. Bonne nuit, je t'aime.

— Bonne nuit. Je t'aime aussi. Amuse-toi, d'accord ?

Le ton péremptoire de sa voix me fait sourire. Durant de longues minutes, je laisse libre cours à mes larmes, fixant mon téléphone comme s'il avait le pouvoir de tout arranger. Je craque complètement. La folie qui s'est emparée de moi dans les bras d'Ayden, l'amour de Théo, ma culpabilité, tout ça fait bien trop de choses à gérer d'un seul coup. En quelques minutes, tout a changé. Un petit grain de sable dans un coin de ma tête est en train de tout perturber.

Il faut que je me reprenne. Mon patron est à l'intérieur, j'ai disparu depuis plus d'une heure, et c'était juste un baiser. Les accidents, ça arrive. Je suis certaine qu'Ayden ne se pose pas toutes ces questions.

Déterminée à passer à autre chose, je sèche définitivement mes larmes pour retrouver Chuck et les autres à l'intérieur. Je me fraie comme je peux un passage sur la piste maintenant pleine à craquer, et réussis tant bien que mal à rallier notre table, à laquelle Ayden ne se trouve pas. Je m'assieds à côté d'Erin, dont le sourire éblouissant indique qu'elle n'est plus à une coupe de champagne près. Elle me serre dans ses bras et pose un baiser sonore sur ma joue.

— Ça va ? On dirait que tu as vu un fantôme !

Si elle savait. Mais même si je crève d'envie de me confier, je ne peux pas lui parler de l'épisode Ayden.

— Ça va. Ma famille me manque.

Erin fronce théâtralement les sourcils et attrape mon menton dans une main en s'approchant pour scruter mon visage.

— Écoute-moi, jeune fille. Je ne suis pas très douée pour consoler les gens, mais à partir de maintenant, tu peux considérer que tu fais partie de ma famille. Je ne serai pas ta mère, ni ton frère, ni ta sœur, ni ton Théo, mais je suis là. Alors tu m'enlèves cette mauvaise mine, et tu m'expliques ce qui se passe.

Il faut absolument que je la présente à Tara. Je suis sûre qu'elles s'entendraient à merveille en ce qui concerne mon bien être.

— J'ai eu ma mère au téléphone. Elle me manque vraiment beaucoup. Tous ces changements ne sont pas toujours faciles. Je suis très loin de chez moi, et je ne peux pas rentrer. C'est dur.

— Bois, m'ordonne Erin en me tendant une coupe de champagne frais. Ça va te faire du bien.

J'obéis sans discuter. Pour une fois, pour la première fois de ma vie d'ailleurs, j'ai besoin d'occulter. Je veux juste faire la fête, me fondre dans cette musique si forte qu'on ne s'entend presque pas, et m'oublier dedans. Une par une, les petites bulles de champagne éclatent dans ma tête, effaçant mes doutes. Chacune d'entre elles grignote le poids qui pèse sur ma poitrine, jusqu'à ce qu'il n'en reste plus rien.

Une heure et deux coupes supplémentaires plus tard, je me tords de rire en écoutant les anecdotes de concert de Chuck et Jake, le guitariste des White Strangers. Ma voix part dans les aigus, et toute trace de mélancolie a disparu de mon esprit. Comme je le souhaitais, la musique s'est emparée de moi, et j'ai tout oublié.

Le champagne a le même effet radical sur Chuck. Ouvert, souriant, il s'est débarassé du masque d'autorité derrière lequel il se cache d'habitude. Il me demande même de lui apprendre quelques insultes en français, et sa prononciation guindée nous fait tous beaucoup rire.

L'instant d'après, j'observe longuement un groupe de filles de mon âge qui dansent un peu plus loin. Soudain, je me sens aussi insouciante qu'elles. Un sourire incontrôlable se dessine sur mes lèvres, et je balaie la pièce du regard pour m'imprégner de l'atmosphère joyeuse qui règne. Au moment où je m'apprête à me lever pour aller danser, la vision soudaine d'Ayden en train d'embrasser une petite blonde comme si sa vie en dépendait me stoppe net dans ma tentative désespérée de m'amuser un peu.

Vingt

Stop

Mel

Pour être sûre que je n'ai pas rêvé, je risque à nouveau un œil vers lui. Mais non, les mains de cette fille sont arrimées à son cou.

L'enfoiré…

Humiliée, sonnée, je détourne le regard. Je n'ai plus conscience de rien d'autre que cette vision écœurante. J'ai l'impression d'évoluer au milieu d'un cauchemar.

Je croyais que rien ne pouvait être pire que cette soirée chez Chuck, mais je me trompais. Une heure plus tôt à peine, Ayden m'embrassait. Moi. Même si j'ai du mal à le reconnaître, la puissance de ce que j'ai ressenti dans ses bras ne m'a pas laissée indifférente. Et maintenant, c'est le tour de cette fille. Qu'est-ce que c'est, un concours ? un jeu ? Comment peut-il faire des trucs pareils et se regarder dans une glace ? Pourtant, tout le monde m'avait prévenue. Et je n'ai rien écouté.

La sensation horrible d'avoir été prise pour une conne depuis le début me donne l'envie soudaine de quitter cet endroit ridicule, de prendre le premier avion pour Paris et de rentrer chez moi. Mais je ne peux pas faire ça. D'un geste brusque, j'attrape une coupe de champagne supplémentaire. Rien ne doit m'atteindre. Surtout pas Ayden. Déterminée à oublier, je le vide d'un trait avant de me lever pour me poster devant Erin.

— Tu viens danser ?

— Ah, enfin un peu d'action, s'exclame-t-elle en faisant claquer ses mains sur ses cuisses.

Ma collègue se lève avec souplesse et me tire par le bras jusqu'au centre de la piste. Au milieu de la foule, je me sens à l'abri de tout. Ici, ni Ayden, ni ses conneries, ni ma culpabilité ne peuvent m'atteindre. Déchaînée, Erin enchaîne des chorégraphies qui n'appartiennent qu'à elle, qui déclenchent souvent mon fou-rire. Quant à moi, je ne sens plus rien : ni douleur ni doutes. Les vibrations de la musique m'ont rendue amnésique ; je ne pense plus qu'à m'amuser.

Je perds conscience du temps qui passe. Lorsque Chuck et le reste du groupe nous rejoignent, je sens que le champagne a clairement produit son effet sur eux ; leurs regards sont flous, leurs gestes approximatifs. Totalement déshinibé, Jared se rapproche de moi et m'ouvre ses bras pour m'entraîner dans une comédie de danse qui déclenche l'hilarité générale. Me prenant par surprise, il me soulève dans ses bras et me fait tournoyer dans les airs. Un cri aigu s'échappe de ma gorge, heureusement couvert par la musique.

Quand il me repose sur le sol, de violents vertiges me rattrappent. Je n'aurais pas dû le laisser faire. Je n'ai pas l'habitude de boire autant, et mon ventre se tord de douleur. Il faut que je m'assoie, et vite. Les jambes en coton, j'indique à Erin la direction de notre table et traverse la foule tant bien que mal avant de m'affaler de tout mon poids dans un fauteuil confortable. En nage, les joues cramoisies, j'essaie de contrôler les spasmes de mon estomac avant de me servir un verre d'eau. La sensation de vertige disparaît progressivement, mais je me laisse le temps de retrouver mon souffle.

Alors que j'essaie de reprendre des forces, mon regard tombe à nouveau sur Ayden, appuyé contre un pilier qui borde la piste de danse. Sa distraction numéro deux a disparu.

Regarde ailleurs, Mel.

Même dans l'obscurité, il est magnifique. Incapable de détacher mes yeux de son visage, j'essaie d'y déceler une émotion quelconque. Malgré la rage qu'il m'inspire, mon intuition me dit qu'Ayden est bien plus complexe qu'il le laisse paraître.

Comme s'il avait senti mon regard, il relève légèrement la tête dans ma direction. Nos yeux se croisent, mais cette fois je ne baisse pas la tête. J'en ai assez de ses conneries. J'en ai assez de me sentir humiliée. Autant régler ça une bonne fois pour toutes.

Je me lève avec précaution pour tester mon équilibre. Sans arrêter de le fixer, je marche résolument jusqu'à lui. Quand il comprend mon manège, Ayden esquisse un sourire volontairement provocateur. Déterminée à en découdre, je me plante devant lui.

— Tu peux m'expliquer ?

Il pince les lèvres et hausse un sourcil amusé.

— T'expliquer quoi ?

Qu'est-ce qui m'a pris d'essayer de lui parler ? J'aurais dû savoir qu'il réagirait comme ça. Je suis vraiment la pire des idiotes, parfois.

— Est-ce que tu fais exprès de me rendre dingue ?

Cette fois, il sourit franchement. Je l'amuse. Je l'amuse vraiment, et je le laisse jouer avec mes nerfs sans réagir. Il faut que ça s'arrête.

— Non. Si j'essayais, tu en redemanderais.

Quoi ? Oh, merde.

Le sous-entendu me fait rougir, et j'enfouis le plus loin possible de moi les images qui traversent mon esprit. Je suis venue mettre les choses au clair, et c'est exactement ce que je vais faire.

— Je ne voulais pas que tu m'embrasses, Ayden.

— Tu ne m'as pas demandé d'arrêter, rétorque-t-il, acerbe.

— Je suis avec quelqu'un. Que j'aime.

— C'est ça, ton excuse ?

Maintenant, c'est ma faute. J'hallucine.

— Tu ne peux pas changer de cible ? Qu'est-ce que je t'ai fait pour que tu me traites comme ça ?

J'ai beau essayer de garder mon calme, il use mes nerfs. Je n'en peux plus d'essayer de le comprendre.

— Tu es juste… toi.

Il m'aurait craché dessus, ça n'aurait pas été pire. La violence de ses paroles me donne la nausée. Mes nerfs déjà à vif cèdent sous le coup de ce que je viens d'entendre. Mon corps s'affaisse, comme s'il voulait se recroqueviller sur lui-même. Le souffle court, je baisse les yeux et disparais de sa vue pour retourner sur la terrasse.

Je rends les armes.

Dehors, il pleut maintenant des trombes d'eau. À l'abri sous la tonnelle, j'essaie de reprendre mes esprits. Le son des gouttes qui s'écrasent au sol fait taire momentanément le vacarme de mes pensées. Je veux juste qu'Ayden me laisse tranquille.

Je ne suis pas venue ici pour supporter ce genre d'attitude. Je voulais me découvrir, me dépasser, rencontrer des gens différents. Mais pas des gens comme lui. Un sourire désabusé dévie pendant quelques secondes la trajectoire de mes larmes, qui n'ont pas cessé de couler depuis tout à l'heure. Peut-être qu'à force de pleurer, j'y verrai plus clair.

Au fil des minutes, ma colère diminue. Je dois prendre une décision rationnelle. Ne plus m'approcher d'Ayden, au moins tant que je n'y suis pas forcée. Je ne pourrai pas l'éviter éternellement, et si je ne veux pas de problèmes avec Chuck, je vais devoir le supporter. Rester professionnelle, quoi qu'il fasse. Faire ce qu'Erin attend de moi.

Il faut aussi que j'oublie ce baiser. Ayden est apparemment le genre de mec qui fait ce qu'il veut, quand il veut. Mes lèvres se sont trouvées sur son chemin, il s'est servi. Fin de l'histoire. Peu importe que je sois tombée dans le piège aussi facilement, ce n'était rien d'autre qu'une lamentable erreur.

Perdue dans mes pensées, je sursaute violemment quand une main chaude se pose sur mon épaule nue. Une fois encore, je n'ai pas besoin de me retourner pour savoir à qui elle appartient. C'est comme si mon corps avait enregistré la texture de ses doigts, la pression de sa main, scanné la moindre parcelle reconnaissable de sa peau.

Je m'écarte d'un geste brusque pour affronter Ayden, prête à en découdre à nouveau. Mais dans son regard, toute trace de mépris a disparu. Un calme attentif règne dans ses yeux, et j'y décèle même une espèce de douleur. Durant de longues secondes, nos regards s'affrontent, jusqu'à ce qu'il brise le silence d'une voix rauque.

— Désolé, Mel. Je suis désolé.

Vingt et un

Need to breathe

Mel

— Va te faire foutre, Ayden.

Résolument décidée à l'ignorer, je fixe un point derrière lui.

Rester professionnelle, hein ? Bravo, Mel.

— S'il te plaît, écoute-moi…

— Je crois que j'en ai assez entendu.

Dans un réflexe de protection, je croise les bras sur ma poitrine. Je ne lui laisserai pas détruire ma carapace toute fraîche.

Pense à Théo. Ne le regarde surtout pas.

— Je suis un sale gosse. Excuse-moi.

C'est bien de le reconnaître, mais ça ne suffira pas. Pas maintenant que je sais jusqu'où il peut aller. Malgré la colère qui bout dans mes veines, j'adopte un air impassible. Je ne le laisserai plus l'occasion de m'écraser.

— Retourne t'occuper de ta copine, Ayden. J'étais tranquille, j'aimerais le rester.

Son expression se durcit, me confirmant qu'il n'en a pas encore terminé avec moi. Pourquoi est-ce qu'il fait tout pour s'expliquer ? Je n'y comprends rien.

— Je viens de te dire que je suis désolé, Mel. J'en ai rien à faire de cette fille. Je voulais juste vérifier un truc.

C'est l'excuse la plus insensée que j'ai jamais entendue. Elle ne mérite même pas de réponse. Comme je garde un silence buté, Ayden soupire, passe une main sur son front. Il se rapproche de moi pour approcher son visage à quelques centimètres du mien. Son regard me cherche et finit par me trouver.

— Je voulais pas te faire de mal. Je te le répéterai jusqu'à ce que tu le comprennes.

Sa voix est anormalement douce. Est-ce que je dois le croire ? Est-ce qu'il est sincère ? Je n'en sais rien. Incapable de soutenir plus longtemps son regard, je baisse les yeux. Mon souffle se fait court, et j'essaie tant bien que mal d'enrayer le feu qui se déclenche dans mon ventre. Qu'est-ce qui m'arrive ? Dans un sursaut de lucidité, je m'écarte brusquement de lui.

— Tu peux toujours essayer.

Sans lui laisser une chance de réagir, je rentre sans me retourner. À l'intérieur, la chaleur est étouffante. Je pose mes mains gelées sur mes joues brûlantes en essayant d'analyser ce qui vient de se produire. J'ai réussi. J'ai repris le contrôle en dépit de mon corps qui semble décidé à me plier à ses quatre volontés. Épuisée par ma lutte avec Ayden, je me sens vidée.

Alors que je cherche mes collègues dans la foule, Erin me surprend en m'attrapant par le bras. En nage mais toujours aussi énergique, elle agite les bras dans tous les sens en même temps qu'elle me parle.

— Où tu étais passée ? crie-t-elle d'une voix suraiguë. Ça fait un quart d'heure que je te cherche partout !

— J'ai eu besoin de prendre l'air. J'avais mal au ventre.

— Petite nature, se moque-t-elle en levant les yeux au ciel.

Je mime l'irritation. Si Erin connaissait la raison exacte de mon séjour sur la terrasse, je ne suis pas certaine qu'elle serait ravie.

— Laisse-moi le temps de m'adapter. Jusqu'à maintenant, les soirées VIP ne faisaient pas vraiment partie de mon programme.

Erin éclate d'un rire complice, puis tente maladroitement de redonner vie à son carré brun d'habitude si soigné.

— Tu t'y feras vite. Bon, on y va ? J'ai un petit monstre sans pitié à gérer demain. J'aimerais être un minimum en état de lui faire son petit déjeuner. Certains n'ont pas ce problème… ajoute-t-elle d'un air rêveur en désignant Chuck, de plus en plus déchaîné.

Les cinq garçons sont entourés de filles et ne semblent pas du tout près de quitter les lieux. Erin les observe un moment, attendrie par leurs enfantillages, puis se tourne brusquement vers moi.

— Au fait, tu as vu Ayden ?

Cramoisie, j'essaie de calmer les variations de ma voix.

— On s'est croisés sur la terrasse. Je pense qu'il y est encore.

— Et ? insiste ma collègue.

— Et rien. Je n'aime pas sa façon de me parler. Je ne lui fais pas confiance.

Erin n'insiste pas. Heureusement pour moi, elle n'a pas remarqué mon trouble. À l'extérieur, la pluie battante n'a pas cessé, mais cette fois, rien ne m'en protège. Le contact des gouttes d'eau froides qui s'écrasent sur ma peau me glace, et je n'ai plus qu'une seule hâte : me glisser sous la couette.

Une fois à l'abri dans le véhicule que je partage avec Erin, l'épuisement me gagne. Ce métier n'est vraiment pas de tout repos.

— Alors, cette soirée ? Qu'est-ce que tu en as pensé ?

Partagée entre l'enthousiasme d'avoir rencontré des personnes agréables et ma rancœur envers Ayden, je choisis de ne garder que la version officielle.

— C'était bien. Je me suis vraiment amusée.

— Tu es sûre ? Je t'ai trouvée bizarre par moments. Ailleurs.

— C'était génial, Erin. C'est juste… Je te l'ai dit, mes proches me manquent. Et Chuck m'intimide.

— Ça, je crois que je comprends. Il m'a fallu des semaines pour lui adresser la parole sans bégayer, m'avoue-t-elle dans un éclat de rire. Et encore, il s'est un peu décoincé. Il y a quelques années, il ne défronçait jamais les sourcils. Une horreur.

Soulagée d'avoir détourné l'attention d'Erin, je me détends un peu. Heureusement pour moi, le taxi se gare en bas de l'appartement de Chris quelques secondes plus tard.

Sur le trottoir, je souhaite une bonne nuit à Erin et rentre à l'intérieur de l'immeuble en priant pour que l'ascenseur fonctionne. Les trois étages à pied ne sont plus dans mes cordes à cette heure-ci. Ma prière exaucée, je tangue jusqu'à ma chambre le plus silencieusement possible. Harassée de fatigue, je me rue sous la couette sans même prendre le temps de me déshabiller.

Vingt-deux

Ayden

Tenir Mel dans mes bras était un des trucs les plus puissants que j'aie jamais ressentis de toute ma vie. La force de cette fille, c'est sa fragilité. Apparemment, elle n'a pas encore compris que le monde est un immense terrain de jeux pour les connards dans mon genre. C'est peut-être ce qui la rend aussi dangereuse.

Je suis resté plus de deux heures sur cette terrasse, à essayer de comprendre pourquoi j'avais pas pu m'empêcher de présenter mes excuses à cette fille. Qu'est-ce qui m'a pris ? Qu'est-ce que j'en ai à foutre de ce qu'elle peut bien ressentir ?

D'accord, elle m'a touché. La profondeur dans ses yeux m'obsède. Mais est-ce que c'est une raison pour agir comme un foutu Marshmallow chaque fois qu'elle est dans les parages ? J'aurais pas dû l'embrasser, je voulais pas lui donner de faux espoirs. Ma vie me convient comme elle est, et je n'ai absolument pas l'intention d'en changer.

J'ai beau essayer de l'ignorer, son attitude exaspérante me ramène toujours vers elle. Au studio, elle s'est pas arrêtée aux mots qui sortaient de ma bouche, elle a cherché des réponses. Sa curiosité, sa façon de m'observer comme si elle essayait de m'étudier… tout ça m'insupporte. Je ne suis pas un putain de rat de laboratoire.

S'il y a bien un truc que j'encaisse pas, c'est la pitié dans les yeux des gens. Je préfère passer pour un connard plutôt qu'on sache la vérité sur le pauvre mec dont le père s'est buté. Ça regarde personne.

L'aube se pointe presque quand je sors de la boîte. Zack était tellement déchiré que je l'ai laissé repartir en voiture avec Taylor. Il est insupportable quand il est dans cet état, et je ne suis pas vraiment d'humeur à jouer les nounous. J'ai déjà bien assez de mal à me gérer. Et en plus, j'ai besoin de prendre l'air.

Je rentre à pied, en me foutant intérieurement de tous ces gens qui partent bosser pour un patron. Cette vie n'est vraiment pas faite pour moi. Heureusement, j'ai encore de quoi voir venir.

Ironiquement, c'est grâce à l'obsession de ma mère pour la célébrité que je peux me permettre de vivre sans bosser. Quand j'étais gosse, elle courrait les castings pour enfant, son fils prodige sous le bras. Elle a eu la décence de mettre tout cet argent de côté pour « mon avenir ».

Je vis pas dans le luxe, mais grâce à ça et aux chansons que j'écris pour Chuck, je suis libre. Je passe mon temps à cracher sur le dos de ce mec, mais heureusement que je l'ai croisé en arrivant ici. Grâce à lui, j'ai tout ce qu'il me faut à portée de main.

En rentrant dans l'appartement silencieux, je me rends compte que je n'ai absolument pas sommeil. Ces derniers temps, j'esquive ces moments où je ne contrôle pas mon cerveau. La seule chose que je n'ai pas pu laisser à L.A., ce sont mes cauchemars. Chaque fois que je me réveille tremblant et en sueur, je maudis mon géniteur de m'avoir donné la vie. Il aurait mieux fait d'éviter de toucher ma mère. Ça aurait été bien mieux pour tout le monde.

Affalé sur mon lit, je gratte pensivement les cordes de ma guitare. Il faut que je change un truc, mais je ne sais pas ce que c'est. Ça fait deux ans que je suis là, et je tourne encore plus en rond qu'un poisson rouge dans son bocal. Plus rien ne me satisfait, pas même le sexe. C'est à peine si j'ai ressenti quelque chose la dernière fois qu'une fille m'a sucé.

Je tourne en rond. Des gens s'excitent à propos de soirées qui vont arriver, de la promo de tel ou tel artiste, de la montée en puissance d'une petite pimbêche qui sort d'une émission de téléréalité et qui se prend pour la reine du monde. Comme Chloe, par exemple. J'ai besoin de faire un truc différent. Un truc qui ait un peu de sens, pour une fois. Juste pour voir ce que ça donne.

Cette obsession soudaine ne me quitte pas. L'idée de revoir Mel non plus. Je n'aime pas ce que je m'apprête à faire, mais si je veux que ça arrive, je n'ai pas vraiment le choix.

La voix monocorde de Chuck résonne avec aigreur dans mon téléphone.

— Ayden ? Tu as vu l'heure qu'il est ? Je viens de me coucher.

— Ouais, ben ça peut attendre. Je veux monter sur scène ce soir.

Je l'entends déglutir avec difficulté. J'imagine sa mâchoire se décrocher comme dans *Tex Avery* et les dollars passer dans ses yeux. Il rêve de ce moment depuis tellement longtemps. Je le méprise pour ça, mais Chuck a le mérite de ne jamais rien lâcher.

— Qu'est-ce qui te prend ? Tu as un problème ?

— Je m'ennuie. Mais ne te mets pas en tête qu'il y aura une suite, ça sera pas le cas.

— Ok. Je vais trouver une solution.

Il est 8 heures du matin, il n'a pas dormi de la nuit, mais il fera ce qu'il faut. Pour ça, je lui fais confiance.

— Il me faut Zack, Taylor et Cassie. Et j'ai une condition.

— T'en fais pas. Je te paierai ta soirée, se précipite Chuck.

— C'est pas une question d'argent.

— Ah bon ? De quoi, alors ?

— Mel.

Ce n'est pas un besoin. C'est juste un jeu.

— Je ne peux pas faire ça, Ayden. Mélanie est stagiaire. Elle n'est pas…

— C'est ça ou rien.

J'entends presque les rouages de ses pensées tourner à plein régime.

— Ayden, c'est le week-end. Elle ne travaille pas aujourd'hui.

Il est tellement chiant quand il joue au patron comme ça.

— Débrouille-toi.

— On peut savoir pourquoi ? Mélanie est une fille bien. Si tu as l'intention de t'amuser avec elle…

— Elle bosse bien. Et elle a l'air bien moins conne que toutes les assistantes de Live réunies. C'est tout.

Hors de question que je lui explique que je ressens l'envie bizarre de raconter à Mel tout ce qui me détruit de l'intérieur, que quand elle est dans les parages, je suis pas foutu de me concentrer sur autre chose qu'elle, son sourire timide et ses courbes à tomber.

— Je ferai en sorte qu'elle soit là.

— T'es sûr ?

— Oui, Ayden, elle viendra. Comme d'habitude, tu auras ce que tu veux, soupire-t-il.

Son air vaincu m'arrache un sourire ironique.

— Ouais. Mais pour une fois, toi aussi.

Chuck émet un petit rire.

— Est-ce que je dois remercier Mélanie pour ça ?

— La ferme, Chuck. Va dormir. Et merci.

Ça m'arrache un peu la gorge de le lui dire, mais je n'ai pas vraiment le choix.

Vingt-trois

Introspection

Mel

La sonnerie de mon portable me tire d'un sommeil de plomb. À moitié endormie, je me redresse pour attraper cette saleté d'objet. Je décroche machinalement, avant de laisser ma tête retomber de tout son poids sur l'oreiller.

— Allô… je grogne d'une voix d'outre-tombe.

— Salut, marmotte ! m'agresse la voix joyeuse de Dan.

— Mmmhhhh.

— Tu sais qu'il est midi passé ?

— Quoi ? Non !

Soudain consciente de la lumière crue qui baigne ma chambre, j'ouvre les yeux pour de bon. Tant bien que mal, je me redresse dans le lit et cale l'oreiller derrière mon dos pour m'asseoir.

— Hé si. Comment ça se fait que tu dormes encore ?

— Je suis sortie hier soir, j'explique entre deux baillements. Avec Chuck et Erin. Et les White Strangers. Et Ayden.

— Quoi ? Ayden ? Et alors ? Attends… les White Strangers ? Les *White Strangers* ? J'y crois pas. Ça fait deux ans que je rêve de les voir en concert !

— C'est vrai ? Je suis désolée. Les avantages du métier, j'imagine, je raille.

— Et moi qui te croyais altruiste, s'esclaffe Dan. J'avais l'intention de t'emmener voir les Mets, mais puisque c'est comme ça, je crois que je vais appeler quelqu'un d'autre.

Au risque de passer pour une idiote, je pose la question qui me brûle les lèvres.

— C'est quoi les Mets ?

— Sérieusement, Mélanie ?

— Sérieusement, Daniel.

— Les Mets, c'est l'équipe de baseball que tout New-Yorkais qui se respecte se doit de supporter, soupire Dan, aterré par mon ignorance. Tu ne peux pas vivre ici sans avoir vu un de leurs matchs. Il faut absolument remédier à cette lacune.

Un sourire enfantin se dessine sur mes lèvres. Un match de baseball !

— Ce que tu es en train de me dire, c'est que je n'ai pas d'autre choix que d'accepter ?

— Je ne t'ai rien proposé du tout. Je t'ai dit que j'emmenais quelqu'un d'autre.

Plus notre petit jeu se poursuit, plus ma bonne humeur se réveille. Je ne m'attendais pas à une telle proposition, et très franchement, je meurs d'envie d'assister à ce match.

— Tant pis, je ne viendrai pas…

— D'accord. Inutile de me retrouver en bas de chez toi vers 19 heures, donc.

En riant, je me lève et coince le téléphone entre mon épaule et mon oreille.

— Bien. Je ne serai pas prête puisque tu ne m'emmènes pas. Mais dis-moi, je ne savais pas que tu étais fan de baseball !

— Il y a tellement de choses que tu ne sais pas, rétorque Dan sur un ton exagérément mystérieux. Tu ne te rends vraiment pas compte de ce que tu as raté.

J'éclate à nouveau d'un rire sincère. Mon intelocuteur a le don de mettre les gens à l'aise. Pas comme certains…

— J'ai hâte, en tout cas. Merci pour ce soir, j'ai bien besoin de me changer les idées.

Immédiatement, la voix de Dan passe de la gaieté à une inquiétude sincère.

— Ça ne va pas ? Ta soirée s'est mal passée ?

Je ne réponds pas tout de suite à cette question pour le moins directe. Des bruits de voix étouffés me parviennent du salon, me rappelant que je devrais peut-être faire acte de présence auprès de Chris et Tara, que je n'ai pas vus depuis presque deux jours.

— Oui. Enfin non. J'en sais rien… Je te raconterai tout à l'heure. Il faut que j'aille voir ma famille.

— D'accord. Mais je veux tout savoir avant ce match auquel tu n'es pas invitée. Promis ?

Amusée, je lève les yeux au ciel.

— Promis.

Notre conversation terminée, je me dépêche d'enfiler un pantalon noir et un pull ample avant de filer dans le salon.

Chris est occupé à repeindre un meuble dans le salon. Au bruit de mes pas, il se retourne et me salue gaiement, le pinceau en l'air.

— Comment ça va, mon petit ours en peluche ?

En passant à côté de lui, j'esquisse une grimace joyeuse. Dans la cuisine, Tara s'affaire à retirer des étiquettes de vêtements neufs qui s'entassent sur l'îlot central. Quand elle parlait de son addiction au shopping, elle ne mentait pas.

— Ta matinée a été productive, on dirait.

— J'ai trouvé quelques trucs pour toi ! rétorque-t-elle avec un sourire complice. Regarde.

La jolie blonde farfouille dans le tas de vêtements posé devant elle, et me fourre entre les mains deux hauts et une robe magnifiques.

— Pourquoi ?

— Chut ! Je ne veux rien entendre. Ça me fait plaisir. D'accord ?

— Vous en faites déjà tellement pour moi… C'était inutile.

J'observe de plus près les vêtements. Soit ma bienfaitrice est très observatrice, soit nous partageons exactement les mêmes goûts. Touchée par la générosité de Tara, je m'approche d'elle pour la serrer dans mes bras. Le visage éclairé d'un plaisir sincère, elle m'offre un sourire éclatant.

— Alors, cette soirée ? Tout s'est bien passé ?

Évidemment.

Je songe un instant à cacher à Tara les événements de la veille, mais je réalise que j'ai besoin d'en parler. Même si je ne peux pas tout expliquer, j'ai besoin d'un avis extérieur.

— À peu près… Mais il y a quelqu'un avec qui je ne m'entends pas très bien.

L'énorme euphémisme qui sort de ma bouche m'arrache un rictus amer.

— Ah ? Tu veux en parler ?

En quelques phrases, je résume à Tara l'attitude exécrable d'Ayden depuis ma première soirée chez Chuck et sa fâcheuse tendance à me mettre plus bas que terre à la moindre occasion. Par précaution, je passe sous silence l'épisode du baiser.

— Est-ce qu'au moins tu l'as remis en place ? Et Chuck, il est au courant ? s'indigne-t-elle.

— Oui. Il a même pris ma défense. Mais il a l'air de tenir beaucoup à Ayden. Il veut absolument signer un contrat avec lui. Et oui, on dirait que j'ai réussi à le maintenir à distance, cette fois. À moins d'y être obligée, je ne lui parlerai plus.

L'air compatissant de Tara me rassure. Ses quelques années de plus lui confèrent un recul que je n'ai pas encore, et je me sens un peu mieux après lui avoir confié mes déboires.

— Le meilleur conseil que je peux te donner, c'est de l'ignorer. S'il dépasse les bornes, retourne voir Chuck. Sinon, c'est moi qui irai.

Ignorer Ayden ? Comment je suis censée faire ça ? Depuis que je l'ai rencontré, j'arrive à tout, sauf à ne pas faire attention à lui. Je fais des efforts surhumains pour ne pas montrer mes véritables sentiments, mais je n'arrive pas à expliquer ça à Tara.

Elle lève un bras vengeur prolongé par la paire de ciseaux en métal qu'elle tient dans sa main depuis le début de notre conversation. Quand elle pose une main réconfortante sur ma joue, je fuis délibérément son regard empli d'une compassion que j'ai du mal à supporter.

— Si ça recommence, je veux le savoir. Ne garde pas ces choses-là pour toi. Tu te fais du mal pour rien, Mel.

Touchée par sa sollicitude, j'approuve d'un léger mouvement de tête. Tara désigne du menton les vêtements que je tiens toujours entre mes mains.

— Va me ranger ça maintenant, chuchote-t-elle d'un air de conspiratrice. Si ton oncle voit tous ces achats, je suis bonne pour un sermon de plus sur nos dépenses.

L'après-midi passe à la vitesse de l'éclair. Entre deux épisodes de *Grey's Anatomy*, je prends des nouvelles de mes proches. Sans me laisser perturber par les remises en question permanentes de Meredith Grey, je raconte enfin à Léa les détails de mes déconvenues avec Ayden. Sa réaction ne se fait pas attendre.

— Il t'a embrassée ? Genre, vraiment embrassée ?

— Oui, Léa. *Vraiment* embrassée.

Les sensations qui s'imposent à mon esprit forcent un instant mes paupières à se fermer, et un frisson douloureux traverse mon dos de part en part. Envahie d'une violente culpabilité, je pince les lèvres avant de me forcer à reprendre contact avec la réalité.

— Mel, qu'est-ce qui t'arrive ? Ce genre d'histoire ne te ressemble tellement pas ! Ce mec doit vraiment avoir quelque chose de spécial. Comment tu dis qu'il s'appelle, déjà ?

— Ayden. Il s'appelle Ayden. Et à part se comporter comme le dernier des connards, il n'a rien de particulier, je t'assure.

— Un connard que tu as laissé faire, rétorque-t-elle, sceptique.

Pendant quelques minutes seulement. Ça ne veut rien dire du tout.

— Je n'ai pas vraiment eu le temps de comprendre ce qui m'arrivait.

— À d'autres, Mel. Et Théo, tu ne lui as rien dit, au moins ?

— Non, il ne sait rien. Je dois lui dire, d'après toi ?

— Surtout pas. Si tu détestes vraiment ce mec, la meilleure chose à faire, c'est d'assumer tes conneries, faire en sorte qu'elles ne se reproduisent pas et te taire.

Est-ce que je déteste Ayden ?

Oui. Sans la moindre hésitation. Son arrongance m'insupporte, sa froideur me met mal à l'aise, et cette façon si abrupte qu'il a de s'adresser à moi aiguise bien trop mes nerfs pour que j'envisage une seconde de l'apprécier. Avec quelques heures de recul, je crois que je ferais bien d'écouter Léa. Hors de question de faire tout un plat d'un simple baiser qui n'avait pas de sens.

Même si je ne comprends pas cette soudaine perte de contrôle, je ne veux toujours pas trahir Théo et les promesses qu'on a pu se faire. Après tout ce qu'il a fait pour moi, il mérite mieux que ça. Je ne peux pas lui avouer ce dérapage, ce serait lui faire un mal inutile et dénué de toute logique.

Ces discussions avec Tara, Léa et même Théo que je rappelle en fin de journée finissent par éloigner le souvenir de la soirée d'hier. Je suis redevenue moi-même, cette fille droite et proche des siens que je suis depuis toujours. Cette Mel-là n'embrasse pas de mec sexy en soirée au point de s'en rendre dingue. Cette Mel-là elle est heureuse, amoureuse et équilibrée. Et même si j'ai conscience que me confronter à Ayden risque de ressembler à un gigantesque défi, j'y suis préparée. Dorénavant, je sais à quoi m'attendre. Je ne le laisserai pas balayer ma vie juste parce qu'il a une voix incroyable et deux yeux dans lesquels j'aimerais littéralement me noyer. Je ne suis pas venue à New York pour ça.

En fin d'après-midi, bien décidée à me distraire, je prends un cours de cuisine avec Tara, que j'aide à préparer un pain de viande pour le dîner. Chris en dévore la moitié à lui seul, et je me régale moi aussi de deux bonnes parts de cette recette délicieuse. On n'est pas de la même famille pour rien. À 19 heures précises, je descends l'escalier de l'immeuble avec légèreté. J'ai hâte de passer un bon moment.

Quand Dan m'aperçoit, une lueur de gaieté traverse son regard noisette. Les coins de sa bouche se relèvent pour se transformer en un sourire franc.

— Salut, Mel.

Il s'avance vers moi et me serre brièvement dans ses bras. Son odeur musquée mêlée de savon me chatouille les narines, et c'est très agréable. Je ne sais pas si c'est lié au fait qu'il a essayé de m'aider le jour où on s'est rencontrés, mais auprès de lui, je me sens étrangement sereine. Si j'avais eu un grand frère, j'aurais aimé qu'il lui ressemble.

Le soleil, qui a fait son retour depuis le milieu de la journée, s'amuse à mettre des reflets dorés dans ses cheveux blonds, qui retombent naturellement de chaque côté de sa mâchoire. Ses mains se posent sur mes épaules sans que cela en devienne gênant.

— Plus de traces de mauvaise humeur, à ce que je vois, dit-il tandis que deux fossettes se creusent sur ses joues. Tant mieux. Un bon match de baseball, et tu auras définitivement tout oublié.

— J'ai hâte de voir ça.

— Tu fais bien. Il faut qu'on se dépêche, par contre. Le Citi Field est à une heure d'ici.

L'enthousiasme communicatif de Dan me gagne. En remontant Grove Street d'un bon pas, je pose toutes les questions qui me viennent sur le match à venir. Je ne connais pas la moindre règle du baseball, et l'ignorance dont je fais preuve semble ravir mon guide de ce soir.

— Comment un sport aussi génial peut-il être quasiment inconnu en Europe ? C'est scandaleux. Rien que pour ça, je ne pourrai jamais vivre de l'autre côté de l'Atlantique.

Dan est intarissable sur les joueurs, dont il connaît tous les noms. Apparemment, c'est une affaire de famille : son père faisait partie de la Major League et en a été plusieurs fois champion. Je l'écoute avec une grande joie me transmettre sa fierté, mais surtout sa passion.

— J'imagine que tu joues aussi ?

— Non. Juste spectateur. J'ai arrêté depuis longtemps.

Une ombre passe dans son regard, et son visage se ferme. Quelque chose me dit que je ne dois pas m'aventurer plus loin, et je me dépêche de changer de sujet.

— D'accord. Qu'est-ce que tu fais d'autre, en dehors du travail ?

— En hiver, beaucoup de snowboard. C'est ma deuxième passion. D'ailleurs, si ça te dit, tu pourrais peut-être passer quelques jours dans les Catskills avec moi et quelques potes cet hiver ?

— Les Catskills ? Tu veux dire, passer un week-end en montagne ?

Idiote.

— Oui, les Catskills, s'esclaffe Dan.

J'adore l'idée. Mes expériences sur une piste n'ont jamais été très agréables pour mon coccyx, mais j'aime l'atmosphère rude et silencieuse de la montagne. Ma famille et moi avons passé Noël une fois dans les Pyrénées. Jules et Sarah ne s'en souviennent sûrement pas, mais je me rappelle encore l'odeur du bois du petit chalet loué par mes parents et cette blancheur gelée qui nous entourait. C'est un des rares bons souvenirs que je conserve de mon père.

— Ce serait génial.

En discutant, Dan et moi traversons Times Square pour prendre la navette censée nous conduire devant le Citi Field. Malgré la disparition progressive du soleil, l'endroit ne désemplit pas. Au milieu de cette atmosphère bruyante, bouillante et si particulière, j'inspire violemment l'air saturé de New York. Je réalise que l'agitation de cette ville, ses bruits, ses cris, sa pluie parfois, me sont presque devenus vitaux. Chaque instant passé ici m'en apprend un peu plus sur moi-même. Je ne suis encore qu'une étrangère, et pourtant la sensation diffuse de faire partie de cette immense fourmilière ne me quitte plus.

Quelques mètres plus loin, Dan et moi nous retenons tant bien que mal aux barres d'un bus plein à craquer de supporters. Dans cet endroit confiné, l'ambiance est électrique. Tous les passagers ou presque portent des maillots à l'effigie de leur équipe préférée, et les regards de connivence qu'ils échangent au fur et à mesure du temps qui passe augmentent ma propre excitation. C'est le moment que choisit Dan pour la faire rapidement redescendre.

— Est-ce que je dois te tirer les vers du nez ? Qu'est-ce qui s'est passé hier ? Ayden, c'est ça ?

Mon nouvel ami me prend de court. Toute à mon observation, j'ai complètement occulté cette partie plutôt fâcheuse de la journée d'hier. Son regard insistant provoque une chaleur persistante sur mes joues.

— Oui, c'est Ayden.

Dan exhale un rire froid, amer, qui ne lui ressemble pas du tout.

— Pourquoi ça ne m'étonne pas ? C'était quoi, le problème, cette fois ?

— Chuck lui a demandé de me présenter ses excuses. Je n'en ai pas voulu. Je crois qu'il n'a pas aimé.

— Tu m'étonnes. Il n'aime rien d'autre que lui-même. À quoi tu t'attendais ?

— On a fini par se disputer. Et il m'a embrassée, je murmure.

— Et tu l'as laissé faire ?

C'est une manie ou quoi ?

Dan écarquille de grands yeux surpris. Sa réaction, qui me rappelle celle un peu plus virulente de Léa, m'arrache un sourire triste.

— J'ai fait pire que ça, je soupire. J'ai adoré.

Ma confession étrange au milieu de ce bus bondé m'étonne moi-même. Dan ne connaît pas ma vie, ni les sentiments que j'ai pour Théo, et je me sens pourtant assez en confiance avec lui pour ouvrir les vannes. Les émotions que j'ai refoulées jusque-là se bousculent dans ma voix tout à coup désespérée.

— Je ne veux pas aimer ça. Mais je n'y peux rien. J'en ai honte, mais ce baiser… je n'avais jamais vécu ça.

Dan hausse un sourcil compréhensif, ignorant délibérément les traces visibles de culpabilité sur mon visage.

— Je vois très bien ce que tu veux dire. Et comment ça s'est terminé ?

— Mal. Après ça, il a embrassé une autre fille sous mon nez avant de m'envoyer balader comme s'il ne s'était rien passé. Ensuite, il est venu s'excuser. C'est incompréhensible.

— Je ne sais pas comment il fait… murmure Dan presque pour lui-même.

Son regard m'évite, et il se perd dans ses pensées. Je cherche une seconde à changer de sujet, mais ma curiosité prend le dessus.

— Comment il fait pour quoi ?

— Pour blesser toutes ces filles, et qu'elles en redemandent malgré tout, crache Dan.

Sa voix, déjà glaciale, s'est transformée en un océan de mépris. Pas certaine de bien comprendre, je hausse un sourcil déconcerté.

— Qu'est-ce que tu veux dire ?

Dan me jette un œil distrait, sans se départir de son silence. Son hésitation attise un peu plus ma soif d'informations.

— Allô ? Dan ?

— Il y a une fille qui me plaît beaucoup. Emily. Elle ne le sait pas, mais je l'aime bien depuis longtemps. C'est une collègue. Elle est amoureuse d'Ayden, me confie-t-il tristement. Et je n'arrive pas à lui faire comprendre qu'elle perd son temps. Si ça peut t'ouvrir les yeux, je vais te raconter ce qui s'est passé pour elle.

La douleur dans les yeux de Dan me prend à la gorge. Instinctivement, je sais que je vais détester ce qu'il va me raconter. Pendue à ses lèvres, j'ignore avec force les battements de mon cœur qui accélèrent et l'observe inspirer violemment.

— Comme tu le sais, mon job m'oblige souvent à le cotoyer. Ma collègue aussi. Elle a toujours eu un faible pour lui.

J'imagine aisément ce que l'amitié de Dan avec Emily lui a coûté en termes de peine, mais je le laisse poursuivre sans oser l'interrompre.

— Elle disait qu'elle était sûre que sous ses airs rebelles, il cachait un grand cœur. Un jour, par miracle, il s'est intéressé à elle. C'était facile pour lui. Elle le dévorait des yeux chaque fois qu'elle en avait l'occasion. Un soir, après le travail, il l'a invitée à boire un verre chez lui. Ils ont couché ensemble. Le lendemain, à la place de ses neurones, il ne restait rien. On aurait dit qu'elle avait subi un lavage de cerveau.

— Oh. Je suis désolée.

Pauvre Dan.

— Elle passait son temps à parler de sa nuit avec les yeux brillants. Elle disait qu'il était gentil. De la connerie pure.

Son visage se ferme. Sa mâchoire se contracte, mais il ne s'arrête pas.

— Elle ne jurait plus que par lui. Ils se sont revus une fois ou deux, elle semblait sur un nuage. Une semaine plus tard, Chuck a organisé un événement chez lui. Ayden a passé la soirée à dévorer la bouche d'une autre sous ses yeux, sans la moindre explication. Chaque fois qu'il la voit, il lui inflige le même supplice. Comme s'il ne se rappelait même pas de l'avoir croisée un jour. Emily ne s'en remet pas, et ça me rend dingue. Je rêve tous les jours d'éclater sa jolie gueule contre un mur.

Les poings serrés, Dan évite mon regard. Je m'apprête à lui dire à quel point je comprends sa colère, mais il plante un regard rageur dans le mien.

— Je ne veux pas que tu tombes dans ce piège. Quoi qu'il se soit passé, laisse tomber, Mel. Il est peut-être doué, fascinant, ce que tu veux, mais il te fera du mal. Ne réagis pas comme toutes ces filles. Ayden n'a pas de petite copine et n'en aura jamais.

Heureusement, je ne suis pas naïve au point de penser qu'Ayden pourrait un jour ressentir quelque chose pour moi. Et d'ailleurs, je ne veux pas que ça se produise.

— Rien de tout ça ne m'arrivera, j'affirme au moment où le bus ouvre ses portes. Merci de m'avoir raconté cette histoire, mais je ne suis pas comme Emily. Je ne le laisserai pas faire de moi son jouet.

— Encore une fois, je ne te juge pas. Du peu que je sais, tu as l'air d'avoir la tête sur les épaules. Mais méfie-toi de ce mec, il peut être vraiment abject, m'avertit Dan en descendant les marches du bus.

Je crois que j'ai compris.

— Oui, je…

Impressionnée par la grande façade en pierre rouge qui se dresse devant moi, je m'interromps subitement. Le bâtiment ressemble plus à un monument historique qu'à un stade, si ce n'est que le logo bleu et orange des Mets s'affiche en grand un peu partout.

— Je serai prudente. Ne t'inquiète pas pour moi.

Dans la file d'attente, Dan m'apprend que le Citi Field n'accueille des matchs que depuis une dizaine d'années. Quand nous pénétrons dans la gigantesque enceinte, il me donne tant de détails que j'ai l'impression qu'il a participé à sa construction. Il connaît sur le bout des doigts chaque couloir que nous empruntons et tente de m'impressionner en m'annonçant sur un ton docte que le bâtiment comporte onze ascenseurs et six cent quarante et une toilettes.

— Ça fait beaucoup.

J'éclate d'un rire sonore, étouffé par les supporters qui nous entourent. La fierté et les connaissances de Dan sur ce stade m'attendrissent. À l'intérieur, c'est la bousculade. En pénétrant dans les gradins, l'immensité et la hauteur du bâtiment me coupent le souffle. L'encyclopédique Dan observe ma réaction avec beaucoup d'attention.

— Quarante et un mille neuf cent vingt-deux places. C'est classe, non ? J'ai pris les meilleures que j'ai pu trouver. Viens.

Aux États-Unis, le baseball est élevé au rang de religion. Dès le début de la partie, une ferveur incroyable se ressent dans la moindre respiration des supporters. Malgré la patience de mon professeur, qui vibre à côté de moi à chaque lancer, je ne comprends toujours pas les règles, mais je m'accroche.

Dan est dans tous ses états. Il crie, hurle, exulte, râle, à mille lieues de la personne calme et taquine que je connais. Quand un joueur des Mets réussit un home-run impressionnant, je me laisse prendre au jeu et me surprends à m'égosiller plus fort que Dan. Autour de moi, les spectateurs sont en délire. Cette ambiance est surréaliste. Théo aurait adoré vivre ce moment.

Au début de la quatrième manche, une chaleur intense m'empêche de reprendre mon souffle, et je n'ai déjà plus de voix. Dan m'abandonne quelques minutes pour aller nous chercher à boire, et j'en profite pour vérifier mon téléphone. J'ai trois appels manqués d'Erin. Inquiète, je la rappelle immédiatement. Elle décroche à la première sonnerie.

— Salut, Erin. Tu m'as appelée ? Quelque chose ne va pas ?

— Salut. Désolée de t'annoncer ça maintenant, mais j'ai besoin de toi. Chuck vient de m'informer qu'Ayden veut jouer dans un bar ce soir. Il a demandé à ce que tu sois présente.

Je rêve. Dans trois secondes, je vais me réveiller.

— Mel ? Tu m'entends ?

— Oui. C'est une blague, c'est ça ?

— Non. Désolée, vraiment, mais Chuck a insisté là-dessus. Ayden ne veut personne d'autre. Si j'avais pu, j'y serai allée moi-même.

Incroyable. Pourquoi chaque fois que ce mec claque des doigts, le reste du monde se plie en quatre ? Je devrais refuser. Je vais refuser.

— Erin, je suis au Citi Field. Le match n'est pas fini. Ayden n'est pas assez grand pour se débrouiller tout seul ? Il ne fait même pas partie de Live. Pourquoi je devrais tout planter maintenant ?

— C'est comme ça, Mel, soupire Erin avec lassitude. Ayden veut se produire, et il insiste pour que tu l'assistes. Le but de Chuck, c'est de tout faire pour que ça arrive. Si quelque chose se passe mal, il sera furieux.

Je ne décèle aucune menace dans la voix d'Erin. Juste une grande lucidité. Pourtant, je n'arrive pas à me résoudre à abandonner Dan. Le téléphone collé à l'oreille, j'attrape machinalement l'Ice Tea que ce dernier me tend.

— Erin, ce n'est vraiment pas le moment. Pourquoi moi ? De quoi a-t-il besoin ?

— Chuck ne m'a rien dit. Le plus souvent, un artiste a juste besoin de présence. C'est un moyen de se rassurer.

— Ayden me déteste. À part pour ruiner mon samedi soir, je ne vois pas pourquoi il me demande.

— On dirait qu'il ne te reste plus qu'à en prendre ton parti, soupire ma collègue avec amertume. Allez, fais-le pour Chuck. Je t'envoie l'adresse par texto. Appelle-moi si tu as le moindre problème.

Je ne vais pas me gêner.

— Merci, je marmonne.

Hors de moi, je balance mon téléphone dans mon sac sans la moindre précaution.

— Fait chier !

Je ne me contiens plus. Dan pose un regard interrogateur sur mon visage crispé par la colère.

— Qu'est-ce qui se passe ?

— Il faut que j'aille travailler. Ayden veut monter sur scène.

— Quoi ? Maintenant ? s'insurge-t-il.

— Je suis désolée. Erin vient de m'appeler, je ne peux pas refuser.

— Dis-moi que c'est une plaisanterie.

— Ayden veut que j'y sois. Apparemment, c'est lui qui décide.

Le cynisme qui transpire dans ma voix ne semble pas réconforter Dan. Ce match est un magnifique cadeau, et je gâche tout à cause d'un connard arrogant. Une déception immense innonde son visage rond. Toute trace de gaieté disparaît de ses yeux.

À ce moment précis, je ne sais pas ce qui va l'emporter de la colère ou du regret d'abandonner Dan. Ce dont je suis certaine, c'est qu'Ayden va payer cher d'avoir saboté mes plans. Mon acolyte se rassoit, pince les lèvres et m'adresse un sourire contrit.

— Vas-y, lâche-t-il en posant les mains de part et d'autre de son siège. Ne t'en fais pas pour moi, je suis un grand garçon.

Le cœur lourd, je me lève et me rapproche de lui pour le serrer rapidement dans mes bras.

— Je suis tellement désolée, je murmure, le menton sur son épaule.

— Dépêche-toi, sourit Dan malgré sa déconvenue. Il ne doit pas aimer attendre.

Qu'il aille au diable !

— On s'en fiche. Essaie d'en profiter, d'accord ?

— Ne t'en fais pas pour ça.

Quelques secondes plus tard, je m'éloigne pour rejoindre l'escalier, bousculant au passage quelques spectateurs euphoriques.

— Mel ? m'interpelle Dan à nouveau.

Je fais demi-tour et observe le visage empreint de gravité qui me fait face.

— Fais attention à toi.

J'acquiesce d'un signe de tête convaincu. À l'extérieur du bâtiment, la clameur du stade en liesse m'accompagne jusque dans la rue, et une onde violente de culpabilité me traverse quand je réalise que je viens de planter Dan au beau milieu du match.

Et maintenant ?

L'adresse que m'a envoyée Erin ne me dit rien. Je remonte sur quelques mètres la rue qui borde le Citi Field en maudissant Ayden et ses lubies quand un taxi se matérialise de l'autre côté de la route. Par chance, il est libre. J'indique ma destination au chauffeur et m'affale en soupirant de rage sur des banquettes en velours gris qui semblent avoir vingt ans d'âge. Dans le rétroviseur, le conducteur m'observe avec circonspection. S'il se demande si je suis folle, il n'est pas loin de la vérité. Excédée, je détourne rageusement les yeux.

Pour évacuer ma colère, j'attrape mes écouteurs. Linkin Park. Parfait. Les rues de New York défilent sous mes yeux, mais la tension ne quitte pas mon corps. Finalement, j'aurais préféré que ce taxi ne se trouve pas sur mon chemin. J'aurais préféré rappeler Erin avec une bonne excuse pour ne pas me retrouver en face d'Ayden. J'aurais préféré mentir. Mais si je l'avais fait, Chuck m'aurait immédiatement démasquée. Je ne suis pas douée pour faire semblant.

Sauf avec Théo.

Ma conscience proteste, mais elle a tort. Je n'ai rien dit à Théo dans le seul but de le protéger. Rien à voir avec mon travail. Rien à voir avec Ayden, qui semble prendre un malin plaisir à le rendre désagréable. Depuis l'appel d'Erin, des flashs de ses lèvres contre les miennes s'imposent à moi par intermittence.

J'ai du mal à l'admettre, mais sa façon de me toucher comme si c'était une évidence accélère encore et encore mon rythme cardiaque. Ce souvenir est à mettre au rang des interdits, mais je ne semble absolument pas prête à le faire. Et le pire, c'est que malgré toute la colère qu'il m'inspire, j'ai hâte de le voir évoluer sur scène.

Pourquoi ce soir ? Et pourquoi moi ? Je suis une inconnue, une étrangère. Qu'il déteste, par-dessus le marché. Est-ce que c'est un test ? Est-ce qu'il est en train de me pousser à l'erreur pour que Chuck se débarrasse de moi ? Ou alors, il veut sa revanche. Pire encore, il a peut-être juste envie de jouer avec mes nerfs. Est-ce qu'il est capable d'autant de cruauté ? La réponse est oui. Sans la moindre hésitation.

Plus j'approche de ma destination, plus ma tension grandit. Dans quelques minutes, je me retrouverai face à lui. Est-ce que je réussirai l'exploit de garder mon calme ? J'en doute. Et quand le taxi s'arrête dans une petite rue mal éclairée devant une façade indiquant *Rockwood Music Hall*, je n'ai jamais été aussi proche d'obtenir des réponses à mes questions.

Vingt-quatre

Stress out

Mel

Mes pieds refusent de traverser la rue. Immobile, je fixe l'enseigne illuminée qui me fait face. Il faut que je fasse le vide. Autour de moi, les passants me semblent flous, presque invisibles. Le vent frais balaie mes cheveux longs, et je repousse machinalement les mèches qui viennent me chatouiller le visage. Malgré l'obscurité de la rue, je ne discerne rien de ce qui s'agite au-delà des portes vitrées du Rockwood Music Hall. Seules quelques ombres furtives et légèrement inquiétantes parviennent jusqu'à moi.

Consciente de la tempête qui ne va pas manquer de s'abattre sur moi, je ferme les paupières et compte jusqu'à trois. C'est le temps que je me laisse pour enrayer la peur. Quand je les rouvre, il ne reste plus que ma détermination. Quelles que soient mes craintes, il faut que j'affronte Ayden.

Tu n'as pas le choix.

Mes pas résolus étouffent les pulsations de mon cœur qui bat déjà vite, et je pousse la porte d'entrée sans la moindre hésitation. J'accroche immédiatement avec l'ambiance feutrée de cette petite salle. Le volume de la musique est très bas et donne à l'endroit un côté intimiste plutôt déconcertant. Dans la pénombre, des clients discutent, assis à des tables en bois rondes aux pieds en métal noir. Dans un coin, une scène construite dans le même bois, éclairée par des projecteurs, attend les mucisiens. Je balaie la pièce d'un regard discret à la recherche d'Ayden. Très vite, je le repère sur ma gauche.

Assis à une table proche du mur face à moi, il m'observe avec son assurance habituelle, et j'éprouve l'envie fugace de m'enfuir en courant. Son visage ne comporte pas la moindre trace d'émotion, et j'ai soudain peur de ce qui m'attend.

M'exhortant à un peu de bon sens, je parcours comme un automate les quelques mètres qui nous séparent. J'ai beau faire semblant de regarder ailleurs, les yeux bleus d'Ayden me brûlent, et j'éprouve une sensation très dérangeante de vulnérabilité. Un frisson douloureux remonte le long de mon échine dorsale, et je maudis mon corps de ne pas être capable de rester de marbre. Surtout en sa présence.

Très proche de mon but, je remarque que trois autres garçons et une fille partagent la table avec lui. Des musiciens, sûrement. Des amis, peut-être ? D'une démarche qui me semble assurée, je plante mon regard dans les yeux d'Ayden.

Ne pas flancher.

Ne pas lui donner cette satisfaction.

Surtout maintenant que tu sais de quoi il est capable.

L'histoire de Dan me donne le courage qui me manquait pour l'affronter. Je me plante devant Ayden, le menton très légèrement relevé. Tout ce que j'espère, c'est que le regard dur que je me compose masque toute trace de ma faiblesse. Je n'en mène pas large, mais il ne doit surtout pas le savoir.

— Salut. Qu'est-ce que je peux faire pour toi ? j'articule d'une voix sèche.

Il hausse un sourcil narquois. Enfin une situation que je peux gérer. Son odieux sourire et moi, on est déjà copains. Je peux maîtriser ça.

— Salut, *Mel*, rétorque-t-il. Tu vas bien ?

La tête légèrement penchée sur un côté, il me fixe avec une sorte d'amusement étrange. Le genre qui ne tolère pas de défaite. Un éclat de lumière se pose dans ses yeux moqueurs, et j'en oublie preque de respirer. Sa voix grave, volontairement traînante, provoque un court-circuit bien réel de mes neurones. Décidément, il est très, très fort. Mais il ne m'aura pas comme ça. Continuant sur ma lancée, je garde une attitude fermée.

— Ça va très bien, merci, je réplique sur le même ton monocorde. Tu peux m'expliquer ce que tu attends de moi, s'il te plaît ? À quelle heure tu montes sur scène ?

J'aimerais vraiment éviter d'y passer la soirée. Elle est déjà gâchée, je ne veux pas perdre plus mon temps.

— Tu as besoin de te détendre, on dirait. Assieds-toi, je vais te chercher un verre.

Hors de question de lui obéir. Je ne vais pas m'asseoir au milieu de ces gens et discuter avec eux comme si je les connaissais depuis toujours. Je suis là pour bosser, et j'espère que c'est uniquement pour cette raison qu'on m'a forcée à venir ici. Immobile, je change mon sac d'épaule, histoire de garder une contenance.

Ayden ne semble pas remarquer mes tergiversations. Il se tourne vers les quatre inconnus qui l'accompagnent et qui m'observent avec une curiosité non dissimulée. Il me semble que j'ai déjà vu l'un d'entre eux, et pour cause : c'est lui qui accompagnait Ayden à la soirée chez Chuck. Au souvenir de l'humiliation que j'ai ressentie ce soir-là, mes doigts se serrent plus fort autour de la lanière de mon sac. Même si son humeur semble s'être nettement améliorée, je ne dois surtout pas oublier qu'Ayden est capable du pire.

— Je vous présente Mel. C'est la stagiaire de Chuck.

— Salut, Mel, sourit avec gentillesse la fille aux cheveux blond platine. Je m'appelle Cassie.

— Taylor.

— Zack. Je crois qu'on s'est déjà croisés, sourit le brun avec cynisme.

Comme si j'allais l'oublier.

— Nathan.

— Ravie de vous connaître, je rétorque gauchement.

J'ai horreur des présentations. Particulièrement quand des personnes du genre d'Ayden se trouvent dans les parages. Zack esquisse un signe de la main dans ma direction. Il échange avec Ayden un regard lourd de sous-entendus qui me donne envie de me cacher sous la table. Je supporte déjà difficilement qu'on me fixe, alors si en plus ces deux-là s'envoient des messages codés…

Mal à l'aise, je reporte mon attention sur Cassie. Deux épais traits d'eye-liner noir soulignent ses yeux bleus. La pâleur de son visage est rehaussée par un rouge à lèvres rouge cerise, et elle porte un slim en cuir noir assorti à un débardeur ample de la même couleur. Une grosse croix en argent et une autre plus petite pendent à son cou. Ses longs cheveux encadrent son visage enfantin, et son sourire chaleureux me rassure.

— Enfin une fille. Je commençais à m'ennuyer, s'esclaffe-t-elle d'une voix éraillée en m'adressant un clin d'œil complice.

— Tu vas peut-être arrêter de te plaindre, maintenant, raille Taylor. Ça nous fera des vacances.

Au lieu de me détendre, cet échange me rappelle à quel point le petit groupe devant moi se connaît bien et ma gêne augmente encore d'un cran. On m'a demandé d'être là, mais je ne me sens pas à ma place. Je ne suis pas musicienne, et mon expérience de ce genre d'événements se résume au néant. De plus en plus tendue, j'interpelle froidement le très sexy mais très énervant brun en face de moi.

— Ayden, je ne suis pas venue pour m'amuser. Alors s'il te plaît, dis-moi ce que je peux faire pour toi.

Il plisse les yeux une seconde, semblant réfléchir à ma remarque, avant d'esquisser un sourire.

— Je n'ai jamais dit que je chanterai ce soir, rétorque-t-il calmement. J'ai dit que j'avais besoin de toi.

Quoi ?

J'ai mal compris. Ce n'est pas possible autrement. Il n'a pas fait ça. Il ne peut pas. Il n'a pas le droit. Je n'ai pas laissé Dan tout seul pour rien. Sans que je puisse la contrôler, ma voix part toute seule dans les hauteurs.

— Pardon ? Comment ça, tu ne vas pas jouer ?

— Apparemment, la communication passe mal entre Chuck et moi.

Le temps que mes pauvres neurones aient assimilé l'information, mon corps a déjà réagi. Tous mes muscles se tendent, et je ne sais par quel miracle je me retiens de lui hurler dessus. Sans se départir de son foutu sourire, Ayden m'observe attentivement. M'exhortant à ne pas craquer, je compte jusqu'à dix dans ma tête. Mais je n'arrive à rien, si ce n'est à décupler ma rage. Je vais tuer ce mec de mes propres mains. Au moins, il ne risquera plus d'avoir besoin de moi.

— Détends-toi, Mel. Je plaisante. Je vais monter sur scène. On fait la troisième partie. Viens t'asseoir et bois un verre. Okay ?

Je le fusille du regard. Si je commence à déverser tout ce que j'ai sur le cœur à son sujet, je risque de mettre en danger ma carrière. Sous l'œil moqueur du reste de la table, Ayden désigne à nouveau le siège sur sa gauche, et cette fois-ci, je m'assois rageusement.

— Tu trouves ça marrant ?

— Très. C'est facile de te faire sortir de tes gonds.

À bout de nerfs, je cherche encore une répartie digne de ce nom quand il interrompt brusquement ma tentative de revanche.

— Je vais chercher à boire. Qu'est-ce que tu veux ?

Un triple whisky. Peut-être deux.

— Du thé glacé, s'il te plaît…

Ayden disparaît de ma vue, et son absence me soulage. La dose d'adrénaline qui s'est emparée de moi un peu plus tôt m'a épuisée en repartant comme elle était venue. Je me croyais prête à affronter l'ouragan, mais je crois que j'ai surestimé mes forces.

— Excuse-le, intervient Cassie. Il adore tester les gens.

— C'est marrant, je n'avais pas remarqué.

Je regrette aussitôt mon cynisme. Cassie n'est pour rien dans le comportement d'Ayden. Je ferais mieux d'essayer de me contenir.

— Comment se passe ton stage ? poursuit-elle sans s'émouvoir. Chuck n'est pas trop dur avec toi ?

— Il n'est pas facile. Mais pour l'instant, je crois que je m'en sors bien.

— Tu connais son surnom ? intervient Taylor.

— Parce qu'il a un surnom ?

— Ouais. Le Grand Iceberg, s'esclaffe Cassie.

— Je ne savais pas. Jusqu'ici, il a été plutôt correct avec moi.

— Peut-être parce que tu bosses bien, intervient Ayden en posant un verre devant moi.

Tourné vers Zack, il semble refuser de m'accorder de l'attention. Est-ce qu'il pense vraiment ce qu'il vient de dire ? Je ne le saurai sûrement jamais. Quand il se rassoit, je reprends le fil de ma discussion avec Cassie.

— Quoi qu'il arrive, ce stage est une opportunité énorme pour moi. Je n'aurais jamais cru pouvoir faire un jour tout ce que je fais chez Live. Et toi ? Qu'est-ce que tu fais ?

— Comme tu le vois. Je supporte les caprices de ces trois idiots. Surtout de celui-là, dit-elle en désignant Ayden dans un léger rire.

Et elle est loin d'être la seule.

Sans se préoccuper des regards faussement assassins autour d'elle, Cassie poursuit sur sa lancée.

— Je suis pianiste, sous contrat avec Live depuis presque un an. Ce qui m'amène parfois à passer de bonnes soirées comme celles-ci, poursuit-elle avec malice en donnant un coup d'épaule à Ayden.

Une bonne soirée ? J'ai du mal à voir les choses sous cet angle.

— Je supporte déjà ses conneries jour et nuit. Je me serai bien passé de ses caprices, grimace Zack. J'avais de bien meilleurs plans pour ce soir.

Et moi donc.

— Zack est mon coloc, m'explique Ayden. Depuis deux ans.

Quand son bras effleure mon épaule, je m'écarte discrètement sur ma gauche. Vu le peu de contrôle que j'ai sur mon corps en sa présence, je ne peux pas le laisser faire. En ce qui le concerne, je ne me fais absolument pas confiance.

— Deux ans d'enfer, soupire Zack d'un air comique qui m'arrache un sourire.

— Je savais pas que tu lisais dans mes pensées, rétorque Ayden sans broncher.

— T'as de la chance de ne pas être encore à la rue. C'est la tarte du dimanche qui sauve ton cul. Sans elle, il y a longtemps que je me serai débarrassé de toi.

— Ta gueule, Zack, rigole Ayden. T'es bien content quand je te file du boulot. J'ai failli prendre quelqu'un d'autre pour ce soir, tu sais ?

— Je suis le meilleur bassiste des États-Unis, se vante Zack avec humour. Tu aurais fait la plus grosse erreur de ta carrière inexistante.

Cet échange achève de me dérider. Quand les deux garçons terminent enfin de se vanner, aussi improbable que ça puisse paraître, mon sourire n'est rien d'autre que sincère. Décontenancée par le rire d'Ayden, doux et aussi sexy que le reste de sa personne, je me déleste de ma tension. Pour une fois, je n'ai plus l'impression d'être son ennemie.

Les minutes suivantes s'égrènent dans la même ambiance. Nathan et Taylor, respectivement batteur et guitariste, sont moins extravertis que Zack et Ayden mais tout aussi avenants. Les conversations tournent presque instantanément autour de la musique, et j'en profite pour enrichir mes connaissances. Pour le moment, cette soirée est bien plus agréable que ce à quoi je m'attendais. De temps en temps, le regard d'Ayden se pose sur moi et réchauffe mes joues, mais je me débrouille pour l'éviter à chaque fois. J'ai bien trop peur de me noyer dedans.

Trente minutes plus tard, le bar est plein à craquer, et le premier groupe fait son entrée. La pièce, plongée dans l'obscurité, semble parcourue d'électricité. Au fur et à mesure des morceaux, les applaudissements sont de plus en plus nourris. Quand les musiciens redescendent de scène pour laisser leur place, il fait déjà très chaud, et les clients en redemandent.

Le deuxième set est bien moins calme. Le chanteur entraîne tout de suite le public derrière lui en reprenant *Come as You Are* de Nirvana, que je connais bien grâce à Chris. Le souvenir de ses sauts improbables dans le salon de ma mère quand il les écoutait plus jeune m'assaille, et un éclat de rire attendri m'échappe.

Dans le bar, tout le monde est debout en moins de deux minutes. Je me laisse prendre au jeu, et mes pieds commencent à bouger malgré eux. Les paupières closes, je plonge dans la seule chose qui soit capable de me déconnecter complètement de toute forme de réalité : la musique.

Quand je me calme un peu, je m'aperçois que je ne suis pas seule. Nathan esquisse des pas de danse complètement désordonnés et vraiment très drôles, il faut bien l'avouer. Juste à côté de moi, Cassie danse les yeux fermés, complètement dans sa bulle. Zack et Ayden semblent être les seuls à rester sérieux. Debout contre le mur derrière moi, ils observent les musiciens sur scène avec attention et bougent tous les deux la tête en rythme. Dans la pénombre, on dirait des jumeaux.

Le groupe mélange subtilement compositions personnelles et airs connus. Ils sont tellement bons que je perds la notion du temps. Parfaitement à l'aise, je m'apprête à me défouler sur une reprise de Muse, quand deux mains autoritaires enserrent mes épaules. Ayden se penche sur moi, et son torse frôle le haut de mon dos. Coupée dans mon élan par la chaleur qui m'envahit, je m'immobilise. Son visage se rapproche dangereusement de moi, et sa voix grave m'électrise.

— Fin de la récréation, Mélanie. C'est l'heure d'aller bosser.

Vingt-cinq

For eyes

Mel

Sans attendre une quelconque réaction de ma part, Ayden passe devant moi et se dirige à droite de la scène pour disparaître dans la foule. Forcée de suivre ses traces, je joue des coudes pour me frayer un chemin jusqu'au côté de l'estrade qui vibre au ryhtme des basses. Je jette un dernier regard sur scène où le groupe continue de se déchaîner et passe une petite porte noire qui donne sûrement accès aux coulisses.

Frappée par le contraste entre la lumière blanche au dessus de moi et l'obscurité que je viens de quitter, je referme derrière moi. La température fraîche du couloir étroit dans lequel je me trouve soulage immédiatement mes joues empourprées. Ne sachant quelle direction prendre, je me fie aux éclats de voix étouffés à quelques mètres de là. Le rire de Cassie, reconnaissable entre tous, m'indique que je ne suis pas loin de mon but.

Ayden et les autres se trouvent dans une petite pièce crûment éclairée par une vieille ampoule nue. Cet endroit ressemble plus à un vestiaire qu'à l'arrière d'une scène, mais personne ne semble s'en formaliser. Cassie, assise au bord d'un petit banc de bois, observe les garçons se changer d'un œil torve. En m'apercevant dans l'embrasure de la porte, elle relève un menton provocateur.

— Je déteste être la seule fille. À cause d'eux, je suis toujours obligée de me préparer avant de venir.

Son air contrit me force à ravaler un rire gêné. Taylor ne porte rien d'autre qu'un caleçon. Zack enfile maladroitement un blouson en cuir noir qui tombe sur lui à la perfection. Ayden, torse nu, me tourne le dos. Instinctivement, mon regard s'arrête sur ses épaules carrées avant de descendre sur les lignes parfaites dessinées par ses muscles, juste au-dessus de ses hanches.

— Mélanie, tu mates ? me surprend Cassie.

Son rire cristallin attire l'attention d'Ayden, qui se retourne brusquement. Le coin de ses lèvres se relève imperceptiblement.

Zack m'enfonce :

— Profites-en, Mel. Ce genre de trucs n'arrive pas tous les jours.

Qu'on me donne un trou de souris, et vite !

— Inutile de prendre tes désirs pour des réalités.

Confuse, je me dépêche de rejoindre ma consœur sur son petit perchoir de bois. Mes gestes raides trahissent sans le moindre doute ma honte. Mon regard gêné se promène un peu partout dans la trop petite pièce, excepté sur les trois corps en mouvement devant moi. Je ne veux plus risquer la moindre réflexion. Ayden, qui a sans doute compris mon manège, m'oblige pourtant à reporter mon attention sur lui.

— Tu n'es pas si sage, d'habitude, me provoque-t-il.

Connard.

À quoi est-ce qu'il joue ? Pourquoi me mettre volontairement mal à l'aise ? Un sourire entendu aux lèvres, il ne me quitte pas des yeux. Le bleu glacial de ses iris me sonde, et je réprime un frisson en priant pour qu'il enfile rapidement un tee-shirt. Autour de nous, personne ne semble remarquer cet échange muet.

Pour l'instant, je ne vois pas très bien quel pourrait être mon travail parmis ces gens, mais je considère ce moment comme une occasion de découvrir l'envers du décor. Zack règle sa basse, Cassie se remaquille devant un grand miroir en chantant et Taylor frappe une batterie imaginaire, ses baguettes en main. Ayden, enfin habillé, se tient assis dans un petit fauteuil à ma droite. Le dos légèrement courbé, les coudes sur les genoux, il couvre son visage de ses mains. Est-ce qu'il se bat contre lui-même pour monter sur scène ?

Instinctivement, j'éprouve le besoin de le réconforter, mais je n'en fais rien. Je ne suis pas encore capable de baisser les armes. J'observe un long moment ses épaules se soulever au rythme de sa respiration, partagée entre l'envie de le prendre dans mes bras et celle, bien plus puérile, de lui faire payer ses mots.

Sans réfléchir, je me rapproche de lui. Je pose furtivement ma main sur son épaule pour attirer son attention.

— Je peux faire quelque chose pour toi ?

Après tout, c'est mon job. Quitte à me trouver ici, autant me rendre utile. Ayden lève les yeux vers moi. La douceur dans ma voix semble le surprendre. D'ailleurs, elle m'étonne moi-même.

— Je me concentrais. C'est tout. Je n'ai pas fait ça depuis longtemps, marmonne-t-il.

— Pourquoi voulais-tu que je vienne ? En quoi je peux t'aider, Ayden ?

— J'ai besoin de ton avis.

— Mon avis ? En quoi mon avis…

— Tu vas aller dans le public. Observe les réactions des gens. Je veux que tu me dises ce que tu penses vraiment du concert.

— Ayden, je ne suis pas une professionnelle, je rétorque, surprise. Je ne peux pas juger ta prestation.

— Si je voulais l'avis d'un pro, j'aurais appelé Chuck. C'est de toi dont j'ai besoin.

— Mais pourquoi ?

— Tu poses toujours autant de questions ?

Chaque fois que je l'entends, je perds pied. Je ne vois pas comment être objective le concernant. Mais il commence à perdre patience, et ce n'est pas le moment d'argumenter.

— Okay, je capitule. Je ferai de mon mieux.

— Merci.

Pardon ?

Je n'aurais jamais cru que ce mot fasse partie de son vocabulaire. Les coins de ma bouche se redressent imperceptiblement.

— Pourquoi tu souris ?

J'hésite de longues secondes, mais le regard abrupt d'Ayden ne tolère pas d'échappatoire.

— Toi. Je ne te croyais pas capable de m'adresser la parole normalement.

— C'est vrai. C'est un putain de miracle, raille-t-il.

Je me fiche de savoir comment c'est arrivé, mais si on peut se parler sans s'agresser toutes les trois secondes, au moins dans un cadre professionnel, c'est déjà bien. Un peu hésitante, j'acquiesce doucement. Ayden se relève, et des effluves de son odeur me parviennent. Je me perds un instant dans le souvenir de ses bras qui me serraient.

Tu es irrécupérable.

Ses mains fines et assurées déhoussent une guitare posée dans un coin qu'il récupère avant de gagner l'entrée de la pièce.

— On y va.

Les deux autres garçons se jettent un bref coup d'œil avant de lui emboiter le pas. Cassie recoiffe une dernière fois ses irréels cheveux blond platine, et rejoint le reste du groupe qui l'attend dans le couloir. Belle à tomber, elle m'adresse un sourire éclatant. Un peu en retrait, je m'engage à sa suite.

Devant le petit escalier qui mène sur scène, les applaudissements destinés au groupe qui vient de terminer son passage nous parviennent avec force. Les paupières closes, Ayden semble rassembler son énergie. Zack, Taylor et Cassie discutent à voix basse en se tenant par la main. Encore une fois, je me sens complètement inutile.

— À tout à l'heure, je lance. Bonne chance.

Au moment où je m'éloigne, une main ferme me retient par le poignet. Surprise, je sursaute légèrement, avant de me laisser happer par le bleu sidéral des yeux d'Ayden.

— Je veux tout savoir, Mel. N'oublie pas.

Brusquement, je ne sais plus de quoi il parle. Du concert ? De moi ? La gravité dans ses yeux serre ma poitrine, et je retire mon bras de sa main avant que la chaleur de sa peau ne m'engourdisse un peu plus. Heureusement, des exclamations se font entendre dans l'escalier qui nous surplombe. Attirée par le bruit, j'aperçois en même temps qu'Ayden les visages euphoriques du groupe précédent qui sort de scène. L'espace d'un instant, son regard sature d'angoisse. D'un bref signe de tête, j'essaie de lui transmettre toute la force dont il aura besoin avant de me détourner pour ne pas rater le début du set.

Dans le bar, la chaleur étouffante m'empêche presque de respirer. Oppressée par la foule, je cherche un endroit où me poster. En jouant des coudes, j'atteins tant bien que mal un espace libre contre le mur qui jouxte l'entrée du bar. De là où je me trouve, la vue sur la scène et le public est parfaite. Prête à accomplir ma mission, je m'autorise une seconde à souffler.

Envahie par un flot d'émotions contradictoires, je ne sais plus auxquelles me fier. J'ai vraiment hâte que le set démarre, mais une violente vague d'appréhension remonte dans ma gorge. Il faut absolument que tout se passe bien. Ayden semble inexplicablement apprécier ma présence, mais si quelque chose coince, Chuck me le fera payer cher.

Tendue à l'extrême, je me ronge les ongles. Quelques secondes plus tard, un concert de cris et d'applaudissements me fait relever la tête. Ils sont là. Ou plutôt, *il* est là. Plus déterminé que jamais, Ayden est monté sur scène sans la moindre hésitation, et ses yeux bleus crèvent l'espace d'un éclat presque hypnotique. Sans se laisser atteindre par le public en face de lui, il s'empare du micro avec la désinvolture qui le caractérise.

— Bonsoir. Je m'appelle Ayden Harrington. J'espère qu'il vous reste un peu d'énergie. Vous allez en avoir besoin, ajoute-t-il avec un léger sourire.

Ses baguettes en l'air, Taylor attend le signal pour lancer les hostilités.

C'est parti.

Je n'ai jamais entendu ce morceau, mais il pénètre immédiatement par tous les pores de ma peau. Quand la voix d'Ayden résonne quelques secondes plus tard, je réprime un violent frisson. Comme il me l'a demandé, j'étudie minutieusement les réactions du public, qui semble aussi envoûté que moi. Incapable de tenir plus longtemps, je reporte mon attention sur lui. Fascinée par son regard lointain, j'observe la décontraction spontanée avec laquelle il évolue sur scène.

Au refrain, il tient la salle dans le creux de sa main. Plus personne ne regarde ailleurs que dans sa direction. Il occupe tout l'espace, tantôt en jouant avec le public, tantôt dans sa bulle. Son énergie est incroyable. Comme je m'y attendais, un tonnerre d'applaudissements retentit quand la musique s'arrête.

Zack et lui échangent un sourire entendu. Ils semblent énormément s'apprécier et, si j'en crois leur complicité sur scène, ils se connaissent très bien. L'espace d'une seconde, l'image de Dan refait surface dans mon esprit, et ma culpabilité aussi. J'espère au moins que les Mets ont gagné.

Chassant ces pensées, je reporte mon attention sur Ayden. J'ai l'impression qu'il pourrait chanter des heures durant. La fierté de provoquer autant d'euphorie dans l'assistance se lit ouvertement sur son visage détendu. Les morceaux s'enchaînent les uns après les autres avec une fluidité déconcertante. J'ai beau essayer de me concentrer pour trouver au moins un défaut à sa prestation, c'est impossible. Sa voix incroyable emporte tout sur son passage, y compris mon objectivité.

Après un morceau particulièrement apprécié, Ayden s'écarte sur le côté pour laisser tout l'espace à Cassie, qui entame les premières notes d'un émouvant solo. Il ne me faut pas plus de quelques secondes pour reconnaître la mélodie contre laquelle je n'ai pas été capable de lutter lors de mon passage au studio. Le piano lui donne une profondeur supplémentaire qui transperce immédiatement ma poitrine.

Ayden s'avance au centre de la scène. Immobile, il attaque le morceau les yeux fermés, les deux mains serrées autour du micro. Subitement, le temps s'arrête. Sa voix transperce le moindre atome de l'espace confiné dans lequel nous nous trouvons, et l'émotion qu'elle dégage percute tout le monde de plein fouet. Quand ses paupières se rouvrent, la douleur qui irradie son regard m'interpelle.

Ce morceau est autobiographique, c'est une certitude. Le garçon perdu dont il parle, c'est lui. La souffrance empreinte sur son visage ne peut pas être feinte. Et sans que je sache vraiment pourquoi, je ressens le besoin violent d'en comprendre les raisons.

Vingt-six

No way

Mel

Braqué sur moi, le regard d'Ayden est chargé de questions auxquelles je n'ai pas les réponses. Le souffle court, je le laisse m'emporter dans son monde. Autour de moi, tout est devenu flou. Seul le son rauque de sa voix me retient encore dans la réalité.

Après un temps qui me semble infini, un tonnerre d'applaudissements retentit. Prenant conscience de la fin du morceau, je me secoue pour revenir sur terre. L'espace d'un instant, Ayden nous tourne le dos, et ses épaules s'affaissent. Il passe une main nerveuse dans la masse brune de ses cheveux, mais quand il se retourne, un immense sourire barre son visage.

Depuis qu'il a posé le pied sur cette petite scène, il n'est plus le même. Tour à tour facétieux, souriant, grave, il occupe l'espace avec une facilité hallucinante. J'avais déjà pris la mesure de son talent au studio, mais ce que je viens de voir ce soir dépasse toutes mes attentes. Alors pourquoi refuser de faire ce à quoi il semble irrémédiablement destiné ? Pour quelles raisons s'en empêche-t-il ?

Je m'arrête sur chaque détail qui pourrait me permettre d'en savoir plus sur lui. Ses vêtements sombres contrastent avec l'éclat de ses prunelles claires. Les émotions qui défilent sur son visage anguleux se devinent sans peine, mais ma curiosité reste inassouvie.

Quand le set touche à sa fin, deux ou trois filles s'approchent de la scène pour échanger quelques mots avec lui. Je les observe tenter d'obtenir son attention sans y parvenir. Son sourire évasif n'a plus rien à voir avec la sincérité brute qu'il offrait à la salle il y a quelques minutes encore. Je me fraie comme je peux un passage parmi la foule et rejoins rapidement les coulisses pour assister à la sortie de scène du groupe. Juste au moment où j'atteins le bas de l'escalier, Cassie en descend, euphorique.

— C'était dingue, s'écrie-t-elle en se jetant dans mes bras.

J'étouffe un rire surpris en la serrant contre moi. Une légère odeur de cannelle mêlée de lessive envahit mes narines.

— C'était parfait, je surenchéris.

Ayden, qui descend l'escalier à son tour, arbore un infime sourire victorieux. Quand sa paniste de la soirée se rue sur lui, ses yeux s'écarquillent légèrement, et un éclat de rire lui échappe.

— C'est quand, la prochaine ? s'amuse-t-elle en le relâchant.

— Arrête de t'enflammer, Cass. C'était juste une soirée.

Cassie arbore une petite moue déçue. Derrière elle, Zack et Taylor se congratulent. Le colocataire d'Ayden est dans tous ses états et provoque délibérément ce dernier.

— Incroyable, l'effet que j'ai sur les gens. Heureusement que j'étais là. Sans moi, cette soirée était foutue.

— Ouais, c'est ça. Rappelle-moi quand tu sauras tenir un de micro, grogne Ayden.

— Je chante mieux que toi. Je peux le prouver. Ne sous-estime pas le pouvoir hypnotique de mon corps, insiste Zack en esquissant de mouvements obscènes.

Dans l'étroit couloir, c'est l'effervescence. Tout le monde parle en même temps et personne ne semble prêt à revenir à la réalité. Attendrie, je partage largement l'alégresse générale sans m'y mêler. Ayden croise mon regard et m'offre un sourire en coin qui pour une fois ne m'horripile pas. Le souvenir de ses yeux sur moi quand il était sur scène s'imprime dans ma mémoire, et je crois que je rosis. En quelques secondes, il franchit la distance qui nous sépare.

— Dis-moi ce que tu penses.

Ces yeux. Limpides, perçants, magnétiques.

Respire, Mel.

Pour donner le change, je me permets de le taquiner un peu.

— En fait, rien de particulier. J'ai déjà vu beaucoup mieux que ça.

Les yeux baissés, je mords l'intérieur de mes joues pour masquer ma gaieté. L'expression qui se peint sur le visage d'Ayden m'empêche de garder mon sérieux plus longtemps, et j'éclate d'un rire taquin. Il hausse un sourcil vexé.

— Très drôle… Cela dit, tu es douée pour faire semblant, apparemment.

Son regard me coupe dans mon élan.

Ayden : 1, Mel : 0.

— C'est possible. C'était parfait, Ayden. Tu devrais vraiment faire ça plus souvent.

Amer, il se referme imperceptiblement. Une ombre froide assombrit ses yeux bleus.

— Ne compte pas là-dessus.

— Pourquoi ? Et pourquoi monter sur scène ce soir si tu ne veux pas recommencer ?

Ma curiosité dépasse mes attributions, mais je ne peux pas m'en empêcher. Je ne comprends pas qu'Ayden gâche son talent comme ça.

— C'est pas ton problème, crache-t-il. Ça n'arrivera pas, c'est tout.

Son hostilité me glace. Je ne pense pas la mériter. Et pourtant, j'ai toujours envie de comprendre. Qu'est-ce qui l'empêche à ce point d'être lui-même ? Pourquoi tout d'un coup s'adresse-t-il à moi comme à une ennemie ? Après tout, s'il ne veut pas monter sur scène, c'est son problème. Je ne vois pas ce que je pourrais faire pour lui.

— D'accord. Désolée.

Il passe une main sur son visage, l'air subitement épuisé.

— Je ne voulais pas te blesser. J'ai mes raisons de ne pas vouloir de cette vie. Je ne changerai pas d'avis. Ni aujourd'hui ni plus tard.

Je n'y comprends rien. Je n'ai pas rêvé ce qui s'est passé ce soir. Ce n'était pas un simple défi, c'était du partage. C'était ce qu'il voulait, j'en suis sûre. Peut-être même ce dont il avait besoin. Et pourtant, il persiste à m'expliquer que la scène n'est pas faite pour lui.

— Si tu faisais ton boulot maintenant ? reprend-il plus légèrement. Qu'est-ce qui n'allait pas ?

Ayden n'est pas vraiment doué pour les transitions. Mais le message est passé : la discution est close.

— Rien.

— Un peu de sincérité, Mel, dit-il avec malice.

— Je le pense vraiment.

— Tu me félicites, là ?

— Ça se pourrait, je marmonne.

Ayden repousse une mèche de cheveux qui traîne comme d'habitude devant mes yeux.

— Tout peut arriver, rétorque-t-il avec une douceur inhabituelle.

J'ai l'impression que le véritable sens de ses propos m'échappe. Mais Zack nous rejoint, m'empêchant de m'apesantir sur le sujet.

— Il faut qu'on fête ça.

Encore ?

Je ne veux pas sortir. La seule chose dont je rêve pour les vingt-quatre prochaines heures, c'est ma couette.

— Ce sera sans moi, j'interviens. J'ai besoin de dormir. Je suis épuisée.

Zack arbore un air désespéré qui, en d'autres circonstances, aurait suffi à me convaincre. Mais dans l'état où je me trouve, même moi, je ne peux rien faire.

— S'il te plaît. Tu peux pas partir maintenant.

— Désolée, mais je ne tiens vraiment plus debout.

Après tout, j'ai rempli ma part du marché. Chuck ne m'a rien demandé de plus que d'être là pour le concert. Déconfit, Zack se retourne vers Ayden.

— Toi, si tu me lâches, je fais changer les serrures. C'est ta soirée, t'as pas le droit de rentrer.

— Détends-toi, Zack. Je vais pas te lâcher. Pas comme certaines. Mel, tu es sûre que ton lit mérite plus ta présence que nous ?

— Certaine.

— Dommage. On aurait pu passer un bon moment.

Le sous-entendu me paraît si évident qu'une décharge d'adrénaline me traverse. Parfois, mon corps m'agace vraiment.

— Comment tu rentres ? reprend-il.

— Je vais appeler un taxi.

Le regard dans le vague, Ayden garde le silence quelques secondes, inconscient de l'impatience de son bassiste. Enfin, ses yeux se plantent dans les miens.

— Je vais te raccompagner. Zack, je te rejoins plus tard.

Qu'est-ce qui lui prend ? Qu'est-ce qu'il cherche ? À me protéger ? En taxi, les probabilités que je me fasse agresser n'atteignent même pas les cinq pour cent.

— C'est gentil, mais je vais me débrouiller.

— Arrête de faire la fière, Mel. On va partager ce taxi. À moins que tu préfères que j'explique à Chuck à quel point ton sens de la coopération n'est pas au point ?

Après tout, s'il a du temps à perdre, ça le regarde. C'est juste un trajet en voiture. Du moment qu'il n'essaie pas encore de me toucher…

— Comme tu veux.

Zack hausse les épaules et se dirige vers le local dans lequel le groupe s'est changé un peu plus tôt. Quand j'attrape mon téléphone pour commander mon taxi, un appel manqué de Théo m'interpelle. Même s'il dort sûrement à l'heure qu'il est, je tape un rapide message pour lui expliquer que je le rappelerai dès que possible.

— Tu écris à ton mec ? m'interrompt Ayden avec un léger mépris dans la voix.

C'est quoi ? Un interrogatoire ?

— Oui, je souffle en levant les yeux. C'est un problème ?

Cette curiosité presque malsaine me déplaît. Ayden et moi ne sommes ni amis ni même proches. Je ne sais même pas ce qu'on est. Des relations professionnelles compliquées ? Certainement. Mais quoi que ce soit, ma vie privée ne le regarde pas.

— Simple question, Mel. Inutile de jouer les offensées.

Il n'aura pas fallu longtemps à Ayden pour retrouver sa mauvaise humeur. Quand c'est moi qui cherche à comprendre, ça ne le dérange pas de me rembarrer, mais accepter l'inverse semble plus compliqué. C'est dommage, je commençais presque à apprécier ses bons côtés.

Décidée à ignorer sa provocation, je m'éloigne de quelques pas pour commander mon taxi. Quand c'est fait, je me dirige vers la petite salle où se sont réfugiés les autres pour leur souhaiter une bonne fin de soirée.

Au passage, j'en profite pour prendre le numéro de téléphone de Cassie. Elle récupère le mien et propose qu'on se revoie dans la semaine, ce que j'accepte avec joie.

Un peu plus tard, je repasse devant Ayden pour retrouver la sortie. Le visage fermé, il me suit à bonne distance. Je ne comprends pas son obstination à me raccompagner chez moi, mais s'il faut en découdre encore, je n'hésiterai pas.

— Tu me feras signe quand tu auras fini de jouer.

— Je ne joue pas, Ayden. Encore moins avec toi.

Vingt-sept

Heavy Night

Mel

Debout sur le trottoir, je fixe le bout de la rue sombre. Le regard d'Ayden dans mon dos me brûle, au point qu'il m'est impossible d'oublier sa présence. Son silence me crispe. J'ai vraiment surréagi dans le couloir, mais sa question abrupte et déplacée m'a prise de court. Pour la première fois de mon existence, parler de Théo m'a embarrassée. J'ai détesté cette sensation.

De plus en plus tendue, je cherche à repérer ce fichu taxi avec l'énergie du désespoir. Pour passer le temps, j'observe les conducteurs qui défilent sous mes yeux et m'amuse à leur inventer une vie. Un jeu que j'adore, parfait pour oublier ma contrariété. J'y ai initié ma sœur dès qu'elle a été en âge de le comprendre.

Un vieux monsieur moustachu qui conduit une Honda, une cigarette aux lèvres, m'arrache un sourire. Au moment où un jeune couple attise ma curiosité, la voix dure d'Ayden m'arrache à ma contemplation.

— Tu devrais pas faire ça.

Je me retourne d'un mouvement brusque. Malgré moi, mon agressivité prend le dessus.

— Faire quoi, Ayden ?

— Te vexer.

— Je ne le suis pas.

— Si.

Bordel. Il comprend l'anglais, lui ?

Je soupire profondément pour me permettre de puiser dans toutes les réserves de self-control qu'il me reste.

— Non, Ayden, je ne suis pas vexée. J'avais des projets, et tu passes par Chuck pour me forcer à travailler un samedi soir. Un samedi soir qui suit un vendredi où tu m'as traitée comme la dernière des idiotes. Je n'ai pas le droit de te poser la moindre question, mais tu exiges que je réponde aux tiennes. Et maintenant, tu tiens absolument à me raccompagner chez moi. Alors non, je ne suis pas vexée. Seulement perplexe.

À bout de souffle, je me demande si je n'aurais pas mieux fait de me taire. Cependant, si nous devons continuer à travailler ensemble, parler de ce que je ressens est nécessaire.

— J'ai mes raisons.

— Qui sont ?

— Mes raisons.

Voilà pourquoi je n'aurais pas dû essayer de lui expliquer. Je ne sais même pas pourquoi j'ai pris cette peine.

— Laisse tomber. Je suis sûrement trop conne pour comprendre, je souffle.

Je plante mon regard dans le sien. L'exaspération que j'y lis fait écho à la mienne. Ses sourcils se froncent, et au moment où je m'y attends le moins, il franchit les deux pas qui nous séparent pour poser une main impulsive mais douce sur ma joue et relever mon visage vers le sien. Désorientée, j'observe ses yeux agacés fixer mes lèvres.

— Tu es vraiment sûre de vouloir connaître mes raisons, Mel ?

La main qui se pose sur ma taille me coupe le souffle. Désorientée, je m'écarte de ce contact dangereux. Je ne peux pas l'autoriser à faire ça. Sur ma joue, la trace de sa main a laissé derrière elle des milliers de fourmillements brûlants. Les poings sur les hanches, je le fusille du regard.

— C'est ça, ta façon de m'esquiver ? C'est comme ça que tu les fais tomber dans le panneau ?

— Hein ? De quoi tu parles ?

— Ces filles avec qui tu couches. C'est comme ça que tu les fais céder ? Tu t'entoures de mystère et tu leur fais croire qu'elles peuvent le percer ?

L'éclat de rire qui secoue subitement Ayden me désarçonne complètement. Qu'est-ce que j'ai dit de drôle ?

— Je vois qu'on t'a déjà parlé de moi. Pour info, Mélanie, je n'ai pas besoin d'une putain de méthode pour faire céder qui que ce soit. J'ai juste à claquer des doigts.

Mais pour qui se prend ce mec ? Son arrogance me tue. Une violente envie de le gifler me démange, mais je ne suis pas sûre d'y gagner au change. À la place, j'essaie de contenir l'immense mépris qu'il m'inspire.

— Tu es vraiment…

Non. Je ne peux pas dire ça.

— Vraiment ?

— Laisse tomber. Comment tu peux traiter toutes ces filles avec aussi peu de respect ?

— Et toi, ça ne te dérange pas de me juger sans me connaître ?

Ayden : 2, Mel : 1.

Je ne sais pas pourquoi j'agis comme ça avec lui. Je n'ai pas pour habitude de me mêler d'autre chose que de mes affaires. Ayden a le don apparemment inné de jouer avec mes nerfs, et son comportement lunatique n'arrange rien. J'inspire violemment et détourne le regard en maudissant encore la compagnie de taxi. Si le chauffeur était à l'heure, j'aurais peut-être pu éviter cette discussion exaspérante.

— Je manque de respect à personne, reprend Ayden avec plus de retenue. Elles savent à quoi s'attendre.

— Oh. Tout s'explique alors, j'ironise avec aigreur. Emily aussi le savait ?

— C'est qui, Emily ?

D'accord. C'est à ce point-là.

— Une des serveuses qui travaille pour Live avec qui tu as couché. Apparemment, je suis mieux renseignée que toi.

Ayden semble faire un tri dans sa mémoire, qui paraît revenir quelques secondes plus tard. Pauvre Emily.

— Les choses étaient très claires. Jusqu'à ce qu'elle veuille passer le week-end chez moi.

— Et tu ne trouves pas ça normal ?

— Je ne veux pas de ces trucs-là. Elle savait dans quoi elle s'embarquait. On n'était pas ensemble.

— Tu l'as blessée. Tu t'es volontairement affiché avec d'autres filles sous son nez.

Soufflée par la mauvaise foi dont il fait preuve, je ne sais plus quel argument utiliser pour qu'il comprenne pourquoi je me méfie autant de lui.

— Encore une fois, tu ne sais pas de quoi tu parles. Emily est une sangsue qui refuse de me lâcher. Elle m'appellait trois fois par jour. Je voulais qu'elle comprenne.

— La discussion, tu connais ? Ça marche bien, en général.

— J'ai autre chose à foutre de ma vie. Emily est majeure. Elle savait à quoi s'attendre. Elle me connaît depuis longtemps.

— Peu importe qu'elle souffre, du moment que pour toi tout va bien ? C'est ça ?

— Si on veut.

Comment peut-on être aussi insensible à ce point ? D'un côté, il a le mérite d'être honnête, et je ne connais de la réalité que la version de Dan, forcément peu objective. Mais il faut que je mette les choses au clair tout de suite.

— C'est ton problème. Mais si tu as l'intention de faire la même chose avec moi, sache que je ne te laisserai pas faire. Je suis avec quelqu'un. Quelqu'un qui compte. Si toi, ça ne te dérange pas de blesser les gens, moi, j'ai horreur de ça.

Alertée par son sourire en coin, j'esquisse un pas en arrière quand il se rapproche à nouveau dangereusement de moi.

— Message reçu, souffle-t-il d'une voix sourde.

Juste au moment où je pense à battre en retraite, un taxi se gare enfin contre le trottoir. Soulagée, j'en ouvre la portière arrière. Ayden fait le tour de la voiture pour atteindre l'autre. Je tente une dernière fois de l'éloigner de moi.

— Tu n'es vraiment pas obligé de faire ça.

— Arrête, Mel. Tu en rêves toutes les nuits.

J'ignore le rictus moqueur qui se dessine sur son visage et monte dans la voiture, un sourire désabusé aux lèvres. Dans l'habitacle silencieux, j'essaie de réfléchir à la discussion qu'on vient d'avoir. La première. Je ne sais pas si je dois apprécier Ayden pour son honnêteté ou le détester pour son arrogance.

Bercée par le ronronnement du moteur, je pose la tête contre la vitre, les paupières closes.

— Tu es sûre que ça va ?

— J'ai mal à la tête.

Je ne mens qu'à moitié. La soirée a été intense, et je commence tout juste à me détendre.

— Tu veux un massage ?

— Pardon ?

Incrédule, j'essaie de déterminer son degré de sérieux. Ayden rit, et son visage s'éclaire. Même de profil, il est magnifique.

Ça suffit, Mel.

— Viens là. Je vais pas te manger.

Dans l'obscurité, son sourire espiègle me fait céder. Après un regard au chauffeur concentré sur la route, je me tourne légèrement de façon à ce qu'Ayden puisse tenter de faire un miracle sur les pulsations lancinantes qui remontent de ma nuque vers mon front. Tant bien que mal, il change lui aussi de position. Déstabilisée, je le laisse poser le bout de ses doigts sur mon crâne.

La situation me semble si incongrue que je me mords l'intérieur des joues pour réprimer un violent fou rire. Mais au fur et à mesure que ses mains explorent mon cuir chevelu en décrivant de petits cercles, mes yeux se ferment, et je ne veux plus qu'il s'arrête.

Ses jambes remuent par intermittence. À plusieurs reprises, l'idée qu'il ne doit pas être dans une position très confortable m'effleure, mais je n'essaie pas d'y remédier. Après cette soirée, Ayden me doit bien ça. Quand ses doigts descendent sur ma nuque, je penche la tête vers l'avant en soupirant de satisfaction. Il est vraiment doué. Presque autant qu'avec sa voix.

Emportée dans une atmosphère paisible et cotonneuse par la douceur de ses gestes, je ne réalise que trop tard que le massage se transforme peu à peu en caresses légères sur mes épaules et mon cou. Je devrais l'arrêter tout de suite, mais je refuse d'écouter le signal d'alarme qui retentit dans mon cortex. Bien trop concentrée sur les frissons légers que me procurent ses mains, je laisse mon bien-être l'emporter sur le danger.

Le chemin qu'il trace avec lenteur jusqu'à mes clavicules ne m'effraie pas non plus. Ma tête bascule en arrière et se pose doucement contre son torse. Son odeur entêtante m'anesthésie un peu plus, et j'enfouis mon visage dans son cou, plongeant un peu plus dans l'interdit.

Depuis quelques minutes, on est très loin du massage innocent. Mais je ne peux pas me résoudre à y mettre un terme. Les sensations sont telles que j'en perds le souffle, pleinement consciente des violents battements de mon cœur et de la chaleur qui se niche au creux de mon ventre.

Mes lèvres s'aventurent doucement juste au-dessus de sa clavicule, et l'espace d'une seconde, Ayden se fige. La douceur de sa peau contre ma bouche accélère ma respiration. Ses mains, jusqu'à présent posées sur le haut de mes bras, se déplacent lentement jusqu'à mes hanches. Il resserre son étreinte autour de moi et étouffe un lourd soupir. Très loin dans ma bulle, je me décale à peine pour parsemer de baisers chaque parcelle de son cou. Son odeur, plus violente qu'une drogue, m'empêche définitivement de revenir à la réalité.

Quand j'atteins la ligne de sa mâchoire, ma conscience me souffle vaguement que je dépasse les limites, mais elle ne peut déjà plus se battre. Quelques secondes plus tard, Ayden pose avidement ses lèvres sur les miennes, et l'idée de le repousser ne m'effleure même pas.

Terrassée par la vague de chaleur qui me traverse, je retrouve avec bonheur des sensations qui n'ont rien perdu de leur force. Il me semble que je vais tomber au fond d'un gouffre dans lequel il n'existe plus rien d'autre que la texture de sa bouche sur la mienne. Délibérément provocateur, il emprisonne à plusieurs reprises ma lèvre inférieure entre les siennes pour immédiatement la lâcher. Pour l'empêcher de se soustraire au combat qui se joue, je pose une main ferme derrière sa nuque. Comme libéré par mon geste, il me serre plus fort contre lui.

Nos doigts se trouvent et se caressent avec une lenteur qui me torture. Au moment où nos mains se croisent, un raclement de gorge me fait prendre brutalement conscience que le taxi s'est arrêté devant mon immeuble. Échevelée et rougissante, je me redresse d'un bond.

Qu'est-ce qui vient de se passer ?

Morte de honte, j'essaie de mettre de l'ordre dans mes idées. Contrairement à moi, Ayden ne semble pas affecté le moins du monde par ce moment d'égarement. Malgré mes protestations véhémentes, il paie notre course au chauffeur, que je n'ose même plus regarder en face, et nous sortons du véhicule.

Vingt-huit

Talk to me

Mel

En m'approchant de l'escalier en pierre blanche de mon immeuble, Ayden sur mes talons, je tremble de tous mes membres. Dans un état presque second, je m'accroche à la rampe en fer forgé. Face à moi, Ayden ne semble pas remarquer mon trouble. Il m'observe avec circonspection, comme s'il attendait une explication. Malheureusement, je n'en ai pas.

Cette fois, je n'ai aucune excuse. Je me suis mise en danger toute seule. Incapable de le regarder en face, la gorge nouée, je garde les yeux rivés au sol. Ayden s'approche lentement de moi et pose doucement une main sur mon bras. Mon premier réflexe est de le repousser, mais on n'est plus vraiment à ça près.

— Parle-moi.

Je ne peux pas. J'ai trop peur de moi. En ce moment même, je résiste à l'envie violente de me réfugier dans ses bras puissants et d'oublier la culpabilité qui enserre ma gorge. Depuis que j'ai croisé son chemin, une forme étrange de schizophrénie s'est emparée de moi, et je dois très vite y mettre fin.

Ayden n'est pas le premier type arrogant et prétentieux que je rencontre. Et d'habitude, j'ai tendance à partir en courant quand je croise ce genre de personne. Pas cette fois. Pourquoi ?

Chaque fois que je me retrouve en sa présence, la force de l'attraction qu'il exerce sur moi me laisse vide de toute énergie. Lui résister est le plus grand défi auquel j'ai été confrontée depuis longtemps. Je perds complètement le contrôle. Je ne me reconnais plus.

Si je n'avais pas laissé sa voix briser mes barrières, rien de tout ça ne serait arrivé. Je n'aurais jamais laissé cette main se poser sur mon bras et propager autant de chaleur jusque dans ma chair. Confuse, je redresse la tête, mais mon regard le fuit.

— On n'aurait pas dû.

Ma voix se brise. Ayden m'encourage silencieusement à poursuivre.

— Je te répète que je ne suis pas libre. Je ne peux pas faire ça. Tu n'as pas le droit de m'embrasser quand ça te chante, encore moins de me jeter ensuite comme si de rien n'était. Je ne suis pas une distraction.

Je commets l'erreur de fixer son visage une seconde, et ses grands yeux me déstabilisent. Ayden réduit encore l'espace entre nous, au point que le doux coton de son sweat à capuche effleure mes bras. Son odeur maintenant familière m'anesthésie de nouveau de la plus douce des manières. Face à face, nous nous apprêtons à une confrontation douloureuse mais salutaire.

— Je ne t'ai pas embrassée. Pas ce soir.

Il m'agace. Inutile qu'il me le rappelle, je suis parfaitement au courant.

— Qu'est-ce que tu veux, Ayden ?

— Rien. Tu me plais, c'est tout.

— C'est une blague ?

Sur la défensive, je cherche des traces d'ironie dans son regard fuyant, mais je n'en vois aucune.

— Non.

Je croise les bras sur la poitrine et garde un silence buté. Durant de longues secondes, Ayden jauge mon état et, contre toute attente, baisse les armes le premier.

— Je voulais pas.

— Tu ne voulais pas quoi, Ayden ?

— Dans le studio. Je t'ai vue. J'ai vu tes larmes.

Et merde.

Depuis le départ, il sait ce que j'ai ressenti. Et ça ne l'a pas empêché de me traiter comme il l'a fait. Mon malaise grandit, mais je garde une expression neutre. Je ne veux pas qu'il sache à quel point ses propos m'atteignent.

— Qu'est-ce que ça change ?

— J'ai flippé. J'ai pas supporté que tu comprennes à ce point. J'ai fait tout ce que j'ai pu pour t'éloigner. Je voulais que tu sois une petite conne comme les autres. Pas réfléchir à ce que j'ai vu de toi ce jour-là.

— Tu m'as embrassée. Pourquoi ?

— J'en sais rien. J'étais en colère, je savais pas quoi dire. Je l'ai fait, c'est tout.

L'éclat dans ses yeux change subitement, et un léger sourire éclaire son visage.

— Je pensais pas trouver autant de répondant.

Le souvenir de ses lèvres sur les miennes est encore vivace, mais pour une fois qu'Ayden baisse un peu sa garde, je ne vais pas m'arrêter là.

— C'est pour ça que tu t'es jeté sur cette blonde ? Pour tester sa répartie ?

— Non. C'est juste une amie.

— Sérieusement, Ayden ?

— Avec quelques avantages, reconnaît-il. C'est comme ça que les choses se passent avec elle.

Mes paupières se ferment sous le coup de son honnêteté. J'aime la franchise, mais j'ai vraiment du mal à supporter la sienne.

— Détends-toi, Mel. Je t'ai dit que je voulais vérifier un truc. Tu te rappelles ?

— Oui. Et alors ? je crache.

— Je voulais savoir… si je ressentirais la même chose avec elle.

C'est la pire excuse que je n'ai jamais entendue. Comment peut-il décemment me dire une chose pareille ?

— C'est comme ça que tu t'y prends pour choisir une fille ? Tu fais des tests ? Une grille d'évaluation pour choisir la meilleure ?

— Pourquoi t'es aussi bornée ? J'essaie de te parler, là. De pas te mentir. C'est tordu, mais c'est comme ça que je suis.

Sous le coup de la colère, Ayden recule d'un pas. Je note avec perplexité que sa chaleur me manque. La respiration hâchée, il se retourne vers le côté opposé de la rue.

— Je me justifie jamais, Mel, poursuit-il d'une voix atone. Ce que je dis, c'est pour que tu comprennes. Tu le prends comme tu veux. Le résultat, c'est que cette fille…

Il hésite encore. Je ne peux pas voir son visage, mais ses épaules s'affaissent légèrement.

— … c'était pas toi.

Déboussolée, je m'assieds sur les marches du perron et cache mon visage dans mes mains en soupirant. C'est officiel, je suis complètement larguée.

Il faut que je m'éloigne de lui. Depuis qu'il fait partie de ma vie, je suis devenue irréfléchie, coléreuse et incohérente. Je dois me reprendre. Ayden s'asseoit juste à côté de moi, les jambes repliées. Ses yeux me scrutent avec le plus grand sérieux, attendant une réaction qui tarde à venir. Pour une fois, je décide d'être honnête avec moi-même.

— Si tu veux tout savoir, je soupire, je crois que tu me plais aussi.

— La lucidité te va bien.

— Je suis toujours lucide.

— Non.

— Si. Regarde les choses en face, Ayden. On ne s'entend pas du tout et je suis avec quelqu'un que je n'ai pas l'intention de quitter. Je ne veux pas lui faire de mal. Tu comprends ?

— Non.

— Comment ça, non ?

— Je ne comprends pas. Tu ne peux pas prétendre aimer une personne et avoir envie de moi.

— Je n'ai pas envie de toi.

— Si.

— Non. Je me suis juste laissé emporter.

— Tu as besoin de preuves supplémentaires ?

— Non. Ça va aller. Je ne peux pas me permettre de perdre mon stage.

Ayden esquisse un sourire désabusé.

— Il y a au moins une chose pour laquelle on s'entend bien.

Il se décale un peu plus vers moi de sorte que nos corps se touchent et plonge son regard dans le mien. Son attitude frôle délibérément l'indécence. Je me perds une seconde dans la contemplation de ses lèvres douces et charnues pour lesquelles j'ai franchi les limites que je me suis toujours imposées. Totalement démunie, je ne sais plus comment me défendre. Le souffle court, je déglutis avec peine.

— Ayden. Je suis sérieuse.

— Moi aussi.

Un rictus vainqueur étire maintenant sa bouche parfaite. Je le déteste.

— Comment tu fais ça ?

— Comment je fais quoi ?

— Rien n'a d'importance pour toi. Tu te fiches de tout.

— Tu crois ?

— Oui.

— Parce que toi, tu es différente ?

— Je crois que toi et moi n'avons pas la même notion de ce qui est important.

— Qu'est-ce qui te fait dire ça ?

— J'essaie de faire attention aux autres. À ma famille. À mes proches. Aux gens en général.

— Je ne suis pas comme ça ? C'est ce que tu penses ?

— Oui, je ris en haussant les épaules avec légèreté.

— Peut-être parce que je n'ai encore croisé personne qui mérite mon attention.

L'intensité de son regard me cloue à la marche. Comment ça, personne qui mérite son attention ? Il n'a pas de famille ? Des amis ? Cette phrase prononcée avec tant de sérieux attise ma curiosité.

— Je ne te crois pas. Zack, par exemple. Il compte, non ?

Questionner Ayden sur sa famille me paraît trop risqué pour le moment. Je ne veux pas qu'il se ferme.

— Zack est un pote. On vit ensemble. Mais on ne se ressemble pas.

— Heureusement, je rétorque spontanément.

— Quoi ? Deux comme moi, ce serait trop dur pour toi ? me taquine-t-il.

— Oui. Vraiment.

Je lève les yeux au ciel, mais un vrai sourire se dessine sur mes lèvres. Reprenant mon sérieux, je jette un œil à mon téléphone qui indique 2 heures du matin.

— À quelle heure passent te prendre les autres ?

— Je vais les rejoindre. Quand j'en aurai fini avec toi.

La brûlure dans ma poitrine se manifeste à nouveau. Quand il me regarde comme ça, je ne gère plus rien.

— Parce qu'on n'a pas fini ?

— On vient juste de commencer.

— Très drôle. Tu ne pourrais pas…

— Qu'est-ce que tu veux, Mel ? m'interrompt-il.

Son regard me transperce.

— Comment ça ?

— Tu joues les putains de girouettes. Tu m'évites, tu m'embrasses, tu me cries dessus et tu m'embrasses encore. Je comprends rien. Qu'est-ce que tu veux ?

Stoïque, j'ignore le pincement de vexation qui étreint ma poitrine. Malheureusement, il a raison. Nos deux dernières conversations ne se sont pas exactement déroulées comme elles auraient dû. Et même si je ne comprends rien à mon comportement, il faut que je trouve le moyen de tout arrêter avant qu'il ne soit trop tard.

— Je ne veux plus qu'on se touche. Plus de… ça.

Mon bras s'éloigne un peu de mon corps, et je pointe un index fébrile entre sa bouche et la mienne.

— « Ça » n'avait pas l'air de te déplaire.

— La question n'est pas là. Faire attention aux autres, tu te rappelles ?

— Ton mec, acquiesce Ayden durement. Tu vas lui dire ?

Prise de court, je réfléchis à toute vitesse. Je n'en avais pas l'intention la première fois que ça s'est produit. Convaincue qu'Ayden avait profité d'un moment d'égarement, je n'en voyais pas l'utilité. Mais maintenant ? Est-ce que les choses sont différentes ?

— Je ne sais pas. Sûrement. Je n'en sais rien. Je ne veux pas le blesser.

Ayden ne réagit pas tout de suite. Les doigts croisés devant son visage, il ferme les paupières une seconde, et ses traits se durcissent imperceptiblement.

— Laisse tomber, soupire-t-il. Ça n'a aucune importance. Ne lui dis rien.

À quoi est-ce qu'il joue ? Une seconde à peine plus tôt, j'avais l'impression qu'il essayait de s'ouvrir, de chercher à comprendre, et en un rien de temps, il est redevenu ce type arrogant et froid que je ne supporte pas.

— Pourquoi tu me dis ça ?

— On bosse dans la même boîte. Ça s'arrête là.

Déstabilisée par sa voix tranchante, je garde un silence raisonnable.

Qu'est-ce que j'ai encore fait ? Malheureusement, je n'ai pas le temps d'y réfléchir. Ayden se lève d'un bond et remonte Grove Street de quelques pas sans même se retourner.

— À plus tard, Mel.

Vingt-neuf

Unintended

Mel

Figée, je ne quitte pas des yeux sa silhouette qui se découpe dans la rue à peine éclairée. Une colère sourde transpire dans chacun de ses mouvements. Qu'est-ce qui lui prend ?

Mes pensées défilent à la vitesse de l'éclair. Un instant, je songe à le rattraper pour lui demander des explications. La seconde suivante, je me souviens du fait qu'Ayden n'a aucun compte à me rendre. Ce qui s'est passé entre nous n'était qu'une autre de mes lamentables erreurs, et je n'ai pas de raison valable de lui courir après.

Quand il disparaît au coin de la rue, je me rassois sur les marches de l'escalier. Je ne suis pas prête à rentrer. Je sors mon téléphone de mon sac et branche mes écouteurs. L'air qui rafraîchit mon visage et la voix de Mathew Bellamy m'arrachent un frisson. Dans la pénombre de la nuit new-yorkaise, qui m'enveloppe de douceur, je laisse libre cours à mes réflexions.

Ce qui s'est passé entre Ayden et moi ne devait pas se produire. Et pourtant, ça s'est produit. Ça ne devait absolument pas se reproduire, et ça s'est reproduit. Qu'est-ce qu'on fait maintenant ? Sa sortie théâtrale ne me facilite pas les choses, mais il a quand même été très clair : ça n'a pas d'importance pour lui. Pourtant, je lui plais. Est-ce que c'est pour cette raison qu'il m'a fait venir ce soir ou voulait-il sincèrement mon avis ?

J'ai honte de moi. Si Théo m'avait entendue reconnaître à quel point Ayden m'attire, s'il m'avait vue me perdre dans ses bras… Rien que d'y penser, j'en ai la nausée. Et pourtant, cette fois, je ne peux pas prétendre que c'est la faute d'Ayden. Il ne m'a pas forcé la main. C'est moi qui me suis précipitée sur lui. Pourquoi j'ai fait une chose pareille ? Je ne me comprends plus.

La seule chose dont je suis certaine, c'est que je ne veux pas que Théo souffre. Je dois me taire. Je ne veux pas le quitter, je ne veux pas le blesser. On a vécu trop de choses ensemble pour que je le laisse tomber sur un coup de tête pour quelqu'un dont je ne suis même pas sûre qu'il mérite mon attention.

Et pourtant, tu lui en accordes beaucoup. Beaucoup trop, même.

Ma décision est prise : je ne dois plus m'approcher d'Ayden. Il faut que je trouve le moyen de ne plus être obligée de l'avoir dans mon champ de vision. Et cette fois, pas d'entorse au règlement. Ironiquement, au moment où cette pensée traverse mon esprit, une paire de boots noires apparaît sous mes yeux. Sans relever la tête, je retire mes écouteurs.

— Qu'est-ce que tu écoutes ?

— Muse.

— Quel morceau ?

— *Unintended.*

— Un putain de morceau.

— C'est une façon de voir les choses.

Nos yeux se croisent une seconde, et un imperceptible sourire se dessine sur les lèvres d'Ayden. L'air bien plus calme que tout à l'heure, il reprend sa place à mes côtés.

— J'étais sûr que tu serais encore là.

— Ah bon ? Comment tu savais ça ?

L'espace d'un instant, un silence tendu flotte entre nous deux.

— Je te retrouve toujours dehors en train de réfléchir.

— C'est arrivé une fois, je souris faiblement.

— Deux.

— Non. Une.

— Deux.

— Tu m'expliques ?

— Tu ne te rappelles pas ?

Si. Je me souviens très bien. Mais son petit air confus me rend bien trop euphorique pour que j'arrête de jouer.

— De quoi je devrais me rappeler ?

— On s'est déjà croisés avant le studio. Sur la terrasse du B54, marmonne-t-il.

Son air vexé m'amuse beaucoup. Quand Ayden s'aperçoit que je me moque de lui, il se renfrogne encore.

Il faut vraiment que j'apprenne à me contenir. Je n'arrive jamais à rester sérieuse jusqu'au bout.

— Je le savais. Tu ne pouvais pas m'avoir oublié.

Donc lui aussi se souvient de cette étrange soirée. Je ne sais pas pourquoi, mais l'idée que je viens pour la première fois de le pousser dans ses retranchements me fait du bien. Tout d'un coup, j'ai l'impression d'avoir de l'importance à ses yeux.

— Pourquoi es-tu revenu ?

Ayden soupire longuement. Je lorgne discrètement de son côté. Ses traits sont tirés. Il a l'air fatigué.

— J'en sais rien.

— C'est ta phrase préférée ?

— Depuis que je te connais, oui. On peut arrêter de parler ?

D'abord agacée par la soudaine sécheresse dans sa voix, je cherche des traces de tension sur son visage, avant de me rendre compte qu'il ne cherche pas la confrontation. Les yeux clos, les coudes appuyés sur la marche derrière lui, il semble vouloir un peu de calme. La tête levée vers le ciel, il me laisse tout le loisir d'observer les lignes puissantes qui dessinent ses épaules et son cou. Trois grains de beauté alignés en triangle marquent sa peau claire et m'hypnotisent quelques secondes. On dirait une constellation.

Je n'arrive pas à me détacher de lui. Ses lèvres pleines, d'un rose pâle assombri par l'obscurité, m'attirent comme un aimant. Perdue dans ma contemplation, j'imagine mes doigts effleurer sa mâchoire. Mes lèvres goûter chaque centimètre de son visage. Ma tête se poser sur son torse, au creux de son épaule.

Je suis vraiment foutue.

Immobile, l'indéchiffrable gravure de mode à mes côtés me tire brusquement de ma rêverie un peu trop déplacée.

— Tu mates, Mel ?

Une légère rougeur échauffe mes joues.

— Tu te prends pour le centre du monde, Ayden ?

Ma réplique ne convainc personne. Même pas moi. Ayden garde les yeux fermés, et au bout de quelques minutes d'un silence apaisant, je réprime un bâillement. Alors que je m'étire, je sens l'une de ses mains se poser sur ma taille et m'attirer doucement vers lui.

— Allonge-toi. Tu seras mieux.

Je ne devrais pas faire ça. Mais j'en meurs d'envie. Après une seconde d'hésitation, je me tourne fébrilement de manière à pouvoir m'installer en travers de la marche de l'escalier sans en tomber. Par chance, elle est assez large pour me contenir. Je cale ma tête du mieux que je peux sur les genoux d'Ayden. Cette proximité est dangereuse, mais tant pis.

Au-dessus de moi, un ciel d'un noir d'encre protège ce moment de complicité. Les yeux grands ouverts, j'observe l'immensité qui me surplombe. Dans ce silence, il n'y a plus de tension ni d'animosité. La main tiède d'Ayden, posée sur le haut de mon ventre, m'apaise inexplicablement.

Au milieu de la nuit, Ayden et moi avons l'air de deux adolescents. Pourtant, cette situation plus qu'étrange ne m'émeut pas le moins du monde. La seule chose qui m'inquiète, c'est que sur cet escalier en pierre froide, la tête sur les jambes de quelqu'un que je déteste quatre-vingt-dix neuf pour cent du temps, je me sens à ma place. Parfaitement à ma place.

— On est quoi, alors ? Des amis ?

— Je ne sais pas, je chuchote. Oui. Des amis, c'est bien. C'est correct.

— C'est vraiment ce que tu veux ?

Mes paupières se ferment pour me laisser le temps de rassembler mes idées. Avec Ayden, il vaut mieux.

— Oui. C'est vraiment ce que je veux. On n'aurait pas dû déraper comme ça. Je n'aurais jamais dû perdre le contrôle.

Dans le long silence qui s'ensuit, je m'attends à ressentir de la colère ou une forme de vexation de la part d'Ayden. Mais rien ne se produit.

— Okay.

Rassurée qu'on ait enfin pu mettre les choses au clair, je repousse la pointe de doute qui me traverse. Je ne suis pas certaine de pouvoir être amie avec Ayden, mais c'est un compromis acceptable.

— Tu ne devais pas rejoindre les autres ?

— Maintenant que j'ai une nouvelle amie, si.

J'éclate d'un rire nerveux et le pousse d'une main ferme sur le torse.

— C'est ça, moque-toi.

— Tu vas le payer cher si tu refais ça, plaisante-t-il.

Je me rassois dans ma position initiale, ignorant la sensation fugace de manque qui m'a envahie. Espiègle, le regard clair d'Ayden se promène tranquillement sur mon visage et le haut de mon corps. Son sourire en coin creuse une fossette sur une de ses joues. Il faut vraiment qu'il arrête de me regarder comme ça.

— Je vais y aller.

Ce qui signifie que le face-à-face entre mon énorme culpabilité et moi n'est plus très loin. Et je n'y suis pas vraiment prête.

— D'accord.

Intimidée par cet au-revoir qui n'en est pas un, c'est tout ce que je réussis à dire. Ayden se lève avec souplesse et je l'imite, le cœur lourd.

— Merci.

Je ne suis pas sûre de bien comprendre.

— Pourquoi tu me remercies ?

— D'être venue. Même si je t'ai pas laissé le choix.

— Oh. De rien. C'était bien.

— Chuck a raison. Tu te comportes vraiment comme une professionnelle.

Étant donné son immense talent, notre relation quelque peu houleuse et mes faux pas à répétition, le compliment inattendu d'Ayden me touche beaucoup.

— Merci. Le concert était génial.

— C'est ce que tu penses ?

— Oui. Tu ne me crois pas ?

— Non.

— Tu devrais. Amusez-vous bien.

Mal à l'aise après notre dérapage de ce soir, je ne sais pas comment agir. Comme s'il l'avait compris, Ayden me serre brièvement dans ses bras avant de me relâcher.

— Bonne nuit, Mel.

— Bonne nuit.

Au moment où je pousse la porte de l'immeuble, il m'interpelle :

— Mel ?

— Oui ?

— Puisqu'on est amis, il faudra qu'on sorte un de ces soirs.

Son sourire taquin provoque un lourd frisson qui remonte doucement le long de mon dos. Hésitante, je finis par relâcher la pression dans ma poitrine.

— D'accord. En tant qu'amis, je veux bien.

Un instant plus tard, Ayden disparaît de mon champ de vision.

Trente

High Line

Mel

Un soleil magnifique me réveille de longues heures plus tard. Les quelques secondes qui s'écoulent avant que les souvenirs de la veille remontent à ma mémoire frisent la perfection. Lorsque le visage d'Ayden s'imprime derrière mes rétines encore endormies, ma gorge se noue, et une angoisse sourde étreint mon ventre, m'immobilisant presque sous la couette.

Il ne s'est rien passé hier soir. Rien du tout.

Je n'ai pas d'autre choix que de m'en convaincre si je veux trouver le courage d'appeler Théo. J'ai délibérément ignoré mon téléphone en rentrant hier, mais je ne peux pas continuer de me dérober. Ma conscience me hurle de tout lui dire, mais je ne peux pas m'y résoudre. Je ne comprends même pas ce qui s'est passé.

Quelle importance donner à ces moments d'égarement total ? Ont-ils un sens ? Est-ce que je dois les enfouir dans le recoin le plus sombre de mes souvenirs ? Je n'en ai pas la moindre idée. Mon téléphone en main, je retarde encore et encore l'échéance. J'ai peur. De moi, de la réaction de Théo, de ce qui s'est passé. Incapable d'aller jusqu'au bout, je finis par composer le numéro de Dan.

— Salut, marmonne-t-il d'une voix endormie.

— C'est moi qui te réveille, cette fois ?

— Pas grave. Tu vas bien ?

Le cœur lourd, je me redresse paresseusement pour m'asseoir en tailleur.

— Oui. Non. J'en sais rien… J'ai besoin d'air. Je crois.

— Et moi, je crois qu'on a des choses à se dire, s'esclaffe Dan. Tu veux qu'on se retrouve quelque part ?

Je ne sais pas comment fait Dan pour arriver à me cerner alors qu'on se connaît à peine, mais je me sens tout d'un coup bien moins seule.

— En fait, j'avais prévu d'aller me balader sur la High Line aujourd'hui. Tu veux venir avec moi ?

— Ça peut se négocier, me taquine mon interlocuteur. Qu'est-ce qui se passe ? M. Connard a encore frappé ?

Le nouveau surnom dont Dan affuble Ayden m'arrache une grimace nerveuse.

— Tu ne crois pas que tu exagères un peu ?

— Il a gâché mon match. Je dis ce que je veux à son sujet.

— Tu marques un point. À propos, qui a gagné ?

— Heureusement pour lui, les Mets. Ça m'a un peu calmé.

— Je suis désolée.

— Laisse tomber. Ce n'est pas ta faute.

— Je sais.

Dan et moi convenons de nous retrouver en début d'après-midi au Whitney Museum, pour remonter jusqu'à Times Square après notre balade. Un peu plus tard, je jette nonchalemment mon téléphone sur le matelas, et un soupir de lassitude s'échappe de ma gorge.

Je passe beaucoup de temps dans ma chambre, empêtrée dans mes souvenirs de la veille. Quoi que je fasse, je n'arrive pas à m'en débarrasser. Le visage d'Ayden m'obsède sans arrêt. La chaleur de son corps contre le mien est toujours aussi présente, et la texture de ses doigts me torture. Ça devient insupportable.

La seule bonne surprise de la matinée, c'est le texto que je reçois de Cassie pour prendre de mes nouvelles. Je ne la connais pas beaucoup, mais j'aime beaucoup cette fille, ses fringues grunge et sa personnalité débridée. Elle me rappelle Léa.

Quand je débarque dans le salon, Tara est en train de peindre. Après les politesses d'usage, je choisis un livre dans l'immense bibliothèque et m'installe sur le canapé. En l'espace de quinze jours, je n'ai même pas eu le temps d'en profiter. Pourtant, je n'arrive pas à me détendre, ni à me concentrer sur ma lecture. Du coin de l'œil, je remarque que Tara m'observe régulièrement avec un petit air curieux. Au bout d'un moment, sans cesser de peindre, elle brise le silence.

— Mel, est-ce que tout va bien ?

— Ça va, oui. Pourquoi tu me demandes ça ?

— Je te trouve un peu tendue.

— Tout va bien, je mens. Je suis juste fatiguée.

Ma voix hésite. Je suis certaine qu'elle l'a remarqué.

— Tu peux me parler, si tu as besoin.

— Ne t'inquiète pas. La soirée a juste été un peu longue.

La fausse gaieté que j'affiche ne me plaît pas du tout.

— D'accord. J'ai cru que tu avais le mal du pays. Tous ces changements ne doivent pas être simples. Comment va Théo ? Vous gérez bien la distance ?

Tara me prend de court. Son innocente question me renvoie en pleine face toute la culpabilité que j'essaie de refouler du mieux que je peux. Avant que j'aie le temps de réagir, les larmes me montent aux yeux. Je détourne le regard, mais c'est déjà trop tard. Tara pose immédiatement son pinceau. Elle s'assied à côté de moi sur le canapé et entoure mes épaules d'un bras réconfortant.

— Qu'est-ce qui se passe ? Qu'est-ce qui t'arrive ? Il a fait quelque chose ?

Mes pleurs redoublent. La sollicitude de Tara triture toutes les émotions que je retiens depuis hier soir, et je lâche complètement prise.

— Non, non, je hoquette entre deux sanglots. Ce... Il n'a rien... C'est moi. C'est moi qui fais n'importe quoi.

Je déballe tout, sans omettre aucun détail. Tara semble d'abord un peu surprise, mais elle m'écoute attentivement. L'absence de jugement dans ses yeux quand je me redresse pour essuyer mes larmes me fait du bien.

Je suis bien assez grande pour me faire du mal toute seule.

— Ce genre de choses-là arrivent… Parfois, tu as beau aimer quelqu'un de toutes tes forces, quelque chose en toi prend le dessus pour te montrer un autre chemin.

— Je ne veux pas que ça arrive, Tara, je souffle en serrant les poings. Je ne veux pas. C'est juste… Quand Ayden chante, il est différent. C'est bizarre à expliquer. Je n'y comprends rien moi-même. Je suis censée aimer Théo. Je ne veux personne d'autre dans ma vie.

— Je n'ai jamais remis en doute tes sentiments pour Théo, Mel. Ce n'est pas parce que tu es attirée par quelqu'un d'autre que tu ne l'aimes plus. Prends un peu de recul. Je crois que tu en as besoin.

— Pourquoi ça m'arrive ? Qu'est ce qui ne va pas chez moi ?

— Tout va très bien chez toi. C'est normal de se poser des questions parfois. Ça arrive à tout le monde.

— À toi, ça t'est arrivé ?

— Pas avec Chris. Mais toutes les histoires sont différentes. La seule chose que tu aies à faire, c'est te laisser le temps d'y voir clair. Allez, parle-moi de ton Ayden. Explique-moi ce qu'il a de si spécial.

— D'abord, ce n'est pas mon Ayden. C'est celui de la moitié des filles de New York.

— Intéressant, se moque gentiment ma confidente.

— Et ce n'est pas quelqu'un pour moi.

Le regard de Tara se concentre sur moi. Elle se rapproche encore un peu et pose une main presque maternelle sur ma cuisse.

— Explique-moi ça.

— Il est arrogant, désinvolte et égoïste.

— C'est un joli portrait.

Et comment ! Un frisson me traverse au souvenir de notre explication à propos d'Emily.

— Il fait du mal aux gens sciemment. Et il s'en fout.

— Est ce qu'il t'a fait du mal à toi ?

— Oui.

— Comment ça ?

Tara fronce les sourcils avec une sollicitude touchante.

— Il n'éprouve rien pour moi. Il n'en a rien à faire.

— Tu ne t'es pas laissé faire, je suppose ?

— Certainement pas.

— Mais ?

La perspicacité de la blonde à côté de moi me surprend.

— Je ne comprends pas ces moments de faiblesse. Je suis consciente que je n'ai pas le droit de faire ça à Théo. C'est malsain. Ce n'est pas moi. Je ne sais pas ce que je dois faire.

Tara garde longtemps le silence. Semblant chercher ses mots, elle enserre distraitement mon épaule par intermittences.

— Tu dois te laisser du temps, répète-t-elle. Si tu veux un bon conseil, ne précipite rien. Ne dis rien à Théo tant que tu ne sais pas où tu vas. Tu viens d'arriver. Tous ces changements dans ta vie ne sont peut-être pas étrangers à ce qui t'arrive.

Je ne vois pas le rapport, et je ne suis pas d'accord. Être sincère et dire la vérité aux gens que j'aime me paraît bien plus important.

— Mais…

— Mais rien du tout, me coupe Tara d'un revers de main. À quoi te servira ton honnêteté, à part à vous rendre malheureux tous les deux alors que vous êtes sur deux continents différents ?

— À ne pas mentir.

— Mel, je ne suis pas en train de t'encourager dans cette relation avec Ayden. J'essaie seulement de t'aider à mettre de l'ordre dans tes idées. Je ne juge pas ce qui s'est passé. Mais je crois que tu devrais réfléchir au lieu de te laisser guider par la culpabilité.

— C'est moi qui l'ai embrassé, Tara. Comment je suis censée ne pas culpabiliser ?

— Ça ne change rien.

— D'accord. Je vais y réfléchir. Merci. Tu m'aides beaucoup.

— De rien. Je te l'ai déjà dit, ne reste pas avec des problèmes de ce genre sur le cœur. Je suis là. Tu peux tout me dire.

Rassérénée par le recul dont Tara fait preuve, je me sens beaucoup plus légère. Subitement, mes réactions exagérées me paraissent absurdes. Bien plus sereine qu'à mon réveil, je décide de suivre ses conseils et d'attendre. Quand j'appelle Théo, un léger pincement au cœur tente de mettre mes résolutions à mal, mais je réussis sans trop de difficulté à faire abstraction des événements de la veille.

Sa voix m'apaise, et je ne cherche pas plus loin que cette sensation. Ce qui s'est passé avec Ayden ne s'efface pas, mais je connais la profondeur de mes sentiments pour Théo. Ils n'ont pas changé en quelques jours ; ça n'arrivera jamais.

Cette prise de conscience a pour effet de rendre mon après-midi avec Dan beaucoup plus insouciant que prévu. Sous un soleil presque printanier, je me félicite d'avoir voulu découvrir la High Line, cette ancienne ligne de train suspendue transformée en promenade. Cet endroit verdoyant et chargé de l'histoire de New York est très poétique.

Dan et moi conversons gaiement en remontant le large passage piétonnier qui court sur des kilomètres. Il me raconte la fin du match avec un enthousiasme sans bornes, et je m'excuse encore de l'avoir laissé tomber. Malgré son aversion pour Ayden, il fait toujours autant preuve de compréhension.

— Et toi ? Comment s'est passée ta fin de soirée ? me questionne-t-il avec une sollicitude sincère.

— Contrairement à ce que je pensais, plutôt bien. J'ai rencontré une pianiste adorable. Elle s'appelle Cassie. On doit se revoir bientôt. Et le concert était génial. Ayden est vraiment incroyable.

— Ça, on le sait, marmonne Dan. Même si c'est la seule chose qu'il a pour lui.

— Il était gentil.

— Pardon ?

— Oui. Il a été agréable, cette fois. Je n'ai pas compris pourquoi.

— Qu'est-ce que tu veux dire par « agréable » ?

Je ne me sens pas prête à raconter tout de suite à Dan l'épisode du taxi.

— Il m'a demandé d'observer les gens dans le public. Et il ne m'a pas prise de haut. Ce qui reste un progrès.

— Quel exploit, en effet !

Confrontée au cynisme de Dan, je lâche un rire incertain. Au fur et à mesure que les secondes passent, mon malaise grandit.

— C'est vrai.

— Ça ne m'explique pas pourquoi tu as passé une mauvaise soirée.

Je redoute ce moment depuis que j'ai retrouvé Dan deux heures plus tôt. Sans cesser d'avancer, j'inspire violemment l'air tiède qui m'entoure et me jette à l'eau.

— Je l'ai embrassé.

— Quoi ?

— Oui. Moi. J'ai fait ça.

— Mais pourquoi ?

— Je n'en sais rien, Dan. Je ne sais pas. C'est arrivé, c'est tout.

— Mais comment ?

— Il m'a raccompagnée en taxi.

Dan écarquille deux yeux ronds avant de s'esclaffer violemment.

— Tu l'as embrassé dans un taxi ?

Rouge de honte, je baisse les yeux, puis me lance. Autant assumer jusqu'au bout.

— Oui.

— Ça fait deux fois, m'assène-t-il. Qu'est-ce que tu en conclus ?

— Qu'il n'y aura pas de troisième. On a décidé d'être amis.

À mes côtés, Dan pique immédiatement un fou rire qui n'a pour résultat que de me déstabiliser un peu plus.

— Amis ? Depuis quand on embrasse ses amis ?

Tout à coup, la situation me paraît aussi ridicule. Gagnée par la bonne humeur de mon ami, j'enfonce en pouffant mon coude dans ses côtes.

— Dan, arrête. J'ai besoin d'aide, là.

— D'accord. D'accord, s'excuse Dan en levant deux mains coupables. Promis, je ne me moquerai pas de la nouvelle amie d'Ayden.

Sans se départir de son incrédulité, il me jette un regard d'encouragement. Je soupire et m'explique tant bien que mal.

— C'est tout ce que j'ai trouvé pour le moment. Je fais ce que je peux.

— Je sais. Je te taquine. Mais je n'aime pas l'idée que ce mec ait du pouvoir sur toi. Tu sais comment ça va finir.

Désireuse de ne pas envenimer la situation, je passe sous silence la version d'Ayden au sujet d'Emily. De toute manière, il y a peu de chances que Dan me croie.

— Rien ne va finir pour la bonne raison que rien n'a commencé. Je ne veux pas de lui. Je ne sais pas ce qui m'a pris, mais ça ne se reproduira pas.

— D'accord, rétorque Dan sans la moindre conviction. Essaie juste de faire attention à toi.

D'un mouvement décontracté, il glisse ses mains dans les poches, et toute trace de curiosité disparaît de son visage. Dan ne porte pas Ayden dans son cœur, et pourtant, il essaie de m'écouter sans juger. Entre fous rires et confidences, je passe un excellent après-midi. Sa présence me permet de refaire le plein d'énergie, mais surtout de confiance. Exactement ce dont j'avais besoin pour avancer.

À la fin de la journée, mon humeur n'a plus grand-chose à voir avec celle qui m'étouffait au réveil. Grâce à Tara et Dan, mes interrogations à propos d'Ayden et Théo ne sont presque plus que des mauvais souvenirs.

Pour couronner le tout, Tara nous sert au dîner un plat de lasagnes à la ricotta – un plat dont je raffole.

Après une nuit reposante, la première depuis longtemps, je passe la porte de mon bureau pleine d'énergie et de bonnes résolutions. Je n'ai plus aucune raison de me torturer. Ayden n'est rien de plus qu'une connaissance liée à mon travail. J'ai la chance d'avoir un stage de rêve. Ma vie est exactement telle qu'elle devrait être.

Je salue Chuck d'une voix enjouée, avant de remarquer qu'il croise durement les bras sur son torse. Son regard acerbe ne me lâche pas. Apparemment, il m'attend de pied ferme.

— Bonjour, Mélanie. Assieds-toi.

Trente et un

Chill out

Mel

Tendue, j'obtempère avec raideur en priant pour que Chuck n'ait pas eu vent de mon excursion nocturne avec Ayden. Dans le cas contraire, je peux tirer un trait immédiat sur ma trépidante nouvelle vie.

Paniquée, je jette un rapide coup d'œil à Erin. Concentrée sur son son écran, le téléphone coincé entre l'épaule et l'oreille, elle pianote comme une furie sur son clavier. En m'apercevant, elle lève vers moi une main encourageante qui ne me rasssure pas pour autant.

Chuck se râcle la gorge et pose ses mains à plat sur le bureau en verre qui nous sépare.

— Comment s'est passé le concert ?

J'aurais dû m'en douter. Il faut vraiment que j'apprenne à arrêter de me faire des films. Soulagée, je souris à mon tour avec la sensation que tout l'oxygène que je retiens depuis de longues secondes quitte peu à peu mon corps.

— Vraiment très bien. Ayden a une présence incroyable. Le public était ravi.

Chuck lève un sourcil curieux et croise à nouveau les bras en s'appuyant un peu plus contre le dossier de son fauteuil.

— Et toi ?

Son interrogatoire abrupt me fait rentrer dans mes petits souliers. Mon patron n'est pas l'homme le plus imposant du monde, mais son regard m'intimide comme je l'ai rarement été.

— Moi aussi. Ayden a un énorme talent.

— C'est le moins qu'on puisse dire. Dommage qu'il n'en fasse pas la preuve plus souvent. C'est là que tu entres en jeu, Mélanie.

— Moi ? Mais pourquoi ?

Chuck me quitte des yeux quelques secondes, semblant chercher ses mots. Quand il reporte son attention sur moi, les certitudes que j'y lis m'interpellent.

— As-tu la moindre idée de la raison pour laquelle Ayden a demandé à t'avoir auprès de lui pour ce concert ?

Merde.

— Je ne sais pas trop. Je crois qu'il apprécie ma vision de la musique.

— Qu'est-ce qui te fait dire ça ?

Donner des explications à Chuck ne m'enchante pas, mais son visage indique clairement que je n'ai pas le choix.

— J'en ai parlé avec lui. Mes réactions quand je l'ai entendu au studio lui ont plu.

Heureusement, le brun autoritaire en face de moi ne me demande pas de détails supplémentaires et se contente de hocher la tête, les sourcils froncés. Dans une piètre tentative de me protéger de son air sévère, je resserre inconsciemment les bras autour de mes épaules.

— À ton avis, qu'est-ce que je pense de cet événement ?

— Tu es content qu'Ayden ait décidé de monter sur scène ?

C'est pire qu'un interrogatoire. Je me dandine sur ma chaise, pas très sûre de donner à Chuck les réponses qu'il attend.

— C'est bien plus que ça. Je crois que tu ne réalises pas ce qu'un garçon aussi talentueux qu'Ayden pourrait apporter à Live. Ni la visibilité qu'il gagnerait à signer avec moi. Ce qui vient de se passer est inespéré. J'ai laissé Ayden me faire subir ses frasques en espérant qu'il finisse par accepter ma proposition, mais il est trop borné pour que je garde espoir d'obtenir gain de cause. Apparemment, tu as trouvé le moyen de changer la donne.

Mais je ne suis pas certaine d'en avoir envie. Le poids qui pèse soudain sur mes épaules me recroqueville sur mon siège.

— Qu'attendez-vous de moi ?

Ma panique semble si évidente que Chuck éclate d'un rire sonore. L'expression compatissante qu'il affiche ne lui va pas du tout.

— Rassure-toi. Je ne te demanderai rien de plus que ce que tu ne fais déjà. Sois là quand Ayden aura besoin de toi. C'est ma seule consigne.

— Je ferai de mon mieux.

— Dans ce cas, c'est réglé, affirme-t-il en frappant doucement le bureau d'une main. Tu peux disposer.

— Merci.

— Merci à toi. Je te laisse, j'ai un rendez-vous à l'extérieur.

Chuck se lève d'un bond et me contourne rapidement pour quitter la pièce. Soulagée, je me redresse gauchement du siège en cuir que j'occupais. Le regard que j'échange avec Erin juste après me confirme que je n'en ai pas fini. En ce qui concerne Ayden, elle est bien plus perspicace que mon patron et ne me laissera pas m'en tirer comme ça. Elle ne me laisse même pas le temps de m'asseoir avant de me tomber dessus.

— Je veux tout savoir. Comment c'était ? Qu'est-ce que vous avez fait ? Est-ce qu'il t'a mal parlé ? Pourquoi voulait-il que tu sois là ?

J'arrête mon intarrissable collègue d'un geste. Si elle continue sur ce terrain, je vais finir avec la migraine du siècle.

— Doucement, Erin. Une question à la fois, s'il te plaît.

— J'attends, rétorque-t-elle en ouvrant deux grands yeux rieurs.

Pour ce qui me semble la centième fois, je résume la soirée du concert et la raison pour laquelle Ayden semblait avoir besoin de moi.

— Cachotière, me taquine Erin quand j'évoque mes réactions au studio. Je n'ai même pas vu tes larmes. Tu n'avais rien à craindre. Je ne t'aurais pas jugée. Ayden est très bon… même si c'est seulement dans ce domaine.

— C'est vrai, je m'esclaffe, mal à l'aise.

— Tu sais, on a l'habitude des émotions, ici. À part Chuck, peut-être.

Son allusion m'arrache une grimace amusée, mais je ne me détends pas pour autant. Erin n'en est qu'à l'échauffement, j'en suis convaincue.

— Ensuite ?

Voilà. On y est.

— Comment ça, ensuite ?

Déterminée à ne laisser filtrer aucune information supplémentaire, je tente de feindre l'incompréhension. La moue dubitative qu'Erin arbore et l'éclat espiègle dans ses yeux ne me disent rien qui vaille.

— Tu ne me dis pas tout.

— Qu'est-ce qui te fait dire ça ?

— Tu essaies de me faire croire qu'Ayden t'a délogée d'un stade un samedi soir pour la seule raison qu'il voulait que tu observes les réactions des gens ? Je n'y crois pas une seconde, Mel. Je le connais bien.

— Il m'a juste raccompagnée devant mon immeuble. Je ne suis sûrement pas le genre de personne qui l'intéresse.

Je n'ai rien en commun ni avec cette fille du B54, ni cette idiote de Chloe.

— Donc, il ne t'a pas tout à fait laissée partir comme ça. Tu me rassures, soupire Erin, l'air exagérément soulagé.

— Très drôle. Mais je te le répète, Ayden ne s'intéresse pas à moi. Au mieux, je suis juste un jeu pour lui. Quoi de plus drôle que de ruiner les plans de soirée de la nouvelle stagiaire ?

Et si seulement ce n'était que ça.

— Fais attention à toi.

— Pourquoi me dis-tu ça ?

— Je ne suis pas née de la dernière pluie. Tu crois que c'est le genre d'Ayden de monter sur scène sur un coup de tête ? Et d'appeler une stagiaire pour l'épauler ? Chuck est peut-être naïf, mais pas moi. C'est toi qu'il veut.

— N'importe quoi.

— C'est ce qu'on verra. Mais si tu envisages de faire quoi que ce soit avec lui, réfléchis bien. Chuck ne tolère pas le moindre écart. Si tu veux garder ton stage, tu ferais bien d'éviter les problèmes.

— Je n'envisage rien du tout. Il m'a demandé d'être là, j'y étais. J'ai fait ce qu'on m'a demandé, rien de plus.

Erin esquisse un sourire entendu et se lève pour préparer le café. Pendant que je m'installe à mon bureau, elle me raconte son week-end en solitaire. Son mari est en mission pour trois mois, et elle ne semble pas très bien le vivre.

Comme le précédent, ce début de semaine passe à une vitesse incroyable. L'organisation de la venue de U2 au Madison Square Garden met Erin sur les dents. Le concert aura lieu vendredi devant vingt et un mille personnes. C'est un challenge énorme qui ne nous laisse pas vraiment le temps de réfléchir, et c'est tant mieux.

Le mercredi soir, je retrouve Dan en bas de la 42e Rue pour aller manger indien. L'air est très doux, mais la fatigue due à la cinquantaine de coups de fil que j'ai passés aujourd'hui m'empêche de savourer pleinement l'atmosphère légère qui règne. Heureusement, le resto dont m'a parlé Dan n'est qu'à quelques minutes à pieds.

Au moment d'y entrer, mon téléphone vibre. Un peu surprise, je découvre qu'on a essayé de me joindre à plusieurs reprises.

— Mel ? C'est Cassie. Tu es occupée ?

Sa voix mélodieuse me donne un regain inattendu d'énergie.

— Non, plus maintenant. Désolée de ne pas t'avoir donné de nouvelles, on ne touche pas terre depuis quelques jours. Ça va ?

— Très bien. Je voulais savoir si tu avais des projets pour ce soir.

— Je m'apprête à manger indien. Pourquoi ?

— J'ai prévu une petite soirée à la maison. Très petite, rit-elle. Mais je me suis dit que tu pourrais peut-être passer. Enfin, toi et ton ami…

— Dan. Il s'appelle Dan. Laisse-moi une minute.

Je couvre le haut parleur d'une main pour expliquer la situation à Dan, qui accepte l'invitation sans hésiter. Debout devant l'accueil du restaurant, je porte à nouveau le téléphone à mon oreille.

— On mange et on arrive. Tu me donnes ton adresse ?

— Génial. Je t'envoie ça. Bon appétit !

Un peu plus tard, je me régale d'un poulet tandoori pendant que Dan me raconte ses heures de travail de la veille avec Emily, toujours aussi nostalgique de ses nuits avec Ayden.

— Elle me rend fou avec ce type. Je ne sais pas comment faire pour qu'elle ouvre les yeux.

Sa frustration évidente me donne immédiatement envie de le réconforter, mais il ne m'en laisse pas le temps et répond à la question qui me brûle les lèvres avant même que je la pose.

— Il était là hier soir. Il l'ignore toujours autant. Mais au moins, pour une fois, il n'est reparti avec personne. Il a passé toute la soirée assis avec le mec de la dernière fois.

Zack. Sans en comprendre vraiment les raisons, cette nouvelle me soulage.

— C'est un progrès, non ?

— Je n'en sais rien. Emily a pris ça pour un signe, poursuit-il avec un regard peiné.

— Tu devrais laisser tomber, Dan. Emily m'a tout l'air d'être une cause perdue, j'ajoute en posant une main que j'espère réconfortante sur son bras.

Son regard se perd dans le vide, et je me retiens de justesse de lui donner la version d'Ayden pour qu'il ouvre un peu plus les yeux.

— Je vais y penser.

— Tu tiens beaucoup à elle ?

— Je l'aime bien. Vraiment bien. Je ne suis pas amoureux, mais je l'aime bien, dit-il d'un air vaincu.

— Tu veux que je te dise un truc nul ?

— Je t'écoute.

— Emily ne sait pas ce qu'elle perd.

Dan s'esclaffe et hausse les épaules. Je préfère ça.

— C'était nul, mais distrayant.

— Mission accomplie alors ! On y va ? Cassie nous attend.

L'addition réglée, nous retournons à l'extérieur. La fraîcheur encore timide du début de soirée me fait du bien. L'appartement de Cassie se trouve à trois blocs du restaurant. Dan et moi n'avons donc que quelques minutes de marche pendant lesquelles il me pose un tas de questions sur la vie à la française.

Ce qu'il y a de fantastique avec Dan, c'est que même quand je n'ai pas le moral, il arrive toujours à me faire oublier mes soucis. Sa gentillesse sans bornes a le don d'apaiser mes angoisses, et je lui voue une reconnaissance sans limites pour avoir évité le sujet Ayden ce soir, au moins pour la partie qui me concerne.

Quand nous arrivons devant l'immeuble de Cassie, il fait déjà nuit. Les contours du bâtiment sont flous, et seules quelques fenêtres éclairées trouent l'obscurité. Au moment où mon doigt se pose sur l'interphone, Dan m'attrape précipitamment par le bras.

— Tu es sûre qu'elle est sympa ?

— C'est un peu tard pour avoir des doutes, non ?

— Mel.

— Bien sûr, je soupire. Elle est très gentille, et peut-être même célibataire, qui sait ?

Dan lève les yeux au ciel en soupirant.

— Ne commence pas à essayer de me caser avec tout Manhattan, me menace-t-il en retenant la porte de l'immeuble pour me laisser passer devant lui.

Devant l'ascenseur, j'esquisse une révérence moqueuse.

— Bien Monsieur. Tout ce que Monsieur voudra.

La déférence forcée dans ma voix lui arrache une grimace sarcastique.

— Si je passe une mauvaise soirée par ta faute, tu vas me le payer très cher.

Dan et moi poursuivons joyeusement notre petite joute verbale jusqu'au troisième étage. L'éclat de nos rires résonne un peu trop fort dans le couloir, mais ça ne m'arrête pas. Quand je frappe au numéro 504, Cassie pousse un cri de joie en ouvrant la porte et me serre immédiatement dans ses bras. Au moment où je me libère de son étreinte, un éclat de rire se perd au fond de ma gorge. Subjugué par l'apparition de Cassie, Dan ose à peine la saluer. Heureusement, mon amie n'est pas timide.

— Salut. Je m'appelle Cassie, l'interpelle-t-elle en le serrant contre elle.

Dan vire au rouge écarlate. Il est mignon comme ça. Sans cesser de me chercher du regard, il pose deux mains maladroites sur les épaules de notre hôte. Je n'aurai jamais imaginé qu'il puisse être déstabilisé si facilement.

— Dan, marmonne-t-il, mal à l'aise.

Cassie relâche son étreinte, puis s'efface pour nous laisser entrer dans un petit couloir étroit. Par-dessus la musique, je distingue un certain nombre de voix qui m'indiquent que nous ne sommes pas les premiers arrivés. Dan sur mes talons, je parcours les quelques pas qui me séparent de ce qui doit être le salon.

D'un même mouvement, cinq paires d'yeux se tournent vers moi. Immédiatement attirée par l'intensité bleue de l'une d'entre elles, je m'immobilise avec raideur, ignorant la chaleur qui irradie jusque dans mes joues.

Trente-deux

Fit of anger

Mel

Inconscient de mon trouble, Dan me percute par inadvertance. Hypnotisée par le regard attentif d'Ayden, je ne réagis même pas. L'intensité avec laquelle il m'observe me vrille le cœur, et sa surprise muette prend possession de la moindre parcelle de mon corps. Ces yeux devraient être interdits.

Plantée au milieu du salon de Cassie, je me sens soudain prise au piège. J'aurais pu me douter qu'Ayden serait là, mais l'idée ne m'a même pas effleuré l'esprit. Quand je réussis enfin à détacher mes prunelles des siennes, je constate que Zack et Taylor m'observent avec étonnement, mais me saluent tous les deux avec gentillesse. Au même moment, une fille brune près de la fenêtre raccroche son téléphone.

Chloe.

Les cheveux attachés en un chignon travaillé, elle porte une combinaison noire agrémentée de talons hauts de la même couleur.

Déstabilisée par sa présence, j'adopte un sourire poli qui ne reflète en rien mes pensées. Les deux seules personnes que je ne voulais pas voir se trouvent dans la même pièce que moi, et je ne suis plus très sûre de l'intérêt de cette soirée improvisée.

La brune m'adresse un rictus pincé avec une évidente hypocrisie et fait claquer ses talons hauts sur le carrelage pour rejoindre Ayden sur le canapé. Déterminée à marquer son territoire, elle colle sa cuisse à la sienne et y pose une main avant de se pencher à son oreille pour murmurer quelques mots qu'il vaut certainement mieux que je n'entende pas.

Message reçu.

Quand elle pouffe aussi discrètement qu'une perruche affolée, Ayden fronce les sourcils et s'écarte légèrement d'elle. J'ignore la vague de tension qui remonte jusque dans mes épaules et reporte mon attention sur Cassie.

— J'ignorais que c'était une soirée professionnelle, je souffle avec cynisme.

Cassie hausse un sourcil amusé.

— Ne t'inquiète pas. Ayden va garder ses caprices pour lui, plaisante-t-elle.

L'intéressé daigne lever sur elle un regard torve et dégaine avec nonchalence un majeur provocateur. Brisant l'ambiance feutrée, Cassie éclate d'un rire cristallin et retourne s'affairer dans la petite cuisine américaine derrière nous. Le regard d'Ayden s'arrête un instant sur moi, mais je préfère m'en détourner. Inutile de jouer avec un feu dont je n'ai pour le moment aucune maîtrise.

Dan, dont j'avais presque oublié la présence, s'approche de Zack et Taylor pour leur serrer la main. Au moment de saluer Ayden, il contient sans peine son ressentiment et garde un air impassible. Je suppose que ses activités chez Live ont largement contribué à lui apprendre à masquer ses émotions. Ayden relève la tête vers lui et lui tape mollement dans la main.

— Ayden. Ça va, mec ?

— Bien, merci, répond Dan froidement avant de s'asseoir sur un pouf improvisé près du canapé de Cassie.

Les coudes sur ses cuisses, il me lance un regard appuyé. Tout comme moi, il ne s'attendait pas à passer la soirée avec Ayden. Je hausse discrètement les épaules avant de m'asseoir à côté de Zack sur un épais tapis d'un noir brillant. L'air avenant du colocataire d'Ayden n'a pas changé depuis la dernière fois qu'on s'est vus.

— Alors, Mel, remise de tes émotions ?

Une pointe de stress m'envahit. Qu'est-ce que Zack sait de cette soirée ? Confuse, je ne peux pas m'empêcher de jeter un regard en direction d'Ayden. Ce dernier nous observe attentivement, un sourire moqueur aux lèvres.

— Quoi ? Quelles émotions ?

— Moi qui pensais que me voir sur scène changerait ta vie, s'esclaffe Zack. Dommage.

Un soulagement intense m'envahit, mais je suis certaine que mes joues brûlantes se repèrent à des kilomètres à la ronde.

— Ah, le concert, j'articule avec difficulté. Bien sûr que je m'en suis remise. Ce n'était pas grand-chose.

Un rire nerveux ponctue ma tentative ratée de faire un peu d'humour. Certaine qu'Ayden se délecte de mon malaise, je garde les yeux résolument fixés sur Zack.

— Pas grand-chose ? Pas grand-chose ? Je ne peux pas te laisser dire ça, s'insurge le bassiste avec dérision. Mel, c'était le concert de ta vie. C'était le meilleur événement auquel tu assisteras jamais.

L'humour de Zack n'est pas meilleur que le mien, mais il a l'avantage de dissimuler mon trouble aux yeux de tous. Une fois de plus, Dan me sauve la mise.

— Le meilleur événement de sa vie était le match des Mets qu'elle a raté à cause de vous, intervient-il avec malice.

— Ce qui veut dire ? se réveille soudain Ayden.

Il n'a rien perdu de son calme, mais quelque chose dans sa voix s'est durci.

— Que je me suis retrouvé comme un con au Citi Field au troisième quart-temps. À cause de vous, Mel a raté un home-run historique, sourit-il.

Sans se départir de sa bonne humeur, mon ami règle gentiment mais sûrement ses comptes.

— C'est sa faute, se dédouane Zack en pointant un doigt sur Ayden.

D'un même mouvement, Dan et moi nous retournons. Ayden se redresse à peine et fronce imperceptiblement les sourcils.

— Désolé, mec. La prochaine fois, je t'enverrai une invitation, rétorque-t-il avec cynisme.

En priant pour que Dan ait l'intelligence de ne pas surenchérir, je me râcle discrètement la gorge. Conscient du malaise qui s'installe, Dan se tait.

— Tu es monté sur scène ? Mais pourquoi je ne suis pas au courant ? s'insurge Chloe d'une voix suraiguë.

Le regard glacial qu'elle obtient en retour me fige.

— Peut-être parce que je ne voulais pas que tu le saches ?

Mortifiée, Chloe s'écarte d'Ayden en fronçant les sourcils. Elle est magnifique, mais ses réactions outrées me la rendent repoussante. Je ne devrais pas me réjouir de la façon dont Ayden vient de lui parler, mais c'est plus fort que moi. Dans le silence gêné qui s'installe, Zack tente de détendre l'atmosphère.

— Cass, tu viens ? On a soif, crie-t-il à travers la pièce.

— Et à ton avis, moi non ? Si je ne vais pas assez vite pour toi, lève ton joli petit cul !

— On peut vraiment rien dire, boude-t-il au moment où Cassie s'avance dans le salon, les mains prises par nos boissons.

— Non, on peut pas. Sinon, on va voir ailleurs.

La démarche exagérément agacée de notre hôte provoque un éclat de rire général, et les tensions qui naissaient s'évanouissent aussitôt.

— Mojitos maison, nous informe Cassie en posant deux verres devant nous. Alors, Mel ? Comment tu vas ?

Rayonnante, Cassie s'installe en tailleur sur le sol, entre Dan et moi.

— Très bien. J'étais en train de dire à Zack à quel point votre concert était nul.

— Bois, au lieu de dire des conneries, m'ordonne Cassie en pointant le menton vers mon verre.

— Je n'aime pas boire, je la préviens.

— À d'autres, intervient Taylor.

— Allez, Mel, siffle Zack. Cul sec.

J'attrape ma boisson et la porte à hauteur de mes lèvres.

— Même pas en rêve.

J'avale timidement une gorgée. La chaleur qui se propage jusque dans mon estomac n'est pas désagréable, mais il vaut mieux pour moi que je reste raisonnable. La présence d'Ayden est déjà assez compliquée à gérer comme ça.

Je me débrouille pour en découvrir plus sur Taylor, de façon à ce qu'il fiche la paix à mon verre encore trop plein à ses yeux. J'apprends qu'à vingt-trois ans, il est déjà papa d'un petit garçon d'un an, et qu'il est obligé de travailler tous les jours dans une station-service. Touchée par son amour pour son fils, je me prends tout de suite d'affection pour lui.

— Comment fais-tu pour tout gérer ? C'est beaucoup de responsabilités.

— On se débrouille comme on peut, mais je l'ai voulu, alors j'assume.

— C'est courageux.

Et je le pense sincèrement. Je ne connais que trop bien le poids de certaines responsabilités.

— Non. C'est ma façon de voir ma vie.

— C'est des conneries, intervient Zack. Regarde-toi, tu parles comme un vieux.

— Chacun son truc. Tout le monde n'est pas comme toi, se moque Taylor.

— J'ai envie de vivre. De baiser. D'être libre. Ayden et moi, on s'entend très bien pour ça, sourit Zack en me fixant.

Je ne vois pas le rapport entre le sexe et la liberté. Mal à l'aise, je préfère ne pas soutenir le regard provocateur de Zack.

— Ne l'écoute pas, Mel, intervient Cassie. Ces deux-là sont pires que des gosses. Je ne sais même pas comment je me débrouille pour supporter leurs conneries.

La tendresse qu'elle éprouve pour eux est flagrante. L'espace d'une seconde, je me demande si c'est réciproque quand je vois Ayden l'assassiner gentiment du regard. Sans se laisser impressionner, la bonde éclate de rire et réplique en lui tirant la langue avant de se lever pour augmenter le volume de la musique. Quand il est assez fort pour elle, elle esquisse un pas de danse, se rassied à côté de Dan et entreprend de faire sa connaissance.

Déstabilisé par l'énergie débordante de ma nouvelle amie, Dan semble d'abord avoir du mal à se débarrasser de sa timidité. Mais au fur et à mesure de leur discussion, ses traits se détendent, et il finit même par rire franchement. Je ne le connais pas encore très bien, mais j'ai la certitude qu'il est complètement sous le charme des yeux en amande magnifiques de Cassie, qui l'observe avec douceur et franchise.

À plusieurs reprises, il détaille son visage mutin comme s'il le voyait pour la première fois, et son air étourdi parle pour lui. Plus je l'observe s'ouvrir à elle, et plus j'envie la faculté de Cassie à mettre les gens à l'aise. J'aimerais avoir ce don. Dans un sens, son aisance naturelle me rappelle celle d'Ayden.

Sauf que ce soir, la nonchalance décomplexée que je lui connais d'habitude a disparu. Les sourcils légèrement froncés, il garde un silence tendu. Incapable de résister, mon regard se pose sur ses bras puissants, mis en valeur par un simple tee-shirt blanc. Des flashs impromptus de notre dernière soirée me reviennent encore, et une pointe douloureuse se forme dans ma poitrine.

On est amis.

Je ne sentirai plus la douceur de sa bouche sur la mienne. Ni ses doigts qui courent sur ma peau. Encore moins la chaleur envoûtante de son corps contre le mien. Je n'éprouverai plus la sensation de liberté qui m'envahissait dans ses bras.

C'est mieux comme ça.

Comme s'il lisait dans mes pensées, Ayden me détaille à nouveau sans ciller, fixant tour à tour mes lèvres et l'obscurité de mes yeux. Je finis par capituler et détourne le regard. À côté de moi, Cassie et Dan sont toujours en train de se trouver des points communs. Il semblerait qu'ils en aient beaucoup, si j'en juge par les éclats de rire et les longues discussions qui parviennent à mes oreilles. Au moins, Dan passe une bonne soirée. C'est toujours ça de pris.

Zack et Taylor discutent âprement de l'interprétation de différents morceaux. Plus les verres s'enchaînent, plus leurs opinions divergent. Chloe, aggripée à Ayden, une main sur son épaule et la tête dans son cou, persiste à tenter de le faire parler. Confrontée à son indifférence, elle montre de plus en plus de signes d'impatience. Ayden est ailleurs, à l'abri du monde et il ne semble pas près de revenir parmi nous.

J'ai vraiment envie de lui parler. J'aimerais savoir comment il va. Depuis ce moment dans les escaliers de Grove Street, je me sens beaucoup plus proche de lui. Mais Chloe veille sur lui comme une louve et ne le quitte pas d'une semelle. Ce sera donc pour plus tard. En attendant, je me lève avec raideur pour atteindre la cuisine.

J'ai besoin d'un autre verre, et ce n'est pas le moment de déranger Cassie, qui semble toujours avoir un million d'anecdotes à partager avec Dan. En ce qui me concerne, vu la tournure que prend la soirée, un deuxième Mojito ne sera pas de trop. Ma boisson prête, je retourne à pas lents d'où je viens, sans quitter mon verre des yeux.

— Putain, mais casse-toi !

J'ai sursauté si fort que ma main dégouline d'alcool. Pétrifiée, je lève les yeux pour les poser sur Ayden, debout à proximité du canapé. Le regard assombri d'une colère sourde, la respiration sifflante, il fixe Chloe avec un mépris évident. Impassible, cette dernière tente de garder sa dignité.

— Casse-toi. Maintenant, répète Ayden.

La tête haute, Chloe se lève avec souplesse en évitant les regards braqués sur elle. L'espace d'un instant, j'éprouve de la compassion pour cette fille, bien vite remplacé par de la curiosité. Sans dire un mot, elle récupère son sac à main avec la vivacité de ceux qui s'enfuient. Elle franchit la porte du salon sans un regard derrière elle et quelques secondes plus tard, le claquement de la porte d'entrée accentue le profond malaise dans lequel la pièce est plongée.

Tous les regards se tournent vers Ayden, qui n'a pas bougé d'un millimètre. Les paupières closes, il se pince l'arrête du nez. Il respire furieusement, et malgré le contrôle qu'il tente de garder, sa colère bat jusque dans la veine qui pulse dans son cou. Soudain, il se dirige vers une petite porte-fenêtre qui donne sur l'extérieur, qu'il ouvre d'un geste brusque avant de la claquer derrière lui.

Dans le moment de flottement qui suit, les regards d'incompréhension fusent. Je pose mon verre sur la table pour nettoyer les traces de liquide au sol et me laver les mains. Ma maladresse réparée, je retourne m'asseoir auprès de Zack. Cassie formule enfin à voix haute la question que tout le monde se pose.

— Quelqu'un a compris ce qui se passe ?

Trente-trois

Wrong answer

Mel

Zack s'étire avec nonchalence. Un léger sourire barre son visage angélique. Il ne semble pas perturbé le moins du monde, comme s'il avait l'habitude de voir Ayden dans cet état.

— On ferait mieux de boire à son départ. Elle a joué, elle a perdu, affirme-t-il en attrapant son verre.

— Ça ne se fait pas, le reprend sèchement Cassie.

— C'était peut-être mérité, suggère Zack.

Je ne peux pas m'empêcher d'être d'accord avec Cassie. J'avale d'un trait le reste de mon cocktail et repose mon verre sur la table basse.

— Je vais voir ce qui se passe.

La chaleur de l'alcool qui se propage dans mon corps m'empêche de réfléchir à ce que je viens de dire, et je me lève avant de changer d'avis. Dan m'observe avec de grands yeux ronds, mais n'ose pas intervenir.

— Tu devrais pas faire ça, me prévient Zack.

— Pour quelle raison ?

— Quand il est dans cet état, il vaut mieux lui foutre la paix.

— Ne t'en fais pas pour moi. Au pire, si je passe par-dessus le balcon, vous saurez pourquoi.

La raison qui me pousse à rejoindre Ayden m'échappe, mais je campe sur mes positions. Je me mêle de ce qui ne me regarde pas, mais je veux savoir comment il va. Déterminée, je franchis les quelques pas qui me séparent de la porte vitrée par laquelle il vient de disparaître.

Sur le minuscule balcon, Ayden est accoudé à la rambarde métallique. Je m'installe à côté de lui sans dire un mot. Et j'attends. Le regard perdu dans le vide, il contemple sans le voir le paysage sous nos yeux. Comme une droguée en manque, je m'imprègne de chaque détail de son magnifique visage. Sa mâchoire crispée atteste encore de sa récente colère, mais je ne ressens aucune animosité à mon égard.

De longues minutes plus tard, la voix d'Ayden brise le silence apaisant qui s'était installé entre nous. À nouveau dans son monde, les mains crispées sur la rembarde en ferraille, il fredonne sans m'adresser le moindre regard les paroles d'un morceau du groupe The Script que j'aime particulièrement. Assaillie de légers frissons, je ferme les yeux pour profiter pleinement de sa voix rauque.

— « *She said is this the life you've been dreaming of*
Spending half the day away from the things you love ?

It's not too late to do something new. »

Comme à chaque fois que j'entends la voix d'Ayden, tout est différent. L'air qui m'entoure est plus pur, les couleurs plus intenses, les battements de mon cœur plus violents. À cet instant précis, il me paralyse. Malgré la légèreté du morceau, la mélancolie et la colère qui se cachent derrière son air impassible s'échappent de chaque son qu'il produit. Je n'ose pas le regarder, mais j'ai l'intuition qu'il essaie de me montrer ce qui se passe dans sa tête.

Quand le silence revient, l'énigme qui se trouve à mes côtés se tourne vers moi pour m'observer avec attention. La curiosité que je lis dans son regard grave accélère les pulsations dans mes veines. À quelques centimètres des miens, ses longs doigts accrochent toujours la balustrade en ferraille. Chaque fois que je me retrouve en sa présence, l'atmosphère s'alourdit au point que j'ai du mal à respirer. Consciente à l'extrême de la moindre de mes sensations, poussée par une force incontrôlable, je lutte contre le besoin irrationnel et démesuré de ses bras autour des miens.

— Tu devrais rentrer, me conseille-t-il brusquement.

— Non.

Mon autorité me surprend moi-même. Un imperceptible sourire se dessine sur ses lèvres.

— J'avais presque oublié à quel point tu peux être bornée.

L'air soudain exténué, il soupire et passe une main sur son visage. Sa tête retombe entre ses bras tendus, comme s'il ne savait soudain plus quoi faire. Quand il se redresse brusquement, toute trace de colère a disparu de son visage.

— Viens. On se casse.

— Quoi ? Où tu veux aller ?

— Ailleurs.

— Ayden, on ne peut pas laisser tout le monde en plan, je proteste.

— Si, on peut.

Une question me préoccupe.

— Pourquoi tu veux que je vienne avec toi ?

— Parce que.

Inutile d'envisager d'obtenir une réponse. À la place, je tente d'argumenter.

— Je suis venue avec Dan. Je ne veux pas le laisser.

— Ton pote est un grand garçon, Mel. Et contrairement à toi, il passe une bonne soirée. Détends-toi. On va revenir.

Qu'est-ce qui ne va pas chez lui ?

— Cassie n'appréciera pas.

— Cass est comme ma famille. Elle t'en voudra pas si tu pars avec moi. Elle comprendra.

Pourquoi j'ai toujours l'impression qu'Ayden fait ce qu'il veut, quand il veut ? C'est tellement agaçant. Par principe, je devrais refuser.

— Je te promets que je sais me tenir tranquille, insiste-t-il encore en levant deux mains innocentes. Un vrai saint.

Sa remarque m'arrache un rire nerveux. Ayden et saint ne sont pas exactement une association très logique, mais son sourire enjôleur achève de me convaincre.

— D'accord. Mais pas longtemps.

À peine les mots sont-ils sortis de ma bouche que je regrette d'avoir cédé si facilement. J'ai abandonné Dan une fois pour satisfaire les caprices d'Ayden, et je recommence quelques jours plus tard. À sa place, je m'en voudrais beaucoup.

— Merci.

Sans me laisser le temps de réagir, il rentre à l'intérieur et interpelle Cassie, qui se lève pour le rejoindre dans la cuisine. Mal à l'aise, j'observe avec circonspection la curiosité présente dans les yeux de tous. Dan hausse un sourcil inquiet, auquel je réponds par une grimace rassurante. Quand Ayden et Cassie reviennent, Zack se lance :

— Qu'est-ce qui t'a pris, mec ?

— Laisse tomber.

— Tu t'es vexé parce qu'elle t'a dit non ?

Ce type n'a vraiment aucune retenue.

— Ferme-la, Zack, intervient Cassie.

— Ouais. C'est mieux, ajoute Ayden.

L'avertissement dans sa voix est clair. Dan, toujours assis sur son pouf de fortune, profite qu'Ayden enfile un pull pour prendre de mes nouvelles.

— Ça va ? articule-t-il silencieusement.

— Oui.

Comme je peux, je tente de m'excuser de l'abandonner encore. Quand Dan comprend mes intentions, il esquisse un sourire complice.

— Fais attention à toi, dit-il en souriant.

Interrompant notre échange, Cassie revient s'asseoir auprès de mon fan de baseball préféré. Au même moment, une main se pose fermement sur mon bras.

— On y va ?

La détermination dans son regard me fait presque rougir.

— D'accord.

J'éprouve la sensation de sauter dans le vide. Mais je ne suis plus en état de réfléchir. Avant de suivre Ayden à travers l'appartement, je cherche une dernière fois l'approbation de Dan, qui m'offre un sourire en même temps qu'il écoute Cassie lui parler à l'oreille.

La porte d'entrée qui claque derrière nous me procure un étrange sentiment de liberté. Je ne sais pas où il compte aller, mais si ça peut me permettre de le connaître un peu mieux, ça m'est complètement égal. Quand l'ascenseur se referme sur nous, Ayden n'a toujours pas dit un mot. Un peu intimidée, j'observe discrètement la tension quitter son corps. Plus nous nous rapprochons du rez-de-chaussée, plus ses traits s'adoucissent. Je donnerais cher pour savoir ce qui se passe dans sa tête, mais je n'ose pas lui poser de questions. S'il y a bien une chose dont je suis consciente, c'est que le silence est son mode de communication favori.

Dans le hall de l'immeuble, Ayden se retourne vers moi pour me tendre la main. Sans réfléchir, je l'attrape et entrelace très légèrement nos doigts. Ce contact chaud réveille le bon vieux signal d'alarme qui me sert de garde-fou, mais je n'y prête pas attention. Il ne peut rien se passer de grave. Le monde extérieur me protège de moi-même, au moins pour le moment.

Ayden me guide tranquillement vers un point de chute inconnu. Les rues de New York, très animées malgré l'heure tardive, deviennent les témoins de cette promenade étrange au cours de laquelle je me surprends à plusieurs reprises à me sentir en paix. Nous ne nous parlons toujours pas, mais cette étrange connexion entre nous ne me quitte pas. Ça va au-delà de sa main dans la mienne, au-delà de ce silence presque apaisant, et cette sensation me fait peur. Je suis au bord d'un précipice, je le sais. Au détour d'une rue mal éclairée, pour couper court à mes pensées qui s'affolent, je finis par poser la question qui me taraude.

— Où est-ce qu'on va ?

Bien entendu, la seule réponse que j'obtiens est un sourire énigmatique. Au bout de la rue, nous débouchons dans Times Square, et à mon grand étonnement, Ayden brise le silence.

— Pourquoi tu es venue sur le balcon ?

— Je voulais voir la vue.

Ayden sourit à pleines dents, et malgré moi, je suis ravie.

— Dommage.

— Dommage ?

— Je pensais que tu t'intéressais à moi.

Je manque de percuter un touriste.

— Il ne manquerait plus que ça, je pouffe.

Son air vexé m'emplit d'une légèreté bienvenue.

— Cette histoire d'amitié, c'est des conneries, Mel. C'était beaucoup plus intéressant avant, se moque-t-il en resserrant sa main sur la mienne.

Le sous-entendu ne laisse aucune place au doute. La bouche entrouverte, je marque un temps d'arrêt.

— Quoi ?

Ayden éclate d'un rire sonore et s'arrête de marcher pour me faire face.

— Tu m'as très bien compris.

— Je vais faire comme si je n'avais rien entendu.

— Arrête de me chercher, ça t'évitera de me trouver, dit-il avec malice.

Il replace doucement une mèche de cheveux derrière mon oreille. Ignorant la brûlure laissée par la trace de ses doigts sur ma peau, je me contente de froncer les sourcils.

— Qu'est-ce qui s'est passé avec Chloe ?

— Pourquoi tu es venue sur le balcon ? rétorque-t-il sans hésiter.

C'est reparti.

— J'ai déjà répondu à cette question.

— Tu m'as servi une putain d'excuse.

— C'est faux, je rougis.

— Si tu le dis. Viens, on est presque arrivés.

Son ton péremptoire n'admet pas la moindre objection. Quelques minutes plus tard, Ayden s'arrête au niveau de la porte en verre de Live Nation.

— Tu as oublié quelque chose ?

— Non. C'est là qu'on va.

— À Live ? Pourquoi ?

— J'ai besoin d'aller au studio.

L'agent de sécurité nous laisse entrer sans difficulté. Dans l'ascenseur, des émotions contradictoires me perdent. L'envie extrême de m'enfuir en courant lutte contre celle, tout aussi intense, d'avoir le privilège de l'entendre encore. Si je ne reste pas, j'aurai des regrets, mais j'ai très peur des conséquences.

Est-ce qu'Ayden est en train de me tester ? C'est tout à fait possible. Mais il est un peu tard pour y réfléchir maintenant. Incapable de me détendre, je fixe avec désespoir les chiffres des étages qui défilent sous mes yeux.

— J'ai juste besoin de me vider la tête, m'informe-t-il sur un ton rassurant.

— Okay.

— Tu es sûre que ça va ?

— Oui. Juste un peu fatiguée.

Ayden ne semble pas remarquer l'ébullition intérieure à laquelle je suis confronté. En sortant de l'ascenseur, je ne peux pas m'empêcher de comparer mon état de stress avec celui qui s'était emparé de moi pour mon premier jour ici. En peu de temps, j'ai déjà beaucoup changé, et j'espère que ça va s'arrêter. Je n'ai pas envie d'être différente. Je n'ai pas envie que ma vie change. Je ne veux pas céder à ce besoin déraisonnable qui m'étreint parfois quand les yeux magnifiques de ce garçon se vrillent aux miens. Je ne veux pas découvrir ce qui se cache sous son attitude désinvolte et ses blessures. Pourtant, quand la porte du studio se referme sur nous, je ne suis pas certaine d'avoir la force de lui résister encore longtemps.

Trente-quatre

Ayden

J'ai besoin de me défouler. Ce bordel avec Chloe m'a fait dégoupiller. Comme si j'allais vraiment la traîner dans une soirée à la con pour pouvoir la baiser. Le pire, c'est qu'elle était convaincue que ça allait se faire. Rien que d'y repenser, j'ai envie de foutre mon poing dans un mur. Elle est complètement barrée.

Quand mes yeux se posent sur Mel, debout dans l'embrasure du studio, mon taux d'adrénaline redescend brusquement. Mal à l'aise, elle cherche un endroit où poser son regard pour éviter de tomber sur moi. Sans le savoir, elle me donne la possibilité de l'observer sans la moindre retenue, et je ne m'en prive pas une seule seconde.

Depuis qu'elle a insisté pour qu'on reste amis, c'est la merde. Le goût de ses lèvres m'obsède, et ça me rend complètement dingue de savoir qu'elle me veut autant que moi je la veux, elle. Elle ne l'admettra jamais, mais elle se serait jamais lâchée comme ça dans un foutu taxi si c'était pas le cas. J'essaie de trouver la faille dans sa détermination, mais pour l'instant, j'y arrive pas. Je me suis comporté comme le dernier des enfoirés, elle n'a donc aucune raison d'avoir confiance en moi.

Le truc qu'elle sait pas, c'est que depuis qu'elle a fait irruption dans ma vie, le semblant de routine que j'ai essayé de me construire n'a plus aucun sens. Même baiser ne me fait plus rien. J'ai passé ma dernière soirée chez Chris avachi sur un canapé. J'avais pas envie d'être là. Je voulais être avec elle, n'importe où ailleurs, malgré les tentatives de Zack pour qu'on rentre à quatre. Je sais pas comment elle fait, mais elle m'a rendu complètement accro. C'est flippant. Même le regard triste d'Emily me l'a rappelée. À cause de ce qu'elle a dit.

Qu'est-ce que ça peut bien lui foutre, ce que je fais aux gens ? Pourquoi elle me regarde comme ça ? Pourquoi elle chiale quand je chante au point que j'en ai des putains de frissons ? Je comprends pas.

Perdu dans mes pensées, je fixe son visage attentif. J'aime ce regard qu'elle a, juste maintenant. Quand elle hésite et ne sait pas quoi faire de mon caractère de merde. Les questions dans ses grands yeux sombres, la légère tension qu'elle provoque en moi chaque fois qu'elle est dans les parages, son calme apparent, qui cache une détermination à toute épreuve. Je ne suis même pas sûr qu'elle sache à quel point elle est sexy quand elle mordille sa lèvre inférieure comme ça. Je m'oblige à me détourner, attrape ma guitare et me dirige vers la cabine d'enregistrement vide.

— Viens.

Mel sourit timidement et se décide à me suivre dans le petit espace qui me sert de bouée de sauvetage. J'ai envie de partager avec elle ce que j'ai de mieux. Envie de revoir son visage concentré sur ce que je fais. Envie des émotions violentes qui la traversent quand je joue. Je préférerais crever que de le lui dire, mais ce soir, j'ai besoin d'elle. Comme chaque fois que c'est la merde dans ma tête. Comme le soir du concert et comme tous ces derniers soirs. Ça craint vraiment.

Mais je supporterais pas qu'elle sache à quel point elle me perturbe. Alors je me pose sur le tabouret au centre de la pièce et j'accorde ma guitare. Je veux qu'elle pense que je me concentre sur ce que je fais. Face à moi, elle s'assied contre le mur, les genoux relevés, et fixe mes mains qui font semblant de chercher des accords que je connais par cœur. Silencieuse, elle triture une mèche de cheveux entre ses doigts fins. Elle est tendue, et je ne sais pas pourquoi. Depuis que je lui ai dit où on allait, elle s'est renfermée. De quoi a-t-elle peur ? De moi ?

— T'es sûre que tout va bien ?

Mel pince les lèvres et acquiesce d'un geste vif. Elle est vraiment trop mignonne. Dès que je commence à chanter, ses yeux se ferment. Inconscient du temps qui passe, j'enchaîne les morceaux. Plus je joue, plus j'oublie la noirceur dans ma tête. Mon père, ma mère, mes nuits d'insomnie, l'inutilité de ma vie, tout disparaît. Ma voix reste le seul moyen d'oublier.

Mais quand Mel est là, quelque chose est différent. Elle réagit dans la seconde à la moindre de mes émotions. L'observer souffrir et sourire en même temps que moi décuple tout ce que je peux ressentir, et je sais pas quoi faire de ça. Me rendre compte que je suis encore capable de m'intéresser à quelqu'un d'autre que moi me déstabilise totalement. Je déteste cette sensation, et pourtant, elle tient tellement du miracle que je voudrais l'éprouver encore pendant des heures.

Au départ, c'était qu'un jeu. Mélanie Garnier ne représentait rien d'autre qu'un défi facile à relever. Exactement comme les autres. Mais depuis que je l'ai embrassée, quelque chose a changé. Sa manière si absolue de se blottir contre moi comme si rien d'autre n'existait au monde me poursuit jour et nuit. Je comprends pas comment elle fait ça. J'ai jamais pu baisser ma garde. Jamais voulu ressembler à un de ces mecs dont le taux de niaiserie me donne la gerbe à chaque fois. Et pourtant, je me retrouve comme un con à essayer de gérer cette envie irrépressible de la sentir respirer contre moi.

Quand mes doigts esquissent les premiers accords de *Everything*, un morceau de Lifehouse que je connais par cœur, les paupières de Mel se relèvent brusquement. Et là, une espèce de miracle se produit : c'est elle qui m'emmène loin, très loin de ma vie de merde. L'espoir qui se lit sur son visage traverse l'espace entre nous et me percute de plein fouet. Cloué au sol par la tempête d'émotions qui se déchaîne dans ses yeux, je tente désespérément de rester concentré sur ce que je fais.

Dans le silence qui suit, Mel se lève doucement, comme si elle avait peur de briser le lien invisible qu'elle vient de tisser entre nous, et franchit à pas lents la distance qui nous sépare. À la fois timide et déterminée, elle me fixe gravement, comme si elle n'était pas sûre d'avoir pris la bonne décision. Ses mains se posent dans mon cou. Elle se serre contre moi, et la chaleur de son corps se propage si violemment sous mon épiderme que ça en est douloureux.

J'observe une seconde son visage levé vers moi. Ses grands yeux me questionnent, hésitants. Je pose mes mains sur ses hanches pour l'embrasser doucement. J'ai tellement voulu ça que j'ai du mal à réaliser que c'est en train d'arriver.

Contrairement aux fois précédentes, notre baiser reste tendre. J'ai tellement peur qu'elle change d'avis ; je ne veux surtout pas la brusquer. Quelque chose a changé dans sa façon d'agir, je ne ressens plus aucune colère en elle. Comme si elle avait enfin fini de se prendre la tête.

Je ne peux pas m'empêcher d'attraper sa taille pour la serrer plus fort contre moi. La respiration de Mel s'accélére, elle passe une main sur mon torse et glisse l'autre dans mes cheveux pour rapprocher encore nos deux visages. Sa langue caresse la mienne, ses mains sur moi se font de plus en plus pressantes. Ses doigts tirent doucement mes cheveux. Ses lèvres glissent de ma bouche à mon cou, y déposant de petits baisers mouillés. Si elle continue comme ça, elle ne pourra plus ignorer le désir de plus en plus tangible que j'éprouve pour elle…

Elle niche sa tête dans mon cou en soupirant doucement. Je souris dans ses cheveux et y dépose un baiser. Je suis tellement niais tout d'un coup… Désespérant.

Sa main se déplace sur mon cœur, comme pour mesurer l'étendue de l'effet qu'elle a sur moi, et je l'entends murmurer doucement.

— Je ne peux pas…

— Tu ne peux pas quoi ?

— Je ne peux pas me battre contre toi.

Je ne demande pas mieux… Soulagé, je relève son visage vers moi et reprends ses lèvres. Une fois de plus, l'atmosphère a changé. La tension qui nous lie depuis longtemps s'est transformée en une vague puissante de désir.

Quand Mel glisse une main sous mon tee-shirt pour caresser mon ventre, la chaleur de son contact me fait perdre le contrôle. Un gémissement sourd s'échappe de mes lèvres. Il faut qu'on s'arrête, sinon je ne réponds plus de rien.

Je fais un effort surhumain pour m'écarter d'elle en parsemant son beau visage de baisers. J'attrape sa main dans la mienne et la préviens :

— On ne peut pas rester là. Il y a des caméras ici.

La déception qui se lit subitement sur son visage m'arrache un sourire. Ma main toujours dans la sienne, je poursuis :

— T'en fais pas. On a rien fait de mal.

— Mais Chuck…

Elle s'inquiète pour son stage.

— Chuck ne saura rien. Viens, on y va.

Je l'attire vers moi pour l'embrasser encore, tout en reculant pour sortir de la pièce. Perdus dans notre étreinte, il nous faut un temps fou pour quitter le studio. Dans le couloir, entre deux baisers, Mel me prévient :

— Je ne veux pas retourner chez Cassie. Pas tout de suite.

Je ne demande pas mieux.

— J'habite pas très loin, si tu veux.

Elle ferme les yeux. J'observe la bataille qu'elle est en train de se livrer en priant pour la remporter. Quand elle acquiesce, je m'autorise enfin à me détendre. Elle est toujours avec moi. Meme si je n'ai aucune idée du temps que ça va durer cette fois, il faut que je profite au maximum de cette parenthèse d'oxygène qu'elle m'offre.

Je ne sais pas ce que ça veut dire pour moi, les choses que ça implique, mais je vais avoir du mal à me passer d'elle. Je veux tout connaître d'elle, la moindre de ses pensées, chaque centimètre de son corps magnifique serré contre moi.

Et ça me terrorise.

Trente-cinq

Home

Mel

— Tu savais ce qui allait se passer.

— N'importe quoi !

Ayden sourit, goguenard, en me serrant dans ses bras plus fort. Quand il sourit comme ça, il pourrait me demander ce qu'il veut. Je ne sais pas ce qui m'a pris d'accepter sa proposition, mais tant pis. C'est trop tard pour reculer. Il faut se rendre à l'évidence : je ne peux pas résister à cet être énervant, perturbant, surdoué et magnifique. L'attraction est beaucoup trop forte.

Au studio, quand j'ai pris toutes ses émotions en pleine poitrine, c'est devenu une évidence : je ne peux pas ne pas faire partie de sa vie. J'ai la certitude qu'à l'intérieur, s'il me laisse creuser un peu, c'est de l'or que je trouverai. Je ne connais pas ses blessures, mais c'est comme si elles parlaient aux miennes.

C'est pour ça que j'ai posé mes mains sur lui. J'ai rendu les armes. J'ai cessé d'être en colère, parce que j'ai compris que ma rage ne me servait qu'à repousser l'inévitable.

La violence de ces découvertes m'a presque fait peur. Comment c'est possible d'avoir à ce point besoin de quelqu'un ? Est-ce que ça va s'arrêter ? Est-ce que je fais une connerie énorme ? Je n'en sais rien. Toujours est-il que je dois le faire. C'est comme ça.

Tandis que nous nous dirigeons vers son appartement, je me sens sur un nuage. Autant en profiter, je sais que ça ne durera pas. Mes actes de ce soir auront des conséquences. Mais je suis tellement bien, là, dans ses bras, mes lèvres chaudes contre les siennes, que je n'ai plus envie de réfléchir.

Effectivement, Ayden n'habite pas loin de Live Nation : son appartement est situé au quatrième étage d'un immeuble de la 51e, à une quinzaine de minutes à pied. Sur le palier, il essaie d'ouvrir la porte d'entrée sans cesser de m'embrasser, ce qui ne lui rend pas la tâche facile. Il tente de me retenir quand je m'écarte de lui en riant.

Avant de le suivre à l'intérieur, je l'observe un instant, décontenancée. Je suis chez Ayden. Avec Ayden. C'est perturbant. Ce dernier se retourne et penche la tête sur le côté en souriant.

— Tu viens ? Je ne vais pas te mordre.

En rougissant, j'attrape la main qu'il me tend. Le salon dans lequel il m'entraîne est plutôt petit et impersonnel, simplement agrémenté d'un canapé de cuir noir et d'une table basse sur laquelle sont amoncelés des feuilles de papier, toutes recouvertes d'une écriture ronde et fluide. Elle est vraiment magnifique. Relevant la tête, j'observe la nudité des murs, d'un gris très pâle. Sur ma droite, un meuble bas supporte un écran plat et une console de jeux.

Je profite qu'Ayden ait disparu dans la cuisine pour envoyer un message à Cassie l'informant de l'endroit où on se trouve. Quand Ayden refait surface, deux verres à la main, je ne peux pas m'empêcher de me demander pourquoi je suis là, ce soir, avec lui. Il peut avoir n'importe qui, alors pourquoi moi ? Il me fixe, espiègle.

— Qu'est-ce qu'il y a ?

— Rien, c'est bizarre de te voir ici, me dit-il en me tendant mon verre. Je ne pensais pas que ça arriverait.

— En effet, ce n'était pas prévu.

Sa main libre s'accroche à la mienne quand il s'approche lentement de moi.

— Est-ce que tu regrettes ?

L'inquiétude dans ses yeux me fait presque sourire. Je fais semblant de réfléchir quelques instants.

— Non. Non, je ne regrette pas.

Ayden s'assied au bord du canapé noir et me fait signe de s'installer à ses côtés. L'odeur du cuir usé emplit mes narines. Je sirote doucement mon thé glacé, touchée qu'il se soit souvenu de mon choix le soir du concert.

Et maintenant ? Une timidité nouvelle s'empare de moi. Sans aucun repère, je ne sais plus quoi dire. Je m'éclaircis la gorge en reposant mon verre :

— Tu... tu vis ici depuis longtemps ?

J'ai subitement envie de me coller une baffe. Je voudrais tout connaître de lui, ses peurs, ses doutes, son passé, ses projets, et comme d'habitude, je suis à mille kilomètres du but recherché.

Ayden s'enfonce dans le canapé moelleux et m'attire à lui pour que ma tête repose contre son épaule. Instinctivement, ma main trouve le chemin de son ventre. Le contact doux du coton de son tee-shirt contraste avec la fermeté de ses muscles à cet endroit.

— Deux ans. J'étais en Californie avant.

— Quitter le soleil pour la pluie ? C'est pas commun comme choix !

— Trop de mauvais souvenirs. Le soleil ne me va pas.

— Oh… Pourquoi ?

— Il n'y avait juste plus rien pour moi là-bas.

— Pourquoi New York, alors ?

— Les terrasses. Et l'anonymat. Ici, où que tu ailles, tu es seul. Noyé dans le décor. Et toi ? Pourquoi tout lâcher pour venir ici ?

Son étreinte se resserre, m'encourageant à me confier.

— Pour New York. J'en rêve depuis longtemps.

— Pourquoi Live ? poursuit-il en caressant mon bras.

— Mon oncle connaît Chuck. J'ai été recrutée comme ça. J'ai beaucoup de chance.

Ayden garde le silence quelques instants.

— Ça dépend, finit-il par souffler.

— Qu'est-ce que tu veux dire par là ?

— Rien. Laisse tomber.

Il se lève brusquement.

— Viens, m'ordonne-t-il en me tendant la main. J'ai un truc à te montrer.

Son air mystérieux attise ma curiosité. Ayden me précède à travers le salon et ouvre l'une des deux portes qui nous font face.

Sa chambre. Je sens mon cœur accélérer très légèrement en observant le grand lit qui me fait face, drapé d'une housse de couette aux motifs noir et blanc. J'imagine très bien Ayden ici, assis en tailleur sur ce grand lit, composant pendant des heures.

Deux guitares sèches sont posées contre le mur, attendant patiemment la prochaine inspiration de leur propriétaire. La petite table en bois adossée au mur d'en face est une réplique de celle du salon : elle est couverte de textes. En m'approchant de celle-ci, je remarque deux photos, abandonnées entre deux feuilles de papier.

Sur l'une d'entre elles, un couple sourit devant une petite maison de banlieue à la pelouse verdoyante. Cette photo n'est pas récente, si j'en juge par la qualité du tirage et le style vestimentaire du couple qui pose. La jeune femme blonde ressemble un peu à Shailene Woodley, avec les yeux très bleus. Quant à l'homme qui la tient par la taille, c'est le portrait craché d'Ayden, la couleur des yeux en moins.

— Ce sont tes parents ?

Ayden acquiesce en avançant vers la porte-fenêtre en face de nous.

— Ce n'est pas ça que je voulais te montrer.

Encore une fois, il coupe court à la discussion. La minute d'après, je me retrouve sur un petit balcon qui ressemble un peu à celui de Cassie. Je manque m'étouffer de stupeur quand je réalise qu'Ayden est en train d'enjamber la rambarde sur ma droite.

— Mais qu'est-ce que tu fais ?

Les traits tirés par l'effort, il sourit avec malice.

— Rien de grave. Suis-moi.

Qu'est-ce qu'il fabrique encore ? En m'approchant, j'abserve sa jambe s'agripper à l'escalier de secours qui longe la petite terrasse. Sa main trouve un barreau, il retrouve souplement son équilibre et entame une ascension risquée.

— Ayden ! Attends ! Où on va ?

Déformée par ma peur immense du vide, ma voix s'envole dans les aigus. Son regard moqueur ne me rassure pas vraiment : s'il tombe, il va se briser quelque chose. Et je suis censée le suivre ? Il veut ma mort ou quoi ? Les jambes coupées par le vertige, j'observe un instant les passants sous moi, indifférents à ma détresse. Ayden est déjà haut… Il aurait au moins pu m'attendre, merde !

Je tente sans succès d'imiter ses gestes pour passer par-dessus la rambarde en fer forgé.

Tu vas y arriver.

J'inspire profondément et me concentre sur son visage pour me donner du courage. Quand je me retrouve par miracle sur les barreaux en métal, je m'interdis de baisser les yeux. Je ne pense pas non plus aux cercles de fer qui m'entourent, seuls garde-fous contre une éventuelle chute. L'ascension des trois pauvres étages me semble durer des heures. En haut de l'échelle, je me retrouve nez à nez avec Ayden, qui n'essaie même pas de masquer son sourire moqueur.

— J'ai bien cru que tu ne monterais jamais.

Malgré ma position très inconfortable, j'essaie de lui lancer mon regard le plus assassin. Il éclate de rire et me tend une main à laquelle je m'agrippe avec bonheur. Je me hisse hors de ce cauchemar avec soulagement, mais mes jambes tremblent encore un moment.

— Tout ça pour un toit ?

Muet, Ayden traverse la largeur du bâtiment et s'approche dangereusement du rebord opposé. Il se retourne pour m'encourager.

— Viens, m'ordonne-t-il. Tu râleras plus tard.

J'avance doucement, nerveuse, sans le quitter des yeux. Me concentrer sur lui m'aide à contrôler mes nerfs.

En dépassant une cheminée, je comprends enfin ce qu'on fait là : la vue sur Manhattan est tellement belle qu'elle en est presque irréelle. Devant moi se dressent des buildings aussi imposants que lumineux. J'en oublie mes enfantillages et la difficulté que j'ai éprouvée à dépasser ma peur.

— Waouh. C'est…

— Je t'avais dit que ça en valait la peine, me dit-il doucement. Viens là.

Quand je me réfugie contre lui, son odeur maintenant familière me ravit. Emportée par une vague de plénitude, je passe mes bras autour de son cou. Nos lèvres se trouvent, fiévreuses. Nos corps se serrent à s'étouffer. Mes mains, avides, se perdent dans l'épaisse douceur de ses cheveux. Être là, entre ses bras… Je ne me suis jamais sentie aussi vivante. Tant pis pour demain. Quoi qu'il arrive, ce que j'ai vécu aujourd'hui valait la peine de tout bouleverser.

Soudain, l'urgence résonne dans ma tête : il faut que je parle avec Théo. Je ne peux pas continuer à le balader comme ça. Quoi qu'il se passe avec Ayden, je suis allée trop loin.

Trente-six

Landing

Mel

À bout de souffle, perdue dans les yeux d'Ayden et la vue spectaculaire qui s'étale devant moi, je soupire doucement.

— Je dois rentrer. Il est tard.

Ayden relève mon visage vers le sien, me scrutant presque douloureusement.

— Reste.

J'en ai tellement envie… Je pourrais passer le reste de mes jours sur ce toit, dans ses bras. Mais cette force dévorante qui me pousse vers lui est en train de me faire perdre pied, et cette conversation avec Théo doit avoir lieu avant que je change d'avis. De toute façon, je n'ai pas le choix. Tara avait raison, parfois certaines évidences prennent le pas sur tout le reste.

— Je ne peux pas. Il faut que je parle à Théo.

— Ça veut dire quoi ?

Sa froideur soudaine m'inquiète un peu.

— Je ne peux pas… À propos de nous… Je ne peux pas lui faire ça. Ça ne me ressemble pas.

La panique que je lis sur le visage d'Ayden me trouble au plus haut point. Rien n'est clair, et je vais peut-être un peu vite en besogne, mais ma décision est prise : je dois quitter Théo. Je l'aime profondément et je lui serai toujours reconnaissante de m'avoir donné tout cet amour. Mais je ne peux pas passer à côté d'Ayden. C'est au dessus de mes forces.

— Tu es sûre de toi ?

— Oui. Il mérite beaucoup mieux que ce que je suis en train de faire.

Les trait rongés par la colère, Ayden s'écarte brusquement de moi.

— Alors rien n'a changé ? T'en as pas marre de me prendre pour un con ?

— Qu'est-ce que tu racontes ? Évidemment que tout a changé ! je m'insurge. Et jusqu'à preuve du contraire, c'est lui que je prends pour un con, pas toi !

— Bien sûr. C'est pour ça que tu vas sagement rester avec lui, hein ? Tu passes la moitié de ton temps dans mes bras, mais tu ne peux pas lui faire ça ? À qui tu vas faire croire que c'est avec lui que tu veux être ?

Son agressivité déteint sur mon humeur en moins de temps qu'il ne faut pour le dire.

— Je suis en train de te dire que je vais le quitter. Qu'est-ce qu'il te faut de plus ?

— Tu as dit que tu ne pouvais pas lui faire ça.

— Parce que je ne veux plus lui mentir. Je te l'ai dit, je ne peux pas revenir en arrière. Je pensais avoir été claire.

Son visage s'apaise, contrairement à ma colère.

— Je ne peux pas en dire autant de toi.

Ayden se rapproche doucement. La tendresse dans ses yeux apaise un peu mon élan de colère.

— Je veux personne d'autre, souffle-t-il d'une voix sourde. Pourquoi j'ai dégagé Chloe tout à l'heure, à ton avis ?

— J'en sais rien.

— Beaucoup de gens savent que Chuck cherche à signer avec moi. Chloe en fait partie. Elle voulait que j'aille à une soirée avec elle, pour être vue avec moi. Elle m'a proposé de passer la nuit avec moi en échange.

Sérieusement ? Certaines personnes sont vraiment prêtes à tout. Un frisson de dégoût me parcourt quand l'image d'Ayden et Chloe dans une chambre se faufile dans mon esprit.

— Ça se fait beaucoup. Jusqu'à récemment, j'étais conscient de ça et ça m'allait bien. Mais je peux plus.

J'ai besoin de le pousser dans ses retranchements. Je ne sais pas encore si je peux le croire.

— Pourquoi ?

— Apparemment, ma nouvelle amie n'aime pas ça.

Je lève les yeux au ciel en repensant à ma tentative désespérée de me tenir loin de lui. Clairement, elle s'est soldée par un échec cuisant.

Je me risque à une question dont je n'ai pas envie d'entendre la réponse :

— Qu'est-ce qu'il y a entre Chloe et toi ?

— Tu veux savoir si on a couché ensemble ?

Ayden croise ses doigts aux miens.

— Non. Je n'ai pas couché avec elle. Par ta faute, d'ailleurs.

— Pardon ?

— La soirée chez Chuck. J'arrêtais pas de te voir dans ma tête après ça. Tu voulais pas me lâcher. J'ai pas pu.

Avant que j'aie le temps de répondre, la sonnerie du portable d'Ayden se fait entendre dans sa poche. Il n'esquisse même pas un geste pour l'en extirper.

— Tu ne décroches pas ?

— Tu es là. Pour l'instant, je n'ai besoin de rien d'autre.

Le souffle court, je marque un temps d'arrêt. Il vient vraiment de dire ça ? À moi ? J'ai presque envie de me retourner pour être sûre que quelqu'un d'autre ne se tient pas derrière moi. Ayden est tellement déroutant… il est toujours là où je ne l'attends pas.

Pour toute réponse, je me blottis contre son torse en soupirant. En retour, il ressere sa prise autour de mes bras et pose ses lèvres sur mon crâne. L'étreinte tendre et protectrice qu'il m'offre anesthésie chacune de mes pensées. C'est tellement bon de ne plus réfléchir que j'en oublie toutes les questions auxquelles il ne veut pas répondre. C'est à se demander où est passée la Mel que je connais si bien, celle qui n'aurait pas manqué de se méfier et de se vexer à la moindre occasion.

— Je dois vraiment y aller, je murmure d'une voix atone.

Sans un mot, Ayden me serre encore plus fort. Est-ce qu'il est dans le même état que moi ? Est-ce qu'il ressent aussi violemment les émotions qui me torturent en sa présence ? Est-ce que l'adrénaline le submerge lui aussi quand nos lèvres se rejoignent ? Pour l'instant, je ne veux pas le savoir. Je veux juste l'embrasser encore. Au moment où ma bouche trouve la sienne, la chaleur qui se propage dans mon corps est à la limite du supportable. Chancelante, je réussis tant bien que mal à me défaire de ses bras.

En jetant un dernier regard aux buildings qui me font face, je prends tout à coup conscience que je serai partie d'ici quelques minutes. Et c'est déjà un déchirement. Pourquoi faut-il que les bons moments passent toujours si vite ? Tentant de retenir les minutes qui défilent, ma main se resserre autour de la sienne.

Quand nous retournons sur le balcon, Ayden m'attrape par la taille pour coller mon dos contre son torse juste avant que je pose un pied dans sa chambre.

— Tu es sûre que tu ne veux pas rester ? souffle-t-il avant de poser ses lèvres dans mon cou.

— Je ne peux pas, Ayden.

— Qu'est-ce que je peux faire pour te convaincre ?

Ses mains se déplacent lentement de ma taille à mon ventre, et je tente désespérément de ne pas céder.

— Tu ne crois pas que tu en fais déjà assez ?

— Non, rétorque-t-il en me retournant pour emprisonner à nouveau mes lèvres.

De longues minutes passionnées plus tard, je me retrouve dans le couloir. Je ne sais par quel miracle, j'ai tenu bon. Devant le miroir fendu de l'ascenseur, je note que même les éclairages sombres n'arrivent pas à masquer mes joues rouges et mes yeux brillants. Je recoiffe rapidement mes cheveux en bataille, perdue dans le souvenir des mains d'Ayden les entremêlant fermement. Un sourire niais et incontrolable s'est emparé de mes lèvres, encore rosies par l'intensité de nos baisers.

Complètement ailleurs, je réussis néanmoins rapidement à trouver un taxi. À l'intérieur de l'habitacle, je me repasse en boucle les événements de la soirée. Malheureusement, le courage dont je me targuais dans les bras d'Ayden s'amenuise au fur et à mesure que je me rapproche de Grove Street.

En sortant du taxi, l'énergie drastique que va me coûter ce que je m'apprête à faire m'affaiblit déjà. Au lieu de monter dans l'appartement, je décide de m'asseoir dans l'escalier extérieur. Cet endroit me rappelle sa présence, et j'éprouve l'impression un peu ridicule qu'Ayden est toujours avec moi.

L'angoisse de blesser Théo m'étreint avec plus de force que jamais. Jusqu'à présent, je n'avais pas réalisé à quel point j'avais besoin d'être avec Ayden, je ne m'étais donc pas préparée à devoir le quitter *vraiment*. Cette fois, je n'ai plus le choix. Je lui dois d'être honnête. Parce que je suis raide dingue de cet inconnu qu'est Ayden. Il ne faut pas que je réfléchisse.

Je ne vais jamais y arriver…

Au moment où j'appuie sur le bouton d'appel, je serre tellement fort mon téléphone dans ma main que mes jointures me font mal. Quand Théo finit par décrocher, mon cœur tressaute. Mon angoisse éloigne sa voix, la transformant en un chuchotement lointain.

— Allô, mon amour ? Je suis tellement content de t'entendre !

Trente-sept

Falling down

Mel

La voix de Théo ravive mon immense culpabilité, mais il est bien trop tard pour y réfléchir.

— Salut.

— Ça va, ma puce ? Tu as l'air bizarre.

— Non. Enfin si. Il faut que je te parle de quelque chose d'important.

Mes mains tremblent. En trois ans, Théo et moi nous ne nous sommes pratiquement jamais disputés. Notre relation, nos projets, nos activités, tout a toujours coulé de source. Jusqu'à ce que j'atterrisse dans cette ville, je ne lui ai jamais rien caché. J'ai la certitude qu'il ne se doute pas une seule seconde de la bombe que je m'apprête à lâcher sur nos vies.

— Ça tombe bien, moi aussi ! Tu commences ?

Une panique sourde me serre la gorge. Je vais lui faire un mal de chien, un mal qui va me torturer pendant des jours et des nuits entières. Les larmes aux yeux, je repense à ce jour où ses lèvres se sont posées pour la première fois sur les miennes. Un triste frisson me traverse.

— Mel ? Tu pleures ? S'il te plaît, dis-moi ce qui se passe, insiste Théo d'une voix blanche.

Incapable de prononcer un mot, j'essaie de contrôler ma respiration. L'angoisse qui m'étreint au moment où j'ouvre la bouche est telle que je ne sens même plus mes jambes.

— J'ai… J'ai…

Je ne vais jamais y arriver…

— Mel, calme-toi. Explique-moi. Tu as quoi ?

Sa tentative de m'apaiser me tord un peu plus le ventre, mais me décide à ne pas faire durer plus longtemps le suspense.

— J'ai rencontré quelqu'un.

— Comment ça ? Qu'est-ce que ça veut dire ?

Le ton de sa voix monte d'un cran. Tout d'un coup, c'est la panique : je ne me suis pas du tout préparée à lui expliquer comment je me suis retrouvée dans cette situation avec Ayden. Je ne veux pas rentrer dans les détails, et je ne sais pas comment trouver les mots.

— J'ai embrassé quelqu'un d'autre. Plusieurs fois.

— Quoi ?

Au nom de quoi est-ce que je fais tout ça, déjà ? Ayden. Ayden à qui je suis incapable de résister. En ce moment même, il me semble presque être un ennemi, un ennemi contre lequel je ne me bats pas à armes égales. Je me déteste tellement de ce que je suis en train de faire… Mes larmes redoublent, et je perds complètement pied.

— Je… suis… désolée. Je… t'aime. Je ne voulais pas… te… te faire de mal.

Je n'ai pas le souvenir d'avoir été un jour aussi incohérente. Tout est flou. À l'autre bout du fil, le silence de plomb se brise.

— Dis moi que c'est une blague. S'il te plaît, dis-moi que je suis en train de rêver.

— Non…

— Putain !!!

La rage que je prends en pleine face me bouleverse. Théo en profite pour déverser sur moi toute sa rage :

— Est-ce-que tu te fous de ma gueule ? En à peine un mois, tu me plantes un couteau dans le dos ? Tu te souviens de tes promesses, Mel ? Tu te souviens de tout ce qu'on s'est dit ?

Sa colère me fait doucement revenir sur terre. Je la mérite. Théo ne peut pas savoir à quel point j'ai lutté contre le raz-de-marée qui me happe depuis que j'ai rencontré Ayden. Il ne sait pas à quel point j'ai perdu le contrôle de mes actes depuis qu'il est entré dans ma vie.

— Je suis désolée.

— Merde, Mel. C'est tout ce que tu as à dire ? Alors quoi, c'est fini entre nous, c'est ça ? Tu balances trois ans en l'air sur un coup de tête ? Je t'ai donné tout ce que j'avais, j'ai toujours tout fait pour toi, et c'est comme ça que tu me remercies ?

— Théo…

Qu'est-ce que je peux bien dire ? Il n'y a rien à dire. Rien du tout.

— Où tu es ? Avec lui ?
— Non. Bien sûr que non.
— Tu es chez Chris ? Qu'est-ce que tu fais ?

Qu'est-ce qui lui prend ? Pourquoi c'est si important, l'endroit où je me trouve, après ce que je viens de lui dire ?

— Je suis dehors. J'allais rentrer.
— Tu étais avec lui, c'est ça ?

L'espace d'une seconde, je pense à mentir pour atténuer sa douleur, mais je me ravise.

— Oui.
— Tu as un culot monstrueux. Il dure depuis quand, ton petit jeu ? crache-t-il.

J'ai de plus en plus de mal à contenir la colère qui s'empare de moi. D'accord, je n'ai vraiment pas été réglo, et je mérite ses reproches. Mais là, j'atteins mes limites.

— Ce n'est pas un jeu. Je ne me suis pas levée un matin en me disant que je rencontrerais bien quelqu'un. Ce n'était pas censé arriver. Je ne l'ai pas fait exprès.
— Depuis combien de temps tu fais semblant ?
— Je n'ai pas fait semblant. Je t'aime. Je ne sais pas comment l'expliquer… C'est arrivé, c'est tout. J'ai perdu le contrôle. Crois-moi, j'ai tout fait pour que ça ne se produise pas.
— Tu te fous vraiment de moi, Mélanie. Tu crois que je vais avaler ça ? Comment tu peux décemment me faire ça et me dire que tu m'aimes ? Je te croyais vraiment différente. Je me suis bien planté !
— Je comprends que ce soit dur. J'essaie juste de t'expliquer. Je ne veux pas jouer un double jeu.

— Mais pourquoi ? On n'était pas bien ensemble ?

— Si… Bien sûr que si.

— Alors pourquoi ?

Je lève les yeux vers le ciel sans étoile, espérant y trouver une réponse à sa question.

— Je ne sais pas.

La respiration bruyante de Théo à l'autre bout du fil continue de rythmer mes pensées. J'ai mal, tellement mal. Depuis la maladie de ma mère, je n'avais pas ressenti une telle peine. Je me sens vide, seule, triste, et j'ai peur. Que va-t-il se passer maintenant ?

— Tu viens de me briser, hurle Théo, et tu ne sais même pas pourquoi ? Mais putain, est-ce que tu te rends comptes de ce qui sort de ta bouche ? J'ai pris un billet pour New York hier. Pour te faire une foutue surprise. Est-ce-que tu réalises ? Et toi… toi, tu ne sais même pas pourquoi tu fais éclater ma vie ? Putain, mais où t'es passée, Mel ? On t'a fait un lavage de cerveau ?

Ma respiration se bloque. J'ai forcément mal entendu.

— Qu'est-ce que tu viens de dire ?

— Oui, j'ai pris un billet d'avion.

Un rire sans joie me parvient aux oreilles et me glace tout à coup le sang. Théo commence à me faire peur. Je ne l'ai jamais vu comme ça.

— Mais comment…

— Parce que moi, je pense à toi ! Quand je pense que j'ai gardé cet argent pour toi, pour te voir tellement je culpabilise de t'avoir fait faux bond !

Oh non. C'est pire que tout. Dans trois secondes, je vais me réveiller chez moi, dans mon lit. C'est impossible que je ne sois pas en train de cauchemarder.

— Je suis tellement désolée… Théo, je ne savais pas… je ne voulais pas…

— Arrête, mais arrête ! Je n'en ai rien à foutre de tes excuses ! Ce que je veux, moi, c'est la Mel que j'ai laissée partir il y a un mois ! Tu te rappelles ? Celle qui disait qu'elle m'aimait plus que tout ? Celle qui pleurait parce qu'on n'allait plus se voir ? Celle qui me disait pour toujours après avoir fait l'amour ? Mais comment tu peux me faire ça ?

Théo craque. Les sanglots dans sa voix ne me trompent pas. Terrassée par une vague de tristesse, je pleure avec lui toutes les larmes de mon corps. J'ai envie de m'enfoncer dans un endroit si sombre et si profond que je ne pourrais même plus y voir notre douleur.

Tous ces moments dont parle Théo, je les ai vécus, ressentis, aimés de tout mon cœur. Ces trois ans, tous nos rires, nos espoirs, nos projets. Je lui dois tellement… Comment est-ce que je vais vivre sans lui ? Sans sa bonne humeur permanente ? Sa force immuable ?

Dans le silence, je lui souhaite par la pensée tout ce que je peux de meilleur. Il mérite tellement d'être heureux. Mes larmes et les siennes continuent de couler sur notre insouciance et notre légèreté passées, sur tous les moments magnifiques que nous avons vécus ensemble. Sa voix brisée me détruit soudain un peu plus :

— Est-ce que tu reviendras ?

Qu'est-ce que je peux répondre à ça ? Je viens juste de lui exploser le cœur, est-ce que je dois continuer jusqu'à ce qu'il n'en reste plus rien ?

— Je ne sais pas. Je ne sais même pas si je partirai un jour. Tu seras toujours exceptionnel pour moi. Et je t'aimerai toujours.

Théo me tacle durement.

— Tais-toi, Mel. Je ne veux pas de ta pitié. Je n'ai pas besoin d'entendre ça. Pas maintenant. Je vais te laisser, j'ai un billet d'avion à annuler.

Je me force à répondre doucement :

— D'accord.

Quelques secondes passent encore, pendant lesquelles j'essaie de réaliser ce qui vient de se passer. Je ne me rends compte qu'en regardant mon portable que Théo a déjà raccroché.

Il ne m'en faut pas plus pour m'effondrer. La tête entre mes mains, au beau milieu de cette rue qui devient le théâtre de toutes les émotions que je traverse depuis que j'ai débarqué ici, je sanglote durant ce qui me semble des heures.

Les images qui me traversent l'esprit sont toutes plus douloureuses à encaisser les unes que les autres. Un souvenir de lui en train de jouer avec Sarah un jour qu'elle était triste parce que ma mère était à l'hôpital me touche plus particulièrement. Théo est un garçon bien. Vraiment bien.

J'en arrive presque à douter. Est-ce que j'ai pris la bonne décision ? Est-ce que je me laisse aveugler par le charisme d'Ayden ? Est-ce que j'ai l'“impression d'avoir des sentiments pour lui parce que je suis loin de Théo ?

Je voudrais tellement pouvoir expliquer à Théo toutes les choses qui me traversent l'esprit… C'est ce que j'ai toujours fait, jusqu'à aujourd'hui. Sauf que là, je ne peux pas. Et je ne pourrai plus jamais. Je ne peux pas non plus monter chez Chris et Tara, pas maintenant. J'étouffe, j'ai trop besoin de respirer. Il faut que je voie Ayden. J'en ai besoin. J'ai besoin de me prouver que je n'ai pas fait tout ça pour rien. J'ai besoin de ses lèvres, de ses bras, il faut que j'oublie ma douleur.

Les yeux inondés de larmes, j'envoie un texto à Cassie pour lui demander son numéro, qu'elle m'envoie aussitôt. Sans réfléchir, les yeux encore brouillés de larmes, je compose mon message sans même le signer.

> Est-ce que je peux revenir ?

> Quand tu veux. Je t'attends.

Trente-huit

After

Mel

Le trajet dans le taxi qui m'amène chez Ayden se déroule dans le flou le plus complet. Sangloter, me calmer, repenser à Théo, pleurer encore, imaginer les bras d'Ayden, tout cela m'empêche de remarquer que la vie new-yorkaise continue malgré tout.

Les mots compréhensibles mais tellement blessants de Théo continuent de perforer ma poitrine de mille petites aiguilles brûlantes. Il a toujours été tellement prévenant avec moi que je n'ai pas réalisé qu'il pouvait me faire mal. Il faut dire que jusqu'à présent, je ne lui avais jamais donné de raison de le faire.

Je me souviens qu'un soir de juin, au début de notre relation, Théo m'avait emmenée en balade au bord d'un lac. Il avait fait les choses en grand : préparé un pique-nique, des bougies, une couverture moelleuse pour que je n'aie pas froid. Cette nuit-là, dans l'obscurité, nous avions discuté toute la nuit. Pour la première fois de ma vie, j'avais soudain eu la sensation de pouvoir m'ouvrir à quelqu'un.

Aujourd'hui, j'ai tiré un trait sur cette complicité. Peut-être que le problème était là, au final... J'ai toujours compté sur Théo pour m'épauler, mais je ne lui ai jamais rendu la pareille. Depuis la maladie de ma mère, et à cause d'elle certainement, Théo a été le seul à m'offrir son aide, et je l'ai acceptée avec gratitude sans me demander vraiment ce dont lui avait besoin.

Si je m'étais posée rien qu'une seule fois la question, les choses auraient sûrement été différentes. Parce que je n'ai jamais eu envie d'être là pour Théo comme j'ai besoin de l'être pour Ayden. Je me suis laissé porter par une relation qui me faisait du bien, sans y réfléchir. Je me suis attachée à Théo, je l'ai aimé, mais je réalise maintenant que je ne l'aurais pas aimé assez pour le rendre heureux jusqu'à la fin de ses jours.

Après avoir frappé trois coups brefs à la porte d'Ayden, j'entends des bruits sourds à l'intérieur de l'appartement. Il m'ouvre lentement, un demi-sourire aux lèvres.

Putain. Il est vraiment, vraiment magnifique. Et ne semble pas dérangé une seconde par l'idée de m'ouvrir torse nu, les cheveux encore mouillés, vêtu simplement d'un jean sombre. Une mèche brune retombe sur son front, masquant une partie de son regard azur. Sa peau claire est illuminée de quelques grains de beauté sur lesquels j'époruve le besoin immédiat de poser mes lèvres.

Ses yeux m'interrogent silencieusement. Un pli soucieux barre soudain son front.

— Ça va ?

Sa question me replonge brusquement dans les événements qui viennent de se produire. Mon visage se tord, les commissures de mes lèvres se rabaissent sans que je puisse les contrôler. Incapable de lui répondre, j'étouffe un sanglot douloureux. Instinctivement, je me précipite dans ses bras.

Mes mains se posent sur la peau chaude de son dos, dont les muscles travaillent sous mes doigts quand il me serre contre lui. La douceur de sa peau me plonge dans une sorte de léthargie cotonneuse. Le nez contre son torse, je respire avec délectation son odeur fraîche et puissante qui s'immisce jusque dans mon cerveau pour y créer l'illusion d'un bien-être absolu. Malgré les circonstances, je ne voudrais être ailleurs pour rien au monde.

Je réalise que cette bulle que je me suis construite avec Ayden et dont je me suis arrachée avec peine deux heures plus tôt me manquait déjà. Ce type est pire qu'une drogue. Ce besoin violent m'effraie et m'enchante à la fois. J'ai beau fouiller dans mes souvenirs, je n'ai jamais autant ressenti cette urgence d'être avec quelqu'un. Dans ses bras, contre sa peau. Et pourtant, les délicieuses décharges électriques qui me traversent chaque fois qu'il me touche font que j'en redemande encore et encore. Je lève les yeux vers son visage, impatiente. Une seconde plus tard, ses lèvres jouent avec les miennes, et son étreinte se resserre encore. Sans cesser de m'embrasser, Ayden me guide à travers son appartement.

À bout de souffle, nos mouvements désordonnés attestant de notre besoin l'un de l'autre, nous atterrissons sur son lit. La douceur de l'épaisse couette en coton sous mes doigts me sort de ma torpeur au moment où il s'écarte de moi pour s'allonger sur le dos.

— Viens.

Je me décale sur le côté, de manière à poser ma tête dans le creux de son épaule. Ses doigts tracent nonchalamment de petits chemins sur ma peau, m'arrachant des frissons qui font écho à ceux que je provoque sur le haut de son corps.

— Qu'est-ce qu'il s'est passé ? m'interroge-t-il doucement.

J'essaie maladroitement de contrôler les tremblements de ma voix.

— J'ai fait ce que je devais faire. Je l'ai quitté.

Ayden se tourne à son tour sur le côté pour me faire face, et son visage se retrouve à quelques centimètres du mien. Son regard curieux me sonde.

— Est-ce que ça va aller ?

— Oui. C'est juste… Il a toujours été dans ma vie. Il l'a très mal pris.

Ayden garde un silence dont je lui suis reconnaissante. Je poursuis doucement :

— J'imagine que ce n'est pas ce que tu as envie d'entendre, mais c'est très dur pour moi.

— Je m'attendais à rien.

La distance dans sa voix me tend.

— Qu'est-ce que tu veux dire par là ?

Son regard voilé m'indique qu'il est en train de réfléchir.

— Au cas où tu ne l'aurais pas remarqué, je suis pas doué pour les relations humaines, Mel. Je n'ai jamais fait ça.

— Tu n'as jamais été en couple ? Toi ?

Un petit rire s'échappe de ses lèvres.

— Ouais. Et ?

— Avec toutes les filles qui te tournent autour, je pensais qu'au moins une fois tu…

— Jamais. C'est pas fait pour moi, me coupe-t-il durement.

Je n'en reviens pas. J'avais bien compris qu'Ayden n'est pas le genre à s'attacher, mais je n'aurai pas imaginé qu'il n'ait jamais eu de relation suivie avec qui que ce soit.

— Pourquoi ?

— Ce genre de trucs, c'est voué à l'échec.

Comment est-ce qu'il peut penser ça ? Mes parents se sont séparés de la pire des manières, et pourtant, je ne suis jamais arrivée à la conclusion que toutes les relations finissent mal. C'est compliqué, oui, j'en fais l'expérience en ce moment, mais une perte de temps, quand même pas.

Comme pour appuyer ses propos, Ayden s'écarte de moi et bascule sur le dos. Quand il retire sa main de ma taille, je pose les yeux sur l'intérieur de son avant-bras. Une ligne d'ECG est dessinée dessus. En attrapant son bras au vol, je remarque que les lettres D et H sont discrètement gravées au milieu de la ligne. Approchant le dessin de mon visage, je l'interroge, surprise :

— Tu t'es fait tatouer ? Pourquoi ?

Ayden observe l'encre sur sa peau d'un air absent. Un demi-sourire blasé apparaît sur ses lèvres.

— Pour me rappeler que je suis en vie.

Est-ce que tout le monde a décidé de me briser en deux ce soir ?

Touchée en plein cœur par sa réponse si abrupte, je trace avec un doigt la ligne noire qui rappelle à Ayden que son cœur bat. J'hésite à poser plus de questions, mais encore une fois, ma curiosité prend le dessus.

— Qui est DH ?

Ayden expire lourdement contre moi. Son changement d'humeur ne fait plus aucun doute. Il soustrait son bras de mon regard et soupire, l'air agacé par mes questions.

— C'était mon père. Dean Harrington.

Oh.

— C'était ?

— Oui. Il est mort.

Ayden scrute fixement le plafond, la mâchoire serrée. Je pose une main hésitante sur son bras.

— Je suis désolée.

— Pas la peine. Ça fait longtemps.

Tout d'un coup, il fait dix degrés de moins dans la pièce. Je ne sais pas comment réagir face au mur qui se trouve maintenant à côté de moi. Au bout de quelques instants de silence, il semble s'en apercevoir et m'explique, radouci :

— Il s'est suicidé quand j'avais quatorze ans. Il était chanteur. Et guitariste. Il avait sûrement du talent, mais il n'a jamais percé. Il s'est mis à boire. Il écumait les bars miteux pour chanter de vieux tubes que plus personne n'écoutait. Plus il vieillissait, plus il y croyait. À la fin, je crois que cet enfoiré ne se souvenait même plus qu'il avait une famille. Et un jour, il s'est foutu en l'air. C'est ma mère qui l'a trouvé.

— Mon Dieu. C'est horrible.

Ayden ne semble même pas entendre la phrase vide de sens qui sort de ma bouche.

— Ça ne m'a pas fait grand-chose. Ça ne changeait pas ma vie, je ne le voyais jamais autrement que bourré.

Les poings serrés à s'en faire blanchir les jointures, il regarde toujours fixement le plafond. J'attrape doucement sa main dans la mienne. Quoi qu'il en dise, sa colère transpire par tous les pores de sa peau. Les raisons qui le poussent à rejeter la scène me semblent tout à coup évidentes. Mon cœur se serre, et j'attrape sa main. Semblant se détendre un peu, il se tourne légèrement et pose enfin le regard sur moi.

— Laisse tomber. Je sais même pas pourquoi je te raconte ça.

Je ne le sais pas non plus, mais ses confidences me touchent. J'ai l'impression de le connaître un peu mieux, d'avoir enfin brisé la glace. Au moment où je m'apprête à me tourner pour lui faire face, il se redresse subitement et m'enjambe pour se placer au-dessus de moi. Un rire surpris m'échappe ; j'essaie de me dégager, sans succès.

La vue parfaite qu'il m'offre sur son torse me coupe pourtant très vite l'envie de rire. Je suis seule avec Ayden, sur son lit, avec pour seule barrière entre nous nos vêtements. Le sourire amusé qu'il arbore en prenant mes mains dans les siennes réveille une douleur sourde mais très agréable dans mon ventre. Inconscient de mes réactions, il se penche sur moi et prend appui sur ses coudes pour déplacer mes mains au-dessus de ma tête. Nos corps se frôlent, et ma température corporelle augmente subitement. Prise de frissons, je m'immobilise. Son front se pose sur le mien, et quand nos lèvres se touchent presque, sa voix grave trouble le silence.

— Et si on parlait de choses plus agréables ?

Trente-neuf

Cold Water

Mel

Ses yeux clairs me clouent au lit sur lequel je suis allongée depuis tout à l'heure. Ses traits détendus rendent son visage plus doux que d'habitude, et j'éprouve toutes les peines du monde à poursuivre cette conversation.

— Qu'est-ce que tu veux savoir ?

Le filet de voix qui s'échappe de ma gorge est à peine reconnaissable, voilé d'une tendresse infinie. Je suis définitivement perdue. Et pour l'instant, ça m'est égal.

Ayden se penche doucement sur moi. Son front contre le mien, il continue de me fixer intensément. La puissance de son regard me traverse jusqu'au plus profond de mon cœur, que je sens battre bien plus fort depuis quelques minutes. Il entremêle nos doigts fermement, comme pour renforcer notre lien.

Incapable de tenir plus longtemps, je ferme les paupières, me délectant du silence absolu. Le souffle chaud d'Ayden balaie imperceptiblement mon visage au rythme de sa poitrine qui s'abaisse et se soulève au-dessus de moi. Chaque fois que nos corps se frôlent, j'ai l'impression qu'il m'en faut plus, mais je reste immobile, de peur de briser la perfection de ce moment.

La voix d'Ayden se fait soudain entendre. Cette voix sombre, éraillée et pure à la fois qui me l'a rendu exceptionnel au premier regard. Les paroles qu'il fredonne tout contre ma bouche m'atteignent en plein cœur.

— *I want to heal, I want to feel*
Like I'm close to something real
I want to find something I've wanted all along
Somewhere I belong

— Linkin Park ? je murmure avec satisfaction.

— J'ai de très bons goûts musicaux.

Au moment où je m'apprête à rétorquer, des lèvres douces et impatientes trouvent les miennes avec force, m'arrachant un soupir un peu trop audible à mon goût. Ayden relâche enfin mes mains, et j'en profite pour les poser au creux de ses reins.

Je pourrais rester des siècles comme ça. Coupée du reste du monde, perdue dans ses bras et dans cette nuit qui me protège de mes douleurs passées et à venir. Je n'ai plus envie de vivre sans ressentir l'intensité de cet élan qui me pousse vers lui, encore et encore. Je ne peux plus me contenter de la chaleur tiède qui a guidé mes actes jusqu'à aujourd'hui. On ne se connaît pas encore, mais je ne veux plus rester loin de lui. Depuis qu'il est là, je râle, je peste, je crie, j'ai peur, mais je respire.

Au moment où ces pensées me traversent, je resserre mon étreinte. Étourdie, je m'accroche avidement à ses lèvres, le pressant de poursuivre ses caresses. Plus rien ne peut m'empêcher de profiter de lui maintenant. Je suis libre.

« C'est pas fait pour moi. »

Cette phrase sortie un peu plus tôt de sa jolie bouche s'immisce soudain dans mon esprit embrumé, et je marque un temps d'arrêt. Il faut que je lui demande ce qu'il attend de moi. Je ne peux pas le laisser jouer. Je ne suis pas Emily. Et pour l'instant, rien ne me dit que je suis plus pour lui.

Je pose doucement une main sur son épaule, essayant de lui faire comprendre que j'ai besoin d'une pause. Mon message reste lettre morte. Ayden pose ses lèvres sur ma clavicule et trace une ligne de baisers humides sur ma peau chaude jusqu'à la naissance de ma poitrine. Instinctivement, je me cambre sous lui, découvrant au passage que mon corps ne m'obéit déjà plus.

« C'est toujours voué à l'échec. »

— Ayden.

En un éclair, son visage remonte au niveau du mien. Prenant appui sur ses avant-bras, il se surélève légèrement. La gravité qui se lit dans son regard magnifique me transperce une nouvelle fois.

— Mélanie ?

Comment je vais lui dire ça ?

— Tu as dit…

Je ne sais pas comment poursuivre.

— Qu'est-ce que j'ai dit ? s'amuse-t-il.

Une mèche de ses cheveux frôle le haut de ma joue. Réprimant un frisson, j'inspire profondément. Ne surtout pas se déconcentrer.

— Tu as dit que les relations n'étaient pas faites pour toi.

Voilà, c'est fait. Et les sourcils froncés d'Ayden ne me disent rien qui vaille.

— Ouais. C'est ce que je pense.

Je m'attendais un peu à cette réponse, mais ça n'empêche pas un frisson glacé de me parcourir le visage.

— Pourquoi ?

— Trop compliqué.

— Qu'est-ce qui est compliqué ?

Avec un soupir défaitiste, Ayden s'écarte de moi et se rallonge sur le côté. Il appuie sa tête contre sa main et fixe le mur derrière moi. On dirait qu'il ne peut plus me regarder en face. Je me sens tout à coup complètement démunie, comme si on m'avait adressé un cadeau magnifique par erreur.

— Les relations. Les sentiments. C'est pas pour moi.

— Comment tu peux le savoir puisque tu n'as jamais essayé ?

— J'ai pas besoin d'essayer.

— Alors explique-moi ce que je fais là ?

Ma question ne semble pas le faire réagir. Cette soirée est un vrai cauchemar. D'abord Théo, et maintenant ça.

— Tu as voulu revenir…

Ces quelques mots laissés en suspens finissent de m'achever. Il ne peut pas être sérieux… D'un seul mouvement, je me rassieds sur le bord du lit. Est-ce que je suis folle ? J'ai beau tourner et retourner les événements dans ma tête, je ne comprends pas. Il y a quelques heures à peine, je me confrontais à son insistance pour que je reste. Comment en est-on arrivés là ?

Soudain très fatiguée, je laisse quelques larmes silencieuses s'échapper de mes yeux. Encore sous le choc, je les essuie discrètement. Hors de question qu'Ayden me voie pleurer. Je me lève dignement, sans un regard pour lui.

— Dans ce cas… je vais te laisser, je murmure.

Je parcours lentement les quelques mètres qui me séparent de la porte de sa chambre, attendant désespérément une réaction qui ne vient pas. Mes jambes sont lourdes ; une force invisible semble vouloir me retenir auprès de lui, mais je tiens bon. Je continue d'avancer, perdant espoir à chacun de mes pas qu'il en fasse un vers moi. J'aurais voulu retourner dans ses bras, lui poser des milliards de questions, mais je n'ai pas le courage de baisser ma garde à nouveau. C'est trop dangereux. La preuve.

La porte de son appartement qui claque derrière moi m'arrache un sursaut, mettant un terme à l'impression fausse que quelque chose de puissant était en train de se passer entre Ayden et moi. Le visage noyé de larmes, j'emprunte le couloir plongé dans la pénombre, en me repérant grâce aux éclairages de secours qui le parsèment.

Ayden ne veut pas de moi. Ou du moins, pas comme je le voudrais. Dan avait raison depuis le début. Comment j'ai pu croire qu'un truc aussi improbable pouvait marcher ? Et pourquoi un tel revirement ? Qu'est-ce que j'ai bien pu faire pour qu'il change d'avis comme ça ? Quelques instants avant qu'il ne brise ce qu'il me reste de cœur, tout semblait bien aller. Est-ce que c'est parce que j'ai parlé de relation ? Est-ce qu'il a flippé ? Ou est-ce qu'il s'est juste dit qu'il allait pouvoir coucher avec moi et réfléchir ensuite ?

Quelle conne !

Cette journée avait pourtant bien commencé… Dans le taxi, je consulte machinalement mon portable. Aucun message, et je ne sais même pas si je dois m'en inquiéter ou me sentir soulagée.

Épuisée, je laisse mes jambes me porter jusqu'à ma chambre à travers l'appartement silencieux. Je m'endors avec difficulté, me laissant tour à tour submerger par le doux visage de Théo déformé par la colère et celui, bien plus moqueur, d'Ayden.

La sonnerie de mon réveil m'agresse quelques heures plus tard. J'ai du mal à ouvrir les yeux. Gonflés de sommeil et de larmes, ils refusent d'encaisser la lumière du jour. Les souvenirs de la veille me reviennent en pleine face, comme un couteau qu'on remuerait dans ma chair encore et encore, m'empêchant de sortir de mon lit.

Une douleur soudaine qui me vrille l'estomac me force à mettre un pied par terre et me fait courir immédiatement aux toilettes. Je vomis toutes mes tripes, ma tristesse et ma rancœur. Des larmes froides, cette fois involontaires et provoquées par les spasmes de mon estomac, s'acharnent à couler sur mes joues. Cette fois, on dirait bien que mon karma m'a définitivement abandonnée. Pour ne rien arranger, je croise Tara dans le couloir, juste au moment où je regagne mon lit.

— Ça va ? Tu es toute pâle.

— Je crois que je suis malade, je réussis à articuler. Je vais me remettre au lit.

Tara me suit jusqu'à ma chambre.

— Tu veux que j'appelle un médecin ? me demande-t-elle avec inquiétude.

Je m'effondre sur le matelas. La position allongée semble atténuer ma nausée.

— Non, ça va aller. Je pense que j'ai mangé un truc mauvais, tenté-je de la rassurer.

Dans l'encadrement de la porte, Tara m'observe un moment, comme pour évaluer mon état.

— D'accord. Je vais partir à l'agence. Appelle-moi si tu as besoin de quelque chose, d'accord ?

J'ai juste besoin d'oublier.

J'esquisse à peine un pauvre sourire avant qu'elle quitte la pièce. Je me sens terriblement faible. Il faut que j'appelle Erin, je ne peux pas aller bosser dans cet état. J'attrape mon téléphone, remarquant au passage qu'aucune petite icône n'est apparue en haut de mon écran durant mes quelques heures de sommeil. J'avais espéré au moins un message d'Ayden. Vu la manière dont s'est terminée notre soirée, c'était complètement irrationnel.

Erin étant injoignable, je repose ma tête sur l'oreiller avec précaution pour ne pas augmenter les nausées menaçantes qui s'emparent de moi à chaque mouvement. Incapable de me rendormir, je repense au fiasco d'hier soir. Les mêmes questions sans réponse me reviennent à l'esprit. Le visage d'Ayden penché sur moi, ses gestes tendres et la dureté de son silence quand je suis partie me torturent sans répit. Par moments, je ne peux m'empêcher de penser que je mérite ce qui se passe après ce que j'ai infligé à Théo. Tout ce que j'espère maintenant, c'est que je vais remonter la pente.

Je réalise que je me suis assoupie au moment où la sonnerie de mon téléphone me réveille. Ma nausée est toujours présente, mais légèrement moins prononcée. Je réponds à Erin juste avant qu'elle ne bascule sur ma messagerie.

— Allô, Mel ? Qu'est-ce qui se passe ?

— Si tu savais…

Me rappelant à qui je m'adresse, je me rattrape au vol :

— Je suis malade comme un chien. Je ne peux pas venir.

— Oh, ma pauvre ! Qu'est-ce qui t'arrive ?

Heu… j'ai le cœur brisé ?

— Une sorte d'intoxication, je pense.

— Beurk ! Reste chez toi, surtout !

— C'est ce que j'avais prévu. J'espère que je serai là demain.

— Soigne-toi d'abord. Je ne veux surtout pas tomber malade maintenant. Le concert est vendredi, et rien n'est encore prêt.

J'en avais presque oublié ce concert. Pourtant, je rêve de voir Bono sur scène depuis que je suis gosse. Il est vraiment temps que je m'occupe un peu de moi.

— Désolée. J'espère que j'irai vite mieux.

— Ne t'inquiète pas. J'ai passé trois mois sans stagiaire, je devrais m'en sortir pour une journée. Au fait, Ayden est au studio. Il m'a demandé si tu étais là aujourd'hui. Il s'est passé un truc que je ne sais pas ?

Quarante

Sick and tired

Mel

Je m'entends bien avec Erin, c'est même une fille géniale, mais je ne peux pas me confier à elle.

— Non, pas que je sache. Qu'est-ce qu'il a dit ?

— Rien de particulier. Peut-être qu'il ne peut plus se passer de tes précieuses remarques sur son travail ? plaisante-t-elle, espiègle.

— N'importe quoi.

— Je ne sais pas ce que tu lui as fait, mais on ne l'a jamais autant vu dans le coin.

— Ça n'a sûrement aucun rapport. On se voit demain, Erin ? Désolée, mais je ne me sens vraiment pas bien.

Par moments, Erin et ses sous-entendus me fatiguent. J'adore son énergie, mais là, je ne suis pas en état d'y faire face. En plus, je serais capable de craquer et de tout lui raconter pour soulager ma peine, ce qui ne doit surtout pas se produire. Je préfère donc couper court.

— Repose-toi. Et reviens en forme, on a du boulot !

En raccrochant, je ne peux m'empêcher de me demander ce qu'Ayden pouvait bien me vouloir après m'avoir jetée comme il l'a fait. Il m'a fait assez de mal comme ça, est-ce qu'il ne peut pas s'arrêter ? Je suis tellement en colère… contre lui, et surtout contre moi-même.

Toujours nauséeuse, je passe le reste de la journée au lit. En rentrant du travail, Tara me retrouve presque dans la même position que quand elle est partie ce matin. Nous discutons quelques minutes, mais je suis incapable de lui parler de ma rupture avec Théo et du comportement d'Ayden. En parler rendrait les choses trop réelles. Je ne suis pas prête.

Ma nuit n'est pas mieux que le reste de ces dernières heures.

Ma mère, hébétée, git sur un lit d'hôpital. Ses poignets et ses chevilles sont retenus par des lanières de cuir solidement attachées aux armatures de fer qui contiennent le matelas sur lequel elle est allongée. Les yeux fous, elle m'observe par intermittence et murmure des mots incompréhensibles. De temps en temps, elle pousse des cris stridents.

Elle a sombré dans la folie et je ne peux rien y faire. Mon cœur bat la chamade, des sueurs froides coulent le long de mon dos. Incapable de bouger, je n'ose même pas poser le bout de mes doigts tremblants sur la peau luisante de celle qui m'a mise au monde. Tout d'un coup, elle me fixe de ses grands yeux écarquillés et s'écrie d'une voix surexcitée que je ne lui ai jamais entendue :

— C'est de ta faute !

Dans la seconde qui suit, la porte de sa chambre s'ouvre lentement, dans un grincement des plus inquiétants. La vision d'Ayden et Théo ensemble dans l'ouverture de la porte m'arrache un cri étouffé. Impassibles, ils me pointent du doigt dans une synchronicité parfaite, sous l'œil torve de ma mère qui éclate d'un rire à me glacer le sang.

Après ce cauchemar-là, je ne me rendors pas. J'ai tellement eu peur que je passe le reste de la nuit la lumière allumée. Chaque fois que je ferme les yeux, les bras accusateurs de Théo et Ayden me harcèlent. Les heures suivantes, je maudis mon cerveau fatigué de faire autant de grabuge dans ma tête.

Pour m'occuper, je décide de prendre une douche. L'eau qui ruisselle sur ma peau me donne l'impression de me laver de tous les reproches que je ne cesse de me faire. En sortant, je tombe sur mon visage dans le miroir. Je suis blanche comme un linge, des cernes gris courent sous mes yeux bouffis. Il va vraiment falloir que je force sur le maquillage ce matin si je veux faire bonne figure.

Avant de me préparer, je me rallonge un peu. La réaction d'Ayden m'emplit maintenant d'une tristesse lancinante. Sans réfléchir, j'écoute en boucle les morceaux qui me rappellent les trop rares moments passés avec lui. Évidemment, c'était l'erreur à ne pas faire : mes larmes se remettent à couler avec d'autant plus de force que je ne suis plus malade.

En entendant du bruit dans le couloir, je me redresse péniblement. Pour donner le change, je choisis ma tenue avec soin et passe presque une demi-heure devant le miroir. Le résultat me convient à peu près : si j'arrive à sourire en mode pilote automatique, personne ne se doutera des dégâts causés par Ayden.

Debout dans la cuisine, Tara boit son café. Elle prend de mes nouvelles pendant que je me prépare une dose de caféine assez forte pour tenir la journée. Nous discutons de tout et de rien pendant quelques minutes, et je constate avec soulagement qu'elle ne semble pas s'apercevoir de ma tristesse.

En arrivant au bureau, je n'ai pas besoin de faire semblant que tout va bien : la pièce est vide. Erin a collé un Post-it sur l'écran de mon ordinateur.

Partie au Madison Square Garden. De retour pour déjeuner.

J'en déduis que l'organisation du concert de U2 lui donne du fil à retordre, et ça m'arrange bien. Elle me laissera peut-être tranquille au sujet d'Ayden, au moins pour quelques heures. Quand j'ouvre ma messagerie, trois mails m'attendent. Ils contiennent chacun une liste de choses à faire longue comme le bras. Résignée, je les imprime et entreprends de surligner chaque cas réglé au fur et à mesure que j'accomplis mes tâches.

L'organisation de ce concert est une bénédiction. Débordée, je ne pense enfin plus à l'inextricable bordel dans ma tête. Vers la fin de la matinée, j'ai déjà mis dans ma corbeille deux des mails d'Erin. La première tâche du troisième consiste à récupérer au studio des partitions qu'un des musiciens des White Strangers a oublié. Je monte au quatorzième avec appréhension, mais le studio est désert. Soulagée, je pars à la recherche des partitions. Des images de ce qui s'est passé l'avant-veille dans cette même pièce me reviennent avec force, et quand mes yeux se posent sur la guitare utilisée par Ayden, je perds pieds de longues secondes.

Concentre-toi, Mel. Les partitions.

De retour dans mon bureau, au moment où je m'affale sur mon siège, la sonnerie de mon portable me fait sursauter : c'est Cassie.

— Alors, tu es vivante ou Ayden t'a séquestrée quelque part ?

Entendre son prénom m'est insupportable aujourd'hui.

— Toujours vivante, apparemment, je rétorque d'un ton las.

— Ça ne va pas ? Tu es bizarre.

— Si, tout va bien. Juste un peu débordée. Et toi ?

— Ça va. Je n'avais pas de nouvelles de toi, alors j'ai appelé Dan. Comme il n'en avait pas non plus, je t'appelle.

— Désolée de ne pas t'avoir fait signe. Je suis tombée malade hier. J'ai passé la journée au lit.

— La faute à qui ? Aux Mojitos ou à Ayden ? me taquine-t-elle.

— Un peu des deux, sûrement.

— Oh. Tu veux en parler ?

— Pas maintenant. Mais on peut se rappeler, si tu veux. Tu me raconteras la fin de la soirée.

— J'ai une meilleure idée. Passe à la maison en sortant de Live, si tu veux.

— C'est gentil, mais je ne sais pas. Je suis vraiment crevée.

Et je ne suis pas en état de croiser Ayden.

— Allez, insiste-t-elle. Je te ferai un thé glacé maison. Dan a dit que c'était ton péché mignon. Et puis moi aussi, j'ai besoin de parler.

— D'accord. À une condition.

— Tout ce que tu veux, s'étonne Cassie.

— Je ne veux surtout pas le voir.

Hors de question que je me laisse embarquer dans un plan qui finit en larmes à 2 heures du matin. J'ai donné. Cassie éclate d'un rire cristallin :

— Ça ne risque pas, promis. Va travailler, je m'occupe de ton thé glacé.

— Ça marche. À tout à l'heure.

Notre conversation terminée, j'envoie un message coupable à Dan.

> Désolée, désolée, désolée. J'étais malade hier. Cassie vient de m'appeler. Tu vas bien ?

> Lâcheuse.

> Je sais. Désolée.

> Ça va ?

> Oui. Et toi ?

> Très bien. Cassie est super cool.
Comment s'est finie ta soirée ?

> On s'appelle ce soir ?

> Quand tu veux.

Je redoute vraiment de raconter à Dan ce qui s'est passé. « Je te l'avais dit » est bien la dernière chose que j'ai envie d'entendre là tout de suite. Au moment où je pose mon téléphone, Erin entre dans le bureau, survoltée. Je ne sais pas comment je vais tenir à ce rythme jusqu'au concert.

— Ça va, toi ? m'apostrophe-t-elle en virevoltant dans le bureau. On va déjeuner ?

En moins d'une minute, elle a déjà classé douze papiers, lu quinze mails et rangé quatre dossiers. Elle est infernale.

— Arrête de gigoter, Erin. On va y arriver. J'ai bien avancé ce matin.

Je me lève pour enfiler ma veste. Avec un soupir de gratitude, elle s'accroche à mon bras.

— Merci… Je suis un peu sur les dents.

Ah bon ? Je n'avais pas remarqué, tiens.

À l'intérieur du snack devenu notre Q.G., Erin me raconte sa matinée, passée à organiser la livraison des boissons et la mise en place des loges. Au nombre de fois où elle lève les yeux au ciel, je comprends qu'elle est loin d'avoir vécu une partie de plaisir.

— Il me tarde que tout ça soit terminé. À ce rythme, je ne tiendrai jamais jusqu'à vendredi ! Au fait, tu sais que Chuck ne veut même pas qu'on assiste au concert ?

— C'est une blague ?

— J'aimerais bien. Mais il a été clair. Il nous veut en loges du début à la fin.

— C'est tellement injuste.

— Comme tu dis, ajoute Erin, exaspérée. Les ordres sont les ordres, je suppose, ajoute-t-elle avec un air blasé qui ne lui ressemble pas.

De retour dans le hall d'entrée de Live, je note que l'hôtesse d'accueil a échangé sa casquette des Bulls contre deux chignons hauts de part et d'autre de son crâne. Semblant sortir tout droit d'un épisode de *Star Wars*, elle rit aux éclats. En face d'elle, un garçon brun, accoudé au comptoir, se tourne vers nous quand elle nous salue d'un signe de tête.

Merde.

Le regard intense d'Ayden croise le mien. Me forçant à ne pas me laisser submerger par les émotions, je me détourne presque immédiatement et me dirige vers l'ascenseur, suivie de près par Erin.

Quarante et un

Retreat

Mel

Je constate avec soulagement qu'Erin n'a même pas remarqué Ayden. Quand l'ascenseur ouvre enfin ses portes, je m'y engouffre avec précipitation, non sans vérifier que le musicien ne nous suit pas.

Si j'en juge par son sourire a l'attention de Miss Bulls, qui le dévore des yeux, ma présence est la dernière de ses préoccupations. Juste avant que les portes se referment, il lève pourtant les yeux vers moi.

Connard.

Une bouffée de colère s'empare de moi, et je me retiens de sortir en trombe de l'ascenseur pour lui dire ma façon de penser.

Dommage que je ne puisse pas me le permettre. Une fois de plus, je cache mes véritables sentiments derrière un sourire de convenance qui commence vraiment à me fatiguer.

Heureusement, je ne revois pas Ayden de tout l'après-midi. Quand Erin et moi quittons le bureau, il est bien plus de 19 heures. Les nuits commençant à raccourcir, il fait plus sombre que d'habitude. Une brise fraîche s'accroche à mes épaules, et je regrette de ne pas avoir emporté de gilet.

Cassie m'accueille en me serrant chaleureusement dans ses bras. Quand elle s'écarte de moi, une petite moue désapprobatrice se peint sur ses traits.

— Une bonne soirée filles ne te fera pas de mal, affirme-t-elle avant de me faire signe de la suivre.

Debout au milieu du salon, je fixe un moment le canapé en cuir de mon amie. L'enchaînement d'événements de la soirée me revient par bribes, à commencer par l'altercation entre Chloe et Ayden. Si elle ne l'avait pas provoquée, peut-être que rien de tout ce qui s'est produit ces dernières quarante-huit heures ne serait arrivé. Je serai peut-être tranquillement chez moi, affalée sur mon lit, en train de discuter de ma journée avec Théo. Au lieu de ça, j'ai mis un terme à trois ans de relation pour quelqu'un qui se fiche bien des conséquences de ses actes.

La classe, Mel.

Un lourd soupir s'échappe de ma gorge quand je m'assieds à la place qu'occupait Ayden deux jours plus tôt. Les mains sur les hanches, Cassie m'observe avec circonspection.

— Dure journée ?

— Vraiment. Ce concert va me tuer.

— C'est pas n'importe quel concert.

— Non. Tu y seras ?

— Évidemment. Je ne raterai ça pour rien au monde. Toi non plus, je suppose ?

— Je bosse. Chuck refuse qu'on quitte les loges.

— C'était à prévoir.

— Je ne m'y attendais pas, je soupire. Erin non plus, en fait. Bref. Dan va bien ? Il n'est pas très bavard depuis l'autre soir.

— Oui, oui…

L'air rêveur de Cassie me laisse perplexe. Je hausse un sourcil interrogateur quand elle lève deux mains innocentes pour se justifier.

— Quoi ? Il est cool.

Je poursuis mon petit manège quelques secondes de plus, convaincue qu'elle ne me dit pas tout.

— Il se passe quelque chose entre vous ?

Elle éclate de rire. Après avoir épongé des litres de larmes, ce son me fait du bien. Un bien fou, en fait.

— Mais rien, je t'assure ! Dan est juste… un garçon gentil.

Ses lèvres pincées ne me trompent pas. La très légère couleur sur ses joues non plus.

— Il a beaucoup souffert.

Une ombre presque imperceptible trouble le regard de Cassie. C'est peut-être inutile de la mettre en garde, mais j'apprécie beaucoup Dan. Je ne tiens pas à ce qu'il tombe sur une autre Emily.

— Moi aussi. Et de toute façon, je veux prendre mon temps. Mais je l'aime bien, c'est vrai.

Quand elle sourit, ses longues mèches tressautent légèrement autour de son visage. Elle respire cette sensation un peu particulière qui se produit quand on vient juste de rencontrer quelqu'un. Ce mélange de douceur et de mystère, dont je ne suis absolument pas dupe. Pour faire diversion, elle se lève brusquement et ramène de la cuisine une bouteille et deux verres, qu'elle pose sur la table basse.

— Thé glacé maison ! m'annonce-t-elle fièrement.

— Tu l'as vraiment fait ?

— J'ai cru comprendre que c'était une question de vie ou de mort, s'amuse-t-elle.

Elle se rassied en me tendant ma boisson. L'air très concentré, elle me fixe avec gravité.

— Tu me racontes, maintenant ?

J'hésite quelques secondes avant de me lancer.

— J'étais avec quelqu'un depuis trois ans. Je viens de le quitter.

— Oh. Et ça va ?

— Non. J'ai embrassé Ayden.

— Quoi ?

— Plusieurs fois.

— Waouh. Ayden ? Vraiment ?

— Ayden.

— Vous êtes ensemble ?

— Non. Je crois qu'on s'est mal compris. Ayden ne veut de personne.

— Et tu t'en veux d'avoir quitté ton mec ?

— Non. Mais je suis triste. C'était une belle relation.

— Trois ans ? Ce n'est pas rien.

— Non. C'est quelqu'un de bien.

— Mais ce n'est pas Ayden ?

— Je ne sais pas ce qui se passe avec Ayden. Je n'arrive pas à… à…

— Rester loin de lui ?

— Garder le contrôle.

— Il fait souvent ça aux gens, s'esclaffe doucement Cassie. Qu'est-ce qui s'est passé ?

L'oreille attentive, elle m'encourage à me livrer. Je tente de lui faire un bref résumé de la situation depuis que j'ai croisé le regard d'Ayden au studio. Quand j'en arrive à notre escapade sur le toit et la manière abrupte dont on s'est quittés, Cassie m'offre un regard plein de compassion.

— Ayden n'est pas le genre de garçon qu'on enchaîne du jour au lendemain, Mel. Je le connais bien. Il n'a jamais laissé le moindre espoir à qui que ce soit. En dehors de Zack et moi, personne ne l'approche.

— J'ai cru que les choses étaient différentes. Je me suis trompée.

À la pensée que je me suis laissé avoir, mon cœur se serre un peu plus fort. Pour masquer le malaise qui m'étreint, je baisse les yeux sur le tapis noir sous mes pieds. La main de Cassie se pose sur la mienne.

— Il n'a jamais insisté pour passer du temps avec qui que ce soit non plus.

— Qu'est-ce que ça veut dire ?

— Le soir où tu es venue nous voir jouer, il te voulait, toi. Pas Chuck, pas Erin. Toi. Quand je l'ai su, je me suis posé des questions.

— Pourquoi ?

— Il n'est jamais monté sur scène jusqu'à présent. Je me suis demandé pourquoi il changeait d'avis. Je pense que ça a un rapport avec toi.

— Je ne crois vraiment pas.

— Laisse-lui du temps. Ayden est un sauvage. Tu ne devrais pas lui fermer la porte.

— Il les ferme tout seul. Il n'a pas besoin de moi pour ça, je rétorque, amère.

— Je sais. Il ne sait juste pas quoi faire de toi, alors il se barre. Mais je ne pense pas que tu sois folle. Il se passe un truc.

Les théories de Cassie me semblent complètement tirées par les cheveux, mais je n'ai pas le courage de la contredire. Je n'ai plus envie de parler de tout ça. Nous discutons encore un moment, jusqu'à ce qu'elle me prenne par les sentiments en allant chercher un énorme pot de glace aux noix de macadamia, que nous dévorons devant une rediffusion de la première saison de *Grey's Anatomy*. Même si elle commence à dater, c'est ma préférée. Cassie et moi débattons sur le caractère de Cristina, qu'elle adore, contrairement à moi.

Progressivement, je me détends. Mes yeux se ferment par intermittence, mais je n'ai pas la force de m'extraire du canapé moelleux sur lequel je suis installée. Un moment plus tard, un doux tissu me recouvre, et quand je rouvre les yeux, il fait grand jour.

Paniquée, je pars à la recherche de mon sac duquel j'extirpe mon téléphone portable. Dieu merci, il n'est que 8 heures. J'ai encore le temps de passer à l'appartement avant d'aller travailler.

Dans la grisaille matinale, j'arpente les rues de New York avec beaucoup plus de légèreté. Je suis toujours en colère contre Ayden, mais j'ai pris beaucoup de recul. Il faut simplement que j'arrête de me laisser piéger par mes émotions quand il se trouve près de moi. Assise dans le bus, près de la fenêtre, je pense aussi à Théo. Est-ce que je devrais l'appeler pour prendre de ses nouvelles ? Je n'en suis pas certaine.

Dans l'appartement vide, j'avale un café en quatrième vitesse avant de me doucher et d'enfiler des vêtements propres. À Live, je passe plusieurs heures à régler la montagne de derniers détails urgents dont Erin me bombarde. À la fin de la journée, mon état de nerfs atteint son paroxysme quand je trouve sur mon téléphone trois appels manqués de ma mère. Théo l'a mise au courant de ce qui se passe, c'est certain. Et je ne veux pas en parler avec elle. Pas maintenant.

Fébrile, j'ouvre ensuite un message d'un numéro que je n'ai pas enregistré, mais que je reconnais immédiatement.

> Est-ce qu'on peut se parler ?

Interdite, je fixe ces quelques mots pendant plusieurs secondes, à la recherche d'une explication logique. La douleur sourde dans mon ventre se réveille, et je verrouille mon écran avant de le ranger sans hésitation dans mon sac. Hors de question de le laisser me toucher. Dans le hall, j'offre mon plus beau sourire à Ben, l'agent de sécurité, avant de sortir d'un pas léger.

Quarante-deux

Main event

Mel

Envahie d'une toute nouvelle détermination, je respire à pleins poumons l'air saturé d'énergie de cette fin de journée. Ma colère s'est transformée en une adrénaline fulgurante qui me donne la sensation que rien ne peut m'atteindre.

Ça suffit, les doutes. Je suis venue à New York pour vivre une aventure hors du commun. Elle ne durera pas toute ma vie. Pourquoi perdre autant de temps à cogiter ? Peu importe qu'Ayden veuille de moi ou non. Peu importe à quoi il joue. La seule personne qui compte dorénavant, c'est moi. Je n'y suis pour rien s'il est un handicapé des sentiments.

Comme je me l'étais promis la veille, j'appelle Dan.

— Je sais, j'avais dit que j'appelais hier…

— Je commence à avoir l'habitude, ironise gentiment mon acolyte.

— Je voulais m'excuser encore d'être partie de chez Cassie. Je t'assure que d'habitude, je ne suis pas un fantôme. Enfin, pas à ce point-là.

— Ce n'est rien, Mel. J'ai passé une très bonne soirée.

— J'ai cru comprendre, oui.

— Comment ça ?

— Tu avais l'air content d'être là.

— C'est vrai. Merci. Et toi ? Ça va ? Ta soirée avec Ayden ?

Au moment où je m'apprête à répondre, une pluie intense s'abat sur la ville. Je n'ai pas de parapluie, rien pour m'abriter, mais je continue de marcher sans m'en préoccuper.

— Je préfèrerais éviter d'en parler.

— Ah. D'accord.

Malgré la lègère déception que je décèle dans sa voix, Dan semble comprendre.

— Tu seras au concert vendredi ?

— Oui. J'ai eu des places. Live en donne à ses partenaires. Je suppose que toi aussi ?

— Oui. Mais je travaille, je marmonne. Cassie y va, par contre.

— Elle aime U2 ?

— Apparemment.

Après m'avoir promis de me retrouver vendredi après le concert, Dan met un terme à notre conversation pour retourner travailler. La pluie qui ruisselle sur mon visage continue d'alimenter mon sentiment d'euphorie. Trempée jusqu'aux os, le volume de la musique au maximum dans mes oreilles, je profite d'un bien-être plutôt inespéré. Je me sens à nouveau forte, et rien en cet instant ne pourrait atténuer ma confiance en moi.

Quelques minutes plus tard, j'arrive devant la porte de mon immeuble, trempée mais sereine. Quand je récupère mon téléphone dans ma poche pour débrancher mes écouteurs, un nouveau message d'Ayden m'attend.

> Je sais que tu as envie de répondre.
Il faut vraiment que je te voie.

C'est ça, prends tes rêves pour des réalités.

Un sourire acide aux lèvres, je range de nouveau mon portable hors de ma vue. Je ne répondrai pas. Depuis son rejet brutal, j'ai retrouvé un semblant de paix que je n'ai pas envie de perdre. Même si au fond, tout au fond, un petit espoir persiste, je ne veux pas m'attarder dessus. La claque que j'ai prise m'a suffi.

Je passe la soirée en compagnie de Tara devant un bon plateau-télé. Les trombes d'eau qui continuent de se déverser sur la ville me donnent la sensation d'être dans un cocon, à l'abri de toute l'agitation extérieure. Cette nuit-là, je dors comme un bébé. Enfin concentrée sur moi-même, je ne vois pas passer les deux jours qui suivent, prise dans le tourbillon des derniers préparatifs du concert.

Le vendredi soir, vers 20 heures, Erin et moi sommes affalées sur le sofa d'une des loges. Il nous aura fallu trois jours et presque trois nuits, mais tout est au point.

— On l'a fait, soupire-t-elle.

— On l'a fait.

— On forme une super équipe, toutes les deux.

— Tu trouves ?

— Oui. J'aime beaucoup travailler avec toi.

— Merci. Moi aussi, ça me plaît.

Dans le couloir, c'est l'effervescence. Tout le monde court dans tous les sens. Sauf les U2, évidemment. À la pensée que Bono se trouve en ce moment même de l'autre côté du mur de notre loge, j'en ai des frissons. Un peu plus tôt, le groupe est entré dans les coulisses, et le temps s'est arrêté pour tout le monde. L'atmosphère déjà électrique est devenue presque mystique. Ce moment-là valait vraiment la peine de se plier en quatre pour que tout soit parfait.

Chuck passe nous voir juste avant que les White Strangers entrent en scène. Son air tendu disparaît momentanément quand il aperçoit Erin.

— Je vous cherchais. Tout est prêt ?

— À ton avis ? rétorque Erin.

— Merci. Vous avez bien bossé.

— Ça nous donne le droit d'assister au concert, non ? demande Erin, espiègle.

Chuck lève les yeux au ciel.

— Bien tenté. Mais j'ai besoin de vous ici. Tu le sais.

— J'aurai essayé…

Chuck ne prête pas attention à sa répartie. Il fixe un point juste derrière moi, un sourire intrigué aux lèvres.

— Ayden ? Qu'est-ce que tu fais là ?

Oh non.

Immédiatement, mon cœur accélère.

— Tu croyais quand même pas que j'allais rater ça ?

Mal à l'aise, je fixe désespérément Erin. La présence d'Ayden, juste à côté de moi, se fait douloureusement sentir.

— Salut, Mel.

Je décèle une amertume dans sa voix dont je suis la seule à comprendre le sens. Pour ne pas éveiller les soupçons de Chuck, je pose un bref instant les yeux sur lui.

— Salut, je rétorque du bout des lèvres.

Vêtu d'un tee-shirt noir et d'un jean de la même couleur, il m'observe avec curiosité. Dans son regard, une détermination que je n'avais encore jamais vue chez lui m'interpelle.

— Je peux t'emprunter Mel une seconde ? J'ai besoin de son avis sur un truc, demande-t-il tout à coup à Chuck.

Génial. Il ne manquait plus que ça.

Bien évidemment, Chuck est ravi. S'il savait…

— Mélanie, tu peux disposer. Erin t'appelera si c'est nécessaire.

Je ne peux décemment pas protester devant Chuck. Dépitée, je me résigne à suivre Ayden. Quelques secondes plus tard, il me précède dans un long couloir presque désert dont la lumière artificielle rend ma peau blafarde. Il marche vite et ne décroche pas un mot. À vrai dire, ça m'est égal.

Par contre, l'observer marcher devant moi est un régal pour les yeux. Même de dos, il est attirant. Je ne sais pas de quoi il a besoin, ni même de quoi il veut me parler, mais une chose est claire. Je ne dois pas le laisser voir ce que je ressens. Je ne suis pas en état d'encaisser un nouveau rejet.

J'en suis là de mes réflexions quand Ayden emprunte un petit escalier à notre droite. Il ne m'adresse toujours pas la parole, à peine un regard. J'entends de plus en plus fort la clameur du public impatient. C'est bientôt l'heure de la première partie.

Où Ayden va-t-il comme ça ? Pourquoi m'emène-t-il si loin des loges ? Quelques secondes plus tard, il ouvre une porte en bois portant l'inscription *Interdit au public.* La petite pièce dans laquelle il débouche est plongée dans le noir. Le mur du fond, ouvert à mi-hauteur jusqu'au plafond, donne directement sur la scène. On dirait une des loges VIP d'un stade de foot, certainement le meilleur endroit pour assister au concert. C'est génial.

— Comment tu connais cet endroit ?

Ma curiosité dévorante est récompensée par un profond soupir, suivi d'une réponse à la fois distante et abrupte :

— Je suis déjà venu ici.

La vue est parfaite. Un peu plus bas, les White Strangers entrent en scène, chaleureusement accueillis par le public. Avec un peu de chance, je vais rester assez longtemps pour assister au début de la prestation de U2. Ravie, je m'acoude au rebord du mur qui me sépare du vide. Un peu anxieuse, je me demande s'il n'y a aucun risque que ce truc s'écroule ou que Ayden décide de me faire passer par-dessus bord.

Les White Strangers chauffent doucement la salle, plutôt réceptive. Il y a de grandes chances que ce concert leur fasse une excellente publicité. Ils le méritent. Je souris vaguement en me rappelant la soirée passée à leurs côtés.

Concentrée sur le concert, j'en avais presque oublié la présence d'Ayden derrière moi. Je me doute bien que je n'échapperai pas à ce qu'il a à me dire encore longtemps. Qu'est-ce qu'il peut bien avoir à me raconter, d'abord ? La dernière fois, il a été très clair. Il ne veut pas d'une relation. Et moi, je ne veux pas qu'il me prenne pour un mouchoir jetable. Incapable de tenir plus longtemps, je décide d'attaquer la première.

— Qu'est-ce que tu me veux, Ayden ?

Une surprise amusée se lit sur son visage. Ma pique inattendue semble lui faire plaisir. Il me détaille longuement, ne se gênant pas pour laisser traîner son regard sur mon corps. Dans un demi-sourire, il me rétorque sur un ton de défi :

— Tu es très jolie.

— Et c'est pour me dire ça que tu m'as fait venir ici ?

— Non.

Comme d'habitude, si je veux des réponses, il va falloir que j'aille les chercher. Son exaspérant sourire en coin fait ressortir sa fossette, et la manière dont ses yeux me sondent me déstabilise. Le rouge me monte aux joues, et il me faut toutes mes capacités de concentration pour ne pas réduire encore la distance entre nous. Exaspérée, j'insiste.

— Alors pourquoi ?

— Je veux que tu travailles avec moi.

Quarante-trois

You too

Mel

J'ai forcément mal compris. Un rire nerveux m'échappe, et je passe mes deux mains dans mon cou pour essayer de détendre un peu mes muscles, mais c'est peine perdue.

— Tu peux répéter ?

— Je veux qu'on travaille ensemble.

Ayden est tellement imprévisible… Je ne peux pas m'empêcher de le regarder de travers. Je ne vois pas en quoi je pourrais lui être utile. Qu'est-ce qu'il peut bien attendre de moi ?

— Je ne comprends pas.

Ma voix est plus froide qu'au fin fond du pôle Nord. Ayden soupire et passe une main résignée dans ses cheveux, l'air de porter soudain le poids du monde sur ses épaules.

— Désolé pour l'autre soir. Je voulais pas te dire les choses de façon aussi abrupte. Après ce que tu venais de faire, tu méritais pas ça.

J'apprécie le geste, mais cette fois, ça ne suffira pas. Ce n'est pas une excuse. J'ai besoin de beaucoup plus que ça.

— Et ?

— Tu m'en veux vraiment, pas vrai ?

Sa voix me transperce comme jamais. C'est comme si elle naviguait dans tout mon corps. Ayden réduit la distance entre nous pour poser une main presque tendre sur mon bras.

— Non.

Je ne peux pas lui dire à quel point il m'a achevée ce soir-là. Son ego est assez grand comme ça… Mue par un soudain instinct de protection, je me retourne vers la scène pour couper court aux émotions qui remontent dans ma poitrine. J'inspire profondément et me concentre sur les White Strangers. Ils occupent la scène avec tellement d'énergie que le public est déjà en transe.

Ayden n'existe plus.

Pendant quelques minutes, j'y crois presque. Mais je comprends que je me berce d'illusions quand deux mains se posent de part et d'autre de mes hanches. Le doux tissu de son tee-shirt effleure mes bras.

— Arrête de faire ça, souffle-t-il dans ma nuque. C'est pas ce que tu veux.

Concentrée sur les frissons que me procurent ses mains, je ne réagis pas. Immobile, je me demande comment résister à l'envie de poser ma tête sur son épaule, juste là, derrière moi. Ce serait tellement simple… Son souffle chaud arrive par vagues brûlantes dans le creux de mon cou ; ses mains caressent doucement mes hanches, et il dépose de petits baisers sur ma nuque qui m'arrachent un gémissement sourd. Quand il me serre plus fort, je le sens durcir contre le bas de mes reins, au moment même où il passe ses deux mains sous mon tee-shirt. Je m'autorise quelques secondes à oublier pourquoi on est ici, pourquoi il essaie de me faire perdre la raison et pourquoi je le laisse faire, avant de régir enfin.

— Stop…

Je veux mes réponses.

Ayden ne semble pas m'avoir entendue. À contrecœur, je me soustrais à son étreinte pour me retrouver à ses côtés. La contrariété qui se lit sur son visage m'énerve aussitôt. Je ne sais pas pourquoi, mais je suis hors de moi.

— Arrête de faire ça. Tu n'as pas le droit de me toucher quand ça te chante. Je ne suis pas une de tes distractions. Pourquoi tu ne me laisse pas tranquille ? Fous-moi la paix, à la fin !

Ayden m'observe avec circonspection.

— C'est ce que tu penses ?

— Qu'est-ce que tu veux que je pense d'autre ? Tu m'embrasses, tu me jettes, puis tu recommences. Et tu t'amuses avec tout ce qui bouge. À ton avis, comment on appelle ça ? je rétorque, à bout de souffle.

Au-dessous de nous, la foule déchaînée applaudit à tout rompre pendant que nous nous déchirons. Si je n'étais pas aussi énervée, le contraste m'amuserait beaucoup.

— Toi aussi, tu fais ça.

N'importe quoi.

Je cherche des traces de provocation sur son visage, mais je n'en vois aucune. Se pourrait-il qu'il soit sérieux ? D'accord, je l'ai repoussé plusieurs fois. Mais je n'avais pas le choix et j'ai été claire sur mes intentions depuis le départ, non ?

Au fur et à mesure que mes doutes apparaissent, son regard devient cynique. Vexée, je croise les bras sur ma poitrine. Je ne peux pas dire qu'il ait complètement tort, mais je n'arrive pas non plus à admettre qu'il ait raison. Sans le vouloir, je recule légèrement pour m'éloigner de lui de quelques centimètres. Il faut que je reprenne mes esprits.

Ce serait tellement plus facile si ses yeux ne me tordaient pas le ventre, si la douleur que je sens bouillir au fond de lui ne me demandait pas de la comprendre, si je n'avais pas ce besoin irrationnel d'être auprès de lui. Un peu perdue, je refoule comme je peux la vague d'émotions qui remonte dans ma gorge.

Ayden s'approche doucement de moi, comme s'il avait peur de ma réaction, et plante ses yeux dans les miens.

— Écoute-moi, s'il te plaît.

L'humilité sur son visage est presque touchante. Il ne le saura jamais, mais je n'envisage pas une seule seconde de refuser. Ma curiosité est trop forte. Je fais pourtant durer le suspense. Je compte jusqu'à dix dans ma tête, avant d'acquiescer brièvement.

— Les relations, toutes ces conneries, ça mène jamais à rien. J'en veux pas. Mais depuis le début, il y a ce truc avec toi. Tu me plais, mais je sais pas quoi faire de ça. Je vais te faire souffrir. Et s'il y a bien quelqu'un que je veux pas faire souffrir, c'est toi.

— Pourquoi ?

— Tu poses beaucoup de questions.

— Tu ne donnes pas souvent de réponses.

— Je crois que tu es quelqu'un de bien. Tu mérites d'être heureuse.

— Alors comment t'expliques que ce ne soit pas le cas ?

Mon ton acerbe le fait tressaillir. Pour la première fois, j'ai l'impression de l'atteindre vraiment.

— Chaque fois que je te vois, tu me donnes un peu d'espoir.

Pourquoi est-ce-qu'il me dit ça ?

— Quoi ?

— Avec toi, ma vie pourrait être différente.

Il ne veut pas de moi mais il a besoin de moi ? À quoi ça rime ? Et qu'est-ce qu'on en fait ?

— Différente comment ?

— Je veux pas finir comme mon père. Mais avec toi, j'ai envie d'essayer des trucs.

— De quel genre ?

— J'aime tes réactions. Quand je vois ce que ça te fait quand je chante, je comprends pourquoi mon père persistait. Ça fait mal, mais je comprends pourquoi il aimait la scène. Tes yeux quand je joue… c'est une putain de drogue.

J'ai du mal à réaliser ce que je suis en train d'entendre. Est-ce que j'ai vraiment provoqué ces émotions ? Sans un mot, sans rien faire ? Le doute qui se lit sur le visage d'Ayden me donne envie de le prendre dans mes bras pour absorber toutes ses blessures. Quand je lève les yeux sur lui, sa panique me retourne le ventre.

— Est-ce que tu vas m'aider ?

Le sens de sa question remonte difficilement jusqu'à mes neurones. Je ne peux m'empêcher d'éclater d'un rire nerveux.

— Encore un autre de tes jeux ? Bien joué, Ayden. Tu as presque failli m'avoir.

Décontenancé, il se referme immédiatement.

— Je déconnais pas. Je veux que tu m'aides. Putain, fais pas ça. Je suis sérieux, Mel. Très sérieux.

Au ton de sa voix, je comprends qu'il ne plaisante pas.

— On a déjà eu ce genre de discussion. Je ne vois pas ce que je peux t'apporter. Je n'y connais rien. Live regorge de professionnels, dont certains tueraient pour prendre soin de ta carrière.

— J'ai besoin de quelqu'un qui comprenne où je vais avec mes chansons. Quelqu'un capable de me remettre en place si je pars en vrille. Et je crois que tu es parfaite pour ça. T'es une vraie empêcheuse de tourner en rond.

Confrontée à son regard complice, je me demande comment refuser un truc pareil.

— Comment tu vois les choses ? En quoi consisterait mon rôle ?

J'essaie d'éviter de sourire, mais je suis très heureuse de sa proposition. Pas seulement pour moi, même si c'est une opportunité exceptionnelle pour mon CV, mais aussi pour lui. Je ne sais pas par quel miracle il semble avoir changé d'avis en ce qui concerne sa carrière, mais son choix est le bon. J'en suis sûre, il est fait pour ça. Il en a besoin.

Il passe une main dans ses cheveux, soudain mal à l'aise.

— Je vais enregistrer un album. Je veux que tu sois là. Juste toi. Quand ce sera fini, je te laisse carte blanche pour le promouvoir. Tu choisis les salles, les radios, les émissions, même les visuels si tu veux.

— Tu es sûr que…

— Quoi ? Je sais que tu as du goût. La preuve, je te plais.

Mes joues s'empourprent. Décidément, j'adore ce Ayden-là, qui me taquine et qui plaisante. Et qui me propose le défi de ma vie, qui plus est. Pour une fille qui débarque de nulle part, une proposition comme ça est un magnifique cadeau. Quand je relève les yeux, il sourit toujours de sa blague. Une évidence me traverse soudain l'esprit.

— Est-ce que Chuck est au courant ?

— Bien entendu qu'il l'est.

— Et il est d'accord ?

— À ton avis ?

— Je ne sais pas. Erin a l'air d'avoir besoin de moi.

— C'était pas dans son intérêt de ne pas l'être. J'ai officiellement signé avec Live cet après-midi.

Ils ont tout planifié dans mon dos ?

— Je n'ai rien accepté, il me semble.

Ayden pince les lèvres pour dissimuler son sourire. Je poserai bien mes lèvres dessus, histoire de le faire redescendre un peu.

— Mais tu vas le faire.

Je ne peux rien lui refuser. Je le sais, et il le sait aussi. Envers et contre tout, je suis définitivement dingue de ce type arrogant qu'est Ayden Harrington. Et je le suis encore plus de son talent, qui me fait traverser un univers entier d'émotions en l'espace d'un morceau. Les dés étaient jetés d'avance.

— Alors ? Deal ?

Ayden me tend une main ferme. Dans ses yeux clairs, je lis toujours autant de malice, mais j'y découvre aussi de l'espoir, et une certaine forme de respect. Je me trompe peut-être, mais il se peut que notre nouvelle collaboration change la donne dans notre relation. À condition qu'on arrive à s'entendre… Faisant momentanément taire mes doutes, je pousse un soupir de défaite et serre la main qu'il me tend.

— Deal.

Sans relâcher mes doigts, Ayden fixe intensément mes lèvres. Bosser avec lui va devenir une véritable torture. C'est étrange, comme situation : au moment où je m'ouvre enfin à lui, nous voilà liés par des contraintes professionnelles qui m'obligent à taire mes envies.

Il rompt brusquement le contact et s'accoude à mes côtés sur le rebord du mur qui donne sur la scène. Je l'observe un instant balayer du regard le public, quelques mètres plus bas. Une espèce de sérénité envahit ses traits, et je ressens à nouveau ce sentiment de connexion entre nous.

— Toi et moi, on a un problème avec les terrasses.

Ces quelques mots pleins de sous-entendus me font presque autant d'effet qu'une déclaration. Je continue de m'obliger à regarder ailleurs et masque mon trouble comme je peux.

— On n'est pas sur une terrasse, Ayden.

— On est en hauteur. C'est pareil.

Et comment. Depuis que je l'ai rencontré, j'ai l'impression de passer mon temps sur des montagnes russes. Mais ça vaut tellement le coup que je ne cèderai ma place pour rien au monde. J'en veux encore.

— À ce sujet, on ne devrait pas redescendre ?

— Je suis venu voir U2. Mais si tu veux redescendre, fais-toi plaisir.

— On peut rester ? je m'extasie.

Ayden rit. Le son de son rire est un délice. Je ne l'ai pas souvent entendu, mais il m'avait manqué.

— Tu croyais vraiment que j'avais besoin de toi tout de suite ?

Il me faut quelques secondes avant de réaliser qu'il savait que je serais coincée en coulisses ce soir. Il m'a sciemment fait cette proposition maintenant pour que je puisse être là. J'ai envie de lui sauter au cou.

— Merci, monsieur l'artiste.

Ayden me sourit. Un sourire pur, magnifique. Je ne le croyais pas capable d'être heureux pour quelqu'un, même pas pour lui même. Et voilà qu'il me prouve le contraire.

— Avec plaisir, mademoiselle la stagiaire.

Ce rappel de nos débuts houleux m'arrache un éclate de rire. Au même moment, l'intro de *Bloody Sunday* envahit l'espace du Madison Square Garden, et Bono fait son entrée sur scène.

Mon dieu… U2.

Je suis déjà en transe.

Ayden s'amuse de me voir aussi excitée qu'une enfant. Au fur et à mesure que le groupe enchaîne ses meilleurs morceaux, je ne fais plus du tout attention à ce qui se passe autour de moi. Je chante, je crie, je danse comme si j'étais seule dans ma chambre ; je réponds à chaque appel du groupe qui interpelle le public à la moindre occasion. Un pur moment d'extase. La présence de Bono est incroyable. Il maîtrise le temps et l'espace à la perfection. Durant ces deux heures, il est le seul maître à bord.

Quand les premières notes de *Pride* résonnent, j'ai l'impression de m'envoler dans un monde parallèle. Je plane complètement. La communion qui gagne le public est telle que quelques larmes de joie coulent sur mon visage. Trop concentrée sur ce qui se passe sur scène, je n'y prête même pas attention.

La fin du morceau marque aussi malheureusement la fin du concert. Malgré les cris de la foule, Bono et ses accolytes ne reviendront pas. Je me tourne vers Ayden, qui n'a presque pas changé de position.

— C'est bon, t'es revenue sur terre ?

— Tu ne peux pas rivaliser, Ayden. U2, c'est U2.

Je l'observe en riant lever les yeux au ciel. Sans réfléchir, je pose une main sur son bras.

— Merci.

Je n'oublierai jamais ce moment. Pour le concert, pour notre discussion, pour ces quelques minutes de totale plénitude. Il plonge son regard interrogateur dans le mien, et une fois de plus, je détourne les yeux. Je ne peux pas jouer à ça. Ça ferait trop mal. Ayden a le don de me maintenir dans une zone floue. Et j'ai beau détester cette incertitude, je ne veux pas reparler de notre semblant de relation. Pas maintenant. Par miracle, il semble faire le choix de prendre soin de ce qu'il a de plus précieux en lui ; il ne faut surtout pas qu'il change d'avis. Son talent vaut tout l'or du monde. Tant pis pour mon cœur.

— Viens, on redescend. Chuck nous attend.

Quarante-quatre

Ayden

Qu'est-ce que je suis en train de foutre ? Je croyais être blindé, pourtant je l'ai laissée briser le mur que j'avais construit autour de moi. Elle y est parvenue en une fraction de seconde, quand ses grands yeux noirs se sont posés sur moi dans ce putain de studio.

Quoi que j'en dise, je peux plus me passer d'elle. Son regard sur moi ne ressemble à aucun autre : pur, droit, sincère, il m'obsède complètement. Elle est tellement parfaite quand elle me regarde jouer… Elle me retourne le ventre.

Je peux pas l'avoir sans lui faire mal. Je peux pas l'aimer sans la briser. Elle mérite tellement mieux qu'un mec fracassé.

Elle a rien à foutre avec moi. Je veux pas lui faire subir ce qu'a vécu ma mère. Rentrer du boulot pour retrouver un mari plus défoncé encore que la veille, douter de celui qui vous a promis amour et respect, vivre dans l'attente… Je ne prendrai pas ce risque.

Je veux bien la faire rêver pendant des heures si elle veut, mais bousiller sa vie, putain, non. Elle sait pas ce que c'est, le besoin de capter son regard. Elle sait pas ce que c'est d'être un enfant qui rêve que son père jette un œil sur lui de temps en temps. Un enfant qui sait que le jour de son anniversaire ou de Noël sera un jour comme un autre, triste et plein d'espoirs déçus.

Alors qu'elle marche à quelques mètres derrière moi, je me demande si bosser avec elle n'est pas la pire idée que j'ai jamais eue. Hier, c'était le plan parfait pour la garder près de moi sans l'approcher de trop près. Maintenant que je viens de passer deux heures à me retenir de la toucher, je n'en suis plus très sûr…

Elle est chiante aussi, à rayonner comme ça. Ça me perturbe. J'ai rarement vu un truc aussi sexy qu'elle qui s'extasie sur Bono. Même quand je me fais des films bien plus intenses avec elle, c'est pas aussi fort.

Pas maintenant.

— Ayden ?

Sa voix légère me force à ralentir le pas.

— Qu'est-ce que je vais dire à Erin pour le concert ? Elle va se vexer.

Pour ce que j'en ai à foutre…

— Dis-lui que Chuck est un mauvais patron.

Interloquée, elle écarquille les yeux avant d'éclater de rire.

— Je crois que je vais éviter.

— Alors explique-lui à quel point je suis un mec plein de ressources.

Les loges sont blindées de monde. Le champagne coule à flots, il fait une chaleur à crever. Je doute que Chuck soit dans les parages, alors je me retourne pour prendre la main de Mel et l'entraîner à sa recherche. Elle m'arrête d'une pression sur le bras.

— Je dois retrouver Dan. Cassie est sûrement dans le coin aussi.

— Va les chercher. Je me débrouille avec Chuck.

Le ton de ma voix est un peu plus sec que ce que j'aurai voulu. J'aime pas son pote le serveur, et je crois que c'est réciproque. Pour compenser, je me force à lui sourire.

— Vas-y, Mel. On se retrouve plus tard.

— D'accord.

Concentrée, elle pianote sur son portable avant de faire demi-tour. Je ne la lâche pas des yeux jusqu'à ce qu'elle disparaisse. Je fais dix fois le tour des loges, mais aucune trace de Chuck. Où il est passé, putain ? Au moment où j'envisage de laisser tomber, il me semble reconnaître sa silhouette dans une des loges, éteinte. Il me tourne le dos, mais même dans l'ombre, je ne peux pas rater les deux mains qui se détachent de sa taille au moment où j'entre. Il se retourne d'un seul mouvement.

— Pas maintenant, Ayden.

Il ne me faut pas plus d'une seconde pour reconnaître Erin.

C'est quoi, ce bordel ? Erin est mariée, non ? Chuck me fait bien marrer, avec ses discours sur le professionnalisme. La classe absolue. Même si dans le fond, c'est pas mon problème.

— Okay.

Je sors de là, déterminé à retrouver Mel. Quelques secondes plus tard à peine, Chuck me rattrape au vol.

— Attends.

— Tu t'inquiètes pour tes cachotteries ? T'en fais pas, Chuck, je dirai rien.

L'air soulagé qu'il arbore me donne une envie irrépressible de rire.

— Ce n'est pas ce que tu crois.

— T'étais pas obligé de choisir une femme mariée. À partir de maintenant, n'essaie même pas de me donner de leçons.

Contrairement à ce que je pensais, Chuck ne se démonte pas.

— Je te donnerai des leçons chaque fois que je l'estimerai nécessaire, Ayden. À toi de savoir ce que tu veux.

Maintenant qu'il me tient, il se permet de me parler sur ce ton ?

Heureusement, il se radoucit rapidement :

— C'est ma vie privée. Je ne veux plus en parler. Tu as discuté avec Mélanie ?

— Ouais. Elle a dit oui.

— Bien. Voilà ta condition remplie. Si j'avais su, je l'aurais recrutée bien plus tôt, sourit-il.

— Va te faire foutre.

Chuck rigole et me regarde pensivement quelques secondes.

— Qu'est-ce qu'elle a de si spécial ?

— C'est ma vie privée. Je ne veux pas en parler.

Chuck n'a pas l'air d'apprécier que je me serve de ses arguments, mais je m'en fous. Tout ce que je lui dois, c'est un album.

Je finis par retrouver Mel dehors, escortée par Cass et Dan. Elle rit. Elle est jolie quand elle rit. La fumée de cigarette que crache Cassie l'enveloppe d'une espèce d'aura. Il va vraiment falloir que j'arrête d'avoir des pensées bizarres. Cette fille me rend vraiment trop con.

— File-moi une clope, Cass.

Elle me tend son paquet en soupirant. Mel m'observe quelques secondes avec désapprobation puis reprend sa discussion avec son pote. Cassie me lance un regard appuyé.

— Il paraît que tu vas faire un album ? Il faut que je te félicite ?

La raillerie dans sa voix ne me surprend même pas. Elle me connaît depuis assez longtemps pour savoir que mes relations avec Chuck ne sont pas au beau fixe.

— Ouais. Il paraît.

— C'est bien pour toi.

Mes yeux se posent sur Mel, qui bavarde joyeusement. Avec moi, elle est beaucoup plus silencieuse. Est-ce que je l'intimide ? Il va falloir que je remédie à ça. J'aime pas l'idée qu'un autre que moi la fasse sourire à ce point. Surtout pas ce petit con de serveur.

— J'en sais rien. On verra bien.

Cassie m'adresse un sourire entendu qui m'agace. Qu'est-ce qu'ils ont tous avec ce putain d'album ? Ça me saoule.

— Je me casse.

J'ignore Mel et remonte la rue sans plus d'explications. J'aurais pu faire mieux, mais d'un coup, je me sens pris au piège. Bosser sur un album avec elle était peut-être pas la meilleure des solutions. Je suis pas sûr d'être prêt. Sur le chemin, j'appelle Zack.

— J'ai besoin de bouger. On sort ?

Quelques heures plus tard, je suis tellement bourré que je ne me rappelle même plus le nom de la boîte dans laquelle on se trouve.

Dans un état proche du mien, Zack s'applique à dévorer la bouche d'une petite brune aux cheveux courts à un mètre de moi. Une de ses copines, dont la peau mate contraste avec sa chevelure blonde, m'adresse des regards sans équivoques depuis une bonne dizaine de minutes. Apparemment, je rentrerai pas seul non plus.

— Tu viens danser ? m'apostrophe-t-elle.

Je jette un œil hagard autour de moi. Mon cerveau refuse quelques secondes d'obéir, mais je finis par me lever en titubant.

— Ou… ouais.

Ravie de ma réponse, elle se rapproche pour onduler contre moi. Les paupières closes, elle passe ses bras autour de mon cou. Quand elle m'embrasse, je me fais la réflexion que ses lèvres n'ont rien à voir avec celles de Mel.

Mel.

Son visage ne veut pas disparaître. Son sourire espiègle, ce putain d'air ravi qu'elle arborait pendant le concert.

Une rage inexpliquée s'empare de moi. Je me colle à la fille encore plus fort. La respiration haletante, je l'embrasse à perdre haleine. Ça me calme pas, mais au moins, elle a l'air d'apprécier. Si je la baise, peut-être que je verrai plus Mel dans ma tête ?

— Viens. On va chez toi.

Un sourire béat aux lèvres, l'inconnue me suit sans rien dire.

Quarante-cinq

Drunk in love

Mel

Qu'est-ce qui lui est passé par la tête ? Pourquoi est-il parti si vite ? Il s'est passé un truc, j'en suis sûre… mais quoi ?

— Mel, t'es là ? Allô, la terre !

Cassie fait claquer deux doigts devant mon visage, déterminée à me sortir de ma torpeur.

— Elle est encore avec Ayden, grogne Dan.

— Pas du tout, je me défends.

Pourtant, j'ai la certitude que l'air offusqué que je prends est le plus mal imité de l'univers.

— Mais bien sûr, ironise Cassie.

— Vous avez monté un club contre moi, tous les deux ?

— On appelle ça l'observation, Mel, renchérit Dan. C'est un truc assez pratique.

Ces deux-là sont faits pour s'entendre.

— Et quelles sont tes observations, Sherlock ?

— Vous devriez penser à passer une étape, Ayden et toi. Il y a tellement de tension entre vous que vous pourriez priver la moitié de la ville d'électricité pendant au moins un mois.

Elle éclate de rire quand je la fusille du regard.

— C'est n'importe quoi.

— Sérieusement, tu vas bien ? reprend-elle. Tu te sens de travailler avec lui ?

— Oui, ça va. Je suis contente pour lui. Ce serait dommage de gâcher tout ce talent.

— Je ne te parle pas de lui. Je te parle de toi. Qu'est-ce que ça te fait ?

Cassie n'est pas du genre à lâcher le morceau facilement.

— Repose-moi la question dans une semaine.

— S'il te pose problème, appelle-moi, plaisante Dan. Je me ferai un plaisir de régler ça…

— Je crois que Mel est assez grande pour gérer ça toute seule.

— Peut-être. Mais il ne m'inspire pas confiance.

— Je pense qu'on a compris, je pouffe. Merci quand même, Dan.

— Je meurs de froid. On rentre ?

Uniquement vêtue d'un bustier noir et d'un minishort en jean, Cassie croise et décroise les jambes sans s'arrêter. À chaque mouvement, elle fait claquer les talons de ses cuissardes en cuir noir sur le goudron, comme pour chasser le froid. Dan et moi la suivons à l'intérieur, toujours noir de monde. Les U2 sont encore là ; Bono discute avec un groupe de fans certainement triés sur le volet.

— Mélanie !

En cherchant l'origine de la voix qui m'appelle, j'aperçois Chuck qui se dirige vers moi en zigzagant parmi la foule. Un grand sourire barre son visage. En ce moment, il doit être au top, plus rien ne l'arrête…

— J'ai vu Ayden. Il m'a appris que tu étais d'accord pour t'occuper de sa promotion.

— C'est vrai.

— Félicitations. Et merci.

— Merci ?

— Il n'a jamais voulu travailler avec qui que ce soit. Qu'est-ce que tu lui as fait ?

— On s'entend bien, je mens. Il a confiance en moi pour certaines choses.

— Et toi ? Tu as confiance en lui ?

— J'ai confiance en son talent, j'élude.

Chuck pose une main sur mon épaule et prend un air attendri.

— Toi et moi, on sait que ça ne suffira pas. Ayden peut être… tu sais comment il peut être. Si tu rencontres le moindre problème, va voir Erin. Même si Ayden te demande de ne pas le faire. On est d'accord ?

— Est-ce qu'elle est au courant ?

— Oui. Depuis quelques minutes.

— Il faut que j'aille lui parler.

— Elle est occupée pour l'instant. Prends ta soirée, vous en discuterez lundi.

— D'accord. Bonne soirée, Chuck.

— Bonne soirée, Mélanie. Et merci.

La gratitude de Chuck m'angoisse. Je n'ai pas intérêt à me planter avec Ayden. Soudain épuisée, je rejoins Cassie et Dan qui discutent un peu plus loin. Assis sur un caisson en métal qui leur sert de banc de fortune, ils ne semblent pas près de s'arrêter. Par politesse, quand j'annonce mon intention de rentrer, Dan propose de m'accompagner, mais je décline. Il a mieux à faire, et j'ai besoin de solitude.

Dans le taxi, je me repasse en boucle ma discussion avec Ayden. J'ai vraiment du mal à me faire à l'idée de travailler avec lui, mais je le crois quand il affirme que c'est important. Je le crois quand il dit qu'il a besoin de moi. Si ce n'était pas le cas, il ne m'aurait jamais fait cette proposition. Tout ça est tellement… déroutant. Machinalement, j'extirpe mon portable de mon sac. Un texto furieux de Léa m'y attend.

> T'es morte ?
T'aurais pas un truc à me raconter par hasard ?
Du genre que tu as quitté ton mec pour un autre ?

Merde.

Elle a croisé Théo avant que je lui parle, c'est évident. Avec tout ce qui m'est arrivé ces derniers jours, je n'ai même pas pris le temps de l'appeler.

> Je suis tellement désolée.
Je voulais te le dire, mais tout va trop vite ici.
Pardon. Je t'appelle demain.

La mélancolie m'envahit alors que les rires de Léa résonnent dans ma tête. Si peu de temps ici, et déjà tant de changements dans ma vie… Mon quotidien en France me semble flou, lointain. Des images fugaces de ma famille me traversent l'esprit, déposant un sourire attendri sur mes lèvres, et je me promets de leur consacrer du temps dans le week-end.

Harrassée, je descends avec raideur du taxi qui me ramène chez moi. Du coin de l'œil, j'aperçois une silouhette sombre assise sur l'escalier, le visage dissimulé sous une capuche. Par réflexe, je jette un œil à ses chaussures, qui me confirme ce que mon cœur sait déjà.

— Ayden ? Qu'est ce que tu fais là ?

Ayden ne bouge pas d'un millimètre. En m'approchant, je distingue les fils de ses écouteurs. Il ne m'a pas entendue.

Je me plante devant lui, assez près pour qu'il me remarque. Quand il relève la tête, ses yeux bleus me coupent le souffle, bien qu'ils soient injectés de sang. Un sourire enfantin aux lèvres, il retire ses écouteurs sans cesser de me fixer.

— Est-ce que tu as bu ?

Ayden plisse les paupières. Subitement secoué d'un rire nerveux, il finit par me répondre :

— Beaucoup trop de trucs.

— Pourquoi es-tu venu ici ?

Ses gestes saccadés, maladroits, me confortent dans l'idée qu'il est complètement défoncé. Son regard vide ne fixe plus rien, il est complètement ailleurs. Je déteste ça, et pourtant je ne peux pas m'empêcher de me laisser attendrir. Je réitère ma question avant de m'asseoir à côté de lui. Enfin, notre proximité semble le réveiller.

Ses yeux plongent dans les miens, comme s'il y cherchait encore des réponses.

— Mel.

C'est la seule chose que j'obtiens de lui. Mon prénom. Il est 3 heures du matin, il est saoul en bas de mon immeuble, et c'est tout ce qu'il a à dire ?

Putain d'Ayden.

Les coudes sur les genoux, il prend son visage entre ses mains. Qu'est-ce que je vais faire de lui ? Je ne peux décemment pas le jeter dans un taxi et le renvoyer chez lui. Agacée, je le secoue par l'épaule.

— Ayden, viens. On va dormir. Allez, lève-toi.

— C'est pas ce que j'ai envie de faire.

Il articule tellement mal que je ne comprends pas tout de suite ce qu'il me dit.

— Fais ce que tu veux, mais lève-toi.

J'emploie toutes mes forces à essayer de le mettre debout. Je ne sais même pas par quel miracle nous atteignons l'ascenseur. Chris et Tara risquent de ne pas être ravis, mais on verra plus tard. Pour l'instant, je n'ai qu'une envie : en finir avec lui pour me glisser sous ma couette.

— Tu ne veux toujours pas me dire ce que tu fais là ?

— Mhhhh. Pas toi.

— Quoi ?

— …Toi…

À ce moment précis, je baisse les bras. Une fois dans l'appartement, j'essaie de faire le moins de bruit possible. Atteindre ma chambre avec Ayden accroché à mon bras me semble compliqué, mais je ne peux pas l'abandonner sur le canapé. Si Tara tombe sur lui au réveil, je ne suis pas sûre que la surprise lui plaise.

En passant la porte de ma chambre, je le guide jusqu'à mon lit sur lequel il s'affale immédiatement. Quand il s'allonge, ses paupières s'entrouvrent. Il attrape une de mes mains dans la sienne, sourit puis referme les yeux.

Assise au bord du lit, je ne bouge pas jusqu'à ce que sa respiration régulière me confirme qu'il dort enfin. Dans son sommeil, les traits de son visage se détendent. De temps en temps, de brusques mouvements viennent les troubler. Je donnerai cher pour savoir à quoi il rêve. Incapable de résister, j'effleure son visage du bout des doigts.

Je reste un long moment assise près de lui, observant chaque centimètre de son corps. Je voudrais pouvoir me blottir dans ses bras et passer la nuit à ses côtés. Cette lutte permanente contre moi-même est épuisante.

Résignée, je me lève pour attraper une couverture dans le placard, puis me dirige vers le salon. Avant que je quitte la pièce, Ayden change légèrement de position. Il dort sur le côté, les sourcils froncés. Juste avant de refermer la porte, je l'entends murmurer doucement :

— Je veux pas de toi. Non, je veux pas.

Mon cœur se serre violemment.

Quarante-six

Wake me up

Mel

— Raconte-moi. Comment est-ce que ton Ayden s'est retrouvé dans ton lit ?

Tara est en pyjama dans la cuisine, debout face à moi, deux tasses de café fumant dans les mains. Sa tignasse décoiffée et son absence de maquillage lui donnent un air enfantin qui lui va comme un gant.

— Attends. D'abord, il faut que tu saches que je ne suis plus avec Théo.

Tara écarquille des yeux grands comme des soucoupes et manque de renverser du café sur le sol.

— Et tu ne m'en as pas parlé ? Mais depuis quand ?

Mal à l'aise de lui infliger toute l'histoire en si peu de temps, je détourne un instant le regard. Tara prend soin de moi comme une grande sœur depuis que je suis arrivée ici, mais je n'avais pas le courage de le lui dire. À la seule mention de Théo, la mélancolie que j'essaie désespérément de botter hors de ma vie refait brutalement surface.

— Le jour où j'ai été malade. Enfin, la veille, pour être exacte.

— Qu'est-ce qui s'est passé ?

— Ayden a…

Je cherche mes mots.

— Ne te fatigue pas, je crois que j'ai saisi, m'interrompt-elle en passant une main tendre dans mes cheveux. Et ça va ?

— C'est compliqué.

Tara me fixe, attendrie.

— Fais attention à toi.

Rapidement, je lui raconte comment j'ai trouvé Ayden en bas de l'immeuble hier soir, et la force qu'il m'a fallu pour le traîner jusqu'à ma chambre. Je ne sais pas ce qui la fait le plus rire de mon récit ou de la gêne d'Ayden, qui nous découvre en sortant de ma chambre.

Les cheveux en bataille, les épaules encore alourdies de sommeil, il promène un regard déconcerté sur moi, puis sur Tara. Je ne me prive pas pour admirer discrètement les courbes de ses bras qui bougent quand il passe une main fatiguée sur son visage.

— Heu… Bonjour, grogne-t-il, complètement perdu.

Son expression déroutée déclenche un sourire attendri sur mes lèvres. Du coin de l'œil, j'observe Tara se mordre les lèvres pour éviter le fou-rire.

— Salut. Je m'appelle Tara. Tu veux des pancakes ? Je suis en train d'en préparer, lui dit-elle le plus naturellement du monde.

Je la suspecte d'essayer de se faire un avis sur l'épineux phénomène qui lui fait face, mais je trouve sa réaction vraiment géniale. Je ne suis pas sûre que Chris aurait pris les choses de cette manière…

Ayden hésite. Il me fixe un instant, semblant chercher mon approbation.

C'est nouveau, ça.

Je m'autorise à me perdre une seconde dans ses yeux clairs, ça ne peut pas me faire de mal. Quand il rompt le contact pour répondre à Tara, l'oxygène me manque déjà.

— Je veux bien. Merci.

Quelques minutes plus tard, nous sommes tous les trois attablés le long de l'îlot central. La présence d'Ayden ici semble aussi déroutante pour moi que pour lui. Je ne sais pas trop quoi dire pour briser la glace. Heureusement que Tara est là.

— Il paraît que tu fais de la musique ? Mel m'a dit que tu vas enregistrer un album ?

Ayden sourit en coin, un pancake dans une main, et son regard se vrille au mien.

— Il paraît.

Mes joues s'empourprent. Pourquoi chaque fois qu'il ouvre la bouche, j'ai l'impression qu'il dit tout autre chose que les mots que j'entends ? Déstabilisée, je plonge le nez dans mon café. Quand je redresse la tête, il sourit largement. Tara nous observe tour à tour, essayant de capter une information qu'elle aurait pu rater. Ayden a vite repris du poil de la bête. Je ne sais pas si c'est le café qui lui fait cet effet, mais il est bien de retour.

— Mel est une aide très précieuse, reprend-il a l'adresse de Tara. On va faire l'album du siècle, tous les deux.

— Ne la fais pas trop bosser, quand même. Ce serait dommage qu'elle n'ait plus d'énergie après votre collaboration.

La voix de Tara sonne comme un avertissement. Je lève le nez en l'air, extrêmement gênée. Même moi qui ne capte jamais rien, j'ai compris qu'on parle de tout, sauf de musique.

— Je vais essayer, affirme Ayden en se levant. Merci pour le petit déjeuner, Tara. Je vais y aller. Désolé pour le dérangement.

— Aucun problème. Tu reviens quand tu veux.

Je me lève à mon tour pour l'accompagner. Avant que je quitte la cuisine, Tara m'adresse un sourire éclatant auquel je réponds en levant les yeux au ciel. Sur le palier, Ayden s'arrête.

— Pourquoi je suis là ? Désolé, je me souviens de rien.

— Tu jouais au SDF en bas de l'immeuble, j'ai pensé que ce serait bien de t'offrir un toit pour la nuit.

— Mais qu'est-ce que je foutais là ? Tout ce que je me rappelle, c'est que Zack…

Je comprends à l'éclat soudain dans ses yeux qu'il sait exactement comment et pourquoi il a atterri devant chez moi.

— Zack, quoi ?

— Rien. Laisse tomber.

Et voilà… Je ne relève pas, ça ne servirait à rien. Est-ce que ça a un rapport avec les inepties qu'il marmonnait hier ? L'air soudain mal à l'aise, il évite mon regard attentif.

— Je dois y aller. Rendez-vous au studio lundi, d'accord ?

— D'accord, à lundi.

Je voudrais lui poser toutes les questions qui me tournent dans la tête, à commencer par pourquoi il était là hier, mais il ne me donnera pas les réponses. Je sursaute quand sa voix soudain beaucoup plus douce retentit.

— Mel ?

— Oui ?

— Merci.

L'intensité de son regard m'aveugle un moment. Soudain prise d'une envie irrépressible de me jeter dans ses bras pour l'embrasser, je mords l'intérieur de mes joues.

— De rien.

L'instant d'après, Ayden a disparu, me laissant plus que jamais sur ma faim. Quand je retourne dans la cuisine, Tara m'assaille de sarcasmes.

— Un album, hein ? Mel… Il est raide dingue de toi.

Gênée, je croise les bras.

— Tu l'as vu cinq minutes. Comment tu peux dire ça ?

— Ses yeux. Il te regarde comme si tu étais une évidence. Je peux pas me planter là-dessus, crois-moi.

— C'est plus compliqué que ça…

Tara s'approche de moi et pose une main sur mon épaule.

— D'accord, Mel. On en reparle dans quelques mois, rétorque-t-elle avec une ironie toute maternelle.

Je ne me suis jamais projetée jusque-là… Il faudrait déjà que je détermine avec précision ce que je ressens pour Ayden. Amour, désir, simple curiosité ? Tout ça n'est pas très clair dans ma tête. Mais pour aujourd'hui, ça fait assez de questions.

Tara me propose une virée shopping avant le retour de Chris, que j'accepte avec joie. Je me trouve une jolie petite robe ample qui sera parfaite pour une prochaine soirée, puis nous dejeunons ensemble dans un restaurant intimiste.

Durant le repas, Tara me raconte ses premiers rendez-vous avec Chris. Je le découvre sous un jour très romantique que je soupçonnais déjà. Chris est quelqu'un de très attentionné quand il aime. Cette discussion me change de mes éternelles interrogations au sujet d'Ayden, et ça fait du bien.

En début d'après-midi, après une bonne sieste, je me réveille fraîche et reposée. Il est temps de passer à un marathon téléphonique que j'attends depuis longtemps.

— Sara ?

— Mel ! Maman, c'est Mel !

— Oui, ma puce, c'est moi, je m'esclaffe, émue. Comment tu vas ?

— Bien. Tu sais, à l'école, j'ai eu trois bonnes notes cette semaine. Et Jules m'a donné l'autorisation d'utiliser son ordinateur. Je t'ai cousu deux jupes. Elles sont jolies, bleues, de ta couleur préférée. Et j'ai aussi dessiné plein de trucs. J'ai essayé de faire des gratte-ciel, mais c'est un peu raté. Je vais recommencer.

Comme d'habitude avec Sara, je ne sais plus où donner de la tête.

— C'est génial, ma puce. Tu es fière de toi ?

— Oui. En plus, j'ai même pas fait crier maman une seule fois cette semaine.

— Tu es la meilleure petite sœur du monde. Tu me passes maman ?

— Tiens. Je t'aime, Mel. Jusqu'à la lune et aux étoiles.

Même loin de moi, Sara n'oublie pas cette petite tradition entre nous.

— Pareil, grand chef. Jusqu'à la lune et aux étoiles.

Les pas de ma sœur résonnent dans mon oreille, jusqu'à ce que ma mère récupère le téléphone.

— Mel !

— Salut, maman. Ça va ?

— J'allais emmener Jules au foot. Son équipe a perdu le match la semaine dernière, il est sur les dents. S'ils ne gagnent pas aujourd'hui, je vais passer un mauvais dimanche…

— D'accord, je ne te retiens pas longtemps. Tu lui souhaiteras bonne chance pour moi ?

— Bien sûr. Au fait, Mel…

Le ton de sa voix change imperceptiblement. Un mauvais pressentiment m'étreint.

— Théo m'a dit que vous étiez séparés ? Qu'est-ce qui s'est passé ?

— Maman…

— D'accord. Ce ne sont pas mes affaires. Il m'a dit que tu as rencontré quelqu'un. C'est vrai ?

— Maman…

— D'accord, d'accord. On n'en parle plus. Mais préviens-moi la prochaine fois. Je l'ai croisé par hasard et je lui ai parlé de toi. Je me suis sentie mal à l'aise.

— Désolée. Ça va un peu vite pour moi ces derniers temps.

— Fais attention à toi, hein ? Je t'aime.

— J'essaie. Je t'aime aussi.

Merde… J'aurais dû lui dire. Tout comme à Léa, qui va à coup sûr me rentrer dedans. Le temps qu'elle décroche, je me prépare au pire.

— Tiens, une morte, me balance-t-elle sans même un bonjour.

— Léa…

— Quoi ? Tu t'es souvenue d'un coup que t'avais une pote en France, dans une autre vie ? Les États-Unis t'ont mangé les neurones ?

Quand elle est en colère, elle ne fait pas les choses à moitié.

— Excuse-moi… S'il te plaît…

Alors que je ne m'y attends absolument pas, elle éclate d'un rire sonore.

— Tu y as vraiment cru ?

— À quoi ?

— Je deviens vraiment bonne comédienne. Il va falloir que je pense à faire carrière, rigole-t-elle de plus belle.

— Je te déteste.

— C'est sûrement pour ça que tu ne me donnes plus de nouvelles. Comment ça va chez les stars ?

D'un coup, je ferai n'importe quoi pour un après-midi avec elle, dans son studio, comme avant.

— Ça va… Mais tu manques.

— Ouais, ouais, c'est ça. Ne sors pas les violons, non plus. Si je te manquais tant que ça, tu m'aurais raconté pour Théo.

— Comment tu as su ?

— Je l'ai croisé en boîte. Il avait une nana pendue au cou. J'ai failli lui arracher les yeux, il a bien fallu qu'il m'explique qu'il ne te devait plus rien.

— Quoi ?

— Oui… Je t'ai déjà dit que tu n'avais rien à faire avec ce mec.

Alors là, je ne comprends plus rien. *Mon* Théo, au bout de quelques jours à peine de célibat ? J'ai vraiment du mal à y croire.

— Il dit que tu l'as trompé. Tu lui as raconté pour Ayden ?

— Je ne pouvais plus lui cacher. Ça ne se fait pas.

— Toi et tes principes… Et vous êtes ensemble maintenant ?

— Non. C'est compliqué. Mais on va travailler ensemble.

Léa éclate de rire.

— Travailler ? C'est une blague ou quoi ?

— Non. Il a signé un contrat avec Live pour un album. Il faut que je choisisse les morceaux et que je fasse sa promo.

— Apparemment, j'ai raté beaucoup de choses. Il faut que tu m'expliques.

À la fin de mon récit, Léa soupire.

— Je n'aime pas ça, Mel. Je te connais par cœur, si tu t'engages, tu vas souffrir. Garde tes distances.

Je réfléchis un instant au conseil de ma meilleure amie.

— Je crois bien que c'est trop tard.

La simplicité avec laquelle je m'avoue mes sentiments pour Ayden ne m'effraie même pas. Il y a bien longtemps que c'est trop tard, peut-être même depuis le moment où ses lèvres se sont posées sur les miennes.

— Mel, gémit Léa. Tu es insupportable. Fais attention a toi.

Pourquoi est-ce que tout le monde me dit ça, aujourd'hui ? Je ne suis quand même pas en sucre, merde !

— Arrête de t'inquiéter. Au pire, tu seras là pour me ramasser à la petite cuillère, non ?

— À la louche, même, si tu veux. C'est plus *safe.*

C'est bon d'entendre le rire de mon amie.

— Et toi ? Comment va ton pot de colle ?

— Il va... bien. Même très bien.

— Alleluia ! Qu'est-ce-qu'il a de spécial, celui-là ? Il a forcément un secret...

— Il me fiche la paix. Et il est là quand j'ai besoin de lui. Mais il n'y a rien d'officiel. Je deviens juste exclusive, s'esclaffe-t-elle.

Je suis tellement contente pour elle. La conversation se poursuit un long moment pendant lequel je passe mon temps à rire des bêtises de mon amie de toujours. Me voilà regonflée à bloc pour plusieurs jours.

Le soir, après une douche et un repas copieux, Chris, Tara et moi optons pour nous poser devant le film *Seven.* Sur mon téléphone, la diode indiquant la réception d'un message se déclenche en plein suspense. Dans l'obscurité, je sursaute presque.

> Je passe te prendre dans une heure.
Retrouve-moi en bas.

Je relis plusieurs fois le message d'Ayden.
Est-ce que c'est bien à moi qu'il est adressé ?
On n'était pas censés se revoir avant lundi…

Mes doigts pianotent nerveusement sur mon téléphone des phrases qui ne me conviennent pas et que j'efface les unes après les autres. Finalement, je décide de ne pas répondre : ça m'évitera de me poser des questions inutiles. Si ce message n'était pas pour moi, je pourrais toujours prétendre que je n'en ai pas tenu compte.

À la fin du film, Tara interrompt le cours de mes pensées sous l'œil fatigué de Chris.

— Je suis crevée. Je vais me coucher, dit-elle en s'étirant. Tu vas dormir ?

— Je dois ressortir. Ayden veut me voir.

Comme au ralenti, Chris se détourne de la télévision.

— Qui est Ayden ?

Tara m'encourage discrètement d'un hochement de tête.

— Un artiste qui vient de signer un contrat avec Chuck.

— Ah. Bien. Passe une bonne soirée, ajoute-t-il avec un sourire contrit.

— Merci. Et arrête de t'inquiéter, c'est inutile.

Chris m'observe avec une expression attendrie.

— Tu es ma famille. Même si tu deviens grande et indépendante, tu seras toujours mon petit roseau perdu près de la gare.

— Un roseau plie mais ne rompt jamais, je rétorque. Tu n'as aucune raison de t'en faire.

— Un point pour toi, ma nièce. Allez, va t'amuser. Mais si ce Ayden ne te ramène pas entière…

— Chris, laisse-la tranquille… souffle Tara en se dirigeant vers le couloir.

J'adore Chris, mais parfois il abuse un peu. Une fois dans ma chambre, je me demande quoi porter. Je ne sais pas où on va, ni ce que je vais faire. J'enfile un jean noir et une blouse blanche que j'affectionne particulièrement, mes Converse blanches et le blouson en cuir que je n'ai toujours pas rapporté à Live. Grâce à cette tenue soignée sans l'être trop, je suis à peu près sûre d'être parée pour toutes les éventualités.

Et s'il ne venait pas ? Ou pire, s'il venait ? Qu'est-ce qu'il a encore en tête ? Interrompant un instant la pose de mon mascara, je me secoue pour arrêter de me poser des questions. De toute façon, ce que je peux penser ne changera rien.

Enfin apprêtée, je traverse le salon le plus discrètement possible. Chris comate toujours sur le canapé, ce qui ne l'empêche pas de me souhaiter à nouveau une bonne soirée avec un air de mère-poule inquiète. Quand je pousse la porte de l'immeuble, j'ai une énorme boule dans le ventre. Pas d'Ayden. J'observe nerveusement les alentours, désemparée.

Mon regard impatient saute d'un point à l'autre jusqu'à se poser sur une magnifique moto noire de l'autre côté de la rue. Juste derrière elle, appuyé contre le mur, Ayden me fixe, la tête penchée sur le côté. Le cerveau embrumé, je remarque en traversant la rue qu'il tient un casque dans sa main gauche. Le monstre noir qui me fait face, c'est le sien ?

— Salut.

— Salut. Est-ce que cette… chose est à toi ?

Un sourire fier passe comme un courant d'air sur ses lèvres.

— Cette chose, c'est une Suzuki GSXR. Et oui, elle est à moi.

— Est-ce que ça implique que je doive monter dessus ?

Mon expression horrifiée le fait rire franchement.

— Tu n'es jamais montée sur une moto ?

— Non. Jamais. Et je ne vais pas commencer aujourd'hui. Encore moins avec celle-là.

Je désigne du menton l'engin sombre, énorme et fuselé qui me fait face. Cette moto a beau être vraiment belle, hors de question que je l'approche. Ayden examine mon visage quelques instants, pensif.

— Dommage. Ça aurait pu être une belle première fois.

Malgré moi, je rougis. Des images fugaces de son regard bleu au-dessus du mien, sur son lit, me reviennent en mémoire comme les notes d'une musique entêtante.

— Je ne vais pas faire ça, j'affirme en croisant les bras.

Ayden s'approche doucement de moi. Son blouson en cuir est une véritable provocation. Imperturbable, il vrille son regard dans le mien.

— Bien sûr que si.

De quoi on parle, déjà ?

Je fixe un instant la grosse cylindrée qui me nargue et me lance dans un duel imaginaire mais acharné avec elle. Est-ce que je suis capable de faire ça ? Est-ce que je peux mettre ma vie entre les mains de son propriétaire ? Un soupir vaincu s'échappe de ma gorge quand je me retourne vers lui.

— Où est-ce qu'on va ?

— Respirer.

Son regard déterminé trahit un besoin urgent de changer d'air. Je donnerais cher pour savoir ce qui se passe dans sa tête à ce moment précis.

— Où ça ?

— Pourquoi tu poses toujours autant de questions ?

Il s'approche encore de moi et me tend le deuxième casque.

— Mets ça.

Je n'arrive pas à croire que je vais monter sur cet engin. C'est vraiment flippant. Au moment où je prends le casque des mains d'Ayden, nos doigts se frôlent et une décharge électrique me traverse. Il ajuste les sangles à ma taille et relève ma visière pour m'observer.

— T'es jolie comme ça, souffle-t-il avant d'allumer le moteur.

Les jambes coupées par l'angoisse, je regarde de travers l'énorme bête qui ronronne sous mes yeux. Cachée derrière ma visière que j'ai vivement rabattue, j'en profite pour esquisser une grimace.

Sans hésiter, ce dernier enjambe sa moto d'un geste souple, presque tendre. Je n'ai jamais vraiment aimé ce genre de cliché, mais là, je dois bien avouer qu'ils sont magnifiques à regarder tous les deux. J'ai presque l'impression d'être de trop tellement le corps d'Ayden épouse la machine puissante qu'il maintient entre ses jambes.

— Grimpe.

Je pose une main hésitante sur l'arrière de la selle pour me hisser tant bien que mal derrière Ayden. La douceur du cuir quand je m'accroche à son épaule pour me positionner correctement me surprend un peu. Je ne sais pas trop quoi faire de mes mains légèrement engourdies par l'excitation, alors je les pose doucement autour de la taille d'Ayden.

— Plus fort.

Je me penche légèrement en avant pour faire ce qu'il me dit. Ma poitrine frôle son dos, et un frisson de plaisir me traverse. Je ronronne presque autant que le monstre sous moi.

— Prête ?

J'acquiesce énergiquement pour endiguer ma peur. Ayden m'explique rapidement comment me comporter dans les virages ou en cas d'arrêt. Quand je l'assure que j'ai bien tout compris, il enclenche l'accélérateur. Paralysée par l'angoisse, je m'agrippe avec force à son blouson noir, dont la texture m'apaise.

Durant les premiers kilomètres, Ayden roule doucement pour me permettre de m'adapter aux sensations inconnues que procure le deux-roues. Je ne peux m'empêcher d'admirer sa souplesse et l'assurance avec laquelle il évolue. L'adrénaline qui émane de lui finit par me gagner, tant et si bien que rapidement, je n'ai plus peur. Épousant du mieux que je peux les courbes de la Suzuki, j'essaie d'anticiper les gestes d'Ayden pour lui faciliter la tâche.

Au fur et à mesure que nous nous éloignons des lumières de la ville, la pression de mes mains autour de sa taille se relâche, et Ayden prend de la vitesse. Je ne sais pas où on va, ni même depuis combien de temps on roule, et ça m'est complètement égal. La nuit qui nous accompagne accentue mon sentiment d'euphorie. Seuls comptent le vent qui colle mes vêtements à ma peau, l'adrénaline qui court dans mes veines et mes mains gelées autour de la taille fine d'Ayden.

Je ne me rends compte que je suis frigorifiée que lorsqu'Ayden s'arrête et coupe le moteur. Autour de moi, je ne perçois rien d'autre que le silence. Ayden retire son casque et secoue la tête pour discipliner la masse de ses cheveux ébouriffés par le trajet. Je l'imite, frissonnante, puis descends avec difficulté de mon siège.

J'observe les alentours. Je n'entends rien, à part un bruit régulier et sourd qui me fait penser à des vagues.

— Où est ce qu'on est ?

— À Long Island.

— À la plage ? En pleine nuit ?

— C'est un problème ?

— Non. Je suis étonnée, C'est tout.

— J'avais besoin d'air.

J'acquiesce en silence. En réalité, je suis sidérée. J'aurais eu la même réaction si j'avais eu besoin de faire le point. J'adore la mer, le sable fin et le bruit apaisant des vagues qui s'écrasent lourdement sur le sol. Au fur et à mesure que nous marchons, le sable crisse de plus en plus sous mes Converse. Nous atteignons le bord de l'eau en silence.

Toujours frissonnante, je croise les bras et rentre ma tête dans mon cou pour essayer de garder un peu de chaleur. Ayden, qui s'en est aperçu, ouvre les pans de son blouson pour que je m'y réfugie.

— Viens.

L'éclat grave dans ses yeux m'empêche de prononcer le moindre mot. J'ai froid, et il y a trop longtemps que je n'ai pas senti mon corps contre le sien. Immédiatement transportée par le coton chaud contre ma joue, je respire son odeur à pleins poumons. Les yeux clos, je me délecte de la chaleur que son corps me procure. Quand il referme ses bras sur moi, je me sens enfin complète. À l'abri. Unique. Avec douceur, il appuie son front contre le mien.

— Qu'est-ce que tu me fais, Mel ? murmure-t-il avec une incompréhension palpable.

Autour de nous, seul le bruit des vagues est témoin de la force démesurée qui nous pousse irrémédiablement l'un vers l'autre. Pour toute réponse, je prends possession de sa bouche avec une ardeur qui me surprend moi-même.

Je ne pense plus à Chuck, ni à Erin, ni même à Théo. La force de ses bras me fait tout oublier. Depuis le début, il fait sauter mes verrous un par un, malgré mes exigences et mes réticences. Je ne passerai pas à côté d'Ayden, quoi qu'il m'en coûte.

Quarante-sept

When I was a child

Mel

Dans ma poitrine, la vague d'émotions qui déferle est trop intense pour que je puisse l'endiguer. Consciente de la moindre parcelle de mon corps, je me délecte avec passion de ses lèvres charnues qui me dévorent intensément. Une main sur ma nuque, l'autre dans mon dos, Ayden me maintient fermement, comme s'il avait peur que je m'en aille.

À bout de souffle, je romps un instant le contact pour l'observer. Perdu dans mes yeux qui débordent de sentiments que je ne parviens plus à masquer, il me questionne en silence. Je n'ai plus froid, plus soif, la fatigue a quitté mon corps pour ne plus laisser place qu'à un désir intense.

Il pose un pouce hésitant sur ma lèvre supérieure pour en dessiner les traits. Quand j'en mordille doucement la chair tendre, son souffle se fait rauque. Ses pupilles dilatées s'accrochent désespérément aux miennes, m'arrachant des frissons. Ses gestes pleins d'une ardeur difficilement contenue trahissent la bataille qu'il est en train de mener contre lui même. Je ne veux pas qu'il s'arrête, jamais. Jamais plus.

— Mel…

Sa voix se propage comme le feu à travers mon corps. Mon surnom dans sa bouche résonne d'une telle manière que j'en perds la raison. Enhardie, je glisse une main sous son tee-shirt, là où la peau de son ventre est si douce. Ses abdos se contractent à mon contact, et ses lèvres courent sur mon cou avec une ferveur redoublée.

Désormais, je ne contrôle plus rien. Je suis partie, perdue dans les bras de l'homme qui fait naitre tant de contradictions en moi. Quand les mains d'Ayden descendent doucement sur mes fesses, je ne peux retenir un gémissement étouffé. Son étreinte se resserre ; je peux le sentir durcir contre moi à travers nos vêtements. Je passe une main fiévreuse dans ses cheveux et cherche à nouveau le contact de ses lèvres. Il gémit quand je mordille doucement sa lèvre inférieure.

Soudain, j'ai de nouveau très froid. Ayden interrompt son baiser et recule d'un pas, me laissant chancelante et essoufflée. Déboussolée par l'absence de ses bras autour de moi, je l'observe sans comprendre. Dans ses yeux clairs, je perçois un doute immense. Sa respiration saccadée semble refuser de se calmer.

— Je peux rien te promettre.

Cet aveu court mais si violent, prononcé sans ciller, semble le soulager. Déboussolée, les bras ballants, je me demande ce qu'il a vécu pour s'empêcher à ce point de se laisser aller.

— Qu'est-ce que tu veux dire ? je demande d'une voix douce.

Mal à l'aise, il passe une main dans ses cheveux et soupire en fuyant mon regard.

— Je suis pas capable de me passer de toi. Mais je peux pas te donner ce que tu attends.

Enhardie par la première partie de sa phrase, je me risque à essayer d'en savoir plus.

— Pourquoi ?

— J'ai pas envie d'en parler maintenant.

Son visage se ferme instantanément. J'aurais dû m'en douter.

— Est-ce que tu te rends compte a quel point tu es égoïste ?

— Ouais. On me le dit souvent.

Silencieuse, je contemple les reflets de la lune sur la mer. Je ne sais pas quoi dire ni quoi faire pour essayer de lui faire comprendre que je ne lui ferai aucun mal. Que je ne suis là ni pour sa gloire future ni pour son talent. Je veux juste être avec lui. Lui, son caractère de merde et ses blessures qui font tant écho aux miennes.

— Quand j'étais petite, je croyais que ma mère était une princesse. Mon père était son prince charmant. Nous avons vécu heureux dans notre petit château, même sans cheval blanc. Moi, mon frère, ma petite sœur. Un jour, quand j'avais quatorze ans, le prince charmant s'est barré avec une comtesse de bas étage et a abandonné la princesse détruite dans un château en ruines. Il y a longtemps que je ne crois plus aux promesses, Ayden.

Ma tentative maladroite de lui montrer que je peux comprendre se solde par un échec cuisant.

— Tu as peut-être souffert, mais tu ne sais rien de moi. J'ai grandi entre un père bourré et infidèle et une mère dépassée. Tu ne peux pas me faire confiance.

Un sentiment d'injustice m'envahit. Je ne peux m'empêcher de durcir le ton de ma voix.

— Qu'est-ce que ça veut dire ? Que ta souffrance est supérieure à la mienne ? Que parce que je ne sais pas ce que tu as vécu, je ne peux pas essayer de comprendre ?

— C'est pas ce que je voulais dire. Écoute… quand je suis avec toi, je suis bien.

Je ne laisse rien paraître, mais mon cœur fait un bond dans ma poitrine. J'ai au moins gagné ça pour ce soir. Mais je ne peux pas retenir un soupir rancunier.

— Tu m'as déjà dit ça. Et ensuite, tu as fait comme si rien ne s'était passé.

— Je sais. Je te l'ai dit, je suis désolé de t'avoir blessée. Tout ça, ça me fait flipper.

— Tu crois que je n'ai pas peur ?

Ayden lève un sourcil étonné.

— Toi ?

— Tu n'es pas le seul à avoir un passif, Ayden. Je n'ai peut-être pas vécu autant de choses que toi, mais j'ai eu ma dose aussi. Et on ne peut pas dire que tu fasses ce qu'il faut pour que je te fasse confiance.

Je l'observe s'approcher de moi doucement. Pour la première fois, son regard est rempli de tendresse quand il prend mon visage entre ses mains.

— Je sais. Je te l'ai dit, je n'ai pas l'habitude de tout ça. C'est la première fois que…

Une mélancolie douloureuse envahit son visage.

— Que quoi ? je murmure.

À ce moment, je prends conscience que notre relation a atteint un tel niveau d'intensité qu'on ne pourra pas revenir en arrière. Plus je regarde briller ces yeux bleus pour lesquels je pourrais me damner et plus j'oublie la douleur qu'ils m'ont déjà fait ressentir. Ayden m'a fait bouillir, pleurer, parfois rire, parfois souffrir, et même s'il reste une énigme, je ne peux plus me passer de son regard sur moi.

— … que quelqu'un me manque à chaque putain de minute.

Mon cœur implose dans ma poitrine. Je ne sais plus quoi dire. Toutes mes cellules grises ont démissionné au moment où elles ont compris le sens des mots prononcés par Ayden qui continue de m'interroger du regard, attendant une réponse qui ne vient pas.

— Dis un truc, s'il te plaît.

Déboussolée, je ne trouve rien d'autre à faire que poser ma tête dans son cou. Une main sur son torse, je compte les pulsations de son cœur d'habitude si hermétique.

— Tu m'as manqué aussi, je dis en relevant la tête.

Le soulagement dans ses yeux me fascine. Son étreinte se resserre encore, comme s'il avait peur que je disparaisse. Il dépose un baiser sur mon front, et ce contact suffit à me faire fondre.

Accrochés l'un a l'autre, nous restons là, debout, apaisés, ensemble. Je ne sais pas quel est le devenir de notre relation, si je peux même mettre le mot « couple » sur ce que nous sommes, mais ça m'est égal. Pour l'instant, je ne pense qu'à profiter de sa douceur et des sensations incroyables que sa présence me procure.

Brusquement, il me soulève de terre, m'arrachant un cri de surprise.

— Tu veux prendre un bain ? me menace-t-il, railleur.

Quand je comprends les intentions d'Ayden, je me débats en hurlant. J'ai horreur de l'eau froide. Juste avant qu'il atteigne le rivage, je réussis à me dégager de son étreinte a force de chatouilles acharnées et de coups de pied dans le vide. Je m'affale de tout mon poids sur le sable, rapidement suivie par mon bourreau qui continue de me taquiner.

— T'es sûre que t'en as pas envie ?

— Je crois que ça va aller.

— Tu as de la chance qu'il fasse froid, rétorque Ayden en s'allongeant sur le côté. Et arrête de lever les yeux au ciel.

Il est tellement agréable, quand il veut. Par une autre température, je n'aurais pas hésité une seconde à me laisser immerger dans cet océan si calme avec lui. À la simple idée de me retrouver tout contre lui dans l'eau, un lourd frisson me traverse.

— Pourquoi tu souris ? me questionne-t-il brusquement.

— Pour rien.

Ayden ne s'en laisse pas compter. D'un geste vif, il se met à califourchon au-dessus de moi.

— Dis-moi.

— Non.

Ses mains se posent de part et d'autre de ma tête, et son visage plonge dangereusement près du mien.

— Si.

Son souffle s'alourdit. Quand ses lèvres effleurent les miennes, j'approfondis notre baiser et pose mes mains dans le bas de son dos. Au moment où je m'y attends le moins, Ayden se dégage brusquement en riant. Vexée, je l'observe d'un œil sombre.

— Dis-moi ce qui se passe.

— Je pensais juste que je suis bien avec toi, je soupire, vaincue.

Son regard espiègle redevient tout à coup très sérieux.

— C'est vrai ? me questionne-t-il avec sérieux.

— Oui. Tu es plutôt gentil en fait, quand tu ne fais pas ta star.

Son air perplexe m'amuse beaucoup. J'en rajoute un peu en lui tirant la langue.

— Je ne suis pas *gentil.* Et tu ne perds rien pour attendre, Mel.

J'en suis certaine.

Frissonnante, je me rassieds, serrant les bras autour de mes genoux.

— Tu as froid ?

J'acquiesce vivement. J'adore passer du temps avec cet homme aussi attirant qu'exaspérant, mais là, je suis gelée. Ayden se remet souplement sur ses deux pieds.

— Viens, dit-il en me tendant la main pour me relever. On rentre.

En arrivant à sa hauteur, Ayden me serre dans ses bras pour me frictionner.

— Ça va aller ? me demande-t-il avec sollicitude.

Je hoche la tête et me réfugie dans son cou, essayant de capter un peu plus de chaleur, avant de me détacher à regret de son étreinte pour enfiler mon casque.

Sur le chemin du retour, bercée par la conduite souple d'Ayden et engourdie par le froid, je laisse libre cours à mes pensées. Je ne m'attendais pas à une soirée aussi simple, émouvante et… romantique. Avant ce soir, je ne pensais pas pouvoir me sentir aussi proche de lui. Peut-être que je commets une grave erreur, mais c'est sans doute la plus belle de toute ma vie.

Je ne réalise qu'en descendant de l'engin d'Ayden que nous ne sommes pas devant mon immeuble mais devant le sien. J'enlève mon casque, perplexe, et dévisage Ayden. Un sourire en coin, il répond à mes questions muettes :

— Non, tu ne vas nulle part.

Quarante-huit

Closer

Mel

Tandis qu'Ayden gare la moto un peu plus loin, je triture machinalement une mèche de mes cheveux en l'observant. L'idée de passer la nuit avec lui me rend nerveuse. Théo est le seul avec qui c'est arrivé, et je ne suis pas sûre d'être prête à…

— Ça va ?

Je sursaute, surprise. Perdue dans mes pensées, je n'avais même pas remarqué qu'Ayden m'avait rejoint.

— Qu'est-ce qui se passe ? insiste-t-il.

— Rien. C'est juste… rien, laisse tomber.

Rougissante, je détourne le regard. Il se rapproche de moi et prend mon visage entre ses paumes fraîches pour le relever. Inquisiteurs, ses grands yeux trouvent les miens sans difficulté.

— Joue pas à ça. Dis-moi ce qui se passe.

Après quelques secondes d'hésitation, je me lance :

— Je ne suis pas prête à… à faire ce que tu attends de moi.

L'expression grave d'Ayden se mue en un sourire de plus en plus large. La lueur espiègle dans son regard accentue la rougeur sur mes joues.

— Qu'est-ce que j'attends de toi ?

Pourquoi fallait-il que je me mette dans cette situation ? J'aurais mieux fait de me taire.

— Tu sais bien.

— Je vois pas du tout de quoi tu parles.

— Je crois que si, au contraire, je soupire avec agacement.

Ma gêne atteint des sommets. Ayden soupire à son tour et croise ses mains dans mon dos.

— J'attends rien de toi. Pas pour ça. Je pensais que tu l'avais compris.

— C'est juste que… je ne suis pas prête. Et toi, tu as l'habitude de…

Un éclat de rire m'interrompt.

— J'ai aucune habitude. Et j'ai tout mon temps.

Soulagée mais toujours aussi mal à l'aise, je détourne le regard. Je me sens un peu bête, mais au moins, les choses sont claires. D'un geste tendre, Ayden écarte une mèche de cheveux de mon visage et esquisse une moue espiègle.

— Qu'est-ce qu'il y a ?

— Tu es bien la première à être contente parce que je ne vais pas coucher avec elle, s'esclaffe-t-il.

Je rêve.

— J'aime ça, poursuit-il. C'est bien. Si ça doit arriver, je veux que ce soit parce que tu le veux vraiment. Comme moi j'en ai envie.

Une vague de chaleur se répand dans mon corps. Je me doutais bien qu'il ne se contenterait pas de me regarder éternellement dans le blanc des yeux, mais qu'il le dise ouvertement rend les choses beaucoup plus concrètes.

Quelques minutes plus tard, nous pénétrons dans son appartement sombre et silencieux. La dernière fois qu'on s'est retrouvés seuls ici, j'ai mis plusieurs jours à me remettre. J'espère que cette fois sera différente.

Transie de froid depuis notre escapade, je m'assois sur le canapé et me frictionne énergiquement les bras. Ayden s'en aperçoit et disparaît soudain du salon. Quand il revient, il dépose une couverture moelleuse sur mes genoux.

— Tu veux un café ? Pour te réchauffer ?

J'acquiesce avec envie. Depuis la cuisine, Ayden me jette à plusieurs reprises des coups d'œil inquiets.

— Pourquoi tu me regardes comme ça ?

— C'est toujours bizarre de te voir ici.

— Bizarre comment ?

Ayden me fixe un moment puis rétorque simplement :

— Bizarre bien.

Il pose deux tasses sur la table basse et prend place à côté de moi, puis passe un bras derrière mon dos pour poser sa main sur ma taille. Même si je ne sais toujours pas quoi lui dire après les moments intenses que nous venons de vivre sur la plage, ce contact me rassure. Quand je me déleste de ma tasse vide, son étreinte s'accentue, et il se rapproche de moi pour m'embrasser doucement.

Mon Dieu, ses lèvres… Chaque fois, la même décharge d'électricité me parcourt. J'y suis de plus en plus accro et je ne sais toujours pas si je peux lui faire confiance. Plus je le laisse entrer dans mon cœur, et plus la chute sera terrible. Dans un sursaut de lucidité, j'interrompts notre baiser.

— Est-ce que tu vas encore changer d'avis ?

— Non. Arrête de te torturer, Mel.

Sans me laisser le temps de réagir, il soude à nouveau sa bouche à la mienne. Ses lèvres se font plus douces, et je perds le contrôle quand il mordille doucement ma lèvre inférieure. Je passe une main dans ses cheveux, et il en profite pour faire glisser sa langue sur la mienne, me prenant au piège de mes sensations.

Sans cesser de m'embrasser, Ayden me relève doucement. M'entourant de ses bras, il exerce une légère pression sur ma taille pour me diriger lentement vers sa chambre. Quand nous passons la porte pour nous retrouver à quelques centimètres de son lit, mon cœur menace de me lâcher. La chaleur de ses mains m'enflamme. La passion qui nous consume est en train de tout brûler sur son passage.

Incapable de résister plus longtemps, je passe mes mains dans son dos, sous son tee-shirt. La douceur de sa peau sous mes doigts réveille des sensations inconnues jusque-là. Fébrile, je me délecte des frissons qui parcourent son épiderme. Reprenant son souffle, Ayden me serre contre lui en inspirant violemment dans mon cou. Il se soustrait à mes caresses et esquisse un mouvement pour retirer son tee-shirt, qui tombe lourdement à ses pieds.

Et merde.

Je dévore des yeux les contours de son torse, le grain de sa peau sur son ventre, les lignes fluides de ses muscles. Je n'ai plus qu'une envie, c'est d'y promener mes mains. Un peu intimidée par l'intensité de mes sensations, j'ai tout à coup besoin d'air. Quand il mord sa lèvre inférieure en venant vers moi, le sol se dérobe sous mes pieds. Ses mains remontent doucement vers mon visage pour caresser mes joues brûlantes, puis descendent sur ma taille, laissant au passage des milliers de brûlures sur ma peau.

Sans me quitter des yeux, il attrape le bas de mon tee-shirt et l'envoie rejoindre le sien. Le bruit du vêtement qui s'écrase au sol me paraît lointain, étouffé par les sensations incroyables qu'Ayden me procure. Ses mains chaudes reprennent leur place sur mes hanches, et son regard glisse vers ma poitrine emprisonnée par un soutien gorge blanc plutôt simple.

— Putain, murmure-t-il.

Rougissante, je tends à nouveau les lèvres vers lui pour masquer ma gêne. Il me serre plus fort, et je ne peux plus ignorer son érection contre mon bassin. Quittant mes lèvres, il parsème mon cou de baisers, mordillant ma peau déjà sensible. Ses mains remontent dans mon dos pour dégrafer mon soutien gorge. Ma respiration s'intensifie ; je ne suis plus maîtresse de rien.

Ayden m'embrasse à nouveau tendrement et prend l'un de mes seins dans sa paume chaude. Quand il se baisse légèrement pour y poser sa bouche, la chaleur entre mes cuisses se transforme en brasier.

— Ayden…

Être à moitié nue devant lui me ravit et m'effare à la fois. L'excitation qui s'est emparée de moi me dévore, et je tente d'encaisser la violence du désir que provoquent ses caresses. Le regard empli d'adoration d'Ayden me pousse à le laisser prendre le contrôle. Une main sur le haut de mon ventre, il défait un par un les boutons de mon jean.

Je n'ai jamais fait ça avant, mais j'ai un tel besoin de lui que je ne peux pas refuser. Je l'autorise à faire subir à mon jean le même sort que le reste de mes vêtements et je le laisse m'installer sur le rebord de son lit. Sans dire un mot, il me fait basculer sur la couette et s'allonge à mes côtés.

Il me regarde d'un air si grave qu'il m'inquiète presque. Une seconde plus tard, il m'embrasse à nouveau, d'abord avec douceur, puis de plus en plus ardemment. De ses doigts, il titille mon téton sensible, puis il trace un chemin doux de baisers jusqu'à mon ventre. Ma respiration s'accélère de nouveau. Je pose une main dans ses cheveux pour lui signifier tout le bien qu'il me fait ressentir, jusqu'à ce qu'il s'agenouille au pied du lit et me retire ma culotte pour se placer entre mes jambes.

Ses doigts effleurent ma cuisse, et il souffle doucement sur mon intimité. Ce geste me tourmente plus qu'il ne me satisfait. J'ai besoin de plus. Quand sa langue s'insinue entre mes lèvres, j'étouffe un gémissement impatient. Ayden me goûte doucement, caressant chaque partie de mon intimité. Plus il se rapproche du point qui me fera basculer, plus mon souffle s'accélère, et je m'accroche comme je peux aux draps. Je ne suis plus que plaisir au moment où il insère un doigt dans mon intimité trempée. Mes cuisses se contractent et tremblent violemment, je cherche l'air comme je peux, ma respiration désordonnée devient sifflante. Je me colle contre sa bouche et murmure son prénom. L'orgasme qui déferle est d'une telle intensité que pendant quelques instants, j'ai l'impression d'être absente à moi-même.

Épuisée, je me tourne sur le côté, sans plus pouvoir bouger. Ayden se relève avec douceur, se colle contre mon dos et parsème mon épaule de petits baisers. La chaleur de son corps me réchauffe agréablement. Encore sonnée par la puissance de ce que je viens de vivre, j'attrape sa main pour la poser contre ma bouche.

— Ça va ? murmure-t-il dans mon cou.

— Oui. Je crois que oui.

— Mets-toi sous les draps.

Je me retourne, étonnée.

— Tu… Tu ne veux pas que je…

— Que tu quoi ?

— Eh bien, je pensais que tu voudrais que… que je te fasse du bien, moi aussi…

Il y a certains mots que je n'arrive pas à prononcer. Ayden me regarde avec tendresse :

— Tu m'en as déjà fait beaucoup. File sous les draps.

— J'ai besoin de me brosser les dents. Et d'un tee-shirt. S'il te plaît.

— Okay, madame.

Il se lève et allume la lumière au passage, m'arrachant une grimace. Durant son absence, je me lève rapidement, attrape mes sous-vêtements et me glisse sous la couette. Je prends quelques secondes pour savourer la douceur de ce moment. Quand Ayden revient, une brosse à dents et un tee-shirt propre à la main, je l'observe sans la moindre gêne.

— Arrête de mater.

Je pouffe en tendant la main pour attraper le tee-shirt qu'il me tend.

— Tu prends tes désirs pour des réalités. Tourne-toi, s'il te plaît.

— Sérieusement, Mel ? Je viens de te voir de très près, tu sais, rigole-t-il.

Devant mon air contrarié, il obtempère en soupirant. J'enfile le tee-shirt, qui porte son odeur, et je me brosse rapidement les dents. Quand je reviens dans la chambre, Ayden dort à moitié. Je m'allonge à ses côtés, et il m'attire vers lui. Quelques minutes plus tard, je m'endors profondément dans ses bras.

Quarante-neuf

Firebomb

Mel

Désorientée, je me réveille dans un lit vide, mais les souvenirs des bras d'Ayden autour de moi dans mon sommeil m'arrache un sourire niais.

Des bruits étouffés dans le salon me décident à me lever. J'ai vraiment besoin d'un café, et de mon portable. Je n'ai aucune idée de l'heure qu'il est, mais la lumière crue de l'extérieur m'indique qu'il est déjà tard, et je n'ai même pas prévenu Tara que je ne rentrerai pas. Il faut que je me bouge. Après m'être rapidement habillée, j'arrange la couette et les oreillers, puis je sors joyeusement de la chambre. La personne sur qui je tombe n'est pas celle à laquelle je m'attendais.

— Mel ? Salut !

Zack prend son petit déjeuner vêtu d'un simple short en coton. Ses cheveux mi-longs partent dans tous les sens, et son visage porte encore les stigmates d'un sommeil récent. Sa bouille parsemée de miettes de pain ajoute à ma bonne humeur. Un vrai adolescent.

— Salut. Ça va ?

Je scanne discrètement la pièce en essayant d'analyser d'éventuels bruits dans la salle de bains. Peine perdue, c'est le silence complet. J'espère qu'Ayden ne m'a pas plantée là sans prévenir.

— Yep. Bien dormi ? dit-il en mordant dans une tranche de pain de mie au beurre de cacahuètes.

Cette situation est aussi bizarre que gênante.

— Pas trop mal. Et toi ?

— J'ai eu une nuit agitée. Au fait, Ayden m'a dit de te dire qu'il a dû sortir. Il te rappelera plus tard, poursuit-il sur un ton neutre.

Donc, il m'a plantée là. J'aurais préféré qu'il me réveille plutôt que de me retrouver seule avec Zack, mais je me débrouille pour que ce dernier ne s'aperçoive pas de ma déception.

— D'accord. Je vais rentrer, alors.

— Tu ne veux pas manger un bout ? Boire un café au moins ?

L'appel de la caféine est trop fort : je lorgne la machine à dosettes posée sur le plan de travail et m'avance finalement vers elle.

— Si tu me prends par les sentiments… C'était comment, ta soirée ?

— Comme d'habitude, rigole Zack. De l'alcool, des filles, de la musique. Ayden et moi, on s'est toujours bien entendus là-dessus.

D'abord Ayden qui me laisse ici toute seule, et maintenant ça. Je fronce les sourcils sans répondre et avale une gorgée de café qui me fait aussitôt l'effet d'une décharge d'adrénaline. Zack m'observe toujours d'un œil circonspect.

— Ayden et toi, vous êtes ensemble ?

J'ai l'impression de subir un interrogatoire. Je n'ai pas envie d'aborder avec lui ma relation avec Ayden, et quelque chose me dit que je ne dois absolument pas le faire.

— Je suppose. En quelque sorte. Pourquoi ?

— Simple curiosité.

J'avale une gorgée supplémentaire de café, les yeux dans ma tasse. Quand je redresse la tête, Zack me fixe avec un petit sourire pincé.

— J'espère qu'il reviendra vite à la raison.

— Quoi ?

— Ayden aime s'amuser. T'es pas faite pour lui, me lance-t-il en plongeant une cuillère dans le pot de beurre de cacahuètes.

Pourquoi est-ce qu'il me dit ça ? Et de quoi il se mêle ?

— Pour qui tu te prends pour me juger comme ça ? Ayden et toi, vous n'êtes pas censés être amis ?

Le rire sonore de Zack me hérisse le poil.

— Justement. Ayden est un pote que j'ai pas envie de perdre pour une fille fragile en manque d'aventures.

J'hallucine.

— Encore une fois, qui es-tu pour me juger ? j'articule d'une voix blanche.

— Je te juge pas, Mel. Je dis juste que tu ne peux pas comprendre Ayden. Encore moins lui apporter ce dont il a besoin.

Un rire sans joie et plein d'une colère brute s'empare de moi.

— Parce que toi, tu sais ce qui est bon pour lui ? Tu es sûr que tu n'as pas plutôt peur de te retrouver tout seul pour faire tes conneries ?

Zack s'esclaffe. Une lueur mauvaise traverse ses yeux.

— Ayden et moi, on a fait des trucs que t'imagines même pas. Des trucs qui lui manqueront forcément avec toi. Tu verras…

Les bras m'en tombent. Comment ce mec qui me paraissait si gentil peut-il cacher à ce point son jeu ? Et comment je vais pouvoir parler à Ayden de tout ça ? Je rétorque d'une voix que j'aurais aimé plus assurée :

— Ça m'étonnerait. J'ai confiance en lui.

Zack éclate d'un rire sombre qui me met immédiatement les nerfs en pelote.

— Ta naïveté me donne envie de chialer. Laisse-moi te raconter une petite anecdote qui remonte à vendredi soir, on reparlera de ta confiance après.

Mon instinct me dit de me boucher les oreilles et de prendre mes jambes à mon cou, mais ma curiosité l'emporte.

— On est sortis en boîte. On s'est saoulés à mort, parce que c'est ce qu'on aime faire. Ce soir-là, une fille a chauffé ce mec en qui tu as tant confiance. Si tu avais vu la manière qu'elle avait de se frotter à lui… Ils sont partis, Mel. J'ai pas besoin de te faire un dessin, pas vrai ? Ça, c'est Ayden. Le vrai Ayden. Tu disais quoi, à propos de confiance ?

— La ferme, Zack.

— C'est la pure…

— Ta gueule. Vraiment, ta gueule.

Je ne supporte plus ni ses sarcasmes ni son air narquois. C'est trop. J'inspire profondément pour essayer de me calmer.

— Pourquoi tu fais ça ?

— Je te l'ai dit. Ayden est pas pour toi. Et tu perturbes mon quotidien.

Ce mec est taré.

— Tu ne crois quand même pas que je vais rester là sans rien dire ?

Zack m'adresse un rictus implacable.

— Te gêne surtout pas. Raconte à Ayden à quel point je suis un connard. Bonne chance pour qu'il te croie.

Je le regarde sans comprendre alors qu'il m'assène un dernier coup de poignard.

— Tu tiens à ton stage, je crois ? Qu'est-ce que tu dirais si j'expliquais à Chuck ce que vous faites dans son dos depuis des semaines ? Entre balances, on se comprend, non ?

Une énorme boule de rage se forme dans ma gorge. J'attrape mon sac le plus rapidement possible pour quitter l'appartement. Malheureusement, je ne vais pas assez vite pour ne pas entendre la voix moqueuse de ce connard.

— Bonne journée, Mel !

Dans le couloir, je m'adosse quelques minutes au mur, encore sous le choc des menaces du colocataire d'Ayden, et mes méninges commencent à cogiter toutes seules. Vendredi soir, il est arrivé chez moi dans un état lamentable.

« Pas toi. »

Tout est clair. Il a couché avec une fille qui n'était pas moi. C'est la seule explication possible. Cette révélation fait couler de chaudes larmes de rage sur mon visage fatigué, que j'essuie d'un geste lourd.

Je deviens folle. Pour couronner le tout, j'ai oublié ma veste à l'intérieur et je grelote dans l'air frais de l'automne qui s'est installé même à l'intérieur du bâtiment. Mais plutôt geler sur place que de retourner en face de cet enfoiré qui prétend être l'ami d'Ayden.

Je retrouve difficilement mes esprits. Ce matin, je me suis levée avec l'espoir que quelque chose de réel et de beau était en train de se produire entre Ayden et moi. Plus j'analyse la situation, et plus je me dis que ce n'est peut-être pas la peine d'insister. Il y a trop d'obstacles. D'abord Théo, puis Chuck et ses règles à la con, et maintenant Zack qui me fait du chantage. Et le plus important de tous, Ayden lui-même.

Comment peut-il coucher avec quelqu'un d'autre et me dire que je lui manque à chaque minute de son existence ? Comment peut-il être avec moi et ne rien vouloir me confier de son passé ? Qu'est-ce que Zack a bien pu faire avec lui qu'Ayden ne peut pas oublier ? Ça fait beaucoup trop de questions. Beaucoup trop de complications.

Depuis le début, on ne fait que ça : se rapprocher, s'éloigner, se rapprocher de nouveau. J'ai beau l'aimer de tout mon cœur, je n'ai pas la force de supporter encore une énième brèche dans notre relation déjà fragile.

Cinquante

Not anymore

Mel

Le lundi matin, ce qui aurait dû être un grand moment de joie se transforme en cauchemar. J'ai passé toute la journée d'hier à ressasser les paroles de Zack. Je n'ai même pas eu la force de répondre à Léa au téléphone. Après plusieurs heures de marche sans but, je me suis terrée dans ma chambre jusqu'au dîner, pendant lequel j'ai dû user de tous mes talents d'actrice pour que Chris et Tara ne se rendent pas compte de mon état.

Heureusement pour moi, ça a marché. Je n'ai absolument pas la force d'assumer le fait que ce voyage, qui devait être l'un des plus beaux moments de ma vie, est en train de se transformer petit à petit en calvaire. Je suis constamment sous pression, et je ne peux plus le supporter.

Cette nuit, à force de retourner le problème dans tous les sens, j'ai fini par envisager la seule option qui me permette à la fois de me libérer du chantage de Zack et de ne pas souffrir de mes sentiments pour Ayden : mettre fin à mon stage. Baisser les bras pour des raisons aussi futiles me fait beaucoup de mal, mais je ne vois pas d'autre choix.

Je me suis levée très tôt pour ne croiser personne, ni chez moi ni dans les bureaux de Live. Dans ma main, ma lettre de démission me donne l'impression de peser une tonne. J'ai vraiment du mal à croire ce que je suis en train de faire. Je jette mon courrier sur le bureau de Chuck comme s'il me brûlait les doigts avant de sortir sans me retourner. Mes larmes m'empêchent de voir clairement le couloir.

Je retourne dans l'ascenseur en reniflant bruyamment. Mes yeux sont gonflés, ma peau a rougi. Devant la porte du studio, je manque de m'effondrer.

À l'intérieur, je me laisse enfin aller à pleurer toutes les larmes de mon corps. Pendant de longues minutes, c'est tout ce dont je suis capable. Dans le liquide clair qui s'échappe de mes yeux, il y a tout l'amour que je porte à Ayden, toute ma colère envers Zack et toute ma honte de baisser les bras. Dans un état second, je me dirige vers la cabine d'enregistrement. La dernière fois que je suis venue ici, j'ai passé un des moments les plus magiques de ma courte existence. La voix d'Ayden parvient à mes oreilles à travers mes sanglots sans fin. *You are the strength that keeps me walking You are the hope that keeps me trusting You are the life for my soul You are my purpose You're everything*

Après de longues minutes, je me relève avec difficulté pour quitter cet endroit magique pour toujours. Déchirée, je ferme la porte sur Ayden et sur Live Nation.

En sortant du bâtiment, j'ai une pensée pour Erin. Son énergie à toute épreuve me manquera... Je n'ose même pas imaginer sa fureur quand elle apprendra ce que j'ai fait. J'espère juste qu'elle finira par comprendre.

Je réalise qu'il va me falloir trouver un autre stage, ou un petit boulot qui me permette de continuer à vivre ici. Je ne veux pas rentrer en France. J'ai un visa d'un an, et j'ai bien l'intention d'en profiter jusqu'au bout malgré les circonstances. Je pourrais peut-être voyager un peu, le temps de me remettre de tout ça ?

Les rues de New York qui s'animent doucement me permettent de me focaliser sur autre chose que sur mon nombril. Le seul point d'ancrage qu'il me reste pour le moment, c'est Dan. Et dans l'état où je suis, j'ai vraiment besoin d'un ami. Je me dépêche donc de trouver un taxi disponible et de lui indiquer son adresse. Quand il m'ouvre la porte de son appartement situé dans Brooklyn, je peine à former un pauvre sourire.

— Tu l'as fait ?

Je hoche la tête tant bien que mal. Je croyais avoir pleuré toutes mes larmes, mais apparemment, il m'en restait quelques unes.

— Allez, entre, soupire-t-il.

Son appartement, un loft décoré dans un style industriel, n'est pas très grand mais bien agencé. Je m'y sens tout de suite en sécurité.

Mon état ne s'améliorant pas, Dan me propose un café que j'accepte avec reconnaissance.

— Comment ça s'est passé ?

— Je n'ai croisé personne, je souffle en m'affalant sur le canapé.

— Personne n'est au courant ? Même pas ton oncle ?

— Surtout pas lui. Il aurait été capable de demander des explications à Chuck. Je lui dirai ce soir. Je lui expliquerai que mon stage ne me plaisait pas. Je vais en chercher un autre.

Dan ne me quitte pas des yeux, jaugeant mes réponses.

— Et pour Ayden ? Qu'est-ce que tu vas faire ? Tu ne vas rien lui dire ? Tu laisses tomber l'album et ça s'arrête là ?

Je hoche frénétiquement la tête. Dan esquisse une grimace dubitative.

— Je ne veux pas le défendre, mais il n'a rien fait. Si ça avait été toi, tu n'aurais pas aimé avoir une explication ? Et puis tu ne trouves pas que c'est trop facile pour Zack ? Ce connard s'en tire sans une égratignure. C'est lui qui gagne.

— C'est mieux comme ça. Ayden n'est pas capable d'avoir une relation.

— C'est toi qui vois. Mais si tu veux mon avis…

— Dan, Ayden se fiche de savoir comment je vais. Il a juste besoin qu'on l'aime. Je t'avais dit que je ne suis pas Emily.

— Je t'avais dit de ne pas t'approcher de lui, me dit Dan tristement.

Cette remarque me blesse plus qu'elle ne le devrait. Dan a raison, mais ce n'est peut-être pas le moment de me le balancer à la figure. Une pensée m'affole soudain :

— Tu n'as rien dit à Cassie au moins ?

— Non. Mais elle le saura tôt ou tard.

— Dan, je ne veux pas lui parler pour l'instant. Je ne veux pas qu'elle essaie de me convaincre que j'ai fait une connerie. C'était la seule chose à faire.

— Je ne sais pas. Mais si je croise ces deux abrutis, je ne suis pas sûr de garder mon sang froid, cette fois.

Je lève les yeux au ciel. Un sourire fatigué mais plein de gratitude se pose sur mes lèvres sèches.

— Je crois que je ne t'ai jamais remercié.

— De quoi ?

— On ne se connaît pas depuis longtemps, mais tu es toujours là pour moi, alors que je t'ai déjà lâché plusieurs fois.

Dan, qui essaie de ne pas rougir, triture nerveusement une petite cuillère.

— Il n'y a pas de quoi, Mel. Tu ferais exactement la même chose pour moi. Et puis je t'aime bien, même si tu te fourres toujours dans des situations merdiques.

Notre discussion me fait énormément de bien. Je me sens légèrement moins seule et un peu moins noyée qu'il y a quelques minutes. Le café chaud me redonne aussi quelques forces. Je vais rester ici et me requinquer toute la journée s'il le faut, puis je rentrerai annoncer la nouvelle à Chris et Tara. Mes sentiments pour Ayden vont disparaître avec le temps, et lui et Zack me laisseront tranquille. Je finirai bien par passer à autre chose. Facile.

Mais alors que je réussis presque à me bercer d'illusions, mon téléphone se met à vibrer. Pétrifiée, je fixe l'objet sur lequel le nom d'Ayden ne cesse de s'afficher comme s'il s'agissait d'une bombe à retardement.

Cinquante et un

Consequences

Mel

Mes mains refusent de m'obéir. C'est plus fort que moi, je n'arrive pas à répondre. Consciente du regard insistant de Dan, je finis par murmurer :

— C'est trop tôt.

— Il faudra bien que tu l'affrontes…

Est-ce que je suis vraiment obligée ? Parce que là tout de suite, je n'en ai pas du tout envie. J'ai besoin de souffler et de réfléchir à ce que je vais faire maintenant.

— Je ne veux pas lui parler, Dan. C'est trop dur.

— C'est ta décision, je ne peux pas faire des choix à ta place. Mais même si je déteste Ayden, il aurait au moins mérité une explication.

Tout ça est tellement compliqué… Je suis épuisée de ma presque nuit blanche, une nausée ne me quitte pas depuis le début de la matinée et mon cœur est en miettes. Des larmes réapparaissent au coin de mes yeux. Quand il s'en aperçoit, Dan m'ouvre ses bras, désolé pour moi.

— Oh non… Allez, viens là.

Je ne me fais pas prier. Le nez contre le torse de Dan, j'essaie de contrôler mes sanglots, mais c'est peine perdue quand je réalise que ce ne sont pas de ses bras dont j'ai besoin. La force d'Ayden, son odeur, sa chaleur, tout me revient cruellement en mémoire, et la douleur qui m'étreint est telle que je sens tous mes muscles se contracter.

Je suis tombée amoureuse. *Tombée*, c'est bien le mot. Dan avait raison depuis le début, je n'aurais jamais dû m'approcher d'Ayden. Je n'ai jamais rien contrôlé avec lui. Ni mes sentiments, ni mon corps, ni la force qui m'a poussée vers lui. L'idée de ne plus jamais le voir me plonge dans une détresse absolue.

Contre moi, Dan me frotte le dos pour me consoler. Ces gestes doux m'apaisent petit à petit. Comme s'il avait peur que je n'arrive pas à reprendre le dessus, il attrape ma main et m'attire vers le canapé pour m'y asseoir doucement. Sa voix inquiète me parvient de loin.

— Ça va aller ?

J'acquiesce faiblement et me recroqueville en chien de fusil sur le sofa.

— Je dois prendre une douche. Je reviens, d'accord ?

Dan sorti, j'observe vaguement la table basse pendant plusieurs minutes. Sans m'en rendre compte, je finis par m'assoupir. Quelques heures plus tard, une main ferme secoue mon épaule.

— Mel. Réveille-toi.

La luminosité m'agresse, je ne sais plus où je suis, mais le visage de Dan au-dessus du mien me rappelle rapidement où je me trouve et pourquoi.

— Qu'est-ce qui se passe ?

— Il faut que je parte bosser. Tu veux rester là ?

Rentrer chez moi me semble insurmontable. À cette idée, une boule d'angoisse se forme dans ma poitrine.

— Oui, je souffle.

Dan me retourne un petit sourire encourageant, m'enjoignant de me rallonger.

— Repose-toi. Demain, il fera jour. Je vais rentrer tard, mais si tu veux te changer les idées, on regardera un film en fin de soirée ?

Par miracle, j'esquisse un sourire. Dan passe un index tendre sur ma joue :

— Allez, prends les choses du bon côté. Au moins, tu ne seras pas obligée de te lever demain pour aller bosser, plaisante-t-il.

Dan me quitte quelques minutes plus tard, me laissant seule dans le silence. Incapable de me rendormir, je me lève pour me servir un verre d'eau. Dans un placard, je trouve un paquet de gâteaux. Machinalement, je consulte mon portable.

La réalité me rattrape : j'ai six appels en absence d'Ayden et dix-huit d'Erin. Un seul texto me demande de la rappeler. Erin a toujours été très compréhensive avec moi, et je suis partie comme une voleuse. Ça ne se fait vraiment pas. Il faut que j'assume mes actes.

Tout ce que j'espère, c'est que Chuck n'est pas avec elle. Erin décroche à la première sonnerie. Sa voix est aussi glaciale que la banquise en plein hiver ; je ne l'ai jamais entendue aussi énervée. Elle ne crie pas, mais c'est pire que si elle le faisait.

— Tu peux m'expliquer ?

Non, je ne peux pas.

— Erin, je suis désolée. Je ne pouvais pas rester.

— Pardon ? Tu nous plantes du jour au lendemain et la seule chose qui sort de ta bouche, c'est « je ne pouvais pas rester » ? De qui est-ce que tu te moques ?

Je garde un silence honteux.

— Tu t'es mise dans de beaux draps. Si tu ne poursuis pas ton stage, dans trente jours tu seras considérée comme une immigrante illégale. Mais je suppose que tu as agi en connaissance de cause ?

— Quoi ? Mais non, je…

Un sentiment de panique d'un niveau record m'envahit. Qu'est-ce que c'est que cette histoire ? Qu'est-ce que j'ai fait ?

— Quand on demande un visa pour l'étranger, on se renseigne un minimum. Tu n'as pas été prévenue ?

Je me suis documentée sur plein de choses au sujet de New York, mais rien concernant mon visa. J'ai une sainte horreur des papiers. Quand Théo a proposé de s'en charger, je l'ai laissé faire avec le plus grand soulagement.

— Ça ne doit pas être si compliqué de trouver un autre employeur, je crâne.

Parfois, je me déteste.

— Ton visa est lié à ton entreprise. Personne d'autre ne t'embauchera.

Quel bordel… Le temps que j'envisage les conséquences de ce qu'Erin est en train de m'expliquer, elle continue sur sa lancée.

— Maintenant, explique-toi. Je veux savoir pourquoi la meilleure stagiaire que j'ai jamais eue me fait un truc pareil. Je me suis toujours bien comportée avec toi. Je mérite mieux que ton attitude de lâche.

— Il s'est passé quelque chose entre Ayden et moi. Un de ses amis m'a menacée de tout raconter à Chuck. J'ai préféré prendre les devants.

Au bout du fil, c'est le silence. En prévision de la colère d'Erin, je ferme les yeux et crispe mon visage, attendant une explosion qui ne vient pas.

— Est-ce que tu es sérieuse ?

— Oui.

— Tu es en train de me dire que tu envoies tout balader pour une banale histoire d'amour ? Tu plaisantes, j'espère ?

— Malheureusement, non.

— Pourquoi tu ne m'en as pas parlé avant ?

— La raison me semble évidente.

— Tu me déçois beaucoup, Mel.

— Je sais. Je suis désolée. C'était la seule solution.

— Tu pouvais aussi ne pas t'approcher d'Ayden. Ou me demander conseil. Je ne t'ai jamais fermé la porte, je t'ai toujours dit que je serai là en cas de problème.

— Erin, ça semblait tellement important pour Chuck et toi, cette histoire de relation au travail. Tu m'as mise en garde dès le premier jour. Je ne voulais pas vous décevoir. Mais là, c'était trop.

— Mel, tu es une fille sérieuse. Si Ayden voulait bosser avec toi, je pense que ce n'est pas seulement pour tes beaux yeux. Il aime trop ce qu'il fait pour prendre ce risque, et Chuck le sait. Il aurait passé l'éponge pour vous deux. Tu manques vraiment de jugeote, parfois.

— Comment a réagi Chuck ?

Le silence d'Erin ne me dit rien qui vaille.

— Il ne le sait pas.

— Quoi ?

— Heureusement pour toi, c'est moi qui ouvre son courrier. J'ai donc jugé bon de mettre ta démission dans mon tiroir et de l'informer que tu as une bonne grippe. Bien évidemment, tu ne seras pas payée cette semaine.

La surprise m'empêche un instant de réagir. Partagée entre l'embarras et le soulagement, je ne sais pas quoi dire.

— Oh. D'accord.

— Ne me remercie pas, surtout.

— Merci, Erin. Pardon.

— La prochaine fois qu'il te prend l'envie de faire une chose pareille, je te mets de force dans un avion.

— Désolée. J'ai paniqué.

— Je ne veux rien savoir. Tout ce que je te demande, c'est de faire en sorte qu'Ayden sorte l'album du siècle. Parle avec lui, agis comme une adulte, s'il te plaît. Pour le reste, on trouvera une solution.

— Est-ce qu'il est au courant ?

— Il t'attendait ce matin. Je crois qu'il s'inquiète.

— Je sais. Je vais lui parler.

— Il vaudrait mieux.

Erin est toujours en colère. Je vais devoir ramer longtemps pour regagner sa confiance.

— Merci.

— Si tu veux me remercier, remets-toi au travail. C'est clair ? Et *parle-moi.* Je ne te couvrirai pas deux fois.

— D'accord. C'est promis. Je suis vraiment désolée.

— Règle-moi tout ça, se radoucit Erin. Je te laisse deux jours.

Cinquante-deux

Ayden

Ça fait plus d'une heure que je tourne en rond dans le studio, et toujours aucune trace de Mel. Elle a bien trop de principes pour être en retard. Il se passe un truc. Pour la douzième fois au moins, je vérifie mon téléphone. Qu'est-ce qu'elle fout ? Pourtant, elle sait que je n'ai aucune patience.

Un peu tendu, je quitte le studio et descends les escaliers. Sans prévenir, j'entre dans le bureau d'Erin.

— Tu pourrais dire bonjour, Ayden.

— Ouais, je pourrais. Où est Mel ?

— Je ne suis pas sa baby-sitter.

— On avait rendez-vous au studio. Elle est pas venue ?

— Je n'en sais rien. Je ne l'ai pas vue.

Le léger rictus d'Erin quand elle reporte son attention sur son écran d'ordinateur me donne envie de l'insulter. J'ai la certitude qu'il y a un problème avec Mel, et il faut que je sache lequel.

— Est-ce que tu en es certaine ?

— Oui. Tu as essayé de la joindre ?

— T'as d'autres questions de ce genre ? Évidemment que j'ai essayé.

Connaissant Erin, si Mel l'avait plantée sans prévenir, elle serait dans tous ses états. Là, elle est plus calme qu'un foutu yogi. Elle sait forcément quelque chose, mais elle ne crachera pas le morceau. En tout cas, pas à moi.

— Tu t'es levé du mauvais pied, on dirait, rit-elle doucement.

— Ouais. Ou peut-être que j'aime pas qu'on se foute de ma gueule.

Je remonte au studio en croisant les doigts pour entrevoir le regard sombre de Mel. Raté.

Une heure plus tard, après l'avoir appelée plusieurs fois, je rentre chez moi. Zack s'est barré, et c'est tant mieux. J'ai pas besoin qu'il me fasse chier avec ça ce matin. J'ai pas envie de supporter ses vannes sur Mel.

Je dois beaucoup à Zack, mais il me les brise sérieusement, ces derniers temps. Le jeu auquel je suis en train de jouer avec cette fille un peu trop bornée me perturbe bien assez. Depuis samedi matin, la vision d'elle dans mon lit m'obsède. Je me suis empêché de passer la voir toute la journée d'hier, et j'aurais certainement mieux fait de céder à mes pulsions au lieu d'écouter mon coloc et sa pétasse du week-end baiser dans la chambre d'à côté.

Dans l'appart, je continue de tourner en rond. J'essaie de jouer un peu de guitare, mais je finis par la laisser au bout de mon lit, incapable de me concentrer. Bordel, qu'est-ce qu'elle fout ? Pourquoi le jour où j'ai besoin d'elle, elle est pas là ? Et depuis quand j'ai besoin de quelqu'un, moi ?

De plus en plus nerveux, je l'appelle une nouvelle fois. À chaque sonnerie sans réponse, je me sens un peu plus vide. Sentant la colère tendre tous mes muscles, j'attrape mon blouson. Je ne vois plus qu'une seule chose à faire : rouler. C'est peut-être le seul truc qui soit encore capable de me calmer.

Je roule longtemps, sans réfléchir, essayant de ne pas penser aux raisons derrière l'absence de Mel. Est-ce qu'elle s'est rendu compte que je ne vaux pas la peine ? Ma proposition de travail a eu l'air de la mettre vraiment mal à l'aise. Dans ses yeux, j'ai lu la peur de ne pas être à la hauteur. La peur de ne pas me résister. La peur de plonger. Les mêmes peurs que les miennes. Est-ce que la nuit passée ensemble l'a effrayée ?

Sur l'autoroute, j'accélère d'un coup. La vitesse m'empêche enfin de penser. Je n'entends plus rien d'autre que le rugissement du moteur et les klaxons des conducteurs coincés que je double.

Avaler des kilomètres. Ne plus m'inquiéter. Il y a bien longtemps que je n'avais pas eu besoin de ça… depuis que mon géniteur est mort, en fait. Quand il était en vie, toutes mes journées dépendaient de ces quelques instants de liberté. Il s'est foutu en l'air, et je me suis juré de plus vivre comme ça. Pourquoi je la laisse me mettre dans cet état ?

Qu'est-ce qui s'est passé depuis samedi soir ? Est-ce que j'ai merdé ? Il faut que je sache, elle est en train de me rendre fou.

Une heure plus tard, je me gare devant l'immeuble de Cassie. Elle a forcément des infos.

— Qu'est-ce que tu fais là, toi ?

— Depuis quand j'ai pas le droit de venir te voir ?

Cass me sourit. J'aime son sourire qui cache tous les trucs sordides qu'elle a traversé. J'aimerais bien arriver à faire ça.

— N'essaie même pas de me faire croire que tu es là pour le plaisir. Je te connais trop pour avaler ça.

En entrant dans son appartement, j'ai de nouveau la pression. Je m'affale sur le canapé de Cassie en soupirant. Elle se dirige vers la cuisine et en rapporte deux bières.

— Mel est pas venue ce matin.

Cassie mord sa lèvre inférieure et essaie tant bien que mal de dissimuler son sourire en se penchant pour poser les deux bières sur la petite table basse devant elle.

— Vous deviez bosser ensemble, c'est ça ?

— Tu le sais très bien. Dis-moi où elle est.

Cassie s'assied et plante son regard soudain sérieux dans le mien.

— Je te jure que je n'en sais rien. Est-ce qu'elle avait une raison de te planter ? Tu as fait quelque chose ?

Mon regard en dit sûrement assez long sur mon état de nerfs.

— Je veux dire, est-ce que tu as essayé de la joindre ? poursuit-elle plus doucement. Erin ne t'a pas dit où elle était ?

— Oui et non.

— Tu as essayé chez elle ?

— Non.

— Elle est peut-être malade.

— Non. Si c'était le cas, elle se serait confondue en excuses de ne pas pouvoir venir.

Cassie m'observe, une lueur rieuse au fond de ses yeux graves.

— Pourquoi tu me regardes comme ça ?

— Pour rien. J'ai du mal à croire que… Rien. Laisse tomber.

— Que quoi, putain ?

J'ai horreur des sous entendus.

— Tu as changé.

— Qu'est-ce que tu racontes, Cass ?

— Tu t'inquiètes pour elle.

— Je m'inquiète pas. J'ai horreur qu'on me laisse en plan.

— Ayden, c'est à moi que tu parles. Tu t'inquiètes pour elle.

— Peut-être. Mais c'est pas ça qui va me dire où elle est.

— Tu veux que j'appelles Dan ? Il doit sûrement avoir des nouvelles.

— Okay…

En un coup de fil, j'ai les réponses à mes questions, et c'est encore pire que ce que je pensais. Comment peut-elle penser une seule putain de seconde que je vais rester planté là à la regarder me fuir ?

— Dis-moi où il habite.

— Ayden…

— T'as aucune raison de protéger ce petit con.

— Il est gentil. Il fait attention à moi. C'est un mec bien.

— C'est un mec chez qui Mel se réfugie pour ne pas m'affronter.

Et je peux pas le supporter.

Cinquante-trois

It's all about time

Mel

Ma conversation avec Erin terminée, le soulagement m'envahit. Grâce à elle, je viens d'échapper à la pire des humiliations : devoir rentrer chez moi avant la fin de mon voyage. Il faut vraiment que j'en tire des leçons. J'ai agi sur un coup de tête sans penser aux conséquences de mes actes, et je ne risque pas de recommencer de sitôt.

Ce genre d'attitude ne me ressemble pas. D'habitude, avant de prendre une décision, j'envisage toutes les possibilités, je prends en compte tous les paramètres. Depuis Ayden, je n'arrive plus à réfléchir correctement. Il s'est tellement infiltré dans chacune de mes cellules grises que j'en deviens parfois complètement idiote.

Heureusement pour moi, je suis entourée de gens qui gardent les idées claires. J'ai honte de m'être comportée de manière aussi puérile. Je me souviens d'avoir entendu mon père faire un laïus sur l'importance de ne pas mélanger travail et vie privée. Même si je ne le porte pas dans mon cœur, il n'avait vraiment pas tort. Parce que de toute manière, je n'ai rien réglé : Erin a sauvé mes fesses, mais maintenant, je fais quoi ?

J'ai beau essayer de garder la tête froide, je ne sais toujours pas comment régler ce problème avec Ayden. Au final, je n'ai pas vraiment le choix : si je veux rester ici, je dois travailler à Live, et donc avec Ayden, qui m'attendait ce matin. Qui doit être très, très énervé. Pourquoi faut-il que je merde à ce point, parfois ?

J'ai besoin de lui parler de la fille avec qui il a passé la nuit. Après tout, si Erin est au courant pour Ayden et moi, le chantage de Zack ne tient plus. Il faut que je fasse confiance à ma collègue et que je parle à Ayden. Dan a raison, la moindre des choses, c'est d'écouter ce qu'il a à me dire. Mais pas ce soir. Ce soir, je me coupe du monde et je profite d'une soirée tranquille avec mon ami. Je crois que je l'ai bien mérité.

Après une bonne douche et quelques coups de fil en France, je me sens beaucoup mieux. Léa n'en revient pas du feuilleton qu'est devenue ma vie, mais je crois que ça l'amuse beaucoup. Elle aussi me conseille de discuter avec Ayden et d'essayer d'y voir plus clair dans mes sentiments pour lui. Elle dit que je suis trop impliquée. Bel euphémisme… Je suis tellement plus qu'impliquée. Je suis dévastée, emportée, obsédée, désorientée… Je suis tout ce que je n'ai jamais été.

Même dans l'état où je suis, il est là, avec moi. Sa voix si intense m'accompagne partout. Je ne voulais pas de lui, pas de ça, pas de cette attirance violente et insurmontable qui me pousse irrémédiablement vers lui.

Pourtant je l'ai regardé vivre et me donner tout ce qu'il était capable de me donner. Sa tendresse. Sa voix. Son travail. Et je serais assez bête pour ne même pas lui laisser la chance de s'expliquer ? Au lieu de réfléchir à un moyen de lui expliquer mon état, j'ai préféré m'enfuir. J'ai laissé la peur me dicter ma conduite.

La clé tourne dans la serrure de la porte d'entrée juste au moment où je m'assieds sur le canapé. Dan fait son apparition au milieu du salon, un léger sourire aux lèvres qui me met immédiatement la puce à l'oreille.

— Qu'est-ce qu'il y a ?

Il tente de contenir son air guilleret, mais son opération camouflage est inutile.

— Je n'ai pas le droit de sourire ?

Son air innocent ne trompe personne. Je poursuis ma petite enquête par l'hypothèse la plus évidente.

— Tu as vu Cassie, j'affirme.

Dan ne me répond pas tout de suite et prend le temps d'enlever sa veste de costume pour la poser sur une chaise.

— Je plaide coupable.

— Elle sait ?

— Partiellement. Elle sait qu'Ayden te cherche partout. Il a passé la journée au studio à essayer de te joindre.

Mon cœur fait un bond en entendant son prénom.

— Est-ce que tu l'as vu ?

— Non. Est-ce que ça va ? Tu es toute blanche.

— Si, si, ça va. Tu crois que Cassie m'en veut ?

— Pourquoi elle t'en voudrait ?

— Je ne sais pas. Ils sont très liés.

— Cassie connaît Ayden. Elle n'a aucune raison de prendre son parti. Et même si c'était le cas, ce ne serait pas très grave.

Je hoche doucement la tête. Ne pas laisser à nouveau la panique me contrôler. Inspirer, expirer. Changer de sujet. Demain, j'irai parler à Ayden et tout ira bien.

— J'ai fait des sandwichs, je dis à Dan en désignant la table de la cuisine. Ça te dit ?

— Carrément. Je meurs de faim.

Dan s'attable en face de moi et attrape un triangle de pain de mie que j'ai agrémenté des restes que j'ai trouvé dans son frigo à moitié vide. Tout en dévorant ma préparation, il poursuit notre discussion.

— Quoi de neuf depuis tout à l'heure ?

Je lui raconte ma discussion avec Erin.

— Tu as beaucoup de chance. Je n'aurais jamais pensé que tu risquais tout ça.

La tête de Dan en dit long sur sa perplexité.

— Je sais. J'aurais dû le savoir moi aussi. Heureusement qu'Erin est là.

— Qu'est-ce que tu vas faire maintenant ?

— Je suppose que je n'ai pas d'autre choix que de parler avec Ayden.

— Bonne idée, sourit Dan. Tu veux que je vienne avec toi ? S'il a vraiment couché avec cette nana, tu veux que je lui casse la gueule ?

Je m'autorise un rire léger.

— Apparemment, il faut que j'apprenne à me comporter en adulte.

Dan hausse un sourcil dubitatif puis et m'adresse un regard plein de sollicitude.

— Ça va aller, alors ?

— Oui, je crois, je soupire en passant mes mains dans ma tignasse. Et toi, avec Cassie ?

Le regard de Dan se teinte de douceur. La joie présente dans ses yeux me réchauffe un peu.

— Elle est…

Trois coups frappés violemment contre la porte de l'appartement de Dan l'interrompent brutalement. Alors que Dan se lève à peine, les coups reprennent.

Mue par une intuition étrange, je me lève rapidement et reste debout dans le salon, aux aguets. Quand Dan ouvre la porte, une voix reconnaissable entre mille me parvient.

— Je veux la voir.

Je perçois sans mal l'hésitation de Dan.

— De qui tu parles ?

La tentative de Dan de gagner du temps me paraît totalement dérisoire.

— Me prends pas pour un con. Je sais qu'elle est là.

La colère, la peur et la frustration voilent la voix d'Ayden. Comme paralysée, je ne bouge pas d'un cil.

— Non, elle n'est pas là, s'agace Dan. Et si tu veux mon avis, tu ferais bien de lui foutre la paix.

— T'es qui, toi, pour me dire ce que j'ai à faire ? Tu te prends pour qui ?

Je me précipite dans l'entrée au moment où Dan ouvre la bouche pour rétorquer. Ses yeux sont agrandis par une colère que je ne lui ai jamais vue. Je coupe court, le souffle désordonné.

— C'est bon, Dan. Je vais régler ça.

Hésitante, je pose enfin les yeux sur l'homme furieux qui se tient en face de moi. Les traits tirés par l'incompréhension, il m'observe avec froideur. Même comme ça, il me fait fondre. Sa voix sourde me ramène brutalement à la réalité.

— Prends tes affaires.

Heu… bonjour ?

— Non.

— Mel, si tu ne prends pas tes affaires dans les cinq minutes, je les récupère moi-même. Je ne partirai pas d'ici sans toi.

— Je ne sais pas ce que tu veux, Ayden, mais je ne bougerai pas d'ici.

Agacée par son attitude, je plisse les yeux.

Le doute dans ses yeux me donne immédiatement envie de le prendre dans mes bras. Ma réponse abrupte semble le radoucir un peu. L'air fatigué lui aussi, il passe une main derrière son cou et appuie son bras contre le chambranle de la porte.

— Mel, je veux juste savoir pourquoi tu te caches. Prends tes affaires. Je ne veux pas discuter ici.

— Laisse moi deux minutes.

La colère n'a pas quitté les yeux de Dan. Les sourcils froncés, il est appuyé contre le mur qui jouxte le plan de travail. Ses doigts pianotent contre une de ses jambes. Sans réfléchir, je le prends dans mes bras. Ça le calmera peut-être un peu.

— Je suis désolée qu'il soit venu jusqu'ici.

Dan me rend mon étreinte et soupire.

— Tiens moi au courant. Tu peux revenir ici si ça ne va pas.

— Je sais.

— Ne te laisse pas faire.

— Je vais essayer.

Je rassemble mes affaires dans le plus grand des silences. Après un dernier regard en direction de mon ami, je sors de l'appartement, la gorge sèche. Devant la porte, les yeux d'Ayden se plantent rageusement dans les miens. Quelle qu'en soit l'issue, cette soirée risque de laisser des traces.

Cinquante-quatre

Loud and clear

Mel

En bas de l'immeuble, Ayden traverse le trottoir pour atteindre sa moto, garée à quelques mètres de nous. Même de loin, la colère qui bouillonne dans ses veines m'atteint de plein fouet. Je n'ai pas la moindre idée de la manière d'entamer cette discussion maintenant inévitable.

— Monte, gronde-t-il.

Il va vraiment falloir qu'il cesse de me parler sur ce ton. Sans réagir, je prends le casque qu'il me tend alors qu'il enjambe sa moto avec souplesse. Je grimpe maladroitement derrière lui, retrouvant avec soulagement le contact de son corps. Contrairement à notre dernier périple, sa conduite est très sèche, et ses mouvements saccadés me forcent à m'agripper plus fort à lui.

Concentrée sur mon souffle qui tente de retrouver un rythme normal, je n'essaie même pas de deviner l'endroit où nous allons. Il faut que je réussisse à lui expliquer tout ce que je ressens. Ça ne se fera sûrement pas sans heurts, mais tant pis. Je ne peux pas faire comme si tout allait bien alors que depuis le départ, j'ai l'impression de me noyer dans les sentiments que j'éprouve pour lui.

Après avoir traversé le pont de Brooklyn, Ayden se gare le long d'un trottoir étroit. Je laisse glisser mes mains le long de son dos plus longtemps que nécessaire et descends lourdement de l'engin noir dont le moteur est maintenant éteint. En retirant mon casque, je secoue mes cheveux pour y remettre un peu d'ordre. Ce geste si anodin me donne une certaine contenance face à Ayden, qui s'obstine toujours à ne pas décrocher un mot et traverse la rue sans un regard pour moi.

Nous nous trouvons dans Brooklyn Bridge Park, un endroit qu'en d'autres circonstances, j'adorerais explorer. Sur ma droite, le pont de Brooklyn nous observe de sa majestueuse hauteur. Tout en essayant de suivre le rythme imposé par Ayden, je prends le risque de le provoquer un peu. Son silence m'étouffe.

— Je suis là maintenant. Qu'est-ce que tu as à me dire ?

Pour toute réponse, il me fusille du regard. Au moins, j'ai capté son attention. Je continue de le défier.

— Ne me dis pas que tu m'as fait faire tout ce chemin pour rien ? À quoi ça sert ?

L'atmosphère change brusquement. Un vent froid, glacial même, s'infiltre par tous les pores de ma peau quand Ayden se retourne, les traits tirés par l'exaspération.

— Qu'est-ce qui déconne chez toi ?

Pour me protéger, j'adopte un ton sec et distant que je déteste immédiatement.

— Je pourrais te poser la même question.

La frustration d'Ayden est palpable. Un promeneur tardif se retourne sur nous quand le volume de notre conversation monte encore d'un cran.

— De quoi tu parles, putain ?

Je souffle en haussant les sourcils, le poussant un peu plus dans ses retranchements.

— Je parle de ta dernière soirée avec ton pote Zack. Celle où tu as tellement bu que tu ne te souviens même pas comment tu es arrivé chez moi. Tu n'aurais pas demandé à quelqu'un de te déposer, par hasard ?

— Peut-être. Je m'en souviens plus, je te l'ai déjà dit. Qu'est-ce que ça change ?

— Tu te fous de moi ? C'est pour ça que tu ne veux pas de relation ? Parce que tu veux rester libre de coucher avec qui tu veux ?

Ma question reste en suspens. J'ai l'impression de la voir voler au ralenti jusqu'à la conscience d'Ayden, qui baisse les yeux lorsqu'elle l'atteint. Son corps se dégonfle comme un ballon de baudruche abîmé par le temps, et sa voix n'est plus qu'un souffle quand il me répond enfin.

— Qui t'a raconté ça ?

— Zack. Ton pote Zack qui trouve que je nuis à ta réputation d'enfoiré. Apparemment, il avait tort. Tu n'as jamais cessé d'en être un.

Le sang bat fort sous mes tempes, et je détourne le regard loin, très loin du responsable de la tempête qui fait rage dans mon ventre. Sans tenir compte de ses appels, j'accélère le pas pour traverser le parc.

Il l'a vraiment fait.

Quelque part, tout au fond, j'avais espoir qu'il nierait, mais il n'a même pas pris cette peine.

— Mel, attends. Arrête.

Mes doutes, ma peine et ma rage explosent d'un coup quand une main ferme agrippe mon bras.

— Lâche-moi, Ayden. Ne me touche pas !

J'essaie de me dégager, mais il est plus fort que moi. Hors de moi, je lui balance sans réfléchir tout ce qui me passe par la tête :

— – Tu croyais quoi ? Que je ne le saurais jamais ? Que la gentille Mel n'avait pas un minimum de fierté ? J'ai cru qu'il y avait un truc spécial entre nous, Ayden. Je l'ai vraiment cru. Mais ça… je ne peux pas. Je suis quoi, moi, hein ? Le bouche-trou de service ? Celle que tu viens voir quand tu n'as rien de mieux à faire ? La fille assez bien pour que tu bosses avec elle, mais pas assez pour que tu la respectes ? Tu crois que je…

— Putain, mais pourquoi tu comprends jamais rien ?

Ses paroles interrompent subitement mon monologue. Les sourcils froncés, les épaules raidies par la tension vertigineuse qui règne entre nous, Ayden plante son regard bleu dans le mien. Je m'offre le luxe d'y plonger un instant pour y puiser la force de le rembarrer encore.

— Tout ce que je comprends, c'est que je me suis trompée.

L'étreinte autour de mon bras se resserre. Ayden rapproche son corps du mien et ferme les paupières une seconde, comme s'il rassemblait ses esprits. Quand il les rouvre, l'orage gronde dans ses yeux.

— Tu comprends pas que j'ai même pas pu la toucher ? Que chaque fois que je posais les yeux sur elle, c'est toi que je voyais ? (Sa respiration s'intensifie quand il pose son front contre le mien. Immobile et perplexe, je laisse son regard brûler ce qui me reste de conscience.) Que je ne retrouve nulle part le goût de tes lèvres ? Que l'idée que tu me laisses me rend fou au point de débarquer chez toi en pleine nuit ? Putain, il faut que je fasse quoi pour que tu comprennes que je t'aime ?

Le temps s'arrête. Je recule brusquement, le souffle coupé. Il ne peut pas avoir dit ça.

— Qu'… Qu'est-ce que tu as dit ?

— Mel… Je te jure que j'ai rien fait avec cette fille. L'idée m'a effleuré, parce que j'étais bourré. Mais arrivé chez elle… j'ai pas pu. Je t'ai vue. J'ai vu tes yeux… J'ai vu tes yeux au studio. Chaque fois que j'essayais de te sortir de ma tête, j'y arrivais pas. J'ai même pas pu la toucher. Je te jure que c'est vrai. Après ce week-end, je pensais que tu l'aurais compris.

Ayden a disparu. Devant moi se trouve un garçon fragile et apeuré dont le regard perdu est en train de me tuer. Je ne peux pas le nier : il souffre. Il ne joue pas la comédie. Les bras ballants, au bord des larmes, j'essaie de faire le tri dans mes pensées.

Ayden m'aime ?

Lentement, comme s'il apprivoisait un animal sauvage, il s'approche à nouveau pour me prendre la main. Je le laisse faire, trop stupéfaite pour réagir.

— Mel, s'il te plaît. Je sais pas ce que Zack t'a dit, mais il faut que tu me croies. Parce que si tu ne me crois pas, plus rien de tout ça n'a de sens.

— Je…

Un doigt impérieux se pose sur mes lèvres, m'intimant de me taire.

— Ne dis rien, s'il te plaît. Viens dormir avec moi.

— Ayden…

— Mel. Je te ferai plus de mal. Je ferai tout ce que je peux pour que tu saches que je tiens à toi. Je veux être avec toi. Juste toi.

Je scrute ses yeux, dubitative, mais ils débordent de sincérité, de douceur. Et même peut-être d'amour. Toute la pression accumulée ces dernières heures retombe subitement. Pourtant, j'ai besoin qu'il m'explique. Encore.

— Pourquoi tu es parti après le concert ?

— Tout le monde ne parlait que de l'album. J'ai flippé. Je me suis senti pris à mon propre piège.

Sa réponse m'inquiète un peu.

— Pourquoi tu veux faire cet album ?

Ayden ne me répond pas tout de suite. De sa main libre, il caresse mon visage du bout des doigts.

— Pour toi. Je veux le faire pour toi. Et parce que c'est ce que j'aime faire le plus au monde. C'est même la seule chose que j'aime faire. En dehors de te tenir dans mes bras.

Qui est cet homme en face de moi ? Je ne peux empêcher un sourire hésitant de traverser mes lèvres.

— Je préfère ça, murmure-t-il en me serrant contre lui.

Son corps. Son odeur si particulière. Tout s'efface quand ma joue se pose sur son torse, là où est ma place. Doucement, je m'abandonne à la chaleur qui me gagne alors que ses bras se referment sur moi. Je ferme les paupières, baignée dans un sentiment de plénitude. Ayden m'aime. C'est sûr. Sinon, il ne ferait pas tout ça pour me garder près de lui. Sa voix continue de me bercer.

— J'ai appelé Zack. On est sortis dans cette boîte dans laquelle il va tout le temps… J'ai bu. Je me rappelle être parti avec cette fille. Mais je te promets que je l'ai pas touchée. Sinon, je serais pas venu après. J'aurais pas pu te regarder en face.

— Tu ne m'as pas regardée en face, je plaisante. Tu n'arrivais même pas à marcher droit.

— Désolé, murmure Ayden en me serrant plus fort contre lui. Il faut croire que j'avais besoin de toi.

Pendant quelques minutes, aucun de nous ne parle. Ayden passe lentement sa main dans mon dos, et je respire enfin.

— Viens dormir avec moi.

— Est-ce que Zack est chez toi ?

Une grimace de profond mépris se forme sur ses traits.

— Qu'il aille se faire foutre. S'il est là, il ne restera pas longtemps. S'il te plaît, viens.

Son regard suppliant abat mes dernières barrières. Malgré les tempêtes qu'il provoque, je ne peux pas résister. Ayden a besoin de moi, c'est la seule chose que je vois. En cet instant, c'est même la seule chose qui compte.

— D'accord.

Cinquante-cinq

Worth it

Mel

Quand Ayden se gare en bas de mon immeuble, les battements de mon cœur ne se sont toujours pas calmés. Je ne m'attendais pas à l'issue de cette discussion. J'ai tout imaginé, souvent le pire d'ailleurs, mais je n'avais pas envisagé une seconde qu'il puisse vraiment avoir envie d'être avec moi.

Le temps que je descende de moto, il retire son casque et se plante en face de moi. Ses yeux me fixent avec cette insolence absolue qui ne le quitte jamais vraiment, et il me tend la main.

Putain.

— Ça va ?

Le contact chaud de ses doigts se propage profondément sous mon épiderme.

— Oui, je réponds en m'approchant plus près de lui. Je n'en ai pas pour longtemps. Je récupère juste de quoi me changer.

— Dépêche-toi, murmure-t-il.

Ses lèvres impatientes se posent sur les miennes et réveillent immédiatement en moi des sensations dévastatrices. Incapable de garder le contrôle, je pose une main dans son cou et me hisse sur la pointe des pieds. À bout de souffle en quelques secondes à peine, je fais appel à toute ma volonté pour m'écarter de lui.

— Je reviens.

Pour une fois, je n'attends pas l'ascenseur et grimpe quatre à quatre les marches de l'escalier. Sans faire le moindre bruit, je tourne doucement la clé dans la serrure. Je découvre Tara dans la cuisine, un verre d'eau à la main, et lui adresse un sourire légèrement crispé par la surprise.

— Mel ! Ça va ? Tu as passé une bonne journée ?

Si elle savait…

— Ça va. En fait, je passais prendre de quoi me changer, je réponds timidement. Je vais dormir chez Ayden.

Un grand sourire illumine le visage fatigué de Tara.

— Oh. Bonne chance alors, souffle-t-elle en me serrant dans ses bras. Et si tu veux mon avis, évite de raconter ça à Chris.

— Je crois que je vais m'abstenir, en effet. Tu ne dormais pas ?

— J'ai du mal à trouver le sommeil en ce moment…

— Quelque chose ne va pas ?

— Non, tout va bien, rassure-toi. On en parlera plus tard. Pour le moment, va t'amuser, me dit-elle en m'entraînant vers le salon. Je retourne me coucher.

Dans ma chambre, je jette pèle-mêle quelques vêtements propres pour demain, un pyjama et des affaires de toilette dans un sac à dos. J'espère que Zack a déserté l'appartement. J'ai besoin de calme, j'ai besoin d'Ayden, et j'espère que pour une fois rien ni personne ne viendra gâcher ça.

— J'ai failli attendre, râle ce dernier quand je le rejoins. Un peu plus, et je montais t'enlever de force.

— Désolée, Tara ne dormait pas. Je ne pouvais pas faire comme si elle n'était pas là.

— Tu aurais dû, rigole Ayden au moment où je grimpe derrière lui.

Ses larges épaules me servent d'appui pour m'équilibrer. Quand je pose mes mains sur sa taille, son corps se penche légèrement. Il démarre avec précision, et un sentiment intense de bien être m'envahit. Pendant quelques secondes, je ne pense plus à rien. Je n'ai plus besoin de rien. L'attraction puissante qu'Ayden exerce sur moi réduit tout le reste à néant. Il y a ce truc en lui… cette manière si abrupte de dissimuler ses cicatrices. Cette force incroyable sous sa carapace de grand brûlé de la vie.

Pourtant, il est là. Avec moi. Et parfois, je ne sais pas quoi faire de ça. Une chose est sûre, c'est que je ne lâcherai pour rien au monde ce sourire en coin qui ne cesse de me hanter depuis des semaines.

— Zack n'est pas là, m'informe Ayden laconiquement après avoir fait le tour de l'appartement.

Il s'assied sur le canapé sombre et lance une playlist de son téléphone sur une enceinte portable. *Black Veil Brides*. Parfait. Toujours debout, je pose la question qui me brûle les lèvres depuis un moment maintenant.

— Est-ce que tu me crois à propos de lui ? Je veux dire… je sais que vous êtes amis, mais…

Ayden lève les yeux vers moi. Des mèches brunes tombent sur son visage soudain traversé par un éclair d'animosité.

— Je te crois.

Je lâche un soupir de soulagement. Il attrape ma main et m'attire vers lui pour poser son front sur mon ventre et ses mains sur ma taille.

— Mais je suis vraiment en colère contre toi.

Je caresse ses cheveux du bout des doigts.

— Pourquoi ?

— Tu t'es barrée sans rien dire, sans demander la moindre explication. Merde, tu l'as cru sur parole et tu n'as même pas cherché à comprendre.

— Ayden…

— Non. Tu t'échappes pas.

— Comment voulais-tu que je réagisse ? je rétorque un peu plus aigrement que ce que je n'aurais voulu. Depuis le début, j'entends tout un tas de choses sur toi et toutes ces filles.

— C'est ça, ton excuse ? Donc si cet album marche, tu croiras sur parole la moindre putain de rumeur sur mon compte ?

Je suis touchée qu'Ayden envisage un futur avec moi, mais pour l'instant, j'essaie juste d'envisager la minute suivante sans penser au pire.

Mon silence équivoque le pousse à continuer.

— Toute la journée, je me suis demandé pourquoi t'étais pas là. J'ai pas cru une seconde aux conneries d'Erin. T'allais vraiment me laisser comme ça ?

— Je ne sais pas… Oui. Oui, je crois.

— Ne viens pas me parler de confiance après ça.

— Et qu'est-ce que j'aurais dû faire, selon toi ? Tu apparais, tu disparais, je ne sais jamais de quelle humeur tu vas être. Je ne sais pas ce que tu veux de moi. J'ai fait ce qui me semblait le mieux pour me protéger.

Dans un long soupir, Ayden m'attire à lui pour m'asseoir sur ses genoux et pose une main sur mes reins.

— C'est plus la peine de te protéger.

— Vraiment ?

— Non. Et même si tu voulais, je ne te laisserai plus faire.

Sans réféchir, je pose mes deux mains de part et d'autre de son visage et murmure d'une voix essouflée :

— Prouve-le.

Le regard d'Ayden, vrillé au mien, ne me lâche plus. Autour de moi, plus rien d'autre n'existe que ses mains sur ma taille, son souffle chaud qui se répand par vagues sur mon visage et la sensation brûlante que sa voix rauque tout près de moi provoque dans mon ventre.

Inconsciemment, je rapproche mon buste de son torse. À chaque frôlement, une décharge électrique traverse mon corps de part en part. Légèrement rougissante, je finis par baisser le regard en me demandant jusqu'où iront ces sensations le jour où il n'y aura plus la moindre barrière entre nous.

— Comment ? murmure-t-il en déposant un baiser sur ma joue.

Je réfléchis un moment avant de me lancer. Avec Ayden, je marche en terrain miné.

— Parle-moi de toi.

Il interrompt ses caresses. Son regard soudain fuyant se pose dans le vide, juste derrière moi.

— Je n'ai pas grand-chose à raconter.

Je pose lentement ma main sur sa joue pour le forcer à me regarder.

— La musique, par exemple. Comment ça t'est venu ? C'est ton père qui t'a appris à jouer ?

Maintenant, il y a deux possibilités : soit un miracle va se produire et j'en apprendrai un peu plus, soit la colère qui habite Ayden l'emportera et la soirée sera gâchée par ma curiosité.

— Non. Dans la maison de me mère, il y avait ce vieux piano en bois à moitié pourri. Il était très mal accordé. Un jour, quand j'étais tout petit, je me suis assis sur le tabouret et j'ai commencé à appuyer sur les touches. Ce son… il me calmait. C'était certainement le piano le plus pourri de tout L.A., mais quand j'appuyais sur ces touches, je me sentais heureux. J'entendais moins les cris de mes parents. C'est comme ça que ça a commencé. J'ai appris tout seul, à force d'essayer de trouver les notes des chansons qui me plaisaient.

L'image d'un petit garçon taciturne essayant désespérément d'oublier son isolement s'imprime dans mon esprit et me lacère. Son sourire plein de nostalgie me serre violemment le cœur.

— Je croyais que ton truc, c'était la guitare ?

— Ça, c'était après, au lycée. Ça marchait bien avec les filles.

— Oh.

Comme s'il avait deviné mes pensées, Ayden resserre son étreinte autour de moi.

— Est-ce qu'il y a d'autres choses que tu veux savoir ?

Sa question me surprend : pour une fois, j'ai l'impression que je peux tout lui demander.

— Pourquoi es-tu venu à New York ? Je veux dire, la vraie raison ?

Ayden soupire, s'affale contre le dossier du canapé et entrecroise nos doigts.

— Parce que ma mère ne traversera pas le pays pour m'y retrouver.

— Je pensais que tu t'entendais bien avec elle ?

— Plus ou moins. Jusqu'à ce que mon père se foute en l'air, je ne la voyais plus beaucoup. Ils s'engueulaient tout le temps. Du coup, j'étais jamais là. Je traînais n'importe où ailleurs que chez moi quand ils étaient dans les parages. Quand il s'est suicidé, j'ai essayé de… d'être là pour elle. Comme j'ai pu. Jusqu'à ce qu'elle commence à me pousser à me lancer. Elle m'inscrivait à tout un tas de castings dans mon dos. Ça m'a rendu fou.

Touchée par la souffrance de cette femme qui reporte ses rêves sur son fils, celle plus importante encore d'Ayden de se voir forcé à marcher sur les traces de son père, je garde un silence pensif. Je comprends mieux pourquoi il déteste l'idée de la célébrité. Ce simple mot l'a forcé à grandir dans la rancœur et la solitude, partagé entre son besoin de la musique et le mal qu'elle lui fait.

— Mais tu vas le faire quand même.

— Ouais. Je vais le faire. Je crois que t'en vaux la peine.

Ses mots résonnent dans ma poitrine comme une promesse inavouée. Je comprends soudain l'impact que je peux avoir sur lui.

— Toi aussi, tu en vaux la peine.

Quelques secondes s'écoulent, seulement perturbées par le son de nos respirations. Ayden plonge son regard dans le mien. J'ai vu beaucoup d'émotions traverser ces yeux-là, mais tant de douceur, jamais. L'une de ses mains remonte de ma taille pour se poser derrière ma nuque, et quand ses lèvres effleurent les miennes, son baiser me coupe le souffle.

Jusqu'à présent, il a toujours été question entre nous de passion. De l'impossibilité de résister l'un à l'autre. Mais là, c'est très différent : Ayden m'effleure, me frôle, me caresse avec une tendresse dont je ne soupçonnais pas l'existence. Après tant de questions, de doutes, il semblerait que nous ayons enfin réussi à nous trouver.

Le bout de sa langue frôle la mienne, et une décharge d'adrénaline vrille brutalement le bas de mon ventre. Je laisse échapper un gémissement sourd alors qu'il m'attire doucement contre son torse. Ce petit bruit sans équivoque semble tout à coup le ramener à la réalité. Le regard voilé de désir, il esquisse un léger sourire.

— Je vais perdre le contrôle. Ça suffit pour ce soir.

Depuis quand Ayden est-il devenu aussi sérieux ? Pour une fois que je n'avais pas envie qu'il le soit…

— Pourquoi tu fais cette tête ? Tu n'es pas d'accord ? demande-t-il, une leur moqueuse au fond des yeux.

Non. Non, pas du tout. Pourquoi on n'est jamais d'accord, d'ailleurs ?

— Si. Comme tu veux.

Je ne crois pas avoir réussi à masquer ma déception. Ayden s'esclaffe.

— Contrairement à ce que tu penses, tu n'es pas là pour le sexe, Mel. Je veux que tu me fasses confiance. Il ne se passera rien.

Rien du tout ? Me voilà prise à mon propre piège.

Même si elle me frustre à un point que je n'imaginais pas, sa décision me touche énormément. Contre toute attente, Ayden fait tout ce qu'il peut pour me montrer que je compte à ses yeux. Que je ne suis pas comme toutes celles qui sont déjà passées dans son lit.

— D'accord, dis-je en attrapant sa main.

— Viens, on va dormir un peu. On a plein de choses à faire demain.

Je me tais mais j'ai une hâte folle que la journée commence : passer des heures à l'écouter et à travailler avec lui sur ses morceaux me semble le truc le plus génial que j'ai jamais vécu. Quand je pense que j'ai failli passer à côté, j'ai envie de me gifler. Il faudra que je pense à baiser les pieds d'Erin, à l'occasion.

Je m'écarte d'Ayden en le faisant basculer sur le côté et sors du canapé. Les jambes ankylosées, je m'étire discrètement. Il se lève à son tour, et je le suis à travers la pièce pour atteindre sa chambre. Mes yeux se posent avec nostalgie sur la porte vitrée qui mène à son balcon. Ayden suit mon regard et me sourit, amusé.

— Tu veux y retourner ?

— Ça dépend.

— De quoi ?

— À la fin, tu me feras comprendre que je ne suis rien pour toi ou pas ?

Une ombre passe dans ses yeux clairs.

— Tu as toujours été quelqu'un pour moi. Redis jamais ce genre de conneries. J'étais pas prêt. C'est tout.

— Qu'est-ce qui a changé ?

— J'ai juste arrêté de me voiler la face. J'ai besoin de toi.

Touchée, je savoure un instant ses mots. Je voudrais lui dire à quel point je les comprends, à quel point j'ai voulu moi aussi me voiler la face, et à quel point je n'ai pas pu, mais apparemment, Ayden a décidé que notre discussion était close. À moins d'un mètre de moi, il est en train de se battre avec son tee-shirt, qui finit sur le sol quelques secondes plus tard. Je détourne les yeux avec difficulté au moment où son jean subit le même sort. Son manège est une véritable torture pour mes sens déjà mis à rude épreuve.

— Remets-toi, hein. Tu veux un verre d'eau ?

Je lui tire malicieusement la langue. L'effet qu'il a sur moi est hallucinant. Gênée, je m'empare de mes affaires de toilette avec la ferme intention d'aller me changer dans la salle de bains. Sous l'œil taquin d'Ayden, j'esquisse un pas vers le couloir, les joues rosies, avant de m'interrompre brusquement.

Il veut jouer ? On va jouer.

Je me retourne juste avant d'atteindre la porte de sa chambre. Mon regard soudain déterminé s'accroche au sien. J'attrape mon tee-shirt des deux mains pour le remonter lentement, et le sourire moqueur d'Ayden disparaît sur le champ. Quand il comprend mes intentions, l'air se charge d'électricité.

Je ne sais pas si je vais assumer jusqu'au bout. Mais maintenant que je me suis lancée, je n'ai plus trop le choix. Je jette mon haut par terre avant de reporter mon attention sur Ayden, qui ne me quitte plus des yeux et mord sa lèvre inférieure. C'est le truc le plus sexy que j'ai jamais vu. Ce qu'il fait chaud d'un coup…

Quand je déboutonne mon jean, Ayden tressaille. Je me débarrasse de mon vêtement puis me redresse en douceur. Il parcourt lentement mon corps du regard, et cette caresse invisible m'arrache un frisson. Pari gagné : je ne l'ai jamais vu aussi décontenancé. Au fond de moi, je suis extrêmement mal à l'aise de m'exposer autant, mais je n'en montre rien.

— Remets-toi, je lance d'une voix taquine. Tu veux un verre d'eau ?

Je m'approche de lui pour l'enlacer. À mon contact, Ayden frissonne.

— Bien joué, admet-il en s'affalant sur le matelas. Maintenant qu'on est à égalité, est-ce que tu crois qu'on peut se coucher ?

Je soupire, vaincue, et m'assieds sur le bord du lit. Ayden s'adosse contre le mur et écarte son bras pour que je le rejoigne. Je me cale avec délice dans le creux de son épaule et pose une main sur son ventre. Durant de longues minutes, je me délecte de la douceur de sa peau. Sa respiration qui s'apaise doucement sous mes doigts me fait l'effet d'une berceuse, et je finis par sombrer.

Le lendemain matin, de légères caresses sur ma taille me tirent de mon sommeil. J'ouvre les yeux et tombe sur un regard bleu éblouissant. Je fixe un instant le visage parfait d'Ayden, jusqu'à ce que ses lèvres se posent sur ma clavicule.

Ce réveil est le meilleur de toute ma vie, c'est officiel.

— Hey.

Les cheveux en bataille, les yeux pleins de sommeil, il pose son front contre le mien. Son regard m'attise déjà, et il n'est même pas 8 heures.

— Salut, je murmure en posant une main sur son bras. Il n'est pas un peu tôt pour se réveiller ?

— Pas pour ce que j'ai prévu. Debout, Mel. J'ai des tonnes de trucs à te faire écouter.

Déjà ? Je ne peux même pas profiter un peu ? Je lève les yeux au ciel et esquisse une grimace faussement exaspérée.

— Tu veux un café ?

Mon visage s'éclaire.

Un café. Alleluia.

— Tu vois que tu sais parler aux femmes, je rigole en m'extirpant du lit à regret.

J'aurais bien passé quelques minutes de plus dans ses bras… Quand Ayden se lève à son tour, la vision qu'il m'offre suffit pourtant à me mettre d'excellente humeur.

— Je vais me doucher, tu veux venir ? me provoque-t-il.

Heu… non.

Ma petite séance de strip-tease m'a largement suffi hier soir. Je hoche la tête de gauche à droite, les lèvres pincées.

— Sûre ? se moque-t-il. Tu pourrais aimer ça, tu sais.

Je n'en doute pas une seule seconde.

Imaginer l'eau qui ruisselle sur son corps me fait immédiatement rougir. Je mets un terme au film qui se joue dans ma tête pour me concentrer sur mes propres vêtements, toujours éparpillés au sol.

— Sûre. Je préfère le café, je rétorque en riant.

— Sérieusement, Mel ?

Sans prévenir, il me fonce dessus et me soulève par les jambes sur son épaule. Je crie, je me débats, mais sans succès : je suis toujours perchée. Un rire hystérique me secoue, jusqu'à ce qu'Ayden me repose dans le salon, devant la machine à café.

— Alors fais-le toi-même, me taquine-t-il. Et habille-toi si tu ne veux pas que je t'emmène sous la douche de force, ajoute-t-il en embrassant mon épaule avant de quitter la pièce.

Ce réveil restera dans les annales, c'est une certitude. Je n'aurais jamais imaginé qu'Ayden puisse être si drôle, ou même qu'on puisse si bien s'entendre. Il a beau dire que l'amour n'est pas son truc, je le trouve plutôt bon dans ce domaine.

Euphorique, je retourne m'habiller avant de me faire couler un café. Un peu plus tard, Ayden réapparaît dans le salon, les cheveux encore humides, mais prêt à partir. Il se dirige vers moi pour prendre lui aussi une dose de caféine, qu'il avale quasiment d'une traite.

— On y va ?

— Oui. Laisse-moi juste me brosser les dents.

— On n'en serait pas là si tu étais venue à la douche avec moi, râle-t-il en posant une main sur ma hanche.

— Tous les moyens sont bons, c'est ça ?

— Apparemment, sourit-t-il.

Quelques minutes plus tard, un soleil aveuglant qui s'accorde parfaitement avec mon humeur joyeuse nous accueille. Ce matin, avec Ayden à mes côtés, je me sens carrément invincible. Une paire de lunettes de soleil sur les yeux, il marche à côté de moi avec sa désinvolture habituelle. Il dégage un charisme hallucinant.

— Pourquoi tu me regardes comme ça ?

— Je ne te regarde pas, je proteste.

— T'es belle quand tu mens, rétorque-t-il en ralentissant un peu.

J'aime cette manière qu'il a de toujours me complimenter l'air de rien. Nos mains se frôlent imperceptiblement, et il entremêle ses doigts aux miens.

— Ça va me manquer de te toucher.

Il me faut quelques secondes pour comprendre.

— On n'a pas le choix. Si Chuck apprend…

— Chuck ne se gêne pas pour se taper Erin quand tout le monde a le dos tourné.

— Quoi ?

Le choc est si grand que je m'arrête. Erin ? Mais elle est mariée… Je n'arrive pas à l'envisager. Elle est si droite… Je ne la crois pas capable d'avoir une double vie.

— Pourquoi tu dis ça ? Ce n'est pas possible. Il doit y avoir une explication.

— Le soir du concert, je cherchais Chuck. J'ai aussi trouvé Erin. Dans ses bras.

— Mais…

— Laisse tomber. Pour l'instant, on fait ce qu'il dit. N'empêche que tu me manqueras.

— Je serai dans la même pièce que toi.

— C'est pas pareil.

Quelques mètres avant de franchir les portes de Live, Ayden m'embrasse comme si sa vie en dépendait avant de me lâcher. Nous entrons dans le bâtiment comme deux simples collègues, mais ça m'est égal. Je sais ce qui nous lie, et ça me suffit.

Cinquante-six

Ready

Mel

Dans l'ascenseur, Ayden oublie vite ses bonnes résolutions et attrape ma main ; je sursaute légèrement, parcourant avec anxiété le plafond des yeux.

— Il n'y a pas de caméras ici. Je peux encore faire ça, affirme-t-il en posant ses mains sur ma taille.

Malgré moi, je regarde les étages défiler et le repousse avec douceur quand ses lèvres se posent dans mon cou.

— On est presque arrivés. Ayden, sois sérieux deux minutes !

— Je suis très sérieux, Mel, rétorque-t-il avant d'emprisonner ma lèvre supérieure entre les siennes.

Cette sensation trouve immédiatement écho au creux de mon ventre, et j'ai toutes les peines du monde à ne pas céder à l'envie de répondre à ses provocations. Mais le *ding* qu'émet l'ascenseur juste avant que les portes ne s'ouvrent sur l'étage où se trouve mon bureau me rappelle très vite à la raison.

— Quelque chose ne va pas ? ironise Ayden, l'air satisfait.

— Tiens-toi tranquille, s'il te plaît.

— Bien, madame.

Erin est déjà là, et si je me fie à mon intuition, elle est à prendre avec des pincettes aujourd'hui. Elle m'apostrophe avec rudesse en attrapant un dossier :

— Tiens, voilà la malade ! Je vois que tu vas mieux.

— Effectivement. Merci, Erin. Et toi, ça va ?

— Comme d'habitude. Sauf que jusqu'à aujourd'hui, j'avais une stagiaire convenable, ce qui n'est plus le cas.

Elle baisse les yeux quelques secondes puis redresse brusquement la tête.

— Salut, Ayden. Le studio est libre.

Ce dernier ne semble pas perturbé outre mesure par le caractère bouillant de ma collègue.

— Salut. Chuck n'est pas là ?

— Non. Il ne sera pas disponible avant ce soir. Je me demande s'il n'avait pas peur que je le harcèle pour qu'il me rende Mel, dit-elle avec, enfin, un sourire dans la voix. Sortez de mon bureau, j'ai du boulot.

Ça, c'est bien Erin.

Devant le studio, la main sur la poignée, Ayden m'adresse un regard lourd de sens.

— Prête ?

En un instant, les quelques semaines de notre histoire commune défilent dans ma tête. Je ne saurai dire pourquoi, mais je suis sûre qu'Ayden y pense aussi. La seconde où nos yeux se sont croisés dans cette pièce, la première fois, a été déterminante. Je n'imaginais pas à quel point. Si je l'avais su, est-ce que ça aurait changé quelque chose ? J'aurais peut-être un peu moins lutté contre l'envie dévorante d'être dans ses bras. Aujourd'hui, j'ai compris que quoi que j'aurais pu faire, c'était inéluctable.

— Oui.

Quand la porte se referme, nous n'éprouvons même plus le besoin de parler. Je reste debout à proximité de l'entrée de la pièce pour l'observer. Avec sa décontraction habituelle, il enlève son sweat, le pose en boule sur un coin de table, et attrape sa guitare.

— Viens.

Il se dirige vers la table de mixage pour l'allumer et trafique quelques boutons. Je ne sais pas à quoi servent tous ces trucs, mais ça a l'air compliqué.

— Ça va ? Tu as l'air bizarre.

Mon cœur bat un peu trop vite, en fait. Je ne sais pas vraiment ce qu'il attend de moi. Je ne veux pas me planter, et en même temps, j'ai activé le mode « groupie absolue ». Comment avoir un œil critique sur lui alors que je suis en adoration complète devant son talent ?

— Ça va, je bégaie. C'est la situation qui est bizarre.

— Tu dis ça parce que tu ne peux pas me toucher, rigole-t-il.

— Ça doit être ça.

Ayden me fixe avec tendresse et se rapproche dangereusement de moi. Dans un silence de plus en plus assourdissant, il écarte une mèche de mon front.

— C'est bien que tu sois là.

— Oui. C'est bien.

Dans son regard, il y a beaucoup plus que les mots qu'il vient de prononcer. Semblant lutter contre lui-même, il met rapidement fin à notre contact visuel et s'installe dans la cabine vitrée.

— Reste là, m'intime-t-il. Prends un casque, le son sera meilleur. Ferme les yeux et note tous les trucs qui te passent par la tête. C'est très important.

— Je ne peux pas te voir ?

— Non. Mais moi, si.

— C'est injuste, Ayden.

— Je ne voudrais pas te déconcentrer.

— Tu veux que je te rappelle qui a déconcentré l'autre hier soir ?

Le rire d'Ayden me parvient aux oreilles, m'emplissant d'une joie indiscible.

— Non, ça va aller. Tu arrêtes de me perturber maintenant ? Tu es censée m'écouter, là.

La porte de la cabine d'enregistrement se referme sur notre bonne humeur. Suivant ses consignes, j'enfile un casque noir posé sur la table de mixage. Ayden joue des bouts de morceaux que j'entends comme s'il était à quelques centimètres de moi.

Dans ma bulle, avec pour seule compagnie sa voix, je ne me suis jamais sentie aussi euphorique. Ici, avec lui, je me sens complète. Je fais partie du monde. De son monde. Il partage avec moi ce qu'il a de plus précieux et de plus intime – je ne saurais dire pour quelle raison, même s'il a essayé de me l'expliquer.

— Tu m'entends ?

Je hoche la tête.

— Premier morceau. Je l'ai écrit quand j'avais genre douze ans. Et, Mel ?

Je sursaute.

— Je te vois. Tu peux rien me cacher.

Quelques secondes plus tard, la tempête Ayden m'emporte à nouveau. Ce morceau est très différent de tout ce que j'ai pu entendre de lui, mais la colère qui transpire dans chacune des notes me bouleverse.

You don't know how she feels
When you're outside
You don't know her
You think the lights are real
But she's a bride
Fighting a great winter

L'image d'un garçon de douze ans, un stylo à la main pour lutter contre le désamour parental, me submerge de tristesse. Sans ses blessures, Ayden ne serait pas Ayden, mais son vécu me brise le cœur à chaque fois qu'il lâche des bribes d'informations.

J'ai à peine le temps de me remettre de cette première décharge d'émotions que déjà l'atmosphère a changé. Son deuxième morceau est beaucoup plus gai, mais il est tout aussi bon. Je ne peux pas m'empêcher de me dandiner en écoutant les paroles, qui exortent au lâcher prise. Exactement ce dont j'ai besoin, en fait.

La matinée se poursuit sans que je m'en aperçoive. Je continue de noter toutes les remarques qui me passent par la tête, jusqu'à ce quelqu'un entre dans le studio.

Ayden n'a rien remarqué et continue de chanter un morceau génial à propos d'un nouveau départ.

Je me retourne et me retrouve face à Zack. Qu'est-ce que ce connard fout ici ? Et avec une guitare, en plus ?

— Mel, m'interpelle-t-il avec acidité. Tu fais la groupie, aujourd'hui ?

— Qu'est-ce que tu fais là ?

— La même chose que toi. Je travaille pour Ayden.

Quoi ? Stop. Pause.

— Pardon ?

— Chuck veut les meilleurs pour l'album d'Ayden. Et je fais partie des meilleurs. Que ça te plaise ou non, tu vas devoir me supporter.

— J'ai tout raconté à Ayden.

— Et alors ?

Alors tu dégages, connard.

Une voix grave lui répond à ma place au moment où j'ouvre la bouche pour l'envoyer se faire voir.

— C'est quoi ton putain de problème ?

Ayden se tient debout à la porte de la cabine d'enregistrement. Ses poings sont crispés par une colère mal dissimulée, et ses mâchoires serrées.

— Salut, mec. Je suis là pour les bandes son.

— Tu te fous de ma gueule ?

Zack reste imperturbable.

— Pas du tout. Vous avez fini ?

À force de le provoquer, Zack va finir par le trouver. Ayden respire violemment, les yeux rivés sur le visage impassible de Zack. J'espère que la situation va s'apaiser, mais je réalise que c'est peine perdue quand Ayden s'approche dangereusement de son colocataire.

— Va te faire foutre.

Ayden est méconnaissable. Les traits tirés, il attrape Zack par le col de son tee-shirt. Ce dernier semble tout à coup perdre quelques centimètres.

— Qu'est-ce qui te prend ? T'es malade ! Lâche-moi !

— Et toi, connard, qu'est-ce qui te prend de raconter n'importe quoi à Mel ?

Zack n'en mène pas large.

— Qu'est-ce que tu racontes ? Je suis venu pour t'aider, Ayden, merde !

— Bien sûr. Donc, Mel est une putain de menteuse ?

Ayden relâche Zack mais ne se calme pas pour autant. L'artère qui bat dans son cou pulse avec force. J'espère que tout ça ne va pas mal finir. Zack me regarde en coin.

— Qu'est-ce qu'elle t'a raconté ?

Il est très fort. Il avait anticipé que je parlerais avec Ayden, et il essaie de lui faire croire que j'ai voulu briser leur amitié. Je ne peux plus m'empêcher d'intervenir :

— Tout ce que tu m'as dit.

Zack m'ignore délibérément et se tourne vers Ayden.

— Mec, c'est n'importe quoi. On est potes. Tu vas pas la laisser…

— Ta gueule. Sors d'ici.

— Quoi ? Tu…

— Dégage, putain !

Ayden pousse violemment Zack, qui n'esquisse même pas le geste de se défendre. Il reprend pourtant vite contenance, comme si rien ne s'était passé. Avant de franchir la porte, il se retourne vers nous.

— Tu le regretteras. Elle n'en vaut pas la peine.

Cinquante-sept

Ayden

Avec Mel, tout est facile. Ça fait déjà une semaine que j'enregistre, et tous les jours je la découvre un peu plus. Elle s'insinue petit à petit dans chaque pore de ma peau, dans chaque recoin de mon cerveau, dans chaque respiration que je prends. Bosser avec elle est un pur bonheur. On y passe un temps de dingue, et même si parfois je suis crevé, je la pousse à continuer rien que pour gagner quelques minutes de plus près d'elle. Je n'ai jamais autant travaillé, et pourtant j'en veux encore.

Elle est beaucoup plus dure en affaires que ce que j'avais imaginé. Parfois exigeante au point de m'excéder. Mais les trois quarts du temps, elle a raison. Elle m'a fait prendre conscience que je ne dois pas jouer pour moi, mais pour les autres. Dès que je me perds dans mes souvenirs, elle me rattrape au vol. Elle s'approche de moi, ouvre ses grands yeux noirs, pose une main sur mon bras, et je suis de nouveau là. Cette fille est un putain de miracle. Un miracle chiant, mais un miracle quand même.

Je m'attendais pas à ce que tout soit aussi fluide entre nous. Elle me comprend sans que j'aie besoin de parler. Et tous les soirs, quand elle s'éloigne de moi, un truc s'éteint dans ma poitrine. Je me déteste d'avoir ce genre de pensées, mais pourtant c'est la vérité. Si elle se barre, j'aurais l'air con. Parfois, ça me dérange vraiment d'être aussi accro à elle, c'est tellement flippant et inattendu que j'aimerais bien revenir en arrière. Mais quand je vois tout ce qu'elle me donne, ce genre de pensée ne me reste pas longtemps en tête.

Pour une fois, je ne cherche même plus à me comprendre. Je ne me reconnais plus. Il y a ce truc qui me pousse à rester près d'elle, la protéger, la rendre dingue avec ma voix.

Je veux pas la brusquer, je lui ai promis d'attendre qu'elle me fasse confiance, mais parfois c'est dur de réprimer ce besoin que j'ai de lui faire l'amour. Quand elle est comme ça, par exemple, en train de lire et relire un de mes textes, penchée sur la table de mixage. Le pire, c'est qu'elle en est même pas consciente.

Je m'oblige à détourner les yeux quand elle se retourne.

— Fin de la pause. Celui-là est parfait. Je veux l'entendre.

— J'ai quoi en échange ?

— Une longue et grande carrière, Ayden.

— Et c'est tout ?

Le rouge lui monte aux joues. J'adore ça.

— Quoi d'autre ?

Je mime une intense réflexion, histoire de la mettre un peu plus mal à l'aise.

— Je sais pas. Je pensais à un truc plus concret.

Arrivé à sa hauteur, je me glisse doucement derrière elle. Discrètement, je relève le bas de son tee-shirt pour frôler sa chute de reins du bout des doigts. La réponse est immédiate : sous mes doigts, de minuscules aspérités apparaissent sur sa peau, me confirmant qu'elle est aussi réceptive à mon jeu que je le suis à elle. L'espace d'une seconde, elle semble vouloir céder à la tentation de poser sa tête sur mon épaule, mais se ravise.

— On a encore beaucoup de travail.

— Ça t'arrive de te détendre ?

— Je me détendrai quand on aura bouclé cet album et ta promo. Et quand j'aurai réussi à trouver assez de dates pour te faire connaître.

— Dors avec moi ce soir.

— Ayden, je te parle de ta carrière, là.

Sans elle, il n'y aurait pas de carrière. Il n'y aurait rien du tout. Juste moi, mes conneries et le bordel que je fous partout.

— Et moi, je te parle de dormir avec moi, je rétorque dans un sourire.

— On a encore un tas de choses à faire. Il faut que je contacte les radios, que je demande à Erin comment gérer le Web, et…

Je l'attrape par le poignet et plante mon regard dans le sien. Elle est aussi infernale qu'Erin par moments.

— Mel.

Enfin, je la stoppe dans son élan. Ses grands yeux dévorent mon visage puis glissent jusqu'à mes lèvres. J'aime avoir le pouvoir de l'arrêter d'un simple geste, comme elle peut le faire avec moi.

— D'accord. D'accord, je dormirai avec toi ce soir.

— Tu vois, quand tu veux.

— Rejoue-moi le morceau de ce matin.

Elle est infatigable… Mais ça me rend tellement fou d'elle de la voir se battre comme ça. Parce que c'est pour moi qu'elle se donne toute cette peine. J'ai pas fait grand-chose pour mériter tout ça, et pourtant, elle est là, à m'écouter des heures et des heures durant avec la même étincelle dans le regard, à penser à chaque petit détail, à me donner son avis sur tout et rien. Est-ce qu'elle lutterait autant si je n'avais pas cette voix ? Parfois, quand je la regarde, je peux pas m'empêcher de me poser la question.

— Quoi ?

— Je veux pas mettre ce morceau sur l'album.

— Tu plaisantes ? Il est incroyable.

— Hors de question, Mel.

J'ai beau essayer d'esquiver certains sujets, je sais que cette fois, elle me laissera pas m'en tirer comme ça.

— Pourquoi ?

— Mel.

— Ayden.

— Il me rappelle trop de mauvais souvenirs. T'es contente ?

— Lesquels ?

— Tu veux vraiment parler de ça maintenant ?

— Oui.

En quoi est-ce que c'est si important, putain ?

— J'ai écrit ce morceau avec des potes. À Los Angeles.

— Tu as fait partie d'un groupe ? s'étonne-t-elle.

— Ouais. On était quatre.

— Et ? Tu n'as pas tous les droits de ce morceau ?

— Si. Mais je les ai lâchés sans prévenir. Ils étaient persuadés qu'on allait décoller. On se marrait bien, et je me suis tiré du jour au lendemain.

Bastian, Alex et Gale m'en ont voulu à mort.

— Pourquoi ?

— Y'a un truc que t'as pas l'air de comprendre. Tu serais pas là, il n'y aurait rien de tout ça. J'en voulais pas, avec ou sans eux. Jusqu'à ce que tu débarques, en tout cas.

Mel ne répond rien. Ses yeux brillent soudain un peu plus fort que d'habitude.

Touchée.

— Qu'est-ce qui a changé ? murmure-t-elle d'une voix timide.

Je peux pas répondre à cette question sans me mettre en danger. J'ai déjà merdé en lui disant que je l'aimais, je vais pas recommencer. Sinon, je serais obligé de lui dire que son sourire le matin quand on se retrouve est devenu ma force. J'aurais pas d'autre choix que de lui expliquer que depuis que j'ai posé les yeux sur elle, je ne suis plus tout seul dans ma tête. Je serais obligé de lui dire que j'ai pris un appart dans l'espoir qu'elle ne me lâche pas et qu'elle y mette les pieds pour ne jamais en partir.

Elle le sait pas, mais après cette embrouille avec Zack, j'ai embarqué les deux ou trois trucs qui m'appartenaient et j'ai loué un appart au coin de la 67e et de Columbus. Tous les soirs, je l'imagine assise sur un canapé fantôme, ses pieds sur mes cuisses, son ordinateur sur les genoux. Si je lui disais ce qui a changé, je serais obligé de lui dire que quand elle est là, je suis heureux. Et je peux pas faire ça. Je peux pas parce que je peux pas faire son bonheur et qu'un jour elle s'en rendra compte.

Je ne sais pas prendre soin des gens. Elle, elle passe son temps à me sonder, à faire en sorte que je sois bien. Elle n'imagine pas à quel point je suis crâmé. Elle ne se doute pas qu'un jour elle me quittera. Ou alors elle restera, mais dans ses yeux, je ne verrai plus qu'une immense pitié ou de la colère. Ou les deux.

Incapable de répondre, je retourne derrière le micro en ignorant délibérément sa déception. En ressortant, je la retrouve dans la même position studieuse, son casque sur les oreilles. Elle n'est plus seule : Chuck aussi est en train de m'écouter.

Je me sens un peu comme un rat de laboratoire ces derniers temps. Certains jours, ça a été un putain de défilé. Chuck, Erin, et un certain nombre de mes connaissances chez Live qui n'avaient pas l'air de vouloir croire que j'avais changé d'avis. Heureusement, Mel veille. Elle se démerde toujours pour que ça ne dure pas trop longtemps.

— Tu peux être fier, me complimente Chuck en me tendant la main.

Quand nous sortons du studio, il fait déjà nuit. Je marche un peu en retrait de Mel pour profiter de ses jolies courbes. En sortant de Times Square, je prends doucement sa main. La chaleur de ses doigts me rassure et me soulage à la fois. Quelques heures sans pouvoir la toucher, c'est beaucoup trop pour moi. Je peux pas merder de ce côté-là pour le moment, mais je ne vais pas me cacher comme un gamin encore très longtemps. Mel se précipite contre moi et m'embrasse avec une ferveur rare.

— Je t'ai manqué ? je la taquine quand elle me lâche enfin.

Le sourire qui barre son visage est la réponse la plus claire qu'elle puisse me donner.

Cinquante-huit

Privacy

Mel

Depuis ce matin, Ayden n'a pas dit un mot. Complètement dans sa bulle, concentré sur la bande-son qu'il repasse en boucle encore et encore, il semble s'être détaché du monde. La chanson qu'il enregistre est l'une de mes préférées. Elle est douce et intime, à l'opposé de la majorité de ses autres titres. Plus je l'observe, plus je découvre chez lui des failles qui commencent à m'apparaître comme des évidences.

En essayant de faire le moins de bruit possible, je me lève doucement du tabouret sur lequel j'ai l'habitude de m'asseoir dans ce studio devenu ma deuxième maison. Une maison que j'ai choisie. Une bulle étrange et hors du temps qui me protège du monde extérieur et qui abrite les émotions les plus intenses et les plus incroyables qu'il m'ait été donné de ressentir.

Ici, Ayden est différent. Je suis différente. Cet endroit nous rend différents. Je ne me l'explique pas, mais je ne me suis jamais sentie aussi forte qu'entre ces quatre murs à l'acoustique parfaite. Étonnamment calme, comme si le reste du monde n'avait plus aucune emprise sur moi.

À pas mesurés, je franchis la porte de la cabine d'enregistrement. Debout devant le micro, les paupières closes, Ayden ne s'aperçoit pas de ma présence. Comme hypnotisée, je m'approche de lui pour attraper doucement ses doigts. Je ne devrais pas faire ça, je le sais. Si Chuck ou n'importe qui nous surprenait, on pourrait avoir des problèmes. Mais les jours comme aujourd'hui, ça n'a aucune espèce d'importance.

Surpris, Ayden ouvre les yeux. Son regard bleu me submerge, et s'il me restait encore une once de bon sens il y a quelques secondes, il s'est maintenant complètement volatilisé. C'est officiel, je me suis noyée. Il sourit pour la première fois depuis le début de la matinée, s'éloigne un peu de son micro et se rapproche de moi pour me glisser à l'oreille :

— Tu joues un jeu dangereux. Ça ne te ressemble pas.

J'essaie de commander à mon corps de s'écarter, de cesser de frissonner, mais comme souvent, je renonce. Je préfère de loin me brûler les ailes, si c'est pour être auprès de lui. Alors que la mélodie de la chanson se poursuit, je me mords les lèvres en évitant son regard.

— J'aime ta voix sur ce morceau.

— Et ça t'oblige à venir ici me toucher ?

Son sourire taquin transforme mon cœur en guimauve.

— En quelque sorte, j'admets en soupirant.

— Est-ce que tu as de la fièvre ?

Je hausse un sourcil.

— Pas du tout. Pourquoi ?

— Tu ne fais jamais ça d'habitude. Dire ce que tu penses.

— Il faut croire que tout arrive. Et c'est faux. Je dis ce que je pense. La plupart du temps.

Ayden éclate de rire.

— Tu es sûre que tu as envie d'un débat maintenant ?

En fait, non, pas du tout.

— J'avais l'impression que quelque chose n'allait pas. Est-ce que c'est le cas ?

Je peux presque deviner la tension qui anime soudain ses muscles. Ayden déteste les questions.

— Pourquoi tu me demandes ça ?

— Tu n'as rien dit depuis ce matin. Pas un mot.

— J'étais juste en train de réfléchir, élude-t-il.

— Oh. D'accord.

Je n'insiste pas. Peut-être qu'il n'a pas envie que je lui demande à quoi il pense, et je ne veux pas prendre le risque de briser cette connexion entre nous.

Résignée, je recule pour me laisser glisser contre le mur. Ayden relance la bande-son et retourne derrière le micro. Le dos calé contre la paroi, je lève la tête vers lui en fermant les yeux, presque reconnaissante de pouvoir profiter encore de sa voix dont le grain m'arrache toujours autant de frissons.

Quand je réalise qu'il était supposé commencer à chanter, mais qu'il n'en fait rien, je relève les paupières.

Intriguée, je l'observe s'accroupir puis s'asseoir juste à côté de moi, assez près pour que nos épaules se touchent. Semblant se battre avec lui même, il passe deux mains nerveuses sur son visage et finit par soupirer.

— Je sais pas comment gérer. Quand t'es là, je suis plus pareil. Tu me rends faible. C'est un putain de problème.

Alors que je tente de trouver une réponse acceptable, Ayden poursuit sur sa lancée :

— J'ai changé. J'ai envie de t'offrir tout ce que j'ai. J'ai envie d'être avec toi. J'ai envie de toi. J'ai envie de te protéger jusqu'à mon dernier souffle. J'ai jamais ressenti ça, et je sais pas quoi en faire. Tu comprends ?

Sa sincérité me coupe le souffle. Du plus loin que je me souvienne, je n'ai jamais autant compris quelque chose de toute ma vie.

Cinquante-neuf

Flash back

Mel

Les minutes de ma vie qui s'écoulent depuis qu'Ayden a commencé à enregistrer font partie des plus précieuses que je n'ai jamais eues. Chaque jour se transforme en défi. Et chaque soir en rentrant chez moi, je me force presque à arrêter de sourire. Pourtant, il n'est pas facile à gérer. Il râle, tempête, tente désespérément de ne pas me lâcher trop d'informations sur sa vie, mais ces moments de partage sont tellement puissants que je ne fais même plus attention à ses sautes d'humeur.

Quand il chante, parfois, ses yeux se perdent dans le vide. Sa voix se charge d'une mélancolie que je ne peux pas comprendre. J'espère qu'un jour, il aura assez confiance en moi pour partager ses blessures. En attendant, je le laisse respirer.

J'apprends à le cacher, mais sa douleur me blesse presque autant que si c'était la mienne. Je ne sais plus combien de fois j'ai retenu mes larmes ces derniers jours, combien de fois je me suis mordu les joues pour ne pas lui crier de tout lâcher, de laisser éclater toute cette rage contenue.

Mais pour l'instant, dans mon esprit, il n'y a plus rien d'autre que la musique, les enregistrements et la promo de cet album pour lequel j'irais décrocher la lune. J'en profite un maximum : quand on aura choisi tous les morceaux et tout enregistré, il faudra sortir de cette bulle. Et je ne m'en sens pas capable pour l'instant.

Je travaille tellement que je ne fais plus que croiser Chris et Tara. Je ne sais toujours pas de quoi elle voulait me parler. Chris me regarde souvent avec l'air de se demander ce que je fabrique. En général, un câlin suffit à l'amadouer. Ils savent que j'ai beaucoup à faire, mais je culpabilise souvent de ne jamais être à la maison pour autre chose que dormir.

Erin est assez froide depuis que j'ai failli tout quitter, même si elle vient régulièrement aux nouvelles pour me conseiller et suivre l'avancée des enregistrements. La semaine prochaine, on enregistre les bandes-sons avec des musiciens triés sur le volet. J'espère que Zack ne fera pas partie du lot. J'ai commencé à contacter des radios, des journalistes et des influenceurs Internet pour la sortie du premier single, prévue dans deux mois. Ayden m'a laissé le choix, et j'ai évidemment sélectionné le premier morceau que j'ai entendu de lui. Chuck a validé après l'avoir écouté plusieurs fois.

— Il va faire un carton, a-t-il murmuré.

C'est une évidence. Mais ce soir, je vais arrêter de réfléchir à tout ça et me concentrer sur les frissons qui parcourent mon corps quand Ayden me regarde. Je vais dormir dans les bras de l'homme que j'aime et souffler un peu. J'ai besoin de faire une pause, j'ai besoin de respirer, et j'ai besoin de lui comme jamais.

De retour d'une pause café bien méritée, mon téléphone vibre dans ma poche au moment où Ayden ferme la porte du studio juste derrière moi. De surprise, je manque de le lâcher quand je pose les yeux sur l'écran. C'est Théo. Et à l'expression fermée qu'arbore Ayden, je sais qu'il a vu le nom s'afficher.

— Pourquoi il t'appelle ?

— Je n'en sais rien.

— Tu es sûre ?

Sa suspicion me hérisse le poil.

— Oui, j'en suis sûre.

— J'aime pas ça.

— Ayden…

Sans répondre, il se dirige vers l'ascenseur, le visage complètement fermé. Je marche un peu plus vite pour rester à sa hauteur.

— Ayden, je ne sais pas pourquoi il appelle. Il a peut-être un problème.

— Ne te justifie pas, crache-t-il froidement.

— Alors ne réagis pas comme ça. Ce n'est pas toi qui me parlais de confiance ?

— C'est pas pareil.

Il est vraiment gonflé. Mon sang se met à bouillir dans mes veines.

— Sérieusement, Ayden ? Est-ce que tu veux qu'on parle de Chloe ou de notre dernière soirée en boîte ? Qu'est-ce qui me dit que tu ne vois plus personne ?

Un rictus mauvais se dessine sur ses lèvres.

— Effectivement, t'en sais rien.

Sa répartie me cloue sur place. Fichu Théo. J'espère qu'il ne lui est rien arrivé, mais ce n'était vraiment pas le moment.

— Ayden…

— Lâche-moi, Mel.

Mortifiée, je garde le silence. Ayden passe en trombe devant le l'hôtesse d'accueil du rez-de-chaussée, qui nous observe avec perplexité. Je le suis comme je peux jusque devant l'entrée.

— J'ai besoin d'air, me lance-t-il durement.

Le cœur au bord des lèvres, je le regarde s'éloigner de moi d'un pas décidé. Ça ne sert à rien de lui courir après. Je n'ai rien fait de mal. Il n'y a plus qu'à espérer qu'il sera calmé demain.

Sur le chemin de l'appartement, j'essaie de comprendre comment un simple coup de fil peut déclencher une troisième guerre mondiale. D'accord, il tient à moi. Mais il y a forcément autre chose.

J'essaie de réfléchir aux événements de ces derniers jours, mais je ne vois pas ce qui aurait pu le mettre dans cet état. Pourtant, il sait que j'ai quitté Théo pour être avec lui…

Une fois dans ma chambre, je laisse libre cours à mon incompréhension, mais aussi à ma colère. Je bosse comme une dingue, je ne fais plus rien d'autre que de m'occuper de lui et de son album et, pour un simple coup de fil, il me rejette comme ça ? C'est tellement injuste !

Il m'a fait volontairement du mal en insinuant qu'il voyait toujours d'autres filles, et même si je suis certaine qu'il ne ferait pas ça, il n'avait pas le droit.

Il ne ferait pas ça… si ?

De rage, je compose le numéro de Théo. Quitte à m'engueuler avec Ayden, autant que ce soit pour une raison tangible. Ce dernier décroche à la première sonnerie.

— Salut, Mel.

— Salut.

— Ça va ?

— Oui, et toi ? Tu as un souci ?

— Non. Je voulais juste entendre ta voix.

— Oh. C'est gentil. Quoi de neuf ?

— Rien. Enfin… Ça y est, je suis à Paris.

— C'est génial. Tu es bien installé ?

— Ça va. Je sais que New York est pire, mais il y a beaucoup de monde, ici. Ça change.

— Et l'école, c'est comment ?

— Bien. Pas aussi intéressant que ce que je pensais, mais c'est bien.

Le silence qui suit me met mal à l'aise. Je ne sais pas pourquoi je l'ai rappelé ; je n'ai rien à lui dire. J'ai beaucoup d'affection pour lui, mais on ne partage plus rien. Théo me relance avec une joie un peu affectée :

— Et toi ? Comment ça va ?

— Bien. Je prépare la promo d'un album.

La voix de celui qui partageait ma vie se fait plus sèche.

— J'ai entendu parler de ça. Le sien, c'est ça ?

— Oui.

— D'accord. Bon, je vais te laisser. Je ne voudrais pas t'empêcher de dormir. Je voulais juste…

— Oui ?

— Rien. Tu me manquais.

Oh, Théo…

— Je suis désolée.

— Ne t'inquiète pas, ce n'est rien. Juste un peu de mélancolie. Bonne nuit.

En raccrochant, ma tristesse s'accentue. Il y a bien longtemps que je ne pensais plus à la douleur que j'ai infligée à Théo en le quittant pour Ayden. D'après Léa, il était facilement passé à autre chose, mais si j'en crois cette discussion, c'est plus compliqué que prévu.

Après une mauvaise nuit et un trajet solitaire, je prends une grande inspiration devant la porte du studio. Ayden est déjà là, et le simple fait de me retrouver en face de lui après son accès de colère accélère les battements de mon cœur.

— Salut.

L'air aussi fermé que la veille, il lève à peine les yeux sur moi.

Je pose mes affaires dans un silence gênant.

— Salut. Qu'est-ce que tu veux faire ce matin ? me demande-t-il durement.

— Discuter de ton comportement stupide ?

Enfin, il daigne me regarder en face. Ses traits sont tirés, de gros cernes gris barrent son visage et ses yeux sont rouges. Est-ce qu'il est sorti hier soir ?

— Pas la peine.

Alors là, tu rêves.

— Dommage, parce que je ne veux rien faire d'autre.

— Toujours aussi bornée, à ce que je vois.

La pression monte petit à petit dans sa voix. Pour une fois, je vais essayer d'être constructive.

— Ayden, j'ai juste reçu un coup de téléphone. Je n'ai rien fait de mal. Il voulait juste prendre de mes nouvelles.

— Comment tu le sais ? Tu l'as rappelé ?

— Oui, je l'ai rappelé. Et ce n'est pas toi qui m'en aurais empêchée. Pourquoi tu réagis comme ça ?

— C'est ton putain d'ex, Mel. Celui à qui tu ne voulais pas faire de mal.

D'accord. Là, c'est trop. Tant pis pour la construction.

— Celui que j'ai quitté pour toi, je te rappelle.

Ayden se détourne de moi. En soupirant, il passe ses deux mains sur son visage.

— Tu peux pas dire ça. Ça change rien.

La colère qui bouillonne depuis hier soir sort comme un torrent de ma bouche. Je ne peux plus l'arrêter.

— Je dis ce que je veux. Comment tu peux penser que j'ai autre chose en tête que toi ? Je bosse comme une dingue pour que tout soit parfait, tous les jours ! Je te consacre tout mon temps et tu me prends la tête pour un appel auquel je n'ai même pas répondu ?

— Putain, mais tu crois que c'est facile ? Tu te rends compte de tout ce que je fais pour toi, Mel ? Un album. Tu sais à quoi je vais m'exposer ? Tu crois que j'ai envie de tout ce bordel ? De tout ces gens ?

— Mais merde, je t'ai rien demandé !

Comme s'il avait reçu un coup, Ayden se redresse soudainement. Les mots qu'il vient de prononcer me touchent, et à la fois me brisent… S'il fait tout ça pour moi, et uniquement pour moi, on va au devant de gros problèmes. Et si tout ça n'avait aucun sens ? Le regard vide, je remarque à peine qu'Ayden s'approche de moi d'un pas décidé.

— Viens. On se casse d'ici.

Soixante

Ayden

C'est officiel, elle me rend dingue. Pas *dingue* normal, non, *dingue* complètement barré. Et je ne comprends pas qu'une fille aussi intelligente qu'elle ne pige pas à quel point elle me rend fou.

Hier soir, j'ai réagi comme un connard. Je l'ai plantée là alors que je voulais juste la tenir dans mes bras. Je le lui dirai pas, mais la manière dont elle m'a regardé quand je suis parti m'a vraiment retourné. Pas autant que quand j'ai vu le nom de son ex s'afficher sur son téléphone, mais presque.

J'ai essayé de rentrer chez moi me calmer, mais ça n'a pas suffi. Cet appartement vide me donne la gerbe. Alors je suis sorti. Je suis rentré dans le premier bar qui m'est tombé dessus et j'ai bu à en perdre la raison. Quand je me suis réveillé ce matin, la bouche pâteuse et sale d'une soirée bien trop arrosée, j'ai pris une décision. Il faut que je lui parle. De moi.

Je sais pas si je vais y arriver, je sais pas si j'aurai assez de courage pour lui expliquer. Et je peux pas faire ça entre ces quatre murs à l'abri desquels j'ai passé les meilleurs jours de ma vie. J'en peux plus, je respire plus. J'ai besoin d'air.

Même sans cette embrouille avec Mel, j'aurais eu besoin d'une pause. Toute cette excitation autour de moi m'étouffe. Je me demande vraiment si je n'ai pas pris la décision la plus tarée de toute ma vie. Ma mère va sauter au plafond, elle qui rêve que son fils unique reprenne la vie qui a tué son mari et foutu la sienne en l'air. Elle a un vrai problème avec les paillettes.

Mel s'en fout, c'est pas ça qui l'attire. Ce qu'elle aime, c'est apercevoir le vrai moi. Quand je chante, je peux pas me cacher, et elle l'a très bien compris. Mais justement. Tous ces gens qui ne savent rien de moi, je vais leur montrer qui je suis. Me jeter dans le vide. Et j'en suis pas capable. Pas sans elle, en tout cas.

En sortant du studio, je sais exactement où je vais l'emmener. Ses yeux m'interrogent, mais elle ne dit rien, pour une fois. On a besoin de se retrouver, et c'est bien ce que j'ai l'intention de faire. Elle a raison, c'était rien qu'un putain d'appel. Mais pour moi, c'était trop.

Je lui tends un casque et grimpe sur la selle de la moto. Le moteur qui vrombit sous moi me calme un peu. Mes abdos se contractent quand Mel attrape ma taille. Même à travers l'épaisseur du cuir, j'ai l'impression de pouvoir sentir la douceur de ses mains sur ma peau.

Quand je tourne la poignée d'accélération, son corps se tend ; son étreinte se resserre, et je me sens déjà mieux.

Au fur et à mesure que j'avale des kilomètres d'asphalte, je commence à retrouver de l'oxygène. Quand je me gare devant une maison délabrée à South Amboy, je l'observe secouer la masse brune de ses cheveux dans une tentative désespérée d'y remettre de l'ordre. J'ai du mal à retenir un sourire en la voyant scanner les alentours avec curiosité.

— C'est quoi, cette maison ?

— La maison de mes grands-parents. Je venais ici quand j'étais petit. Viens.

J'attrape sa main refroidie par le trajet et me dirige vers le square juste en face.

— Je vais les rencontrer ?

Mel sourit, d'un sourire qui me tord le ventre.

— Aucune chance. Ils sont morts.

Son visage se ferme instantanément.

— Oh. Désolée.

Chaque fois, cette baraque pourrie a pour effet de me remonter le moral. J'ai passé ici les rares moments heureux de mon existence. Il n'en reste plus grand-chose depuis que mon père a fait le grand saut, mais les souvenirs me suffisent. Et j'ai pas trouvé mieux que cet endroit pour lui avouer ce que je ne pensais pas raconter un jour.

Mel ne dit rien. Elle se dirige vers les balançoires au milieu du square, les yeux pleins de questions qu'elle n'ose pas poser. Juste avant qu'elle s'assoie, j'attrape sa main dans les miennes pour la retenir.

— Je ne savais pas que tu avais de la famille à New York.

— Mon père est né ici. Dans cette maison. Mes grands-parents m'ont gardé ici pendant deux ans.

— Oh. Pourquoi ?

— Mon père avait décroché une tournée avec d'autres groupes.

— Et ta mère ?

— Elle l'a suivi.

— Mais…

Je sais ce qu'elle va me dire. Je préfère couper court.

— Elle a toujours préféré ce qui brille. Mon père brillait plus que moi, je suppose.

Dans le silence qui suit, les bras de Mel se resserrent autour de ma taille. J'adore cette sensation, mais je veux pas de sa pitié. Je pose ma tête dans son cou pour être sûr de ne jamais oublier son odeur. Automatiquement, mes lèvres parcourent sa peau, et je remonte doucement jusqu'à sa mâchoire pour atteindre sa bouche. La réaction de Mel ne se fait pas attendre. Elle rapproche son corps du mien et passe ses bras autour de mon cou ; sa respiration s'accélére au fur et à mesure que notre baiser s'intensifie.

Malgré moi, je la serre à l'étouffer. Je veux pas la perdre, putain. Je peux pas. J'aurai dû lui dire dès le départ à quel point j'ai merdé. Mel recule d'un coup.

— Qu'est-ce qu'il y a, Ayden ?

Le vide laissé par la chaleur de son corps me glace.

— Quoi ? Comment ça ?

Elle commence à lire en moi comme dans un livre ouvert. Ça craint.

— J'en sais rien… Tu dis que tu veux travailler avec moi, et j'ai l'impression que ce n'est plus le cas. J'ai accepté parce que je crois en toi. Je crois que tout le monde doit entendre ta voix. Mais si ça doit te faire du mal… je préfère arrêter.

Cette fille va me tuer. Même quand je fais le con, elle fait toujours en sorte de m'aider. Elle me fixe intensément, guettant une réaction de ma part. Pour échapper à son regard, je m'installe sur l'herbe en soupirant et attrape sa main pour qu'elle s'assoie. En face de moi, la maison de ma grand-mère me rappelle ses paroles d'un autre temps.

« La vérité n'est pas toujours agréable à entendre. »

Et tellement difficile à dire.

— Je ne veux pas arrêter. J'ai confiance en toi. Mais il y a un truc qu'il faut que tu saches d'abord. Si tu veux toujours de moi après, on reparlera de ton ex et de mon comportement débile.

Le souvenir de son petit air buté ce matin m'arrache un demi-sourire. Elle acquiesce, surprise.

— Quelques mois avant d'arriver à New York, je faisais partie d'un groupe. C'était une période de merde, je faisais n'importe quoi. Je buvais beaucoup, je baisais pas mal de filles. Ma mère essayait tant bien que mal de me garder intact, mais j'avais du mal à rester calme. J'avais la rage.

Je sonde le regard de Mel, qui m'écoute sans ciller. Sa main se pose sur la mienne, m'encourageant à continuer.

— Un soir, après un concert dans un bar, je me suis battu avec un mec qui me cherchait depuis le début de la soirée. Sa copine arrêtait pas de me fixer, ça a dû le foutre en rogne. Bref, on s'est retrouvés dehors, et dans l'état où j'étais à cette époque, je me suis défoulé sur lui jusqu'à ce que les flics nous séparent. J'ai passé la nuit en cellule. Quand je suis sorti, la copine de cet abruti m'attendait devant le commissariat. J'étais là, avec mes fringues déchirées et plus un rond pour me payer un taxi, et elle, elle m'attendait. Elle m'a raccompagné chez moi, j'ai couché avec elle, et depuis ce jour-là, elle n'a plus voulu me lâcher. Elle était gentille, et moi j'en avais rien à foutre de rien.

Le regard de Mel se voilent d'amertume.

— Donc tu m'as menti. Tu as déjà eu une vraie relation.

— C'était pas une vraie relation. J'étais ailleurs, Mel. Je buvais, je me battais, j'étais complètement ingérable. Je me foutais qu'elle soit là ou pas. Les seuls moments où je tenais debout, vraiment debout, c'était sur scène avec mes potes. En dehors de ça, personne pouvait rien tirer de moi.

— Comment elle s'appelle ?

— Pourquoi tu me demandes ça ?

— Je veux savoir.

— Brittany.

Mel fronce les sourcils, désemparée. Je vois bien qu'elle sait pas trop quoi penser de tout ça.

— Brittany, répète-t-elle comme pour elle-même.

Je détourne le regard.

— Ouais. Un soir, après un concert, elle a voulu me parler. On est allés à l'extérieur, dans une ruelle. Elle m'a dit qu'elle m'aimait. Qu'elle s'en foutait que je ne l'aime pas, du moment que je la laissais rester près de moi. J'étais bourré. Et j'ai ri. Putain, la plus grosse crise de fou rire de toute ma vie. Je voulais pas me moquer d'elle, ça me paraissait juste dingue qu'on puisse aimer un mec comme moi. J'avais rien fait pour ça, au contraire. Je suis rentré dans le bar, et j'ai recommencé à boire. Je pensais même plus à elle, je l'ai plus vue de la soirée. Le lendemain, on m'a prévenu qu'elle avait eu un accident de voiture.

La voix étouffée de Mel me parvient de loin, me ramenant brutalement à la réalité.

— Dis-moi qu'elle n'est pas morte, s'il te plaît.

Je ferme les yeux, incapable de l'affronter.

— Non. Elle est dans le coma.

Soixante et un

In the depth of your soul

Mel

Ma main dans celle d'Ayden est froide. Les informations qu'il vient de me donner ne veulent pas parvenir jusque dans mon cortex. Je ne sais pas quoi dire, ni même quoi penser. D'une voix tremblante, je pose la première question qui me vient à l'esprit.

— Depuis combien de temps ?

— Un peu plus de deux ans. Ma mère me tient au courant régulièrement.

C'est la première fois que je vois Ayden aussi perdu. Il semble attendre une réaction de ma part qui ne vient pas. Complètement déboussolée, je cache mon visage dans mes mains. L'absence soudaine de lumière me permettra peut-être d'y voir plus clair.

— Comment as-tu pu l'abandonner ?

Soudain sur la défensive, Ayden semble revenir à la réalité.

— J'avais pas le choix, Mel. Si je restais là-bas... ç'aurait été encore pire. C'est moi qui ai fait ça. Moi et mes conneries, on est responsables du coma de cette fille. Tu comprends ? Je pouvais pas faire face à cette merde.

Je ne trouve même pas la force de lui répondre. Au fond de moi, je sais pertinemment que c'est la douleur qui le pousse à se comporter comme le Ayden que j'ai rencontré dans le studio. Je sais qu'il est capable de méchanceté, mais la tristesse dans ses yeux me dissuade de l'accabler encore plus.

Tout ça commence à faire très lourd pour moi. Je n'ai jamais éprouvé pour personne des sentiments aussi forts que ceux que j'éprouve pour lui, mais je suis complètement dépassée. Et j'ai peur.

— Est-ce qu'il y a une chance qu'elle se réveille ?

— Infime. Mais oui, il y a une chance.

— Qu'est-ce que tu feras, si ça arrive ?

J'ai l'impression que sa confession a ouvert une brèche, une faille qui me permet enfin de voir la lumière a l'intérieur de son âme endurcie par les coups.

— J'en sais rien.

Ses yeux brillent. Je ne l'ai jamais vu dans cet état ; il semble si seul tout à coup. Alors, je lui dis la seule chose qui me semble juste.

— Je serai là.

La première fois que je l'ai vu, je l'ai pris pour un dieu. La première fois que je lui ai parlé, je l'ai pris pour un vrai connard. La première fois qu'il m'a embrassée, je l'ai pris pour un fou. Mais j'ai toujours su que j'étais liée à lui par une force plus grande que moi. Plus grande que nous. Dans ses bras, je suis à l'abri du monde, et rien ne pourra changer ça.

Je ne peux pas faire autrement. Je ne peux pas l'abandonner là et le laisser se débrouiller tout seul avec son passé. Quand il redresse la tête, deux larmes coulent doucement de ses joues. Sans répondre, il entrelace ses doigts aux miens et me relève pour me prendre dans ses bras.

— Je suis un cadeau empoisonné, Mel. Je voulais pas de toi. Depuis Brittany, depuis que je suis arrivé ici, j'ai toujours fait en sorte de ne m'attacher à personne. Mais toi… Putain, j'y arrive pas. J'arrive pas à te laisser en dehors de ma vie. J'ai fait tout ce que je pouvais pour pas que ça arrive, mais toi, t'es toujours là. Bordel, même quand je dors, t'es là, t'es partout. Pourquoi tu me fais ça ?

Sa détresse me ravage, et les mots qu'il vient de prononcer résonnent jusqu'au plus profond de mon être. Vibrent. Réveillent chaque partie de mon âme en sommeil. Ma vue se brouille, mes larmes coulent sans même que je m'en aperçoive. À l'abri dans ses bras, je sais avec certitude que le monde peut s'écrouler. Je serai toujours debout, avec lui. Parce qu'il m'aime. À sa manière torturée et compliquée, avec ses bons et ses mauvais côtés, mais il m'aime.

— Parce que je t'aime.

Il le fallait. Je n'avais pas d'autre choix que de le lui dire, là, maintenant. L'étonnement que je lis dans son regard voilé laisse vite place à une reconnaissance silencieuse. Mon cœur va éclater, exploser d'amour et de tristesse pour ce garçon si fort et si tendre. Tant pis pour l'avenir. Quoi qu'il se passe, on fera avec.

Ses lèvres trouvent les miennes avec la violence de la passion que nous éprouvons l'un pour l'autre. Désormais, je suis prête à tout lui donner, et il le sait. Après sa confession si dure, qui explique en partie pourquoi il passe son temps à rejeter la terre entière, je me sens presque soulagée. Parce que non, Ayden ne se comporte pas sans raison comme un connard.

Le parc est toujours silencieux. Il fait gris, un peu froid, et le ciel nuageux est seul témoin de notre discussion. Notre baiser a un goût de larmes, mais mon cœur s'apaise. Je sais qu'il en vaut la peine.

— Merci…

— De quoi ? souffle-t-il.

— De m'avoir dit pour Brittany. Est-ce que c'est pour ça que tu ne voulais pas de moi ?

— En grande partie. À cause de mes parents aussi. Quand j'étais gosse, un jour, on était ici. Ils allaient repartir en tournée. Ils se sont disputés. J'étais là, sur cette balançoire, et je les ai regardés se déchirer. J'ai pas compris pourquoi à l'époque, j'étais trop petit, mais ma mère était furieuse parce que mon père l'avait trompée.

— Mais pourquoi elle restait ?

Ayden hausse des épaules fatiguées.

— J'en sais rien. Je suppose qu'elle se disait que c'était pas grave. Elle était sa femme, même si elle en souffrait. Je crois qu'elle l'aimait vraiment, au fond, et qu'elle ne supportait pas l'idée de le perdre. Elle criait, mais elle restait. Elle s'accrochait à lui.

— Tu lui en as voulu ?

— À ma mère ?

Je hoche la tête doucement.

— Ouais. Je lui en veux toujours. Elle a laissé faire un truc qui aurait pas dû arriver. Elle n'était pas heureuse ; on aurait pu se barrer. Au lieu de ça, elle s'est voilé la face jusqu'au bout. Mais c'est ma mère… j'ai fait ce que j'ai pu. Jusqu'à Brittany. Après ça, il fallait que je me barre très loin.

— Ici.

— Ouais. Ici.

Pendant quelques instants, Ayden ne dit plus rien. Il attrape doucement ma main. Son sourire en coin réapparaît ; au même moment, un éclair de malice traverse ses yeux.

— Et je suis tombé sur toi.

— La pire catastrophe qu'il puisse t'arriver.

— Ouais. La pire, confirme-t-il en mordant sa lèvre inférieure.

Bordel, qu'est-ce qu'il est sexy. Son regard rempli d'amour me laisse sans voix, et dans ma poitrine brûlante, mon cœur s'affole. Il pose ses mains sur mon visage et retrouve soudain son sérieux.

— Maintenant que t'es là, tu vas rester.

Je l'embrasse encore. Cette bouche me tuera.

— Oui. Je vais rester.

Dans ses bras, le temps n'a plus d'importance. Chaque seconde qui passe est une occasion de lever le voile sur une parcelle de son âme. Je veux l'aimer, l'aimer et l'aimer encore. L'aider à devenir ce pour quoi il est fait. Être heureuse de le voir sourire. Prendre chaque mot comme une victoire, chaque seconde à ses côtés comme un défi.

— Je t'aime.

Maintenant, on ne peut plus revenir en arrière. Ces trois mots si lourds de sens renforcent encore cette connexion silencieuse entre nous. Tout à coup, les événements de ma vie prennent une autre signification. Ma mère, Théo, ma venue ici… Il me semble que tout était fait pour qu'on en arrive là.

— Viens.

Ayden m'entraîne sur la balançoire de son enfance pour que je m'y assoie. Derrière moi, il attrape ma taille et pose sa tête sur mon épaule. Juste en face, la maison de ses grands-parents semble approuver notre visite. Je m'attendris à l'idée que quelques années plus tôt, un petit garçon était assis à ma place.

— Tu vois cette maison ? C'est là que j'ai appris à jouer de la guitare. Avec mon grand-père. Il me disait que chaque fois que le ciel devenait noir, les notes de musique le faisaient redevenir bleu. Je ne l'ai jamais cru, mais en fait il avait raison. Apparemment, j'ai trouvé mon ciel bleu.

Oui. Il avait raison. Si je ne l'avais pas entendu chanter, je n'aurais pas fait attention à lui. Sans sa voix, je n'aurais pas fait tout ce chemin. Je n'aurais pas supporté qu'il fasse tout ce qui était en son pouvoir pour me tenir à distance.

Qu'est-ce que je peux répondre à ça ? Une fois de plus, je retiens mes larmes. Je le laisse me balancer doucement, ignorant le léger vent qui s'est levé un peu plus tôt et me fait tressaillir.

Nous n'avons pas besoin de parler. Je penche la tête en arrière pour lui offrir mes lèvres, qu'il embrasse sans se faire prier. Ses cheveux chatouillent mon visage et m'arrachent un frisson. Il lâche les chaînes de la balançoire pour venir me prendre dans ses bras.

— Tu as froid ?

— Oui.

— Viens, on rentre. J'ai une surprise pour toi.

Soixante-deux

Safe from the world

Mel

Ayden se gare devant un immeuble que je ne connais pas. Je ne saurais même pas dire dans quel quartier de New York on se trouve.

Je me demande comment il va. On n'a pas encore tout réglé, mais on s'est dit le plus important. Et maintenant que je sais ce qui se passe, je crois que je serais capable de le gérer.

Ses yeux pétillent, et je ne peux pas m'empêcher de ressentir une incroyable fierté. Pour le chemin qu'on a parcouru. Pour la confiance immense qu'il m'accorde. Pour tous ces petits détails qui me le rendent plus précieux à chaque minute. Tel qu'il est. Je sais maintenant qu'il a lutté contre lui-même autant que je l'ai fait contre moi. Mais ce qui nous lie a été plus fort que nous.

Ayden passe un bras autour de ma taille et embrasse le sommet de mon crâne. Devant moi se dresse un immeuble en pierre rouge agrémenté de grandes fenêtres noires. De l'autre côté de la rue se trouve un petit parc verdoyant, entouré de grilles sombres qui se terminent par des pointes dorées. J'adorerais m'asseoir sur un banc avec Ayden dans cet endroit.

— Allez, dis-moi où on est, s'il te plaît.

— Arrête de faire la curieuse. Tu le sauras bien assez tôt, me rembarre-t-il gentiment.

— Comme tu veux, je soupire exagérément alors qu'il m'entraîne à l'intérieur de l'immeuble.

Dans l'ascenseur, il appuie sur le bouton du dernier étage. Je me demande chez qui on va. Dans le couloir, quatre portes. Ayden se dirige à gauche, vers la première. Je m'attends à ce qu'il sonne, mais il sort une clé de sa poche et déverrouille la serrure. Il passe nerveusement une main dans ses cheveux et me fait signe d'entrer. J'obéis, stupéfaite. Un sourire incontrôlable prend possession de mon visage.

— Qu'est-ce que tu as fait ?

Le salon sous mes yeux, quasiment vide, est baigné d'une intense lumière. Le parquet et la brique rouge y apportent une chaleur incontestable. Je m'approche des immenses fenêtres pour observer le petit parc qui me tentait tellement tout à l'heure. La vue est magnifique. Ayden, juste derrière moi, attrape ma taille et cale sa tête sur mon épaule. Je pose mes mains sur les siennes, ébahie.

— Pourquoi tu ne m'as rien dit ?

— C'est ce que je voulais faire hier soir. Ton ex m'en a pas laissé le temps.

Évidemment, il fallait qu'il remette ça sur le tapis.

— Mais depuis quand tu vis là ?

— Quelques jours.

— Depuis ta dispute avec Zack ?

— Presque.

Ses yeux brillent d'un éclat particulier. Encore une fois, il n'a rien dit, mais son geste me touche.

— Tu n'étais pas obligé de…

— Arrête. C'était le moment, c'est tout, marmonne Ayden dans mon cou.

Je me soustrais à ses bras pour faire le tour la pièce. À l'exception de celui qui donne sur l'extérieur, les murs sont d'une blancheur immaculée. Le coin cuisine est neuf, contrairement au reste de l'appartement. Un frigo d'un autre âge ronronne doucement. Sur une petite console noire, unique meuble dans le salon, sont dispersées des partitions et des feuilles annotées.

La guitare d'Ayden est posée contre le mur, juste à côté. Tout le reste de sa vie est contenu dans un carton posé sur le sol. Immédiatement, j'adore cet endroit. Il lui ressemble. Perdue dans mes réflexions, je reporte mon attention sur la liasse de papiers posés sur le meuble de l'autre côté de la pièce.

— Elle est à toi ? La console ?

Ayden secoue la tête.

— Non. L'ancien locataire l'a laissée. Tu ne l'aimes pas ?

— Si. Elle est jolie. C'est quoi, ces textes ?

— Des brouillons, me répond-il évasivement. Rien que tu ne connaisses déjà. Viens, je te montre le reste.

— Il est un peu vide, ton palace, je me moque.

— Ouais. Mais il y a l'essentiel, me rétorque-t-il en passant la seule porte donnant sur le salon.

Je découvre une chambre dont les murs sont tout aussi blancs. Un lit tout neuf trône au milieu de la pièce. Il n'y a même pas de draps.

— Tu vois, l'essentiel, rigole Ayden.

Rougissant, je l'observe s'allonger sur le dos puis s'accouder sur ses deux bras.

— Tu n'as pas l'impression qu'il manque quelque chose ?

— Ah bon ? Quoi d'autre, à part toi ?

Il me tire en avant pour me faire basculer sur lui. J'essaie de ne pas me laisser distraire par son corps sous le mien :

— Des oreillers, par exemple ?

— Les oreillers, c'est pas important. On peut dormir sans oreillers. Sans toi, par contre… c'est différent.

Ses yeux se plantent dans les miens. Son sourire s'étiole, et son visage redevient grave.

— C'était une putain de journée.

— Oui, une putain de journée.

— Tu as vraiment dit putain, Mel ? se moque Ayden.

C'est tellement bon d'entendre son rire. Je récompense son sarcasme d'une claque sur le bras.

— Qu'est-ce que tu viens de faire, là ?

En trois secondes, il m'attrape les poignets et bascule sur moi. La séance de chatouilles qui suit me prive de mes cordes vocales, mais Ayden ne cède qu'au moment où je le supplie de s'arrêter. Côte à côte, sur le dos, nous tentons de reprendre notre souffle.

Alors c'est à ça que ressemble le bonheur ? L'absence de doutes ? Une pièce vide et un lit sans draps ? Le bras d'Ayden sous moi ? Sa bouche contre ma joue ? Sa main sur mon ventre ? À quoi ça tient ? Je devrais être effrayée, pourtant. Il y a une fille dans le coma, un album qui n'est pas terminé, et l'équilibre fragile d'Ayden. Mais c'était effectivement une putain de journée, et ça suffit pour aujourd'hui.

Incapable de résister plus longtemps, je me tourne sur le côté et pose une main sur sa joue. Je ne sais pas combien de temps nous restons dans cette position. Je n'arrive pas à détacher mon regard du sien, et son sourire me bouleverse. Au bout d'un moment, Ayden interrompt le silence.

— J'ai faim. On va manger un truc ?

— Si tu veux. Tu as l'intention de retourner au studio ?

Il m'offre un de ses plus beaux sourires en coin et soupire.

— T'es la fille la plus bornée que j'ai jamais rencontré, soupire-t-il.

— C'était juste une question, je proteste. On n'a pas terminé le morceau d'hier, je te signale.

— Hors de question que j'y retourne. On va bosser ici. Mais on va manger d'abord.

Ayden m'entraîne jusqu'à Grand Central, où se trouve son fastfood préféré : ShakeShack. Bizarrement, il est très volubile quand il parle de leurs hamburgers, presque autant que quand il parle de musique.

— Tu n'auras qu'à prendre le bus pour aller chercher tes affaires, ajoute-t-il quand nous entrons dans le hall immense de la gare.

Surprise, je l'observe avec une ironie évidente.

— Quoi ? Tu as bien dit que tu voulais bosser, non ?

J'attrape sa main en guise de réponse et croise mes doigts aux siens en levant les yeux au ciel. Il m'attire à lui pour m'embrasser.

— Désolé pour hier. Je voulais pas me barrer comme ça. Quand il t'a appelée… ça m'a fait péter un plomb.

— Il n'y avait pas de raison.

— Je sais. Peut-être pas pour toi. Mais lui…

— Ayden. J'ai de la tendresse pour lui. Du respect. S'il a besoin de moi, je serai là pour lui, et tu ne peux pas m'en empêcher.

— J'aime pas ça.

— Je sais. J'étais là, tu te rappelles ?

Heureusement, c'est à notre tour de commander. Les hamburgers me semblent énormes ; je ne suis pas sûre de pouvoir en avaler la moitié. Ayden se moque de mon appétit d'oiseau, ce qui semble définitivement clore le sujet Théo.

Après un repas plutôt rapide, il m'accompagne jusqu'au bus. Je trouve l'appartement vide et silencieux. J'ai l'impression de ne pas avoir mis les pieds dans ma chambre depuis des semaines. Je prends une douche et fourre rapidement quelques affaires dans un sac à dos, puis je laisse un mot sur l'îlot central à l'attention de ma famille avant de sortir.

Pour le trajet du retour, je décide de prendre un taxi. Mes écouteurs dans les oreilles, je note mentalement quelques morceaux à faire écouter à Ayden ce soir, histoire de parler d'autre chose que des siens. J'ai bien compris le message : il a besoin d'une pause.

Ça ne fait que deux heures que je ne l'ai pas vu, mais c'est déjà trop. La journée a été si intense que je ne me sens pas capable de passer cinq minutes de plus loin de lui. Quand je frappe à sa porte, je manque de me décrocher la mâchoire. Il m'ouvre torse nu, les cheveux encore mouillés. Cette vision me perturbe autant qu'elle me fascine. Je reprends mes esprits tant bien que mal.

— Hey.

— Salut. Entre.

Sa guitare est posée sur le bar, il a sûrement joué un peu. Autour de moi, plusieurs sacs de Macy's sont entreposés par terre.

— Tu as fait des courses ?

— Ouais. J'ai cru que je sortirais jamais de ce truc. Regarde, j'ai acheté des draps.

Agréablement surprise, je l'observe se débattre avec les sacs. À l'intérieur, il ne manque rien : des oreillers à la housse de couette bleue, tout y est.

— Génial. Il ne reste plus qu'à faire le lit.

Je m'empare des sacs pour me rendre dans la chambre, Ayden sur mes talons. J'éclate de rire en l'observant se débattre avec la housse de couette.

— Quoi ? grogne-t-il. Est-ce que c'est ma faute si ce truc est trois fois trop grand ?

— Il n'y a rien de compliqué, pourtant.

— J'aurais mieux fait d'acheter une bonne vieille couverture, se justifie-t-il.

Je pouffe encore, avant de lui prendre le tissu des mains.

— Je vais le faire. Apparemment, c'est moi, l'experte en couette.

— C'est ça, marre-toi, râle Ayden en quittant la pièce.

— Je te donnerais des cours, si tu veux, je crie depuis la chambre.

Le lit enfin fait, j'observe quelques secondes le résultat. J'aime l'idée que personne avant moi n'a dormi dans cette pièce, sur ce matelas, dans ces draps. C'est puéril, mais ça me rend heureuse.

Un peu plus tard, le son de la guitare d'Ayden me pousse à le rejoindre dans le salon. Assis contre le mur en brique, son instrument dans les mains, il ne semble pas avoir remarqué ma présence. Les yeux clos, il fredonne une mélodie un peu mélancolique que je ne connais pas.

Quand il lève les yeux sur moi, son sourire espiègle réveille immédiatement les papillons dans mon ventre. À cet instant, il pourrait me demander n'importe quoi. Heureusement, il ne le sait pas.

— Tu fantasmes ?

— Ça t'arrive de ne pas te prendre pour le centre du monde ?

— Seulement quand t'es dans la pièce.

Est-ce que quelqu'un peut me dire où est passé Ayden ?

— Ça y est, le lit est fait.

— Inutile de faire la belle. Pour une fois que tu mets tes compétences à profit…

Devant ma mine décomposée, il éclate d'un rire sonore et se retrouve à côté de moi en un rien de temps.

Il enserre ma taille de sa main libre et embrasse doucement ma joue.

— Mel, je déconne. Vraiment. Merci.

Pour lui faire regretter sa blague pourrie, je fais semblant de faire la tête quelques minutes de plus, jusqu'à ce qu'il m'entraîne sur le lit.

— Raconte.

— Que je te raconte quoi ?

— Comment c'était pour toi. Ton père, et toutes ces conneries.

— Je… J'en sais rien. Un jour, comme ça, sans prévenir, il est parti. J'avais treize ans. Au début, j'avais toujours la sensation que les choses s'arrangeraient. Que ma mère irait mieux le lendemain. Mais c'était tous les jours de pire en pire. La nuit, je l'entendais pleurer. Tout le temps. Elle ne dormait plus. Un matin, elle ne s'est même plus levée. Elle ne pouvait pas. Je suis allée dans la cuisine, et ce qui m'a marqué, c'était le silence. Jules et Sarah dormaient encore, j'avais l'impression que la maison était abandonnée. Comme s'ils étaient tous partis.

Ayden ne dit rien. La tête posée sur ses genoux, il m'observe gravement. J'ai toujours eu la sensation que mon passé ne comptait pas pour lui, que les épreuves que j'avais traversées ne l'intéressaient pas, mais apparemment, je me trompais. À travers ses mèches de cheveux, le bleu de son regard se teinte d'une douleur qui me pousse à continuer.

— Je ne comprenais pas le départ de mon père. Personne ne m'a jamais rien dit. Il n'y avait que ma mère, et elle n'était pas en état de parler. Mais à la seconde où il a quitté mon champ de vision dans cette voiture, j'ai compris que tout allait changer.

— Ouais. Je connais bien ce truc là.

— Ton père ?

— Ouais. Quand ma mère l'a trouvé… elle a eu un moment dans le genre. Ce putain de silence est insupportable.

— Pourtant, tu n'es pas vraiment bavard.

— Je te parle, à toi.

— Oui. Un peu.

— Je n'ai jamais parlé comme ça à qui que ce soit, Mel. Tu es la seule qui sache tout ça.

— Pourquoi ?

— J'en sais rien. J'ai pas envie de te cacher que je suis pas quelqu'un de bien.

— Je ne partage pas ton point de vue, Ayden.

— Ose me dire que c'est comme ça que tu me voyais.

— Non. Je te voyais comme un connard abject.

Guettant sa réaction, j'étouffe mon rire. Comment cette personne que je prenais pour le dernier des abrutis est devenue le centre de ma vie ? Je n'en sais rien. Mais plus je le regarde, plus j'ai la certitude de ne pas me tromper. Ayden n'est pas quelqu'un de mauvais. Quoi qu'il puisse bien continuer de cacher.

— Je peux pas t'en vouloir. Qu'est-ce qui s'est passé après ?

— Je ne m'en souviens pas très bien. Je faisais ce que je pouvais. J'ai essayé de protéger mon frère et ma petite sœur. De faire en sorte qu'on ne voie pas ce qui se cachait derrière les murs de ma maison.

— Ton mec était là.

La pointe de mépris dans la voix d'Ayden ne me plaît pas vraiment.

— Il y avait Théo, oui. À cette période, on était amis. Il m'aidait beaucoup.

— Je pourrais jamais être comme ça, Mel.

— Je ne te demande pas ça. Ce n'est pas pour cette raison que je veux être avec toi.

— Alors pourquoi ?

— Je suis obligée d'avoir une réponse ?

— Je comprends pas. Je te fais du mal.

— C'est à moi d'en juger. Je ne suis pas parfaite non plus.

— C'est vrai, sourit Ayden. T'es chiante, parfois.

— C'est pas vrai.

— Si, Mel. T'es une vraie putain de chieuse.

Offusquée, je me relève sur les genoux et m'approche de lui. Je perds légèrement l'équilibre en arrivant tout près de lui, et il me rattrape de justesse en posant une main sur ma hanche. Le temps que je me retienne à lui, ses doigts emprisonnent ma mâchoire. Son regard assombri se vrille au mien, et l'émotion qui me traverse est si violente que j'en déglutis. Mais je ne suis pas prête à le laisser se moquer de moi si facilement.

— Tu es venu me chercher, Ayden, je murmure contre sa bouche. Ne viens pas te plaindre maintenant.

Le front contre le sien, je passe doucement mes doigts derrière sa nuque.

— C'est toi qui me cherches, murmure-t-il avant de poser rageusement ses lèvres sur les miennes.

Alors que son baiser s'intensifie, j'agrippe fermement ses cheveux. L'une de mes jambes passe par-dessus les siennes. Comme par réflexe, mon corps cherche le sien. J'étouffe un gémissement quand il mordille doucement ma lèvre inférieure. J'ai tellement besoin de lui. Besoin qu'il sache que je ne l'aime pas pour ce qu'il fait, mais pour ce qu'il est.

— Oui. Mais tu me laisses faire.

La tension qui règne est soudain bien trop forte pour que nous soyons capables d'y résister. Ses mains descendent sur mes fesses pour nous rapprocher encore, alors que ses baisers se prolongent dans mon cou jusque sur ma clavicule. Je ne sais pas ce qui se passe, mais je ne veux pas le savoir. Je le veux. Je le veux maintenant et tout de suite.

Ses caresses bouillantes me transportent dans un monde où plus rien d'autre n'existe que sa peau contre la mienne. Quand je me redresse légèrement pour retirer son tee-shirt, une main sur mon poignet m'arrête.

— Non, Mel. Je t'ai dit que je te toucherai pas.

Ma frustration atteint son paroxysme. J'ai reproché à Ayden de ne vouloir que mon corps, et maintenant, me voilà prise à mon propre piège. Vexée, je m'écarte de lui pour me rasseoir contre le mur. Il m'observe avec une défiance moqueuse.

— Quoi, Ayden ?

— Rien. La colère te va bien.

— Je ne suis pas en colère.

— Comme tu veux.

Il se penche vers le sol pour attraper sa guitare et reprends sa position initiale pour en gratter les cordes. L'odeur de neuf des draps emplit mes narines. Les yeux rivés au plafond, je tente de me calmer.

Au bout de quelques minutes, sa voix me ramène de l'autre côté de l'océan. Ma famille me manque. Avant que je parte, ma mère avait émis l'idée que je rentre à Noël, mais je ne pense pas que ce soit possible. La sortie du premier morceau d'Ayden est prévue à la mi-janvier, j'aurai bien d'autres choses à faire.

Dans une quinzaine de jours, je fêterai mon premier Thanksgiving. Je ne sais pas pourquoi, mais cette fête me plaît beaucoup. J'aime l'idée de retrouvailles chaleureuses en famille, pour partager des moments de joie.

— À quoi tu penses ?

— À ma famille. Et à Thanksgiving.

— Oh. Ça.

— J'ai hâte, ce sera mon premier. Tu as prévu quelque chose ?

— Non. J'en sais rien. Manger une pizza ?

Je l'observe avec des yeux ronds.

— Quoi ? m'interroge-t-il.

— Rien, je… Je pensais que tu rentrerais à Los Angeles pour être avec ta mère.

— Non.

— C'est ta mère, Ayden.

— Je suis au courant.

— Ça ne lui fera rien de ne pas te voir ?

— Elle connaît mon adresse. J'ai rien à faire à L.A. Tu as d'autres questions ?

— Est-ce que c'est à cause de Brittany ?

Ayden exhale un soupir agacé et passe une main sur son visage.

— Non, Mel, ça n'a rien à voir avec Brittany. On peut parler d'autre chose ?

— J'ai des morceaux à te faire écouter.

Immédiatement, son visage se radoucit. Il pose sa guitare à côté du lit et m'offre son bras pour que je vienne m'y lover.

— Je vais chercher mon téléphone.

Le temps de faire l'aller-retour dans le salon, des images d'une fille sans visage sur un lit d'hôpital glauque traversent mon esprit. Je ne devrais pas y penser, mais c'est plus fort que moi. Ayden est plutôt évasif au sujet de leur relation, mais le fait qu'il soit resté avec Brittany me questionne. J'ai du mal à croire qu'elle ait tout accepté de lui sans qu'il y mette un peu du sien. Quoi qu'il en soit, l'imaginer dans les bras d'une autre m'est insupportable. J'ai la nausée rien que d'y penser, mais quand ma tête se pose à nouveau dans le creux de son épaule, j'oublie vite mes doutes.

Je tends un écouteur à Ayden, et nous passons la soirée à faire défiler nos morceaux favoris. La musique qu'il écoute et les anecdotes qu'il me raconte sur son passé me permettent de le connaître un peu plus, et j'adore ça. J'apprends qu'il a chanté dans une chorale à l'école primaire et qu'il a même essayé de jouer au baseball pour impressionner son père. Je pique une crise de fou rire en apprenant que lors du seul match auquel son géniteur a assisté, il a raté toutes ses balles. Ce n'était pas un moment drôle, mais il se moque si bien de lui-même que je ne peux pas m'en empêcher. Encore une fois, je découvre une autre facette de sa personnalité, et celle-ci n'est pas pour me déplaire.

Sur la fin d'un morceau de Red, sa respiration devient plus régulière, et plus aucun son ne sort de sa bouche. Je relève doucement la tête : il s'est endormi. Son visage est plus doux, et je ne peux pas m'empêcher de promener mes doigts sur sa joue, là où apparaît sa fossette quand il sourit vraiment. Dans son sommeil encore léger, il accentue la pression de son bras autour de ma taille. Je me cale un peu mieux dans ses bras et sombre à mon tour.

Le lendemain matin, en arrivant à Live, il m'est encore plus difficile que d'habitude de me préparer à faire semblant toute la journée. Parfois, quand il y a du monde au studio, je dois me reprendre pour ne pas fixer Ayden trop longtemps. Je commence à me demander si on ne devrait pas dire la vérité à Chuck, mais la promotion du single débutera un peu après Noël, ce n'est peut-être pas le moment de faire des vagues.

Cette situation me met de mauvaise humeur. Pour ne rien arranger, Chuck débarque dans l'après-midi pour faire le point et me demande un point sur la diffusion du single. Pour une débutante, je ne me débrouille pas trop mal : j'ai réussi à caler beaucoup d'interviews et de passages dans les médias. Pourtant, je suis consciente que sans la volonté de Chuck de le signer depuis si longtemps, les choses auraient été différentes.

— Il faudra aussi prévoir des promotions dans les autres États, Mélanie, m'annonce mon boss dans le studio. Pas uniquement à New York.

Ayden, qui sort tout juste de la cabine d'enregistrement, s'interpose.

— Tu peux m'expliquer ?

— Tu ne peux pas te contenter des télés et des radios aux alentours, soupire Chuck. Mélanie, contacte les autres agences du pays et fais en sorte qu'Ayden inonde les ondes.

J'acquiesce, inquiète de la réaction de ce dernier.

— Je vais devoir y aller, c'est ça ?

— Évidemment. Trois jours dans chaque ville. C'est la règle.

— Hors de question.

Chuck tressaille.

— Tu n'as pas le choix, dit-il froidement. Tu savais à quoi t'attendre. C'est ce qui se passe quand on produit un album. Il faut le vendre.

Le ton de Chuck m'inquiète. Ayden ne va pas supporter ça longtemps. Les muscles de ses bras se crispent sous son tee-shirt, et ses poings se serrent discrètement. De longues secondes d'un silence irritant s'installent.

— J'irai pas sans Mel, finit par lâcher Ayden.

— Ayden, Mel aura énormément à faire ici. Elle ne peut pas…

— Si elle vient pas, oublie l'album.

Je le supplie en silence de se calmer, mais j'ai du mal à capter son regard.

— Ayden, tu as signé un contrat, reprend Chuck calmement. J'ai besoin de Mel ici. Et j'ai besoin que tu fasses la promotion de ton album pour rembourser ce que j'ai investi dans ton cachet et l'enregistrement.

— Fait chier !

D'un pas rageur, Ayden quitte le studio. La porte claque, et je me retrouve seule avec Chuck. En face de mon boss, je suis tout sauf à l'aise. Pourvu qu'il ne me demande pas *encore* pourquoi Ayden tient tant à me garder auprès de lui.

— Dire qu'il n'y a pas si longtemps, il ne te supportait pas, raille-t-il.

— Je sais. Chuck, je…

— Inutile de t'excuser. Je le connais bien. Prévois des dates à partir du mois de janvier, tu devrais arriver à te coordonner avec les autres agences sans problème.

Je ne comprends pas ce revirement de situation.

— Pourquoi…

— J'essaie de faire semblant de ne pas céder à tous ses caprices, m'interrompt Chuck. Mais si tu es avec lui, il ira bien. Et j'ai besoin qu'il aille bien. Tiens-moi au courant.

Il quitte la pièce, l'air un peu dépassé. Une fois seule, mon intuition prend les commandes. Je sais où est Ayden. J'emprunte l'escalier de secours qui mène jusqu'au toit de l'immeuble et balaie du regard l'espace de granit blanc. À quelques mètres de moi, il se tient debout, de dos. Les poings toujours serrés, il respire avec nervosité. Je m'approche doucement et l'attrape par la taille pour embrasser son épaule.

— J'y arriverai pas sans toi.

Je passe mes bras autour de son cou. Son regard se radoucit un peu quand nos yeux se croisent.

— Tu te débrouillerais très bien. Tu le sais aussi bien que moi.

— Peut-être. Mais j'ai pas envie.

— Ayden. Chuck a raison, tu ne peux pas te contenter des alentours de New York. Comment tu feras quand tu commenceras à être connu dans le monde entier ?

— Que le monde aille se faire foutre.

Un éclat de gaieté traverse ses yeux clairs. Les coins de ses lèvres se relèvent en même temps que les miens, et quelques secondes plus tard, un énorme fou-rire nous secoue. Ayden s'assied en tailleur et m'entraîne au sol pour me placer entre ses jambes. Ses bras se resserrent avec force autour de ma taille, et je me laisse aller un peu plus contre lui. Le visage dans mon cou, il inspire violemment.

— Sans toi, le monde a aucune importance.

Soixante-trois

Family Time

Mel

En rentrant chez moi, je suis toujours aussi bouleversée. Tout à l'heure, en quittant Live, il m'a fallu toute la force du monde pour m'arracher à la chaleur de ses bras. Mais Cassie m'attend ce soir, et il faut que je parle à Chris et Tara de la décision de Chuck de m'envoyer à travers tout le pays. Et accessoirement, de ma relation avec Ayden.

J'appréhende vraiment la réaction de Chris. Mais je dois déjà cacher une bonne partie de la journée ce que je ressens pour Ayden, j'aimerais au moins être honnête avec ma famille. Au moment de passer à table, Chris me devance :

— On ne te voit plus beaucoup, ma petite plume. Comment se passe le travail ? Tu avais une soirée hier soir ? C'est pour ça que tu n'es pas rentrée ?

Debout derrière lui, un rôti dans les mains, Tara se mord l'intérieur des joues. Je me râcle la gorge.

— J'étais avec Ayden. Le garçon avec qui je prépare un album.

La fourchette de mon oncle manque de lui échapper des mains.

— Ah. Bon.

Son visage se ferme. Un peu perdue, je regarde Tara qui fait semblant de s'affairer à côté de l'ilôt. Elle m'encourage du regard.

— Oui, on est… on est ensemble.

Chris se décompose. Il croise les mains devant son visage.

— Attends. On parle du garçon avec qui tu travailles ?

— Oui.

— Est-ce que Chuck le sait ?

Coupable, je me tortille sur ma chaise. Merde, j'ai vingt et un ans, pourquoi je réagis comme ça ?

— Non, il ne le sait pas.

— J'espère que tu sais ce que tu fais. Mais attention, Mel, tu n'es plus une enfant.

Tara vole à mon secours en posant le plat sur la table.

— Je pense que Mel est assez grande pour savoir ce qu'elle fait.

Je la remercie silencieusement, mais Chris n'abandonne pas pour autant.

— Et donc, cet Ayden… tu as confiance en lui, au moins ? Est-ce qu'il est sérieux ?

Je préfère taire mes doutes.

— Les enregistrements sont presque terminés. L'album sortira en mars.

— Tu as pensé à ce qui pourrait se passer lorsqu'il partira en tournée ? Est-ce que tu sais au moins dans quoi tu mets les pieds ?

— Chris, fiche-lui la paix, intervient Tara. Tu ne peux pas la laisser tranquille ?

Mon oncle me sourit tristement.

— Je m'inquiète juste pour toi, mon petit roseau. Ce milieu… il faut avoir le cœur bien accroché. Essaie de ne pas te brûler les ailes.

— Ayden va partir en tournée promo. C'est aussi pour ça que je te parle de lui. Chuck veut que je parte avec lui.

— Pardon ? Pendant combien de temps ?

— Je ne sais pas. Plusieurs villes. Mais ce ne sera pas une vraie tournée, on rentrera souvent.

— Bien. Si tu n'as pas le choix… Je me répète, fais attention à toi.

— Ne t'en fais pas. Je serai en sécurité.

— Au moins, elle sait que tu voleras à son secours en cas de besoin, s'esclaffe Tara.

— Ça, c'est sûr, marmonne Chris dans sa barbe. Est-ce que ta mère est au courant de tout ça ?

— Pas encore. Je vais l'appeler.

— Essaie de ne pas la brusquer, Mel.

Chris me lance un regard lourd de sens. Je ne veux pas prendre le risque que ma mère s'inquiète, mais je ne peux pas non plus arrêter de vivre par peur que la maladie la rattrape.

— Ne t'en fais pas. Elle va bien.

Enfin je crois.

— J'espère. Bon, dit-il subitement d'un autre ton. Parle-moi de cet Ayden. Est-ce qu'il est gentil avec toi ?

S'il y a quelqu'un avec qui je n'ai pas envie de décrypter ma relation avec Ayden, c'est bien mon oncle. Je l'adore, mais je me sens trop mal à l'aise. Maintenant assise, Tara lui fait les gros yeux, une fourchette à la main.

— Quoi ? Je me renseigne, c'est tout, se défend-il.

— Oui, il l'est, je soupire, résignée.

— Il a vraiment intérêt. En parlant de ça, Tara et moi avions quelque chose à t'annoncer. On voulait attendre Thanksgiving, mais puisque ces derniers temps on ne te voit pas, autant profiter de ce repas spécial révélations.

Tara pince les lèvres pour masquer son sourire, mais ne dit rien. Chris redresse les épaules et fait durer le suspense, l'air grave.

— Allez, parle ! je le supplie presque. Vous allez avoir un bébé, c'est ça ?

Chris hausse les sourcils et secoue la tête. L'éclat de gaieté dans ses yeux m'intrigue de plus en plus.

— Quoi, alors ?

Il désigne Tara d'un geste du menton.

— Tu vois cette femme, là ? Eh bien…

Je n'en peux plus.

— … c'est la femme de ma vie, et je vais l'épouser !

Je me précipite vers Tara et la serre dans mes bras, les larmes aux yeux.

— Mais quand ?

— Vers la fin du mois de juin, répond-elle d'une voix voilée par l'émotion.

— Félicitations ! C'est génial !

Chris redresse fièrement la tête.

— Je savais que tu dirais ça.

Il se lève pour aller se placer derrière Tara et se penche sur elle pour l'embrasser. Ils sont vraiment, vraiment trop mignons.

— Où aura lieu la cérémonie ?

Les deux tourtereaux qui me servent de chaperons se regardent, complices.

— Ici, bien sûr, rayonne Tara.

— Maman est au courant ? Comment…

— Non, elle ne le sait pas encore. Mais ne t'en fais pas, on a tout prévu. Il y a longtemps qu'on économise pour que tout le monde soit de la partie.

Je ne peux pas m'empêcher de lui sauter dans les bras. Non seulement Chris se marie, mais en plus ça me donnera une occasion de voir ma famille. Ici, à New York !

— À moi aussi, ils me manquent, Mel.

À travers mes yeux embués, j'essaie de faire passer toute la reconnaissance que j'éprouve envers Chris à cet instant. Je ne sais même plus depuis combien de temps notre famille n'a pas été réunie. Ce mariage va être fantastique. Il faut absolument que j'en parle à Ayden.

Pour le moment, je me concentre sur Tara qui me montre ses premières recherches de robe de mariée. Je suis sûre qu'elle sera parfaite, comme d'habitude. Elle aura l'air tout droit sortie d'un conte de fées. Je suis tellement ravie pour eux !

Lorsque je retourne dans ma chambre pour appeler ma mère, je ne lui raconte rien de ce qui vient de se passer ; je laisse à Chris et Tara le privilège de lui annoncer eux-même la bonne nouvelle.

— Tu as reçu mes photos ? J'ai emmené Jules et Sarah à Marineland, la semaine dernière. C'était une très belle journée. Mais tu nous manques, tu sais ?

— Vous aussi, vous me manquez, maman. C'est dur parfois, sans toi.

— Oh, ma chérie… Allez, ça va passer vite.

— Je sais.

Et je ne sais plus soudain ce dont j'ai envie. Je ne veux pas que ça passe vite. Je me suis tellement habituée à ma nouvelle vie, à tout ce qui m'arrive… Mon retour en France n'est pas pour tout de suite, mais l'envisager me déchire déjà.

— Tout le monde va bien ici, ne t'inquiète pas. Et toi, comment tu vas, ma puce ?

Je décide de ne pas tergiverser.

— Eh bien… ça va. J'ai rencontré quelqu'un, maman.

— Ah ? Il doit être important, si tu m'en parles.

— Oui. Il l'est.

Il y a trop de gravité dans ma voix pour que ma mère n'ait pas compris la force de mes sentiments pour Ayden.

— Et qui est ce garçon qui prétend rendre ma fille heureuse ? plaisante ma mère.

— Celui avec qui je travaille en ce moment. Il s'appelle Ayden.

— Bien. J'ai hâte de faire sa connaissance.

— Tu n'es pas inquiète ?

— Ma chérie, seule l'expérience t'apprendra à connaître ce qui est bon pour toi ou pas. Je ne veux pas apporter de jugement.

— Il est… Il compte beaucoup.

— J'avais compris. Est-ce que tu comptes aussi pour lui ?

— Oui.

— Dans ce cas, je te souhaite d'être heureuse. Est-ce que tu vas rentrer à Noël ?

— Non, je ne pense pas, maman. J'aurais bien aimé, mais le single d'Ayden doit sortir à la mi-janvier, et…

— Ne t'en fais pas. Je comprends.

Mon cœur se serre. Je voudrais pouvoir rester ici et tenir ma famille dans mes bras. Mais je ne peux pas tout avoir.

— Jules et Sarah sont là ? Tu peux me les passer ?

— Oui, attends.

Avec une joie indescriptible, j'écoute ma petite sœur me raconter ses joies et ses peines d'écolière.

— Tu reviens quand, Mel ? Je t'ai fait trois tee-shirts, cette fois. Avec de vieux habits à moi.

Cette enfant me fait fondre.

— On se verra bientôt, princesse. Promis. Et dis à maman de vite m'envoyer un de ces tee-shirts !

Sara me passe mon frère, qui n'est pas aussi bavard qu'elle sur ses activités. J'en profite pour me rassurer auprès de lui.

— Est-ce que maman va bien ? Vraiment bien ?

— Oui. Je te promets que oui. Je crois qu'elle sort avec quelqu'un, chuchote-t-il.

Quoi ?

— Qui ça ?

— Un nouveau voisin. Elle sourit tout le temps. Ma sœur se barre, et je vais me coltiner un beau-père, rigole-t-il. Il ne me manquait plus que ça !

— Fais attention à elle, Jules. Si ça ne va pas, appelle-moi.

— Arrête de t'inquiéter. Elle va bien. C'est fini, tout ça.

— Mouais. Fais quand même gaffe. Et sois sage.

En raccrochant, je trouve un message d'Ayden sur mon téléphone.

> Tu devrais être avec moi.

C'est tellement… lui. Un sourire idiot aux lèvres, je tape une rapide réponse.

> Je pars chez Cassie. À tout à l'heure.

Dan et moi, on l'accompagne au concert d'un de ses groupes préférés, dont elle connaît bien les membres. Il a lieu dans le bar où Ayden s'est produit la dernière fois. Je souhaite une bonne nuit à Chris et Tara, penchés sur un site d'organisation de mariage, et quitte l'appartement de très bonne humeur.

Quand je retrouve Cassie chez elle, un franc sourire illumine son visage de poupée. Elle porte un jean déchiré à plusieurs endroits et un minuscule bandeau noir sous un blouson en cuir. Il fait nuit, mais ses cheveux sont retenus par une paire de lunettes de soleil aviateur. Comme d'habitude, elle est à tomber.

— Hey ! m'apostrophe-t-elle en me serrant dans ses bras. Tu m'as manqué.

— Toi aussi. Ça a été… un peu compliqué.

— J'ai cru comprendre. Il faut vraiment que tu me racontes.

— Je ne suis pas la seule à avoir des choses à dire, non ? Comment va Dan ?

Cassie sourit d'un air entendu et se dirige vers sa salle de bains. Le lavabo regorge de produits de beauté et de maquillage ouverts n'importe comment.

— Bien, je crois.

— Tu crois ?

— Je te l'ai dit, je veux prendre mon temps, m'explique-t-elle en applicant un trait d'eye-liner sur ses yeux. Il est adorable, mais je ne suis pas prête à m'engager dans une relation. À ce sujet… Qu'est-ce que tu as encore fait à Ayden ?

— Comment ça ?

— La dernière fois, il était dans tous ses états. Il m'a appelée pour savoir si j'étais avec toi. J'ai fini par appeler Dan. Tu connais la suite mieux que moi, je suppose.

— J'ai eu… un problème. Avec Zack.

— Comment ça ? Et quel rapport avec Ayden ?

Je raconte à Cassie mon altercation avec l'ancien coloc d'Ayden, ma décision de quitter Live, et le sauvetage in extremis d'Erin.

— Je suppose que Dan t'a raconté qu'Ayden a débarqué chez lui ?

— Oui. Il m'en a un peu voulu, mais je ne pouvais vraiment pas laisser Ayden en plan. Je l'ai déjà vu dans des états pas gérables, mais énervé comme ça, jamais. Qu'est-ce qui s'est passé ensuite ?

— On s'est engueulés. Vraiment engueulés. Et puis… ça va mieux, maintenant.

Mon sourire timide ne lui échappe pas. Elle bat des mains joyeusement puis me serre dans ses bras.

— Vous êtes ensemble. Je le savais, putain, je le savais ! Je n'arrête pas d'essayer de l'appeler, mais il ne répond jamais. J'étais sûre que c'est parce qu'il était avec toi !

Elle recule un peu et me regarde soudain avec un grand sérieux.

— Il n'est pas facile, je sais. Mais tu as pris la bonne décision.

— J'espère…

— Mais oui ! Allez, viens là, dit-elle en me serrant à nouveau dans ses bras.

— Au fait, Dan n'était pas censé être là ? je demande quand elle me relâche.

— Il nous rejoint directement. Je voulais papoter un peu avec toi avant. On y va ? Je suis prête.

— Quand tu veux.

Nous retrouvons Dan au Rockwood. Il n'y a pas si longtemps, je me tenais devant cet endroit, la peur au ventre à l'idée de me confronter à Ayden. Aujourd'hui, je m'apprête simplement à passer une bonne soirée avec mes amis. Entre les deux, j'ai l'impression que tout a changé. Dan me serre brièvement dans ses bras et fait de même avec Cassie. Son calme et sa douceur habituels me rassurent et m'apaisent.

Dans le bar, des flashs d'Ayden sur scène s'imposent à mon esprit, et je ne peux empêcher un léger sourire de flotter sur mes lèvres. Ce soir-là, il est entré dans mes veines.

Nous nous asseyons à une table libre dans un coin de la pièce. Cassie attire tous les regards, mais ne semble même pas s'en apercevoir. Dan se dévoue pour nous commander des boissons et rejoint le bar déjà encombré. Je soupire d'aise en m'asseyant sur la haute chaise en bois clair. La salle résonne petit à petit de discussions plus ou moins animées. Quand Dan réapparaît avec nos boissons, le bar s'est déjà rempli.

— Alors, me dit-il sur un ton curieux, comment ça va ? Ayden ne t'a pas séquestrée ?

Je ne peux m'empêcher de pouffer. Le pire, c'est qu'il en est tout à fait capable.

— Non, c'est bon. J'ai réussi à lui échapper.

— Qu'est-ce qu'il a encore fait ?

Je déteste la désapprobation dans la voix de Dan, mais lui raconte patiemment les derniers événements, en passant sous silence les confidences d'Ayden.

— Fais attention à toi. Il est peut-être sincère, ajoute-t-il en jetant un œil à Cassie, mais j'ai du mal à y croire.

— Je ne sais pas, Dan… Il a tellement changé. Il a déménagé, et il a pratiquement failli se battre avec Zack pour me défendre.

— Quoi ? m'interrompt Cassie, interloquée.

— Oui. Zack a déboulé un jour dans le studio. Ayden était à deux doigts de lui en mettre une. Il a déméngé juste après. Je pensais que tu le savais.

— Alors ça, c'est la nouvelle du siècle !

Horrifiée, j'observe les clients alentours se retourner sur une Cassie en état de choc. Elle ne se rend compte de rien et poursuit sur sa lancée :

— Et Zack ?

— Je ne sais pas. Je m'en fiche, et je suis contente de ne plus être obligée de le voir. Pourquoi tu me demandes ça ?

— C'est juste que… Ayden sans Zack, c'est une grande première. Je peux compter sur mes doigts les fois où je les ai vus l'un sans l'autre. Ça m'étonne, c'est tout.

Pourquoi j'ai l'impression qu'elle me cache un truc ?

— Il a juste dit qu'il n'en pouvait plus.

— Je savais qu'il tenait à toi, mais il est beaucoup plus atteint que ce que je croyais.

— Pourquoi tu dis ça ?

— Je ne le pensais pas capable de déménager pour la seule raison que Zack ne t'approuve pas.

— Ce n'est pas pour ça qu'il l'a fait.

— Mouais, marmonne Cassie, dubitative. En tout cas, c'est étrange.

— Est-ce qu'on peut passer une soirée sans qu'elle tourne autour d'Ayden ? soupire Dan.

— Tu préfères qu'on parle de toi ? se moque Cassie.

— Non, c'est bon, grimace Dan. Mais on parle assez de lui comme ça.

— C'est la faute de Mel. Regarde-la, elle est complètement ailleurs, me taille Cassie.

— Non, absolument pas !

Dan et Cassie échangent un rire complice. En réalité, ils n'ont pas tort. Je suis encore avec Ayden. Je suis toujours avec Ayden. Mais ça ne me ferait pas de mal de le quitter ne serait-ce qu'une seconde. Je change donc délibérément de sujet.

— Et toi, Cassie ? C'est tout ce que tu racontes ?

— J'ai été engagée sur un album par une pétasse qui me met de mauvaise humeur tous les jours. Elle a autant de talent qu'une poule et se prend pour une diva. Un vrai calvaire.

Elle se frappe le front avec exhubérance.

— Tu me diras comment elle s'appelle, que je ne prenne pas le risque d'écouter son album, rétorque Dan dans un éclat de rire.

— Avec grand plaisir.

Des applaudissements nourris interrompent notre échange. Quand elle comprend que l'heure du concert est arrivée, Cassie siffle son groupe de copines qui montent sur scène. Elle se penche sur moi et crie à mon oreille pour couvrir le vacarme.

— Tu vas les adorer !

La chanteuse, Zia, est toute fine. Ses longs cheveux noirs jurent avec sa peau très pâle. Elle dégaine un sourire enfantin qui jure avec son apparence. Assez rapidement, Cassie se lève pour encourager ses amies qui se déchaînent sur scène.

Une montée puissante d'adrénaline me force à fermer les yeux. Aujourd'hui, je suis la personne la plus heureuse de la terre. Jusqu'à ce que je sente la main de Dan se poser doucement sur mon bras pour attirer mon attention.

— Est-ce que c'est Ayden, là-bas ?

Les yeux éblouis par les projecteurs, j'ai beaucoup de mal à distinguer les ombres qui bougent dans l'obscurité. Tout autour de moi se fige quand je repère la ligne de vie tatouée sur son bras. Un pressentiment très désagréable se loge dans mon ventre quand mon regard atteint son sourire magnifique.

Qu'est-ce qu'il fait là ?

La main de Dan toujours posée sur mon bras, je n'arrive pas à me détourner d'Ayden. Il est en pleine conversation, mais je ne vois pas avec qui. À force de me contorsionner, je distingue enfin, derrière une femme d'un certain âge qui applaudit le concert à s'en rompre les phalanges, un garçon blond, les cheveux coiffés en arrière.

J'ai dû mal voir. Il faut que je réessaie. À trois. Un, deux, …

Pleine d'appréhension, je risque un autre coup d'œil. Je n'ai absolument pas rêvé, c'est bien Zack qui éclate de rire.

Dan empoigne l'épaule de Cassie.

— On a un problème, lui glisse-t-il à l'oreille en désignant Ayden.

Incapable de bouger, je regarde comme à travers un écran de fumée celui à qui il y a quelques minutes encore, je faisais une confiance absolue. La sensation de trahison est si violente que mes joues me brûlent, mes jambes sont prises de fourmillements aussi intenses qu'insupportables. Je gère ma douleur comme je peux durant quelques secondes, puis je la broie jusqu'à ce qu'il ne reste plus qu'une immense vague de colère.

— On en a même deux, souffle Cassie en me regardant avec compassion.

Et alors que je croyais avoir passé le pire, le visage de Chloe apparaît dans mon champ de vision.

Aucun d'entre eux ne nous a vus. Je ne sais pas ce qui me tue le plus : voir Ayden ici avec eux ou la main de Chloe qui se pose sur son bras. Les cris et les applaudissements autour de moi n'ont plus de sens. Les yeux d'Ayden brillent d'une lueur particulière, et quand il éclate de rire, quelque chose se brise à l'intérieur de moi.

Les regards inquiets de Dan et Cassie toujours rivés sur moi, j'envisage les options que j'ai. Je ne sais pas quoi faire. Je ne suis pas prête à affronter l'air victorieux de Chloe, ni le sourire tordu de Zack. Pourquoi Ayden est avec eux ?

Je ne peux pas rester plantée là. Je ne veux pas qu'il me voie me décomposer. Pourtant, la dernière fois, j'ai commis l'erreur de m'enfuir sans explications, et je l'ai regretté. J'ai besoin d'air tout à coup, mais si je pars… Si je pars, je m'en vais encore une fois sans me battre.

Ayden porte un verre à ses lèvres. L'espace d'un instant, je me rappelle ce qu'il me racontait à propos de sa vie d'avant. Il tourne la tête dans ma direction, et la panique s'empare de moi. Quand il me reconnaît, le sourire qui flotte sur ses lèvres disparaît. Il glisse un mot à l'oreille de son acolyte, puis se dirige vers moi. Derrière lui, Zack, tout sourire, fait bouillonner mon sang. Je recule légèrement quand Ayden s'approche de moi, les yeux rivés aux miens.

— Qu'est-ce que tu fais là ?

Sa voix est incertaine, presque coupable.

— La même chose que toi, j'imagine.

La colère suinte par tous les pores de ma peau. Ayden baisse un instant le regard.

— Je passe juste une bonne soirée.

Sans aucune raison valable, cette explication me donne envie de hurler.

— Avec Zack et Chloe ?

— Zack est passé chez moi. Il voulait qu'on s'explique.

— Ici ? Et Chloe, elle fait l'arbitre ? C'est ça ?

— Zack voulait s'excuser. C'est fait. Chloe nous a rejoint.

— S'excuser de quoi ? De m'avoir fait du chantage ?

— Tout le monde dit des conneries, Mel. Ça veut pas dire qu'il ne regrette pas.

Lavage de cerveau : 1 – Ayden : 0.

— Qu'est-ce qui t'arrive, Ayden ?

— Arrête. Je fais rien de mal.

— Ah non ? Pas même à moi ?

— Putain, en quoi je te fais du mal ?

— Laisse tomber. Si tu ne comprends pas ça, tu ne comprendras jamais rien. Bonne soirée, Ayden.

Sans réfléchir, je ramasse mon sac et mon blouson, et quitte le Rockwood comme une furie. Dehors, il fait un froid glacial. Je marche à grands pas le long du trottoir, à la recherche d'un taxi. Qu'ils aillent se faire foutre, lui et son album. Cette fois, ça suffit. En peu de temps, il est devenu le centre de ma vie, de mon univers, mais je suis incapable de m'adapter au sien. Je ne digère pas le comportement de Zack, et j'éprouve la sensation bien trop insupportable qu'Ayden le cautionne.

Je ne comprends rien à sa façon d'agir, mais j'en ai marre de tout ça. Je veux retrouver un peu de gaieté, de sérénité et de joie d'être ici, à New York. Je ne veux plus lui donner toute mon énergie, parce qu'il n'a de cesse de me décevoir. Cette fois, je ne le laisserai pas faire.

Quand je rentre à l'appartement, je lance *Friends with Benefits* sur mon PC. Ce film est parfait pour me détendre. Mon portable vibre dans mon sac depuis tout à l'heure, mais je décide de l'ignorer. J'ai besoin de me couper du monde, au moins pour quelques heures. À la fin du film, le calme est presque revenu, et contrairement à ce que je pensais, le sommeil m'emporte très vite.

Le lendemain, Tara me propose une séance shopping que j'accepte avec joie. Il n'y a rien de mieux pour se changer un peu les idées. En flânant, nous tombons sur une boutique de robes de mariée dans laquelle elle ne peut s'empêcher d'entrer. Rayonnante, elle observe de très près plusieurs pièces de dentelle avec des étoiles dans les yeux, mais j'ai bien du mal à me mettre au diapason de son humeur. La mélancolie qui m'étreint est difficile à contenir ; je chasse avec peine mes souvenirs de la veille. Au lieu de me réjouir, le bonheur de Tara me lacère le cœur.

Juste après le dîner, alors que je me prépare à une nouvelle soirée calme et solitaire, Chris frappe à ma porte.

— Il y a quelqu'un pour toi, ma petite cerise.

Le cœur battant, je ne peux m'empêcher de penser à Ayden. Et si c'était lui ? Je me dirige à pas lents vers l'entrée, le souffle court.

Dan se tient debout dans le vestibule, l'air un peu perdu et les traits tirés par la fatigue. Quand il relève la tête vers moi, un hoquet de stupeur m'échappe : sa lèvre est fendue et une marque violacée entoure son œil droit.

— Qu'est-ce qu'il s'est passé ?

— Ce qui aurait dû arriver depuis longtemps. Tu ne voudrais pas aller faire un tour ?

Il jette un œil circonspect à Chris, qui nous observe avec perplexité depuis la cuisine. Choquée par le visage tuméfié de mon ami, je mets du temps à réagir.

— Si, bien sûr ! Laisse-moi mettre mon manteau.

Dehors, il fait froid. La nuit tombe doucement. Au pied de l'immeuble, je m'assieds sur les marches froides et frissonne. Dan reste debout devant moi.

— Raconte.

— Je me suis battu avec Ayden.

— Pourquoi ?

— Ça fait longtemps que j'en ai envie, dit-il aigrement.

— Tu n'es pas comme ça. Je ne te crois pas.

— Quand tu es partie, il voulait te suivre. Je lui demandé de te laisser tranquille. Il m'a répondu de me mêler de mes affaires. Un peu moins poliment que ça. Je n'ai pas supporté. Je l'ai poussé, il m'a mis une droite. Je me suis défendu.

Merde.

— Tu n'as rien de cassé ?

— Non, ça va.

— Comment ça s'est terminé ?

— Zack est arrivé pour nous séparer. Cassie m'a engueulé, je me suis disputé avec elle. Elle pense que je n'aurais pas dû intervenir. Que c'est entre lui et toi.

— Elle a raison.

Dan me fusille du regard.

— S'il te plaît, pas toi, Mel. J'aurais dû la fermer et le laisser te suivre ?

— Je ne sais pas. Mais je suis désolée pour… ça.

Dan est vraiment dans un sale état. À cause de moi. À cause de mes conneries.

— Et je suis désolée aussi pour Cassie.

— Ce n'est rien, soupire-t-il. Je ne comprends pas qu'elle prenne tout le temps sa défense.

— Ils sont très proches. Elle tient à lui.

— Elle aussi…

— Pas comme tu le penses.

— Je sais. Elle répète sans arrêt qu'Ayden est amoureux de toi.

— Elle a tort.

— Je n'en sais rien. Une chose est sûre, je ne suis pas le seul à avoir fini dans un sale état.

Je hausse un sourcil inquiet.

— L'arcade. Je ne m'appelle pas Ayden, mais je sais me défendre.

— Vous êtes infernaux…

Dan s'esclaffe avec rancœur. Après quelques secondes de silence, ma curiosité prend le dessus.

— Est-ce que Chloe était toujours là ?

— Oui. Elle a joué à l'infirmière modèle.

— Et Zack ?

— Il m'a traîné dehors quand Cassie m'est tombée dessus.

— Il a dit quelque chose ?

— Non, mais on s'en fout. Dis-moi plutôt comment tu vas.

— Aussi bien qu'on peut aller.

Pour décompresser, Dan et moi décidons de retourner au cinéma. Encore une fois, sa gentillesse m'apaise. Grâce à sa présence, ma soirée se passe beaucoup mieux que prévu.

Le lendemain, j'opte pour une balade dans New York. Il y a longtemps que je n'ai pas pris le temps de flâner. J'ai tellement été occupée à travailler ou à penser à Ayden que j'en ai oublié toutes ces petites choses qui me font du bien. Mes écouteurs vissés dans les oreilles, j'ai pris un Moka Caramel au Starbucks, puis j'ai fait un tour à Battery Park, un des seuls endroits sur ma liste que je n'avais pas encore exploré. Le port et la vue sur la mer me replongent une fois de plus dans mes souvenirs, quand la vie de l'autre côté de l'océan était prévisible, linéaire et monotone. Malgré tout, je n'échangerai pour rien au monde les quelques semaines qui viennent de s'écouler. J'ai vu et vécu tant de choses, depuis que je suis là. Cette ville, cette vie, Ayden… Il est incroyable, hors du commun. Impossible à vivre, mais impossible à oublier.

Mon cœur me dit que j'exagère, qu'il n'a pas fait grand-chose de mal. Puis je me rappelle ce qui s'est passé avec Zack, et ma raison m'interdit de flancher.

Dans la grisaille de ce dimanche new-yorkais, je rentre me mettre au chaud, profiter de ma famille. Sans nouvelles de lui. Je préfère ça, ça m'évite de remuer le couteau dans la plaie. Ce soir-là, je me couche anxieuse. La douceur de ses mains me manque à en crever, son regard clair me hante ; je m'endors difficilement.

Le lendemain matin, je passe un peu plus de temps que d'habitude dans la salle de bains : je veux vraiment me sentir bien. Quand je me regarde dans le miroir, les ravages de cette horrible soirée ne se voient absolument plus. J'ai l'air de respirer le bien-être.

Dès mon arrivée à Live, je passe voir Erin. Elle semble étonnée de me voir : d'habitude, c'est elle qui monte au studio.

— Hey ! Qu'est-ce que tu fais là ? Tu as un problème ?

— Non, je réponds d'une voix faussement enjouée. Je voulais juste dire bonjour.

Et retarder l'inévitable, aussi.

— Tu veux un café ?

— Avec plaisir.

— Attends. Laisse-moi finir ce mail.

Erin pianote sur son clavier, puis se retourne vers moi.

— J'ai appris que tu vas faire la promo avec Ayden, au fait ? Combien de villes ?

J'avais oublié cette histoire de promo. Tant pis, ça me donnera l'occasion de visiter de nouvelles villes.

— Je n'ai encore rien programmé pour le moment.

— Si je peux te donner un coup de main pour caler les dates, n'hésite pas.

— Je sais.

Erin se lève et enclenche la machine à café.

— Ayden va bien ? Il tient le choc ?

J'hésite à lui répondre. Elle et Chuck sont tellement proches… Je n'ai toujours pas éclairci ce mystère, d'ailleurs.

— Je crois. En fait, je n'en sais rien. Je croyais que tout allait bien, mais…

— Mais ?

— Je pense qu'il ne sait pas ce qu'il veut.

— Tu parles de sa carrière ou de toi ?

— Les deux, en fait…

— Tu dois apprendre à faire la part des choses, Mel. Si tu veux continuer dans ce métier, tu ne peux pas te laisser envahir par tes sentiments pour lui.

— J'essaie.

— C'est ton artiste. Tu dois faire ce qu'il y a de mieux pour lui.

— Je sais.

— Alors vire-moi cette tristesse de tes yeux et va bosser. Je suis là si ça ne va pas.

J'esquisse un sourire amer en reposant ma tasse :

— Comme toujours.

Pour calmer mon angoisse, je monte au studio par l'escalier. Ma main est moite quand je pousse la porte en tremblant. À l'intérieur, la lumière est éteinte. C'est le silence.

Pourquoi n'est-il pas là ?

En moins de temps qu'il ne faut pour le penser, des images de la bouche de Chloe sur la sienne traversent mon esprit. Mes épaules s'affaissent, le découragement s'empare de moi. J'observe le désordre autour de moi, notre désordre, les traces des moments magiques que j'ai passé ici avec lui : des tas de feuilles griffonnées, des partitions, un de ses tee-shirts… Je le ramasse et le pose sur le premier caisson qui me tombe sous la main en résistant à l'envie violente d'y fourrer mon nez. Me rappeler son odeur ne me semble pas la meilleure des idées pour l'instant.

Sans réfléchir, je ramasse toutes les feuilles qui traînent un peu partout et je m'assieds en tailleur sur le sol. Derrière chaque phrase, son regard brûlant me rappelle que je ne peux plus le laisser toucher mon cœur. Et puis je tombe sur quelques lignes griffonées à la hâte.

I wish I was somebody else
To make you smile and dream
The only thing I know
Is how to make you scream
I'm just on my own
Looking for a dead dream
But deep inside I know
You're always there for me

Je n'ai jamais entendu ce texte, et pourtant, c'est bien son écriture. Je suis sûre qu'il parle de nous, d'une façon si triste que je ne peux pas m'empêcher de penser que j'ai raison de vouloir tirer un trait sur notre histoire.

Quand j'entends la poignée de la porte cliqueter, je me lève brusquement, comme une enfant prise en faute. Les feuilles tombent autour de moi. Le regard sombre, les sourcils froncés, Ayden me fait face. Une entaille encore rouge barre la moitié de son sourcil, et un hématome léger assombrit sa mâchoire. Sans même me dire bonjour, il déhousse sa guitare, allume la table de mixage, lance une bande-son et s'enferme dans la cabine d'enregistrement.

Quelques minutes plus tard, le silence résonne de nouveau dans le studio. Ayden sort de la minuscule pièce, le regard braqué sur moi.

— Pourquoi t'es partie hier soir ?

Il ne peut pas être sérieux. J'essaie de garder mon calme, malgré la colère qui me rattrape quand l'image de Zack et Chloe s'impose à moi. Si j'ouvre la bouche, je ne suis pas sûre d'être capable de me contrôler.

— Je te parle, Mel.

— Je sais.

— Regarde-moi.

— Non.

Il m'aggripe le menton d'une main ferme et dirige mon visage vers le sien.

— Pourquoi t'es partie ?

— Ne me cherche pas, Ayden.

— Arrête tes conneries. Je suis allé chez Zack, on a discuté. Il m'a proposé d'aller faire un tour avec Chloe et lui. J'avais rien de mieux à faire. C'est tout.

— *C'est tout* ? Tu as conscience que tu parles du type qui n'attend qu'une chose, c'est que tu me sortes de ta vie ?

— C'était rien qu'une putain de soirée. Ni la première ni la dernière. Je vois pas le mal à ça, en fait.

— Zack, Ayden. Zack. Le mec qui me crache au visage sous ton nez. Et Chloe. Elle s'est régalée, non, à jouer les infirmières ?

— Elle m'a juste soigné.

— Oui, c'est ça. Elle a proposé ses services en contrepartie, je suppose ?

— Tu me fais chier, Mel.

La douleur qui me serre la poitrine commence à se faire beaucoup trop forte. Ça ne sert à rien de crier, Ayden ne me comprend pas de toute manière.

— Je ne peux plus jouer à ça.

— De quoi tu parles ?

— Depuis qu'on s'est rencontrés, pas une seule fois tu ne t'es demandé ce que pouvait bien me faire ton attitude. Tu m'as vraiment blessée, Ayden. Cette fois, c'est terminé.

— Déconne pas, Mel. J'ai besoin de toi.

L'urgence dans sa voix plante un énième couteau dans mes plaies déjà à vif. La douleur est partout, se glisse dans chacun de mes muscles et me vide de toute mon énergie.

— Tu as peut-être besoin de moi, je murmure, mais je ne crois pas que tu m'aimes.

Je me relève pour poser mon dos contre le mur, un peu sonnée par toutes les émotions qui me traversent. Sans ça, je crois que je me serais déjà écroulée. Ayden se redresse à son tour et pose une main rageuse juste à côté de mon visage. La tension qui l'habite arrive par vagues intenses jusqu'à moi.

— Dis pas ça, putain. Tu peux pas. Pas maintenant.

Une panique mal dissimulée brûle dans ses yeux, mais une fois de plus, il n'est ni question de moi, ni de ce que je ressens.

— Tu vois, c'est exactement ça. Tu n'en as rien à foutre de savoir ce que ça me fait, à moi.

— Mais putain, tu crois que je le sais pas ? Tu crois que je le vois pas ? T'es pas obligée de faire ça. Pourquoi tu fous tout en l'air ?

— Qu'est ce que je fous en l'air, Ayden ?

L'intensité de sa colère m'intimide. Il se rapproche un peu de moi et pose sa main sur ma joue. Je ferme un instant les yeux et prends une grande inspiration. Quand je les rouvre, il ne m'a toujours pas répondu.

— On n'a qu'à juste… je ne vais pas te laisser tomber. Seulement, je veux plus souffrir. Tu m'avais promis que je n'avais plus besoin de me protéger de toi.

Mes propres mots me plongent dans une tristesse infinie. Mais ma décision est prise, et je ne reviendrai pas dessus.

— Je suis désolé.

— Je sais.

Ma voix n'est plus qu'un murmure. Je refuse que le sanglot que je retiens depuis tout à l'heure m'échappe. J'ai trop pleuré pour Ayden. Je ne peux pas me contenter de ce qu'il me donne.

— S'il te plaît, laisse-moi une chance.

— Je l'ai déjà fait.

— S'il te plaît.

Son visage se rapproche dangereusement du mien. Le feu sur mes joues s'intensifie, je manque d'air au point de ne même plus entendre sa voix devenue presque imperceptible.

Comment résister ? Comment lutter contre lui ? Je ne sais plus où trouver la force. Pourtant, au moment où son front se pose contre le mien, je le repousse brutalement.

— Non.

Je l'observe encaisser le coup. Je n'éprouve plus rien : ni colère, ni peur, ni soulagement. Je le regarde encore, persuadée de rêver. Je ne suis pas en train de mettre un terme à tout ça. Dans trois secondes, je vais me réveiller à ses côtés, sentir sa main posée sur mon ventre et son sourire dans mon cou.

— Putain !

Un seul cri de rage, et son poing serré s'explose contre le mur, m'arrachant un sursaut. Quelques secondes plus tard, la porte du studio qui claque violemment me sort de ma torpeur.

Mes yeux se posent sur les feuilles blanches éparpillées au sol. Je laisse couler une larme et m'autorise enfin à tout lâcher. Le souffle coupé, je m'écroule sur les genoux. Je ne sais pas combien de temps je reste ainsi, les mains autour de mon ventre, à tenter de me bercer de l'illusion que je n'ai pas fait ce que j'ai fait. Mon corps se balance au rythme de mes sanglots, dont seul le bruit brise le silence.

Je n'avais jamais ressenti de douleur aussi forte. Jamais. Son fichu regard ne veut pas disparaître. Je donnerais tout, absolument tout, pour ne plus voir ses pupilles dilatées par la colère.

Je n'étais pas prête à notre rencontre. Pas prête à l'adrénaline intense qu'il a fait couler dans mes veines. Pas encore assez grande pour jouer dans cette cour-là. Et je me maudis à chaque seconde de n'avoir pas vu, pas compris ce qui allait m'arriver. J'aurais dû savoir qu'un jour, je me tiendrais là, dans cette pièce, à manquer d'air au point de suffoquer.

Pas une seule seconde il n'a fait semblant. Son sourire ne mentait pas. Ses mots non plus. Mais le vide à l'intérieur de lui est trop grand. Les cicatrices qu'il porte sont toujours à vif, et je ne peux rien y faire.

Peu à peu, le calme revient doucement dans ma tête. La douleur m'accompagne quand je réussis sans trop savoir comment à rentrer pour m'effondrer en larmes sur le matelas, elle ne me quitte pas quand j'essaie de manger un bout au milieu de la nuit, elle se glisse même avec moi sous les draps. Les yeux grands ouverts dans mon lit, j'essaie de la chasser, mais rien n'y fait. Elle est toujours là, à lacérer ma chair.

C'est la décision la plus dure que j'ai eue à prendre de toute ma vie, et pourtant, je sais que c'était la bonne. Si j'étais restée là, à le regarder jouer au con, les choses auraient été bien pires. Je ne connais que trop bien les conséquences d'une relation basée sur des non-dits. Un jour, il n'y a plus rien. Rien qu'une mère blessée, épuisée, vide. Des vies détruites. Alors non, je ne veux pas de ça pour nous.

À mon réveil, mes yeux sont rouges et gonflés. La chaleur de l'eau sous la douche ne soulage même pas mes muscles endoloris. Sans trop savoir comment, je me rends au studio, avec ce tout petit espoir que peut-être, j'entendrai sa voix ce matin. Je prie de toutes mes forces pour qu'il n'ait pas décidé de tout arrêter.

Une dizaine de minutes plus tard, alors que j'envoie des nouvelles rassurantes mais mensongères à ma mère, mes prières sont exaucées. Ma respiration s'accélère quand Ayden entre dans la pièce. Il n'a pas l'air d'aller très bien, lui non plus. Il attrape sa guitare et se retourne lentement vers moi.

— Qu'est-ce que tu attends ?

Le sarcasme dans sa voix m'exaspère immédiatement. Sans rien dire, je me lève et passe devant lui pour aller m'asseoir devant la table de mixage. J'attrape un casque et le laisse effectuer les réglages habituels. Quand il s'enferme pour enregistrer, un long soupir s'échappe de ma gorge. Cette séance est la pire torture qui soit. Heureusement, sa voix reste sincère. Ça, il ne pourra pas me l'enlever.

Trois heures plus tard, Ayden se plante devant moi, une expression indéchiffrable sur le visage.

— C'est ça que tu veux ?

— Qu'est-ce que je veux, Ayden ?

— Tu vas rester là, à m'écouter, et c'est tout ?

— Je ferai ce que je dois faire pour que tu fasses cet album.

— D'accord.

— D'accord ?

— Ouais. De toute façon, on a bientôt terminé, non ?

— Et alors ?

— Alors ça n'a pas d'importance.

Ses lèvres se relèvent dans un rictus cynique. Sous mon crâne, la tempête est de retour.

— J'ai des trucs à faire, me lance-t-il avant de passer la porte du studio. À plus, Mel.

Je n'arrive pas à croire qu'il m'ait plantée là. Comme une idiote, je fixe longtemps la porte du studio. Évidemment, rien ne se produit. Cette situation me semble tout d'un coup insurmontable. J'ai voulu croire que je pouvais continuer à être là pour lui, pour sa carrière, mais je ne vais pas supporter de me heurter à des murs. C'est au-dessus de mes forces.

Soixante-quatre

Bravery

Mel

Dans les jours qui suivent, je ne me souviens pas vraiment de ce que je fais. Le mal qui me ronge prend trop de place pour que j'aie conscience du temps qui passe. Chris et Tara me regardent souvent avec inquiétude, mais je n'arrive à parler de ce qui se passe à personne. C'est trop dur.

Ayden et moi ne nous voyons plus que quelques heures par jour pour terminer l'album. On se parle à peine. J'essaie de toutes mes forces de ne rien changer à nos habitudes. Je continue de le faire répéter quand je le juge nécessaire, je l'interromps parfois. Je passe du temps à lire et relire ses textes ou à le faire modifier des accords.

Il m'écoute, mais ne dit plus rien. Ne me regarde plus. Ne se bat plus avec moi pour essayer de me convaincre qu'il a raison. Son apathie me tue, j'aurai presque préféré qu'il me jette comme il le faisait avant. Un matin, je n'arrive plus à garder mon sang froid.

— Pourquoi tu fais ça ?

Par miracle, il daigne lever les yeux sur moi.

— Parce que j'ai pas le choix.

— Qu'est-ce que ça veut dire ? Que tu préfèrerais être ailleurs ?

Son regard dur me fait plus mal que d'habitude.

— À ton avis ?

Son sarcasme me fait l'effet d'une douche glacée.

— Ça te fait du bien de me blesser, Ayden ? C'est comme ça que tu règles tes problèmes ?

— J'ai aucune envie de te faire mal.

— Alors pourquoi tu agis comme si je n'existais plus ? Tu crois que le fait d'avoir souffert dans ta vie te donne tous les droits ? Tu crois que tu es le seul ?

— Ne parle pas de ce que tu ne connais pas. Tu crois que c'est facile pour moi ? Tu crois que j'en ai pas marre d'entendre que je te fais du mal ? On était bien. C'est toi qui as tout foutu en l'air. Toi et seulement toi.

— Tu ne sais strictement rien de ce que je connais ou pas. Tu t'en contrefous. Et tu oses me dire que c'est moi la responsable ?

Ayden détourne le regard pour le poser sur le mur derrière moi. Exaspérée, je soupire bruyamment. Je ne supporte plus cette bataille continuelle.

— À plus tard, Ayden.

Sans attendre, je tourne les talons. Ayden a disparu derrière ses murs, et j'aurais beau tout essayer, il ne reviendra pas. À partir de ce jour-là, je n'insiste plus.

J'essaie d'appliquer les conseils d'Erin. Pour l'instant, ni Chuck ni elle ne se rendent compte de ce qui se passe pourtant sous leurs yeux, et c'est tant mieux.

Le soir même, je passe la soirée avec Dan. Thanksgiving est dans deux jours, et il s'en va demain passer une semaine avec sa famille, dans l'Iowa. Je vais avoir du mal à survivre sans lui, surtout en ce moment.

— Qu'est-ce que tu vas faire cette semaine ? m'interroge mon ami.

— Je n'en sais rien. Tara a invité sa famille pour Thanksgiving, je vais l'aider à préparer le repas. Ensuite, je ne sais pas… Il ne me reste que quelques jours de studio, et ensuite, la promo démarre.

— Déjà ? À New York ?

— Oui. Chuck a prévu une soirée pour le lancement la semaine prochaine.

— Je sais, ma boîte a déjà prévu de m'y envoyer.

— Je ne sais pas si je vais y arriver.

— Bien sûr que si. Tu vas mettre une belle robe, ton plus beau sourire, et faire comme tous ces gens : semblant.

— Mouais…

— Je me ferai remplacer, si tu veux. Je resterai avec toi.

Mon visage s'éclaire.

— Tu ferais ça ?

— Évidemment. Qu'est-ce que je ne ferais pas pour toi ? Si je peux t'aider à énerver un peu Ayden, je n'ai vraiment rien contre.

L'espièglerie de Dan me réchauffe le cœur. Je me sentirai un peu moins seule pour affronter la pression.

— Merci.

— Je ne fais pas ça gratuitement, hein, rigole Dan. C'est pour les avantages. Tu peux m'avoir un accès backstage pour le concert d'Ed Sheeran ?

J'éclate de rire.

— Je me disais aussi… Trop de gentillesse, c'est suspect.

Dan réussit toujours à me remonter le moral. Ses blagues, son canapé et son plaid sont devenus mes nouveaux antidépresseurs favoris. En plus, il fait des chocolats chauds à tomber.

— Cassie m'a appelé, me confie-t-il un peu plus tard.

— C'est vrai ? Qu'est-ce qu'elle a dit ?

— Qu'elle était désolée pour l'autre jour.

Les coins des lèvres de Dan se relèvent timidement. Il ne me parle jamais de ce genre de choses. La reine des soirées mouchoirs, c'est moi, normalement.

— Oh. C'est bien, non ?

— Oui. Elle ne m'a pas dit que ça.

Son regard appuyé accélère les battements de mon cœur. Dan poursuit d'une voix hésitante :

— Tu devrais l'appeler. Elle a peur que tu lui en veuilles.

— Je vais le faire. Dis-moi ce qu'elle a dit.

— Elle était désolée qu'Ayden se soit battu avec moi et d'avoir pris son parti. Je sais qu'elle l'aime beaucoup, d'ailleurs je ne comprends vraiment pas ce que vous avez toutes avec ce mec, mais je lui ai quand même fait comprendre qu'elle aurait dû faire la part des choses.

Son prénom ravive la douleur que je tente désespérément de confiner au fin fond de mon cerveau.

— Tu as bien fait. J'adore Cassie, mais elle n'aurait pas dû t'ignorer comme ça.

— Elle ne se laisse pas apprivoiser si facilement.

— Elle a besoin de temps. Je ne sais pas exactement ce qu'elle a vécu, mais elle a souffert. Beaucoup.

— Elle t'a dit quelque chose ?

— Non. Ce ne sont que des suppositions, mais je ne pense pas me tromper.

— Elle s'inquiète pour Ayden. Apparemment, il est dans un sale état. Ça m'a énervé, parce que personne ne sait dans quel état tu es, toi.

Mes bras se resserrent autour de mes genoux. Je ne veux pas entendre ça, pas après la manière dont Ayden m'a traitée. Mais Dan ne s'arrête pas là.

— Elle dit qu'il est redevenu comme avant. Un bordel sans nom.

Peu importe. Je ne veux plus me laisser attendrir. Je ne peux pas réparer Ayden. Je ne peux pas lui servir de béquille. Il n'y a que lui qui puisse guérir ses blessures.

— Dan, s'il te plaît. Je ne veux pas savoir.

— J'ai pensé que je devrais te le dire.

— Merci, mais je veux plus en parler.

Il faut que je trouve un moyen pour que toute ma vie ne tourne plus autour de lui. Mais tout, absolument tout me ramène à lui : mon boulot, mon entourage, mes playlists, et même Thanksgiving. Mon cœur se serre à l'idée qu'il le passera seul avec ses pizzas. Avant de recommencer à ressasser, je préfère faire diversion.

— Bon, et toi ? Qu'est-ce que ça t'a fait d'entendre Cassie ?

— Je suis content qu'elle m'ait appelé, rougit Dan. Je ne pensais pas avoir de ses nouvelles. On doit aller prendre un verre, la semaine prochaine.

— Elle sera sûrement là pour le lancement d'Ayden.

— Ça va être un gros truc, non ?

— Oui. D'après Erin, tout le monde est sur le pont. Deux cents personnes, je crois. Et je n'ai qu'une envie, c'est de me cacher sous mon oreiller.

Dan me sourit avec compassion.

— Tu m'étonnes ! En tout cas, tu as fait de belles preuves à Live.

— J'essaie. J'aime ce boulot. Je ne pensais pas du tout orienter ma carrière là-dedans, mais… j'adore ça !

— À ce sujet, je vais reprendre mes études.

— Quoi ? Mais c'est génial ! Pourquoi ?

— Je veux pas finir ma vie comme serveur. C'est sympa, comme boulot, mais ce que je veux, c'est devenir avocat.

— Avocat ? Vraiment ? Et tu as ce projet depuis quand ?

— Depuis longtemps, en fait. C'est juste qu'après le lycée, j'étais pas vraiment en état de continuer.

— Ah bon ? Comment ça se fait ?

— Je t'ai dit que je faisais du base-ball. J'étais censé continuer à l'université, j'avais un bon niveau. J'avais même obtenu une bourse.

— Qu'est-ce qui s'est passé ?

— J'avais une copine depuis un petit moment. On était bien, mais je n'étais pas amoureux d'elle. J'aimais bien m'amuser avec mon équipe, mes potes. Elle m'étouffait, j'ai voulu la quitter. Elle m'a accusé de viol.

Mon Dieu.

— Mais tu…

— Je n'avais rien fait mais j'ai perdu ma bourse, et ma famille n'avait pas les moyens d'assumer mes études.

J'en reste sans voix. Pauvre Dan. Il en a vraiment bavé.

— Pourquoi la fac ne t'a pas pris malgré ton innocence ?

— Le doute. Elle a avoué avoir menti, mais le mal était fait. Ils ne voulaient plus de moi.

À côté, mes petits problèmes me paraissent vraiment ridicules.

— C'est insensé. Je suis désolée.

— Ça va maintenant, me rassure-t-il. Ne va pas t'imaginer que je déprime ou un truc dans le genre. C'est de l'histoire ancienne. Je veux juste faire quelque chose de bien de ma vie. J'ai mis un peu d'argent de côté, et j'ai obtenu une bourse à NYU.

— Tu commences quand ?

— En janvier.

— C'est vraiment génial. Je suis sûre que tu réussiras.

Un peu plus tard, j'envoie un texto à Tara pour la prévenir que je ne rentrerai pas. Je suis bien trop fatiguée, et bien au chaud sur le canapé moelleux de Dan. Alors que le sommeil me gagne, je me jure de prendre exemple sur la force et le courage du garçon qui rit devant un film à côté de moi.

Soixante-cinq

Ayden

Exactement quatorze jours que je l'ai pas tenue dans mes bras. Quatorze réveils à essayer de me lever alors que son visage me ravage à la seconde où j'ouvre les yeux. Quatorze journées de merde, et autant de secondes à vouloir tout casser.

Chaque matin, je l'imagine là, sur ce lit, à côté de moi. Je peux presque sentir sa main se balader sur mon torse, la courbe de ses hanches contre moi, la douceur de ses lèvres sur mon épaule. Quatorze putains de jours de torture.

Je regrette de ne pas l'avoir embrassée jusqu'à ne plus pouvoir respirer. De ne pas me souvenir un peu plus du grain de sa peau. De ne pas avoir laissé mon corps lui expliquer à quel point elle a crâmé tout ce qui n'est pas elle dans mon âme à moitié barrée.

Je me sentais différent avec elle. Un être humain comme les autres, et j'aurais voulu ressentir ça jusqu'à la fin de mes jours. Malheureusement, je crois qu'il est trop tard.

Aujourd'hui, toute l'Amérique rend grâce à Dieu. La dernière fois qu'elle m'a parlé de Thanksgiving, elle était là, sur ce lit dans lequel j'arrive même plus à dormir. Je suis sûr qu'elle est heureuse de vivre ça. J'aurais pu passer la voir, et faire en sorte qu'elle me pardonne. Mais ses exigences me tuent. J'y arrive pas.

Elle a raison, j'ai merdé.

Quand je me suis pointé chez Zack, il était déjà tard. J'avais vraiment envie d'entendre ses excuses. Je voulais comprendre son problème avec Mel, aussi. Elle lui avait rien fait. Elle était juste là pour moi comme personne l'avait jamais été avant.

Sur la table basse, une bouteille de vodka à moitié vide annonçait la couleur. Zack m'a servi un premier verre. J'étais tendu, alors je l'ai vite descendu.

— Fallait que je te voie. Désolé pour Mélanie, je voulais pas foutre la merde.

— T'es vraiment un grand malade. Je sais pas ce qui t'a pris, mais il faut te faire soigner.

— Et moi je sais pas ce qu'elle t'a fait, mais depuis que t'es avec, tu pars en vrille. On dirait un de ces connards qui sait plus rien faire tout seul. Tu déménages, tu sors tout le monde de ta vie, tu te lances dans cet album du jour au lendemain… Qu'est-ce qui t'arrive, mec ?

Je me suis servi un deuxième verre.

— J'ai pas changé.

— Arrête. Je te vois plus, on sort plus, tu baises plus. Qu'est-ce que t'as fait de mon pote ?

— Va te faire foutre, Zack.

— Je dis ça pour toi. Le jour où elle décidera de se barrer…

— Elle le fera pas.

J'ai eu envie d'attraper sa tête d'abruti et de lui faire bouffer son verre. Mel est pas comme ça. Ce connard s'est mis à rire. Je me suis servi un troisième verre et j'ai envoyé un texto à Mel. Juste pour me prouver qu'elle allait me répondre. Je me rappelle avoir imaginé son petit air contrarié.

— Il est bien, ton nouvel appart, au fait ? Vous l'avez baptisé ?

— Ferme-la, Zack. Arrête de parler d'elle.

Cet abruti a levé deux mains innocentes.

— Tu sais quoi ? Je laisse tomber. Fais tes conneries tout seul. Tu penseras à moi le jour où tu chialeras parce qu'elle ne sera plus là.

— Jamais tu t'arrêtes ?

J'ai souri pour qu'il ne sache pas qu'il m'avait touché. Je connais très bien ce mec. Si je le laisse m'atteindre, il me lâchera jamais.

— On est pas faits pour ça. Tu le sais aussi bien que moi.

Elle se barrera pas.

— Ouais. T'as peut-être raison, je crache.

Je me suis servi un autre verre.

Le portable de Zack a sonné. Chloe l'attendait en bas.

— On va voir Zia au Rockwood. Tu viens ?

— Non. Je rentre.

Zack n'a rien dit, mais il se foutait ouvertement de ma gueule, ça crevait les yeux.

— Dommage. Chloe attend que ça.

— Rien à foutre de Chloe.

— Tu disais quoi, déjà, à propos de son petit cul parfait ?

— Chloe est une foutue sangsue.

— Une foutue sangsue que t'aurais allongée avec plaisir y a trois mois. Mel doit vraiment assurer pour que t'en arrives là. Tu veux pas me filer son numéro ?

J'ai pété un plomb. Je sais pas comment, il s'est retrouvé collé au mur, mes mains accrochées à son teeshirt débile de Nirvana.

— Fais gaffe, putain. Parle pas d'elle. Jamais.

Les deux mains en l'air, il s'est excusé. En descendant de chez lui, une douleur atroce me vrillait le crâne. J'aurais pas dû boire autant. Et si ce connard avait raison ? Si elle se barrait ? Non, elle me ferait pas un truc pareil. Jamais. Elle est pas comme ça. Elle est juste… elle. Juste parfaite pour moi. Putain, comment j'ai pu croire une seconde que j'étais plus fort qu'elle ?

Chloe m'a serré dans ses bras beaucoup plus longtemps qu'elle aurait dû. Je l'avais pas revue depuis la soirée chez Cassie. Elle m'avait pas manqué.

— Tu t'es calmé, ça y est ? Tu viens avec nous ?

Elle a laissé sa main traîner sur mon avant bras. J'ai pas aimé cette sensation. Celle de Mel me manquait. Zack a répondu à ma place.

— Non, il vient pas. Laisse-le, il fait plus rien tout seul, maintenant.

— Dommage… moi qui pensais que personne pouvait te dicter ta conduite…

— Lâchez-moi. C'est bon, je viens. Mais putain, lâchez-moi.

Je me suis dit que ça changerait pas grand-chose. Que je pourrais me casser retrouver Mel après avoir vu Zia. J'avais déjà plus les idées très claires, et ils commençaient vraiment à me les briser, tous les deux.

Au Rockwood, on a commandé à boire. J'ai rigolé à une vanne de Zack sur les manières de Chloe, juste avant de me retourner. Je sais pas pourquoi, j'ai senti qu'un truc merdait. Les paroles de Zack tournaient en boucle dans ma tête.

« Tu penseras à moi le jour où tu chialeras parce qu'elle ne sera plus là. »

J'ai pas supporté la déception dans ses yeux. Et comme à chaque fois que je supporte pas un truc, j'ai sorti le Ayden des grands jours.

J'ai regretté de m'être défoulé sur son pote, mais je pouvais pas m'arrêter. Toutes les conneries de Zack, ses phrases toutes faites, tout est parti dans mes coups. Le petit sourire à la con de mon coloc n'a cessé de me poursuivre tout le temps qu'il m'a fallu pour rentrer chez moi. J'ai essayé de joindre Mel un nombre incalculable de fois, mais elle répondait pas. Et plus je marchais, plus je voyais rouge. Je gère plus rien quand elle m'ignore comme ça.

« Tu penseras à moi le jour où tu chialeras parce qu'elle ne sera plus là. »

Connard de Zack. Je vais bien rigoler quand il verra qu'elle est toujours là. Je sais qu'elle m'aime, elle me l'a tellement prouvé. Elle peut pas me laisser. Je vais pas me risquer à lui dire encore, mais je l'aime comme un dingue. Elle est arrivée, avec son visage d'ange et son petit caractère à la con, et j'ai plongé. Au début, j'aimais juste bien la faire chier. C'était pas censé arriver. Jamais.

Elle se rend pas compte de ce qu'elle représente pour moi. J'ai besoin d'elle, et chaque fois que je merde, je me déteste. Mais je peux pas m'en empêcher. Parfois, j'aimerais vraiment être quelqu'un d'autre. Quelqu'un qui puisse la rendre heureuse comme elle le mérite.

« Le jour où tu chialeras parce qu'elle ne sera plus là. »

Le lendemain matin, je me suis réveillé avec la même migraine. J'ai vérifié mon téléphone, en me disant qu'elle s'était sûrement calmée et qu'elle avait dû chercher à me joindre. Mais rien. Dans mon reflet, j'ai vu mon arcade explosée. Son regard triste qui me fixait. Sa déception. Le miroir a pas résisté, et j'ai même pas eu la force de ramasser les morceaux.

J'ai voulu l'appeler des centaines de fois. Je l'ai pas fait. J'ai passé la journée à écrire, mais ça m'a pas calmé. J'ai fini chez Cassie, avec des potes à elle. J'ai encore bu. Parlé avec un nombre incalculable de filles sous son regard désapprobateur. Elle aussi, elle me fait chier. Elle comprend pas que j'ai besoin d'oublier le trou béant dans ma poitrine. J'avais presque réussi, jusqu'à ce que je tombe sur une brune aux cheveux longs qui me tournait le dos.

J'aurais tellement voulu que ce soit Mel, pour pouvoir lui expliquer. J'ai compris à ce moment-là à quel point j'étais crâmé. Même l'accident de Brittany ne m'avait pas fait aussi mal.

En arrivant au studio, je croyais toujours qu'on pourrait discuter. J'imaginais pas que pour elle, c'était grave à ce point. Quand elle m'a dit qu'elle voulait plus que je lui fasse du mal, ça m'a retourné. Puis ça m'a mis les nerfs. J'ai fait des trucs que j'aurais jamais envisagé sans elle. Et pour une putain d'erreur, elle remet tout en question ?

Pourtant, je savais que ça arriverait. Je l'avais même prévenue. La seule chose que j'avais pas prévu, c'est mon besoin irrationnel et irrépressible d'être avec elle tout le temps. J'avais pas prévu de l'aimer. Cette fille est tombée du ciel pour me sortir d'un engrenage de merde, et j'ai même pas su la remercier correctement. Tout ce que j'ai réussi à faire, c'est la décevoir.

Ce jour-là, j'ai eu envie de tout arrêter. D'aller voir Chuck, de lui balancer l'album sans le finir et de me barrer. Mais je me suis dit qu'elle changerait peut-être d'avis. Que je lui devais bien ça. Elle m'a tellement donné. Sa tendresse, sa foi, personne m'avait jamais fait ce cadeau. Et j'ai été assez con pour tout foutre en l'air.

Soixante-six

Thanksgiving

Mel

Tara est sur les dents depuis l'aube. Quand j'ai débarqué dans la cuisine en début de matinée, en pyjama et les cheveux en vrac, elle était en train de préparer du *cornbread*. La dinde trônait dignement sur le plan de travail, encore crue.

Je ne l'ai jamais vue aussi stressée. Ça ne lui ressemble pas.

— Je peux t'aider ?

Ma proposition semble la détendre. Elle s'interrompt un instant pour m'adresser un regard de profond soulagement.

— Avec plaisir ! Avec tous ces invités, je ne sais pas si je serai prête à temps.

— Ce sont tous des gens de ta famille ?

Tara me tend un couteau pour que j'épluche des patates douces.

— Oui. Sauf un couple d'amis et leur fils.

— Combien sera-t-on en tout ?

— Une petite quinzaine. Pourquoi, ça te fait peur ?

— Si j'ai peur de quinze personnes, je ne donne pas cher de ma peau avec les deux cents qui m'attendent bientôt.

Une gousse d'ail entre les doigts, Tara lève les yeux au ciel.

— Je suis sûre que tu t'en sortiras très bien. Comment ça se passe, en ce moment ? Ayden est prêt ?

— Aussi prêt qu'on puisse l'être.

Au moins musicalement. Pour le reste, je n'en sais strictement rien. Parfois, nos regards se croisent, et la douleur de ma décision se ravive, mais je tiens le choc. Je me contente de ses morceaux, de sa voix qui m'emmène toujours aussi loin. Je me suis habituée aux non-dits, à ces silences mortels. J'aimerais lui parler, lui dire à quel point il me manque, mais les mots restent enfermés dans ma gorge. Déjà trois jours que les enregistrements sont terminés, et il me semble qu'une éternité s'est écoulée. J'ai mal.

Mais j'ai encore une promo à faire. Ce soir, je vais profiter du Black Friday pour me trouver une robe dans laquelle je me sente éblouissante pour la soirée de lundi. Il faut absolument que je donne le change et que j'aie l'air ravie du travail qu'Ayden et moi avons accompli. Cet album est une immense fierté, et c'est aussi une partie de moi. Si ce n'est la plus belle, en tout cas, la plus vraie.

— J'ai tellement hâte d'être à cette soirée. Chris aussi. Il faut vraiment que tu lui présentes Ayden. Il joue au papa poule, mais je suis sûre qu'il va l'adorer. Tu sais à quel point il aime la musique.

Je déglutis avec difficulté.

— Ayden risque d'être très occupé… mais je serai soulagée de vous avoir près de moi. Chuck est vraiment sympa de vous avoir envoyé des invitations.

— Ils se connaissent depuis la fac, tu sais. Et je suis sûre que Chuck est ravi que Chris t'ait recommandée. Tu as abattu un énorme travail.

Tara ne croit pas si bien dire. Quand je compare ma vie à ce qu'elle était quand je suis arrivée ici il y a un peu plus de deux mois, je ne peux pas m'empêcher de me dire que tout est allé trop vite. Le tourbillon de ces dernières semaines et la violence de mes sentiments pour Ayden m'ont laissée inerte.

Il faut vraiment que j'arrive à me le sortir de la tête. Et cette journée est parfaite pour ça. J'ai envie de connaître la famille de Tara, de profiter à fond de cette tradition. Quand une odeur délicieuse commence à se dégager du four, je me replie dans ma chambre pour me rendre présentable. Sous l'eau chaude, j'ai tout de même du mal à oublier qu'Ayden est sûrement seul avec ses pizzas. Je devrais peut-être l'appeler ? Lui dire que je suis là s'il a besoin ?

Non, Mel. Il le sait déjà.

Des éclats de voix dans l'appartement me poussent à sortir de ma tanière. Quand j'arrive dans le salon, Chris me saute dessus.

— Te voilà, mon petit moustique ! Viens que je te présente, s'exclame-t-il en m'attrapant par l'épaule.

Il faut vraiment que j'aie une bonne conversation avec Chris. S'il a le malheur de me donner ce genre de surnom à la soirée de présentation de l'album, je ne lui parle plus pendant au moins trois décennies.

— Je te présente les parents de Tara, m'explique Chris.

— Enchantée de vous connaître.

La belle-mère de Chris me serre dans ses bras.

— Je m'appelle Joanne. Ravie de te rencontrer !

Son mari, un peu plus guindé, me serre la main. Tara lui ressemble vraiment. Elle a les mêmes yeux bleus et ses lèvres sont identiques à celles de son père. Ils dégagent tous les deux une extrême gentillesse.

Tout de suite après, les autres invités entrent dans le salon, quasiment tous en même temps. Chris me présente au fur et à mesure. Les amis de Chris et Tara arrivent en dernier. Je m'attendais à rencontrer un petit garçon, mais leur fils a au moins mon âge.

— Salut, je m'appelle Liam, me dit-il dans un français très scolaire. Mel, c'est ça ?

J'offre un sourire étonné à ce garçon au visage doux, dont les yeux bruns pétillent de malice. Son accent à couper au couteau est assez drôle.

— Oui. Tu parles français ?

— Je suis allé dans une école française. Je prépare ce qui ressemble à un doctorat en sociologie.

Je calcule mentalement son âge. S'il prépare un doctorat, il a au moins trois ans de plus que moi.

— Impressionnant.

Liam s'esclaffe. Son rire doux fait bouger ses cheveux d'un noir de jais, et sa bonne humeur est contagieuse. Vêtu d'un jean et d'un teddy bleu marine qui mettent en valeur sa peau mate, il a l'air tout droit sorti d'un vestiaire de football américain.

— Pas tant que ça. J'aime juste ce que je fais.

— C'est déjà bien.

— Et toi, tu te plais aux États-Unis ? Ma mère me dit que tu es là pour un an ?

— Oui. Je suis stagiaire à Live Nation.

— Live Nation… ?

— La plus grande société d'événementiel au monde. Ils organisent des tournées, produisent des artistes…

— Ah.

J'étouffe un rire en observant sa moue perplexe. Liam ne pouvait pas mieux tomber pour me changer les idées.

— Qu'est-ce que tu y fais ?

Chris intervient à ma place.

— Elle prépare un album.

— Tu es musicienne ? s'étonne Liam.

— Non. Je prépare un album avec quelqu'un qui l'est.

— Quelqu'un de connu ?

Mon ventre se tord quand l'image d'Ayden devant son micro, les yeux fermés, s'impose dans ma tête. Même quand je discute avec un inconnu plutôt mignon, il ne me lâche pas. Fait chier.

— Non, pas encore. Mais je pense que ça ne tardera pas.

Un pauvre rictus se dessine sur mes lèvres crispées, et je décide de changer de sujet. Ça devient trop personnel.

— Où est-ce que tu étudies ?

— Ici, à New York. Mais j'aimerais en partir. Il y a trop de monde.

— En effet, ce n'est pas le meilleur endroit pour avoir la paix, je pouffe.

— C'est une belle ville, mais elle est irrespirable.

— Moi, j'aurais du mal à m'en passer, je souffle.

Cette discussion toute simple me rend enfin légère. Je passe une excellente journée. Liam est intarissable sur les traditions du monde entier, et ses anecdotes sur les différentes coutumes qu'il étudie me font beaucoup rire. J'envoie quelques photos à ma mère, dont un selfie mémorable avec mon oncle, un peu éméché, qui grimace devant l'objectif. À la fin du repas, alors que j'envoie un rapide texto à Léa, Liam se lève de table et se penche sur moi.

— Tu veux aller te balader ? J'aimerais prendre un peu l'air.

Affalée sur ma chaise, je le regarde de travers. Sur l'insistance de Chris, j'ai bu quatre verres de vin pendant le repas, et je n'ai plus les idées très claires, ni la moindre envie de me retrouver dans le froid.

— Non, merci. Mais si tu veux, on pourra faire ça un autre jour.

— Est-ce que c'est ta manière d'accepter de me donner ton numéro ?

— Possible.

Liam rit, et une petite ride se creuse sur son front.

— Génial. Je t'appellerai dans la semaine, on ira faire un tour. Qu'est-ce que tu aimes faire ?

— Je ne sais pas. Du shopping ?

— Vendu. Mais seulement si ensuite on va manger un donut.

— Deal !

La dernière fois que j'ai prononcé ce mot, j'ai accepté de plonger dans l'univers d'Ayden. Avec tristesse, je me remémore son visage tout près du mien pendant le concert. La puissance des sensations que me procurent mes souvenirs m'ébranle un instant. Quand je les rouvre, ma détermination n'a jamais été aussi forte. Je ne peux pas oublier Ayden facilement, mais je peux essayer de vivre sans lui.

Soixante-sept

In the dark

Mel

Quand tout le monde est enfin parti et après un interminable rangement, Tara m'accompagne à Manhattan Mall pour profiter du Black Friday. Au fur et à mesure que nous patientons devant l'immense bâtisse, une foule de gens pressés et excités se masse devant les différentes entrées. À minuit pile, quand les portes s'ouvrent enfin, tout le monde se rue à l'intérieur. L'endroit immense où je me trouve est hallucinant de luxe, au point de faire passer les Galeries Lafayette pour une épicerie de quartier.

Tara et moi réussissons à nous faufiler jusqu'à un magasin de vêtements. Je déambule entre les portants à la recherche d'un coup de cœur jusqu'à ce que Tara me montre une petite robe bustier fuchsia. Un voile de tulle la recouvre, et de toutes petites fleurs noires sont brodées le long du bustier. Je la trouve magnifique. Parfaite pour la soirée qui m'attend. Tara m'accompagne jusqu'à une cabine d'essayage, et quand j'en ressors, je ne reconnais pas mon image dans le miroir. J'adore cette robe.

— À croire qu'elle t'attendait, s'attendrit Tara. Tu dois absolument la prendre.

Je lisse les pans de dentelle un peu rugueux sous mes doigts. Ma main gauche passe sur les petites broderies noires. Ces fleurs sont comme les cicatrices que je porte en moi. Noires et ineffaçables.

Subitement, mon cœur se met à battre si fort que j'ai l'impression de l'entendre. La pression monte, et je perds pied. L'angoisse, la peur, la tristesse… tout me submerge. Tara me prend immédiatement dans ses bras.

— Pourquoi tu pleures, ma puce ? Ça ne va pas ?

Je renifle pathétiquement en m'essuyant les yeux pour ne pas tacher ma robe.

— Tout ça va trop vite. C'est beaucoup de pression. Mais ça va.

La gentillesse dans son regard fait redoubler mes sanglots.

— Mel, je comprends que tu sois crevée. Mais je ne veux pas que tu te mettes dans un état pareil pour un boulot.

Si seulement c'était ça.

— Je sais bien.

— Sauf quand ce boulot implique Ayden, c'est ça ?

— C'est ça.

— Qu'est-ce qui se passe ?

— Je… On s'est disputés. On ne se parle plus.

— Encore ?

Les yeux dans le vague, je hoche la tête doucement.

— Écoute, Mel, j'adore ce garçon. Il a vraiment un truc. Mais s'il te fait tant de peine, c'est que quelque chose ne va pas.

— C'est moi, je ne veux pas tout accepter.

— Et tu as bien raison. Il reviendra, ne t'en fais pas.

— Je ne crois pas, non.

— C'est écrit dans ses yeux.

Si seulement Tara disait vrai… Mais je crois qu'Ayden a vraiment trop de fierté et trop l'habitude qu'on lui passe tout.

— Ne t'inquiète pas. La soirée approche, je suis trop nerveuse. Ça va passer.

À en juger par la moue dubitative de Tara, elle ne me croit pas une seconde.

— Si tu le dis. Quoi qu'il en soit, tu dois absolument acheter cette robe. Elle est faite pour toi.

Je passe un doigt sur mes joues pour essuyer mes dernières larmes et hoche la tête avec vigueur.

La nuit se poursuit dans une meilleure ambiance. Tara s'évertue à me changer les idées, et ça marche. Nous discutons longuement de son futur mariage, ce qui a le mérite de me faire oublier mes soucis.

Un peu plus tard, sous ma couette, toute la peine contre laquelle je me bats revient me harceler. Chaque soir depuis qu'Ayden ne me regarde plus, c'est la même rengaine : je tente de m'endormir, mais dès que mes yeux se ferment, son visage refuse de quitter mon esprit.

Cette lutte permanente contre mes sentiments m'épuise vraiment. Combien de temps va durer cet enfer ? Combien de jours est-ce que je vais devoir encore souffrir comme ça ? Parfois, je me retiens de me pointer chez lui et de lui hurler toute ma colère au visage. Les choses pourraient être tellement plus simples si on pouvait se parler, se parler vraiment.

Le lendemain, Erin me consacre sa journée pour planifier les derniers détails de la soirée de lundi. La liste des invités est plus longue qu'un jour sans pain, et nous sommes loin d'être prêtes : il faut convier les journalistes, prévoir la sécurité, le traiteur et les boissons. Ayden est censé choisir trois titres pour les jouer ce soir-là, mais il est injoignable. Erin s'arrache les cheveux.

À force d'insistance, il finit par m'envoyer un texto. Son nom sur mon écran fait bondir mon cœur dans ma poitrine. Les trois morceaux sont là, mais pas un mot de plus. Je ne prends même pas la peine de répondre et donne à Erin les infos qu'elle attend. De toute façon, qu'est-ce que je pourrais bien lui dire ?

Concentrées, nous retournons à notre tâche sans fin. Quand je relève la tête, la nuit tombe ; autour de nous, le silence règne.

— Tu veux commander un truc à manger ? me propose Erin. Au point où on en est, autant continuer à travailler.

J'adore cette idée. Tout plutôt que de me retrouver seule dans ma chambre. J'acquiesce avec bonne humeur avant de vérifier mon portable, sur lequel j'ai la surprise de trouver un message de Liam.

> Salut ! Tentée par un bowling ce soir ?
Ce n'est pas du shopping,
mais si tu es libre…

> Ma patronne me séquestre.
Une autre fois peut-être ?

> Dis moi si jamais tu veux que
je prévienne les autorités.
Dommage pour ce soir.
Mais on remet ça avec plaisir !

Je pouffe tandis qu'Erin fait défiler sur Google une longue liste de traiteurs chinois.

— Ça t'embête si j'invite quelqu'un ?

— Non, pas du tout. C'est qui ?

— Un nouvel ami.

Je ne sais pas ce que je fais, mais je le fais. Surtout que je suis curieuse de savoir ce qu'un étudiant en sociologie peut bien penser d'un endroit comme Live.

> On va manger chinois au bureau.
Tu veux te joindre à nous ?

> Comment tu sais que j'adore ça ?

> Mon petit doigt me l'a dit.
Tu viens, oui ou non ?

> Tu m'envoies l'adresse ?

Quand je lève les yeux de mon écran, Erin m'observe avec insistance.

— Qui est cet ami ?

— Quelqu'un qui connaît ma famille. Il s'appelle Liam.

— Est-ce que c'est un pansement ?
— Quoi ?
Erin ne se laisse pas démonter par mon air incrédule.
— Mel, je sais ce que ça fait d'avoir mal. Je vois bien ta tête depuis quelques temps. Merci de ne pas avoir essayé de mettre les voiles une fois de plus, mais tu ne trompes personne.
— Tu sais ce que ça fait ?
— J'ai eu ma dose, moi aussi.
— Avec Chuck ?
— De quoi tu parles ? sursaute Erin.
— Rien, c'est juste que… (Je croise les bras sur ma poitrine.) Est-ce que Chuck et toi…
— Chuck et moi, quoi ?
J'ai presque honte de poser cette question.
— Est-ce que vous êtes ensemble ?
— Je suis mariée, Mel.
— Je sais. Mais ça n'empêche rien.
— J'aime mon mari. Et j'ai bien assez d'un homme dans ma vie, crois-moi !
— Désolée. J'ai cru que…
— Ne t'excuse pas. Je préfère ta franchise plutôt que tu t'imagines des choses. Je connais Chuck depuis très longtemps. On est très proches. Est-ce que tu as d'autres questions de ce genre à me poser ou on peut reparler de ton ami ?
— C'est bon, je crois que je me suis assez ridiculisée pour ce soir, je soupire en me levant pour m'étirer.
Au même moment, la sonnerie de mon portable retentit dans la pièce silencieuse.

> Je suis en bas de l'immeuble.
Tu peux me débarrasser du gorille ?

Le cœur plus léger, j'attrape mon manteau pour voler au secours de Liam. Une fois en bas, j'accélère le pas. Debout à côté de Ben, l'agent de sécurité, les bras croisés sur la poitrine, Liam ne semble pas savoir où poser le regard. Le soulagement qui s'empare de lui quand j'arrive est visible à des kilomètres.

— Bonsoir, Mélanie, me dit Ben en entrouvrant la porte de verre. Tu attends ce monsieur ?

— Oui. Tu peux le faire entrer.

— Qu'est-ce qu'on ne ferait pas pour manger chinois, plaisante Liam.

Il m'offre un sourire sincère et me serre timidement dans ses bras, ce qui me met légèrement mal à l'aise.

— Comment vas-tu ?

— Ça va. Beaucoup de boulot, comme tu peux le constater.

— Ton album, c'est ça ?

— Oui. C'est pour bientôt. Et toi, ta journée ?

— Plutôt bonne si on considère la façon dont elle a démarré, m'explique Liam.

— Ah ? Pourquoi ?

— D'abord, mon réveil n'a pas sonné. À cause de mon retard, j'ai failli ne pas être accepté à un examen. Ensuite, j'ai fait une dissertation de quatre heures sur le seul sujet que je n'avais pas révisé.

Je lui offre une grimace de compassion.

— Qu'est-ce que c'était ?

— La notion d'individuation.

— Qu'est-ce que c'est que ça ?

Liam éclate de rire devant ma mine effarée.

— Laisse tomber, je viens d'y passer quatre heures. On en parlera un autre jour. Après toi, ajoute-t-il en me laissant monter dans l'ascenseur.

Dans la cabine, Liam fait la conversation pour deux : il me détaille ses déboires de la matinée et me questionne sur mes trouvailles de la veille au Manhattan Mall. Quand nous sortons dans le grand couloir, il observe les alentours avec curiosité, un peu impressionné.

— Alors c'est ici, le repère des stars ?

— Non, pas vraiment, je rigole. Plutôt celui des gens qui bossent pour elles. Et encore, ce n'est qu'une toute petite partie.

— Dommage. Moi qui m'attendais à croiser Mick Jagger…

— Mick Jagger ? Vraiment ?

— Quoi ?

— Il est un peu… vieux, non ?

Liam lève les yeux au ciel.

— Ça ne veut pas dire qu'il ne fait pas de la bonne musique.

— Je croyais que tu n'y connaissais rien en musique, je le taquine.

— Comparé à toi, c'est certain. Mais je compte sur toi pour rattraper ça.

— Ça risque d'être long, je plaisante. On ne refait pas toute une culture musicale en quelques heures.

— C'est vrai. Mais si ça veut dire qu'on est obligés de se revoir, ça me va !

Je rougis de la tête aux pieds. Nous passons la porte de mon bureau, et comme à son habitude, Erin s'impatiente.

— J'ai cru que vous vous étiez perdus. Le livreur ne va pas tarder. Bonjour, ajoute-t-elle à l'intention de Liam. Tu viens faire un tour dans le monde de ceux qui ne s'arrêtent jamais ?

— Plutôt dans le monde de ceux qui mangent chinois au bureau.

— Je m'appelle Erin, se présente ma collègue, enchantée. Je te préviens, il nous reste encore beaucoup à faire.

— Je ne vous dérangerai pas, ne t'en fais pas pour ça.

— Dans ce cas, tu es le bienvenu. Tu connais la maison ?

— Pas vraiment. Mel m'en a parlé un peu, ajoute-t-il, mais je ne savais même pas que Live existait avant hier.

Son air d'excuse m'attendrit.

— Bienvenue chez les fous, dans ce cas.

— Vous travaillez sur quoi ?

— La soirée de lancement d'un artiste. Crois-moi, c'est un sacré challenge.

— Je n'en doute pas, s'esclaffe Liam. C'est l'album de Mel ?

Je n'en reviens pas : ces deux-là discutent comme deux vieux copains, comme si je n'étais plus là.

— Oui, c'est le bébé de Mel. C'est grâce à elle que cet album a vu le jour.

Pas cette discussion, pas maintenant. Je m'éclaircis la gorge.

— Je n'ai pas fait grand-chose. C'est l'album d'Ayden, pas le mien.

— Ayden comment ?

— Harrington.

— Jamais entendu ce nom.

— C'est normal, intervient Erin. C'est son premier album. On espère que bientôt, il sera sur toutes les lèvres.

— Il me tarde d'entendre ça.

Moi aussi, en fait. J'ai hâte de pouvoir mettre chaque morceau dans mon téléphone, enfiler une paire d'écouteurs et retrouver ma bulle avec Ayden.

— Tu peux avoir un aperçu, si tu veux, propose Erin.

Je me tourne vers elle. À quoi est-ce qu'elle joue ? Liam hausse un sourcil intéressé.

— Ah bon ?

— On organise une soirée de lancement lundi. Tu veux venir ?

Non, pas ça. *Dis non, Liam, s'il te plaît.*

— J'adorerais ça !

Je lance des regards affolés à Erin. Pourquoi faut-il qu'elle lui ait proposé ça ? Je ne sais déjà pas comment je vais gérer la pression, Ayden et tous ces gens, il faut qu'en plus elle fasse rentrer Liam dans l'équation. Il est adorable, mais il n'a rien à faire dans cette soirée. Je tente de le décourager :

— Tu es sûr ? Je ne serai pas très disponible…

— Tu ne refuserais pas ça à un ami, Mel, quand même ?

Erin me lance un regard lourd de sous-entendus. Je ne comprends pas sa démarche.

— Bien sûr que non, je réponds à contrecœur.

Liam sourit de toutes ses dents.

— Ça va être génial !

J'ai vraiment de gros doutes à ce sujet.

Pendant le repas, Erin semble s'intéresser de près à la vie de mon invité, qui lui parle avec enthousiasme de ses études et de sa vie à New York. Apparemment, il vit toujours chez ses parents et se passionne pour la photo et les livres à ses heures perdues. Avec Erin, ils se lancent dans une conversation à bâtons rompus sur leurs dernières lectures communes. J'essaie de participer à la conversation, mais le cœur n'y est pas : je n'arrive pas à gérer l'idée que Liam sera présent lundi soir. J'espère qu'Ayden ne fera pas d'histoires.

Après le repas, Erin annonce la fin de la récréation.

— Mel, il faut terminer ce listing.

— Vous préférez que je vous laisse, peut-être ? nous demande Liam.

— Non, tu peux rester. Si tu veux, va faire un tour dans le bâtiment, il y a plein de choses intéressantes si tu ne veux pas mourir idiot, plaisante Erin.

— Une visite nocturne ? rigole Liam. Quel étage me conseilles-tu ?

Ma collègue prend un air de conspirateur et pointe un doigt vers le plafond.

— Les studios à l'étage au dessus, chuchote-t-elle.

— Cool. Mel, je t'appelle si je me perds, d'accord ?

J'arrive à peine à acquiescer.

Quand Liam part en exploration, je me retourne d'un bloc vers ma collègue.

— Pourquoi tu fais ça, Erin ?

— Pourquoi je fais quoi ?

— Pourquoi tu l'as invité ?
— Pourquoi je ne le ferais pas ? Il est gentil, et c'est ton ami.
— Il n'a rien à faire à cette soirée.
— Je ne vois pas pourquoi.
— Erin, j'ai déjà une pression dingue ; Ayden ne me parle plus, c'est assez compliqué sans mettre Liam au milieu de tout ça.
— Si Ayden et toi ne savez pas vous comporter en adultes, c'est votre problème.
— Je sais, mais...
— Tu souffres. Liam est le genre de garçon qui peut adoucir ta peine. Il s'intéresse à toi. Pourquoi ne pas lui laisser une chance de faire ses preuves ?
— Honnêtement, je n'en ai pas envie pour le moment.
— Qu'est-ce que tu espères ? Qu'Ayden te fasse des excuses ?
— Possible, je reconnais faiblement.
— Ça n'arrivera pas, Mel. Ayden est bien trop fier pour ça. Qu'est-ce qui t'empêche de te changer les idées en attendant ?
— Je ne suis pas prête. Et puis je dois travailler avec lui pendant encore un moment, je te rappelle.
Erin semble tout à coup réaliser la portée de son geste.
— Tu m'en veux ?
— Non, je ne t'en veux pas...
Lorsque Liam revient de sa balade nocture, il est radieux.
— C'était super. Les studios sont vraiment classes.
— Contente que ça t'ait plu.

Son air ravi me fait chaud au cœur. Au milieu de toute cette pression, le sourire de Liam est une véritable oasis.

— Vous avez fini ?

Erin, concentrée sur son écran, termine la mise en forme du tableau sur lequel on a travaillé une grande partie de la journée.

— Erin ?

— Tu peux y aller, Mel, je vais finir sans toi. Il faut qu'on fasse le point demain en début d'après-midi. Rendez-vous sur place, d'accord ?

— Je t'appellerai une fois là-bas. Merci pour le repas. À demain.

Liam adresse un signe de la main à ma collègue.

— Au revoir, Erin. Ravi d'avoir fait ta connaissance. Et merci pour l'invitation.

— Pas de quoi. À lundi, et amène un costume.

Un rire s'étouffe dans ma gorge. Erin lève les yeux de son écran.

— Quoi ? Je le préviens juste de ne pas se pointer en jean.

— Parce que tu crois qu'Ayden fera un effort ?

— Ayden fait ce qu'il veut, c'est sa soirée. Ce qui n'est pas notre cas.

Ça, c'est une certitude.

— D'accord. Salut, Erin.

Sur le trottoir, je sors mon portable de mon sac.

— Tu rentres à pied ? me questionne Liam.

— Je pense que je vais prendre un taxi.

— Je suis garé pas loin. Je peux te raccompagner, si tu veux.

J'accepte sans hésiter. Sur le chemin vers sa voiture, je frissonne quand Liam pose une main sur mon épaule. Je ne devrais pas le laisser faire, mais je ne suis plus trop en état de réfléchir. Quelques mètres plus loin, il m'ouvre la portière d'une petite Chevrolet grise, monte à son tour et allume immédiatement le chauffage.

Sur la route, dans la chaleur de l'habitacle, il ne m'en faudrait pas beaucoup pour m'endormir. Concentré sur la circulation, Liam reste silencieux. La douceur de ses traits me rassure. Quand il plisse les yeux, deux petites rides se forment aux coins de ces derniers. C'est mignon.

Mes pensées dérivent vers la discussion que j'ai eue un peu plus tôt avec Erin. Est-ce que je dois vraiment perdre tout espoir de retrouver Ayden ? Je n'arrive pas à m'y résoudre. Un garçon comme Liam me conviendrait certainement pour panser mes blessures, mais je ne suis même pas sûre de pouvoir les guérir. Peut-être que je pourrais simplement me laisser porter et voir ce qui se passe, pour une fois ?

Me coupant dans mes rêveries, Liam se gare en bas de mon immeuble. Près de l'escalier, il pose une main sur mon épaule et plante son regard doux dans le mien.

— J'ai passé une très bonne soirée, me dit-il d'une voix basse.

— Ce n'était pas vraiment ce à quoi tu t'attendais, je suppose.

Nerveuse, je passe une main dans mes cheveux.

— Disons que ce n'est pas ce que j'avais prévu, mais ça me va très bien. J'espère qu'on recommencera, j'aimerais beaucoup te revoir.

— D'accord, je murmure. Ce sera avec plaisir.

Quand il se penche vers moi, la panique m'envahit. Je l'esquive au dernier moment en le prenant dans mes bras.

— J'ai… besoin de temps, je murmure contre son épaule.

— D'accord. Aucun problème, souffle Liam.

Je recule légèrement pour mettre un terme à notre étreinte.

— Bonne nuit, Mel.

— Bonne nuit.

Liam ne me quitte pas des yeux jusqu'à ce que je rentre à l'intérieur de l'immeuble. Par réflexe, je lui souris et esquisse un salut de la main.

Pour la première fois depuis longtemps, je ne fais pas de cauchemars. Le lendemain, le regard d'Ayden m'obsède toujours, mais la douleur est moins violente que d'habitude.

En allant sous la douche, je jette un œil à ma jolie robe, accrochée sur un cintre pendu dans le dressing. Je suis morte de peur, mais j'ai hâte de la porter. De changer de peau. En fin de matinée, je me prépare à aller retrouver Erin au Duggal Greenhouse, dont l'imposante verrière donne sur East River.

Dès mon arrivée, j'aperçois Dan au milieu de dizaines de personnes qui s'affairent à préparer la salle, en train d'installer de longues tables le long d'un mur. Il me serre immédiatement dans ses bras.

— Comment tu vas, toi ? J'ai cru que tu étais morte !

— Non, juste surbookée, je ris. Comme toi, à ce que je vois !

— J'ai réussi à avoir ma soirée demain, mais je n'ai pas pu esquiver la préparation, soupire Dan. Je n'arrive pas à croire qu'on fait tout ça pour ce mec.

Une grimace de rancœur flotte un moment sur le visage de mon ami. Je tente d'apaiser son aigreur.

— Professionnellement, il le mérite. Tu ne peux pas tout mélanger.

— Tu t'es calmée, on dirait. Il s'est passé un truc que je ne sais pas ?

Dan me lance un regard plein de sous-entendus, les joues rougies par l'effort.

— Non, rien. Mais je reste son… je ne sais même pas quoi, d'ailleurs. Attachée de presse ?

— Dis plutôt assistante-groupie-petite amie.

J'éclate de rire.

— Je ne suis pas sa petite amie. Et toi, ça va ?

— Ça va. J'ai hâte de terminer ce boulot.

— Tu as vu Erin ?

— Par là-bas, il y a une dizaine de minutes, m'informe Dan en pointant le fond de la salle du menton.

En cherchant ma collègue des yeux, je réalise à quel point la salle est spacieuse. Dans le fond, une grande scène se construit. De part et d'autre, sur les murs, des toiles blanches sont en train d'être tendues. Quelqu'un que je n'arrive pas à repérer est en train d'y projeter des effets lumineux. Cette soirée va vraiment être énorme.

Je rejoins Erin et Chuck, qui doivent sûrement finir de tout mettre au point. Je les trouve en grande discussion. Erin semble mécontente ; Chuck remue les bras, ce qui ne lui ressemble absolument pas. Ils sont en train de se disputer.

— Il a besoin d'elle ! tempête Chuck.

— Elle ne va pas bien. Tu ne peux pas le laisser la détruire. Elle l'aime, et tu le sais.

— Ce n'est pas parce que je le sais que je vais gâcher la carrière d'Ayden.

— Du moment qu'il fait ce que tu lui demandes, peu importe le reste ? Tu serais vraiment prêt à n'importe quoi pour lui ? Quitte à mettre Mel en danger ?

— N'en fais pas des tonnes. Elle n'est pas en danger, elle est amoureuse.

— Comment peux-tu être aussi insensible ? Cette obsession pour Ayden, c'est malsain. Tu peux construire des centaines de carrières. Pourquoi tu t'investis à ce point ?

— Le talent, Erin. Rien de plus, rien de moins.

Erin semble se calmer un peu. Je me sens mal à l'aise d'écouter cette conversation, mais c'est de moi qu'on parle.

— Ne me prends pas pour une idiote. Le monde est plein de gens talentueux. Pourquoi lui, Chuck ?

— Pour une raison qui ne te regarde absolument pas.

— Le bien-être de Mel me regarde. Et il te regarde aussi. C'est ton employée, tu n'as pas le droit de faire comme si de rien n'était. Ça ne te ressemble pas.

— C'est mon frère, voilà pourquoi ! Tu es satisfaite, maintenant ? C'est mon frère.

Le sol se dérobe sous mes pieds.

La révélation de Chuck a au moins le mérite de faire taire Erin. Je voudrais partir d'ici en courant, mais je suis comme pétrifiée.

— Qu'est-ce que tu racontes ? s'insurge Erin. Tu n'as jamais eu de frère !

— Parce que je ne te l'ai jamais dit.

— Comment c'est possible ?

— Notre père n'était pas du genre fidèle. Ma mère est tombée enceinte de lui juste après qu'il s'est marié. Une passion fulgurante, d'après ce qu'elle m'en a dit. Il l'a rejetée quand il a appris sa grossesse ; elle a décidé de me garder. Il a tout fait pour que sa femme ne sache rien.

— Sa femme… c'était la mère d'Ayden ?

— Oui.

— Est-ce qu'il le sait ?

— Non. Bien sûr que non.

Je ne me rends compte que je suis tombée qu'au moment où Erin se précipite vers moi pour me relever.

Soixante-huit

Shut up

Mel

De deux choses l'une : ou bien je suis en plein cauchemar, ou alors ce que je viens d'entendre était une des plus grosses hallucinations de ma vie. Pourtant, le visage d'Erin gomme tous mes doutes. Je n'ai pas rêvé.

Mon cerveau embrumé refuse d'y croire. Chuck et Ayden n'ont physiquement rien en commun. Rien. La seule fois où j'ai vu une photo des parents d'Ayden, j'ai remarqué à quel point il ressemble à son père. Mais Chuck ? Impossible de faire la relation. Tout ça est tellement insensé !

Et puis si Chuck tient à son frère autant qu'il semble le faire, pourquoi ne lui a-t-il jamais rien dit ? Ayden aurait pu avoir envie de savoir qu'il pouvait compter sur quelqu'un. Et au lieu d'une famille, il lui offre… une carrière ? J'ai vraiment du mal à comprendre.

— Mel, ça va ? Qu'est-ce qui t'arrive ?

La voix d'Erin me parvient comme à travers une porte. J'ai du mal à me concentrer sur elle. Chuck et elle ne doivent pas savoir que j'ai entendu leur conversation.

— Rien, j'ai dû trébucher sur quelque chose. Je n'ai pas eu le temps de déjeuner…

— Tu veux voir un médecin ? me propose Erin, dubitative.

Je me relève péniblement en m'appuyant sur son bras.

— Non, je t'assure, ce n'est vraiment rien. Je vais juste prendre un peu l'air.

— Tu veux que je t'accompagne ? Tu devrais manger quelque chose.

Sa sollicitude me touche, et son self-control m'impressionne. Chuck, lui, est appuyé contre le mur, le front barré de deux plis soucieux. Il semble dévasté.

— Non, ça va aller. Je reviens dans quelques minutes.

— Prends ton temps. Appelle-moi si besoin.

Les jambes tremblantes, je sors du bâtiment par l'entrée opposée et me retrouve face à East River. La vue de l'eau m'apaise aussitôt. À l'air libre, la voix de Chuck dans ma tête s'amenuise progressivement pour laisser place à un grand vide.

C'est une situation horrible. Ayden va devenir fou en apprenant ça, mais je ne peux pas lui cacher. D'ailleurs, je n'étais pas censée entendre cette conversation. Ça me rend malade.

Jusqu'à ce que ces mots sortent de la bouche de Chuck, je n'avais pas compris à quel point Ayden est seul. J'ai mis ça sur le compte de l'émotion, mais quand il m'a dit que le monde n'avait pas d'importance, il le pensait. Il m'aime vraiment. À sa manière.

Et moi, j'ai oublié son histoire.

Au fur et à mesure que les minutes passent, toute ma colère envers lui s'envole. Tout l'amour que je lui porte explose en moi et se répand dans mes veines comme un poison violent.

Des jours que je lutte contre moi-même pour ne pas craquer. Ne pas l'appeler. Comment j'ai pu ne pas envisager une seule seconde qu'il faisait sûrement exactement la même chose ?

En ce qui le concerne, chaque fois que j'ai l'impression d'avancer, d'acquérir des certitudes, je m'enlise. Je me laisse envahir par la peur. Au lieu de faire attention à lui, je persiste à me laisser guider par un instinct de protection bien trop exacerbé. Comment est-ce que je vais pouvoir faire pour réparer mes erreurs ? Comment je vais pouvoir le regarder en face en portant le lourd secret que je viens d'apprendre ?

Espérant trouver des réponses qui ne viendront pas, je fixe l'immense étendue d'eau devant moi, rendue grise par le ciel sombre. Je serre à m'en faire blanchir les jointures la corde en chanvre qui fait office de garde-fou. J'ai besoin d'aide, et je ne sais pas vers qui me tourner.

— Tu as tout entendu, Mélanie. C'est pour ça que tu es là.

La voix grave de mon patron me parvient dans mon dos. Inutile de lui mentir, Chuck sait que je sais.

— Tu dois lui dire.

— Je ne peux pas.

— Pourquoi le lui cacher ? Il n'est pas assez seul comme ça ? Il a besoin de toi !

Le ton de ma voix s'élève dangereusement.

— Je ne veux pas qu'il remette tout son travail en question pour quelque chose qu'il n'a pas besoin de savoir.

La froideur dans sa voix m'arrache un frisson.

— Il peut aller loin tout en sachant que tu es son frère.

— Non. Ce n'est pas ça qui va se produire. Ce qui va se produire, c'est qu'il va replonger dans ses travers. Depuis qu'il te connaît, il va beaucoup mieux.

— Tu ne le connais pas.

— C'est de mon frère que tu parles, Mélanie. Je le connais depuis bien plus longtemps que tu ne l'imagines. Et je sais que s'il en est là, c'est grâce à toi.

— Ça n'explique pas pourquoi tu ne lui dis pas qui tu es.

— Je n'en ai pas le droit. Je ne veux pas blesser sa mère. Elle ne sait rien de mon existence, et Ayden a assez souffert.

— Mais s'il l'apprend ?

— Impossible.

— Tu es bien au courant, pourtant.

— Oui. Parce que j'ai cherché à savoir qui était mon père. C'est comme ça que j'ai découvert que j'avais un frère.

— Tu es sûr de ce que tu avances ?

— Évidemment que je le suis.

— Vous ne vous ressemblez pas beaucoup.

Chuck esquisse un pauvre sourire.

— Ma mère est originaire du Japon. J'ai presque tout hérité d'elle, il faut croire.

— Depuis quand es-tu au courant ?

— Environ quatre ans.

— Votre rencontre n'était donc pas un hasard ?

— Non. Je le suis depuis avant New York.

— Comment… ?

— J'ai engagé un détective privé.

Un frisson parcourt mon échine.

— Je n'avais pas le choix, se justifie-t-il. Je ne pouvais pas lui dire la vérité.

— Comment arrives-tu à lui mentir depuis tout ce temps ? Tu te rends compte de ce que tu fais ? C'est ignoble !

— Je fais ce qui me semble le mieux pour lui. Et je compte sur toi pour en faire autant.

— Tu me demandes de me taire, c'est ça ?

— Je te demande de faire ce qui est le mieux pour Ayden. Et pour sa carrière.

— Le mensonge est donc une solution pour toi ? C'est ce que tu veux ?

Chuck s'approche de moi. Son regard plonge dans le mien, se voulant rassurant.

— Ce que je veux, c'est qu'il aille bien. Comme toi. Le talent qu'il a, cette faculté de mettre toutes ses émotions dans ses morceaux, c'est ça qui le sauvera. Tu le sais aussi bien que moi.

Touchée.

Mais je me sens prise au piège, et j'ai horreur de ça. Chuck tente encore une fois de me raisonner.

— Tu l'aimes, Mélanie. Je le sais. Il a beaucoup avancé, il ne faut pas qu'il s'arrête. Fais-le pour lui.

— Tu as dit que mes sentiments ne comptaient pas. Ne t'en sers pas contre moi. Tu ne sais rien de ce que je ressens.

— J'en sais assez pour avoir de quoi te licencier depuis un bon moment, s'amuse Chuck gentiment. Ayden et toi n'êtes pas très doués avec les cachoteries. Mais je connais ta sincérité. Alors j'ai fermé les yeux.

— Depuis quand ?

— J'ai compris le soir où il a voulu monter sur scène dans ce bar. Quand il est venu me voir pour me dire qu'il avait décidé de faire un album, mes doutes se sont transformés en certitudes.

— Pourquoi ne pas me l'avoir dit ?

— Je ne voulais pas te mettre mal à l'aise. Tu as su rester professionnelle, je n'avais aucune raison de le faire.

J'ai soudain envie de rentrer sous terre : depuis le début, Chuck sait tout sur Ayden et moi.

— Donc tu es aussi au courant qu'on ne se parle plus ?

— On ne l'a pas vu depuis la masterisation de l'album. Je me doutais que quelque chose clochait.

Les larmes aux yeux, je me retourne vers la rivière. Chuck soupire avec lassitude.

— Je vais retourner à l'intérieur. Prends le temps dont tu as besoin. Mais réfléchis, Mélanie. Si tu lui dis la vérité, ton travail sera détruit, et Ayden avec.

Soixante-neuf

Some blue eyes

Mel

Dans ma tête, c'est le black out. J'ai l'impression d'avoir été vidée de toute mon énergie. Je lâche péniblement la corde à laquelle je me suis accrochée et finis par me décider à retourner travailler. Chuck a disparu, et je ne vois pas Erin. L'agitation s'intensifie autour de moi ; l'immense salle de réception commence vraiment à prendre forme.

J'aperçois Dan en train d'installer des verres à pied sur une des tables. Exactement comme le jour où je l'ai rencontré. Au-dessus de moi, Erin, plus douce qu'à l'accoutumée, m'interpelle :

— Mel, je suis là !

Du haut d'une mezzanine à laquelle je n'avais pas prêté attention, elle m'adresse de grands signes. Je repère l'escalier qui me permets de la rejoindre et monte les marches en pilote automatique. Je ne suis toujours pas dans mon assiette.

Erin est entourée de trois hommes affairés à prendre des notes. J'ai déjà vu l'un d'entre eux, le responsable de Dan. Homme-orchestre du buffet, c'est lui qui organise toute la partie restauration de la soirée. Je comprends rapidement que les deux autres sont respectivement chargés de la sécurité du bâtiment et de la gestion du son. J'écoute la discussion sans rien en retenir. La seule chose à laquelle je pense, c'est qu'il faut absolument que je voie Ayden.

Je ne rentrerai pas ce soir. Même s'il répète à trois heures du matin, je serai là. J'ai besoin de sentir sa présence.

— Mel ?

— Désolée, j'étais ailleurs.

— J'avais remarqué. Tu peux trouver quelqu'un pour s'occuper du vestiaire ?

— Bien sûr. Je m'en charge.

Quand la réunion se termine enfin, Erin m'attrape par le bras, le regard voilé d'une appréhension qui ne lui ressemble pas.

— Chuck est venu te parler ?

— Oui, il est venu. Est-ce qu'on peut en discuter plus tard ? Ça fait beaucoup, là.

— Je comprends. Qu'est-ce que tu comptes faire ?

— Respirer. Et le voir. J'ai besoin de le voir.

— Est-ce que tu vas lui dire ? s'inquiète Erin.

— Non. Ce n'est pas à moi de le faire.

Ma collègue s'adoucit d'un seul coup.

— Tu n'étais pas censée savoir.

— J'aurais clairement préféré. Est-ce qu'on a terminé ?

— Oui. Repose-toi ce soir. Inutile d'arriver avant 18 heures demain, tout est prêt.

— D'accord. Je vais rester un peu.

— Mel…

Je n'ai plus la patience de supporter les conseils et les désirs des uns et des autres.

— Quoi, Erin ? je crache.

— Rien. Je voulais juste te dire de faire attention à toi.

Son air désolé me fait immédiatement culpabiliser.

— Excuse-moi. Je suis un peu à cran.

— Avec tout ce qui se passe, c'est normal. Je trouverais l'inverse bizarre, tu sais. Quelques jours de pause ne te feraient pas de mal.

— Un jour. Quand j'aurai terminé cette fichue promo.

— Si tu parles comme ça devant les journalistes, on ne vendra pas beaucoup d'albums, s'amuse Erin.

Malgré moi, les commissures de mes lèvres se redressent, et un fou rire nerveux s'échappe de ma gorge. Plus je ris, et plus les muscles de mon corps se détendent un à un. Je ne me contrôle plus, mais c'est tellement plus agréable que de pleurer. J'aimerais que ce moment de relâchement ne s'arrête plus.

À la sortie du bâtiment, Erin me questionne.

— Qu'est-ce que tu vas faire ? Tu vas l'attendre, c'est ça ?

— Je veux le voir. J'ai besoin d'essayer de lui parler. On ne peut pas continuer à travailler ensemble sans s'adresser un mot.

La vraie raison, c'est que son regard sur moi me manque trop. Je veux ses mains sur mon corps, je veux ses lèvres, je veux savoir si cette connexion puissante entre nous existe encore.

— Ça, c'est professionnel. Tu progresses, ma grande. Tu peux être fière de toi.

Erin me prend brièvement dans ses bras avant de claquer la portière de son taxi. Pour me détendre un peu, je marche sans but le long des quais. J'en profite pour appeler ma famille, puis Léa. Auprès d'elle, je lâche tout ce que j'ai sur le cœur.

— C'est une histoire de dingue, s'exclame-t-elle quand je termine mon monologue.

— Tu devrais venir à New York, je lance en riant. J'ai plus besoin de toi ici que n'importe où ailleurs.

— Tu rigoles ? Moi, au milieu d'un océan urbain ? Il vaut mieux que ça n'arrive pas. En deux heures, je serais déclarée perdue !

Le sens de l'orientation de Léa est du même niveau que le mien : inexistant. De retour devant Duggal Greenhouse, je me fige en réalisant que Zack sort du bâtiment. Qu'est-ce qu'il fabrique ici ?

Par réflexe, je tente de me fondre dans le décor, mais rien ne peut me cacher aux alentours. Heureusement, il continue de marcher et disparaît sans m'avoir remarquée.

— Je vais te laisser, Léa. J'ai un souci à régler.

— Déjà ? Tu me rappelles vite, d'accord ? Ne te laisse pas abattre. Tu as vu pire.

Mes épaules s'affaissent alors que je réalise que cette petite récréation touche à sa fin. La nuit est tombée, la rivière est devenue noire. Ayden ne va pas tarder à arriver. Quand j'arrive dans la grande salle, une boule d'angoisse se forme dans ma gorge. Les lumières sont maintenant éteintes, à l'exeption des projecteurs, qu'un machiniste est en train de tester ; les essais micro ont commencé. Alors que j'observe avec attention l'installation des instruments sur scène, un frisson traverse ma colonne vertébrale de part en part.

Il est là.

L'intuition guide mon regard jusqu'au fond de la salle. Je ne distingue que sa silhouette, mais je ne me trompe pas. Une violente montée d'adrénaline me paralyse. Je ne veux soudain plus qu'il me voie. J'ai changé d'avis, je ne suis pas encore prête.

Trois personnes l'accompagnent. Un homme barbu qui tient une guitare en bandoulière, une jeune femme asiatique, qui porte un gros sweat-shirt kaki et des boots noirs, et Zack.

Ayden ne s'est pas encore aperçu de ma présence. Quand il passe devant moi, je remarque que ses traits sont tirés. Il pose son pull à capuche noir juste sous la scène pour assister aux derniers réglages. L'espace d'une seconde, il tourne la tête vers moi, et j'ai la sensation que mon cœur arrête de battre. Heureusement, il se détourne pour répondre à la fille qui l'interpelle, et je respire à nouveau.

Je ne me souvenais pas qu'il rayonnait à ce point. J'ai l'impression de ne plus le connaître. Je n'ai plus conscience de ce qui se passe autour de nous ; je viens de prendre un shoot de ma drogue favorite après des jours de sevrage. Je ne sais pas comment il fait pour me mettre dans cet état. Je n'ai jamais compris. D'un coup, je me sens idiote d'être là, à l'épier comme une groupie. Qui me dit qu'il appréciera ma présence ?

« Sans toi, le monde n'a pas d'importance. »

Et sans lui, je n'y arriverai pas. Alors je me force à me calmer. La nostalgie me rattrappe quand je l'observe se concentrer avant de monter sur scène, et enchaîner ces gestes que je connais si bien maintenant : passer une main dans ses cheveux emmêlés, attraper sa guitare, en caresser les cordes avant de passer la sangle, froncer les sourcils, le visage fermé.

J'essaie d'oublier que je m'apprête à lui cacher une information capitale. Les lèvres pincées pour endiguer le torrent d'émotions qui menace de déferler, je le fixe tandis qu'il balaie le devant de la scène du regard. Derrière lui, Zack jubile. Une envie folle de lui faire avaler son sourire hautain s'empare de moi, vite dissipée par le magnétisme incroyable que dégage Ayden.

Les premiers accords sonnent le début de l'accalmie dans ma tête. À l'exception de sa voix, j'oublie tout. Vers le milieu du morceau, Ayden s'enferme un peu plus dans son monde. Il a fermé les yeux, et le désespoir qui émane de lui m'arrache de lourds frissons. J'ai déjà entendu ce texte une bonne centaine de fois, mais il ne l'avait jamais chanté avec autant de douleur. Soudain, ses paupières se soulèvent, et son regard plonge dans le mien. Comme s'il avait toujours su que j'étais là.

Soixante-dix

Reminiscences

Mel

La chaleur se répand en moi par vagues de plus en plus fortes. Son regard se vrille au mien pour ne plus le lâcher, et la bulle autour de nous reprend instantanément vie.

Mon cœur bat à en exploser. Je devrais être habituée maintenant, pourtant, la musique d'Ayden me ravage toujours autant. Toute la douleur que j'ai ressentie ces derniers jours se ravive et me brûle encore plus fort. Ça fait tellement mal de le voir, de ne pas pouvoir me réfugier dans ses bras. Mais c'est tellement bon aussi.

Sans ciller, Ayden continue de me fixer. Sa voix redevient mon refuge, et je me surprends à imaginer ses mains arrimées au micro sur mon corps, qui s'enflamme immédiatement à cette simple idée.

Le pire, c'est que j'ai la certitude qu'il sait exactement ce que je ressens. Incapable de bouger, je m'accroche comme je peux pour rester sur terre. À ce moment précis, plus rien d'autre n'existe que lui. Je ne prends conscience que le silence est revenu qu'au moment où Ayden baisse la tête.

Durant les deux morceaux qui suivent, ses yeux évitent les miens. Je l'ai perdu à nouveau. À quoi peut-il bien penser ? Comment va-t-il ?

À la fin de la répétition, les quelques employés encore présents applaudissent sa prestation. Je reste immobile. Je ne suis pas en état d'agir comme si tout allait bien.

Ayden sourit discrètement puis se retourne pour dire quelques mots à l'oreille de Zack, qui s'esclaffe. Mon ventre se tord. Chaque fois que je les vois ensemble, je ne peux pas m'empêcher de penser à l'animosité de l'ancien colocataire d'Ayden envers moi. Et s'il avait raison ? Si je n'étais pas capable de tenir le choc face à Ayden ?

Je me lève, écœurée, et me rue vers la sortie.

À l'extérieur, le froid me revigore. Je marche lentement jusqu'au bord du quai pour me permettre d'évacuer la colère. Inspirer. Ne pas oublier qu'Ayden ne sait pas donner. Expirer. Ne pas laisser mon aversion pour Zack éclipser mes sentiments pour Ayden. Inspirer encore. Seconde après seconde, je reprends mes esprits, mais je ne suis pas plus avancée pour autant.

Qu'est-ce que je fais maintenant ? Je suis partie comme une voleuse, ce n'est pas pour retourner à l'intérieur comme si de rien n'était. Et puis qu'est ce que je pourrais lui dire ? « Salut, je suis là parce que sans toi c'est trop dur » ?

J'ai mis un terme à notre histoire, je me vois mal revenir la bouche en cœur maintenant. De toute façon, je ne suis pas en état d'encaisser sa froideur. Et puis j'ai bien trop peur de lui avouer la vérité à propos de Chuck.

Il y a quelques minutes encore, j'avais la certitude que j'étais capable de lui parler, mais ça n'arrivera pas. Demain, peut-être, si l'occasion se présente. Ce soir, je vais retraverser discrètement cette salle en espérant qu'Ayden ait déjà quitté les lieux et rentrer chez moi. C'est lâche, mais je ne suis pas capable de mieux. Un dernier regard au fleuve, et je fais demi-tour dans l'obscurité.

Les yeux rivés au sol, je croise les bras sur ma poitrine. Je n'aspire plus qu'à une chose : me cacher sous ma couette. Alors que je ne suis plus qu'à quelques mètres de l'entrée, un mouvement diffus à la périphérie de mon champ de vision attire mon attention.

Adossé au mur, Ayden attend, les mains dans les poches. Son regard intense me transperce, provoquant une décharge électrique le long de ma colonne vertébrale.

— Les terrasses te manquent ?

Sa voix sonne comme une giffle à mes oreilles. Il se dirige vers moi avec une lenteur calculée. À sa manière de bouger, j'ai la certitude qu'il a un contrôle total sur lui-même, et je n'aime pas ça du tout.

— Qu'est-ce que tu fais là, Mel ?

Au prix d'un violent effort, j'articule péniblement :

— Je voulais voir la répétition.

Ayden hausse un sourcil.

— La répétition est finie.

— Je sais. J'allais rentrer.

— C'est tout ?

Non. Non, ce n'est pas tout. Tu me manques au point que je ne peux plus respirer, Chuck est ton frère et je ne gère plus rien sans toi.

— Oui.

Ses yeux se chargent d'une profonde lassitude, puis d'une colère glaciale. La rapidité avec laquelle il passe d'une émotion à une autre m'étonnera toujours. Je savais que son attitude ne présageait rien de bon.

— D'accord.

Incapable de prononcer un mot, je me mets à fixer ses mains ; je me rappelle leur douceur, la texture de sa peau quand ses doigts se promenaient avec ferveur sur mon visage. Au bout de quelques secondes, le couperet tombe.

— À plus tard, Mélanie.

Je poursuis ma route sans même prendre la peine de répondre et me dirige tant bien que mal vers l'intérieur de Duggal House, désormais plongée dans l'obscurité. Pour la réconciliation, on repassera.

Qu'est-ce que je croyais ? Que ma simple présence allait tout changer ? Il faut vraiment que j'arrête de prendre mes désirs pour des réalités. J'aurais aimé être capable de parler à Ayden. De lui dire tout ce que j'ai sur le cœur. À quel point il me manque, à quel point je me sens mal sans lui. À quel point j'ai l'impression que sans lui, rien n'a de sens. Encore faudrait-il qu'il soit capable de l'entendre.

En grelottant, je sors mon téléphone pour appeler un taxi. Un texto de Liam me disant qu'il a hâte d'être à demain m'arrache un pauvre sourire coupable : s'il savait dans quoi il s'est embarqué… Frigorifiée, je guette mon chauffeur au bout de la rue comme si ma vie en dépendait quand une main attrape mon bras et me retourne sans ménagement.

Deux yeux clairs assombris par une colère sourde entrent en collision avec les miens.

— T'avais pas le droit de faire ça. T'avais pas le droit, Mel.

Avant même que je puisse réagir, la bouche d'Ayden se pose durement sur la mienne, embrasant au passage chaque cellule de mon corps. Dévastée par une tempête de sensations que je croyais définitivement perdues, je m'accroche à sa nuque comme si ma vie en dépendait.

Le souffle court, je me délecte du goût de ses lèvres. Une sensation de paix s'empare de moi quand son odeur unique envahit mes narines. Son baiser, teinté de rage et de désespoir, me touche en plein cœur. Il n'y a plus de froid, il n'y a plus de rue, ni d'obscurité. Il n'y a plus que nous.

Ayden pose l'une de ses mains sur ma taille et m'attire contre son torse. L'autre s'accroche dans mes cheveux, m'arrachant un gémissement rauque. La vague de chaleur qui déferle dans mon ventre quand sa langue cherche la mienne est si forte qu'elle pourrait nous consumer tous les deux en quelques secondes. Ce n'est pas raisonnable, mais Ayden et moi ne l'avons jamais été. Et je ne peux pas le tenir à distance.

Je ne sais même plus pourquoi j'ai commis l'erreur de me priver de lui. Sans lui, mon univers ressemble à une vaste étendue froide et sans espoir. Si Ayden ne s'y trouve pas, le monde n'a pas le moindre intérêt.

Juste à côté de nous, le moteur d'une voiture vrombit. Surprise, je me fais violence pour interrompre notre baiser. À l'abri dans les bras d'Ayden, j'observe le SUV garé à côté de moi. Je comprends rapidement que cette voiture n'est pas venue pour moi quand l'étreinte autour de moi se relâche lentement. Soudain nerveux, Ayden passe une main dans ses cheveux désordonnés.

— Je dois y aller.

Un baiser appuyé sur mon front m'arrache un dernier frisson. Le froid me glace à nouveau quand il ouvre la portière côté passager et grimpe à l'intérieur du véhicule. J'ai tout juste le temps d'apercevoir Zack derrière le volant.

Évidemment.

Au moment où il démarre, mon taxi arrive enfin. Je m'engouffre dedans, à bout de forces. Ma tête tourne un peu et j'ai du mal à reprendre mes esprits. Comment peut-il mettre autant d'émotions dans un simple baiser et m'abandonner là, sans aucune explication ? Où va-t-il maintenant ?

Tara n'est pas couchée quand j'arrive enfin à l'appartement. Debout dans la cuisine, elle sirote une tasse de thé brûlante, les yeux dans le vague. Je pousse un soupir de contentement en posant mon blouson sur le dossier d'une chaise.

— Il fait bon ici. Tu ne dormais pas ?

Tara m'offre un léger sourire.

— Non.

— Ça ne va pas ? Tu as l'air bizarre.

— Si, tout va bien. Je suis juste un peu stressée. Ce mariage… c'est beaucoup de questions.

— Comment ça ?

— Rien de grave, ne t'inquiète pas. Le stress de la future mariée, j'imagine. C'est beaucoup de préparation, et je me demande si au final, on n'est pas mieux comme on est.

J'ai toujours rêvé de me marier. À mes yeux, c'est l'événement le plus romantique qui puisse exister dans une vie. Je chasse d'un battement de cils l'image d'Ayden en costume noir, m'attendant au bout d'une allée en pierre. C'est vraiment n'importe quoi.

— Chris est dingue de toi. Il ne te demanderait pas de l'épouser s'il n'était pas certain que tu es la personne avec qui il veut passer le reste de sa vie.

Tara rosit et passe ses cheveux blonds derrière ses épaules.

— C'est réciproque, tu sais. Je n'ai jamais aimé quelqu'un comme je l'aime.

Une question me brûle les lèvres. Elle est un peu gênante, mais tant pis.

— Comment tu le sais ?

Tara réfléchit un moment.

— En fait, je n'en sais rien. Je n'imagine pas ma vie sans lui. Son humour me fait toujours rire, et ses petits défauts me plaisent encore plus que ses qualités. Quand je le regarde, je suis heureuse. Ça répond à ta question ?

— Oui, mais ça ne m'éclaire pas pour autant.

— Tu as vu Ayden, je me trompe ?

J'acquiesce brièvement. Tara est tellement perspicace… Elle pose une main affectueuse sur mon bras pour me réconforter.

— Il y a des relations compliquées, Mel.

— Je ne sais pas gérer ce qui est compliqué.

— Ça demande parfois du temps, c'est vrai.

— Tu ne trouves pas ça bizarre ? Depuis que je le connais, mon humeur fait les montagnes russes. Je pars, je reviens, et quand ce n'est pas moi, c'est lui. Rien à voir avec ce que tu vis avec Chris. On n'arrête pas de se faire du mal, et pourtant, on persiste. Ce n'est pas logique.

— L'amour n'est pas censé être logique. Parfois, il fait un mal de chien, mais il reste plus fort que tout.

Je lâche un soupir résigné.

— Peut-être.

— Regarde-nous, à disserter au milieu de la nuit sur l'amour… On se croirait dans une mauvaise série télé, rigole Tara. Allez viens, allons nous coucher avant de ressembler à un énorme cliché !

— J'avoue que je n'ai rien contre quelques heures de sommeil. Si j'arrive à le trouver…

Tara passe un bras protecteur autour de mes épaules.

— Tu te sens prête pour demain ?

— Absolument pas, je grimace.

— Tu as déjà une robe. Le reste ira tout seul.

— J'espère…

— Essaie de dormir. Bonne nuit, ma puce.

— Bonne nuit… et merci. Merci pour tout.

— Merci de ?

— D'être là pour moi.

— Je serai toujours là pour toi, mon petit ours en peluche, affirme-t-elle en imitant son futur mari. Au lit, maintenant !

Une fois seule dans ma chambre, l'angoisse m'étreint de nouveau. Liam, les confidences de Chuck, mes incertitudes au sujet d'Ayden, et Zack qui se tient toujours dans l'ombre… J'ai bien peur que tout ça m'explose au visage demain. Il ne reste plus qu'à croiser les doigts pour que ça n'arrive pas.

J'aurais aimé ne jamais assister à cette conversation entre Erin et mon patron. Maintenant, quoi que je fasse, je suis mêlée à leur histoire de famille. Soit je fais exploser la situation, soit je me tais et il y aura pour toujours ce non-dit entre Ayden et moi. J'ai beau retourner la question dans tous les sens, je ne trouve pas de solution.

Je m'endors de longues heures plus tard, le cerveau saturé de pensées toutes plus négatives les unes que les autres. À mon réveil, ma poitrine se serre : c'est le grand jour. Le résultat de tout ce pour quoi j'ai bossé ces trois derniers mois.

Après une longue douche apaisante, je sors mon jean préféré, un chemisier vert d'eau en soie puis me coiffe à la va-vite. Je plie soigneusement ma robe, emporte ma trousse de maquillage, ma brosse à dents, mon fer à lisser et mes chaussures. Au cas où, je sors une robe de secours que j'aime bien et la range dans mon sac.

Il peut neiger, pleuvoir, tomber des météorites, je suis prête. Sauf dans ma tête. À chacun de mes gestes depuis mon réveil, j'ai une pensée pour Ayden. Comment va-t-il ? Et surtout, est-ce qu'il viendra ? Il est capable de tout. Y compris de planter sa propre soirée promotionnelle.

Tout le long du trajet, mes idées sombres ne me quittent pas. J'ai un mauvais pressentiment. Je suis en retard, et Erin ne se prive pas de me le rappeler en me harcelant de textos. Je presse le pas, envahie de sentiments contradictoires. Quand je passe les immenses portes vitrées, l'agitation ambiante m'électrise immédiatement. La journée la plus intense de ma vie commence maintenant.

Soixante et onze

Last stretch

Mel

La salle est méconnaissable par rapport à hier. À une dizaine de mètres au dessus de moi, le plafond est recouvert de tissu noir. De gigantesques verrières ajoutent une touche de faste. Sur les deux immenses écrans qui se font face de chaque côté de la pièce, une photo en noir et blanc de l'avant-bras tatoué d'Ayden crève l'espace. En bas à droite du cliché, quelques lettres noires me procurent une violente émotion.

« Alive ». C'est le titre qu'il a choisi pour son album. Dans ma tête, ses sourires, nos fous-rire en studio passent et repassent en boucle, comme un trailer qui n'aurait pas de fin. Je me rappelle ses mots le soir où je lui avais demandé la raison de son tatouage. « Pour me prouver que je suis en vie », m'avait-il dit. Ce titre, cette photo, c'est tellement lui. Un immense sentiment de fierté m'envahit. Il l'a fait. On l'a fait. Et je ne l'ai même pas remercié d'avoir accepté de montrer son talent au monde.

Un peu secouée, je me dirige vers les loges pour poser mes affaires. En passant devant une porte sur laquelle est accrochée une pancarte avec le nom d'Ayden, je me sens bizarre. En bonne groupie, je ne peux m'empêcher d'entrer dans la pièce avec une certaine révérence, observant le moindre détail. Je suis vraiment irrécupérable, et c'est de pire en pire.

La loge est petite mais confortable. Rien à voir avec l'espèce de vestiaire sans lumières du Rockwood. Sur une coiffeuse, une bouteille d'eau et des brownies maison ont été déposés. Une attention d'Erin, je suppose : Ayden en a dévoré des dizaines tout le long de notre travail en studio.

Je pénètre dans la pièce adjacente réservée au staff. Le sac à main d'Erin est posé au bas d'un placard dont la porte est restée ouverte. J'entrepose le mien à côté. C'est l'heure d'aller bosser.

Dans la salle, ma collègue s'est improvisé un bureau sur un coin de table juste à côté de la scène. Elle pianote sur son ordinateur, un kit main-libre à l'oreille.

— Salut, Erin.

— Ah, te voilà enfin ! Où étais-tu passée ?

— Hé, détends-toi. Tout est presque prêt, ça va bien se passer.

— Tu plaisantes, Mel ? L'ingé son nous a plantés, il nous manque un serveur, et ce fichu traiteur ne répond pas au téléphone. S'il continue, on change de boutique. Je ne le supporte plus.

— D'accord. Qu'est-ce que je peux faire ?

— Tu as des nouvelles d'Ayden ?

— Non, aucune. Pourquoi ?

— Peut-être parce que c'est ton artiste ? Mel, s'il nous plante… Il ne sait rien, hein ? rajoute-t-elle d'une voix presque inaudible. Tu ne lui as rien dit ?

— Bien sûr que non. Tu voulais le joindre ?

— Je voulais lui rappeler qu'on l'attend pour 20 heures. C'est sa soirée, il pourrait au moins s'y intéresser un minimum.

— Chuck ne s'en est pas chargé ?

— Chuck est en rendez-vous toute la journée. Je ne pense pas qu'il ait le temps de se préoccuper des états d'âme de Monsieur Je-fais-ce-que-je-veux. Moi, par contre, c'est mon boulot. Et il ne répond pas.

— Je vais essayer.

Je fais demi-tour en direction des loges pour récupérer mon portable. Évidemment, il ne décroche pas. Je tape un rapide texto pour lui demander de me rappeler, puis je retourne auprès d'Erin, dont le visage fermé fait écho au mien. Ses épaules s'affaissent quand je hoche la tête par la négative en haussant un sourcil inquiet. Je surjoue un peu la motivation, histoire de conjurer le sort.

— Quel est le programme maintenant ?

— À 20 h 30, on fait entrer la presse et les invités. Le showcase démarre à 21 heures. Ensuite, Ayden donnera sa conférence de presse. Après, on fait la fête… ou pas. Tu sais ce qui t'attend ce soir ?

En gros, parler d'Ayden à de parfaits inconnus en gardant le sourire. Être là pour satisfaire la moindre de ses exigences.

— Pas vraiment. Mais je m'adapterai.

— Je n'en doute pas une seconde.

— Donne-moi le numéro du traiteur. Va souffler un peu, tu en as besoin.

Erin me tend son téléphone avec soulagement avant de sortir prendre l'air. Tout l'après-midi, je me démène avec l'énergie du désespoir. Je ne veux plus réfléchir. Vers 19 heures, Chuck fait son apparition dans un costume gris anthracite. C'est la première fois que je le vois aussi bien habillé. Il fonce droit sur moi, le front barré d'un pli soucieux.

— Bonjour, Mélanie. Tout se passe bien ? Tu as vu Ayden ? À quelle heure arrive-t-il ?

Je rêve ou son niveau de stress dépasse celui d'Erin ?

— Bonjour, Chuck. Oui, tout va bien. On a remplacé l'ingénieur du son, les réglages sont terminés. Le traiteur vient d'arriver et les agents de sécurité sont en place. Par contre, je n'ai pas eu de nouvelles d'Ayden.

— Bien, soupire Chuck. Rassurez-moi, vous avez prévu de vous changer ?

Chuck observe mon jean et mes tennis en toile avec circonspection.

— Bien sûr.

— Alors allez-y.

Avant que je parte, il me retient par le bras, le regard lourd de sous-entendus.

— Vous n'avez rien dit, n'est-ce pas ?

La détresse brille dans les yeux de mon patron.

— Non.

Quelques minutes plus tard, je sors avec précautions ma jolie robe de mon sac avant de me déshabiller. La légèreté du tissu autour de moi me redonne un peu confiance. J'enfile mes escarpins et m'assieds devant la coiffeuse pour me rendre présentable. Un chignon flou et quelques mèches vaporeuses feront l'affaire. Pour atténuer l'effet très habillé de la robe, j'accentue mon maquillage. Je m'y reprends à trois fois, mais finalement, le résultat me plaît : mon angoisse grandissante ne transparaît pas sur mon visage.

Deux coups discrets me font sursauter. Dan passe sa tête dans l'encadrement de la porte, un sourire circonspect aux lèvres.

— Hey ! Ça va ? Erin m'a dit que tu étais là.

Soulagée de voir enfin un visage amical, je saute au cou de mon ami. Lui aussi a fait des efforts : ses cheveux blonds sont coiffés en arrière, faisant ressortir ses yeux bleus pétillants. Avant qu'il ne me serre dans ses bras, j'ai le temps d'apercevoir Cassie. L'étreinte de Dan, douce et chaleureuse, me fait immédiatement du bien.

— Waouh, Mel ! s'exclame Cassie d'une voix stridente.

Sa surprise m'arrache un rire gêné.

— Qu'est-ce qu'il y a ?

— Qu'est-ce que c'est que cette robe ? Où tu l'as trouvée ? Tu es vraiment magnifique !

— C'est le résultat du Black Friday. Vous êtes en avance.

Je ne me fais toujours pas à l'idée d'être au centre de l'attention. Vivement qu'Ayden arrive et que les gens l'observent lui plutôt que moi.

— C'est l'avantage de connaître tout le monde, me répond Dan. On fait un peu ce qu'on veut. Et heureusement, vu le monde qui attend dehors.

Mon cœur bat soudain plus vite. Il va bientôt falloir se jeter à l'eau, et toujours aucune trace du principal intéressé.

— À ce point ?

— Oui. Je ne sais pas ce que vous avez fait, mais je n'ai jamais vu autant de monde à un lancement.

— Demande ça à Erin. C'est elle qui a la liste des invités.

Dan se renfrogne.

— Est-ce qu'il est là ?

— Pas encore. Est-ce que tu as de ses nouvelles, Cassie ?

Mon amie fait la moue en remontant les bretelles d'une robe longue assortie à ses yeux, dans laquelle elle est évidemment resplendissante.

— Non, aucune. Tu ne sais pas où il est, c'est ça ?

— Non. Je suppose qu'il ne tardera pas, il est presque 20 heures.

— Erin t'attend, m'informe Dan. On y retourne ?

Soixante-douze

Here and now

Mel

L'immense salle semble figée dans le temps. Erin discute à voix basse avec Chuck. Leur discussion a l'air tendue, et l'espace d'un instant, je me demande si elle concerne encore Ayden. Dan reconnaît l'un de ses collègues et se dirige vers une des tables du buffet, où des coupes de champagne attendent d'être bues par une armada d'invités. Sa bonne humeur irradie jusqu'à moi mais n'a aucun effet sur le stress qui me paralyse. Ma gorge se serre. Cassie, restée près de moi, m'observe avec circonspection.

— On dirait que tu vas tomber dans les pommes. Tu veux manger un truc ?

— Ça ne risque pas.

— C'est ta première soirée. Décompresse, il va arriver, poursuit-elle sur un ton rassurant.

J'ai un rictus dubitatif.

— Comment tu peux le savoir ?

— En fait, je n'en sais rien, mais Chuck lui en voudra à mort s'il ne vient pas.

— Tu crois vraiment que Chuck a la moindre importance ?

— En fait… non.

Elle rit, et elle est magnifique, on dirait une fée. Une fée un peu grunge, mais une fée quand même.

— Vous ne vous parlez toujours pas ?

— Non. Pas vraiment. On s'est embrassés hier, mais je ne sais pas ce que ça veut dire.

— Ça veut dire que lui et toi, vous êtes deux abrutis insupportables. Ça pourrait être tellement simple si vous n'étiez pas aussi bornés. Dan ne serait pas obligé de se battre pour des conneries. Je ne prendrai parti ni pour lui ni pour toi, mais vous êtes épuisants.

Cassie a raison, mais elle ne sait pas tout. Elle n'a aucune idée de la façon dont Zack manipule son monde, et ne se doute pas une seconde de la bombe à retardement qu'est Chuck. Je ne sais même pas si elle est au courant pour Brittany.

— Moi aussi, je suis fatiguée de tout ça. Ayden est tellement…

— … Ayden.

Cassie et moi éclatons de rire en même temps. Mais ce moment d'accalmie ne dure pas longtemps : mon portable, que je garde serré dans ma main depuis tout à l'heure, se met à vibrer doucement. Un message de Liam.

> Je suis devant la salle.
C'est la folie dehors. Hâte de te voir !

S'il est là, c'est que le reste du monde ne va pas tarder à entrer. Je me précipite vers Erin, paniquée.

— Erin, il est presque 20 heures. Qu'est-ce que je dois faire ?

— Rien pour l'instant. Les gens vont arriver, boire un verre, discuter. Si j'ai besoin de toi, je te ferai signe. Après le show, tu assisteras à la conférence de presse. Quand elle sera terminée, certains journalistes te poseront sûrement des questions. Fais attention à ne pas trop en dire.

La compassion d'Erin m'indique que le désarroi qui m'étreint se lit sur mon visage.

— Ne t'inquiète pas, tu n'es pas toute seule. On est tous là.

— Et s'il ne vient pas ?

— J'ai tout prévu. S'il me fait cet affront, on passera les enregistrements à la place du live, et Chuck fera la conférence de presse à sa place. Quelle heure est-il ?

— 19 h 57.

— Viens. On y va. Chuck, c'est l'heure !

Mon patron lève les yeux de son téléphone. L'aisance distante qui le caractérise d'habitude a complètement disparu. Je me dirige vers ma loge au pas de course pour ranger mon téléphone, qui n'a toujours pas sonné.

Devant le miroir, je vérifie ma tenue et replace une mèche de cheveux derrière mon oreille.

C'est parti.

Chuck, Erin et moi rejoignons l'entrée d'un pas décidé, côte à côte. On dirait une scène de film, et l'image me ferait rire si mon corps n'était pas tendu comme un arc. Alors que nous nous postons tous les trois devant les grandes portes en verre, Chuck me déclare sobrement, sans même me regarder :

— Merci, Mélanie. Je te dois beaucoup. Je ne l'oublierai pas.

Erin s'interpose en battant des mains, un sourire crispé aux lèvres.

— Chuck, ce n'est pas le moment pour les grandes effusions. J'ai besoin de vous deux, ici et maintenant. Mel, souris. Tu n'as aucune raison de ne pas le faire.

Je me force à accrocher une grimace crispée à mon visage. Quand les premiers invités entrent, je n'arrive pas à réaliser ce qui se passe. Je reconnais certains d'entre eux pour les avoir déjà croisés tout au long de mon stage. Des producteurs, des musiciens, des artistes, des graphistes… mais toujours pas de trace d'Ayden. Une voix grave m'interpelle alors que j'indique du doigt à une dame un peu âgée la direction du buffet.

— Bonsoir, Mel.

Liam se tient devant moi, toujours aussi souriant. Son costume noir accentue l'impression de confiance en lui qu'il dégage.

— Hey !

Je le serre brièvement dans mes bras.

— Tu es venu finalement ?

Ses yeux bruns brillent d'un éclat plein de charme.

— Je ne raterais ça pour rien au monde. C'est impressionnant pour un novice comme moi. Mes potes ne vont pas en revenir. Ils ne me croyaient pas quand je leur ai dit où j'allais. Et eux, ils connaissent Live Nation.

Il m'observe, un sourire radieux aux lèvres.

— Tu es magnifique. Mais nerveuse.

Je panique une seconde :

— Ça se voit tant que ça ?

— Non, ne t'en fais pas. Ta voix est un peu différente de d'habitude, c'est pour ça que je dis ça.

— C'est vrai, je suis un peu tendue. Prends un verre, si tu veux, j'arrive bientôt.

— Prends ton temps. Je ne veux pas t'empêcher de faire ton boulot.

Liam s'éloigne, et le défilé des sourires et des poignées de mains reprend. Mais toujours aucune trace d'Ayden. Inquiète, je glisse à l'oreille d'Erin :

— Il a pu rentrer par l'autre côté ?

— Impossible. Personne ne peut entrer par là-bas ce soir. On n'ouvrira qu'après le showcase.

Je n'ai aucune idée de l'heure qu'il est, mais le hall d'entrée est à nouveau presque vide, et je n'ai plus de mains à serrer. Ça signifie que l'heure approche. Après l'angoisse, c'est la colère qui m'envahit. C'est donc comme ça qu'il traite notre travail ? Tout ce pour quoi on s'est battus ? Toutes ces heures magiques, enfermés tous les deux ?

— Erin, je te jure que s'il ne vient pas, je ne veux plus jamais le voir.

— On sera deux dans ce cas, murmure-t-elle entre ses dents. Mais s'il te plaît, prends sur toi. Viens, on va se mêler un peu aux gens. Continue de sourire surtout.

Tant bien que mal, je remets mon masque. Je m'approche d'une des tables et attrape une coupe de champagne que j'avale à petites gorgées. Liam me fait signe de loin, mais il faut que je rappelle Ayden. Alors que je cherche Dan du regard pour lui confier Liam, je tombe nez à nez avec mon oncle et Tara, sur leur trente-et-un et légèrement essouflés.

— Désolé, mon petit bonzaï. On a eu du mal à se garer. On n'a rien raté, j'espère ?

— Non, non, ne t'inquiète pas. La soirée n'a pas commencé. Vous êtes très beaux.

— Il fallait bien qu'on te fasse honneur, répond mon oncle d'une voix joyeuse. Toi aussi, tu es magnifique. Tu ressembles vraiment à une petite cerise, dans cette robe. Je suis très fier de toi.

Un peu en retrait, Tara se mord les joues pour ne pas rire et pose une main sur le bras de son futur mari.

— Chris, je ne crois pas que ce soit le moment d'affubler Mel de tels surnoms.

— Oui, oui, pardon, s'excuse-t-il. Je suis un peu stressé pour toi. Et cet Ayden, où est-il ? On peut le saluer ?

La tension qui se lit sur mon visage n'échappe pas à Tara, qui prend vite le contrôle de la situation.

— Regarde, chéri, c'est Liam ! Tu devrais lui tenir compagnie cinq minutes, je voudrais que Mel m'accompagne aux toilettes.

— Ah oui, c'est vrai. Je ne savais pas qu'il venait. C'est bien, on se sent en famille ici, fanfaronne Chris.

Je vois bien qu'il est fier d'être là. Pour lui qui aime tant la musique, cette soirée doit être un régal. Je le regarde s'éloigner, attendrie. Inquiète, Tara pose une main sur mon bras pour attirer mon attention :

— Qu'est-ce qui se passe, Mel ?

— Ayden n'est pas encore là.

— Comment ça se fait ? Il lui est arrivé quelque chose ?

— Je ne sais pas. On n'a aucune nouvelle.

— Qu'est-ce que tu vas faire ?

— Je vais essayer de le rappeler. Je ne savais pas quoi faire de Liam. Je ne voulais pas le laisser seul. Vous me sauvez la mise…

— Ne t'occupe pas de nous pour le moment. Va l'appeler, dépêche-toi.

En me dirigeant vers les coulisses, je croise Erin, occupée à faire des ronds de jambes à l'un des plus gros mécènes de New York. Avec le plus de discrétion possible, je lui fais signe que je m'apprête à appeler Ayden. Elle hoche imperceptiblement la tête sans quitter des yeux son interlocuteur.

Dans le couloir, seul le bruit de mes talons perturbe le silence. La porte de la loge d'Ayden est toujours fermée. Je l'ouvre brusquement, et la surprise me fige. Il se tient devant moi, torse nu. Juste à côté, Zack se recoiffe devant le miroir. Exactement en même temps, ils se tournent vers moi. Les prunelles de Zack se chargent de mépris, tandis que celles d'Ayden me brûlent.

Je ne peux m'empêcher de fixer le côté droit de son abdomen, sur lequel un nouveau tatouage a fait son apparition. Une rose des vents magnifiquement dessinée est accompagnée de deux oiseaux en train de voler. Incapable de détacher mes yeux de l'encre qui joue avec sa peau, je remarque le nombre onze, gravé en chiffres romains juste en bas. Quand il ouvre la bouche, je déglutis avec difficulté.

— Tu me cherchais ?

Je crois que le fait d'avoir été privée de lui pendant si longtemps me perturbe un peu trop. Impossible de le regarder dans les yeux. En moi, tout un tas de sensations étranges se mélangent. La colère, la souffrance, le désir… un cocktail explosif qui ne demande qu'à s'exprimer.

Je pourrais presque sentir les yeux d'Ayden parcourir mon corps. Cette tension me rend dingue.

— Ça t'aurait tué de me rappeler ? On te cherche partout, je parviens à articuler d'une voix dure.

— J'ai laissé mon portable chez moi.

Son air de défi me hérisse le poil. Je n'ose même pas tourner la tête vers Zack ; je ne voudrais pas commettre un meurtre.

— Tu fais chier, Ayden. Tu es en retard, tout le monde s'affole. Par où tu es rentré ?

Le soulagement s'entend dans ma voix. Je ne devrais pas le montrer, mais je suis heureuse de le voir enfin. Un sourire apparaît au coin de ses lèvres quand il me rétorque malicieusement :

— Par la porte, comme tout le monde. On a dû se croiser, c'est tout.

— On a essayé de te joindre toute la journée.
— J'étais occupé, Mel.
Parce que moi, je n'étais pas occupée à m'inquiéter pour lui, peut-être ? Et depuis quand est-ce que « être occupé » empêche d'envoyer un texto ?
— D'accord. Sur scène dans cinq minutes.
— Je sais ce que j'ai à faire.
Son insolence devrait me faire bondir mais un rictus incontrôlable se dessine sur mes lèvres. Je crois que je suis au bord de la crise de nerfs.
— Je te vois pour la conférence de presse dans ce cas.
J'aimerais lui dire à quel point je suis fière de lui, à quel point il me manque, mais la situation me retient. La présence de Zack aussi, il faut bien l'avouer. Je me retourne vers de la porte, la gorge nouée. Une main chaude et nerveuse que je connais par cœur attrape la mienne. Ayden s'attarde sur ma bouche avant de planter son regard dans le mien. Comme chaque fois qu'il me fixe comme ça, le sol se dérobe sous moi.
— Mec, attends-moi dehors.
Zack hausse un sourcil dédaigneux et hoche la tête avant de passer devant moi.
Mel : 1, Zack : 0.
Ayden se rapproche doucement, me forçant à reculer contre la porte de sa loge qui se referme sous la pression de mon corps.
— Ayden. Sur scène dans trois minutes.
— Rien à foutre.
Sa voix, assombrie par le désir et la colère, m'arrache un frisson de plaisir. Je sais exactement ce qui va se produire, et pourtant, malgré tout, je ne ferai rien pour

arrêter ça. Les pupilles dilatées, Ayden se penche vers mon visage, si près que son souffle se perd contre ma peau.

— Ayden…

— T'aurais jamais dû porter cette robe.

Il effleure à peine mes lèvres, comme s'il se retenait de m'embrasser. Un gémissement m'échappe. Alors seulement il s'écrase contre moi, emprisonnant au passage mes poignets pour les relever au-dessus de ma tête.

Le souffle court, il pose une de ses mains sur sur ma hanche et remonte doucement vers mes seins. Sa peau est brûlante, et je gémis de nouveau quand il bascule ma tête en arrière. Libérant mon cou, il y dépose une ligne de baisers mouillés. Quand il mordille doucement l'endroit si sensible juste sous ma clavicule, de violentes palpitations descendent jusqu'au bas de mon ventre. Un éclair de lucidité me traverse.

— Ayden…

Je dégage une de mes mains et la pose sur son torse alors que ses lèvres reprennent leur exploration.

— Ayden, arrête. On n'a pas le temps.

Il s'écarte doucement sans me quitter des yeux. Ses lèvres sont un peu gonflées. À travers son slim noir, son érection bien visible me fait rougir ; je baisse les yeux.

— T'es sûre ?

Imperceptiblement, l'atmosphère a changé. Le désir a laissé place à un sentiment plus doux, plus diffus. Son regard se ferme et me fuit. Il respire bruyamment, comme s'il cherchait un peu d'oygène. Je crois que je sais ce qui se passe.

— Viens là.

En m'approchant, je pose une main sur sa nuque. L'autre ne peut s'empêcher de suivre les contours de son nouveau tatouage, là où sa peau est si douce. Ayden frissonne, me serre dans ses bras et enfouit sa tête dans mon cou.

— Tout va bien se passer, je murmure en caressant son dos.

C'est la seule chose qu'il a besoin d'entendre. Quand il s'éloigne de moi et attrape un tee-shirt blanc, la concentration a remplacé la folie qui nous animait quelques minutes plus tôt.

— Je vais y aller. Si tu me cherches, je ne serai pas loin.

Un peu essoufflée, je sors dans le couloir d'un pas rapide. La salle attend. Au plafond, des centaines de petites lumières simulant des étoiles accrochent mes yeux qui s'adaptent doucement à la pénombre. Je distingue à peine les invités, mais la vue sur la scène est parfaite. C'est vraiment du super boulot. Quand ils m'aperçoivent, Erin et Chuck se précipitent sur moi.

— On ne l'a pas trouvé. Dis-moi que tu l'as vu, me supplie Erin.

— Oui, il est là, je soupire. On ne l'a juste pas vu entrer.

Chuck se dirige vers la scène pour faire son discours, l'air subitement soulagé. Ayden, le visage fermé, fixe le vide. Il crispe la mâchoire quand Chuck lui tape sur l'épaule avant de grimper les quelques marches qui mènent à la scène. Zack se tient juste derrière lui, ainsi que le bassiste et la batteuse au pull que j'ai aperçus hier soir.

Juste avant que Chuck prenne la parole, je préviens discrètement Erin :

— Je vais rejoindre ma famille.

Chris et Tara se tiennent sur un côté de la scène, en première ligne. Liam est avec eux. Il observe mon patron avec attention.

— Ça va ? Tout se passe comme tu veux ? me glisse-t-il à voix basse.

— Ça va. De toute façon, il n'y a plus rien que je puisse faire.

Tara m'attrape l'épaule et la serre en observant Ayden, toujours en bas des marches.

— Tout va bien, maintenant ?

Chuck ne me laisse pas le temps de lui répondre. Toute trace de tension a disparu de son visage quand il s'adresse aux deux cents personnes pendues à ses lèvres.

— Bonsoir. Avant toute chose, je vous remercie tous d'être venus. Cette soirée est un peu spéciale pour moi, bon nombre d'entre vous le savent.

Un petit rire contenu s'échappe de sa gorge.

— Il y a deux ans, un soir un peu triste, j'ai rencontré l'artiste pour qui vous vous êtes déplacés ce soir. Malheureusement, je n'ai pas réussi à le convaincre de partager son talent. S'il est là ce soir, c'est grâce à une personne un peu spéciale. Mélanie, si tu es toujours là, merci. Merci pour ton investissement et d'avoir convaincu la personne exceptionnellement douée qui va se présenter à vous ce soir de réaliser cet album. Mesdames et messieurs, Ayden Harrington, termine Chuck en tendant la main vers l'arrière de la scène.

L'émotion me submerge. On l'a fait. Tous les deux. Entre les disputes, les larmes et les tensions, mais on l'a fait. Chris me regarde avec une admiration que je n'ai jamais vue dans ses yeux. Peut-être qu'il va enfin cesser de me considérer comme son bébé ? On peut toujours rêver…

En proie à un doute immense, je porte mes mains jointes devant mon visage. L'avenir musical d'Ayden dépend de la réaction des journalistes présents dans la salle, et même si j'ai une confiance absolue en son talent, je ne parviens pas à chasser la boule d'angoisse qui loge dans mon ventre depuis des jours.

Quand il monte sur scène, je ne peux plus détacher mon regard de lui. Son visage fermé se détend comme par magie. Il sourit, radieux. Un sourire magnifique. Pur. Heureux. Il règle une dernière fois le micro à sa hauteur, puis passe la sangle de sa guitare sur son épaule.

— Bonsoir, tout le monde. Merci d'être là. J'espère que vous aimerez ce que vous allez entendre autant que j'ai aimé écrire et enregistrer ces morceaux.

Il mord doucement sa lèvre et passe une main nerveuse sur sa nuque. Une seconde plus tard, il fait signe aux musiciens derrière lui. Quand les premières notes explosent dans la salle, je n'ai plus peur de rien. Je sais que c'est gagné. Son regard bleu balaie l'assistance, cherchant à capter une attention dont il n'a pas besoin. Sa voix s'élève dans l'espace, et comme au Rockwood, la salle est pendue à ses lèvres. Pourtant, il ne s'agit pas du même public : les gens qui se trouvent là ce soir ont l'habitude de ce genre d'événements et l'oreille bien plus affûtée. Mais le tonnerre d'applaudissements et de cris qui retentissent à la fin du premier morceau sont aussi enthousiastes. Incapable de me contenir, j'applaudis moi aussi à tout rompre. Euphorique, je saute au cou de Liam, qui me prend dans ses bras en riant. C'est mignon de le voir aussi heureux. Je ne comprends mon erreur qu'au début du deuxième morceau, quand je reporte de nouveau mon attention sur scène. Les sourcils froncés, Ayden me fixe sans ciller. L'espace d'un instant, j'ai peur de la manière dont cette soirée va se terminer.

Soixante-treize

Play the game

Mel

Ayden s'est replié sur lui-même, perdu dans un univers auquel lui seul a accès. J'observe ses traits se durcir au fur et à mesure que l'intro avance. La tension qui l'habite se ressent jusque dans sa voix. Ses yeux glacés par la lumière des projecteurs se posent alternativement sur Liam puis sur moi. Mon voisin et invité, qui n'y comprend sûrement rien, me jette des regards interrogateurs. C'est un miracle s'il n'a pas encore compris ce qui se passe.

Quand arrive le dernier morceau, mon cœur accélère un peu. C'est celui que je préfère entre tous, celui qui m'a fait tomber amoureuse du talent d'Ayden. Celui qui décrit à quel point sa solitude est immense et ses blessures encore à vif.

J'ai tellement hâte de connaître la réaction des gens. J'aimerais garder pour moi ce que je ressens quand j'écoute cette chanson, mais en même temps, je voudrais voir des larmes couler dans les yeux de chaque personne présente. Je voudrais qu'Ayden sache à quel point sa musique est universellement touchante. Qu'il prenne la mesure de son talent à travers les regards rivés sur lui.

Sans laisser transparaître aucune émotion, il fixe un point lointain derrière le public en face de lui, mais je sais qu'il pense à moi. Il ne peut pas faire autrement. Ce morceau nous lie désespérément, et au-delà de sa colère, je décèle la pointe de douleur dans sa voix. Il peut essayer de m'ignorer, il ne peut pas me cacher ça. Je le connais bien maintenant. Il est chaotique, intense, incontrôlable, mais m'est devenu presque aussi vital que l'air que je respire.

Les larmes aux yeux, je pince les lèvres. Ayden est dans son monde. À partir de maintenant, personne ne l'atteindra, pas même moi. Un frisson me parcourt quand le bout de ses doigts frôle le pied du micro devant lui. Quand il rejette la tête en arrière, les yeux clos, je retiens mon souffle un peu plus longtemps que la normale. Il est vraiment incroyable.

À la fin du showcase, Ayden lève un bras, poing serré. Quand il redresse la tête, un sourire sincère barre son visage, éclairant chacun des invités. C'est une victoire indiscutable.

Une ombre passe dans son regard au moment où il fixe Liam à nouveau, et une légère inquiétude m'effleure. Sans me laisser le temps d'atterir, une Erin survoltée m'entraîne jusqu'à la mezzanine où est prévue la conférence de presse. Quelques journalistes zélés sont déjà installés sur des chaises en bois noir. Au fond de la pièce basse de plafond, trois micros sont posés sur une longue table. Je m'approche pour repérer mon siège, juste à côté de celui d'Ayden.

Sur la table, un chevalet en plastique qui mentionne mon nom me procure un étrange malaise.

L'espace se remplit doucement, et ma tension augmente d'un cran. J'ai peur des questions de tous ces inconnus, j'ai peur aussi de mes réponses. Avec ce stress, je suis tout à fait capable de dire n'importe quoi.

Chuck entre enfin dans la pièce. Il passe devant Erin, postée contre le mur, et lui glisse quelques mots à l'oreille. La lueur de gaieté dans son regard mordoré se transforme en un rire contenu. Je ne sais pas ce qu'ils se disent, mais ça a l'air plutôt drôle.

Je m'engage à la suite de mon patron. Très rapidement, Chuck recouvre son sérieux et m'enjoins de m'asseoir. Au même moment, Ayden s'installe sur le siège à côté du mien. Il s'obstine à regarder droit devant lui avec défiance.

Chuck prend très vite la parole, en grand habitué de ce type d'événements. Il est aussi à l'aise que s'il était sur son canapé, ce qui n'est absolument pas mon cas : je m'essouffle de seconde en seconde, et j'ai du mal à me concentrer. Je me retiens vraiment de prendre mes jambes à mon cou.

— Bonsoir. Merci d'être venus. Une question chacun, comme d'habitude. Annie, vous commencez.

Une jeune femme d'une trentaine d'années, les cheveux coupés très court, se lève avec raideur. Son air timide contraste avec son bustier rose et son pantalon de cuir. Quand elle pose les yeux sur Ayden, un sourire pétillant apparaît sur son visage gracieux.

— Bonsoir, Ayden. Cet aperçu était… intense, bravo. Pouvez-vous nous dire quelles sont vos sources d'inspiration ?

Question intéressante, à laquelle j'ai hâte qu'Ayden réponde. À côté du mien, son corps se tend.

— Bonsoir. En fait, je n'ai pas d'inspiration particulière. J'écris mes textes sans y penser. Ce sont juste des histoires que j'ai besoin de raconter.

Avant de se rasseoir, la journaliste tente d'en savoir plus :

— Est-ce que ce sont vos histoires ?

Chuck intervient durement :

— Une seule question. Merci.

Ayden expire lourdement. J'ai envie de lui demander comment il se sent, mais je ne peux pas faire ça maintenant. Un homme aux cheveux grisonnants se lève pour intervenir à son tour.

— Bonsoir, Ayden. Vous débutez à peine votre carrière, mais vos morceaux et votre présence sur scène vous ouvrent le succès avec certitude. Comment gérez-vous l'idée de la célébrité ?

Ayden sourit franchement et réfléchit quelques secondes.

— Je voulais juste partager mes chansons avec les gens. Je ne recherche pas la célébrité.

La journaliste suivante se lève rapidement et se racle la gorge dans le micro.

— Pouvez-vous nous parler de votre travail en studio ? Comment s'est passé l'enregistrement ?

Ayden me lance un regard à peine perceptible.

— Bien. J'ai beaucoup travaillé avec Mélanie. On a choisi plusieurs morceaux, on en a retravaillé d'autres. J'aime beaucoup ce que sont devenus certains titres. Cet album a beaucoup de valeur à mes yeux.

Les joues en feu, j'ai l'impression que tout le monde me regarde. Très touchée par les mots d'Ayden, je lisse machinalement ma robe sur mes cuisses. Même si ce n'est que de la communication, j'espère qu'il y a une part de vérité dans ses propos. Avant de se rassoir, le journaliste lève le bras pour poser une autre question. Ayden acquiesce juste avant que Chuck intervienne.

— Etes-vous êtes en couple avec Mélanie ?

Merde. Merde, merde, merde.

Qu'est-ce que c'est que cette question ? Du coin de l'œil, j'observe le sourire d'Ayden remonter sur l'un des coins de sa bouche. Contre toute attente, il reste très calme et rétorque avec ironie :

— C'est une conférence de presse au sujet d'un album. Je dois parler de musique. Pas de ma vie privée.

Alors que des rires discrets fusent, je pousse intérieurement un de mes plus gros soupirs de soulagement. Je ne le croyais pas capable de gérer aussi bien ce genre de questions.

— J'aurais essayé, s'excuse l'homme indiscret en se rasseyant.

À ma grande surprise, Ayden se penche vers moi. Son épaule effleure la mienne, réveillant des sensations endormies depuis ma sortie de sa loge, quelques heures plus tôt.

— J'aurais dû lui raconter que j'ai failli ne pas monter sur scène à cause de toi. Il aurait adoré savoir à quel point tu me rends dingue, murmure-t-il avec sarcasme.

Des images de son torse nu contre ma poitrine s'immiscent dans mon cerveau au bord de l'implosion, et j'essaie désespérément de garder un visage impassible. Très fier de lui, Ayden reprend sa position et croise les bras sur sa poitrine. Je n'ai pas le temps de rétorquer, ni même de réfléchir aux mots qui viennent de sortir de sa bouche magnifique : la question suivante arrive. Et elle est pour moi.

— Mélanie, si je lis bien mes fiches, vous êtes stagiaire à Live Nation. Selon vous, qu'est-ce qui a motivé Ayden à vous choisir pour travailler sur cet album ?

Re-merde.

Qu'est-ce que je peux bien répondre à ça ? Du coin de l'œil, j'observe Ayden étouffer un rire. Sur ma droite, toujours appuyée contre le mur, Erin m'encourage du regard. Je bégaie la première chose qui me vient à l'esprit :

— Je… Je pense qu'Ayden apprécie ma vision de la musique, et de la sienne tout particulièrement. J'ai toujours été très touchée par ses textes. Il est exceptionnel. Je veux dire… il est très doué.

C'est officiel, je déteste les journalistes. Je déteste être obligée de parler de ce que je ressens pour la musique d'Ayden devant tout le monde, devant lui. Tous les participants à la conférence ont les yeux braqués sur moi. Ayden se penche à nouveau vers moi et souffle entre ses dents :

— Merci.

Je tente de reprendre mes esprits. Tout au fond de la pièce, une femme se lève. Avec la luminosité, je ne distingue pas bien ses traits.

— Ce que vous êtes en train de nous dire, c'est qu'il suffit d'être une groupie pour pouvoir travailler avec Ayden ?

Pour qui elle se prend ? Je cherche une réplique bien sentie, mais Ayden me coupe l'herbe sous le pied.

— Ce que Mélanie est en train de vous dire, c'est qu'elle a l'intelligence de rendre les gens meilleurs dans ce qu'ils font. Mais vu votre question, je ne suis pas sûr que vous voyiez ce dont je veux parler. Autre chose ?

Sa voix tranchante contraste avec son attitude décontractée. Il sourit nonchalemment à la journaliste immobile.

— Non, je… Désolée. Merci.

Décomposée, elle se rassoit précipitamment. Chuck se tourne légèrement vers Ayden en fronçant les sourcils. Sa désapprobation m'agace. Dans un geste irréfléchi, j'adresse un regard de reconnaissance à Ayden, et pose une main timide sur le côté de son dos.

Puis je réalise ce que je viens de faire sous le regard d'une cinquantaine de personnes qui ont la carrière d'Ayden entre leurs mains. L'air plutôt surpris par mon attitude, Ayden me lance un de ses sourires « je suis une bombe et j'assume » qui me laisse étourdie.

— Chuck, pouvez-vous nous dire ce qui est prévu pour cet album ?

— Beaucoup de choses. Une tournée promotionnelle suivra la sortie de l'album, programmée pour début janvier.

Nous avons prévu une série de concerts à travers le pays à compter du mois de mai.

— C'est beaucoup pour un premier album.

— Je ne me fais aucun souci, cet album décollera très vite.

Un autre journaliste rebondit sur la réponse entousiaste de mon patron.

— Ayden, êtes-vous prêt à vous confronter aux critiques ? Comment envisagez vous l'avenir ?

— Pour l'instant, je ne me pose pas de questions. Je ne suis pas du genre à faire des projets.

Sincères ou non, ses mots me font mal. Je ne peux pas m'empêcher de penser qu'il n'a jamais envisagé le moindre futur avec moi. Quand la même question m'est adressée quelques minutes plus tard, ma voix reste sobre et posée.

— Mon travail est d'accompagner Ayden dans sa carrière. De lui rendre la vie plus facile. Pour l'instant, je n'envisage rien d'autre.

— Mais vous espérez quand même que cet album marchera ?

C'est moi ou c'est la question la plus idiote à laquelle il m'ait été donné de répondre ?

— Bien sûr. Je crois très fort en cet album. C'est l'un des meilleurs que j'ai entendus. Et j'en ai écouté un certain nombre.

Chuck regarde sa montre et reprend la parole :

— Bien. Une dernière question, et nous pourrons tous nous détendre un peu.

Un homme en costume bondit comme un ressort de sa chaise.

— Ayden, quel est votre morceau préféré et pourquoi ?

Je pense que je connais la réponse à cette question, mais je ne suis pas certaine d'avoir envie de l'entendre.

— Ils ont tous de l'importance. Mais je dirais *Endless Shadows*. C'est grâce à ce titre que j'ai compris le pouvoir de la musique.

Je suis la seule à pouvoir comprendre qu'Ayden fait référence à notre première rencontre dans le studio, mais j'ai l'impression que tout le monde sait de quoi il parle. Entendre sa confession rend les choses encore plus réelles qu'elles ne le sont déjà.

Cette fois, c'est vraiment le début d'une autre partie de sa vie. Quoi qu'il fasse, tout va changer. Je ne sais toujours pas comment envisager les choses, mais je serai là pour lui. Tout ce que j'espère, c'est que cet album ne le détruira pas un peu plus. Chuck pense le contraire, mais il ne le connaît pas comme moi. Il ne connaît pas ses faiblesses, il ne sait pas dans quels états je l'ai déjà trouvé.

— Merci à tous, lance mon patron d'une voix enjouée. Maintenant, je vous invite à profiter de cette soirée avec nous.

Il se lève avec l'énergie qui ne le quitte jamais, et Ayden et moi l'imitons. La star de la soirée m'observe avec insistance, mais je n'arrive pas à soutenir son regard. Je passe devant lui et rejoins Erin qui nous attend de pied ferme, Chuck déjà à ses côtés.

— Je ne m'attendais pas à autant de self-control de ta part, Ayden. Tu as pris des calmants avant de venir ?

— Possible. D'ailleurs, j'en ai gardé une boîte pour toi, réplique Ayden posément.

— Tu as bien géré les questions, enchaîne Chuck. Sauf une…

— Arrête. J'aurais pu faire pire et tu le sais très bien, siffle-t-il, beaucoup moins calme tout à coup.

— Tu étais très bien, Mel, poursuit ma collègue pour détourner l'attention des deux hommes. Il va juste falloir qu'on travaille ta confiance en toi. Tu ne dois jamais montrer la moindre faille, ou ces gens-là vont te manger toute crue.

— J'ai fait de mon mieux.

Je suis sincèrement soulagée que ce moment soit terminé. Cette soirée a été une telle source d'angoisse que je n'aspire plus qu'à une chose : profiter de mes amis et de ma famille. La pression redescendue, je me sens complètement vidée.

— Mel, on a encore du travail, me lance Erin en pointant un doigt énergique sur moi, ce n'est pas encore l'heure de s'amuser. Discute avec le plus de gens possible. Essaie de savoir comment la prestation d'Ayden a été perçue. Je veux le maximum d'infos. À partir de maintenant, nous devons anticiper la moindre de leurs réactions, poursuit-elle en désignant du menton les médias qui quittent un à un la petite salle de conférence.

Beaucoup nous observent avec intérêt. Enfin, pour être précise, ils dévisagent Ayden. Certains avec curiosité, d'autres avec admiration. C'est une sensation étrange, et je me sens soudain oppressée.

— C'est comme si c'était fait. Je vais juste aller voir ma famille avant. J'ai vraiment besoin d'un café.

Pour certains, c'est l'heure du champagne. Mais si je n'avale pas une bonne dose de caféine dans les minutes qui suivent, je ne suis pas certaine de pouvoir faire fonctionner mes neurones encore bien longtemps. Et puis je ne me sens jamais très à l'aise quand Chuck est dans les parages, encore moins depuis que je sais qu'Ayden et lui font partie de la même famille.

Incapable d'avoir une pensée cohérente, j'abandonne là le trio qui m'accompagne pour retrouver un peu de sérénité auprès des miens. Ayden me suit du regard, mais je ne suis pas en état de me confronter à lui pour l'instant.

Sans que je comprenne vraiment pourquoi, la mélancolie et la tristesse s'emparent soudain de moi. Je suis peut-être trop fatiguée pour profiter pleinement des réussites de ce soir. Ce dont j'ai vraiment envie, c'est m'allonger sur ses draps bleus avec lui. Lui dire à quel point il me manque.

En haut de l'escalier, j'observe la salle en contrebas. Maintenant plongée dans l'obscurité, elle ressemble à une discothèque de luxe géante. Sur la scène, des platines ont remplacé les instruments. Les serveurs déambulent entre les invités, des plateaux entiers de coupes de champagne dans les mains. Certains dansent, sûrement déjà un peu désinhibés par l'alcool.

De mon perchoir, je repère Chris et Tara dans un coin de la pièce, en grande discussion avec un couple d'inconnus. Peut-être des connaissances de Chris. Liam est toujours avec eux et semble parfaitement à l'aise. J'espère qu'il passe une bonne soirée et qu'il n'en a pas marre de m'attendre.

Dan et Cassie discutent avec des musiciens que j'ai déjà croisés. En les observant de plus près, je réalise que Zack se trouve parmi eux, accompagné d'une brune qui se dandine discrètement.

Chloe.

Il ne manquait plus qu'elle… Heureusement, la soirée touche à sa fin. Si je ne m'approche pas trop près de ces deux-là, on peut peut-être éviter le fiasco. Un long soupir s'échappe de mes lèvres, et je descends lentement les escaliers. En bas, les vibrations de la musique me donnent un regain d'énergie, et je retrouve mon sourire en même temps que ma famille.

Au lieu de m'apitoyer sur mon sort, je ferais mieux de laisser de coté mes questions à propos d'Ayden et de profiter de cette soirée exceptionnelle. Il faut vraiment que j'arrête de me torturer. J'ai vingt ans, toute la vie devant moi, et même si ces derniers temps, je prends beaucoup de claques, c'est l'occasion de les oublier.

Chris accueille ma venue avec un sourire fier et me serre fort entre ses bras sous le regard attendri de Liam et Tara. C'est apaisant, rassurant et tellement familier.

— Mon petit chat, je suis tellement fier de toi. Regarde-toi, tu es magnifique. Comment ça s'est passé, là haut ? Personne ne t'a embêtée ?

Je me détache des bras de mon oncle, un peu émue.

— Je suis bien entourée, tu sais. Mais ce n'est pas la partie du job que je préfère, je le reconnais.

— Tu veux boire un verre ? me demande Liam avec sollicitude.

J'observe un instant son sourire agréable et la lueur de gaieté dans ses yeux.

— Je vais attendre un peu pour l'alcool, je souris. Mais j'ai vraiment besoin d'un café.

— Je vais te chercher ça, ne bouge pas.

Liam parti, mes proches s'extasient sur la prestation d'Ayden.

— Je savais que ce garçon avait un truc, Mel, mais à ce point là… C'est incroyable. J'ai été transportée, s'enthousiasme Tara.

— Oui. C'est l'effet qu'il fait en général…

— Hé, on se calme, s'insurge gentiment Chris en replaçant une mèche de cheveux derrière les oreilles de sa future femme. C'est moi, ton futur mari, plaisante-t-il. Au fait, est-ce que Chuck est dans le coin ? J'aimerais lui dire bonjour, ça fait longtemps que je ne l'ai pas croisé.

Je balaie la salle du regard à la recherche de mon boss ou au moins d'Erin, mais j'ai perdu leur trace. Ils sont peut-être encore sur la mezzanine ? Avec cette obscurité, je n'y vois pas grand-chose.

— Je ne le vois pas, mais peut-être que…

Je m'interrompts soudain, stoppée dans mon élan par une image difficilement supportable. Ayden a rejoint Zack et discute tranquillement avec lui et deux autres musiciens, l'une des mains de Chloe posée sur son épaule. Elle rit, la gorge offerte, accrochée à lui comme une moule à son rocher.

Je prends sur moi pour ne pas montrer mon désarroi à Chris, mais Tara, avec sa perspicacité habituelle, a suivi mon regard.

— … tu pourras le voir tout à l'heure. La soirée commence tout juste.

Je me force à sourire à mon oncle.

Putain, on en est toujours là ? Pourquoi il la laisse faire, encore et toujours ? Je suis furieuse. Pourquoi il ne comprend rien ?

Comme s'il avait senti ma colère, le regard d'Ayden se pose sur moi. Je détourne immédiatement le mien sur Liam, qui revient avec ma boisson. Je souris exagérément, en posant une main sur son épaule quand il me tend mon café.

Tara me regarde un peu de travers, mais je m'en fiche. Je déteste Ayden, je ne veux plus jamais le voir. Je prends une décision quasi vitale en cet instant si je ne veux pas hurler.

— J'ai besoin de prendre l'air. Tu viens ?

— Tu vas geler dans cette tenue, remarque Liam, surpris par ma soudaine lubie. Tu ne préfères pas danser ?

Tara applaudit :

— Oh oui ! Ça te fera du bien de t'amuser un peu.

Hésitante, j'observe les quelques personnes déchaînées devant moi. Je me force à ne plus jeter le moindre regard en direction d'Ayden. Ce qu'il est en train de faire ne mérite pas mon attention. Le morceau de David Guetta qui débute achève de me convaincre.

— D'accord. Allons-y.

Mon café terminé, Tara nous prend, Chris et moi, par la main, en direction de la piste. Liam nous emboîte le pas. Je croise les yeux d'Erin, toujours en pleine séance de relations publiques, qui me lance un clin d'œil discret.

Après de timides premiers pas, j'ai l'impression de respirer de nouveau. La légèreté du morceau me gagne, et un sentiment d'euphorie s'empare de moi. Tara et moi partons vite dans des fous-rires inconsidérés sous les yeux de nos deux cavaliers.

Liam est un bon danseur, sans parler du fait qu'il semble vraiment m'apprécier. Il ne me quitte que rarement des yeux, et son regard me fait du bien. Ça me change des gens qui ne savent pas ce qu'ils veulent. Autour de moi, la piste se remplit petit à petit. Chris se lâche de plus en plus, et moi aussi. J'ai bu deux coupes de champagne pour étancher ma soif, et les bulles me montent progressivement à la tête. Je ne pense plus à rien. Je suis ravie de constater que Dan et Cassie finissent par nous rejoindre. Le volume de la musique nous empêche tous d'échanger le moindre mot, mais c'est très bien comme ça.

Dan et Cassie, très complices comme d'habitude, semblent se rapprocher doucement. Les bras repliés derrière la tête, mon amie se déhanche lentement, et j'ai l'impression que les yeux de Dan vont sortir de leurs orbites. Chris et Tara ne sont pas en reste et s'embrassent dès qu'ils en ont l'occasion.

L'état d'esprit de mes amis est très différent du mien : si eux semblent extérioriser leur bonheur et leur amour, je ne cherche qu'à trouver refuge dans les basses violentes qui vibrent jusque dans ma cage thoracique. L'adrénaline et le champagne m'aident beaucoup, si bien que je ne réagis même pas quand Liam pose une main sur ma taille.

Je lève les yeux et accroche mon regard au sien. J'aime bien danser avec lui, il bouge bien. Et même quand sa main se pose sur mes reins pour nous rapprocher, je ne fuis pas. Je continue de me caler sur son rythme, à quelques centimètres à peine de lui. J'ai conscience que je me sers de lui pour me sentir mieux, mais on verra plus tard pour les explications.

À la fin du morceau, je reprends ma respiration en m'éloignant un peu de mon cavalier. La chanson suivante, un vieux remix de Ginuwine, est beaucoup plus calme. Dan et Cassie continuent de se couper du monde, tandis que Chris et Tara s'éloignent de la piste. Liam lève un sourcil interrogateur dans ma direction, comme pour me demander l'autorisation de continuer à danser avec moi.

J'acquiesce sans la moindre hésitation. En riant, je fais un tour sur moi même, bien décidée à m'amuser. J'adore cette chanson. Liam éclate de rire, puis s'arrête subitement au moment où une main se pose sur mon épaule. Je me retourne pour me retrouver nez à nez avec un Ayden furieux. Son regard magnétique, rendu presque gris par l'obscurité, lance des éclairs.

— Qu'est-ce que tu veux, Ayden ?

Je crie par dessus la musique, mais je ne sais même pas s'il m'a comprise. Il se rapproche de moi pour que je l'entende.

— Viens. On se barre.

Pour toute réponse, j'éclate d'un rire étrange, un peu fou.

— Je suis occupée, je te signale.

Ce type est dingue s'il croit que je vais le suivre sagement. Je lui ai donné trop de mauvaises habitudes. Je n'ai pas envie de céder à un autre de ses caprices, j'étais trop bien dans ma bulle. Est-ce que je vais le déranger quand Chloe s'accroche à lui, moi ?

J'esquive sa main d'un mouvement sec et me retourne vers mon partenaire de danse, qui ne semble plus trop savoir quoi faire. Avec véhémence, je prends le bras de Liam pour l'entraîner hors de la piste, et surtout hors de la vue d'Ayden.

— Viens. On va prendre l'air.

Je me dirige vers la sortie à l'arrière de la salle, furieuse. Ça, c'est Ayden. Tant que je suis proche de lui, il ne fait pas grand cas de ce que je ressens, mais dès que je m'amuse un peu, il faut qu'il m'en empêche.

Une fois dehors, je gèle, mais la colère m'aide à lutter contre le froid. Liam me propose gentiment sa veste, que j'accepte avec joie.

— Il y a un problème ?

— Aucun. Ayden a tendance à penser que je suis à sa disposition, je veux juste qu'il sache que ce n'est pas le cas.

— Tant mieux. Je commençais à penser que lui et toi, vous étiez plus que de simples relations professionnelles. La façon dont il te regarde… on dirait que tu lui appartiens, souffle Liam.

— Je n'appartiens à personne.

Ma voix est plus tranchante que ce que j'aurais souhaité. Je fixe furieusement la rivière faiblement éclairée par la lune comme si elle pouvait absorber toute la rage que je contiens avec peine.

— D'accord, d'accord, s'esclaffe-t-il en levant les deux mains. Je ne veux pas te mettre encore plus en colère. Si tu as besoin de parler, je suis là. Tu as vraiment l'air sous pression.

— C'est le cas. Tout ça est… compliqué.

Mon soupir en dit long sur mon état d'esprit.

— Je te le répète, je suis là si tu as besoin.

Il est tellement adorable. Sa sollicitude me fait un bien fou.

— Merci…

Liam passe une main glaciale sur ma joue. La sensation est bizarre, mais pas désagréable. Il pose l'autre sur ma taille, et je ferme les yeux pour ne pas penser à ce qui va suivre. Je sais qu'il va essayer de m'embrasser. Il l'a déjà fait, et je suis incapable de dire si j'en ai envie ou pas.

— Maintenant, on arrête de jouer.

Ayden se tient à quelques centimètres de moi, les traits tirés par un ressentiment évident. Dans ses yeux qui passent de la main de Liam sur ma taille à mon visage, la douleur devient visible, et ma volonté vascille.

— Casse-toi, gronde-t-il à l'attention de Liam.

— Ayden !

Mon cri de protestation n'y fait rien. Ayden s'approche dangereusement de nous.

— Est-ce que tu veux que je reste ? me demande Liam.

Je n'ai pas envie de céder à Ayden, mais si je ne le fais pas, j'ai peur des conséquences. À contrecœur, je souffle à Liam doucement :

— Il vaut mieux que tu t'en ailles. Je te rejoins dans quelques minutes.

Liam observe Ayden en fronçant les sourcils et retire sa main de ma taille avec lenteur.

— Si tu as besoin de moi, je serai avec ta famille.

J'acquiesce en silence tandis qu'il retrourne vers le grand bâtiment de verre d'où nous sortons à peine. Sa veste toujours sur le dos, je ne peux retenir plus ma colère.

— Qu'est-ce que tu veux, Ayden ?

Ce dernier reste silencieux, comme sonné.

— Tu t'es lassé de Chloe alors tu viens gâcher ma soirée ? Dis-moi ce que tu veux, bordel. Dis-le-moi, une bonne fois pour toutes. Je n'en peux plus de tous ces allers-retours. Je suis à bout.

Ayden baisse la tête un instant, puis la redresse. Il plonge ses yeux dans les miens, mais ne me répond toujours pas. À bout de nerfs, je m'approche encore un peu de lui.

— Réponds-moi, merde !

Son silence me rend dingue.

— Toi. C'est toi que je veux.

Un rire hystérique s'échappe de ma gorge. J'ai l'air d'une folle échapée de l'asile, mais au point où j'en suis, je m'en fiche complètement.

— Mais bien sûr. Tu as d'autres blagues en réserve ?

Il attrape mon poignet. Le tissu de son tee-shirt frotte ma peau nue à la naissance de ma poitrine. L'artère dans son cou qui se soulève au rythme de sa respiration m'hypnotise.

— Arrête. Arrête ça, me supplie-t-il.

Ses lèvres prennent brutalement possession des miennes. Je me dégage en hurlant.

— Ne me touche pas ! Va retrouver Chloe, elle te donnera ce que tu attends !

Mes dernières paroles semblent déclencher une tempête dans ses yeux.

— Putain, Mel, arrête de me chercher.

— Non. Non, je n'arrêterai pas tant que tu ne m'auras pas dit pourquoi tu laisses ces gens profiter de toi.

Ayden baisse à nouveau la tête, avant de me cracher au visage :

— T'étais où quand j'avais besoin de toi ? Tu sais ce que j'ai traversé sans toi ? L'enfer. Un putain d'enfer !

— Tu n'as jamais voulu de moi, Ayden. Tu l'as dit toi-même, ces trucs-là, c'est pas fait pour toi. Chaque fois que j'ai l'impression de faire partie de ta vie, il y a toujours un truc qui me rappelle que je ne suis rien pour toi.

— C'est pour ça que je te retrouve dans les bras du premier connard venu ? Parce que tu crois que ces trucs-là sont pas faits pour moi ?

Des larmes s'échappent doucement de mes yeux, et je détourne le regard, atterrée de craquer une fois de plus en face de lui.

— Ce sont tes mots, Ayden. Et Liam n'est pas un connard. C'est quelqu'un de gentil.

— Oh.

Lentement, très lentement, Ayden colle son front au mien et pose sa main sur ma taille.

— Est-ce que ce mec gentil est capable de te faire frissonner rien qu'en te regardant ?

Sa voix rauque me plonge dans une transe que je connais bien, mais je garde le silence.

— Dis-moi, Mel. Est-ce qu'il sait te rendre dingue comme je sais le faire ? Est-ce qu'il sait que si je passe ma main dans tes cheveux, tu vas gémir ?

Il joint le geste à la parole, me plongeant un peu plus loin dans le brouillard.

— Est-ce qu'il sait que tu as besoin de moi autant que j'ai besoin de toi ?

Soixante-quatorze

Ayden

Elle peut dire ce qu'elle veut, ses lèvres ne tremblent pas parce qu'elle a froid. C'est moi et seulement moi qui provoque les spasmes de son corps contre le mien. Je ne devrais pas faire ça, mais quand je l'ai vue avec ce type sur la piste, j'ai failli devenir fou. Il fallait que je l'empêche de la toucher. J'ai vu sa main sur lui, et la déchirure dans mon ventre est devenue bien trop violente pour que je puisse la supporter.

Là tout de suite, tout ce que je demande, c'est de sentir son cœur battre contre moi. Je ne sais plus ce que je fais depuis que je l'ai rencontrée. Il m'arrive de me demander pourquoi elle et pas une autre. Et puis je regarde les deux ou trois photos d'elle dans mon téléphone, et je me rappelle. La force dans ses yeux, sa petite moue boudeuse. Sur une des photos, elle relit pour la centième fois un de mes textes. Appuyée sur ses coudes, une de ses mains soutient son front. Je ne sais plus combien de fois j'ai observé ses lèvres roses, la profondeur dans son regard, ses doigts fins posés sur le papier en espérant les sentir encore sur mon corps.

Depuis que je la vois plus, j'ai la rage. Tout le temps. Elle ne m'a pas donné une chance de lui prouver à quel point elle compte pour moi, mais je la comprends. En moins de trois mois, j'ai réussi à lui faire plus de mal que ce qu'elle était capable de supporter. J'ai sûrement battu un record, et j'en suis pas vraiment fier.

J'ai traversé le pire avant elle, des trucs qu'une personne normalement constituée n'est pas censée vivre. Mais quand je l'ai perdue… j'avais jamais ressenti ça. Une douleur sombre, lancinante, acide. Atroce.

Je ne voulais plus la voir, mais plus les jours passaient, plus le manque augmentait. Le soir de Thanksgiving, je me suis retrouvé comme un con devant sa porte. J'ai écouté les rires à l'intérieur, et je me suis dit qu'elle était mieux sans moi. J'ai fait la seule chose que j'avais à faire : je suis allé chez Zack, et j'ai bu. Encore.

J'ai fait tout ce que je pouvais pour reprendre le contrôle. Je suis retourné dans le vide avec Zack, Chloe et tous les gens que je croise quand j'ai rien de mieux à foutre. Quand Chloe a essayé de baiser avec moi, ça n'a même pas marché. Je pensais qu'elle pourrait m'aider à me sortir Mel de la tête, mais quand ses lèvres se sont posées sur ma queue, je n'ai rien senti d'autre que le vide à l'intérieur. J'ai même pas pu la laisser finir. Quand je suis rentré, j'ai gerbé toute la douleur que je retenais.

Hier soir, quand j'ai vu Mel à la répétition, j'ai pété un câble. J'étais tellement en colère de la voir me regarder comme si de rien n'était. Ça m'a donné envie de hurler, de défoncer chaque centimètre carré de ces putains de verrières. J'arrive pas à comprendre pourquoi elle nous inflige ça. Pourtant, elle sait que je l'aime. Elle aurait pu me laisser une chance de lui expliquer pourquoi elle m'a trouvé dans ce bar. Je ne comprends pas pourquoi elle arrive pas à passer au-dessus.

La voir au bras de ce petit con m'a fait comme un électrochoc. Je m'étais pas rendu compte que sa simple présence ne me suffit pas. J'ai besoin qu'elle soit avec moi. Tout le temps. Il faut que je trouve le moyen de réparer tout ce bordel si je ne veux pas qu'elle tire un trait définitif sur moi. J'essaie de déceler l'amour que j'ai vu tant de fois briller dans ses yeux, mais encore une fois, ses larmes coulent.

— Tu n'as pas besoin de moi, Ayden.

— C'est faux, et tu le sais très bien. Sinon, tu ne serais pas en train de me parler.

Elle scrute mon visage, et j'ai envie de réchauffer ses joues rougies par le froid.

— Ce n'est pas moi que tu aimes, Ayden. On a déjà eu cette conversation.

— Tu ne sais pas ce qui se passe dans ma tête.

— Il suffirait que tu me le dises. Je ne demande pas plus.

— Je viens de te le dire. Sans toi, c'est l'enfer.

— Pourtant, apparemment, tu es plutôt bien entouré.

Je ne peux même pas lui en vouloir de me balancer ça. À ses yeux, Zack et Chloe sont les pires fréquentations que je puisse avoir. Heureusement qu'elle ne m'a pas connu avant New York.

— Tu portes la veste d'un mec sur les épaules, et tu oses me dire ça ?

Elle est au bord de l'explosion. J'essaie de retarder l'échéance :

— Je m'entoure des gens que je connais. Ça ne veut pas dire que ton absence ne me rend pas fou.

— Non, Ayden. Ça suffit. Qu'est-ce qui peut bien être plus important que de se laisser manipuler ? Pourquoi tu les laisses se servir de toi ?

Je déteste quand sa voix monte dans les aigus.

— Je n'ai pas envie d'en parler.

— Eh bien moi, je n'ai plus envie de parler du tout.

Cette fille est insupportable. En la regardant s'éloigner, je me rappelle soudain l'instant où l'autre enfoiré a bien failli l'embrasser, et il ne m'en faut pas plus pour que je la rattrape en trois enjambées. Mel ne se dérobe pas et m'affronte, chargée de colère, de déception et de désir. Un putain de mélange qui réussit presque à me faire oublier pourquoi je lui cours après.

— Je te laisse trois secondes.

Bornée comme elle est, je suis certain qu'elle est déjà en train de compter dans sa tête.

— Zack m'a évité des emmerdes. De grosses emmerdes.

Sa réaction me fait flipper, mais le contact doux de son bras contre ma main me pousse à continuer fébrilement.

— Quand je suis arrivé à New York, je connaissais personne. J'ai rencontré Zack grâce à Chuck, mais j'accrochais vraiment pas avec lui. Il faisait tout le temps la fête, alors que je voulais voir personne. Un soir, il m'a entraîné dans un bar.

Je m'interromps, hanté par des souvenirs dont je n'avais pas envie de me rappeler. Je n'ai jamais reparlé de cette histoire avec qui que ce soit, pas même avec Zack. Mel m'observe attentivement.

— Quand on est sortis de là, j'étais complètement défoncé. Zack tient plutôt bien l'alcool, moi non. On avait pris un raccourci, la rue était mal éclairée. Une rue de film d'horreur. Il y a eu un cri. À deux, trois mètres devant nous…

Je peux pas lui raconter ça. Merde, je peux pas. Mais dans son regard inquiet, quelque chose me pousse à continuer.

— Cette fille… La seule chose dont je me souviens, c'est l'éclat du couteau sous sa gorge. Quand il nous a vus, le mec s'est mis à courir.

Des images que je ne voulais plus jamais voir de ma vie défilent de nouveau devant mes yeux. L'éclat de lumière dans la lame en acier, Zack se précipitant sur la fille.

— Je sais pas ce qui s'est passé. Quand j'ai vu ce connard courir, je l'ai suivi. Je sentais plus mon corps, mais il fallait que je le rattrape. Avec tout ce que j'avais bu, je sais toujours pas comment j'ai fait, mais je l'ai percuté. Il est tombé, sa tête s'est éclatée contre le trottoir.

Les yeux de Mel se chargent d'angoisse.

— Il est mort ?

— Attends.

— Comment…

— Laisse-moi finir. S'il te plaît.

Je ne sais pas si c'est à cause du froid ou de ce que je lui raconte, mais Mel tremble de tout son corps.

— J'étais en colère. Après mon père, ma mère, après Brittany, après le temps qu'il faisait ce jour-là. J'avais la haine de tout. Je me suis jeté sur lui. Il était au sol, complètement inconscient, et dans mon délire, je l'imaginais en train de violer la fille de l'allée. J'ai commencé par des coups de pied. Dans son ventre, sur son visage. Même quand j'ai vu le sang gicler de son nez, ça m'a pas suffi. Plus je me défoulais sur lui et plus j'avais la rage.

L'expression horrifiée de Mel me force à fermer les yeux pour terminer ma confession. Ma voix vacille quand je me force à cracher ces mots que je n'ai jamais dit à personne.

— Je me suis agenouillé sur lui, et j'ai continué. Je crois que j'ai pété les plombs ; à un moment donné, je voyais le visage de mon père. Je suis remonté à la surface quand Zack s'est jeté sur moi. Il y avait une voiture de flics au bout de la rue.

Incapable d'affronter son regard, je fixe l'horizon noir.

— Zack m'a couvert, il a dit aux flics qu'on s'était battus et que le mec était tombé en essayant de s'enfuir.

— Et la fille, elle n'a rien dit ?

— La fille, c'était Cassie. C'est comme ça que je l'ai rencontrée.

Soixante-quinze

Naked truth

Mel

— Quoi ?

Je n'ai pas du bien comprendre. Pourtant, le regard dur et triste d'Ayden me confirme que je n'ai pas rêvé.

— C'était Cassie. La fille dans la rue, c'était elle.

Ma peau se couvre d'horribles frissons. J'ai l'impression d'assister à un très, très mauvais film. Le temps que mon cerveau assimile ces informations, je me détourne de lui.

La rivière. La rivière peut m'aider à encaisser le choc.

Perdue dans mes pensées, je sursaute presque quand la voix d'Ayden retentit dans l'obscurité.

— C'est pour ça que je supporte Zack. Tu comprends ? Il n'était pas obligé de me couvrir. Il n'a jamais rien dit.

— Tu n'as… Tu n'es jamais allé voir la police ?

— Pourquoi faire ? murmure Ayden. Qu'est-ce que ça aurait changé ?

— Je n'en sais rien. Ça aurait pu soulager ta conscience.

Ayden se retrouve à mes côtés. Sans qu'on se touche, ni même qu'on se regarde, je ressens cette connexion qui m'a si souvent perturbée.

— Maintenant, tu sais pourquoi je traîne avec Zack. Il a été là pour moi, et il l'est toujours. Pour Cassie aussi.

— Est-ce que c'est à cause de ça que vous êtes proches, tous les deux ?

— En partie. Le soir où c'est arrivé, elle était en état de choc. Tu l'aurais vue… prostrée. Elle était prostrée. Le temps que les flics emportent le corps, je l'ai bercée comme un bébé. Elle pleurait, elle marmonnait des trucs incompréhensibles. J'ai voulu… j'ai voulu dire la vérité aux flics, poursuit-il d'une voix presque inaudible. Je me sentais… Putain, je me sentais tellement sale. Cassie… elle l'a senti. Elle m'a juste dit que je méritais pas de finir entre quatre murs à cause d'elle. Elle pleurait, elle déconnait complètement, elle me disait qu'elle supporterait pas que je bousille ma vie.

Je reste silencieuse. Imaginer Cassie dans cet état est au-dessus de mes forces.

— Après ça, on est allés au poste, on nous a interrogés pendant des heures. Quand on est sortis de là, on est allés voir Cassie à l'hôpital. Elle nous a suppliés de l'emmener avec elle. Elle est restée plus de quinze jours chez nous. Elle arrivait pas à remettre les pieds chez elle.

— Elle n'avait pas de famille pour l'aider ?

— Pas que je sache. Et de toute façon, elle ne me quittait pas d'une semelle. Elle était… Je sais pas. Elle n'acceptait aucune présence à part la mienne et celle de Zack. On est resté collés. Je ne dormais pas, elle non plus. Je sais pas comment on s'en est sortis.

J'ai toujours ressenti qu'il y avait quelque chose de spécial entre Ayden et Cassie. Je comprends beaucoup mieux, maintenant. L'un comme l'autre, ils ont traversé cette horrible nuit, chacun à leur manière. Pas étonnant que Cassie ait recherché la protection d'Ayden pendant tout ce temps. Pas étonnant qu'il veille sur elle, même à distance.

— Et pour toi ?

— Quoi, moi ?

— Comment ça s'est passé pour toi ?

— J'en ai plus jamais reparlé. J'ai écrit. Je vais bien.

— Je ne te crois pas.

— Qu'est-ce que tu crois ? Que je n'aurais pas préféré qu'il reste en vie ? Je vis avec ça tous les jours, putain. C'est moi qui vis avec, Mel, moi et personne d'autre. S'il te plaît, ne me donne pas de leçons. Tu ne sais pas de quoi tu parles.

Je m'apprête à lui renvoyer une réplique bien sentie quand je me rends compte qu'il a raison. Un homme est mort parce qu'Ayden n'a pas supporté de le voir faire du mal à quelqu'un. Un homme est mort parce qu'il était trop saoul et en colère pour se contrôler. Je ne peux ni l'accabler ni lui chercher des excuses. Simplement commencer par essayer de savoir si moi, je suis capable de vivre avec ça sur la conscience.

— Je sais que c'est la merde. Crois-moi, je le sais. Je vais mieux depuis que t'es là, mais tu sais pas ce que ça fait. Cassie était… Je voyais ses larmes. Le couteau, son collant déchiré. Le regard de ce pervers. Je mérite peut-être de payer, mais ce mec ne méritait pas de vivre.

Sa haine s'entend dans sa voix.

— Je suis désolée de t'avoir forcé à en parler.

— Est-ce que je te dégoûte ?

Sa question me prend de court. Je plonge dans l'orage de ses yeux clairs, cherchant la confirmation d'une réponse que je connais déjà.

— Je ne sais pas ce que ça change, je murmure. Il faudra que j'y réfléchisse. Mais non, tu ne me dégoûtes pas.

Plus j'en découvre sur lui, et plus je me demande comment il tient debout. Et même si je déteste Zack pour ce qu'il m'a fait et pour l'influence merdique qu'il a sur Ayden, je ne peux pas m'empêcher d'éprouver une certaine et minuscule forme de reconnaissance pour lui. Il aurait pu balancer Ayden et s'en débarrasser.

Zack et Ayden se sont rencontrés grâce à Chuck. Est-ce que mon patron connaît cette histoire là aussi ? Et tant qu'on est dans les confessions, est-ce que je ne devrais pas tout dire à Ayden à propos de la vraie nature de leur lien ? Il a été honnête avec moi, et je me demande si je ne devrais pas en faire autant. Mais qu'est-ce que ça m'apporterait ? Et surtout, qu'est-ce que ça lui apporterait, à lui ? Sa vie est un champ de mines. Je ne veux pas risquer de tout faire exploser.

Un début de migraine me fait poser une main sur mon front. Je m'attendais à tout ce soir, sauf à remettre en question les certitudes que j'avais sur Ayden. Ça n'excuse pas son attitude, mais je comprends beaucoup mieux certaines de ses réactions. La distance qu'il est capable de mettre entre lui et le reste du monde, son détachement parfois exaspérant me paraissent soudain logiques.

Une fois encore, je me suis plantée sur toute la ligne. J'ai mis son arrogance sur le compte de son talent. J'ai pris pour du manque de respect pour moi ce qui n'était que de la reconnaissance envers Zack. Moi et mes préjugés idiots, on a eu tout faux. Et je ne sais plus quoi dire, mais mes larmes parlent pour moi. Sans dire un mot, Ayden vient se placer devant moi. Il essuie mes joues trempées et me force doucement à lever les yeux vers lui.

— C'est toi qui as raison. On ne devrait pas être ensemble. Et je sais pas si je pourrais te rendre heureuse, mais s'il te plaît, laisse-moi essayer. Je te promets qu'il n'y a pas d'autres secrets. Pas d'autre Brittany, pas d'autre mort. S'il te plaît, Mel. Tu peux pas décider de tout arrêter à la moindre difficulté. On doit se battre. On doit se battre pour nous.

Je ne contrôle plus mes mots.

— Pourquoi on le ferait ? C'est la même chose depuis des semaines. Chaque fois que j'y crois, chaque fois que je pense pouvoir respirer, une nouvelle catastrophe se pointe. Je ne sais pas si ça vaut le coup de souffrir autant. Tout ça, c'est trop dur.

Ayden approche son visage du mien.

— Je suis sûr que si. Tu peux pas me laisser tomber, Mel. Je te promets que je ne te cacherai plus rien. Je te promets que tu pourras tout me dire. Je me comporte souvent comme un abruti, mais… s'il te plaît, fais pas ça.

L'incertitude dans ses yeux me vrille le ventre. Je ne sais vraiment plus où j'en suis. Pourquoi tout est si compliqué ? Sans lui, ma vie n'a plus de sens, mais je ne suis pas certaine d'être assez forte pour supporter la sienne et la fureur qui s'empare parfois de nos deux cœurs blessés. Je ne savais pas que l'amour pouvait faire tellement de mal.

— Pourquoi ce serait différent, cette fois ?

Ayden inspire violemment, comme pour rassembler ses mots.

— Je sais que je t'ai tenue à distance. Je sais que je t'ai fait mal. Je sais que j'aurais dû t'expliquer un tas de trucs. Mais je t'aime plus que n'importe qui. J'ai vécu des choses qui m'ont rendu plus fort. T'es devenue ma faiblesse. Mon passé, c'est rien comparé à une seule journée sans toi.

Je n'aurais jamais cru qu'Ayden soit capable d'aligner autant de phrases avec tant d'amour à l'intérieur. Je voudrais tellement y croire. J'en ai tellement envie. Je voudrais tellement revivre tous ces moments intenses et absolus que j'ai passés avec lui. Mais le mal qu'il m'a fait, ce qu'il vient de me confesser, toutes ces choses remuent dans ma tête et m'empêchent de lui répondre avec la même ferveur.

Depuis qu'il est dans ma vie, depuis que je vis ici, je suis devenue quelqu'un d'autre. Je n'ai jamais autant aimé ni désiré quelqu'un, mais j'ai trop peur de la chute. Je me suis jetée à corps perdu dans cet amour écrasant et magnifique. Maintenant, j'ai peur. J'ai besoin de plus que de simples mots.

Soixante-seize

Ayden

Ma fierté n'existe plus. Il ne reste plus rien que ce besoin irrépressible que j'ai d'elle. À contrecœur, je me rapproche d'elle, et je fais ce qu'elle me pousse à faire à chaque fois que je suis sur le point de la perdre.

— S'il te plaît, Mel. Regarde-moi.

Je vois bien qu'elle hésite. Elle n'a aucune confiance en moi. Et putain, je la comprends. Je viens quand même de lui annoncer que j'ai perdu le contrôle au point de tuer un homme. Mais depuis qu'elle est là, j'ai retrouvé un peu d'espoir de devenir quelqu'un de meilleur. Je sais que ça réglera pas tout, mais rien que le fait d'apercevoir un tout petit bout de l'amour qu'elle est capable de donner me fait du bien.

Je pose doucement ma main sur sa joue pour la forcer à lever les yeux, et je me sens immédiatement en paix. Chaque fois que je la touche, j'ai l'impression d'être exactement là où je dois être. Jusqu'à présent, j'avais pas compris à quel point c'est vital de compter pour quelqu'un. Je n'attendais personne, je ne demandais rien. Dans le bordel de ma vie, j'ai croisé beaucoup de gens. La plupart d'entre eux ne valaient pas la peine. Les mêmes histoires, les mêmes intérêts, la même connerie. Mais elle ? Elle me fait regretter jusqu'à la moindre de mes failles, la moindre de mes blessures, le moindre bordel que j'ai pu provoquer. Elle ne mérite pas qu'on lui fasse du mal, et si j'étais lucide, je la protégerais d'abord de moi-même. Mais je suis trop égoïste pour ça.

Debout devant moi, elle cherche des réponses, et je prie pour qu'elle les trouve. Si elle me lâche, je survivrai pas, mais je prends le risque. Je peux pas passer à côté d'elle. Je peux pas.

Sa lèvre inférieure tremble quand je passe doucement mon pouce dessus. Les larmes de Mel coulent toujours silencieusement, me brisant un peu plus. Je croyais ne plus avoir de cœur, mais en fin de compte, il est bien là. Elle est la seule à l'avoir compris dès le départ, et rien que pour ça, elle mérite toute la putain de dévotion dont je suis capable.

Une voix stridente me ramène soudain là où je suis censé être, à Duggal House, à ma soirée de lancement.

— Vous deux, ce n'est pas le moment de jouer les amoureux ! Mel, j'ai besoin de toi. Ayden, il y a du monde qui t'attend.

Je sens mes nerfs se tendre. Pourquoi est-ce que Erin vient nous faire chier maintenant ?

Mel s'écarte brutalement de moi. Elle sèche rapidement ses larmes et tente de reprendre contenance. Son mascara a un peu coulé, ses yeux brillent, mais elle est toujours aussi belle. Même avec cette foutue veste sur le dos. Dans cette robe, elle a quelque chose de tragique.

Sans dire un mot, elle se détourne de moi. Je la suis du regard jusqu'à ce qu'elle rentre dans la salle ; sa fatigue est visible jusque dans sa démarche d'habitude si légère, et je peux pas m'empêcher de culpabiliser. C'est moi qui ai fait ça. Encore.

Si elle savait à quel point je me dégoûte de l'avoir blessée à ce point… Elle était là pour moi, et moi j'ai toujours agi comme si je n'en avais rien à foutre de ce qu'elle pouvait ressentir. Je ne voulais pas qu'elle me rende fragile. J'ai lutté de toutes mes forces, tout ça pour en arriver là. Putain !

Histoire d'emmerder Erin, je reste encore un peu dehors. La solitude me fait du bien. Elle ne m'enlève pas le trou béant dans ma poitrine provoqué par le silence de Mel, mais je me sens légèrement mieux quand je repasse les portes. Chuck n'est pas loin, il se tient debout près de la scène et discute avec un homme. Encore un vautour de journaliste, je suppose.

Il accroche mon regard et me fait signe d'approcher, ce que je fais de mauvaise grâce. Je marmonne deux ou trois mots bateau quand on me le demande, et je me casse. Je peux plus supporter ça. J'ai besoin d'un putain de verre.

Je croise Dan, et je me demande une fois de plus ce que Cassie lui trouve. Son regard accusateur me fait chier. Il ne me connaît pas, il ne connaît pas ma vie. Je me fais servir un whisky bien lourd que j'avale à grandes gorgées brûlantes. Tout le monde m'observe en coin. Encore un truc qu'il va falloir que j'apprenne à gérer.

Depuis que je suis sorti de scène, les regards curieux me rendent dingue. Je savais que ça allait être dur, mais pas à ce point-là. Mel était censée être là, censée rendre tout ce bordel acceptable. Mais comme d'habitude, chaque fois que je m'attends à un truc avec elle, c'est tout l'inverse qui se produit.

Elle n'a toujours pas réapparu. Sa famille est là, pourtant, avec le connard en costume. Son air bien sous tout rapport me hérisse le poil. C'est tout à fait le genre de mec qu'il lui faudrait, je le sais bien. Souriant, gentil, plein de vie. Tout ce que je ne suis pas. Il ne m'a rien fait, mais l'intérêt que Mel lui porte me rend dingue. Elle portait sa veste. Et il a failli l'embrasser, bordel. Un autre verre plus tard, je rejoins Cassie, Zack, Chloe et Dan contre un mur de la pièce, à côté des danseurs.

— Enfin, m'interpelle Zack. C'est ta soirée, et tu disparais. Elle était bonne ?

— Ta gueule, Zack.

Il éclate de rire sous le regard écœuré de Chloe qui tente une approche de plus en posant une main sur ma taille. Je décide de l'arrêter avant que ça dégénère.

— Chloe, si tu veux qu'on reste potes, arrête de me toucher.

Au moment même où je prononce ces mots, un flash crépite et je vois rouge. Je fonce sur le type qui vient de me prendre en photo. Mes nerfs lâchent complètement.

Dan me tire violemment en arrière avant que mon poing n'atteigne sa cible. Le souffle court, j'essaie de me dégager.

— Lâche-moi, je crache d'une voix sifflante.

— Si tu la veux, tu ne devrais pas faire ça.

Soixante-dix-sept

Gone with the wind

Mel

À l'abri dans ma loge, plantée devant le miroir, je scrute le reflet de cette fille autrefois sereine, qui tente désespérément de comprendre l'incroyable bordel qu'est devenu sa vie. Cette fille a peur de tout ce qui lui arrive, de tout ce qui se passe en elle, mais elle a grandi. Elle se sent forte. *Je* me sens forte. Assez forte pour aimer Ayden.

Je crois que c'est à ce moment-là que je choisis de plonger. Dans ma poitrine, un violent souffle de vie me réveille. Les conséquences n'ont plus d'importance, il faut que je vive cette histoire jusqu'au bout. Je me lève d'un bond, prête à le retrouver. Prête à me jeter dans ses bras. Peu importe ce qu'il a pu faire auparavant, je ne peux pas rester une seconde de plus sans lui. Je sors en trombe de ma loge pour partir à sa recherche.

— Erin !

Dans ma précipitation, j'ai crié un peu trop fort. Elle est en train de rejoindre Chuck, dont le visage fermé dissuaderait n'importe qui de l'approcher. Elle me regarde comme si j'étais sortie tout droit de l'asile.

— Où est Ayden ?

— Je n'en sais rien. Qu'est-ce qui se passe ?

— Rien. Mais il faut absolument que je le trouve.

Essoufflée, je continue mes recherches à travers la foule. Je tombe sur Dan, un bras autour de la taille de Cassie. L'histoire de sa rencontre avec Ayden me revient en mémoire, et je ne peux pas m'empêcher d'éprouver de la peine pour elle. Je ne m'étonne plus du tout de son besoin presque vital de prendre son temps avec Dan. Sa force me saute au visage : elle est debout, pleine de vie. Je l'admirais déjà, mais j'éprouve maintenant un immense respect pour cette fille qui revient de l'enfer avec le sourire. Je me précipite vers eux, avant de me rendre compte de la présence de Zack et Chloe un peu en retrait.

— Vous avez vu Ayden ?

Dan fait une tête bizarre et m'attrape doucement par le bras.

— Viens, je dois te parler.

Son air soucieux ne me plaît pas du tout.

— Dan, qu'est-ce qu'il y a ?

— Ayden est parti. Il a failli frapper un journaliste.

— Quoi ?

— Je savais que tu réagirais comme ça. Ce mec a voulu prendre une photo de lui et Chloe, et…

Mon sang ne fait qu'un tour.

— Où est-il parti ?

— Je ne sais pas. Je l'ai retenu, il ne s'est rien passé de grave. Mais il a disparu.

— Il t'a dit quelque chose ?

— D'aller me faire foutre. Je suis désolé.

L'air déconfit de Dan me confirme que c'est de nouveau le bordel. Chuck va devenir fou. De rage, je me retourne vers Chloe.

— T'en a pas marre de foutre la merde partout où tu passes ?

Je m'approche d'elle en grondant, poussée par un irrépressible accès de haine. Je n'ai jamais aimé cette fille, depuis la première fois que je l'ai croisée, et plus elle se trémousse sous mes yeux, moins ça s'arrange.

— Je n'y peux rien s'il ne me lâche pas. C'est plutôt toi qui devrais laisser tomber. Tu ne comprends pas qu'il n'est pas fait pour toi ?

Un sourire hautain se forme sur ses lèvres. J'aimerais régler mes comptes, mais je ne peux pas faire de scandale ici. Il faut vraiment que je me calme. Cassie intervient durement :

— Ferme-la, Chloe. C'est à cause de toi si Ayden s'est barré.

— Je n'ai rien fait de plus que le toucher, rétorque-t-elle avec cynisme. D'habitude, il adore ça.

Je me tourne vers Dan sans un regard pour elle.

— Merci.

Je cours jusqu'à la loge récupérer mes affaires. En catastrophe, j'enfile ma paire de Converse. Mes pieds ne supporteront pas les talons tout le trajet. À bout de souffle, je retrouve Erin et Chuck, dont les visages fermés m'indiquent qu'ils savent exactement ce qui se passe.

— Je vais le chercher.

Erin hoche la tête.

— Désolée pour les relations publiques. C'est fichu pour ce soir.

Ma collègue a un sourire crispé malgré ma tentative d'humour. Chuck ne décolère pas, mais on verra ça plus tard. Pour l'instant, la seule chose qui compte, c'est que je le retrouve. J'aperçois Chris et Tara un peu plus loin, toujours avec Liam, et me dirige vers eux.

— Je dois partir. Il faut que je retrouve Ayden.

— Il n'est plus là ? s'étonne Chris.

— Non. C'est une longue histoire, mais je dois vraiment y aller. On en reparlera demain.

L'anxiété rend ma voix horriblement aiguë.

— Liam, je peux te parler ?

— Bien sûr.

Je l'entraîne un peu à l'écart de ma famille pour m'excuser de mon manque de disponibilité ce soir.

— Ce n'est pas grave.

— Je suis désolée. C'est plutôt compliqué.

— Ne t'excuse pas. Tu n'as rien fait de mal. J'ai passé de très bons moments avec toi. J'espère qu'on se reverra.

— Je l'espère aussi. Si tu as besoin de quoi que ce soit, ou si tu veux aller faire du shopping, ce sera avec plaisir.

J'essaie d'atténuer comme je peux le malaise entre nous.

— D'accord. Je risque de te prendre au mot, tu sais ?

— Pas de soucis. Je suis désolée, je dois vraiment y aller.

Si Ayden est parti aussi en colère que je l'imagine, et avec tout ce que je sais maintenant, Dieu seul sait de quoi il est capable. J'espèreseulement le retrouver avant qu'il ne dérape.

En sortant, le froid me giffle à nouveau mais ne fait pas redescendre l'anxiété qui m'étreint. Dans l'état où je suis, je n'ai pas la patience d'attendre un taxi, et je cours jusqu'à la station de bus la plus proche. Hors d'haleine, j'en attrape un au vol. Au passage, je bouscule deux ou trois passagers qui s'insurgent en soufflant quand je passe devant eux, mais je m'en fiche complètement. L'adrénaline me fait oublier toute mon éducation.

Le trajet me semble interminable. À chaque seconde, la violence de ses déclarations me revient en mémoire. Si je l'avais rassuré, si j'avais pris le temps de lui expliquer ce que je ressens, il aurait peut-être agi différemment… Il m'a dit toutes ces choses, et je n'ai rien répondu. Pourvu qu'il ne fasse pas de conneries. Faites qu'il soit rentré chez lui et qu'il soit juste en train de dormir.

Le bus me dépose au coin de la 23e et de la VIe, et je cours comme une dératée. Hors d'haleine, j'atteins enfin la porte de son immeuble. Je sonne sans relâche, mais rien ne se produit. Découragée, je m'appuie contre le mur de l'entrée, en haut des marches.

Mon cerveau tourne à plein régime. Il y a tellement d'endroits où il pourrait être. Au studio, à Long Island, chez ses grands-parents, dans un bar… et je n'ai aucun moyen de vérifier. Je regarde tristement mon portable, en me demandant à quoi peut bien servir toute cette technologie. S'il ne veut pas que je le trouve, je ne le retrouverai pas. J'essaie de le joindre en priant le Ciel et la Terre pour qu'il décroche enfin son foutu téléphone. Mais bien sûr, aucun miracle ne se produit.

La lassitude s'empare soudain de moi. Frigorifée par le vent glacial dont mon manteau me protège à peine, je me lève doucement pour faire quelques pas. Je ne sais pas quoi faire. Peut-être que je devrais rester chez moi et attendre qu'il me donne lui-même des nouvelles. Le nez dans mon manteau, j'essaie de mettre de l'ordre dans mes idées.

Je n'ai pas la moindre idée de ce que je vais faire, pourtant, j'ai l'impression étrange et tenace d'être au bon endroit. Déterminée, je retourne devant l'imposant immeuble qui me sépare à la fois de mon bonheur et de ma douleur.

Heureusement pour moi, une femme emmitouflée dans une parka noire finit par sortir de l'immeuble. Je me débrouille pour lui tenir la porte, et je rentre avec soulagement dans le hall chauffé. Le bout de mes doigts est gelé, je ne sens plus vraiment mes jambes, mais j'ai passé une étape. Le cœur battant, je monte dans l'ascenseur. Le temps de la montée, je fixe sans relâche une des taches qui parsèment les parois en moquette. Pourquoi est-ce que je me focalise toujours sur ce genre de détails idiots quand je suis stressée ?

Le grincement des portes qui s'ouvrent me ramène vite à mon objectif. Mes oreilles bourdonnent, j'ai l'impression d'être une voleuse s'apprêtant à rentrer par effraction dans un appartement. Un bruit de serrure qu'on déverrouille me fait sursauter. La voisine d'Ayden, une vieille femme un peu voûtée, me regarde de travers avant de monter dans l'ascenseur.

Je tergiverse encore, en essayant d'entendre autre chose que le silence à travers la porte. À plusieurs reprises, je lève le poing, décidée à frapper, avant de me dégonfler.

Un peu de courage, Mel.

Timidement, je frappe plusieurs coups secs contre le bois verni. Je colle encore une fois mon oreille à la porte : à l'intérieur, c'est le calme plat. Découragée, je lâche un long soupir silencieux, mais je finis tout de même par appuyer sur la poignée. À ma grande surprise, elle ne m'oppose aucune résistance. Les jambes en coton, je passe timidement la tête par l'ouverture. Si c'est ouvert, il est forcément là.

— Ayden ?

Le silence de l'appartement est assourdissant. Je m'avance à pas lents dans le salon. Depuis la dernière fois que je suis venue, beaucoup de choses ont changé. Dans l'obscurité, je distingue les contours d'un canapé et de deux fauteuils. Sur tout un pan du mur, des étagères ont été montées presque jusqu'au plafond. Je note la présence de quelques livres.

Quand je passe devant le canapé, mes chaussures s'enfoncent dans un épais tapis moelleux. Ayden s'est vraiment installé. Je suis tellement curieuse de découvrir son intérieur que j'en oublie presque la raison de ma présence ici. Je laisse mes pas mal assurés me porter jusqu'à la chambre, elle aussi baignée de la lumière diffuse de New York. Mon corps s'apaise immédiatement quand mes yeux se posent sur Ayden, allongé sur son lit, les bras repliés sous sa tête.

J'aurais pu tambouriner longtemps contre sa porte : le volume de la musique qui s'échappe du casque sur ses oreilles l'aurait de toute façon empêché de m'entendre. Je l'observe un moment, en essayant de canaliser mes sentiments. Rationnellement, je lui en veux. De s'être comporté comme ça, d'être parti sans rien dire, de s'être encore une fois replié sur lui-même. Mais dans mon cœur, c'est une toute autre histoire.

Plus je l'observe, plus je me sens fondre. J'ai tellement besoin de lui, tellement besoin d'être là pour lui. L'amour que je lui porte me semble irrationnel. Je n'aurais pas dû venir ici sans qu'il le sache, mais après sa confession, j'ai la conviction que j'ai fait le bon choix. Au bout d'un temps qui me semble interminable, il ouvre doucement les paupières et tourne la tête dans ma direction.

Passé un moment de surprise, son regard s'adoucit, et l'atmosphère change brusquement. De lourdes décharges d'adrénaline coulent dans mes veines, et il me semble que je ne me suis jamais sentie aussi vivante. Mes yeux se posent fugacement sur son tatouage, et je retiens un sourire soulagé. Je ne me suis jamais sentie autant connectée à lui qu'en cet instant précis.

En silence, il se redresse doucement pour se planter devant moi sans dire un mot, et je me sens tout à coup minuscule. Entre désir et provocation, ses yeux me défient.

— Tu as réfléchi, murmure-t-il.

Inutile de lui répondre, je sais qu'il sait.

— Je t'ai cherché partout. Je ne pouvais pas te joindre.

Incapable de masquer le désespoir dans ma voix, je détourne les yeux. J'ai eu tellement peur de le perdre. Vraiment peur qu'il parte irrémédiablement en vrille. Il prend mon visage entre ses mains et l'effleure du bout des doigts, comme s'il me touchait pour la première fois. Comme s'il essayait de mémoriser la texture de ma peau.

Ma respiration s'alourdit quand il pose une main sur ma nuque. Lentement, très lentement, il trace avec son pouce la ligne fine de ma lèvre inférieure, avant de poser son front contre le mien.

— Tu peux encore faire demi-tour.

Hors de question. Ayden n'est pas parfait, et nous avons encore beaucoup de chemin à parcourir, mais pour l'instant, ça me suffit.

— Je t'aime.

Ayden s'écarte, l'air tout à coup perdu.

— Putain, dis pas ça.

Je l'oblige à me regarder. Je veux qu'il sache, qu'il sache vraiment. Tous mes doutes ont disparu, toute la douleur, toutes les questions. Je ne veux plus le quitter, jamais.

— Je t'aime.

Alors que ses lèvres plongent sur les miennes mes bras se serrent avec violence autour de son dos.

— Je t'aime.

Plus je confesse mes sentiments, et plus j'ai l'impression qu'ils décuplent. J'ai ouvert les vannes ; plus rien ne retient le torrent d'émotions enfermé depuis si longtemps dans ma poitrine. Mes mains se posent fiévreusement sur chaque parcelle de son corps, comme pour vérifier la réalité de ce qui est en train de se passer.

L'urgence dans nos baisers redouble, et au milieu de cette étreinte dévastatrice, je réalise que je ne peux plus lutter contre ce que je ressens.

La morsure légère qu'il inflige à ma lèvre inférieure m'arrache un gémissement, envoyant directement dans mon ventre une décharge violente. Il n'y a plus aucune barrière entre nous, plus aucune limite.

— Je t'aime.

Je me détache un instant de sa bouche pour enfouir mon visage contre son torse. Son odeur enivrante m'embrase un peu plus, et la douceur du coton de son tee-shirt m'insupporte subitement. J'ai besoin de sa peau. J'ai besoin de lui. Maintenant, ni lui ni moi ne ferons machine arrière. Incapable de tenir plus longtemps, je tire sur le bas de son tee-shirt pour l'enlever.

La peau douce de son ventre m'électrise. Le souffle court, il passe sa main dans mon dos et enflamme mon épiderme du bout des doigts, avant de reprendre ma bouche avec avidité. Sa langue joue avec la mienne, provoquant des milliers de frissons en moi qui se dirigent tous vers le bas de mon ventre qui se contracte de seconde en seconde.

Sa main remonte fiévreusement de ma taille à ma poitrine, qu'il effleure doucement. Ses caresses un peu plus appuyées à chaque fois m'arrachent un frisson douloureux. Je n'ai qu'une envie : retirer cette robe qui m'empêche de faire corps avec lui. Le désir me brûle, réduisant mes doutes en cendres. Je passe mes deux mains autour de son cou, et mon corps se presse un peu plus contre le sien.

Le souffle court, Ayden gémit. Son érection se presse doucement entre mes jambes. La sensation est divine, presque autant que celle de ses lèvres qui se promènent jusqu'à la base de mon cou. Il relève la tête, et son regard bleu plonge dans le mien.

— Enlève ça.

Je n'hésite pas une seconde. Je me redresse pour retirer ma robe, que je regarde s'écraser au sol. Les deux mains sur ma taille, Ayden me dévore des yeux.

— Putain. Tu es magnifique. Tu le sais, ça ?

Dans l'obscurité, il ne me voit pas rougir. Il ne sait pas à quel point je suis nerveuse, ni à quel point ses mots me touchent. Pour faire diversion, je me penche sur lui pour l'embrasser encore, avant de descendre dans son cou et parsemer son torse de baisers. Sans me poser la moindre question, je trace un chemin avec mes lèvres jusqu'au bas de son ventre avant de faire sauter le bouton de son jean.

— Qu'est-ce que tu fais ?

À genoux devant lui, je fais glisser le vêtement sur ses cuisses. Sans répondre, j'observe l'érection volumineuse qui tend le tissu de son boxer noir. J'ai déjà fait une fois ce que je m'apprête à faire, plus par curiosité qu'autre chose. Mais là, j'en ai envie. J'ai envie de lui faire du bien. Quand je passe ma main dessus, même à travers le fin tissu, je sens son sexe palpiter contre ma main. Avec douceur, j'envoie son sous-vêtement rejoindre son jean, un peu plus bas.

Je pose lentement mes doigts sur son membre, éprouvant la douceur de sa peau à cet endroit précis, et j'entame de lents va-et-vient. Une main dans mes cheveux, Ayden soupire lourdement. Sans me poser de questions, j'approche ma bouche de son sexe et y dépose mes lèvres avant de le lécher doucement. Le goût légèrement âcre me surprend un peu, mais c'est agréable.

Quand je le prends dans ma bouche, la respiration d'Ayden accélère. Ma main continue ses caresses ; Ayden gémit de plus en plus fort. Sa main agrippe mon épaule et l'enserre par moments avec une force contenue.

— Putain, Mel… Putain.

Je continue mes assauts, enivrée par le plaisir que je lui procure. C'est trop bon. Enhardie par ses réactions, je le maintiens fermement contre moi. À plusieurs reprises, son sexe palpite sous ma langue.

— Putain, arrête. Je vais jouir si tu continues.

Au lieu de l'écouter, je redouble d'ardeur. Je veux lui rendre ce qu'il m'a déjà donné, je veux le voir trembler contre moi. Je veux lui procurer le même plaisir que j'ai déjà ressenti. Subitement, tout son corps se tend, et un liquide chaud et légèrement acide se répand dans ma bouche. Ce n'est pas la partie que je préfère, il faut bien le reconnaître, mais j'ai connu pire.

Avec douceur, Ayden me relève et me serre dans ses bras, le souffle court.

— C'était… Merde, je suis désolé. Je voulais pas…

Je le fais taire d'un doigt sur sa bouche.

— C'était exactement ce que je voulais.

Ayden sourit.

— En fait, c'était exactement ce que je voulais aussi.

— Est-ce que c'était… bon ? je murure d'une petite voix.

— Tu rigoles ? Tu viens de me faire ce cadeau et c'est toi qui me demandes si c'était bon ? D'où tu sors, Mel ?

— Non, je ne rigole pas…

Ayden soupire et me fait basculer sur le dos. Sans me quitter des yeux, il s'allonge contre moi et pose une main dans le creux de mes hanches.

— C'était le meilleur truc qu'on m'ait jamais fait.

Vu son expérience, j'ai vraiment du mal à y croire, mais ses yeux font taire toute forme de protestation dans mes pensées. Je l'observe reprendre doucement sa respiration ; ses traits se détendent à nouveau.

— Comment tu savais que j'étais là ?

— Je ne le savais pas. Je l'espérais juste.

— Je pensais pas que tu viendrais. Je croyais que tu ne voulais plus de moi.

Mon cœur se serre. S'il savait…

— Qu'est-ce qui s'est passé avec le journaliste ?

— Cet abruti m'a pris en photo pile au moment où Chloe avait sa main sur ma taille. Je lui avais demandé de me lâcher, mais c'était trop tard. Je voulais pas que les gens se fassent des films sur elle et moi.

Je mets du temps à réaliser ce qu'Ayden est en train de me dire.

— Tu lui as demandé d'arrêter ?

Ayden rigole doucement.

— Ouais, j'ai fait ça. Ça te surprend ?

— Un peu.

— Mel, je suis sincère avec toi. J'avais vraiment la rage quand tu m'as quitté, mais j'ai pas pu.

— Qu'est-ce que ça veut dire, tu n'as pas pu ?

Ayden garde le silence quelques secondes, et je n'aime pas du tout la sensation qui naît dans ma poitrine.

— Un soir, j'étais chez Zack, et j'avais bu. Et j'avais mal, putain, j'avais tellement mal. Je pouvais pas te sortir de ma tête. C'était insupportable. Je me suis barré dans mon ancienne chambre. Chloe a débarqué, elle m'a embrassé.

Inconsciemment, je m'écarte de lui, mais il me maintient fermement contre son torse.

— Laisse-moi finir. Elle a essayé de… enfin, tu vois. Je suis même pas arrivé à bander. Il n'y a que toi, Mel. Juste toi, depuis le début.

— Pourquoi tu l'as laissée faire ?

— J'étais dans un état second. J'aurais fait n'importe quoi pour que tu sortes de ma tête. J'ai cru que ça pourrait marcher.

— C'est radical, comme solution. Contente d'apprendre que tes dérivatifs n'ont pas fonctionné, je raille.

— Et toi, tu faisais quoi ce soir avec ce type ? Tu crois que c'est mieux ?

— Je ne l'ai pas laissé m'embrasser.

— Ouais. Parce que je me suis pointé. Si je n'étais pas venu changer ses plans, il aurait eu ce qu'il voulait.

Je garde un silence coupable. Il a raison.

— Je ne savais pas ce que tu voulais. Liam est gentil, et…

Les yeux d'Ayden se voilent d'une ombre menaçante.

— Et quoi ?

— Et je me suis dit que ça m'aiderait à t'oublier.

— Et tu me parles de dérivatifs ? Je ne veux plus que tu le voies.

— Ayden, je ne peux pas te promettre ça. Liam est un ami. Et on a déjà eu cette discussion.

— Ça me rend fou de savoir qu'il te veut.

— Il n'a rien dit de tel. Et même si c'était le cas, tu ne peux pas me dire qui je dois voir ou ne pas voir.

— Mais je dois faire une croix sur Zack et Chloe ? me provoque-t-il.

— Comment tu peux comparer ça à Zack ? Il m'a fait du mal. Il a voulu nous séparer. Même s'il a aidé Cassie, il n'est pas bon pour toi. Et Chloe…

— Alors qui est bon pour moi ? Toi, qui me quittes toutes les deux minutes quand je ne fais pas ce que tu veux ?

Je me redresse brusquement. Ayden m'attrape le poignet et se radoucit presque immédiatement.

— Excuse-moi. Je voulais pas dire ça. Excuse-moi, répète-t-il.

Comme je ne réponds rien, Ayden m'attire entre ses bras.

— Zack est… Jusqu'à ce que je te rencontre, j'étais exactement comme lui. Peut-être même pire. Il a juste besoin de temps pour comprendre que je ne veux plus vivre comme ça. Est-ce que tu peux accepter ça ?

— Tu te voiles la face. Zack n'est pas du tout comme toi. Vraiment pas.

— Je ne veux pas qu'il soit comme moi. Je ne veux pas qu'il te voie comme je te vois.

— Qu'est-ce que tu veux dire ?

— Je ne veux pas qu'il sache que tu es la fille la plus excitante du monde, me taquine-t-il.

Chaque fois qu'il utilise son fichu sourire en coin, c'est pour retourner les situations en sa faveur. Et ça fonctionne à la perfection.

— Viens là.

Ayden m'attrape par la taille et m'allonge sur lui avec douceur. Ses mains chaudes trouvent une place sur mes reins. Il me sourit avec tendresse, et la seconde d'après, ses lèvrent trouvent les miennes. L'espace d'un instant, Chuck m'avouant son lien de parenté avec Ayden me revient en mémoire, mais les sensations qui se font sentir au bas de mon ventre le chassent aussitôt.

Soixante-dix-huit

Hurricane

Mel

En sous-vêtements sur le corps nu d'Ayden, j'expérimente une soudaine montée de ma pression artérielle. Ses yeux sont à nouveau voilés par le désir ; il fait remonter sa main sur mon épaule pour m'attirer vers lui.

Je ne l'ai jamais autant voulu que maintenant. Dans un souffle, j'écarte légèrement les cuisses pour me coller un peu plus à lui, et mes lèvres emprisonnent les siennes, étouffant ses gémissements. Ses mains descendent dans le bas de mon dos pour m'attirer plus près, et je le sens durcir encore un peu plus contre moi. C'est officiel, je suis perdue.

Déroutée par la violence de ce que j'éprouve, j'entame de lents va-et-vients contre lui. Sa langue joue avec la mienne de manière déraisonnée, et je gémis quand il emprisonne l'un de mes seins dans sa main. La chaleur désordonnée de son souffle me confirme que lui aussi est en train de perdre le contrôle. Pourtant, il me décale avec douceur sur le matelas pour inverser nos positions.

Ses cheveux chatouillent mon visage, et quand sa langue passe doucement sur ma lèvre inférieure avant de la mordiller, je perds complètement pied. Sans cesser d'enflammer ma bouche, il passe une main derrière mon dos pour dégrafer mon soutien gorge dont il se débarrasse rapidement.

— Putain. T'es tellement belle.

Avec lenteur, il se penche vers moi pour poser ses lèvres sur l'un de mes seins, pendant qu'il caresse l'autre. La sensation est incroyable, et je n'arrive plus à me retenir de gémir. Je me cambre contre lui comme si ma vie dépendait de sa langue qui joue avec la pointe de mon téton durci. Le bas de mon ventre se contracte encore et encore, réclamant toujours plus. Je ne pensais pas ressentir un jour une telle fièvre. Je ne pourrais jamais revenir en arrière, plus jamais ressentir ce que je ressens pour quelqu'un d'autre que lui. Il a tout brûlé à l'intérieur de moi.

Alors que je me tortille sous ses caresses, Ayden se décale légèrement pour embrasser mon ventre, et l'oxygène se raréfie dans mes poumons. J'ai l'impression que s'il devait s'arrêter, là tout de suite, je pourrais mourir. Il trace une ligne de baisers humides à travers mon abdomen. Il emprisonne mes hanches avec force, alors que sa bouche se pose sur mon shorty. À travers le tissu, son souffle chaud me rend à moitié dingue.

Quand il fait lentement glisser le bout de tissu le long de mes jambes, un soupir de soulagement s'échappe de ma gorge. Ayden pose de petits baisers dans le creux de mes cuisses, décuplant mon impatience.

— À mon tour de jouer maintenant.

Le cœur au bord de l'implosion, j'attends la suite, mais rien ne vient. Je sens pourtant son souffle chaud contre moi. Ses mains carressent mes cuisses avec possessivité, mais j'ai besoin de beaucoup plus.

— Ayden…

Il redresse doucement la tête.

— Mel ?

Le sourire dans sa voix s'entend à des kilomètres. Il le fait exprès. J'hallucine.

— S'il te plaît…

Il continue sur le même ton. Sa voix fait vibrer mon épiderme à vif.

— S'il te plaît, quoi ?

— Ayden, s'il te plaît. S'il te plaît, touche-moi.

Ses doigts effleurent mes cuisses pendant encore quelques secondes. Quand sa bouche se pose sur mon sexe, je retiens tant bien que mal un cri. Ses mains écartent mes jambes avec fermeté. Avec douceur, il promène sa bouche le long de mon intimité. Quand ses caresses se précisent autour de mon clitoris, je ne tiens plus et me cambre sans honte contre sa bouche en gémissant. La première fois, mes sensations étaient déjà violentes, mais le plaisir que je ressens est à la limite du supportable. Je murmure son nom encore et encore en m'agrippant aux draps. Juste avant que j'atteigne le point de non-retour, Ayden s'interrompt. La frustration qui me traverse est intolérable. Mais je sais ce qu'il attend.

— S'il te plaît, continue. S'il te plaît, je t'en supplie, ne me laisse pas comme ça…

Je ne reconnais même plus ma voix.

— Tu es sûre ?

— Oui, Ayden, j'en suis sûre.

— D'accord, sourit-il contre moi.

Quand il reprend son manège, mes sensations sont décuplées. Je bouge sous lui sans aucune pudeur. Une de ses mains se détache soudain de mes cuisses, et vient me caresser un peu au-dessous de sa langue, puis il insère doucement un doigt en moi.

Sa main bouge maintenant en rythme avec sa langue. La boule d'énergie qui grossit dans mon ventre depuis tout à l'heure explose dans chacune de mes cellules, tendant le moindre de mes muscles. L'orgasme qui me transperse est si violent que j'ai l'impression de basculer dans un puits sans fond.

Avec précaution, Ayden remonte doucement contre moi. À moitié inconsciente, je le sens me prendre dans ses bras et poser ses lèvres sur mon front. Sa main se pose sur ma taille, m'arrachant un frisson, et j'ouvre les yeux avec difficulté quand il murmure malicieusement contre moi :

— Ça va mieux ?

— Oui…

Mais je ne suis pas rassasiée. Et je sais que lui non plus. La chaleur de son érection contre le haut de mes cuisses m'en donne assez de preuves. J'ai toujours besoin de me repaître de son corps, je veux graver dans mon esprit chaque souffle qui s'échappe de sa bouche, chacun de ses gestes, chacun de ses gémissements. Je veux que le désir dans ses yeux marque ma peau. J'ai besoin de plus. Tout de suite.

Je me retourne vers lui pour chercher ses lèvres dont je mordille la peau douce. Ma langue cherche la sienne avec lenteur, s'échappant quand notre baiser s'enflamme. La chaleur de la peau d'Ayden contre la mienne m'émerveille, j'ai la sensation que nous ne faisons plus qu'un, et c'est vraiment magique.

Je ne suis ni nerveuse ni apeurée, je suis libre. Plus libre que je ne l'ai jamais été.

Ses caresses appuyées sur ma poitrine me confirment qu'il est dans le même état que moi. La pointe d'un de mes seins durcit quand il la frôle, et je sens à nouveau déferler entre mes cuisses une violente décharge. Entre deux baisers enflammés, Ayden trouve la force de murmurer :

— Tu es sûre ?

J'ouvre les yeux, et mon regard se vrille au sien.

— Oui.

Ayden s'écarte de moi lentement pour atteindre la table de chevet et attrape un préservatif dans une petite boîte posée dessus. Il se redresse contre le mur et m'attire vers lui. Il prend doucement mon visage en coupe et effleure lentement mes joues.

— Tu sais que je t'aime. Dis-moi que tu le sais.

— Oui. Je sais.

Comme s'il attendait ma confirmation, Ayden s'enflamme soudain et me place de chaque côté de ses jambes. Ma main retrouve automatiquement le chemin de sa nuque. Il n'y a plus que ma peau contre le sienne, sa respiration hâchée, et le désir fou que nous éprouvons l'un pour l'autre. Il tire ma tête en arrière et mordille mon cou avec ferveur. Ses mains se posent fermement dans mon dos, resserrant mes cuisses autour de son sexe tendu.

Quand il attrape le préservatif à côté de lui et en déchire l'emballage, je ne ressens rien d'autre qu'une joie pure. Ayden me tend l'objet et me demande :

— Tu veux t'en occuper ?

— Je préférerais que tu le fasses.

— Okay.

Dans la pénombre, je l'observe avec curiosité. Ses gestes précis et ce qui m'attend rendent ce moment très excitant. Quand il termine, j'embrasse les oiseaux sur son ventre en le caressant doucement.

Ayden me bascule sur le dos, se place au-dessus de moi, et je le prends dans mes bras pour enfouir ma tête dans son cou. Il cherche mes lèvres, et à travers ses baisers je ressens tout ce qu'il ne me dit pas. Quand il me pénètre enfin, je me sens complète comme je ne l'ai jamais été.

— Tu es tellement… serrée.

Sa voix sourde me fait vriller un peu plus. Il ne bouge pas, attendant un signe de ma part.

— Ça va ?

Son attention me touche à un point qu'il n'imagine même pas. Pour toute réponse, je me cambre un peu plus contre lui. Les lents va-et-vient qui s'ensuivent me ravissent. Ses yeux m'amènent à une complète perdition. Je ne vois plus qu'eux tandis que ses mouvements en moi me mènent dans des recoins qui m'étaient jusqu'alors inconnus.

Il est magnifique. Le regard plongé dans le mien, en appui sur ses deux mains, il gémit quand je griffe son dos, emportée par le plaisir.

— C'est tellement bon.

Les deux mains derrière sa nuque, j'essaie de me caler à son rythme lent et sensuel.

Le plaisir monte encore d'un cran quand ses mouvements s'accélèrent. J'adore qu'il perde le contrôle, qu'il s'abandonne enfin. Quand il attrape mes poignets pour les maintenir au-dessus de ma tête, intensifiant encore la force de ses coups de reins, je ne suis plus rien d'autre que de l'extase pure.

— Ouvre les yeux. Regarde-moi.

Quand j'obtempère, une bombe explose dans ma poitrine. Ayden est perdu et m'emporte loin, très loin avec lui. Sans me quitter du regard, il me supplie presque.

— Tu es si belle. Bordel, je t'aime tellement.

Mon corps se tend un peu plus à chacune de ses poussées. Au bord de l'orgasme, je crie son prénom encore et encore, inconsciente de tout excepté des sensations violentes qu'il provoque en moi. Je jouis en me mordant les lèvres, sans le quitter des yeux, et mon orgasme suffit à déclencher le sien. Contre ma bouche, sa voix saturée de désir prononce mon prénom ; tout son corps se tend à l'extrême. C'est la plus belle chose que j'ai jamais vue.

À bout de souffle, il relâche enfin mes poignets et s'affale avec précaution sur moi. Son cœur résonne contre le mien jusque dans ma poitrine. En cherchant l'air, Ayden pose une main dans mes cheveux, et un soupir désordonné lui échappe.

Soixante-dix-neuf

At the right place

Mel

La tête contre le torse d'Ayden, je ferme les yeux en soupirant quand il me serre contre lui. Nous ne disons rien, et ce silence est magnifique.

— J'ai merdé ce soir.

J'acquiesce en silence, un demi-sourire aux lèvres à la pensée de la colère de Chuck.

— Mais ça valait la peine. Je refais ça quand tu veux, s'esclaffe-t-il.

Je croise son regard rieur en lui administrant une tape sur la cuisse.

— Quoi ? Si je m'étais pas barré, j'aurais pas profité de ton corps, se marre-t-il.

— Ayden !

Je proteste en attrapant l'oreiller et en faisant mine de lui donner un coup avec. Il se lève subitement et m'attrape par les pieds pour m'attirer jusqu'à lui, au bord du lit.

— Qu'est-ce qu'il y a ? Tu veux que je recommence ?

Il approche son visage du mien, et son regard voilé me cloue sur place. L'espace d'un instant, je ferme les yeux, dans l'attente qu'il m'embrasse à nouveau, mais je réouvre bien vite les paupières quand son rire emplit mes oreilles.

— J'étais sûr que tu serais partante.

Quand il passe un bras derrière mon dos pour me soulever, je me débats en riant.

— Allez hop, sous la douche.

— Pose-moi, s'il te plaît !

— Pas de ça avec moi.

Je m'accroche à son cou pour ne pas tomber, et Ayden me porte jusque dans la salle de bains.

— C'est le grand luxe, chez toi, je ris en découvrant la petite pièce.

Le carrelage gris cendré a été refait récemment et le parement de pierres sombres qui décore le mur où se trouve une vasque de granit gris agrémente joliment l'endroit. Dans le coin opposé, une douche est protégée par une paroi de verre. La pièce n'est pas très grande, mais elle est accueillante. Sauf…

— Pourquoi le miroir est cassé ?

Ayden fronce légèrement les sourcils.

— Dommage collatéral.

— Qu'est-ce que tu veux dire ?

— T'étais pas là.

— Oh.

Ayden regarde une vieille trace de coupure sur sa main, et une vague de culpabilité mêlée de douleur m'étreint. Je savais qu'il en avait bavé, mais je ne pensais pas que c'était à ce point.

— Moi aussi, j'ai passé un sale quart d'heure.

— Je sais. Viens là.

Plus que sa peine, c'est sa tendresse qui me touche. Et certainement un peu aussi l'intensité de ce que nous venons de vivre. Ayden me serre dans ses bras avec force.

— Quoi ?

— Rien, souffle-t-il en embrassant mon front. Allez, viens te doucher.

Il retire son boxer et l'envoie valser sur le sol avant d'entrer dans la cabine et d'allumer l'eau. Hésitante, je triture machinalement mes mains.

— Qu'est-ce que tu fais, là ?

— Rien… Je n'ai pas de vêtements de rechange, et…

— Arrête de chercher des excuses. Je vais pas te manger. Quoique… Allez, te fais pas prier comme ça.

Je me retourne pour dégrafer mon soutien-gorge et le pose sur le rebord du lavabo. Au moment d'enlever mon shorty, j'hésite une seconde, puis je l'envoie rejoindre le sol. Sous les yeux d'Ayden, j'esquisse le geste de croiser les bras sur ma poitrine avant de me raviser. Ayden m'observe sans aucune retenue, et je plonge mon regard dans le sien pour me donner un peu de courage. Je n'arrive pas encore à prétendre que je me sens à l'aise, mais après ce qu'on vient de vivre, je n'ai pas envie de me cacher.

Il me fait de la place, attrape une bouteille de shampooing et se frotte vigoureusement les cheveux, les yeux fermés.

— Tu mates, Mel. C'est bon signe, se marre Ayden.

Perdue dans la contemplation de son corps magnifique, je n'avais même pas remarqué qu'il avait ouvert les yeux à nouveau.

— Quand est-ce que tu t'es fait tatouer ? je demande pour faire diversion en passant un doigt sur la rose des vents qui marque son abdomen.

— Il y a un peu plus d'une semaine.

— C'est magnifique. Qu'est-ce que ça veut dire ?

— Qu'il ne faut pas que je perde le nord.

Cette réponse m'arrache un sourire.

— Et les deux oiseaux, là, ils sont au nord, c'est ça ?

— Oui, c'est ça, soupire Ayden.

Une expression agacée traverse fugacement son visage. J'ai l'impression que ces oiseaux nous représentent, mais même si c'est le cas, il ne me le dira jamais. M'avouer ses sentiments parce qu'il est sur le point de me perdre est une chose, me dire dans le blanc des yeux qu'il s'est fait tatouer son amour sur la peau en est une autre. Et puis si ça se trouve, je me fais des films, et ces oiseaux n'ont rien à voir avec moi.

J'attrape le flacon de gel douche à côté de moi et en verse un peu dans ma paume. Ayden et moi nous lavons sans mot dire, mais cette proximité entre nous me touche. Une fois rincés, il pose ses mains dans mon dos pour m'enlacer. La tête dans son cou, je profite du contact doux de son corps. Il me serre fort, longtemps, et l'eau nous lave de toutes nos disputes et de toutes nos blessures. La profondeur de ce moment d'intimité s'enracine loin dans mon cœur, et je fonds littéralement quand il murmure à mon oreille :

— Merci de m'avoir fait confiance.

Je cherche sa bouche avec impatience. L'eau qui ruisselle sur nos visages lui donne un goût un peu différent, mais j'aime ça. Je presse mes mains contre son torse, me délectant de sa peau. Le sentiment de sécurité que j'éprouve entre ses bras est indescriptible. Ayden est ma barrière contre le monde, mon antidote contre moi-même, le remède aux murs que je passe mon temps à ériger entre moi et mes besoins. Son étreinte se resserre sur mes hanches, jusqu'à ce qu'il s'écarte de moi.

— Bordel, t'as pas le droit d'être aussi sexy.

Il recule à peine quand je lorgne entre ses jambes, et lève deux mains d'excuse.

— C'était un risque à prendre, se marre-t-il.

Quand nous en avons terminé, Ayden sort de la cabine, attrape une serviette et la passe autour de sa taille. Il m'en tend une, que j'accroche autour de ma poitrine. En l'apercevant de dos, j'ai du mal à déglutir.

Quand il revient quelques minutes plus tard après s'être habillé, son visage est détendu. Ça fait du bien de le voir comme ça.

Tout est tellement différent quand nous sommes seuls. Tout est logique, fluide, limpide. Aucune interrogation ne plane, et notre relation prend tout son sens.

— Qu'est-ce qui a changé ?

— De quoi tu parles ?

— De ça, j'explique en nous pointant tour à tour du doigt.

— J'en sais rien du tout, me répond-il en s'approchant de moi pour embrasser mon épaule nue. Quand t'es pas là, je vais mal. Je ferai ce qu'il faut pour que tu ne partes pas. Jamais.

Il se place derrière moi et m'enlace. Je m'appuie contre lui et entrelace ses mains aux miennes.

— Tu crois qu'on va y arriver ? je demande très sérieusement.

— J'en sais rien. Mais si on essaie pas, on le saura jamais. Je t'ai pris des fringues. Je suis pas sûr que ça t'aille bien, mais c'est tout ce que j'ai.

Les vêtements sont un peu larges, mais quand j'enfile le tee-shirt, l'odeur d'Ayden envahit mes narines et m'apaise. Quand je termine de m'habiller, je réalise que je vais enfin dormir à nouveau dans ses bras, et un sourire idiot s'accroche à mes lèvres. Cette sensation m'a tellement manqué… Je le rejoins dans la chambre, et ce que j'y vois me ravit : Ayden est couché sur le dos, son bras droit ouvert vers l'intérieur du lit, comme s'il attendait que je reprenne ma place.

En me glissant contre lui, je m'aperçois qu'il dort déjà à poings fermés. Durant de longues minutes, j'observe la finesse de ses traits, m'émerveillant encore de ce retournement de situation qui m'a amenée à être allongée sur ce lit, à côté de cet homme que j'aime plus que tout. De bien des manières, cette soirée fait partie de celles que je n'oublierai pas.

Le lendemain, une lumière crue me réveille. Durant toute la nuit, je n'ai pas changé de position, et j'ai très chaud. Ma peau moite colle à celle d'Ayden. Quand je bouge légèrement la tête pour me redresser un peu, ses grands yeux bleus m'observent intensément.

— Tu es réveillé depuis longtemps ?

— Un peu plus longtemps que toi, souffle-t-il en embrassant mes cheveux.

À moitié endormie, je flotte quelques instants sur un nuage, vite remplacé par une angoisse soudaine.

— Quelle heure est-il ?

— Un peu moins de 11 heures.

— Ayden ! Tu aurais dû me réveiller !

— Pourquoi ?

Son sourire innocent ne trompe personne.

— On a rendez-vous avec Chuck pour le débrief. Tu le sais très bien.

Enfouissant sa tête dans mon cou, Ayden grogne.

— Que Chuck aille se faire foutre.

Je ris doucement :

— On ne peut pas faire ça...

— Bien sûr que si, on peut.

Il me maintient fermement contre lui. J'essaie de me dégager de son étreinte, mais sa bouche trouve la mienne. Ses lèvres annihilent toute ma volonté, et en moins de temps qu'il ne faut pour le dire, je ne suis plus qu'un chiffon entre ses bras. Comment fait-il ça ? Une minute, je suis au bord de la crise d'angoisse, et la seconde d'après, plus rien d'autre ne compte que lui.

Je résiste pour la forme, mais mon tee-shirt passe vite par-dessus mes épaules. Je déteste être en retard, mais ça ne compte plus. Chuck, Erin, ou n'importe qui d'autre peuvent bien attendre. Ayden m'a tellement manqué ces derniers temps...

Une heure plus tard, le retour à la réalité est abrupt. Quand Ayden ferme à clé la porte de l'appartement, le pincement au cœur dans ma poitrine devient plus tangible encore. J'ai un mauvais pressentiment. Avec tout ce qui s'est passé cette nuit, j'avais presque oublié l'existence de mon téléphone portable, qui se rappelle à mon bon souvenir en ne cessant de sonner. Erin enchaîne les appels ; elle est sûrement en train de péter un plomb.

— Allô ?

— Mel, qu'est-ce que tu fais ? Il y a une demi-heure que tu devrais être là.

— Je sais, je...

Je marmonne une histoire de réveil qui n'a pas sonné et lui assure notre arrivée prochaine. Quand je raccroche, Ayden m'observe en silence. Lui aussi s'est renfermé. Son visage n'a plus rien à voir avec celui du garçon détendu de ce matin.

— Ça va ?

— Oui, me répond-il laconiquement.

Je n'insiste pas, rattrapée par mes propres angoisses. De la réunion de ce matin dépendra la promotion d'Ayden. Et je ne suis pas vraiment sûre du résultat.

Quatre-vingts

Ayden

Quand je me suis réveillé, elle dormait paisiblement. C'était tellement irréel de la voir là que j'ai failli me mettre à chialer. Elle ne se rend vraiment pas compte d'à qu'elle point elle compte pour moi. Elle ne peut pas.

Hier soir, j'ai vraiment cru que je l'avais perdue. Et contre toute attente, elle est encore là. Tout ce que j'espère maintenant, c'est ne pas détruire l'amour dans ses yeux. C'est peut-être le truc le plus précieux que j'ai jamais eu, et je sais pas comment le lui faire comprendre. Avant elle, je faisais des cauchemars dont même un psychopathe aurait peur. Des vrais, des morbides, de Brittany, de Cassie, de la tête explosée de ce mec sur le bitume, de mon père. Maintenant, mon pire cauchemar, c'est de me retrouver sans elle.

Depuis qu'on est sortis de l'appartement, je n'arrive pas à ouvrir la bouche. Le fait d'être de retour dans le monde extérieur me donne l'impression de perdre un peu de ce qu'on a vécu cette nuit. J'ai conscience que c'est débile, mais je n'arrive pas à penser autrement.

Dans le métro, elle arbore un petit air concentré qui m'amuse beaucoup. Elle doit certainement penser à ce débrief dont je n'ai strictement rien à foutre. Enregistrer avec elle, c'était tout ce que je voulais. J'avais juste envie d'être avec elle. La tournée, tous ces trucs autour… sans elle, ça n'a aucun sens.

Quelques mètres avant d'arriver à Live, je l'arrête subitement. Comme pendant l'enregistrement de l'album, je sais que la fête est finie pour nous deux, au moins pour la journée. J'ai besoin de ses lèvres pour tenir le choc. Je la serre contre moi et l'embrasse comme si ma vie en dépendait. Mel me rend mon baiser avec la même ferveur. Un léger sourire éclaire son visage, et elle serre ma main un peu plus fort. Peut-être que tout ira bien, en fait.

Chuck et Erin nous attendent dans la salle de réunion. Sur la grande table, des dizaines de journaux sont ouverts. Sur chacun d'eux, une photo de moi sur scène et, a priori, aucune photo de Chloe. C'est plutôt bon signe.

— Salut ! Bien dormi ? je lance avec un grand sourire.

Chuck reste impassible, évidemment. Je me demande ce qui pourrait faire réagir ce mec. Contrairement à lui, Erin réagit tout de suite.

— C'est pas trop tôt. Ta carrière, tu t'y intéresses ?

Je continue de sourire. Juste derrière moi, Mel n'en mène pas large.

— Bonjour. Désolée. Je, heu… Désolée pour le retard.

C'est ma faute si on est à la bourre, pas la sienne ; et pourtant, elle prend tout sur elle. Un de ces quatre, il va falloir qu'on ait une petite discussion à ce sujet. Il faut qu'elle arrête avec ça. Chuck ouvre enfin la bouche.

— Je suppose que vous avez besoin de café ?

— Avec plaisir, souffle Mel, soulagée.

Erin quitte la pièce. Au passage, elle me jette un regard noir.

— Asseyez-vous.

Mel pose son sac et attrape une chaise pour y poser ses jolies fesses. Elle a tellement peur de Chuck, c'est incroyable. Il faudrait vraiment que je lui explique que c'est un mec comme les autres.

Erin revient avec deux tasses fumantes. J'espère que son café est assez fort pour que j'arrête d'imaginer le corps de Mel contre le mien.

— Le bilan de la soirée était plutôt bon dans l'ensemble. Ce n'était pas gagné d'avance, mais ton esclandre avec ce journaliste a pu être étouffé. Les premiers passages radio sont très satisfaisants, poursuit Chuck. Ça va très bien marcher. Mélanie, Erin et toi avez fait de l'excellent travail. J'ai décidé de te rémunérer à la hauteur de ce que tu as donné à Live.

J'y crois pas. Il lui sourit. Elle a vraiment la côte, c'est clair. Mel rosit de plaisir.

— Merci. C'était pas la peine.

— Tu as fait ton travail avec sérieux et passion. Tu n'as pas compté tes heures, tu as fait tes preuves, et ce même si certaines personnes ne te facilitent pas la tâche.

Mel étouffe un rire. J'éprouve l'envie subite de passer ma main sous la table et de la caresser jusqu'à la faire rougir. On verra bien qui rigole après ça.

— Merci beaucoup.

— Donc les retombées sont très bonnes. Par contre…

Je sens que je vais me prendre l'orage qui pointe en pleine tête.

— Ayden, je crois que tu n'as pas compris que tu ne peux pas tout mélanger. Je ne veux plus jamais te voir quitter une soirée comme celle-ci sans m'en avertir. Ça fait partie du job. Adapte-toi, et fais-le vite.

Je l'assomme de suite, ou j'attends un peu ?

— J'avais mieux à faire que de répondre à des questions débiles. Mon boulot, c'est la scène.

— Ton boulot, Ayden, c'est de faire en sorte que les gens t'aiment, s'insurge Erin. Et si les journalistes t'aiment, les gens t'aimeront. Grandis un peu, mets de côté tes problèmes personnels et fais gentiment ce qu'on te demande.

Mel se raidit à côté de moi. Sous la table, elle attrape ma main et entrelace nos doigts, ce qui me calme immédiatement. Je hoche nerveusement la tête, les yeux fermés.

— Bien. Maintenant que les choses sont claires, parlons de ton planning, poursuit Chuck.

Bordel… Le seul que j'avais dans ma tête, c'était d'être avec Mel. La faire rire. Lui donner tout ce que je lui ai pas donné ces derniers mois. Mais apparemment, des empêcheurs de tourner en rond en ont décidé autrement. Mel retire sa main de la mienne, sort très sérieusement son téléphone de sa poche et ouvre son application d'agenda. Erin allume un ordinateur devant elle et débite un tas de trucs dont je ne retiens même pas la moitié. Mel prend studieusement des notes, et son nez se fronce un peu quand elle tape sur son clavier à la vitesse de l'éclair. J'adore quand elle a ce petit air-là.

— Ayden. Tu m'écoutes ?

Est-ce que c'est de ma faute si j'arrive pas à faire autre chose que la regarder ?

— Ouais, Chuck, j'ai compris. C'est bon.

De toute façon, Mel a tout noté. J'ai pas besoin de quoi que ce soit.

— Bien. Maintenant que c'est réglé, allez vous reposer. Vous avez une grosse journée devant vous.

Mel se lève et me sourit avec nervosité avant de suivre Erin jusqu'à son bureau pour une histoire d'autorisations, je crois. Chuck s'approche de moi avec un air un peu bizarre. Je ne sais pas pourquoi, j'ai la sensation que quelque chose ne tourne pas rond.

— Tu vas bien ?

Sa question m'étonne. Il ne demande jamais comment vont les gens.

— Pourquoi j'irais mal ? J'ai fait ce que tu voulais, non ?

Je devrais pas lui parler comme ça, mais je peux pas m'en empêcher.

— Juste comme ça. Bon courage pour ta promo. Et merci de m'avoir fait confiance pour cet album. Ça compte beaucoup pour moi.

Je passe nerveusement une main dans mes cheveux. Il me met mal à l'aise, vraiment mal à l'aise.

— Je l'ai pas fait pour toi.

Comme d'habitude, il ne réagit pas. Il passe devant moi, un léger sourire aux lèvres, et sort de la pièce sans un mot.

Quatre-vingt-un

Meetings

Mel

De retour dans le bureau d'Erin, j'essaie de la calmer un peu :

— Il est là. C'est déjà pas si mal.

Ses yeux lancent des éclairs. Je n'ai pas dû bien choisir mes mots. Elle me tend deux pass pour rentrer dans les locaux d'ABC7, situés pas loin du Lincoln Center. À partir de 16 heures et jusqu'à tard ce soir, un marathon d'interviews nous attend. Un live est ensuite prévu pour 22 heures sur une chaîne de radio locale. La promo démarre, et je ne suis pas vraiment sûre d'être prête pour ça.

— Mel. Arrête de le défendre sous prétexte que vous avez passé la nuit ensemble. Chuck fait une erreur en misant sur lui. Il va nous planter.

— Comment tu peux dire ça ? Tu sais qu'il a du talent. Il a juste des trucs à apprendre, c'est tout. Comme n'importe lequel d'entre nous.

Erin soupire, agacée.

— Je sais qu'il a du talent, soupire Erin, agacée. Mais des milliers de gens ont du talent. Ça ne suffit pas pour devenir un artiste reconnu.

— Je suis désolée, mais je ne peux pas te laisser dire ça.

— Mel, tu ne sais pas de quoi tu parles. Des gens comme lui, j'en ai connu des tas. Et si Chuck n'était pas derrière lui, ça ne marcherait pas comme ça marche. Il le protège trop. Ce serait n'importe qui d'autre, il n'aurait déjà plus de contrat.

— Tu sais d'où il revient et qu'il ne voulait pas faire cet album. Pourtant tu m'as dit toi-même qu'il allait cartonner. Tu ne crois pas que tu pourrais lui laisser un peu de temps ? Qu'est-ce qui te prend, Erin ?

— Je m'inquiète. Tu te rends compte de ce qu'il a fait hier soir ?

— Oui.

— Heureusement qu'on a pu rattraper le coup. Mais personne ne lui laissera de troisième chance, Mel. Personne.

— Je suis sûre que ça ne se reproduira pas.

— J'espère pour lui.

Moi aussi, mais je garde cette observation pour moi. Erin est en colère, et elle a raison. La sonnerie de mon portable met fin à notre échange un peu vif, et je percute mon oubli quand le nom de Tara s'affiche sur mon écran.

— Ma puce, ça va ? On n'a pas de nouvelles depuis hier soir, je suis morte d'inquiétude !

— Je suis désolée. J'ai dormi chez Ayden. Je vais bien.

— Je m'en doutais. Tu vas passer à la maison aujourd'hui ou tu as encore trop de boulot ?

— Tu ne travailles pas ?

— Non, on a déserté l'agence pour la journée. J'ai traîné Chris chez tous les traiteurs de New York. Je voulais que tu passes, j'ai plein de choses à te faire goûter. J'aimerais ton avis, je voudrais que le repas plaise aussi à ta famille.

— Je n'ai pas beaucoup de temps, mais je peux passer sur ma pause déjeuner, si ça vous va.

En raccrochant, je demande à Erin si elle sera présente lors les interviews. Je ne sais pas à quel genre de situations m'attendre, et j'ai peur de commettre un impair.

— Non, je ne peux pas, soupire Erin. Je dois m'occuper de ma fille, ce soir. Désolée, Mel, mais tu vas entrer toute seule dans le grand bain.

J'ai vraiment intérêt à prendre une grande dose de confiance auprès des miens. Au même moment, Ayden apparaît contre le chambranle de la porte du bureau.

— Est-ce qu'on peut y aller ?

Son air fermé ne me dit rien qui vaille.

— On peut. Merci, Erin.

— De rien. Bonne chance.

Sans un mot pour elle, Ayden s'éloigne dans le couloir. J'espère que la situation entre ces deux-là ne va pas s'envenimer. Je croise les doigts pour que l'un et l'autre arrivent à mettre de l'eau dans leur vin.

— Qu'est-ce qui se passe maintenant ? me demande Ayden posément.

— Où étais-tu pendant le débrief ?

— À ton avis ?

Son regard est rempli de sous-entendus. Mes joues s'empourprent.

— Tu n'as rien écouté ?

— Si, un peu. Je sais que j'ai un planning. C'est déjà pas mal.

— Est-ce que tu es au courant que c'est toi le principal intéressé dans cette histoire ?

Dans l'ascenseur, il effleure une seconde mon dos, et j'en oublie mon agacement. Je suis une cause perdue…

— Toi, tu sais ce qu'on a à faire. Et moi, je suis avec toi. Je n'ai pas besoin de tout savoir sur le bout des doigts.

Sa déclaration me fait fondre, mais elle m'inquiète beaucoup. Ayden ne semble pas réaliser ce qui nous attend, ni aujourd'hui ni tous les autres jours jusqu'à ce que la promotion de l'album soit terminée.

— Tu n'es pas sérieux ?

— À ton avis ?

— Tu as plusieurs interviews aujourd'hui. Et un live à ABC ce soir.

— C'est une blague ?

— Ayden, il faut que tu arrêtes de tout prendre à la légère. C'est de ta carrière qu'il s'agit.

— Ma carrière ne compte pas. C'est toi qui comptes.

Je ne peux pas m'empêcher de sourire. Juste avant que l'ascenseur n'ouvre ses portes, il s'approche dangereusement de moi.

— Juste toi et moi, souffle-t-il.

— Non, Ayden, ce n'est pas juste toi et moi. Pas dans ce cadre. Dans ce cadre, beaucoup de choses entrent en jeu. Ta situation implique des tas de personnes qui n'ont rien demandé de tout ça, y compris moi.

— On s'en fout, des autres, Mel. Les autres ne m'apportent rien.

— Ah bon ? Et ta soirée ? Et la masterisation ? Et tes musiciens ? Ils ne t'apportent rien ?

— Ouais, d'accord. D'accord, peut-être.

Devant son manque de conviction, j'enfonce le clou.

— Est-ce que tu as déjà pensé aux conséquences sur moi si jamais les choses partent en vrille ?

— De quoi tu parles ?

— Tu penses sincèrement que Chuck me gardera en cas d'échec ?

— Je vois pas pourquoi il le ferait pas. Ce serait ma faute, pas la tienne.

— Je ferais partie des responsables, tu le sais très bien. Un peu de concentration ne serait pas de trop si tu ne veux pas mettre un terme à ma carrière naissante.

— Tu tiens à ce boulot ?

— Oui, j'y tiens. Pas autant qu'à toi, mais j'y tiens.

Le temps qu'on traverse le hall, Ayden garde le silence, semblant enfin réfléchir à mes propos.

— Je vais voir ce que je peux faire, finit-il par souffler.

— Merci.

— Arrête de dire merci. Tu me dois rien.

Je n'en reviens pas : la discussion a été constructive, et ne s'est pas mal terminée. Se pourrait-il qu'Ayden soit capable de se remettre en question ? En sortant du bâtiment, il accroche discrètement son petit doigt au mien et me sourit. Rassérénée – et plutôt fière de nous – je l'informe de mes projets.

— Je dois passer chez moi. Tara m'attend pour me faire goûter ses choix de menu pour le mariage. Est-ce que tu veux qu'on se retrouve directement pour les interviews ?

Les mains dans les poches, Ayden penche la tête.

— En fait, je préférerais venir avec toi.

— Tu es sûr ?

Je n'en reviens pas.

— Pourquoi ? Ça pose un problème ?

Son sourire presque timide me fait fondre. Bordel, est-ce que quelqu'un sait où est passé Ayden ?

— Non. Bien sûr que non.

Une minute plus tard, nous nous engouffrons dans un taxi, ce qui ne manque pas de me rappeler la dernière fois que je me suis retrouvée à l'arrière de ce type de transport avec lui. J'attache ma ceinture en rougissant.

— Tu n'as pas mal à la tête, par hasard ?

Comment sait-il que je pense à ça ? Un peu gênée, je pince les lèvres et hoche la tête par la négative. Il attrape tendrement ma main, entrelace nos doigts et pose un baiser juste au dessus de mon poignet.

— Comment tu vois ta vie ? me demande-t-il subitement.

— Comment ça ?

— Avant d'être ici. À quoi tu pensais pour plus tard ?

— Tu veux dire, ce que je voulais faire avant de te servir d'assistante ?

— Oui.

— Je voulais enseigner. En maternelle. Ou traduire des livres.

— Vous apprenez l'anglais tôt, en France.

Sa réflexion me surprend.

— Quel est le rapport ?

— Si tu as fait des études d'anglais, c'est bien pour enseigner l'anglais aux enfants ? C'est comme ça que ça marche, non ?

— Non. Pas en France, en tout cas. On apprend une deuxième langue à partir du collège. Parfois plus tôt, selon les écoles, mais c'est rare.

Un doute me submerge.

— Attends. Je ne t'ai jamais parlé de mes études.

Ayden sourit.

— Si, tu m'en as parlé.

— Je suis sûre que non. Comment est-ce que tu le sais ?

Le sourire d'Ayden s'élargit.

— Si, tu me l'as dit. Ou alors, je suis bien renseigné, esquive-t-il.

— Ayden.

— Ok, j'avoue. J'ai soudoyé Erin pour qu'elle me donne ton CV.

— La prochaine fois, essaie de ne pas te griller tout seul.

— J'essaierai. Pourquoi l'enseignement ?

— J'aime l'idée d'aider des enfants à s'épanouir. (Le visage d'Ayden se rembrunit soudain, et je change rapidement de sujet.) Et toi ? Qu'est-ce que tu faisais avant d'arriver à New York ? Tu as fait des études ?

— Un peu de littérature en fac. Mais ça m'a rien apporté de bon.

J'en reste bouche bée.

— De la littérature ? Toi ?

— C'est si choquant que ça ?

— Je ne sais pas. Je te voyais plutôt… en fait, j'en sais rien. Pourquoi la littérature ?

— La seule chose que j'avais en dehors du piano, c'étaient de vieux bouquins de ma mère. Il y en avait quatre : *Le Vieil Homme et la mer*, *Les Aventures de Tom Sawyer*, *Les Hauts de Hurlevent* et *Moby Dick*. Chaque fois que j'entendais des cris, j'attrapais un livre. Je m'enfermais dans leur monde. En fac, j'ai lu d'autres trucs, mais ceux-là…

J'observe Ayden se perdre dans son passé.

— J'ai lu *Le Vieil Homme et la mer*, je murmure.

— Qu'est-ce que tu en as retenu ?

Cette conversation est complètement étrange. Je n'aurais jamais cru un jour échanger mes impressions sur un bouquin avec Ayden. J'ai bien cru voir des livres sur son étagère l'autre jour, mais je ne le voyais vraiment pas lire. Encore un de mes stupides préjugés, sûrement.

— J'ai pleuré. Vraiment pleuré. Une vraie douleur. Tu vois ?

— *Mais l'homme ne doit jamais s'avouer vaincu*, récite-t-il. *Un homme, ça peut être détruit, mais pas vaincu.*

— C'est comme ça que tu te vois ? Détruit ?

— C'est comme ça que je suis, Mel.

— Non. Non, tu n'es pas détruit. Un jour, tu verras que tu ne l'es pas.

Ayden ne prend pas la peine de me répondre, et embrasse le sommet de mon crâne d'un baiser protecteur. Il ne peut pas penser ce qu'il dit. Il n'est pas détruit, il est simplement blessé. Je ne veux pas qu'il pense ça.

Je m'enfonce un peu plus sur la banquette et je regarde le paysage défiler jusqu'à ce que le taxi s'arrête au coin de Grove Street. En bas de mon immeuble, je ressens une légère appréhension. Chris n'a jamais rencontré Ayden.

— Qu'est-ce qui t'arrive ?

— Rien. C'est juste… Mon oncle est gentil mais il est un peu bizarre, parfois. Je préfère te prévenir.

— Il peut pas être aussi dingue que moi, rétorque Ayden sobrement.

Il a raison. Ce n'est pas pour rien que la rencontre des deux hommes m'inquiète un peu. Silencieusement, nous montons jusqu'à l'appartement. Comme souvent, Tara m'accueille avec un grand sourire.

— Mel ! Ta soirée s'est bien terminée ? Je me suis inquiétée pour toi. Bonjour, Ayden. Je ne savais pas que tu viendrais.

Tara s'approche de lui et le serre affectueusement dans ses bras. Peu habitué à ce genre de démonstration, Ayden a une moue douteuse. Tara ne s'aperçoit de rien et pointe un doigt vers moi en le relâchant.

— J'espère que tu as faim. Nous avons un tas de bonnes choses à déguster. Je vais chercher Chris, il sera content de vous voir.

Sa bonne humeur contagieuse apaise un peu la tension qui s'est emparée de moi depuis ce matin. J'attrape deux tasses dans un placard et enclenche la machine à café. Si je dois tenir debout jusqu'à tard dans la nuit, autant anticiper.

Assis sur un des tabourets de l'ilôt, Ayden me regarde m'activer un moment puis consulte son portable.

— Zack me demande à quelle heure on sera au live ce soir.

J'essaie de ne pas faire tomber ma tasse de café. Encore un truc auquel je n'avais pas pensé.

— Il sera là ?

— À ton avis, je peux faire un show sans musiciens ?

— Les bandes-son, ça existe. On n'a pas besoin de lui.

— Arrête. C'est toi qui me parles de professionnalisme, normalement, pas l'inverse.

Touchée.

— Aiko sera là aussi. Et Taylor.

La présence d'autres musiciens me met un peu de baume au cœur.

— Aiko ?

— La fille qui joue de la batterie.

Je n'ai pas le temps de me renseigner plus que mon oncle déboule dans la cuisine.

— Mon petit lézard ! Ça va ? Tu nous as manqué hier soir.

Sans me laisser le temps de répondre, il me serre dans ses bras comme si on ne s'était pas vus depuis des mois. Ayden observe la scène, à moitié mort de rire.

— Ça va, oui.

— Bonjour, jeune homme. Chris, lance-t-il à Ayden un peu sèchement. L'oncle de Mel.

Il tend une main ferme à Ayden, qui ne se laisse pas impressionner.

— Bonjour. Ayden. On s'est croisé hier soir, je crois.

— Il me semble. Avant que tu disparaisses et que Mel se balade toute seule en pleine nuit à ta recherche. C'est bien ça ?

Je me râcle la gorge.

— Chris…

Ma voix claire semble détendre un peu mon oncle.

— Bon. Dans ce cas… j'espère que tu ne laisseras rien lui arriver.

Le sourire de Chris ne trompe personne : c'est un avertissement.

— Ne vous en faites pas pour ça, répond Ayden, raide.

— Bien. Maintenant, je peux donc te dire à quel point ce que tu fais est génial. Et crois-moi, je sais de quoi je parle.

— Merci.

Chris me lance un regard fier au moment où Tara réapparaît dans la pièce, interrompant leur conversation.

— On s'y met ? J'imagine que vous n'avez pas toute la journée.

— C'est exactement ça, je m'écrie.

Il faut encore que je me change et que je me prépare pour ce soir. Cette journée est vraiment trop stressante. Et quand je pense que toutes les autres seront du même acabit pendant des mois, j'en suis épuisée d'avance. Mais Ayden le mérite. Tout ce que j'espère, c'est que son foutu caractère ne nous mettra pas des bâtons dans les roues. Sans ça, on ne s'en sortira jamais.

Tara ouvre le réfrigérateur et en sort une multitude de boîtes en carton. Des petites, des grandes, des blanches, des rouges… Chris lève les yeux au ciel.

— Si j'avais su tout ce que ce mariage impliquait, je n'aurais jamais demandé à cette femme de m'épouser, plaisante-t-il.

Tara se retourne et lui tire la langue. Leur complicité m'attendrit. Je ne peux pas m'empêcher d'observer Ayden avec attention : les yeux dans le vague, il semble parti là où personne ne peut le rejoindre. Encore. Quand il se rend compte que je l'observe, il plonge son regard dans le mien, emportant au passage le peu de lucidité dont je fais preuve en sa présence.

Nous goûtons tellement de plats différents qu'à la fin, je suis incapable d'énumérer tout ce que j'ai mangé. Chris essaie d'établir le contact avec Ayden en lui parlant musique, mais je vois bien que ce dernier est ailleurs. À la fin de ce festin improvisé, Tara me prend à part pendant que nous mettons un peu d'ordre.

— C'est bientôt Noël, Mel. Tu me diras ce qui te ferait plaisir.

Avec tout ce qui se passe en ce moment, j'en ai presque oublié la venue proche de mon événement préféré. Pour la première fois de toute ma vie, je serai loin de ma famille.

— Rien du tout. Être avec vous me suffit amplement.

— Si je comprends bien, il va falloir que je me débrouille par moi-même pour une idée de menu, sourit-elle. Tu sais ce que fait Ayden pour les fêtes ?

Je ne me suis même pas posé la question.

— Aucune idée.

— Si c'est important pour toi, sache qu'il est le bienvenu.

Cette femme est une sainte.

— Merci. Mais nous n'en avons même pas discuté pour le moment.

J'observe discrètement Chris et Ayden, en face l'un de l'autre. Chris s'est lancé dans une tirade dithyrambique à propos des Doors. Ayden l'écoute, une lueur amusée dans le regard.

— Vous tenez l'un à l'autre, Mel. Il faudrait être aveugle pour ne pas le voir.

— Je sais. Je vais me changer.

Ayden me suit sans dire un mot, sous l'œil inquisiteur de Chris. Dans ma chambre, je lui demande doucement :

— Qu'est ce qui ne va pas ?

Il s'affale au bord de mon lit, et son visage se ferme.

— Rien. Tout va bien.

— Tu es sûr ?

— Oui.

— C'est à cause de ce que Chris a dit ? Je t'avais dit qu'il est plutôt protecteur.

Et encore, c'est un bel euphémisme.

— Il a raison.

— Ayden, qu'est-ce qui t'arrive ? Pourquoi tu es comme ça, d'un coup ?

— Comme ça comment ?

Ce n'est jamais bon signe quand il me renvoie mes questions. Jamais. Et je donnerai cher pour savoir ce qui se trame derrière ses yeux magnifiques.

— Comme si tu n'étais pas bon pour moi.

Ayden regarde ses chaussures, semblant à nouveau se plonger dans ses réflexions.

— D'accord, laisse tomber. Je vais me doucher.

Son expression fermée se transforme en un sourire taquin.

— Je peux venir avec toi ?

— Quoi ? Non, hors de question. Surtout pas ici.

Les yeux d'Ayden se font suppliants ; il se lève et me prend dans ses bras.

— S'il te plaît.

Sa supplique m'arrache un petit rire.

— Non, Ayden.

Sa bouche s'écrase sur la mienne avec douceur, et il mordille ma lèvre inférieure, m'arrachant un profond soupir alors que dans mon ventre, une tempête qui semble toujours prête pour lui s'annonce.

— Tu sais pas ce que tu rates, raille-t-il en s'éloignant de moi pour se rasseoir au bord de mon lit. Si tu changes d'avis…

— J'aimerais bien. Mais pas maintenant. On a trop à faire.

J'essaie de m'apprêter le plus vite possible pendant qu'Ayden écoute de la musique, affalé sur mon lit. L'air renfermé qu'il arborait tout à l'heure a complètement disparu. Je résiste violemment à la tentation de me réfugier dans ses bras.

— Qu'est-ce que tu fais pour Noël, au fait ?

Ce n'est pas vraiment le moment d'aborder la question, mais tant pis.

— Je pensais aller voir ma mère avant qu'elle apprenne par une radio que son fils est connu à travers tous les Etat-unis.

— Je pensais que tu n'avais plus de rapport avec elle.

— Voir quelqu'un une fois par an, j'appelle pas ça un rapport. Je veux juste lui dire ce qui se passe.

— Effectivement, il vaudrait mieux. Elle sera sûrement ravie.

— Je comptais t'emmener avec moi.

Ma brosse à cheveux dans les mains, je me fige un instant.

— Quoi ?

— Ouais. L.A. en décembre, c'est cool.

— Je suis censée fêter Noël avec Chris et Tara.

— Ils comprendraient.

— Je ne sais pas, Ayden. On en reparlera, d'accord ?

— Viens avec moi, c'est tout ce que je te demande.

Il ne s'attend pas une seconde à ce que je refuse, et ça m'énerve. Je me vois mal laisser tomber Chris et Tara pour Noël.

— Je suis prête. On y va ?

Ayden soupire et enfonce sa tête dans mon oreiller en grognant. Je râle en lui tirant la main.

— Dépêche toi, on va finir par être en retard !

— Est-ce que c'est moi qui passe des heures devant un miroir ? me taquine-t-il.

Il se redresse et s'accroche à moi. Sa tête repose sur mes jambes, et il lève les yeux vers moi. Un éclat brut traverse son regard bleu.

— Tu sais de quoi j'ai envie ?

Son sourire sans équivoque fait remonter des frissons le long de ma colonne vertébrale.

— Je crois que oui, je murmure doucement.

Ayden se lève en riant et plante un baiser abrupt sur mes lèvres avant de me précéder dans le couloir. Un soupir amusé s'échappe de mes lèvres.

Tout le temps du trajet, je reste silencieuse. Je suis morte de peur. Je n'ai jamais assisté à aucune émission de radio, encore moins de télé. Je n'ai pris aucun cours de communication, je ne sais pas ce qu'il faut dire ou non, et jusqu'où peuvent aller les questions des journalistes. Je meurs d'envie d'appeler Erin pour qu'elle me donne des conseils, ou encore mieux, qu'elle s'y rende à ma place, mais c'est impossible.

J'en veux un peu à Chuck, il faut bien l'avouer. Je ne comprends pas comment il peut nous larguer dans la nature sans aide. Soit il se saborde lui même, soit il a une confiance aveugle en moi et en la musique d'Ayden. Je ne sais pas quelle hypothèse est la meilleure, mais aucune des deux ne me réconforte.

— Arrête de stresser.

— Quoi ? Je ne stresse pas.

— Si. Tu fais ce truc avec tes cheveux. Tout va bien se passer.

— J'espère.

— Au pire, je les envoie tous se faire voir et on retourne sous la couette. Tu ne trouves pas que c'est un plan B génial ?

Je ne peux pas résister à sa moue de fierté, l'envie de rire est trop forte. L'avantage, c'est que je sors du taxi de bien meilleure humeur. Le bâtiment ne ressemble en rien à l'idée que je me faisais d'un studio télé : deux étages, un aspect assez vieilli, il est somme toute plutôt banal. À l'intérieur, un comptoir derrière lequel un standardiste se tient, et des portes sécurisées par des lecteurs de badge. Deux caméras de surveillance couvrent la totalité de l'espace.

Le jeune homme nous demande nos pass, puis nous indique une porte sur la gauche, en nous précisant que nous sommes attendus au fond du couloir. Et quel couloir ! Tous les six à sept mètres, de grandes ouvertures donnent sur différents plateaux. La plupart d'entre eux sont déserts, mais je reste quand même scotchée.

— J'aime pas cet endroit, râle Ayden dans mon dos.

— Pourquoi ?

— J'en sais rien. Je ne l'aime pas, c'est tout.

Tout au bout de l'allée, une jeune femme blonde nous attend de pied ferme.

— Bonjour. Audrey Ward. Je suis maquilleuse. Venez, on vous attend.

D'un pas rapide, elle passe une porte sur notre droite, et emprunte quatre à quatre un petit escalier. En haut, l'effervescence règne tant que j'en ai mal à la tête. Nous passons devant une salle de conférence dans laquelle un groupe de gens se congratulent, une coupe de champagne à la main. Ailleurs, un écran géant diffuse un reportage sur la vie de Kurt Cobain et la naissance de Nirvana. Dans une autre salle encore, une vingtaine d'ordinateurs sont installés, devant lesquels s'activent ce que je suppose être des journalistes.

Pendant qu'il passe au maquillage avec l'air de quelqu'un qu'on envoie à l'abattoir, on me propose un café que j'accepte avec joie. La maquilleuse l'accompagne ensuite dans un coin de la pièce où plusieurs portants pleins de vêtements sont rangés. Je baisse les yeux sur mon téléphone qui vibre dans ma main pour répondre à un message de Léa. La voix d'Ayden interrompt soudain le ballet de mes doigts sur le clavier.

— Putain, hors de question que je porte ça !

Alertée, je me lève d'un bond.

— Qu'est-ce que tu as ?

— Rien. Je garde mes fringues. Le problème est réglé.

Les yeux d'Audrey semblent vouloir sortir de leurs orbites. Elle ne sait pas à qui elle a affaire.

— Mais vous ne pouvez pas porter…

Elle désigne du menton le tee-shirt et le slim noir d'Ayden.

— Si, je peux.

Je pose une main sur son bras.

— Ayden. Calme-toi. Cette personne ne fait que son travail.

— Ouais. Et moi, j'essaie juste de faire le mien. Je porterai pas cette merde.

Il désigne une chemise en flanelle imprimée de fleurs multicolores. C'est vrai qu'elle est horrible. Je m'arme de toute la patience dont je suis capable.

— Ayden. S'il te plaît. Garde tes fringues si tu veux, mais reste poli. On n'est pas là pour ça.

Ayden ferme les paupières et soupire, les poings serrés.

— Excusez-moi, je ne voulais pas vous froisser. Je voudrais juste garder mes fringues, *s'il vous plaît*.

Le ton de sa voix reste provocateur, mais c'est mieux que rien. La maquilleuse me donne soudain l'impression d'avoir un peu peur d'Ayden, ce qui ne me rassure pas vraiment pour la suite des événements. Elle hoche brièvement la tête, puis nous informe avant de s'éloigner :

— Attendez ici. On va venir vous chercher.

Un peu contrariée, je retourne m'asseoir. Assis à mes côtés, Ayden bouge nerveusement la jambe, ses deux mains accrochées à l'assise de la chaise.

— Tu es fâchée ?

— Non. Mais tu ne peux pas te mettre à crier chaque fois que quelque chose te déplaît.

— Elle voulait me faire porter une putain de chemise, Mel.

— Elle fait son boulot. Tu n'avais pas besoin de lui parler sur ce ton.

— Ouais, et ben elle avait qu'à écouter quand j'ai dit non la première fois.

Un peu plus tard, le présentateur, un trentenaire blond au sourire figé vient nous accueillir. Nous le suivons jusqu'au rez-de chaussée. Je ne sais pas s'il a eu vent de ce qui vient de se passer, mais il n'en laisse rien paraître. Pendant l'interview, je m'assieds sur une chaise au bord du plateau, pas loin d'une caméra, et j'observe avec soulagement Ayden se détendre question après question. Le présentateur n'est certainement pas très connu, mais il maîtrise son métier et alterne entre humour et sérieux, ce qui semble convenir à Ayden, qu'il arrive même à faire rire.

Son visage irradie, il crève littéralement l'écran. Je suis étonnée de constater que pour une fois, Ayden se raconte avec facilité. Il n'y a vraiment rien de personnel dans les questions du journaliste, mais je ne m'attendais pas à ce qu'il se prête à l'exercice avec autant d'aisance. De temps en temps, Ayden me jette des coups d'œils furtifs, comme pour s'assurer de ma présence. Quand l'interview se termine, le présentateur et lui échangent quelques mots polis. J'attends patiemment qu'ils terminent, quand mon téléphone vibre dans ma poche.

— Oui, Chuck ?

— Où en êtes-vous, Mélanie ?

— Nous venons de finir chez ABC7.

— Tout va bien ?

— Oui. L'interview s'est bien passée.

— Le chauffeur vous attend dehors ?

— Quel chauffeur ?

— Celui de Live qui était censé vous accompagner jusqu'au studio.

— On ne l'a pas vu. On a pris un taxi.

— C'est bizarre. J'avais pourtant demandé à Erin de vous prévenir. Elle a dû oublier. Je vous l'envoie. Vous n'allez pas vous promener à vos frais dans tout NYC.

— D'accord, on va l'attendre. Merci beaucoup.

— De rien. Comment va Ayden ?

— Pas trop mal, je crois. Il a juste failli déclencher une guerre pour une histoire de chemise.

— Je crois que je ne veux pas connaître cette histoire, soupire Chuck. Dis-lui que les radios sont enchantées du single. Il est passé toute la journée un peu partout.

Mon cœur se gonfle de fierté.

— D'accord, je lui dirai.

— Appelle-moi s'il y a le moindre problème.

La voix de mon patron est teintée d'inquiétude.
— On se débrouille, ne t'en fais pas.
— Merci.
— Chuck ?
— Oui ?
— Tu ne vas rien lui dire, n'est ce pas ?
— Je n'en sais rien. Pas tout de suite en tout cas.
— Avec tout le respect que je te dois, je me sens très mal avec ça.
— Je sais. Mais tu ne devais pas savoir. C'est à moi de lui annoncer.
— Je dois te laisser. Ayden arrive.
— D'accord. Bon courage avec tes chemises. À plus tard.

En sortant du studio de télévision, Ayden sur mes talons, je me dirige vers un SUV noir garé juste devant l'entrée, contre lequel est appuyé un homme corpulent aux cheveux roux.
— Bonjour, je m'appelle Mélanie. Êtes-vous le chauffeur envoyé par Live ?
— Bonjour, mademoiselle, monsieur. M. Lawrence m'envoie vous chercher. Je m'appelle James.

Ayden retient un rire moqueur. Le rouge me monte aux joues, et je lui balance un discret coup de coude.
— Nous allons…
— Je sais où vous allez. M. Lawrence m'a transmis votre planning de la journée. Montez.

Enfin un peu d'aide ! Avec soulagement, je m'engouffre à l'arrière du véhicule, dont James ouvre la portière avec précaution. Un soupir d'aise s'échappe de ma gorge lorsque je m'installe sur la moelleuse banquette.

À l'intérieur, c'est le grand luxe : deux écrans DVD sont intégrés aux sièges de devant, et il y a même des chargeurs de téléphone. J'y branche rapidement le mien. James s'installe au volant, allume la radio et démarre. À côté de moi, Ayden s'amuse.

— Là, je sais que je suis une star.

Son air exagérément satisfait m'arrache un rire léger. Les sourcils relevés, je le taquine à mon tour.

— Ça va, les chevilles ?

Sans répondre, il cale un peu mieux son dos contre le dossier en soupirant d'aise. Le message de mon patron me revient soudain en mémoire, et je poursuis sur ma lancée :

— Chuck te fait dire que le single marche bien, pour une première journée. C'est génial, non ?

— Ouais, c'est bien.

— Tu n'es pas content ?

— Si.

— Il était bien, ce présentateur.

— Si on veut, grogne Ayden.

— Quoi ?

Il me semblait pourtant que tout s'était bien passé.

— Rien. J'ai rarement croisé quelqu'un d'aussi hypocrite.

— Tu vas râler comme ça jusqu'à ce soir ?

— Je ne râle pas.

— Si.

— Non. J'ai juste eu ma dose d'échanges creux pour la journée.

Et pourtant, nous sommes loin d'en avoir terminé. Ayden soupire et pose sa nuque contre l'appuie-tête, en fermant les yeux. Je me détourne pour observer le paysage à travers la vitre.

J'attrape mon téléphone pour envoyer un message à ma mère pendant ce petit moment d'accalmie. Alors que je suis en train d'ouvrir une photo de ma famille, quelques accords que je connais par cœur résonnent soudain dans l'habitacle. Je me tourne vers Ayden, un grand sourire aux lèvres. Il attrape ma main d'un geste doux. Comme d'habitude, rien ne semble l'impressionner.

— C'est toi, je murmure.

— C'est nous.

Je m'attendais à un peu plus de démonstration de sa part, mais rien ne vient. Malgré tout, la reconnaissance dans ses yeux me touche.

Nous ne bougeons plus jusqu'à ce que James arrête la voiture dans un parking sous-terrain.

— Vous êtes arrivés, mademoiselle. Je vous attends ici.

Je ne comprends pas pourquoi James ne s'adresse qu'à moi. J'acquiesce cependant et sors du véhicule en même temps qu'Ayden. Un ascenseur nous emmène au rez-de-chaussée. Une réceptionniste très apprêtée nous accueuille – ou plutôt, accueuille Ayden. Il va falloir que je m'habitue : je ne suis que celle qui l'accompagne.

— Vous êtes Ayden Harrington ?

L'air surpris d'Ayden m'amuse beaucoup. Il hoche sobrement la tête, un peu déstabilisé.

— On vous attend au studio, au quatrième.

À l'étage, Ayden promène un regard attentif mais distant sur ce qui l'entoure, répondant aux sollicitations des uns et des autres avec beaucoup de recul. L'interview radio se passe mieux que le précédent, peut-être parce qu'aucune chemise en flanelle ne se profile à l'horizon.

Le reste de l'après-midi se poursuit entre interviews et trajets dans New York. Vers 19 h 30, James nous dépose devant une toute petite salle de concert, le Bowery Ballroom. Ma tension monte d'un cran quand j'aperçois la couverture de l'album d'Ayden sur une grande affiche juste à côté de l'entrée. J'en fais une photo que j'envoie fièrement à Dan et Tara ainsi qu'à ma mère. Tout ça me semble tellement irréel.

L'intimité de la petite salle, construite sur le modèle d'un théâtre, me plaît immédiatement.

Nous sommes accueillis par Anna, une attachée de presse de Live. Sur scène, l'émission live à laquelle Ayden est invité est déjà en cours d'enregistrement. Un public plutôt sage et nombreux écoute attentivement une jeune femme que j'ai déjà aperçue à la télévision. Je crois qu'elle fait des émissions de conseil beauté et a même écrit un livre sur le sujet. Sur un côté de la scène, les instruments sont déjà en place. Anna nous accompagne en coulisses, où de nombreuses personnes courent dans tous les sens. Le contraste avec le calme du plateau est saisissant.

La loge est chaleureusement aménagée.

— Les autres ne sont pas encore là. Tu peux aller voir la styliste, si tu veux, dit Anna à Ayden. Tu as besoin de quelque chose ?

— Non, ça va aller. Merci.

Je ne sais pas comment il fait pour être aussi détendu. C'est une émission live, et pourtant, rien ne semble pouvoir atteindre sa confiance.

— Je serai par là si besoin, poursuit Anna sur un ton affable. Mélanie, on se voit un peu plus tard.

Elle nous abandonne et referme la porte de la loge. Ayden pose immédiatement ses deux mains sur ma taille.

— Tu m'as manqué…

Ce regard. Intense, chaud, profond. Je ne m'y ferai jamais.

— Je n'étais pas loin, pourtant.

— Comment tu te sens ?

— Ça va. Tu te sens prêt pour ce soir ?

— Évidemment.

— Pour quelqu'un qui ne voulait pas de la célébrité, je te trouve très enthousiaste.

— J'aime faire de la musique. J'ai toujours aimé ça. Je pourrais juste pas faire tous ces trucs sans toi.

Ses doigts caressent doucement mon dos à travers le fin tissu qui recouvre ma peau. Frissonnant légèrement, je profite de ce moment de tendresse volé. J'embrasse ses lèvres pleines en posant une main sur son torse et l'autre dans son dos. Quand on est comme ça, je suis à l'abri du monde.

Notre relation est peut-être compliquée, passionnelle et douloureuse, mais grâce à Ayden, je découvre un peu plus chaque jour qui je suis et ce dont je suis capable. La foi dans ses yeux me pousse à dépasser mes limites. Malgré nos disputes, je ne regrette rien. Tout ça est plus grand que nous.

— Je ne vais pas m'en plaindre.

Ma voix contre ses lèvres n'est plus qu'un souffle rauque. Je finis par m'écarter à contrecœur. Ce n'est vraiment pas le moment de se déconcentrer.

— Il faut que j'aille voir Anna. Elle doit me donner la liste des questions qu'on va te poser pour que tu puisses te préparer.

Ayden pose un dernier baiser sur mes lèvres.

— Tu perds rien pour attendre.

Avant que je puisse recouvrer mes esprits, trois coups frappés brutalement sur la porte me font sursauter, me ramenant à la réalité.

Sans attendre, Zack pénètre dans la petite pièce, suivi de près par Taylor et Aiko.

— Salut, mec. Prêt pour le grand saut ?

Ayden hoche sèchement la tête avant de taper dans la main tendue de Zack. Je ne sais pas si c'est la lumière, mais Ayden semble soudain plus dur. À nouveau, je suis incapable de déterminer ce qui se trame derrière l'acier de ses yeux, et je n'aime pas ça du tout.

Je salue Taylor d'un geste de la main et souris timidement à Aiko. Je passe une main nerveuse dans mes cheveux, avant de me rappeler avec soulagement qu'Anna m'attend.

— Je vais vous laisser, je lance de ma voix la plus assurée possible.

Sans me retourner, je referme derrière moi la porte de la loge. Un goût amer dans la bouche, j'essaie de me persuader que tout ira bien ce soir.

Pour maîtriser mon angoisse naissante, j'observe autour de moi toutes ces personnes qui s'activent pour que l'émission soit un succès. Les applaudissements des spectateurs me parviennent de loin. Je rejoins Anna dans une petite salle pas loin des loges qui semble servir de régie pour la soirée. Sur deux écrans, deux caméras filment le plateau sous un angle différent. Il fait très sombre et plutôt chaud là-dedans.

— Il y a des caméras ? Ce n'est pas supposé être une émission de radio ?

— Elle est diffusée sur le Net, c'est pour ça qu'il y a une styliste aussi.

Au cours des dernières semaines, j'ai appris à apprécier Anna, sa voix douce et son naturel spontané.

— Ça va, toi ?

— Mouais… J'étais mieux au chaud avec mon chat. Mais Erin n'était pas dispo, alors me voilà…

J'imagine que pour elle, être là ce soir n'est pas une partie de plaisir.

— J'imagine.

— C'est la première fois que tu fais ce boulot, non ?

Sa question me met un peu mal à l'aise.

— Oui. Je…

— Je sais. Ayden te veut toi, et personne d'autre.

Je souris en levant les yeux au ciel.

— Et quand Ayden veut quelque chose…

Anna s'esclaffe. J'aime la douceur qui se dégage de son visage.

— Effectivement. Mais ce n'est pas le sujet. Tu es là pour les questions, je suppose.

— Oui, s'il te plaît.

— Tiens. Bon, tu ne veux pas me dire ce qu'il y a vraiment entre lui et toi ?

Merde.

Je ne sais pas jusqu'à quel point je peux faire confiance à Anna…

— Mel, on bosse pour le même patron. Tu n'as pas à t'inquiéter de moi.

J'hésite. La simplicité d'Anna me pousse pourtant aux confidences.

— Je ne voulais pas être avec lui. Du moins, pas au début.

— Alors c'est ça le secret ? Je m'en souviendrai… Si je promets de faire ma chieuse avec le premier canon qui passe, tu crois qu'il me passera la bague au doigt ?

Anna tend sa main devant elle et observe son annulaire. Nous éclatons de rire, et ça fait du bien. Je ne pense plus à tout ce stress, ni même à Zack.

— Personne ne doit savoir.

— Ne t'en fais pas. Je ne prendrai pas le risque de me faire virer par le Grand Iceberg.

— Chuck ?

— Tout le monde à Live l'appelle comme ça. Tu ne le savais pas ?

Je pouffe.

— Quoi ? Il est plus froid que la banquise au plus fort de l'hiver.

— Pas tant que ça. Je l'ai déjà vu sourire. Deux fois.

— Sérieux ? s'étouffe exagérément Anna.

— Je t'assure que c'est vrai.

Je me demande quel surnom a été attribué à Erin, ou même à Ayden. Je crois que je préfère ne pas le savoir.

L'heure tourne, et l'interview approche. Ayden est censé être sur scène dans une heure. Anna et moi retrouvons notre concentration et étudions les questions de la soirée. L'inspiration d'Ayden, ses morceaux préférés, le contexte qu'il préfère pour écrire, son parcours… Rien qui ne sorte de l'ordinaire.

Rassérénée par les conseils et l'enthousiasme communicatif d'Anna, je retourne dans la loge d'Ayden. Je marque un temps d'arrêt quand je me retrouve seule face à Aiko, Taylor et Zack. Apparemment, j'ai interrompu quelque chose. Ma confiance éclate d'un coup.

— Il va revenir, me lance Zack abruptement.

Appuyé sur un bras contre un mur de la loge, il me lance un regard tellement glacial que même Aiko et Taylor semblent gênés. J'ai l'impression de ne pas avoir ma place parmi eux, mais je ne vais pas me laisser abattre aussi facilement. Il n'y a aucune raison que je me sente aussi mal.

— Ça ne fait rien. Je vais attendre, je lance d'un air bravache en m'asseyant.

Aiko baisse les yeux, l'air de vouloir être ailleurs, et Taylor sourit timidement. Zack s'éclaircit la gorge en recoiffant ses mèches ébouriffées. Ce mec passe son temps à s'admirer. Je me force à faire comme s'il n'existait pas :

— Taylor, comment va ton fils ?

— Bien. Il marche depuis peu. Il… enfin, il me rend dingue.

Je ne peux pas m'empêcher d'imaginer une seconde Ayden avec un enfant dans les bras. J'ai presque envie d'en rire.

— Cool. Enfin, c'est bien, non ?

— Oui, c'est bien.

Zack attrape sa basse. Quelques accords résonnent.

C'est alors qu'Ayden entre sans prévenir. En plus de son éternel slim noir, il porte un pull beige ample qui fait ressortir ses yeux à la perfection. Il se rue sur un plateau de nourriture posé dans un coin de la pièce. Tout en avalant quelques chips, il rassemble ses troupes.

— On va y aller. Vous êtes prêts ?

— Toujours, en ce qui te concerne.

La voix de Zack m'insupporte. Aiko et Taylor acquiescent sans rien dire. Ayden fronce légèrement les sourcils quand il pose les yeux sur moi.

— Mel ?

— Oui, c'est bon. J'ai tes questions, si tu veux les lire.

Je tends devant moi les deux feuilles de papier qui m'encombrent les mains depuis tout à l'heure.

— Fais voir.

— Laisse tomber, mec. On s'en fout de leurs questions. Il n'y a que ta voix qui les intéresse.

Je tends mes papiers à Ayden sans pouvoir m'empêcher de lancer un regard acerbe au blond en face de moi.

— C'est le boulot, Zack. C'est mon job maintenant.

— Ton job, c'est de chanter des chansons. Je sais pas pourquoi tu te préoccupes de ces conneries d'interviews.

— En quoi ça te regarde ? Tu es quoi, toi ? Ah, oui, *juste* le bassiste.

Je n'ai pas pu m'en empêcher. Ayden émet un sifflement admiratif ; ses yeux pétillent de malice et me calment un peu.

— On dirait que tu avais besoin de te défouler.

— Elle a juste ses *règles*, sûrement.

Ayden se mord les lèvres pour ne pas rire à la blague idiote de son pote. Zack me regarde d'un air hautain qui me donne l'envie subite de le gifler.

— Qu'est-ce qu'il y a, Mel ? Tu as perdu ta langue ?

— Va te faire voir.

Ayden ne se départit pas de son sourire, mais m'attrape la main et avertit son bassiste.

— Laisse-la tranquille. Elle fait son boulot.

— Qu'elle te laisse faire le tien alors, ce sera déjà bien.

Le ton d'Ayden se durcit subitement.

— Zack. Ferme-la, maintenant.

— Ok.

S'il s'est calmé pour l'instant, j'ai l'impression désagréable que la guerre entre nous ne fait que commencer.

Au moment où Ayden s'apprête à monter sur scène, je ne peux plus cacher mon extrême tension. Plus de dix mille personnes sont en train de suivre l'émission. Dix mille personnes. Ce n'est pas grand-chose à l'échelle du monde, mais ça fait quand même monter la pression.

Anna et moi avons abandonné Ayden et le reste du groupe pour nous installer dans le public. Le sang afflue plus rapidement dans mes veines au moment où le présentateur annonce Ayden. Dans le public, des murmures approbateurs se font entendre.

Souriant, énergique, Ayden est méconnaissable. La scène est vraiment faite pour lui. Quand la musique résonne, il ferme les paupières et attrape le micro dans ses mains en bougeant en rythme. L'adrénaline s'empare de tout mon corps quand il rouvre les yeux et sourit mystérieusement.

Tout le temps du morceau, il est ailleurs. Concentré sur son texte, il s'amuse avec le public devant lui, qu'il se met dans la poche en moins de temps qu'il ne faut pour le dire. Quelques accords et un grain de voix parfait semblent leur suffire pour être en état d'hypnose.

Aiko déchire derrière sa batterie. Taylor affiche cet air ravi qui ne le quitte presque jamais, et Zack a l'air de beaucoup s'amuser.

Quelques secondes avant que sa voix s'éteigne, il pose enfin les yeux sur moi pour ne plus me lâcher. J'en frissonne. Si je m'écoutais, je me lèverais de mon siège pour me réfugier immédiatement dans ses bras.

À côté de moi, Anna crie et applaudit à s'en faire mal aux mains.

— Je savais qu'il était bon, mais à ce point là…

Ayden pose son instrument contre le mur le plus proche et s'assied autour de la table où l'animateur radio et deux de ses complices sont installés. Zack et Aiko font de même, un peu en retrait par rapport à l'invité principal.

— Bonsoir, Ayden.

— Bonsoir.

Il semble libre. Rien n'a de prise sur lui en ce moment, et son petit air qui dit « j'en ai tellement rien à foutre de rien » est vraiment sexy.

— Bienvenue parmi nous. Ça a l'air d'aller ?

— Je vais très bien, merci beaucoup.

Encore un peu essouflé, il sourit à l'animateur qui essaie de le mettre à l'aise.

— Ce morceau est vraiment génial. Merci de le partager avec nous. Peux-tu nous dire ce qui te l'a inspiré ?

— Je peux faire ça. Sans rentrer dans les détails, je l'ai écrit pendant une période de ma vie un peu compliquée.

— On parle beaucoup de toi depuis quelques jours. Qu'est-ce que ça te fait ?

Ayden prend le temps de réfléchir.

— Je suis très reconnaissant., et je le vis plutôt bien, répond-il avec un petit rire.

— Ça se comprend. Tu es très jeune et talentueux. Est-ce que ton cœur est déjà pris ?

J'observe avec attention le léger froncement de sourcils qui accompagne le sourire crispé d'Ayden. À côté de moi, Anna me lance un regard inquiet.

— Malheureusement non, marmonne Ayden en passant une main dans ses cheveux.

Son regard fuit son interlocuteur, mais il ne laisse rien paraître de ce qui se produit dans sa tête. Des cris aigus dans le public me confirment que cette technique de communication fonctionne très bien. Je pince les lèvres.

— Apparemment, c'est une bonne nouvelle pour nos auditrices, poursuit gaiement l'animateur. Quelle est la technique pour te séduire ?

— J'aime les grands yeux. La gentillesse et la patience. Et une bonne dose de caractère.

Un sourire s'accroche à ses lèvres.

— Voilà qui me semble bien précis ! plaisante l'animateur.

Ayden croise mon regard et me lance un sourire rassurant. Pour l'instant, notre secret reste bien gardé. La sensation de partager avec lui quelque chose de précieux est finalement plutôt agréable.

L'interview se termine dans la bonne humeur. Quelques personnes s'approchent de la scène à la fin de l'émission pour un autographe. Je prends le temps d'observer Ayden avec ses premiers fans. Il se montre beaucoup plus disponible que ce que j'imaginais. À mon grand soulagement d'ailleurs.

J'ai l'impression de marcher en équilibre sur un fil ténu. Tout ce qu'il est en train de vivre se produit à cause de notre rencontre. Et s'il en venait à me le reprocher un jour ? Est-ce qu'il arrêterait tout ? J'ai accepté sa proposition sans réfléchir aux conséquences. J'espère que je n'ai pas fait d'erreur en acceptant d'être là pour lui.

Anna et moi nous levons pour retourner dans la loge en attendant qu'Ayden termine. Zack et Aiko y sont déjà. Au moment où nous entrons, la batteuse enfile un blouson de cuir doublé de fourrure.

— Je rentre, nous informe-t-elle d'une voix douce. Vous direz merci à Ayden.

Je rêve où elle rougit ? Je n'y aurais pas cru une seconde. Je la prends amicalement dans mes bras et la remercie à mon tour de sa présence. Elle bredouille quelques mots inintelligibles puis quitte précipitamment la pièce. Zack m'apostrophe subitement.

— Moi, je reste là.

Je lève les yeux au ciel, atterrée. Ce type est vraiment con.

— Anna, tu peux nous laisser deux minutes ? Il faut que je parle à Mel.

— Mélanie. Pour toi, c'est Mélanie. Et on n'a rien à se dire. Anna, tu peux rester.

Ignorant mon intervention, Zack insiste.

— S'il te plaît, Anna. J'en ai pas pour longtemps.

Je supplie silencieusement ma collègue de ne pas me laisser seule, mais elle finit par céder.

— Je reviens dans deux minutes.

J'ai mal à la tête. Fait chier.

— Qu'est-ce que tu veux, Zack ? M'imposer un autre chantage ? Inventer une maîtresse à Ayden pour que je le quitte ?

— J'aurais bien aimé, mais non.

— Très drôle. Vraiment.

— Ayden ne peut pas se passer de toi. Donc, je vais te supporter. Essaie d'en faire autant.

— Ayden peut très bien se passer de toi. Et ce n'est pas parce que tu as aidé Cassie que…

Je m'interromps soudain, consciente du danger d'aborder ce sujet avec ce type.

— Il te l'a dit ? demande Zack avec surprise.

— Oui. C'est la raison qu'il m'a donnée pour justifier le fait que tu traînes encore dans les parages.

— Donc tu sais certainement aussi ce qui s'est passé après ?

— Oui, je sais. Cassie est restée longtemps chez vous, vous avez pris soin d'elle.

— Donc tu ne sais rien du tout.

Je commence à voir rouge. Vraiment rouge.

— Alors vas-y, dis-moi ce que je ne sais pas.

— Il t'a dit qu'il ne dormait plus ? Qu'il a failli devenir complètement taré ? Que j'étais le seul à m'occuper de lui ?

Je baisse les yeux, sonnée. Zack continue de m'enfoncer.

— Pendant trois semaines, j'ai cru qu'il allait devenir fou. Il voulait tout casser, tout le temps. Dès qu'il dormait, il se mettait à hurler. J'ai même fini par devoir l'aider à se nourrir. Il est dévasté, Mélanie. J'ai vraiment rien contre toi, mais lui et toi… vous vivez vraiment pas dans le même monde.

— Tu n'es personne pour en juger.

— Non. Mais tu ne connais pas Ayden. J'essaie juste de lui éviter de se prendre un mur de plus en pleine gueule.

— Je ne suis pas là pour ça.

— D'une façon ou d'une autre, il souffrira. Mais c'est trop tard maintenant, il est trop impliqué. Il nous reste plus qu'à trouver un moyen de nous supporter.

— Sinon, tu peux aussi nous foutre la paix, tu sais.

— Ayden est comme mon frère. Hors de question que je te fasse ce plaisir.

Je veux bien croire que Zack a été là pour Ayden quand il en avait le plus besoin, mais de là à le laisser dire que je ne suis pas faite pour lui, il y a une galaxie entière. Je ne me suis peut-être pas toujours comportée avec lui comme j'aurais dû, mais je veux qu'il aille bien et je me bats pour que ce soit le cas. Bien plus que son bassiste ne l'imagine.

— Pourquoi ne serait-il pas mieux avec moi que sans moi ?

— On s'éclatait bien, lui et moi. Je voulais pas perdre ça.

— Je n'appelle pas ça protéger quelqu'un.

— Je voulais pas qu'il s'éloigne de moi pour qu'une fille naïve dans ton genre lui rappelle à quel point il peut souffrir.

— Je veux pas le faire souffrir.

— Mais tu vas le faire. Tu verras.

— Ça me regarde.

Plutôt mourir que de perdre ce que j'ai avec Ayden.

— Ça, j'ai bien compris, rétorque Zack dans un sourire. Pourquoi t'es avec lui ?

— En quoi ça te regarde ? Pourquoi tu le chaperonnes comme s'il t'appartenait ? Tu es amoureux de lui ?

Zack éclate de rire.

— Quoi ? N'importe quoi !

— Pourtant, quand on voit à quel point tu tiens à lui, il y a de quoi se poser des questions.

— Détrompe-toi, Mel. Je ne suis pas amoureux d'Ayden. Je veux juste m'assurer de ne plus jamais avoir à jouer les nounous.

— Jouer le rôle du sauveur te donne de l'importance ? Tu fais un complexe, c'est ça ?

— T'es pas si naïve que tu en as l'air, finalement, ironise Zack avec aigreur.

— Ayden sait se protéger. Il n'a besoin de personne pour ça.

— Je me fous de ce que tu penses. Je te demande juste de me supporter comme j'essaie de *te* supporter parce que notre ami commun en besoin.

— J'essaierai, je soupire. Mais ne me menace plus jamais.

— Bien. Tu vois, quand tu veux.

Cette discussion était vraiment bizarre, mais je reconnais que ça facilitera nos prochaines rencontres. Tout ce que j'espère, c'est que Zack me dit la vérité.

Une fois hors de la salle, Ayden ne prend même pas la peine de me demander ce que je veux faire et ordonne à James de nous déposer chez lui.

— Et si je voulais dormir dans mon lit ? je râle.

— Même pas en rêve, marmonne Ayden dans mes cheveux.

Les jours qui suivent passent à la vitesse de la lumière. Entre les interviews, l'enregistrement du clip et quelques sets dans de petites salles pleines à craquer, je ne sais plus où donner de la tête. Mais Ayden et moi ne nous quittons plus, et ça me suffit pour ne penser ni à la fatigue ni au stress.

Je n'ai pas dormi chez Chris et Tara depuis ce qui me semble être une éternité. Au fur et à mesure que les jours passent, j'accumule de plus en plus de fringues dans l'appartement d'Ayden. Heureusement, Tara ne m'en tient pas rigueur. C'est plus compliqué pour Chris, qui ne me donne plus de petit surnoms affectueux et grommelle dans sa barbe chaque fois que je passe les voir en coup de vent. Il est encore pire en présence d'Ayden. Même si Chris fait le maximum pour rester courtois, je vois bien qu'il est blessé.

Ce tourbillon est passablement épuisant, et il ne fait que commencer. Parfois des gens reconnaissent Ayden dans la rue, lui demandant des autographes et des photos. Il se prête au jeu avec calme et résignation.

C'est seulement le soir, quand nous nous retrouvons tous les deux à l'abri entre les murs de son appartement que nous pouvons partager cette intimité dont nous avons tellement besoin. Depuis notre dernière dispute, pas une seule ombre n'est venue ternir le tableau de notre histoire pourtant si compliquée. Apprendre à le connaître, le connaître vraiment, est la plus belle chose qu'il m'ait été donné de vivre.

Ce soir, Ayden fait semblant de regarder un film pendant que je relis pour la centième fois *La Lenteur* de Milan Kundera, la tête posée sur ses cuisses. Il caresse distraitement ma hanche, m'empêchant de me concentrer vraiment.

— Qu'est-ce que tu as décidé pour Noël ? me demande-t-il subitement.

— C'est déjà compliqué avec Chris, je me vois mal le laisser tomber.

— J'ai réservé ton billet.

— Tu as quoi ?

Malgré moi, mon ton s'est durci.

— Tu vas venir. Tu le sais très bien.

J'avais oublié à quel point il peut être arrogant. Je me raidis.

— Non. Non, je n'en sais rien. Pourquoi tu as fait ça ?

— Parce que je veux que tu viennes avec moi.

— Ayden, il s'agit de Noël.

— Justement, c'est Noël. Je n'irais pas voir ma mère, si ce n'était pas pour ça.

— Moi aussi, j'ai une famille. Et je veux passer les fêtes avec elle. Tu ne peux pas choisir pour moi.

— Ça t'évitera de réfléchir pendant des heures.

Les mots me manquent. Je me redresse et m'assois sur le rebord du canapé.

— Je ne viendrai pas.

— Pourquoi ? me demande Ayden, étonné.

— Parce que je veux passer du temps avec ma famille. Je ne les vois presque plus, je ne peux pas leur faire ça pour Noël.

— T'es sûre de toi ?

— Oui. Je suis désolée.

— C'est bon. Je vais annuler ce putain de billet, c'était une mauvaise idée.

— Si tu veux, on pourrait aller voir ta mère après Noël ? Le lendemain, par exemple ?

— Laisse tomber, Mel. Passe les fêtes avec ta famille, d'accord ?

— Merci.

Je m'approche doucement de lui pour le prendre dans mes bras, mais il ne me rend pas mon étreinte. L'atmosphère est pesante, et il y a bien longtemps que je ne l'avais pas vu aussi silencieux.

Les jours suivants, Ayden ne me cherche plus du regard comme il le faisait toujours pendant ses interviews. Quand il m'embrasse, j'ai l'impression qu'il est complètement ailleurs. Il semble retourné dans sa bulle. Il m'en veut, je le sais. J'essaie d'en discuter, mais chaque fois, il se ferme immédiatement. Je ne sais plus quoi faire.

Au bout de quelques jours, l'atmosphère entre nous est tellement tendue qu'elle en devient insupportable. Un soir, après un set, je finis par exploser :

— Est-ce que tu vas enfin me dire ce qui ne va pas ? Est-ce que c'est juste parce que je ne peux pas passer Noël avec toi ?

Il pose sur moi un regard cynique.

— Tout va bien, Mel. Arrête de te prendre la tête. Ça te changera.

— Rappelle-toi. Rappelle-toi la soirée. Tu as dit qu'on devait se battre l'un pour l'autre.

— Ouais. Je sais ce que j'ai dit.

Son ton cinglant me rappelle notre dispute au studio.

— Tu n'as pas le droit. Tu n'as pas le droit de me reprocher de vouloir passer du temps avec ma famille. C'est injuste. On se verra après Noël, il n'y a rien de grave là-dedans.

— Injuste ? C'est moi que tu trouves injuste ? Je voulais t'emmener chez moi, Mel. Rien de plus.

— Tu n'avais pas à décider pour moi.

— Putain, j'ai juste voulu t'offrir un truc un peu différent. On ne va pas en faire une affaire d'État. Tout va bien.

Ses yeux disent le contraire. Quelque chose ne va pas, je le sais. Zack passe la tête à travers la porte de la loge avant que j'aie le temps de répondre.

— T'es prêt, mec ?

— Ouais. J'arrive.

Ayden s'approche de moi et pose un rapide baiser sur mes lèvres.

— Je te retrouve plus tard.

Et il part. Sans moi. Avec Zack. Ces derniers jours, avant qu'on se prenne la tête à propos de Los Angeles, il aurait fait n'importe quoi pour que je ne le quitte pas d'une semelle. En soi, ce n'est rien de grave. Mais sa froideur ces derniers jours n'est pas normale. J'ai l'intuition farouche qu'il ne va pas bien, et je n'arrive pas à m'enlever cette idée de la tête.

Je rassemble mes affaires, le cœur un peu lourd. Des conversations étouffées me parviennent depuis la salle de concert, et je croise le groupe qui succède à Ayden, qui s'apprête à monter sur scène.

Dehors, James m'attend.

— Pourquoi êtes-vous encore là, James ? Vous devriez être chez vous depuis longtemps.

— M. Lawrence m'envoie vous chercher. Ayden n'est pas avec vous ?

J'ai dû rater un épisode. Je ne me souviens pas que Chuck m'ait parlé d'un quelconque événement ce soir.

— Non, il est déjà parti. Où va-t-on ?

— Je suis chargé de vous conduire à une adresse sur la 45e Rue. C'est tout ce que je sais.

Dans la voiture, j'appelle Chuck. Quel que soit l'endroit où je me rends, je voudrais savoir à quoi m'attendre.

— Chuck, c'est Mélanie. James me dit que tu nous attends quelque part ?

— Oui. Une petite soirée improvisée, pour fêter le succès du single.

Le ton de mon patron est particulièrement guilleret.

— Ayden n'est pas avec moi. Il est…

Il est quoi, en fait ?

— … allé faire un tour. J'allais rentrer.

— Bien, je vais essayer de le joindre. Je te retrouve là-bas.

— Chuck, attends. Est-ce que je dois me changer ?

Un petit rire se fait entendre au bout du fil. Le Grand Iceberg est en train de fondre comme neige au soleil.

— Non, c'est inutile. Je voulais juste que tout le monde se détende un peu ce soir. Vous l'avez bien mérité.

— Une bonne nuit de sommeil aurait suffi, tu sais.

— Je ne pense pas. Je t'attends. À tout à l'heure.

L'appel de Chuck me réconforte un peu. Un peu plus tard, ma surprise se transforme en une joie fugace mais réconfortante. James me dépose devant un gratte-ciel de verre que je connais bien. Nous sommes au pied du B54.

Le cœur battant, je salue James et me dépêche de grimper dans l'ascenseur. C'est ici que tout a commencé. Ici que j'ai croisé Ayden pour la première fois. Ici que j'ai entendu battre le cœur de cette ville, et le mien.

Le bar est beaucoup moins bondé que la dernière fois, mais la musique n'a pas changé, pour mon plus grand bonheur.

Revigorée par un morceau de The Rasmus, j'étudie la foule dans l'espoir de repérer Chuck. Je me dirige vers le fond de la salle et finis par trouver Erin et mon patron attablés devant deux cocktails.

— Bonsoir, me lance Chuck d'une voix claire. Qu'est-ce que tu veux boire ?

— Rien pour l'instant, merci. Qu'est-ce qu'on fête ?

— Les premières ventes du single, m'informe Erin. Il marche vraiment très bien.

— Comme je m'y attendais, c'est un démarrage rêvé, reprend Chuck avec enthousiasme. Ayden arrive. Ce serait dommage de fêter son succès sans lui. Comment va-t-il d'ailleurs ?

Je n'en sais strictement rien.

— Bien, je crois. Il est de plus en plus à l'aise avec le public.

— Parfait, alors, rétorque Erin. J'ai quand même des doutes sur ce qu'il veut vraiment.

Chuck fronce les sourcils.

— Il faut parfois du temps. Je suis sûr que tout va bien se passer.

— J'espère que vous avez raison.

Chuck la fixe avec insistance, et le visage de ma collègue se détend petit à petit. Elle change brutalement de sujet.

— Et toi, Mel ? Qu'est-ce que ça te fait d'être devenue essentielle dans la carrière d'une future star mondiale ?

— C'est une bonne expérience.

En discutant, je jette des coups d'œil fréquents vers l'entrée du bar. Pourquoi Ayden n'est pas encore arrivé ? Qu'avait-il prévu ce soir ? Distraite, je ne remarque pas immédiatement que Taylor et Aiko nous ont rejoint.

— Rebonjour, me souffle Aiko après avoir salué Erin et Chuck.

— Salut, Aiko. Finalement, tu n'es pas rentrée.

— Non. Certaines invitations n'en sont pas vraiment, me dit-elle en grimaçant.

J'essaie de ne pas m'esclaffer pour ne pas attirer l'attention de Chuck.

— Ça va, Mel ? Tu as l'air bizarre, me demande Taylor. Ayden n'est pas là ?

— Il est sorti avec Zack. Il arrive apparemment.

— Je vais au bar. Tu veux quelque chose ?

— Un thé glacé, merci.

Aiko commande un cocktail qui s'appelle Moscow Mule. Je ne connaissais pas, mais c'est apparemment une spécialité de New York, qu'elle me propose de goûter. Un délice.

— Qu'est-ce qu'il fabrique ? s'impatiente Chuck au bout d'un moment.

Pour l'instant, cette soirée ne prend pas vraiment : le principal intéressé n'est pas là, Aiko ne décroche pas un mot et le comportement d'Erin est toujours aussi étrange. Seul Taylor a un semblant de discussion avec Chuck au sujet de la tournée imminente des White Strangers.

Mon portable vibre doucement sur la table, donnant un éclat lumineux au verre posé devant moi. C'est un message de Cassie.

> On arrive.

Qui ça, on ?

— Il ne devrait pas tarder. Cassie vient de m'envoyer un message.

— C'est pas trop tôt, râle Erin.

— Est-ce que tu es sûre que tu vas bien ?

Ce n'est ni le lieu ni le moment pour poser cette question, mais elle m'a échappée. Erin lance un coup d'œil vers Chuck puis répond un peu sèchement.

— Tout va bien.

J'ai l'impression qu'elle m'en veut, qu'elle en veut à Ayden et à Chuck, et plus globalement à la terre entière. Je reporte mon attention sur Aiko, qui mâchouille nerveusement l'ongle de son pouce en observant les gens dans la pièce. Je ne sais plus quoi faire pour détendre l'atmosphère.

Heureusement, Cassie arrive. Désarmante de sensualité, elle serre fermement la main d'un Dan aux anges.

Je perds un peu mon sourire en apercevant Zack derrière eux. Mais quand les yeux d'Ayden se plantent dans les miens, j'oublie mon ressentiment. Un éclat farouche brille dans son regard bleu. Sa démarche d'habitude si assurée me semble un peu désordonnée.

Des frissons me traversent quand il me frôle en s'asseyant à côté de moi. Il se tourne vers Chuck, un rictus aigre aux lèvres.

— On fête quoi ? Ma nouvelle vie de mec docile ?

Chuck s'esclaffe tandis qu'Ayden enchaîne, acide :

— Mel… qu'est-ce que je ferais sans toi, pas vrai ?

À quoi est-ce qu'il joue ? Ce n'est que quand il passe un bras autour de mes épaules et rapproche son visage du mien que je comprends ce qui se passe. Il a bu, sûrement beaucoup trop. Son haleine alcoolisée parvient jusqu'à mes narines et m'envahit complètement quand il m'embrasse sans retenue sous les yeux médusés du reste de la table. Les regards braqués sur moi augmentent encore la pression sous mon crâne, et je le repousse avec brutalité.

Ayden arbore un sourire désabusé. Dans son regard voilé, je vois qu'il a compris ce que j'essaie de sauver les apparences, mais je crois qu'il s'en moque. Chuck se gratte subrepticement la gorge.

— Je te remercie d'être enfin là, Ayden. Mais tu devrais envisager un peu plus de discrétion. Si quelqu'un te reconnaît…

— On s'en fout. C'est bon pour les affaires, non ?

L'amertume dans sa voix m'inquiète.

— Oui. Sauf si c'est Mel que tu embrasses, répond Chuck comme s'il s'adressait à un enfant.

— Ça ne change rien pour moi. Putain, ça ne change rien du tout, répète-t-il comme pour lui-même.

La tristesse que je décèle dans ses propos me donne immédiatement envie de le réconforter. Quelque chose ne tourne pas rond.

Sous la table, je serre doucement sa main. Je voudrais tellement qu'il sache à quel point je suis désolée de ne pas l'accompagner. J'ai très envie d'être avec lui, mais je ne changerai pas d'avis : ma famille passe avant tout.

Je prends soudain conscience du silence gêné autour de la table. À part Aiko, tout le monde a les yeux braqués sur nous. Un sourire goguenard aux lèvres, Cassie ne nous quitte pas des yeux.

— Toujours aussi infernaux, vous deux.

Dan s'esclaffe et lui murmure à l'oreille quelque chose que je ne comprends pas mais qui ne fait qu'ajouter à son hilarité. Zack reste silencieux, le regard vague. Je pense que lui aussi a beaucoup bu.

Je lâche la main d'Ayden et me lève d'un coup.

— Je vais au bar. Quelqu'un veut boire ?

Les derniers arrivés acquiescent tous, Ayden compris. Vu le nombre de verres à aller chercher, Cassie se lève pour m'accompagner. En chemin, alors que nous jouons des coudes pour nous faufiler jusqu'au bar, elle me crie à l'oreille :

— Alors ? Cette discussion avec Zack ?

— Comment tu sais ça ?

— Il m'a raconté.

— Et ?

— Rien. Il essaie vraiment de te faire confiance. Il tient à Ayden comme à la prunelle de ses yeux.

— Ça, j'avais compris.

La question, c'est pourquoi.

— Ayden t'a raconté pour moi ?

Gênée, je m'arrête presque de marcher pour observer Cassie. J'acquiesce brièvement.

— Zack est comme ça avec Ayden depuis que je le connais. Il m'en a parlé, une fois. Il a perdu un frère, très jeune. Je pense que ça l'a ravagé. Il ne le montre pas, mais il considère Ayden comme sa famille.

— Et en quoi je le dérange ?

— Il est mort de peur, Mel. Mort de peur de perdre encore un frère. Il a besoin de lui. Je sais que tu ne l'aimes pas, mais ce qu'il a fait pour moi…

Des ombres qui me terrifient passent dans le regard de Cassie. Je n'arrive pas à me faire à l'idée de ce qui lui est arrivé. Comment peut-elle encore tenir debout après ça ?

— Il était là. Vraiment là. Sans eux, je ne me serai pas relevée. J'ai toujours été plus proche d'Ayden, mais Zack est profondément gentil. Je te le jure. S'ils n'avaient pas pris soin de moi, je ne sais pas comment tout ça aurait fini.

Tout ça me dépasse. Et je suis bien obligée d'admettre que Zack n'est peut-être pas aussi horrible que je veux bien le croire.

— Je vais faire un effort. Si j'ai bien compris, c'est beaucoup mieux pour tout le monde.

— Je sais que ce n'est pas facile pour toi, mais ça vaut le coup.

— Est-ce qu'il est amoureux d'Ayden ?

Ce truc me préoccupe. Je veux définitivement tirer ça au clair. J'ai confiance en Cassie, elle me dira la vérité. Un rire cristallin s'échappe de sa gorge.

— Crois-moi, Zack est tout sauf gay. Et vu ce qu'il a ingurgité, tu devrais en avoir la preuve d'ici pas longtemps.

D'un pas léger, Cassie s'avance jusqu'au bar et attire immédiatement l'attention du serveur. Je profite de mes derniers instants de solitude avec elle pour la questionner.

— Et toi, avec Dan ? Tout va bien ?

— Oui.

Après une légère pause, elle ajoute :

— Il ne sait rien.

— Pourquoi tu ne lui dis pas ?

— J'ai peur de sa réaction. Je ne supporterais pas sa pitié.

— Je comprends. Mais je pense que tu peux te confier à lui sans crainte. C'est quelqu'un de gentil. De vraiment gentil.

— Je sais. Un vrai prince charmant.

— Lui aussi, il a eu sa dose.

Je ne veux pas être indiscrète, mais je tiens à ce que Cassie sache que Dan aussi trimballe ses casseroles.

— Il tient beaucoup à toi.

— Moi aussi je tiens à lui.

À part elle, Dan est le seul ami que je me suis fait dans cette ville. Il a toujours été là pour moi, et je serai toujours là pour lui. À notre table, l'ambiance est beaucoup plus détendue que quand nous l'avons quittée. En m'asseyant, je fais l'effort d'offrir un visage apaisé à Zack, qui rigole avec Taylor. Il hausse un sourcil surpris quand je pose son verre devant lui. Ayden pose une main sur ma cuisse à la première occasion, et ses caresses appuyées juste sous ma hanche m'empêchent définitivement de me concentrer sur les conversations qui vont bon train autour de moi.

Quelques minutes plus tard, Erin se lève d'un bond.

— Je vais danser, lance-t-elle une fois debout. Allez, les filles, ne faites pas vos flemmardes.

Plutôt surprise de la voir de si bonne humeur, je me lève avec joie.

— Fais attention à toi, me dit très sérieusement Ayden.

Je ne peux pas m'empêcher de rire. Sa sollicitude alcoolisée m'attendrit presque autant que sa moue réprobatrice.

— Je ne vais pas loin, rassure-toi.

J'ai envie de m'amuser. D'oublier. Juste quelques minutes. Cassie se lève tout de suite après moi, et Aiko finit par nous emboîter le pas, encouragée par mon amie et moi. Nous avançons jusqu'à la piste de danse improvisée.

Quelques morceaux plus tard, légèrement grisée par la musique et mon cocktail, j'exulte. Nous nous amusons comme des folles.

Régulièrement, je jette un œil à la table où nous avons abandonné le reste du groupe. Chuck, Dan et Taylor semblent lancés dans une discussion animée, mais Ayden ne me quitte pas des yeux. Ma respiration s'accélère.

Pour ne pas courir me jeter dans ses bras, je reporte mon regard sur mes trois partenaires de danse, qui n'ont pas remarqué que pendant quelques secondes, je les ai quittées pour un univers parallèle bien plus satisfaisant. À côté de nous, plusieurs garçons se sont rapprochés pour danser. Erin semble avoir sympathisé avec l'un d'entre eux et discute avec lui tout en bougeant en rythme. Cassie refuse en riant les avances d'un grand brun dont la chemise est déboutonnée.

Malgré nos tentatives d'éloignement, ils continuent de se rapprocher. Je tourne carrément le dos à un blond dont les cheveux coupés en brosse donnent un faux air de Jensen Ackles, mais mon message ne semble pas lui suffire. Il attrape ma taille à deux mains pour me retourner sans cesser de danser.

— Ne fais pas ça, s'il te plaît.

— Quoi ? Tu n'aimes pas danser ?

— Si. Mais je ne veux pas que tu me touches.

Le type ne semble pas faire grand cas de mon avertissement.

— C'est juste pour s'amuser.

— J'ai dit non.

Mon interlocuteur lève ses deux mains en signe d'excuse, et recule d'un pas. Quand je me retourne à nouveau,

Ayden se tient à quelques centimètres de moi. Les sourcils froncés, il fixe le gars d'un air mauvais. Un frisson me parcourt. En silence, il m'attrape fermement la main et m'entraîne à l'extérieur, sur la terrasse de pierre où on s'est rencontrés, sous les regards curieux de mes trois complices.

La porte se referme. Dehors, il n'y a que nous, comme il y a quelques mois.

— Il te voulait quoi, ce mec ?

— Rien. Simplement danser, je crois.

J'essaie de temporiser. Il approche son visage du mien, me frôlant presque.

— Personne n'a le droit de te toucher. Personne à part moi.

Son regard bleu me darde alors que ses mains descendent doucement dans mon dos.

J'attrape sa nuque pour l'attirer vers moi et l'embrasser doucement. Mes lèvres jouent mollement avec les siennes, et j'approfondis mon baiser quand il pose une main sur ma joue.

— Tu m'as manqué, soupire Ayden avec un soulagement non feint.

Sa respiration se fait plus irrégulière, son souffle chaud court sur ma joue. Je ferme les paupières, apaisée.

— Si Chuck n'avait pas appelé, tu ne serais pas resté avec moi.

Je n'ai pas pu m'en empêcher. Il allait passer la soirée avec Zack en me laissant toute seule. Si mon patron n'avait pas organisé cette réunion, ma présence auprès de lui n'aurait pas été la bienvenue.

— J'avais des trucs à faire avec Zack. Ça ne veut pas dire que je n'avais pas envie d'être avec toi.

— Quel genre de trucs ?

Évidemment, je n'obtiens pas de réponse.

— Pourquoi tu es en colère ?

— Je ne suis pas en colère.

— Pourquoi tu refuses de l'admettre ? Tu m'envoies balader, puis tu m'embrasses devant tout le monde, au risque que quelqu'un te voie. Qu'est-ce qui se passe, Ayden ?

— Tu n'en as jamais marre de vouloir tout savoir ?

Cette réponse devrait me faire bouillir, mais elle ne m'étonne même plus. J'ai beau me répéter qu'Ayden est comme ça, qu'il n'a pas l'habitude des relations et qu'il fait des efforts, parfois, il m'épuise vraiment.

— Non. Pas en ce qui te concerne. Je m'inquiète pour toi.

— Tu n'as aucune raison de t'inquiéter.

— Pourquoi c'est si dur à comprendre pour toi que j'ai besoin de savoir ce qui ne va pas ?

— Putain, Mel, arrête. C'est vraiment pas le jour.

— Mais qu'est-ce qui ne va pas à la fin ? Pourquoi tu fais tant de mystères ? Tu crois que je ne vois pas ce que tu es en train de faire depuis que je t'ai dit que je ne voulais pas venir à L.A. avec toi ? Tu m'éloignes. Et tu t'étonnes que je pose des questions ? Ce n'est pas juste.

— Rien n'est juste. Jamais.

— Arrête. C'est toi qui es injuste. Tu dis que tu m'aimes et tu me tiens toujours à distance de toi. Au cas où je te ferais du mal. Par contre, Zack…

— Aujourd'hui, ça fait neuf ans que mon père est mort. T'es contente ? Alors oui, je suis parti avec mon pote appeler ma mère. On a descendu une bouteille parce que c'est une mauvaise journée. Et ensuite, j'ai débarqué ici. C'est bon ? Tu es satisfaite ?

Sa réponse me blesse. Comme toujours, je suis obligée de lui tirer les vers du nez, et ça me fait de plus en plus mal.

— Non, ce n'est pas bon, Ayden. Je suis désolée pour ton père, mais pourquoi tu ne m'as parlé de rien ?

— Tu ne veux pas venir à L.A. J'ai supposé que ma vie ne t'intéresse pas tant que ça.

— Comment tu peux dire ça ? J'ai toujours été là pour toi, Ayden. Je ne mérite pas ce que tu es en train de dire. Encore une fois, je suis désolée pour ton père. Si j'avais su, je…

Un rire acide s'échappe de sa gorge.

— Qu'est-ce que tu aurais fait ? C'est arrivé, c'est tout. C'est comme ça, on n'y peut rien.

— Si j'avais su, j'aurais été là pour toi.

— Tu es tellement naïve, parfois.

— Ne sois pas méchant. Je sais que c'est compliqué pour toi, mais je ne mérite pas que tu me jettes comme ça.

Je dois reprendre ma respiration à plusieurs reprises pour me calmer. Je ne veux pas me disputer avec lui, j'en ai assez.

— Compliqué ? Non, rien n'est compliqué, justement.

— Si, ça l'est. Tu ne peux pas faire comme si ça ne l'était pas. Ton père…

— Tout ce que je veux, c'est ne jamais lui ressembler. D'accord ? Je ne veux pas que ça arrive. Je déteste ce connard. Même si c'est mon géniteur. Il m'a abandonné, Mel. Je le hais.

— Tu n'as rien à voir avec lui. Tu es là pour les gens qui comptent pour toi.

— J'ai bousillé plein de gens. Brittany. Ma mère. Tellement d'autres.

Comment lui faire prendre conscience qu'il ne se résume pas à ça ?

— Pourquoi c'est si important pour toi que je vienne à Los Angeles ?

— Parce que je n'ai pas envie de supporter ma mère et mes souvenirs sans toi. Tu ne comprends pas que tout ça ne rime à rien sans toi ?

— Alors parle-moi. Au lieu d'agir comme si je n'existais pas, parle-moi. Je suis là.

Avec toute la douceur dont je suis capable, j'attrape son visage dans mes mains. Je scrute son regard perdu pendant quelques secondes.

— Je vais venir avec toi à Los Angeles. Je ne te lâcherai pas.

La réponse d'Ayden est sans appel.

— Je ne veux pas de ta pitié. Ce n'est pas parce que mon père…

— Comment tu peux penser que j'ai pitié de toi ? Comment tu peux croire une seconde que je prends cette décision par simple compassion ? Il ne s'agit pas de ça.

Le ton de sa voix se radoucit légèrement.

— Alors il s'agit de quoi ?

— Je t'aime. C'est une raison suffisante. Si c'est si important pour toi, je viendrai.

Ayden se rapproche à de moi, le visage plus détendu. Ses yeux sont toujours voilés, mais ses lèvres chaudes emprisonnent les miennes, me faisant oublier toutes mes questions, et il m'entraîne contre le mur du bar.

— Tu te souviens ? murmure-t-il à mon oreille. Tu te souviens de ce soir-là ?

— Oui, je m'en souviens.

Mon cœur s'affole quand le souffle chaud d'Ayden se répand en vagues brûlantes dans mon cou. Sa main remonte de ma taille à ma poitrine, provoquant le désordre dans les battements de mon cœur.

— Ton regard a hanté toutes mes nuits après. Je n'ai pas compris ce qui m'arrivait. Est-ce que tu as ressenti ça aussi ?

— Oui.

Ayden pose une main derrière ma nuque et presse ses hanches contre les miennes.

— Je ne sais pas quoi faire de ça, continue-t-il de murmurer à mon oreille. Tu es tout pour moi. Tu es la seule chose qui me fasse du bien.

— Tu l'es aussi.

Il fait très froid dehors, mais je ne le sens même plus. Ayden s'écarte subitement pour me fixer.

— Tu vas vraiment venir à L.A. ?

L'espoir ténu dans son regard, mêlé d'incrédulité, me fait complètement fondre.

— Oui, je vais venir.

— Qu'est-ce qui t'a fait changer d'avis ?

— Toi. Je me suis rendu compte que j'avais envie d'être avec toi. Je me dis que pendant quelques jours on n'aura pas à se cacher. Et j'ai envie de connaître plein de choses sur toi.

— J'ai de quoi satisfaire ta curiosité, en effet, se moque Ayden. J'ai gardé ton billet.

— Ah bon ?

— Je me doutais que tu changerais d'avis.

Un léger rire s'échappe de mes lèvres, même si je devrais être agacée.

— Et si je ne l'avais pas fait ?

— Je t'aurais traînée de force dans l'avion, rigole-t-il.

— Carrément ?

— Carrément.

— Donc, tout va bien entre nous ?

— Oui, ça va.

— Tu en es vraiment sûr ?

— Oui, j'en suis sûr. Je veux juste que cette promo s'achève. J'ai besoin d'être avec toi.

— Tu es avec moi.

— Ouais, mais tant que je ne peux pas t'embrasser quand je veux, ça ne m'ira jamais.

— Tu es vraiment…

Il porte ma main à sa bouche et y déposer ses lèvres. La sensation fugace de sa langue sur ma peau m'arrache un frisson.

— On ferait mieux de rentrer avant que je perde le contrôle, me taquine Ayden.

Il me prend la main, et nous retraversons la terrasse. Avant d'ouvrir la porte, nos doigts se séparent. À regret, je l'observe un instant me fixer et passer une main lasse dans ses cheveux. Moi aussi, j'en ai assez de cette comédie.

Pendant notre absence, les trois filles ont quitté la piste de danse. L'alcool semble avoir rapproché Dan et Zack, qui rient ensemble. Ce dernier est maintenant complètement saoul. Soudain, l'absence de deux personnes m'interpelle.

— Où sont passés Chuck et Erin ?

— Ils ont dit qu'ils avaient une urgence. Ils vont revenir, me répond Aiko.

— Ouais. Une urgence, c'est ça, rétorque Zack d'un rire gras.

Il est tellement raide qu'il n'a même plus l'air de savoir ce qu'il raconte. Je hausse un sourcil curieux à l'attention d'Ayden.

— Laisse-le, il est complètement défoncé.

— Ça ne change pas de d'habitude, s'esclaffe Cassie.

Elle aussi a les yeux qui brillent. Elle me ramène un nouveau cocktail, et je ne pense bientôt plus à l'absence remarquée de mon patron. Sous la table, la main d'Ayden serre toujours la mienne. De temps en temps, il murmure des choses à mon oreille. J'adore ça.

Plus les minutes passent, plus j'ai du mal à contenir mes envies. Sa main remonte sur ma cuisse, saturant l'air d'une électricité que je commence à bien connaître. Quand elle n'est plus qu'à quelques centimètres de mon entrejambe, je me décale en lui tirant la langue et me concentre sur Cassie.

Avec enthousiasme, elle me parle de son nouveau projet de groupe. Dan l'écoute parler avec une admiration sans bornes. Ces deux-là sont vraiment adorables ;

j'envie vraiment le respect mutuel qui se dégage de leur relation. Zack ponctue la conversation d'onomatopées incompréhensibles. Il est vraiment très drôle quand il est bourré. À côté de lui, Ayden hausse un sourcil curieux quand Chuck et Erin font leur retour d'un pas pressé.

— Tiens, voilà ton frère et sa copine, remarque Zack d'une voix forte en les voyant arriver.

Ayden le regarde, déconcerté. Les jambes coupées par le choc, je réalise la bombe qu'il vient de lancer. Comment il sait ?

— À qui tu parles ?

— À toi, bien s-sûr. Tu ne le savais pas ? Oups. Désolé… poursuit Zack d'une voix traînante.

Mon monde est en train de s'écrouler sous mes yeux. Les conversations s'arrêtent alors que Chuck et Erin se rassoient.

— Boucle-la, Zack. Tu dis n'importe quoi.

Les yeux d'Ayden passent rapidement de Chuck à moi, puis reviennent sur Zack.

— Mais n-non. Je vous ai entendus parler…

— Tu ne sais pas ce que tu dis.

Ce mensonge éhonté a du mal à sortir de ma bouche, mais c'est la seule chose que j'ai trouvé à dire. Zack se tourne vers Ayden et lui sourit de travers, sans plus faire attention à moi.

— Tu as un frère, toi, au moins. C'est bien, poursuit-il, inconscient du séisme qu'il est en train de provoquer.

Ayden se tourne vers moi, puis vers Chuck.

— C'est quoi, ces conneries ?

— C'est pas des conneries. Tu as de la chance d'avoir un frère, tu sais.

Son insistance me rend malade. Je me sens tellement coupable. Hors de contrôle, je hurle d'une voix suraigue :

— Mais ferme ta gueule, Zack !

Il s'esclaffe doucement et s'enfonce un peu plus dans son fauteuil. Il m'inspirerait presque de la pitié. Je jette un œil vers Chuck, espérant qu'il nie les accusations de Zack, mais il ne dit rien. Affalé sur sa chaise, il fixe Erin d'un air désolé. Cette dernière hausse un sourcil, l'air de dire « je t'avais prévenu ». Ayden gronde en me regardant :

— Mel, dis-moi de quoi il parle.

Ce n'est pas à moi de parler, c'est à Chuck. En état de choc, je fixe Ayden d'un air hébété. C'est terminé. Je l'ai perdu. Il a compris, il sait maintenant que ce que dit Zack est vrai, que je le savais, et il ne me le pardonnera jamais.

— Putain, Mélanie !

La rage dans sa voix me paralyse. Toute la table m'observe, mal à l'aise. La voix de Chuck s'élève subitement :

— Elle n'a rien à voir là dedans, Ayden.

— Mais de quoi tu parles ? C'est quoi ce bordel ?

— Viens, on va discuter dehors.

— Je vais nulle part. Si tu as quelque chose à dire, dis-le tout de suite.

— Je ne veux pas en parler devant tout le monde. Ça ne concerne que toi et moi, répond mon patron d'une voix blanche.

— Apparemment, je suis le seul à ne pas être au courant. Alors balance maintenant. Vous êtes tous d'accord, non ?

Personne n'ose ouvrir la bouche, et Chuck baisse la tête quelques secondes. Lui qui a toujours l'air si sûr de lui semble soudain se désagréger. Ayden ne le lâche pas du regard. Dans un silence assourdissant, mon patron redresse fièrement la tête.

— Tu es mon frère. Mon demi-frère, en réalité.

Ayden se lève d'un bond et se précipite sur Chuck.

— D'où tu sors ça ?

Ses poings se serrent, la veine de son cou se gonfle.

— Réponds, espèce d'enfoiré !

— Ayden, calme-toi. Tout le monde nous regarde.

— Parce que tu crois que j'en ai quelque chose à foutre ?

Ayden est hors de contrôle. Il faut que je fasse quelque chose. Ma tête tourne, j'ai du mal à respirer, mais je réussis quand même à bouger. Je pose doucement une main sur son bras, espérant le ramener à la réalité.

— Ayden…

Il se dégage d'un mouvement brusque. Son rejet me fait l'effet d'une gifle, mais je le comprends, et mon cœur se brise immédiatement en mille morceaux.

— Tu ne savais pas. Dis-moi que tu ne savais pas, putain. S'il te plaît.

Des larmes incontrôlables inondent mes joues.

— Ayden, je ne pouvais pas. Je n'avais pas le droit de…

— J'avais confiance en toi, merde ! Tu sais ce que c'est, la confiance, Mel ?

— Je suis tellement désolée, je sanglote en attrapant sa manche, complètement désespérée.

— Tu n'as pas à l'être, Mélanie. Tout est de ma faute. Tu n'aurais jamais dû être au courant.

Chuck essaie tant bien que mal d'empêcher la tempête de s'abattre sur nous. Je lui suis reconnaissante d'essayer de me défendre, mais pour Ayden, je n'ai aucune excuse. Ce dernier prend une grande inspiration en passant ses deux mains sur son visage, comme s'il essayait malgré tout de se maîtriser.

— Chuck, ferme-la.

— Allons parler dehors. Laisse-moi au moins m'expliquer. On a le même…

Tremblant d'une rage qu'il ne peut plus retenir, Ayden balance son poing à la figure de Chuck, qui se retrouve immédiatement à terre. Deux agents de sécurité se précipitent sur Ayden pour essayer de le maîtriser, mais il se dégage en hurlant et se précipite vers la sortie. Un instant, j'ai envie de le suivre, mais c'est inutile. Ça ne ferait qu'aggraver les choses. Contrairement à moi, Chuck n'hésite pas et se lance à sa suite. Apparemment, le coup qu'il vient de recevoir ne lui a pas suffi.

Quatre-vingt-deux

Ayden

Ne pas hurler. Contrôler ma rage. Garder un peu de lucidité. Chuck n'est pas mon frère, il ne peut pas. Il ne peut pas avoir le même sang que le mien.

Tout se passera bien. Je vais me réveiller tranquillement, chercher le corps tout chaud de Mel et caresser son ventre doux. L'embrasser avant de la mater quand elle sortira du lit. Rester sous la couette jusqu'à ce qu'elle m'ordonne de me bouger. Attendre qu'elle se mette à râler et qu'elle me fasse la leçon. L'attraper par les cuisses et entendre ses cris de petite fille. Me foutre gentiment d'elle, puis l'embrasser. Me perdre en elle, et me sauver en même temps.

C'est un cauchemar. Pourtant, ça paraît tellement réel quand j'entends la voix de Chuck hurler mon nom derrière moi. J'ai deux options : soit j'accélère pour échapper à toute cette merde, soit je me retourne et je l'affronte.

— Ayden !

La voix de ce mec m'a toujours insupporté. Son ton grave, monocorde. Coincé. Comment peut-il s'imaginer une seconde qu'on partage des gènes ? Même pas en rêve, bordel !

Il s'est déjà bien foutu de ma gueule en essayant de m'amadouer pour que je signe un contrat, et maintenant cette merde ? Si je n'avais pas autant de haine à évacuer, j'aurais presque envie d'en rire. Ou de gerber. Ou les deux.

— Dégage, Chuck. Putain, dégage.

— Ayden, je ne voulais pas que tu l'apprennes comme ça.

Il est aussi essouflé que s'il avait couru le marathon de New York.

— Va te faire foutre. Tu crois qu'il te suffit de m'annoncer qu'on est de la même famille pour que je te tombe dans les bras ?

Je ne contrôle plus rien, je ne peux plus m'arrêter. J'ai presque peur de ce que je pourrais lui faire.

— Je ne pouvais pas t'en parler. Ta mère…

— De quel droit tu me parles de ma mère ? Toi et moi, on n'est rien l'un pour l'autre. Tout ça, c'est n'importe quoi. Tu t'es planté de personne.

— Je suis sûr de ce que je dis, et tu sais que j'ai raison. Sinon, tu ne réagirais pas de cette manière.

Mes poings me démangent.

— Tu ferais vraiment mieux de la fermer.

Une chose que ce connard n'a jamais su faire.

— Ayden, je n'y suis pour rien si ton père… notre père n'était pas réglo.

J'empoigne le col de sa chemise.

— Tu crois que je le sais pas ? J'ai vécu avec lui pendant quatorze putains d'années. Quatorze ans d'enfer. Tu sais ce que c'est, toi ? Non. Toi, tout ce que t'as, c'est ta grande gueule.

— Je suis désolé.

— Désolé ? Tu es *désolé* ? Et toi, t'étais où, hein ? Bien au chaud dans les jupes de ta gentille maman ? Pendant que cet enfoiré tapait sur la mienne ?

L'expression de Chuck change subtilement.

— Oh, tu ne le savais pas ? T'es peut-être pas aussi bien renseigné que tu le crois alors. Peut-être même que tu ne sais pas qui il était du tout. Eh bien, je vais te le dire : c'était un vrai fils de pute qui préférait le whisky à sa famille. Un enfoiré qui détruisait tout sur son passage.

— Je n'y suis pour rien, Ayden.

Chuck place ses mains devant lui en signe d'apaisement. Je crois que je manque d'oxygène. Je suis à deux doigts de cogner sa tête de con. Ma respiration devient tellement sifflante que j'ai du mal à entendre Chuck poursuivre :

— J'ai grandi sans savoir qui était mon père. Quand j'ai découvert ton existence, il était déjà mort. Ma mère m'a demandé de ne pas interférer dans ta vie.

— C'est censé me faire chialer ?

— Non. Je veux juste t'expliquer…

— Tu ne comprends pas qu'il n'y a rien à expliquer ? que ça ne change rien pour moi ? que vous pouvez tous crever ?

— Même Mel ?

— Putain, joue pas avec ça. Tu t'es bien assez servi d'elle.

— C'est faux. Quand je l'ai recrutée, je ne savais pas à quel point tu t'attacherais à elle.

— Encore un truc que j'aurais pas dû faire.

— Ayden, elle n'y est pour rien.

— Elle savait.

— Et ?

— Elle aurait dû me le dire.

— Comment elle aurait pu ? Je suis son patron, et ce n'était pas son rôle. Tu ne peux pas le lui reprocher.

Le visage de Mel traverse mon esprit, m'empêchant un instant de penser. Elle aussi, je la déteste, et je me déteste encore plus d'avoir cédé si facilement. De l'avoir laissée entrer dans ma vie.

Depuis combien de temps elle savait ? Est-ce qu'elle pensait à ça quand on était bien ? quand elle me disait qu'elle m'aimait ? Est-ce qu'elle a au moins essayé de me le dire ?

— Barre-toi, Chuck.

— Ayden, s'il te plaît, écoute-moi.

— Casse-toi ! Je veux plus te voir. Plus jamais. Tu m'entends, connard ?

Je me retiens de le mettre à terre. Chuk lève ses mains en signe de reddition. Je recule de deux pas en m'essuyant le visage. Des larmes se sont mises à couler de mes yeux, comme si j'avais besoin de ça maintenant. Je pointe un doigt menaçant sur lui.

— Je plaisante pas. Plus jamais. T'es rien pour moi. Rien.

Le visage de Chuck se décompose, mais j'en ai rien à foutre. Le seul truc qui me détruit plus que tout ça, c'est de me dire que Mel aurait pu continuer de me mentir encore longtemps.

Mel, c'était mon monde. C'était la seule que je croyais incapable de me faire du mal. J'avais tout faux.

La seule et unique fois dans ma vie où quelqu'un a réussi à défoncer mes barrières pour s'infiltrer dans mon esprit, je me suis fait baiser. Je sais qu'elle a pas voulu ça, mais je peux pas faire comme si rien ne s'était passé. Je crois que je pourrais plus la regarder en face.

Si ça se trouve, c'est un retour de karma. J'ai fait pleurer des dizaines de nanas. J'ai profité sans réfléchir de toutes ces filles, et dès que je voyais dans leurs yeux cette petite lueur de sentiments, je les ai jetées sans la moindre pitié. À cause de moi, une fille est dans le coma et un mec est mort. Je mérite peut-être ce qui m'arrive.

Et cet enfoiré de Zack… Depuis quand sait-il ? S'il n'avait pas été aussi défoncé, lui non plus ne m'aurait rien dit. Tout le monde me traite comme ce que je suis : une bombe à retardement. J'aurais tellement aimé être le genre de mec à qui on peut faire assez confiance pour tout lui raconter. Le genre de mec gentil et doux sur qui on peut se reposer. Il faut que je me fasse une raison, j'y arrive pas.

Je suis venu à New York dans l'espoir de recommencer à zéro. Sans Brittany, sans ma mère, sans le cadavre de mon père qui plane encore dans les limbes de mon cerveau déglingué. Mais tout ce que j'ai fait, c'est déplacer mon bordel à l'autre bout du pays. En fait, mon putain de problème, c'est moi.

Je relâche Chuck brusquement. Il a l'air complètement perdu. Je le fixe longtemps sans rien dire, avant de me détourner avec la ferme intention de me terrer quelque part dans l'anonymat de New York. Aucun de ces connards ne vaut la peine que je fasse autre chose.

Quatre-vingt-trois

Scared to lose

Mel

Du venin qui me dévore de l'intérieur. C'est exactement ce que je ressens. J'ai envie de hurler, mais j'en suis incapable. Autour de moi, les bras de Cassie me semblent aussi glacés qu'un vent d'hiver.

— Ça va aller, Mel ?

Je m'accroche à son tee-shirt, avec toute la force de mes peurs et de mon désespoir. Ayden est parti. Une nausée intense me plie en deux. Dan pose une main réconfortante sur mon dos, mais je m'écarte de lui.

Je ne supporte plus rien. Ni Zack, toujours aussi amorphe et inconscient de ce qu'il vient de nous faire subir, ni la sollicitude de mes amis. Je connais assez bien Ayden pour savoir qu'après ce qui vient de se passer, il ne va pas tranquillement rentrer se coucher.

J'ai très peur de ce qu'il pourrait faire. Après tout ce qu'il a traversé, il n'avait pas besoin d'apprendre son lien de parenté avec Chuck de cette manière. C'est même la dernière chose dont il avait besoin. Sans réfléchir, j'attrappe mes affaires et quitte le bar, sans dire un mot.

Les images de notre histoire défilent sans relâche sous mes yeux. Notre rencontre, nos erreurs. Sa douceur. Dans le bus, je ne retiens plus mes larmes ; les passagers m'observent avec pitié. Je m'en fous. La nuit protège mes émotions.

Sans le vouloir, je me retrouve devant la porte de son appartement. Je hurle pour qu'il m'ouvre, mais personne ne m'entend. Le portable d'Ayden sonne dans le vide, et il n'est pas chez lui. En redescendant, mon angoisse redouble. Il m'a tout raconté, donné tout ce que je pouvais attendre d'une personne aussi blessée que lui, et il est parti.

Je lui envoie un texto le suppliant de me rappeler. Qu'est-ce que je pourrais faire d'autre ? Où est-ce qu'il peut bien être ? Sans aucune garantie, je hèle le taxi qui passe juste sous mon nez. J'ai une idée. Si ça ne marche pas…

Le véhicule me dépose dans une rue mal éclairée que je reconnais à peine dans l'obscurité. Je paie ma course sous l'œil inquiet du chauffeur ; j'ai passé au moins les trois quarts du trajet à sangloter sur sa banquette arrière.

Je n'ai aucune idée de la manière dont je vais rentrer chez moi si Ayden n'est pas là. Les jambes tremblantes, j'avance d'un pas mal assuré vers la maison de ses grand-parents. Tout est silencieux ici, et le contraste avec l'agitation de New York me serre un peu plus le cœur.

La maison est plongée dans l'obscurité, mais un rai de lumière à travers un volet de l'étage attire mon attention. Je ne me suis pas trompée. Je pousse la porte entrouverte, et étonnamment, l'odeur qui envahit mes narines me semble familière. Je repère rapidement les escaliers que je monte à pas lents. Les accords d'une guitare parviennent à mes oreilles de plus en plus distinctement. Je ferme les paupières pour profiter du son de sa voix qui emplit tout mon corps.

En haut des marches, j'hésite. Après de longues secondes, je finis par entrer dans la pièce. Au début, il ne s'aperçoit pas de ma présence et continue de chanter, la voix chargée d'émotions contradictoires. Quand il me remarque enfin, ses yeux se chargent d'une colère si sombre qu'elle me fait peur.

— Qu'est-ce que tu fous là, Mel ?

Le mépris dans sa voix me tue. Je détourne le regard vers un point invisible sur le mur vert anis dont la peinture, par endroits, s'est écaillée. Je ne suis définitivement pas la bienvenue.

— Je m'inquiétais pour toi. Je suis venue pour t'aider.

— Tu n'as toujours pas compris que je ne veux voir personne ? Surtout pas toi ?

J'ai l'impression que mes jambes vont me lâcher. J'aurais dû lui dire, je le sais. Mais c'est trop tard. Avec dégoût, je constate qu'une bouteille de whisky à moitié vide gît à côté de lui. Le sweat gris qu'il portait quand on s'est rencontrés traîne en boule au pied du lit.

— Je t'aime, Ayden. Je suis vraiment, vraiment désolée. Il faut que tu me croies.

— Inutile d'être désolée. C'est trop tard.

— Tu sais que ce n'est pas vrai. Je sais que ça fait mal, je sais à quel point tu m'en veux, mais s'il te plaît, écoute-moi.

Un rire sec résonne, et Ayden plante ses yeux dans les miens.

— Dégage. J'ai pas besoin de toi.

Je fixe avec l'énergie du désespoir le sweat gris au sol. Je sais exactement ce qu'il est en train de faire. Il veut me faire plonger avec lui. Mais cette fois, ça ne marchera pas. Je ne me laisserai pas atteindre.

— Non.

— Pourquoi t'es toujours aussi bornée ?

— Parce que je t'aime.

— C'est faux. Personne ne peut aimer un mec comme moi.

— Ayden, arrête de…

— J'aurais jamais dû te faire confiance. Jamais.

Il a raison. En me taisant, j'ai pris le risque de le perdre. Je m'approche doucement de lui.

— Tu aurais mieux fait de rester avec Théo.

— Ce n'est pas Théo que j'aime. C'est toi.

— Tu fais une grosse erreur.

— Tant pis. J'assume.

Ayden ne me répond pas et prend ma main avec douceur. J'ai essayé de toutes mes forces de lui prouver mes sentiments, d'être là pour lui, de le réparer, mais j'ai lamentablement échoué. Tout est parti en vrille. Je pose le bout de mes doigts sur sa joue, que je carresse lentement. Mes yeux cherchent les siens, et quand je les trouve, la déception qu'ils me renvoient me brise.

— Ne fais pas ça. S'il te plaît, ne fais pas ça. Je m'en veux, je m'en veux tellement, Ayden.

— Tu n'y es pour rien. Toute cette merde est ma faute.

Le mélange de déception et de colère transforme ses iris en une mer agitée. J'ai peur que cette fois, on ne s'en sorte pas.

— Tu ne penses pas ce que tu dis.

— J'avais confiance en toi. Comment t'as pu me regarder en face alors que tu savais ?

— J'ai voulu te le dire des centaines de fois. Je n'ai pas pu.

— Pourquoi ? Parce que ta carrière compte plus que moi ?

Bordel, comment peut-il penser une chose pareille ?

— Non. Je n'en ai rien à faire. Mais ce n'était pas à moi de te le dire. Tu méritais de l'apprendre d'une autre manière.

Ayden garde un silence indéchiffrable. Son calme soudain me fait extrêmement peur. Il s'approche du bord du lit pour s'asseoir juste devant moi et m'attrape par la taille.

— Je t'aime, Mel. Je t'aimerai toujours.

Mes sanglots redoublent quand je tombe à genoux juste devant lui.

— Ne me quitte pas. Pas comme ça. Pas maintenant.

Dans un élan de désespoir, je me jette à son cou pour m'enivrer de son odeur. Je ne veux plus jamais qiutter ses bras, même si ça implique de rester dans cette pièce jusqu'à la fin des temps. Ayden nous fait doucement basculer sur le petit lit de son enfance. Cette maison est un refuge pour lui, peut-être le seul endroit dans lequel il n'a pas de mauvais souvenirs, et je voudrais moi aussi devenir sa maison, un jour. Je m'accroche à cet espoir qu'il puisse oublier la blessure que je viens de lui infliger, qu'il ne se renferme pas, mais je crois que je me voile la face.

Étrangement, l'inquiétude qui ronge ma poitrine se transforme en un désir puissant. Un désir que je n'avais jamais connu jusqu'à maintenant. Ça ne réglera rien, mais je ne me contrôle plus. Sans prononcer le moindre mot, à califourchon sur lui, je retire mon haut et caresse chaque centimètre de son torse d'une main tremblante. Ayden plante ses yeux dans les miens.

Ma peur de le perdre est si intense que j'ai l'impression de redécouvrir ce corps que je connais pourtant par cœur. Il s'allonge sur le dos et m'attire à nouveau à lui. Le souffle court, il parsème mes lèvres de baisers doux et intenses et me serre plus fort contre lui.

Je gémis sourdement en appuyant mes hanches contre les siennes. Mon front touche le sien ; je garde les yeux ouverts pour ne pas rompre notre connexion et bouge involontairement contre son érection, qui m'arrache un frisson enivrant. Le regard toujours rivé au mien, Ayden mord sa lèvre inférieure et plonge une main dans mes cheveux pour s'y agripper. C'est le truc le plus sexy que j'ai jamais vu.

De nouveau, je respire et j'oublie tout. Dans chaque caresse, je le supplie de ne pas s'éloigner de moi.

Ayden se repaît de ma peau comme je me nourris de lui, voracement. Le bruit de nos lèvres qui courent sur nos corps respectifs résonne, entrecoupé de nos respirations haletantes. Pas besoin de mots pour dire ce que nous sommes en train de nous dire.

Il m'en faut plus. J'ai besoin de ne faire qu'un avec lui, de me prouver – de nous prouver – que nous pouvons y arriver. Je n'ai qu'une idée en tête : lui donner mon âme. Je m'écarte de lui pour retirer son jean et son caleçon. J'en fais de même avec mon pantalon. L'urgence transpire dans mes gestes désordonnés, ma respiration se hache. J'ai tellement besoin qu'il n'y ait plus rien entre nous. Plus de tissu, plus de problèmes.

Ayden attrape rapidement un préservatif, et je soupire de plaisir quand il me serre à nouveau contre lui. Avec lenteur, il mordille mes lèvres avant de glisser sa langue dans ma bouche. Sa douceur me consume. Il grave son empreinte dans chaque cellule qui me constitue ; ses gestes me font oublier jusqu'à mon prénom. Je me cambre un peu plus fort contre lui.

— Pardon.

Je répète à l'infini ces deux syllabes tandis que ma main se déplace sur son érection. Je le caresse doucement, guettant le plaisir dans son regard perdu. Il se retient de gémir, et je me sens soudain toute puissante. Mais ça ne dure pas longtemps : d'un geste souple, il se décale légèrement de moi pour enfiler le préservatif, avant de me replacer au dessus de lui.

— Je veux te voir.

Mon excitation atteint des sommets. Sous moi, Ayden gronde, les yeux dans les miens. Ses mains se posent sur mes fesses, les écartant légèrement pour imprimer son rythme, et l'intensité de mes sensations augmente encore d'un cran.

— Tu es… la… seule, Mel…

Au bord du gouffre, je ne suis plus que sensations. Mon ventre se contracte au rythme de ses intenses va-et-vient, qui se saccadent un peu plus de seconde en seconde.

— Je t'aime, Ayden. Je vais… je vais jouir, je le préviens d'une voix lointaine.

Mes mots semblent déclencher sa perte. Ayden pose une main derrière ma nuque, et m'attire à lui pour poser ses lèvres contre les miennes.

— Je t'aime.

Je perds la raison. Mon corps se déchaîne. Quelques secondes plus tard, Ayden jouit à son tour, en me serrant si fort que je suis certaine qu'il en restera des marques, et je voudrais qu'elles soient aussi indélébiles que celles qu'il a laissées sur mon âme.

Il se rallonge à côté de moi et attrape doucement ma main. Sans dire un mot, il caresse mes cheveux pendant de longues minutes. Je pose ma tête sur son épaule, et je l'entends murmurer doucement :

— Tu es la seule qui comptera jamais.

Mon cœur fait un bond dans ma poitrine. Je passe un bras autour de son ventre. Pour moi aussi, il est le seul qui comptera jamais. Quoi que je fasse, je ne pourrai jamais oublier. La chaleur de son corps m'entraîne petit à petit dans une léthargie profonde. Entre éveil et sommeil, je ronronne contre lui, bercée par ses caresses.

Je me réveille au petit jour dans un lit vide. Durant la nuit, Ayden a posé une couverture sur moi pour que je ne prenne pas froid. Je la repousse avec raideur, paniquée. Je m'habille en catastrophe et descends l'escalier quatre à quatre. Un jeu de clés est posé sur la table à manger. Le salon silencieux se met subitement à tourner.

Je n'ai pas besoin de lire le morceau de papier plié en deux qui se trouve à côté des clés. J'ai déjà compris ce qu'il contient. Son écriture – cette écriture que je chéris tant – brouille mes yeux de larmes. Je résiste à l'envie soudaine de retourner me coucher. Je n'aurais jamais dû me réveiller, je n'aurais jamais la force d'affronter ça.

Je ne suis pas fait pour ça. Je t'aime, mais je ne peux pas. N'oublie pas que sans toi, le monde n'a pas d'importance.

A.

Ma main tremble. Étonnamment, je continue de respirer. Comment c'est possible ?

Il avait pris sa décision. Il savait qu'il allait partir. Putain, il le savait. Le fait que je sois venue le retrouver n'a jamais eu aucune importance. Nous avons fait l'amour, il m'a dit qu'il m'aimait, et pourtant, il s'est barré comme un lâche pendant que je dormais.

Impuissante, je me laisse aller contre un mur de la pièce. Dans cette maison, un petit garçon blessé a pu respirer un peu, mais il n'a pas pu affronter sa propre vie. L'amour que je lui porte était trop difficile à accepter pour lui.

Chuck a été le déclencheur de son pétage de plomb, mais il aurait eu lieu un jour où l'autre. Je n'aurais rien pu y faire. Ayden avait raison : il est détruit. Je n'aurais pas pu l'aider. Si j'avais pu faire quoi que ce soit pour lui, il ne serait jamais parti. Je n'ai pas réussi à lui faire comprendre qu'il pouvait être heureux. Il m'avait prévenue, pourtant. Je n'ai rien écouté. Je n'ai pas voulu voir tous les signes évidents. Aujourd'hui, je paie le prix de mes erreurs. Le prix de mon amour pour lui.

Je remonte fébrilement à l'étage pour récupérer mon téléphone. Je l'appelle dix fois, cent fois. Il ne peut pas avoir fait ça. Ce n'est pas possible. La rage qui gronde en moi grandit. Il s'est barré. Putain, il s'est barré. Il m'a abandonnée. Il a laissé tomber. Notre histoire ne valait rien pour lui.

Quatre-vingt-quatre

Darkness

Mel

J'ai tenté de joindre Ayden jusqu'à ce que mon téléphone n'ait plus assez de batterie et finisse par s'éteindre. Tant que son portable sonnait, je n'avais pas besoin de me confronter à la réalité. Cette sonnerie contre mon oreille me gardait vivante. Maintenant, je n'ai plus rien. Il n'y a plus que moi dans cette vieille maison vide de sens.

Pour gagner encore un peu de temps, je remonte à l'étage et je refais le lit. Il m'avait déjà abandonnée avant même qu'on fasse l'amour. Ses gestes étaient trop doux, trop intenses. Comme s'il me disait adieu.

Comme une automate, je plie et replie pendant de longues minutes ce drap et cette couverture. Je ne veux pas m'interrompre. Si je le fais, ça veut dire que je l'ai perdu. Et si je l'ai perdu, je ne tiendrai pas debout plus de quelques secondes. Alors je traque le moindre grain de poussière, j'aplanis le moindre minuscule pli que je trouve. Je borde le lit jusqu'à ce qu'il n'y ait plus la moindre trace de l'intensité de cette nuit dans ses bras.

Ses bras.

Le grain de sa peau. Ses cheveux qui balaient mon visage. Ses yeux si bleus. En comparaison, le ciel est d'une incroyable fadeur. Je ne veux plus jamais voir le ciel, plus jamais. Le ciel a déposé une bombe dans ma poitrine et a appuyé sur le détonateur ce matin. Je le hais. Je le hais bien plus que je l'aime, et je le hurlerai jusqu'à ce que j'en crève.

Il faut que je sorte d'ici. J'ai besoin d'air. Presque en courant, je récupère mes affaires et me rue au rez-de-chaussée pour récupérer la clé de cet horrible endroit.

Qu'est-ce que je vais faire de cette foutue clé ? J'ai mal, je ne tiens pas debout. Je n'y arriverai pas. Ayden est partout, dans chaque souffle de vent, dans chaque ombre qui frémit quand les branches des arbres du jardinet devant la porte bougent au dessus de moi. Le soleil aveuglant me tue à petit feu, le froid n'arrive plus à me glacer le sang, il est déjà trop tard.

Mes pas me portent dans le petit parc de l'autre côté de la route. Je m'appuie contre un arbre en apercevant la balançoire sur laquelle j'étais assise quand j'ai enfin trouvé le courage de lui dire que je l'aimais. Incontrôlable, je m'acharne contre le bois. Coups de poing, coups de pied, tout y passe. À bout de souffle, réalisant que je me fais plus de mal qu'autre chose, je finis par m'y accrocher en sanglotant.

Je m'assieds avec précaution sur la balançoire. Je ne suis pas prête à quitter cet endroit. C'est presque tout ce qui me reste de lui. Ça, et un album.

Anesthésiée, je me relève doucement. Comment est-ce que je vais rentrer ? Je suis à des kilomètres de chez moi, et mon téléphone est hors d'usage.

Tant bien que mal, je trouve un arrêt de bus sous lequel je m'assieds. Et j'attends. Longtemps. Quelques heures plus tard, le bus me dépose devant Live. Est-ce que j'aurai le courage d'y remettre les pieds sans lui ? Il faudra bien.

Je continue mon périple à pied, puis en métro, en croisant des centaines d'anonymes pressés qui ne se rendent même pas compte que mon monde touche à sa fin. J'ouvre la porte de l'appartement silencieux et observe cet environnement si familier, hébétée de constater que chaque chose est à sa place. Comment est-il possible que rien n'ait changé alors que je viens de plonger dans un enfer sombre et froid ? Comment la vie peut-elle continuer comme si de rien n'était ?

Je me rue dans ma chambre pour brancher mon téléphone et continuer d'essayer de joindre Ayden. Puis, dans un sursaut de fierté, je me ravise. Il est parti. Il m'a laissée. Comment peut-il me dire que le monde sans moi n'a pas d'importance et me laisser là, complètement brisée ? Comment peut-il faire un truc pareil ? Dans un état lamentable, je compose le numéro de mon patron. Je ne peux pas m'empêcher de lui en vouloir. Si je n'avais rien su, Ayden n'aurait jamais douté de moi.

— Chuck, c'est Mélanie.

— Ah, Mélanie. Il faut que je te voie. Ayden est injoignable, tu sais où il est ? Je suis inquiet…

— Il est parti. Je ne sais pas où il est.

— Comment ça, parti ?

— Il a disparu. Il m'a laissé un mot, il… il…

Mettre des mots sur ma plaie béante ravive ma douleur.

— Je n'ai plus de nouvelles. C'était un mot d'au-revoir.

Je n'arrive pas à prononcer le mot « adieu ». C'est au-dessus de mes forces.

— Il est trop tôt pour le dire. Il est encore sous le choc.

— Chuck, qu'est-ce qui va se passer ? Je veux dire, s'il ne revient pas ?

— Je n'en ai aucune idée. Pour l'instant, on va lui laisser le temps de souffler. Ensuite, on avisera.

Il ne reviendra pas. Mais je n'ai pas la force de le dire à Chuck.

— D'accord.

— Prends du temps pour toi en attendant. Et si tu as le moindre signe de vie de sa part, préviens-moi.

— D'accord.

— C'est toi qui avais raison, soupire Chuck. J'aurais dû lui en parler bien plus tôt.

Il est un peu tard pour s'en rendre compte… À bout de nerfs, je m'effondre sur mon lit et me roule en boule en me raccrochant à l'épais plaid en coton qui me sert de couvre-lit. Je ne saurais dire combien de temps je reste ainsi, inerte, mais quand Tara frappe à ma porte, la lumière du jour ne filtre plus par la fenêtre depuis bien longtemps.

— Mel, ça va ? Pourquoi tu ne travailles pas ? Tu es malade ?

Je secoue la tête, incapable de retenir mes sanglots. Tara pose une main réconfortante sur mon épaule, sans dire un mot. Elle a compris, comme chaque fois.

— Il est parti. C'est terminé, je souffle entre deux hoquets.

Comme je peux, je raconte à Tara les événements de la veille.

Dans les jours qui suivent, je ne bouge pas de ma chambre. Paniquée à l'idée de rater un hypothétique appel ou ne serait-ce qu'un message de sa part, je ne quitte pas mon portable des yeux. Je n'avale plus la moindre nourriture, le sommeil m'a lui aussi abandonnée. Je passe le plus clair de mon temps avec mes écouteurs sur les oreilles pour essayer d'adoucir la noirceur de ma réalité.

Le quatrième jour, je réussis enfin à mettre un pied hors de ma chambre. Chris et Tara chuchotent dans la cuisine, mais s'arrêtent immédiatement quand j'entre dans la pièce à pas lents.

— Ma petite souris… Il faut que tu manges.

Je le sais, mais j'en suis toujours incapable.

— Je vais plutôt prendre un verre d'eau.

— Si Ayden se pointe ici, il va passer un sale quart d'heure.

— Chris, pas maintenant, intervient Tara.

— Si. Maintenant. Tu as vu dans quel état tu es ? Hors de question que je laisse passer ça, Mel.

— Chris, c'est compliqué…

— Au contraire, c'est très simple. Je sais comment ce genre d'histoires se passe. Je vais lui faire comprendre que tu n'es pas seule et sans défense.

Sans me retourner, je reprends la direction de ma chambre, le seul endroit sur terre où je me sente à l'abri du monde pour l'instant.

— Tu n'en auras pas besoin, je murmure pour moi-même. Il ne reviendra pas.

Quatre-vingt-cinq

Goodbye

Mel

Le matin du septième jour, je me réveille étonnée d'avoir dormi plus de deux heures d'affilée. Je ne suis pas en panique, ni couverte de sueurs froides. Je n'ai pas versé de larmes dans mon sommeil. Je ne me suis pas imaginée dans une réalité parallèle dans les bras d'Ayden. Je n'ai pas pris mon oreiller pour la peau douce de son torse. C'est une vraie petite victoire. L'effet de manque s'est dissipé. J'ai l'impression de sortir d'un sevrage plus douloureux qu'une cure de désintox à l'héroïne, même si je ne sais pas ce que c'est.

Erin m'a laissé un message auquel je n'ai pas répondu, et seuls Dan et Cassie ont cherché à prendre de mes nouvelles. À vrai dire, je ne me rappelle plus vraiment nos brèves discussions. La seule chose que j'ai retenue, c'est que personne ne sait où est Ayden. Toute la semaine, Tara a filtré les appels de ma mère pour ne pas l'inquiéter, inventant tous les prétextes pour qu'elle ne se doute de rien. Comme une sœur, elle a veillé sur moi jour et nuit.

En me voyant me traîner à la cuisine, elle écarquille les yeux mais ne dit rien. J'attrape un pancake frais qu'elle vient de cuisiner pour lui faire plaisir, fronçant le nez quand l'odeur du café s'immisce dans mes narines. Cette odeur que j'ai tant aimée me dégoûte à présent, me rappelant cruellement Ayden. Je ne peux même plus faire semblant.

Dans deux jours, c'est Noël, et je n'ai toujours aucun cadeau. Il va falloir que je m'y mette, même si je n'ai pas l'esprit à ça. Chris et Tara le méritent vraiment.

— Tu vas quelque part ?

Le visage inquiet de Tara, à quelques mètres de moi, me laisse entendre que je suis bien trop pâle pour sortir seule. Mais il faut que je voie Chuck ce matin.

— À Live. Je dois parler à Chuck.

— Ça va aller ?

Non. Évidemment que non.

Oui. Je suis une fille forte.

À chaque seconde, je me demande où peut bien être Ayden. Je serais capable de traverser les États-unis pour le retrouver. Mais ce serait inutile. Il est parti, il ne veut pas de moi. Et même si ça me brise le cœur de le reconnaître, ce n'est peut-être pas plus mal. Trop s'aimer est parfois pire que ne pas s'aimer du tout.

— Oui. Ça va aller.

Je pince mes lèvres gercées et serre Tara dans mes bras avant de partir. Le froid glacial mordille mes joues, mais aténue un peu ma douleur.

Tout le long du trajet, je redécouvre les gigantesques bâtiments auxquels je ne prêtais plus attention depuis qu'Ayden est entré dans ma vie. J'essaie de ne pas penser à toutes ces fois où nous avons marché dans ces rues, nos doigts entrelacés. Je respire à pleins poumons pour essayer d'enrayer ma peine.

Ce trajet est horrible, mais pas autant que la violente décharge qui me secoue lorsque le logo de Live Nation m'apparaît.

À quelques mètres de l'entrée, je me fige, incapable de faire un pas de plus. Immobile, je me répète en boucle que je peux y arriver. Je peux faire comme s'il était là. Je ferme les paupières et me retrouve au studio. J'apprivoise la douleur, doucement. Ayden est là, juste à côté de la table de mixage, juste à côté de moi. Sa voix rauque m'envahit, l'agitation de New York n'existe plus. Son regard magnifique plonge dans le mien et me rassure.

Résolument, je passe les portes de l'agence. J'ai l'impression de ne pas avoir mis les pieds ici depuis des mois, et le changement de coiffure de l'hôtesse d'accueil ne m'aide pas : elle s'est fait poser des extensions, ce qui la rend méconnaissable.

Malgré les fourmis dans mes jambes, le cœur battant, je traverse le couloir silencieux en priant très fort pour ne croiser personne. Chuck se détourne de son écran et lève les yeux vers moi en m'entendant arriver.

— Bonjour, Mélanie.

Je m'assois nerveusement sur la chaise vide en face de mon boss.

— Je n'ai pas de nouvelles. Je suppose que toi non plus ?

Décomposée, je réponds en silence. Les épaules de Chuck s'affaissent.

— J'ai demandé à Erin d'annuler la tournée. C'est terminé.

Il passe une main dans ses cheveux, l'air soudain épuisé. J'encaisse le choc avec difficulté. Tout ce travail, ces heures passées à régler le moindre détail, tout est foutu. Mes poings se serrent. Malgré toutes ses promesses et tout ce qu'on s'est dit, Ayden a tout envoyé promener.

Plus rien n'a sens. J'ai passé ici les meilleurs moments de ma vie, mais aussi les pires.

— Chuck, je suis venue démissionner.

Cette fois, pas besoin de me cacher. Je suis trop brisée pour continuer.

— Mélanie, ne fais pas ça. Tu agis exactement comme lui.

— Chuck, j'ai besoin de ma famille. Ayden ne reviendra pas, tu le sais aussi bien que moi. Je ne peux pas rester ici sans lui. Je n'ai plus la force.

— Et s'il revenait ?

Un pauvre sourire se forme sur mes lèvres. S'il revenait, je ne prendrais pas le risque de revivre ça. S'il revenait, je me tiendrais aussi loin de lui que possible. Notre histoire est en train de me détruire. C'est pour cette raison que je me suis levée ce matin : j'ai compris que si je ne mettais pas un océan entre nous deux, je serai perdue pour toujours.

— Ça ne changerait rien. C'est trop compliqué pour moi.

— Je comprends, mais je trouve dommage que tu ne finisses pas ton stage. Tu es douée.

— J'en trouverai un autre.

— Pas aussi bon pour ta carrière que celui-là.

— Je sais. Mais j'aurai peut-être plus de chance de finir en un seul morceau.

— Je suis désolé, Mélanie.

— Tu n'y es pour rien. Ça aurait mal fini de toutes façons.

— Peut-être. Ou peut-être pas. Si un jour tu changes d'avis, rappelle-moi, poursuit Chuck en me fixant bizarrement. Tu seras toujours la bienvenue.

Une boule se forme dans ma gorge.

— Merci, Chuck. J'ai adoré travailler pour toi. Ça a été… une révélation.

Même sans Ayden, grâce à ce stage, je sais que la musique fera toujours partie de ma vie.

— Nous avons une agence à Paris. Si tu veux, il me suffit de leur passer un coup de fil.

— Merci, mais j'ai besoin de temps. Je vais profiter de ma famille. Erin n'est pas là ? J'aimerais lui dire au revoir.

— Non, elle est en rendez-vous avec des producteurs.

— Dis-lui merci de ma part, pour tout ce qu'elle m'a appris.

Ça me fait de la peine de partir sans lui dire au revoir. Un peu gêné, Chuck acquiesce et se lève maladroitement pour me serrer dans ses bras. Les larmes aux yeux, je lui rends son étreinte.

— Bonne chance, Mélanie. Et s'il te plaît, si tu as la moindre nouvelle, appelle-moi. Je m'inquiète pour lui.

— D'accord. Au revoir, Chuck. Merci pour tout.

— Merci à toi. Tu es quelqu'un de bien. Ne l'oublie pas.

Je me rue dans le couloir, à deux doigts de m'effondrer encore. À bout de souffle, je m'appuie contre le mur pour ne pas tomber. Cette fois, je rentre chez moi.

Quatre-vingt-six

Ayden

J'ai attendu qu'elle s'endorme pour mémoriser chaque détail de son visage. Dans son sommeil, elle a serré plusieurs fois son bras autour de mon ventre noué, comme si elle savait ce que j'allais faire.

Je l'ai prise dans mes bras, j'ai enfoui ma tête dans son cou pour respirer son odeur de caramel qui m'a toujours rendu fou. J'ai passé le bout de mes doigts sur sa joue pour laisser une trace invisible sur elle. Quand je me suis rendu compte que je chialais, je me suis redressé d'un bond. Je me suis rhabillé en silence. Sur le pas de la porte, j'ai eu l'impression de tuer ma seule chance d'être heureux.

Jusqu'à maintenant, cette baraque était mon refuge. C'est ici que j'ai appris à jouer du piano, ici que j'ai vécu les seuls moments à peu près paisibles de mon enfance. Et maintenant, ça. J'ai pas eu la force d'attendre qu'elle se réveille. J'ai pas pu l'affronter.

Je préfère qu'elle me déteste plutôt que de voir son amour pour moi disparaître. Je me connais trop bien, je suis très fort pour bousiller les gens autour de moi. J'ai jeté un dernier regard à la façade de la maison avant de récupérer ma moto. Chuck se démerdera pour expliquer aux gens qu'il n'y a plus d'album.

Pourtant, il a dit la vérité. Je l'ai su à la seconde où il me l'a annoncé. Sa patience avec moi, c'était louche aussi. Moi qui croyais qu'il me passait tout pour mon talent. Je suis vraiment trop con.

Je savais que mon père était pas le mec le plus fiable de la planète, mais de là à nous laisser un tel cadeau… Et Mel… elle savait. Elle savait, et elle ne m'a rien dit. J'étais prêt à tout pour elle. À arrêter mes conneries avec Zack, à faire cette tournée. Je voulais même la présenter à ma mère.

C'était ma lumière. Mais ça ne marchera pas, nous deux. Je suis trop bousillé, et je ne veux pas l'entraîner là-dedans. Elle est parfaite pour moi, mais je ne suis pas parfait pour elle. Je ne sais pas vivre autrement qu'en ne pensant qu'à moi. Elle mérite mieux.

Il ne me restait plus qu'à me tirer. Mes yeux se sont posés sur la balançoire du parc. Dans ma tête, la voix de Mel a murmuré des mots d'amour qui n'existaient plus. Avant que ma détermination flanche, j'ai grimpé sur la sellerie en cuir et me suis engagé sur la route.

Le jour s'est levé, et plus je m'éloignais d'elle, plus j'étais en manque. J'ai roulé toute la journée sans m'arrêter, ou presque. À la nuit tombée, je me suis arrêté dans un motel miteux dont l'enseigne rouge donnait des signes de fatigue. Moi aussi, j'étais fatigué. Fatigué de moi-même.

Dans une chambre triste et anonyme, je chasse les images de Mel qui se battent dans ma tête. Sur mon téléphone, soixante-dix-neuf appels en absence.

Je les ignore. Il ne faut pas que je cède. Je cherche dans mon répertoire un numéro que je n'ai pas composé depuis la nuit des temps.

— Bastian ?

— Ouais. C'est qui ?

— Ayden.

— Putaiiiiiin ! siffle mon ancien acolyte. Qu'est-ce qui se passe ? T'es revenu d'entre les morts ?

— Ouais. On peut dire ça.

— Pourquoi tu m'appelles ?

— Je rentre à L.A. Tu peux m'héberger ?

— Ouais, évidemment ! J'y crois pas... Hé, les mecs, Ayden est vivant !

Apparemment, il n'est pas seul. Les sifflets et les cris qui suivent me rappellent subitement une vie que je croyais avoir oubliée. Une vie facile. Sans questions. Jusqu'à Brittany. Jusqu'à Mel.

— Ouais. Je suis vivant.

— T'arrives quand ?

— J'en sais rien. Deux, trois jours. Je te rappellerai pour te le dire.

— Je vais te concocter la teuf du siècle. Tu fais toujours autant le con ?

Il éclate de rire. Non, il y a longtemps que je n'ai pas fait le con. Plus depuis que j'ai posé les yeux sur un regard sombre, foudroyant et aussi profond que mon dégoût de moi-même.

— Tu changes vraiment pas, toi.

— Pourquoi je changerais ? La vie est tellement belle comme ça, non ?

Rien n'est beau sans elle.

— Ouais…

— Ramène-toi vite, on t'attend.

En raccrochant, je prends conscience que je peux pas revenir en arrière. J'ai plus rien à faire à New York.

Je vais oublier. D'ici quelques jours, je ne ressentirai plus les lames de poignard qui me lacèrent sans répit. Mel et moi, c'était éphémère. Je l'aime à en crever, mais je veux pas qu'elle perde son temps à essayer de me sauver.

Quatre-vingt-sept

Bag of Dreams

Mel

— Je m'en vais, Chris. J'ai pris un billet pour demain. Je ne veux pas passer Noël sans eux.

— Mon petit sucre, tu ne peux pas tout laisser tomber pour un idiot qui n'a pas compris à quel point tu es une jeune fille extraordinaire.

Tara, les larmes aux yeux, joint ses paumes devant elle, accoudée sur l'îlot central.

— Je suis d'accord avec Chris, Mel. Tu ne peux pas abandonner. Qu'en pense Chuck ?

— Il a compris, je réponds laconiquement. Et de toute façon, c'est trop tard. J'ai démissionné.

Je ne peux pas rester. Ma mère m'attend. Hier soir, j'ai passé plus de deux heures à me vider de toute la peine que je contiens depuis maintenant dix jours. Elle n'avait rien vu venir. Elle ne se doutait pas d'à quel point j'étais – je suis – amoureuse d'Ayden.

Le lendemain, je donne rendez-vous à Dan et Cassie près de Grove Street, là où j'étais allée me balader le premier jour. La boucle est bouclée. Tout le long du trajet, je cherche Ayden du regard. C'est ridicule, mais pourtant je le fais. Où que je sois, j'aurai toujours l'impression qu'il est près de moi.

Quand je pénètre dans le café, la chaleur qui s'engouffre sous mon manteau détend un peu mes muscles, et je souris tristement. Cassie pince les lèvres, les larmes aux yeux.

J'essaie de contrôler ma respiration. Je ne peux pas craquer maintenant. Je n'ai jamais aimé les adieux, mais dans ces circonstances, c'est encore pire. Je me sens impuissante, broyée. Je ne peux plus vivre ici. Nos souvenirs, ses yeux, sa main dans la mienne... Il est partout parce qu'il est dans ma tête.

Dan et Cassie font tout ce qu'ils peuvent pour que je garde le sourire. Dan m'offre un porte-clé des Mets, en souvenir de notre match avorté, et Cassie me laisse une photo de nous trois prise lors de la soirée de présentation d'*Alive* à Duggal Greenhouse. Ces attentions me touchent. Pourtant en rentrant, je les enfermerai au fond d'un tiroir pour ne plus les ressortir. Je ne veux plus me souvenir.

Deux heures plus tard, Cassie, Dan et moi nous promettons de garder le contact. Juste avant de partir, Cassie me serre contre elle.

— Je ne sais pas où il est, mais il regrettera.

— Je ne pense pas, Cass.

— Tu verras.

— Tu vas me manquer, je lâche en m'essuyant les yeux.

— Toi aussi, Mel. Avec qui je vais manger des glaces, maintenant ?

— Les filles de ton futur groupe.

La blonde rigole.

— Il faudrait déjà que je les trouve.

— Je compte sur toi. Dan, ne la lâche pas jusqu'à ce qu'elle monte sur scène.

— Ne t'en fais pas pour ça.

— Merci à tous les deux pour tout ce que vous avez fait. Je ne l'oublierai pas.

— Tu penses à mes places, pour Ed Sheeran ? plaisante Dan.

— Je vais avoir un peu de mal, maintenant. Mais si tu veux, il passe aussi en France.

— Je te tiens au courant. Prends soin de toi, Mel. Tu me manqueras. Et si tu repasses dans le coin, n'oublie pas qu'on a un match à finir.

— Je n'oublie pas. Prenez soin de vous.

Le lendemain, je me réveille dans ma chambre pour la dernière fois. Ma valise est prête, mais pas moi.

Je n'ai pas vécu longtemps ici, mais j'y ai passé les moments les plus intenses de toute ma vie. Demain, je serrerai dans mes bras ma petite sœur, qui me montrera ses créations, que je ferai semblant d'adorer.

Quelques heures plus tard, j'observe les dernières images de New York à travers le hublot de l'avion. Je suis épuisée, mais je n'arrive pas à me reposer.

J'ai débarqué ici pleine de certitudes, de rêves, et tout a disparu.

À mon arrivée en France, je m'autorise enfin à respirer dans les bras de ma famille. Je pleure dans ceux de ma mère, me jette au cou de Jules et manque d'étouffer Sara. Je ne sais pas si ma mère a briefé ma fratrie, mais sur le trajet du retour, personne ne me pose de questions.

Malgré le poids dans ma poitrine, je retrouve avec bonheur le calme et les odeurs familières de ma maison. Ma mère me prépare un plat de lasagnes que je touche à peine. Ce n'est que le soir, quand je me retrouve seule dans ma chambre, que je réalise que je viens de traverser la moitié du globe pour rien. Le regard d'Ayden me hante autant que la veille.

À mon réveil, je relis cent fois nos messages pour les graver dans ma mémoire, puis je les efface un par un. Même chose pour les quelques photos que j'avais réussi à lui soutirer. Si je les garde, je ne m'en sortirai jamais.

J'emmène ma sœur passer la journée en ville pour faire les boutiques. Elle adore ça, et ses yeux pétillants de joie méritent bien que je fasse un effort pour essayer de reprendre ma vie telle qu'elle était. Ça a le don de me changer les idées, et quand nous rentrons quelques heures plus tard, les bras chargés de sacs, je me sens un peu plus légère. Avec une grosse pensée pour Tara, je me suis fait plaisir en achetant quelques nouveaux vêtements. J'envisage de me faire couper les cheveux, aussi.

Après le goûter, dans la cuisine, ma mère m'interpelle et pose une main remplie d'amour sur ma joue. Il faut qu'elle arrête de faire ça.

— Est-ce que ça va aller ?

— Il faudra bien, maman.

— Je suis désolée, ma puce. Après ce que je t'ai fait vivre, tu ne méritais pas ça.

— Tu n'y es pour rien.

D'un coup, je réalise. Mon père s'est barré. Ayden s'est barré lui aussi…

— Je sais. Qu'est-ce que tu vas faire, maintenant ?

— Je n'en sais rien. J'ai besoin de faire le point.

— Tu as raison. Laisse-toi le temps d'y voir plus clair.

Les jours passent, et malgré l'esprit de Noël que ma mère a réussi à insuffler dans la maison, l'horizon ne s'éclaire pas. À chaque instant, Ayden est dans ma tête. J'en ai pris mon parti, maintenant. J'ai cessé de lutter. Il fait simplement partie de moi, et j'apprends à vivre avec. Je retrouve Léa, avec qui je passe des heures à discuter. Je mange un peu plus. Je vais au cinéma, je rebois du café. Je panse mes blessures.

Une nuit, la veille du Réveillon, mon portable vibre sur ma table de chevet. Mon cœur s'arrête de battre quand le nom d'Ayden s'affiche sur l'écran. Je l'attrape fébrilement, persuadée que je suis en train de rêver. Le temps que je réalise que ce n'est pas le cas, l'appel est déjà terminé. Qu'est-ce qu'il veut ? Pourquoi m'appelle-t-il ?

Je reste un moment à observer mon écran d'accueil, les mains tremblantes. J'hésite longtemps, mais je ne fais rien. Cette nuit-là, le sommeil ne revient pas. Je l'aime de tout mon être, mais j'ai trop souffert. Il ne reste déjà plus grand-chose de la Mel souriante et enjouée que j'étais avant de partir, et c'est à peine si je me sens vivante. Il me faudrait certainement plusieurs vies pour guérir d'Ayden, mais je ne regrette rien. J'ai fait le bon choix.

À suivre…

Remerciements

Encore une fois, merci à mes lecteurs sur Wattpad. C'est grâce à vous qu'on en est là. Grâce à vous que je n'ai jamais rien lâché, grâce à vos réactions folles, outrées, drôles, inattendues. Vous êtes magiques. Tous autant que vous êtes. N'oubliez jamais ça.

Merci à mes lecteurs tout court, ceux qui sont arrivés ici par hasard. Je ne suis rien sans vous. Je n'arrête pas de le dire, mais je le pense du fond du cœur.

Merci aux éditions HLab de m'avoir donné ma chance et de m'avoir permis de réaliser mon rêve à deux reprises. A., merci pour votre investissement, votre aide et votre patience, pour la deuxième fois.

Merci à ma famille, à mes proches sans qui je n'aurais jamais bouclé cette formidable aventure en temps et en heure. Encore. Vos encouragements me poussent à me dépasser, votre amour m'aide tous les jours.

Merci à Fati, Greg, Léa, Sophie, Gaétane, Adriane.

Merci à l'écriture, qui a fait de moi une personne différente. Plus forte. Plus confiante. Plus ouverte et tolérante. Un peu comme Mel pour Ayden, elle a changé ma vie, ma vision de moi-même et des autres.

Merci, encore et toujours, à Ayden et Mel. Vous êtes devenus tellement réels à mes yeux. Deux personnes passionnées et passionnantes que je découvre sans cesse et dont je ne crois pas pouvoir me lasser un jour. Je l'ai dit au moins trente-cinq mille fois déjà, mais je vous aime très fort.

Retrouvez-moi sur Instagram : @hazelcartergrace !

Playlist

Prologue – Linkin Park – Leave out all the rest.
1 – Maisie Peters – Place we were made.
2 - 1975 – She's american.
3 – Alicia Keys – Empire State of mind (part II) broken down.
4 – Chris Garneau – Baby's romance.
5 – Boys Like Girls – The great escape.
6 – The Weeknd – Starboy.
7 – Beyonce – Crazy in love (Fifty Shades version).
8 – P ! NK – Try.
9 – Eden – Drugs.
10 – Fall Out Boy ft Elton John – Save rock and roll.
11 – 5 Seconds Of Summer – Jet black heart.
12 – Sick Puppies – Too many words.
13 – The Cab – Angel with a shotgun.
14 – Kodaline – After the fall.

15 – Two Worlds – Wrecking ball.
16 – Halsey – Bad at love.
17 – ZAYN – Pillowtalk.
18 – Radiohead – Street spirit.
19 – BoB ft. Hayley Williams – Airplanes.
20 – Fall Out Boy – My songs know what you did in the dark.
21 – Kodaline – Follow your fire.
22 – Nickelback – Song on fire.
23 – Linkin Park – Battle Symphony.
24 – Lifehouse – Whatever it takes.
25 – Placebo – Too many friends.
26 – OneRepublic – Apologize (Live).
27 – Sam Smith – Latch (Acoustic).
28 – Mila J – No fux.
29 – Muse – Unintended.
30 – Coldplay ft The chainsmokers – Something just like this.
31 – Guns N' Roses – Sweet child o'mine.
32 – Loïc Nottet – Million eyes.
33 – Coldplay – Fix you.
34 – Lifehouse – Everything.
35 – The Calling – Wherever you will go.
36 – Bruce Springsteen – Secret garden.
37 – Tyler Hilton – Missing you.
38 – Lauv ft LANY – Mean it (Stripped).
39 – Kings of Leon – Use somebody.
40 – Thirty Seconds To Mars – End of all days.
41 – Five For Fighting – Chances.
42 – U2 – City of blinding lights.
43 – U2 – Pride

44 – My Darkest Days – Save Me.
45 – Rihanna ft Paul Mc Cartney, Kayne West – Four five seconds.
46 – Thirty Seconds To Mars – Do or die.
47 – Boston – Augustana.
48 – Kings of Leon – Closer.
49 – Sigrid – Dynamite.
50 – Halsey – Sorry.
51 – Sia – Big girls cry.
52 – Thirty Seconds To Mars – Rescue me.
53 – Glen Hansard ft Marketa Irglova – Falling slowly.
54 – Kings Of Leon – Walls.
55 – Harry Styles – Sign of the times.
56 – X Ambassadors – Unsteady.
57 – Matthew Mayfield – Follow you down.
58 – Daughtry – Used to.
59 – The Weeknd – Ordinary life (Live).
60 – Nickelback – Far away.
61 – Linkin Park – One more light.
62 – One Direction – You and I.
63 – The 1975 – The city.
64 – Jason Walker – Down.
65 – Jeff Buckley – Hallelujah.
66 – Ed Sheeran – Happier.
67 – Daughtry – Life after you.
68 – Lifehouse – Broken.
69 – Alter Bridge – In loving memory.
70 – The Script – I'm yours.
71 – Clean Bandit ft Julia Michaels – I miss you.
72 – Stereophonics – Caught by the wind.
73 – The August Empire – There's a rumor.

74 – Thirty Seconds To Mars – Alibi.
75 – The Cab – Lovesick fool.
76 – The National – Guilty party.
77 – P ! NK – What about us.
78 – Thirty Seconds To Mars – Hurricane.
79 – Cavo – Let it go.
80 – The Calling – Things will go my way.
81 – Ben Howard – Promise.
82 – Hollywood Undead – Pain.
83 – Flora Cash – You're somebody else.
84 – Mayday Parade – Terrible things.
85 – Ed Sheeran – All of the stars.
86 – Disturbed – The sound of silence.
87 – Joel Baker – Bag of dreams.

PAPIER À BASE DE FIBRES CERTIFIÉES

Le Livre de Poche s'engage pour l'environnement en réduisant l'empreinte carbone de ses livres. Celle de cet exemplaire est de :
1100 g éq. CO_2
Rendez-vous sur www.livredepoche-durable.fr

« Pour l'éditeur, le principe est d'utiliser des papiers composés de fibres naturelles, renouvelables, recyclables et fabriquées à partir de bois issus de forêts qui adoptent un système d'aménagement durable. En outre, l'éditeur attend de ses fournisseurs de papier qu'ils s'inscrivent dans une démarche de certification environnementale reconnue. »

Édité par la Librairie Générale Française – LPJ
(58 rue Jean Bleuzen, 92170 Vanves)

Composition Nord Compo
Achevé d'imprimer en Espagne par Liberdúplex
Dépôt légal 1re publication : février 2024
39.0933.7/01 – ISBN : 978-2-01-724039-6
Dépôt légal : février 2024